王雪丽 著

北方联合出版传媒(集团)股份有限公司
春风文艺出版社
·沈阳·

图书在版编目（CIP）数据

风华永茂 / 王雪丽著 . — 沈阳：春风文艺出版社，
2023.1
ISBN 978-7-5313-6339-2

Ⅰ．①风… Ⅱ．①王… Ⅲ．①散文集－中国－当代
Ⅳ．①I267

中国版本图书馆CIP数据核字（2022）第172499号

北方联合出版传媒（集团）股份有限公司
春风文艺出版社出版发行
沈阳市和平区十一纬路25号　　邮编：110003
成都市兴雅致印务有限责任公司印刷

责任编辑：韩　喆　平青立		责任校对：赵丹彤	
装帧设计：四川悟阅文化传播有限公司		幅面尺寸：170mm×240mm	
字　　数：445千字		印　　张：25	
版　　次：2023年1月第1版		印　　次：2023年1月第1次	
定　　价：90.00元		书　　号：ISBN 978-7-5313-6339-2	

序

王门有女耀梅溪

初国卿

　　"王门有女耀梅溪"——这是王充闾先生的诗句。七个字包含三个意象："王门""王门女""梅溪"。"王门"是指宋孝宗皇帝赵昚赞誉为"南宋无双士，东都第一臣"的著名政治家、诗人、爱国名臣王十朋一门。"王门女"则是指王十朋第27代嫡孙女王雪丽。"梅溪"是王十朋的号，也是王十朋的出生地浙江乐清市四都乡梅溪村。王十朋著《梅溪集》中有《观水记》一篇写道："梅溪之南有巨溪焉，会一原之水而东归者也。"这说明王十朋之号实是取自故乡这条河流。这也同杨仁恺先生出生在四川岳池县龙溪边而号"龙溪"一样，因故乡一条溪水而得名号。在江南，以梅溪命名的村庄或河流不下数百，唯乐清梅溪因王十朋而更具名气。此"梅溪"之名极富诗意，令人顿时想到林和靖"疏影横斜"那两句名诗。难怪王十朋当年也极欣赏这位同朝代诗人前辈的咏梅诗，王十朋在《腊日与守约同舍赏梅西湖》中赞道："暗香和月入佳句，压尽今古无诗才。"或许这两句诗正是对他"梅溪"之号的最好诠释。王十朋之后，南宋又诞生了另一位号梅溪的著名词人史达祖，王十朋去世时史达祖8岁，梅溪有续，文脉迤逦。

　　王十朋去世777年后的1948年，"王门女"出生，这就是王雪丽。我与雪丽大姐相识27年了，知其人，亦知其事。她出生于浙江丽水青田县，20世纪50年代初随已是著名建筑师的父亲王祝光来到沈阳，最早的沈阳中华剧场就是王祝光先生的作品。"文化大革命"期间，他们全家回原籍温州，雪丽大姐则边做农活边读书，几乎什么苦活累活都干过。20世纪70年代初，她被分配回沈阳工作，成为沈阳石油化工厂的一名工人。因为不俗的家世，也因为倔强的性格，在工厂里，她勤奋工作，发愤读书，先读工人大学，后进科技干部进修学院。因突出的工作业绩和学识学养，她成为《沈阳化工》杂志的一名编辑，还于1982年在《辽宁日报》上发表了第一篇散文《青田石门洞》。从此，她步入科技期刊编辑与散文创作之路，并坚定地走下去，这一年，她35岁，先祖王十朋逝世811年之后，"王门女"终于开启光耀梅溪之门。

从1982年到今天，王雪丽在光耀梅溪之路上已走过40年。40年来，她在三个方面获得突出业绩。一是将一本市化工局的小刊物《沈阳化工》办成了全国化工行业的名刊《当代化工》，使这本杂志成为国内外公开发行的中国科技核心期刊，个人也获得辽宁省优秀期刊编辑奖和中国科学技术期刊编辑学会"银牛奖"。二是在散文创作领域，发表了200余万字的作品，出版了散文集《王雪丽文集》《雪晴集》《云彩集》《云彩缤纷》等，个人也曾出任辽宁省散文学会常务副会长兼秘书长。三是对先祖王十朋的研究卓有成就，三年查阅资料，两载写作，与父亲王祝光联合署名出版《王十朋传》，开启了当代王十朋研究热潮，在享誉世界的国学大师南怀瑾等社会各界名流支持下，她协助父亲组建"王十朋研究会"，举办国际性王十朋研究学术盛会，编辑《颂梅集三百首》《王十朋纪念论文集》，倡建王十朋纪念馆等并开发与王十朋相关的文化旅游产业，救"活"了王十朋，复苏了王十朋爱国精神，弘扬了中华传统美德。

我与雪丽大姐结识，一方面是同行，都在办期刊，另一方面是都写散文，同在辽宁省散文学会。尤其是2005—2013年，她任辽宁省散文学会常务副会长兼秘书长、法定代表人。那一时期，散文学会处于建会以来的低谷阶段，缺少经费，没有固定办公地点，再加上复杂的人际关系，使学会的正常工作和会刊《辽宁散文》的编辑出刊遇到了很大困难。在这种情况下，雪丽大姐发挥了她特有的人格魅力和"温州品质"，使散文学会工作稳步前行，不断壮大。她在人格上光明磊落，大气方正。陈孟楣女士在《红荷瓯江曲　彪炳烁年华》一文中对她有过中肯的评价："有人说雪丽大大咧咧，那是你还没有触摸到她的性格。她总会以至善、至美、至亲、至柔的丰厚情感，捧上自己那颗火热而细腻的心，去孝敬、去关爱、去呵护、去支持、去帮助别人。"这样的性格和人格自然会得到更多人的认可，从而形成工作上的合力。同时她又在工作中最大限度地发挥了她的"温州品质"：舍得和执着。她把自己家当作学会的办公点，把自己的儿子、儿媳动员起来参与联络会员等日常工作，自己带着家人分发和邮寄每期《辽宁散文》杂志，自己掏钱补充学会经费的不足，学会工作和文友聚会也多是由她来招待好酒好菜。许多年过去了，雪丽大姐在散文界和文友圈留下了美好的印象与口碑。

如今，雪丽大姐又将近几年选编散文作品成集，邀我作序，我没有任何的理由推托，欣然接受。她征求我意，拟书名为《风华永茂》，我言甚好。"风华"者，或谓之神态雅丽，或喻之才情拔萃，或赞之景色优美。这三点雪丽大姐都有，其为人赤诚善良，举止落落大方，自然精神雅丽；其事业文理相兼，成就斐然，自是圈内拔萃；其梅溪世家，拥风华居，自得景色优美。如此风华不让，自然赓续永茂。

《风华永茂》分为七辑，收散文作品近100篇。第一辑至柔亲情，主要写父亲、母亲和家庭；第二辑名家素描，主要是对当代名家的采访与评论，诸如百岁老红军王定国、冶金科学家陈继志、军旅书法家李铎、著名画家宋雨桂等；第三辑故土恋歌，抒发对青田、温州、沈阳等地的乡愁；第四辑山水情怀，梳理所走过的山山水水和对大自然的热爱；第五辑海外履痕，主要是对域外国家和异地风情的描述与感受；第六辑梅溪流韵，记录了对有关先祖王十朋的研究历程和现状等；第七辑多彩人生，书写了有关期刊编辑及相关事物的记忆；附录有"名家评论"与"作者剪影"，收入了王充闾、王向峰、周兴华、邓荫柯、白长青、陈孟楣、孙洪海等对王雪丽散文创作的评论。

通读雪丽大姐的散文，其文字风格不仅有女性作家的清秀灵动、细美幽约，同时又不乏文化散文的大气挺括、质朴真诚。散文创作重在感人，天下为真，唯至诚，方能感人。我们读雪丽大姐之文，即可见其之真、之诚、之真率、之可爱。如早年辽宁散文界都熟知的马成泰先生，曾为辽宁省散文学会做出过许多贡献，他去世两年后，雪丽大姐以《黄堂一杯为民斟》为题作文纪念："马成泰先生离我们远去已近两年，我们辽宁省散文学会一直想为已故的、德高望重的马先生出一本专辑来纪念他……记得2007年3月29日清晨，我刚刚铺好稿纸，拟提笔写上几行纪念他的小文，抬望眼，恰值大片大片的鹅毛雪花飘飘洒洒落在枝头，不久又化作渐渐沥沥的春雨潇潇而下。望飞雪，我数着飞逝的日子，再过一周又是一年寒食清明，这飞舞的雪花恰在这时落下，莫不是天公嘉许马先生的德行，而专门送给他的素洁祭品！我望着满天的飞雪发呆，马成泰先生那一幕幕鲜活的镜头一起涌向我的心头。"字里行间的真诚与真情令人感动不已。又如《风华居——父亲设计的家》一文写父亲去世后的"家"："我亲爱的阿爸走了，风华居——这父亲设计的家突然变得冷清起来。平时人来人往，有阿爸在家的日子，风华居热热闹闹，往来无白丁，在儿女们的心中是那么熟悉，自然每天出出进进，快快乐乐，父母的家永远是儿女们的家、温暖的巢。现在，风华居的主人永远地走了，我突然感到一阵凄凉：以后，风华居还是我的家吗？"情真意切的文字，朴实无华，但动人心魄。文如其人，这就是雪丽大姐的风格，虽困厄万端，毁誉不计，宠辱不惊，而戚戚于勿悖父母生养教育之意，"王门有女"，不愧梅溪之后。

最早知道雪丽大姐的先祖王十朋，是在我20世纪70年代末上大学时，那是从刘大杰的《文学发展史》、游国恩的《中国文学史》、郑振铎的《插图本中国文学史》中读到的，但也只是间接所知。因为这几个版本的文学史书没有直接介绍王十朋的诗文，只是在讲到明代南戏"四大传奇"中的《荆钗记》时才出现王十朋的名字，因为他是戏中的主人公。这说明王十朋虽有诗作2000余首，在中国文学史上却寂寞了900多年，直到王祝光、王雪丽父女成立"王十朋研究会"，出版《王十朋传》，才使这位南宋名臣、著名诗人不再寂寞。这一过程，正如孙洪海老师特写王雪丽父女的题目《父女闯文坛，救"活"王十朋》，孙老师在文章最后说："王雪丽父女都是科技工作者，为了祖先更为了祖国，他们把国事当家事想，把家事当国事办，救'活'了王十朋，他们的付出和他们的成功，人们都会铭记，不会再有他们先祖那样的遗憾。"这是颇中肯綮的评价。

雪丽大姐的这部散文集名《风华永茂》，自然与其父亲所建"风华居"有关。关于"风华居"说来也颇有故事。20世纪70年代初因王雪丽母亲在温州松台山下落霞潭边捡到一个钱包，其中有许多钱和粮票，她替失主着急，在潭边等了大半天，不见失主，只好送到附近的派出所，最终归还失主，此事在温州传为美谈。失主为了报答母亲，为王家的邻居介绍了工作，邻居为感谢母亲，又把一亩水边自留地转予王家，后来王祝光先生于此地建房居住，这就是今天温州市中心九山公园里的"风华居"，也是温州王十朋研究会所在地。倚松台山，傍落霞潭，望净光塔佛光，听妙果寺梵音的"风华居"早已成为当地的一处著名景观。今天，《风华永茂》的出版，又恰逢王十朋逝世850周年，梅溪先生当林泉含笑，欣慰王门有女，时隔千年，再兴文薮。从梅溪到温州，遂使王门家风，名起鹿城雁荡，风华文脉，驰誉瓯江辽海。

如此，充间先生对雪丽大姐"王门有女耀梅溪"之誉，诚不虚也。

辛丑榴月写于沈阳浅绛轩

初国卿：祖籍山东聊城，1957生于辽宁省北票市。1982年毕业于沈阳师范大学中文系并留校任教，后从事报刊编辑出版工作至退休，编审职称。曾任中国艺术工作者协会副会长，《大众生活》《车时代》总编辑，沈阳市作家协会副主席，沈阳书法家协会顾问，《沈阳日报》专副刊中心主任；现任辽宁省散文学会会长，沈阳市政协文史馆馆长，沈阳文化遗产保护学会会长，沈阳收藏家协会会长，沈阳文史馆馆员，冰天诗社社长，沈阳师范大学、渤海大学特聘教授。主要研究方向为唐诗、辽海文化与名物学。著有《唐诗赏论》《佛门诸神》《沈阳陶瓷图鉴》《沈阳陶瓷文化史》《盛京瓷话》《郑板桥：绝世风流》《期刊的CIS策划》等；主编《三李诗鉴赏辞典》《辽海名人辞典》《辽海散文大系》等。出版散文集《不素餐兮》《春风啜茗时》《浅绛轩序跋集》《瓷寓乡愁》《在水之阳》等。作品曾入选大学教材与多种选本，获第三届"辽宁文学奖"。

目录
CONTENTS

第一辑　至柔亲情

第二辑　名家素描

第三辑　故土恋歌

第四辑　山水情怀

第五辑　海外履痕

第六辑　梅溪流韵

第七辑　多彩人生

附　录

第一辑

至柔亲情

风华居

——父亲设计的家

似一幅艺术风光摄影，诱惑得人想走进去；如一首典雅的诗词，锦绣在青山绿水间；像一艘画舫，清风徐来，小楼绿树倒映在波浪间，轻轻荡漾。树梢遮掩的檐角踞峙在蓝天白云中，阳光画在墙壁上的斑驳枝影，推开花窗迎接细雨飘洒的清新，月色星光下的朦朦胧胧，隔水眺望中的挺拔身姿，任何时刻、各种角度，都令人欣赏赞叹。这西式洋房、中式围墙的小别墅，芳名亦美好：风华居。

这是我的娘家，让我魂牵梦萦的地方，我父母生活的故居，尤其是这小楼乃我父亲亲手设计，位于温州市九山公园内，独门独院，与山水花鸟为邻，不远处高耸的林立楼群，仿佛变成了虚化的幻景，在闹市区开辟出了一方难得的幽雅。这里也是先祖南宋第一状元王十朋苦读所在，落霞潭边，九山湖畔，荷香中隐隐约约传来千年前的诵书声。

我在关东沈阳，远隔千里，思念情长，无数次的梦中，我飞了回去。轻轻推开门扉，阿爸和阿妈笑着向我迎来——

陪　伴

2017年10月30日19点15分，我亲爱的阿爸走了。尽管最后的抢救全部到位，但阿爸还是安详地闭上了眼睛。我相信，在他生命终结的时刻，灵魂仍然在这间住了整整七个月的温州市人民医院单间病房中流连，一定会听到他所钟爱的儿女们悲痛急切的呼唤，也一定能感受到儿女为他最后沐浴全身的至亲至爱的骨肉深情。

阿爸在2017年4月1日开始住院治疗，起初只是觉得他脸色很黑，平时他常去温州中医院王教授处看病。3月末，王教授发现我阿爸可能得了胆管癌症，劝我阿爸赶快住院，但没有告诉他实际病情，只说是胆囊炎。90岁的老爸住院，只有一个居家阿姨冬凤陪伴左右，我放心不下，急忙放下手中的《当代化工》主编工作，在4月5日从沈阳飞往温州，直奔家中。

阿爸的家——风华居因宅院内浓厚的文化氛围，被选为温州市十大最美庭院之首。小桥流水，花窗围墙，名人题刻比比皆是，温州王十朋研究会就落址在风华居。回到家中，我放下行李，直奔病房。

温州市人民医院离风华居不远，我阿爸所在的病房不大，但抢救设施齐备，房间内除了一张医疗床、一个长条沙发、一张桌子和床头柜外，还有一个室内卫生间，这是全院最好的单间病房，专门留给离休干部的。阿爸的脸色和身上的皮肤一样发黄，然而精神倒是蛮好的，见长女到来，忙掀开被子坐起，把我拥入怀中。

我急切地一路小跑着去医生办公室，找主任医师郑巨光询问我阿爸的病情。医生指着CT片子给我看，说确诊为胆管癌，这是一种恶性肿瘤，但患者不会疼痛，医生决定手术治疗，但具体的病情不会告诉患者，因为胆管特别细，由于堵塞，胆汁流出受限，医生要放入支架支撑胆管，让胆汁能流出顺畅一些。4月17日，手术是成功的，阿爸的皮肤逐渐退黄了，人也精神起来。之后七个月的住院时间，阿爸常常伴着发烧和浮肿，主要靠打白蛋白和血浆维持生命。

阿爸是老革命，1946年，18岁就加入了中国共产党，从青少年时代在青田阜山中学当学生会主席，因为语文老师江汉是共产党员，引导他把自己的一生交给了党。他被国民党抓捕三次，差点丢了性命，是党组织派人救他出狱。在中华人民共和国成立前，他是一个职业革命者。

在阿爸身上，始终充满了感恩、正气、乐观和豁达的精神。身体好了一点，他就身着红绒衣，坐在沙发上，给我和冬凤唱起了《革命人永远是年轻》，我给他录像，老人家的眼睛特别明亮，我们都被老爸的快乐给感染了。每天打完多瓶点滴，老爸就给我讲家史，讲革命史，讲宋史。我花近600元买一支录音笔，专门给他录音用，大半年的话语都在录音笔中。一次雨天，在家门口的公园，青苔小路特滑，我摔了一跤，不慎把手中的录音笔给摔坏了，立马去修，却没有修好，真是损失惨重。

每天晚上，我和冬凤推着坐在轮椅上的阿爸，去松台山脚下看广场舞，回自己家门口的九山公园中，看自家风华居小别墅的灯光倒映在九山湖中。有我陪伴，阿爸是最快乐的。以前，尽管我远在东北沈阳，但每年都要回到

故乡一两次，陪阿爸和阿妈。自从2009年2月12日妈妈走后，我更加牵挂阿爸。这一次，阿爸从4月1日至10月30日，住院整整七个月，我几乎每天都寸步不离地陪护。这期间，我只在5月10日至17日回沈阳，参加中国中信所万方学术期刊会议，然后急急忙忙赶回温州。阿爸日夜都在盼女儿回来，他告诉我："只有你在我身边，我才有力量。"另一次是2017年7月30日，阿爸催促我一定要带着儿子、儿媳和孙子赶到北戴河，让我们代表他去看望104岁的老红军王定国老妈妈，因为她老人家是阿爸和我创建的温州王十朋研究会首席顾问。我奉命带领全家人看望定国老妈妈，之后又急急忙忙赶回温州，只离开老爸的病房五天时间。我拿出百岁老人和我们的全家福合影，阿爸特别高兴，我们完成了他的一个心愿。我格外珍惜与老爸在他最后生命时光的相依相伴。

七个月时间，除去两次十余天短暂的分离，每天我都陪老爸谈天说地，给他按摩擦身。冬凤晚上睡在病房沙发上，特别细心地照顾老爸，很辛苦。晚上，我一人回到风华居家中。整个大公园，只有我爸一户人家居住。白天熙熙攘攘，晚上整个大公园中，唯有我在风华居独住。我心理素质特别好，从来也不怕一人住一栋小楼。一户人家，一个人，独居九山公园。晚上，躺着看月光下湖水的波光倒映在窗边白墙上，真是难得的享受。

阿爸有两个挚爱的物品，每天不离身。一是，我2016年去英国时为他买回的一把长柄英国雨伞，他每天拿着当拐棍用。另一个就是，我在英国为他买的一条苏格兰花格羊绒围巾，每天必围在脖子上，夏天早晚也必戴着。

阿爸最爱穿红色羊绒衫，每年春节我必会买两件给他穿。我知道他是太爱我这个长女了，甚至爱屋及乌，对我的儿孙也多加疼爱。我领着儿孙回娘家时，刚上小学的孙子白恩林，学习大人的孝心，给太姥爷洗脚。太姥爷非常感慨，把自己所得的一套奖品，甚是钟爱的文房四宝，转赠给孩子，鼓励他向学上进，学好中国文化，将来继承传播。

我出生在腊月初九，那是一个下雪天，因此我就是"雪中的丽花"，于是阿爸为我起名雪丽。雪也代表当时他在狱中的白色恐怖。阿爸说我是他的骄傲，说我作为中国科技核心期刊《当代化工》杂志的主编，又兼任了辽宁省散文学会的常务副会长兼秘书长和法定代表人，同时协助老爸创办温州王十朋研究会并处理发展事宜，老人家夸我是"德才兼备，文理共治"。那一回，我为躺在病床上的老爸按摩四肢，冬凤在床前边给他削苹果，边对他说："大姐是你最孝顺的女儿。"老爸不住地点头。女儿长期陪伴，让老阿爸在生命的最后七个月时光充满快乐，心满意足。

阿爸告诉冬凤,我们王家的孝道是家传,光绪元年(1875年)的《王氏家谱》中记载着高岗九世祖王文聪割股奉亲的孝行,王氏懿范第九世文聪公实录赞曰:"天资粹美,读书志在圣贤,不求闻达于人。其亲病笃,日夜焦心不倦,百药无效,公割股以哝之,翌日即瘳。此诚孝心至诚所感由是。宗族乡党咸称其孝。雍正元年八月处州府青田县教谕金懋秉公题其匾额云'孝行可嘉'。洵乎一乡之善士也。"县衙为文聪的孝行立匾。百善孝为先哪!

2017年6月30日,家乡青田县温溪镇政府的领导蔡少燕同志等拿着2800元慰问金,专程从老家来到病房看望我父亲。中华人民共和国成立前,阿爸在港头乡创建了第一个共产党党支部,党和政府没有忘记是我父亲点燃了本地第一支革命火炬。沈阳市老干部局和皇姑区老干部局也派两位女同志专程从沈阳赶来温州,拿着2000元慰问金和东北土特产,亲临病房看望我阿爸这位离休老干部。党组织对老同志的关爱,让父亲特别感动。我想请她们在温州吃顿饭,但她们坚决婉拒,匆匆赶回沈阳了。

2017年7月10日,阿爸已经在医院住了三个多月,病情比较稳定,于是,郑巨光医生同意阿爸回家观察,但医院的单间病房保留着。回到家中的阿爸,像老小孩儿般欢喜雀跃,抄起久违的京胡拉了一段西皮流水,又开始写上一点书法作品。我劝他别累着,可他兴致勃勃,还到院外的小桥上练练身子。

可是,好景不长,阿爸又出现了发烧和皮肤发黄的症状,在2017年8月21日重新住院,直到2017年10月30日,阿爸都没有回家来,他真的永远走了。

桐庐情报

阿爸作为年近90岁的老人,虽然说体弱有病,然而他的思路特别清晰,情绪特别乐观,胃口也不错,临老还有18颗牙齿。他住院半年多,我从未对他说他得了什么病,但他自己心里明白,父女俩都心照不宣,他还不住地安慰我说:"你老爸年轻时风雨人生多磨难,老来必定长寿,活108岁没问题,你放心吧!"然而他深知自己来日无多,又拼命抓紧时间给我讲家史和他的革命经历。他一边讲,我一边记录,还用录音笔录音。

家族历史源远流长,我们的出生地青田高岗的始祖王子元公,是南宋第一状元王十朋公的七世孙,他是王十朋公的长子王文诗的后人,于明朝洪武元年(1368年),从浙南永嘉楠溪一带迁居高岗至今。我父亲王祝光是王十朋公的第26世孙。

阿爸的曾祖母年轻时路遇乱寇,为保贞节,跳崖投江,被树枝挂住,免

去一死，其事迹被当地县衙上报清廷，清朝光绪皇帝钦赐在乡里为她建立贞节牌坊。阿爸的祖父王国明5岁时丧父，一边读书一边放牛，母亲辛苦将其养大，因村里恶人欺辱孤寡，他为母报仇，将恶人打伤，而后恶人的家属自害其亲至死，嫁祸阿爸的祖父，导致其入狱数年。王国明在狱中勤练书法，高岗祖屋的谷仓门上，"五谷丰登藏"五个字即出自曾祖父之手。但自此家道衰落，其五子均背井离乡，与众多青田人一样，携当地特产青田石，去日本及欧洲等地谋生，成了第一代华侨。我的祖父王学贵在兄弟中排行第四，18岁时，因父亲入狱，家中水牛被罚没，他与十五六岁的五弟王学和，小哥儿俩背犁上山，由人拉犁，在稻田里耕种，多有艰辛。后来，祖父19岁时，母亲凑了280块银圆，他俩一起到远洋船上，因钱少为买船票，做工推煤顶替，去了欧洲。数十年来，王学和公一生都未回家乡，1992年客死柏林。祖父在20世纪二三十年代曾两次赴欧洲，回国后置田产房屋，迎娶爱国华侨大乡绅麻廷申先生之妹，我祖母麻廷娇于1928年农历九月二十二生下独生子，即我的阿爸王祝光先生。阿爸在医院回忆时说："你奶奶告诉我，她生我时，那天刮台风，狂风大作，暴雨不止，在这恶劣的天气中，阿爸来到了这个世界。"于是旁边有人说，看来这个孩子将来的命运可能会多风险和坎坷，在阿爸身上还真应验了这句话。

阿爸在青田阜山中学读书时，语文教师江汉是共产党员。阿爸是学生会主席，思想很进步，在16岁就开始了革命活动，他被土匪和国民党青田政府自卫大队抓捕三次。阿爸被吊在梁上灌辣椒水，香头烧肚皮，坐老虎凳，直至面临枪毙，几乎把命都丢了。阿爸的入党介绍人是冯增荣同志，1946年7月1日，阿爸加入共产党，同年加入浙南地下游击队，当时他才18岁。他创办《罗兰》刊物后，在白区以小学教员身份秘密组建青田港头和温州高级工校党支部。前几年，阿爸身体好时，他曾经领着我从青田爬山越岭，到他读书的阜山中学，参观他的人生第一站——革命出发地。当年他的外语老师陈瑛先生拿着5万银圆在老家青田创办了阜山中学。学校里，有一座老楼还在，阿爸说他有一张年轻时弹拨乐器的照片就是在这个楼里走廊上拍的。

阿爸还领我和小妹去看1947年他和妈妈双双被国民党抓捕时的港头小学，旧地重游。那时，妈妈怀着我，都快生产了。

1947年年底，温州和青田地下党组织知道我父亲在当地的名声太大，若再留在老家，随时都会被国民党政府逮捕，于是派我父亲离开家乡，到杭州去搞策反情报工作，以便迎接浙南解放。

阿爸在杭州叔伯舅父叶兆成先生的中美建筑公司学习做建筑技术员，当然，这是表面掩护。叶兆成先生是黄埔军校四期土木工程系毕业，他有个黄埔同学，也姓叶，是浙江保安司令部政保处少将处长。叶处长与兆成舅父交往甚密，因为阿爸是他同学的外甥，叶处长非常信任，阿爸就成了他的身边助手，专门负责保管叶处长的公文背包，这样阿爸就可以顺利地打开背包，方便得到浙江省各地"剿赤匪"分布据点的名单。阿爸说起他的聪明和机灵时，我都替他捏一把汗，要是被叶处长发现怎么办哪？阿爸笑笑说："背包里的东西是不能拿出来的。"当时阿爸人年轻，全靠硬记在心里，然后把情报传递给下线的同志，及时报告给党组织。

为了筹集枪支，迎接杭州解放，阿爸又建议叶处长成立突击大队，经过这位浙江省保安司令部政保处叶处长批准同意，真的筹备成立了突击大队，并配备枪支。阿爸将这个重要信息送出去，在浙江崇德与江苏交界的桐庐县一家浴室内，阿爸与地下党曹克明同志边洗澡边交流了以上情报。中华人民共和国成立后，曹克明同志任江苏省省委副书记和政法委书记。我笑着对阿爸说："你看人家，一起革命，都是省级大干部了，你幸亏在杭州舅公的建筑公司学点土建设计技术，才保住了你后半生吃饭的饭碗哟。"阿爸很认真地对我说："有那么多革命同志都牺牲了，他们连命都没了，哪有什么好处给他们。你爸晚年能住在得天独厚的九山公园风华居中，清风明月本无价，这就是天赐呀！起码你老爸后半生干了很多有名的建筑工程，像'文化大革命'前沈阳市的中华剧场、福建松政人民大会堂、温州的工人文化宫，现在仍在使用的龙港影剧院、温州一中图书馆等，还有阿爸和你研究王十朋文化，这些都是很有价值的。"我很敬佩阿爸的胸怀和乐观。

中华人民共和国成立时，阿爸经青田当地组织批准去上海报考大学，但因查出肺病未被录取，随即北上沈阳，考进市房地产管理局，不久又投入抗美援朝支前筹集物资的紧张工作，其后转到市政府劳动调配处任组长，负责铁西工业区及全市的劳动力调配安排工作。后到北市区负责全区的文化工作。1959年，又到辽西凌源四年，负责《新生报》主编工作。1962年，阿爸回沈阳后，一直没有工作，靠我阿妈一个人的工资维持家庭生计。当时正值三年困难时期，多亏德国的小祖父接济国内亲友们，寄腊肉、粮食、毛线等物资到青田老家，老家的亲属也没有忘记我们，再给我们寄来一些。1963年，阿妈生我的四妹，楼下一位邻居老姑奶，给我阿妈送来二斤小米坐月子。姑爷靠修鞋养家，这小米是姑奶从全家人口粮中节省出来的，那是老大的恩情了，所以我永不能忘。到了1969年，阿爸携家眷回浙江青田老家下乡劳动十年。阿爸因为松政县人民大会堂的设计出名，被温州市西郊工程公司聘请，到温

第一辑　至柔亲情

州负责设计市工人文化宫。直至1979年，我用了三年时间，几乎踏平了沈阳市公安局的门槛，使全家人恢复城市户口，为弟弟和两个妹妹安排了正式工作。1982年，阿爸恢复党籍后离休。阿爸一生坎坷磨难，但他一直心胸开阔，乐观豁达，奋斗不止，与人为善，这种品质也深深地影响了我。

送　别

2017年10月30日19点15分，我亲爱的阿爸，放下世上一切的劳苦和重担，灵魂自由地去了。

在阿爸生命的最后时刻，我和小弟永生、弟妹阿敏、冬凤、马莲都在老人家的身边，目送他的遗体被移至温州殡仪馆。

温州王十朋研究会的各位领导和兄弟姊妹们，共同帮我们操持阿爸的葬礼，首先在风华居家门口搭灵棚供人们吊唁。11月3日清晨，在温州市殡仪馆举行了盛大的王祝光先生遗体告别仪式。王十朋研究会党支部书记、全国人大代表、温州晚报副总编辑郑雪君女士，乐清王十朋纪念馆馆长、王十朋研究会副会长王新祺老先生，早早从乐清赶来。研究会秘书长、法定代表人王文碎先生，副会长曹永良教授，副会长戴春来先生，王秀芬副会长、章上璋副秘书长，顾问黄云波老先生，林碧奇、杜志雄和郑云珍常务理事等数十人都来送别我的老爸。我们王十朋研究会常务副会长、温州大学王兴文教授专门做了重要讲话，缅怀王祝光公的人生和创办温州王十朋研究会为传承民族优秀文化，弘扬先哲王十朋的爱国精神做出的贡献和成就，充分地表达了王十朋研究会对创会老会长的怀念和敬仰。

肃穆的告别大厅里，阿爸的水晶棺被鲜艳的白菊花和花篮环绕着，我儿子白鸿博从沈阳赶来，侄女鸿凯从北京赶来，送老人最后一程。作为长女，我特地穿戴上头一天买来的深蓝色新开衫和素花丝巾，怀着悲痛的心情向所有前来送行的亲朋好友深深鞠躬，代表我和弟弟、弟妹以及国外的两个妹妹社军、丽君，还有鸿博、鸿凯、鸿来、鸿华、鸿毅、阿长、阿芬、阿荣、阿胜这些下一辈亲属发自内心地感恩。我流畅深情的讲话，博得雪君总编和大家的好评。我亲爱的阿爸，无论您走多远，都会听到我们的声音、我们的呼唤，看到我们的泪水、我们的感恩。

丧礼后，灵车和相随的车辆驶向阿爸的出生地——青田上高岗村。阿爸和阿妈气派的大坟坐落在瓯江边上的青山之中。阿爸生前的木制棺椁，早年就备好了。母亲于2009年2月12日去世，先入坟中。今日，打开坟墓三牌门，阿爸的骨灰盒及生前钟爱的笔砚文墨用具放入棺中，还有阿爸喜爱的英国雨伞和英国围巾，他喜爱的茶杯、衣物等一应入殓，置于棺内封好，推入墓穴中封门，自此入土为安。阿爸和忠贞的母亲紧紧相依，与家乡的故土永远融为一体。

前方瓯江远去，后面家山苍翠，这就是我的父母双亲依恋的土地，他们的英灵完全融入故乡母亲的怀抱，青山不老，瓯江长流。王十朋研究会的兄弟姊妹同我们亲人一道把我的阿爸送到他人生的终点。山清水秀，情谊深深，守望故乡，人文永留。

风华居

我亲爱的阿爸走了，风华居——这父亲设计的家突然变得冷清起来。平时人来人往，有阿爸在家的日子，风华居热热闹闹，往来无白丁，在儿女们的心中是那么熟悉，自然每天出出进进，快快乐乐，父母的家永远是儿女们的家、温暖的巢。现在，风华居的主人永远地走了，我突然感到一阵凄凉：以后，风华居还是我的家吗？如今，父母和我生命的脐带被无情剪断，我第一次感到我和风华居似乎在渐行渐远。我独自站在风华居门口，第一次认真地审视着我父母亲的家。

风华居作为中西合璧的洋房小别墅，独立于温州市中心松台山下、落霞潭边的九山公园内，掩映在绿树丛中，桥下流水，小船停泊在院门口的小小码头边，红瓦屋面，汉白玉栏杆阳台，灰色中式圆窗的围墙蜿蜒，院门口一对石狮守护，高挂一对别致的红灯笼。翠竹数竿，倚墙迎风。大门口前额，门楣上题着"风华居"三个金色大字出自国务院原副总理之手。阳光下，"风华居"三个金色大字、熠熠生辉。著名数学家苏步青院士题写的"王十朋纪念庭"镌刻于门首。门口左侧围墙是老红军王定国老妈妈的题字："大展宏图"。还有于光远先生题字"风华永茂"。著名学者、中华诗词学会会长孙轶青先生题写的"梅溪世家"，镌刻在红色大理石上，在阳光下格外醒目。推开厚重的铜制大门，风华居院内的内外两个院落，被父亲手书的"风华居"拱形院墙隔开。四周的文化墙上，分别镶嵌着王十朋金殿试策、红楼梦十二钗、西厢记长亭送别、姜太公直钩钓鱼等青石浮雕。数学家苏步青先生的"王十朋纪念庭"、南怀瑾先生的"一代文星百代光"、刘锡荣同志的"爱国诗人名垂千秋"、李铎先生的"王十朋纪念庭"和苏渊雷先生的"风华居"等名人题刻，还有风华居传人、我唯一的胞弟、书法家王永生写的"风华居人颂

梅溪"等十余块红色大理石，都在风华居院内的文化墙上一字排开，集中这么多名家手迹于一个院落，这种丰厚的文化内涵，在民居中是少有的。2006年，风华居厚重的文化氛围、四周美丽的自然景观及父亲的7000余册丰富藏书和三代人著书立说的文化传承，为风华居赢得了"温州市十大美好庭院"之首和2008年温州仅有的三家浙江省"学习型家庭"称号之一。

风华居是美丽的、文化的，作为温州王十朋研究会会址，学会的铜牌在大门口高挂，这里已成为传承中华民族优秀文化、弘扬王十朋爱国精神的传播和交流窗口。自从1995年父亲成立王十朋研究会筹备会至今，26年来这里接待了数万人，送出去近万本书，风华居成了研究弘扬王十朋梅溪文化的典型符号，标志着当代国内外研究南宋大贤先哲王十朋的脚步是从这里出发的。

说起风华居，是母亲的一次善举，奠基了风华居的善根。那是1969年，父亲携全家从沈阳迁回青田老家农村劳动，阿爸有土建设计施工专业技能在身，为港头家乡免费设计建造白水济水电站，给家乡带来了光明。后受福建省松政县政府聘请设计一座当时最大型的松政人民大会堂，由于大会堂功能好，造型宏伟，使阿爸名声在外，温州西郊建筑公司派孙国光同志聘请他到温州工作。父母和小弟迁到温州后，无房可住，只好住在设计办公室里间，屋内条件相当艰苦。

一次，母亲在九山湖边拾到一个钱包，内有不少钱币和很多粮票，当年的粮票就是性命。母亲很有爱心，等不到失主，就把钱包送到派出所。不久，丢钱包的人找到妈妈表示感谢，原来他是这里一个纸盒厂的厂长。厂长说愿意帮助妈妈，可以介绍亲友到厂子里上班。当年，在温州城里能有个工作是很难的。正好有一个邻人阿潘，他有不到一亩的水边自留地。阿妈找他商量，说你把自留地卖给我，我帮着安排你家属到纸盒厂去工作。阿潘非常乐意。这块自留地就坐落在落霞潭边，紧邻松台山妙果寺。在南宋时期，先祖王十朋年轻时在江心寺读书。松台山是一方名山，他常到落霞潭边的妙果寺会友，后来他的二叔父宝印大师到妙果寺做住持，又在松台山上建兰若堂，王十朋与诗僧叔父常有诗歌唱和往来。阿爸觉得和这个地方还真有天缘，也许是有天意。于是，1972年，阿爸从福建松政县买了两车木料和水泥钢材，就在这块自留地上，自己设计了一幢二层小楼。可惜的是，由于占地小，楼房的面积不大，围墙就打在水边上。后来，此地成了温州的花木市场。20世纪90年代城区改造，这里的居民和工厂全部迁走，就地盖了一个九山大公园。最后我家也让出两米多宽的院落，在围墙边上建了一座小桥，方便路人通过，也算是相安无事。院中，有一棵母亲栽的玉兰树，现在成了院外的树，树大花香，倚着围墙。风华居安然无恙，阿爸笑着说："感谢共产党给我家留了一个大花园，让我们独居公园之中。"如今，美丽的风华居是九山公园内一个突出的文化景点，路人都夸风华居地理位置独特，赞扬当初的选址设计者慧眼独具。

　　1985年，我从沈阳回温州，在风华居家内看到了我们祖传的家谱，这是光绪元年（1875年）的家谱，破破烂烂的，因为青田老家高岗的人都说阿爸文化最高，所以把村里上代传下的宗氏家谱让阿爸保管。我翻阅这本老古董时，发现了一个重大的记载，我们是王羲之的后代，是南宋爱国名臣王十朋的子孙。我如获至宝。当时我刚刚当上《沈阳化工》杂志的编辑，对文字记载很敏感，阿爸告诉我，要自己出书摆在书架上。我当即下决心，我要写王十朋的故事，阿爸大力支持和鼓励我。1986年11月14日，王十朋公的后裔、乐清大画家王思雨先生陪我和阿爸去乐清四都王十朋公的故乡梅溪村，寻根考察王公的坟墓和故居，还在梅溪住了一宿，与王公后人王章东先生长谈一夜。原先宋朝孝宗皇帝敕建的王十朋公坟墓，要重新修葺。后来坟墓重新修建时，坟前"王十朋墓"几个青石大字，就是我爸题写的。我当时到辽宁省图书馆查阅上海涵芬楼藏明正统刊本的五十四卷《梅溪王先生文集》（四部丛刊本），两年内，每个周日都带着尚未成年的儿子去辽宁省图书馆看书，孩子写作业，我就抄录王十朋诗词资料卡片。利用假期去浙江杭州、温州、乐清、青田及北京等地的图书馆查找资料，当年没有计算机，一切只能手抄摘录，三年下来，我做了六七十万字的读书卡片。其后，每个周六晚上，我都写一个通宵，由我执笔完成了16万字的《王十朋传》书稿。1989年，阿爸找他当年阜中的语文老师刘耀林先生，原本想在他所在的浙江古籍出版社出版，但出版很困难。后来我通过辽宁大学副校长宋玉林先生的帮助，找辽大出版社总编刘万泉先生，在1990年9月，由辽宁大学出版社出版了我和父亲著的《王十朋传》，首印4000册。

　　《王十朋传》问世，在温州引起强烈反响。温州电视台报道后，《温州日报》连载本书，温州五马街新华书店读者站排购买《王十朋传》。乐清当地新华书店也热销《王十朋传》，甚至后来竟然有人盗版偷印本书。

　　1991年10月4日，温州市委宣传部在温州图书馆召开了"纪念爱国政治家、文学家、教育家、诗人王十朋逝世820周年暨《王十朋传》首次出版研讨会"，部长徐国林同志亲自主持会议，温州的学界名流、温州江心寺住持木鱼法师等学者参会。我父亲在会上倡议建立王十朋研究会与基金会，设立状元杯、育英杯及勤政廉政杯奖金。温州电视台给予全程报道，温州市文联和作家协

会领导张桂生先生在会场上赠送题诗墨宝："世乱时艰忠鲠心，甘棠誉满万民钦。文坛千古多佳话，匡国高家多丹忱。纪念梅溪先生逝世820周年兼贺《王十朋传》出版。张桂生敬撰。"

后来，江心寺住持木鱼先生于王十朋年轻时在江心寺读书的东塔下，复建了"梅溪读书处"雕塑，与著名的江心寺山门宋王十朋撰的楹联"云朝朝朝朝朝朝朝朝散，潮长长长长长长长长消"，一同成为温州著名的历史文化景观。

开启王十朋研究和产业化

《王十朋传》出版后，阿爸将《王十朋传》寄给香港的南怀瑾先生，请他予以斧正。南怀瑾先生是著名国学大师，每日事务极其繁忙，然而他出于对家乡乐清历史先贤王十朋的崇敬，对王公后人著书弘扬先贤之德非常感动，很快回信：

祝光先生、雪丽女士左右：

顷接贤父女惠赠令太祖《王十朋传》，至感盛情。十朋公乃乡贤辈，自南宋以来，素为故乡后辈敬仰，惜无专著表扬令德。今得贤父女之作光扬先德，殊为敬佩，特此致谢。

又：先生题于书面嘱辞过于谬奖，实不敢当。不慧如吾读书学剑一无所成，俯仰有愧，何足道哉。

又：贤父女尊著此书惜未定好书名，反而自阻销路，并使十朋公德泽声光却为减色，倘易名为"南宋状元王十朋"，且将公之画像移做内封面，封面但取雁荡一峰挺拔，当更为生色矣。区区鄙陋之见不知有当否？聊以供献微诚，代向十朋公先辈致敬意也。专此即颂

撰安

一九九一年五月三日，南怀瑾

"南怀瑾对王祝光父女宣传王十朋的功绩，给予充分肯定，并对书名有碍销售以及图书封面内页等装帧设计上的不足等细节，提出自己的建议，让王祝光父女十分感动。"[1]

---

[1] 林宏伟：《南怀瑾的故事》，浙江人民出版社，2017年，第202—205页。

南怀瑾大师的帮助为我们推进王十朋当代研究提供了动力，这令我们特别兴奋和感恩。阿爸决定成立王十朋研究会，把对先祖十朋公的研究作为大事向前推进。是南怀瑾大师的肯定和支持，催生了王十朋研究会的创立。我协助阿爸共同制定章程。1995年8月18日，我和儿子白鸿博专程由沈阳回温州风华居，协助阿爸主持召开中华王十朋研究会筹备会，温州著名历史学家马允伦先生、书画家王思雨先生、书法家陈铁生先生、画家吴思雷先生、刘文起先生、我的妈妈卓秀霞女士、贾丹华先生、杨秉正先生、白鸿博和邹鸿华等18人参加了筹备会，与会代表在风华居门口合影。其后到民政部门准备注册王十朋研究会时，因为冠名中华要到北京注册，在温州当地注册只能冠名温州王十朋研究会。

1996年8月13日，我的父亲到温州市民政局正式办来了社会团体法人登记证（温社法登字第340号）："温州王十朋研究会符合中华人民共和国社会团体登记的有关规定，准予注册登记，发证机关，温州市民政局1996年8月13日。"一个研究南宋著名政治家、文学家、教育家、清官王十朋的研究机构——温州王十朋研究会正式成立了，创始人是《王十朋传》的作者，王十朋第26世、第27世后裔王祝光、王雪丽父女。研究会地址在温州市鹿城区三牌坊66弄29号风华居，会长和法定代表人是王祝光同志。

父亲请南怀瑾先生做王十朋研究会的名誉会长，南老来信说：

王祝光先生左右：

二月十日手书及附来有关王十朋研究会等件均拜悉。所嘱担任名称，任随先生安排。我因年高很忙，不及细述。

又：为王十朋先生全集出版事，正录温州方之嘱，要我写一篇序言，尚未交卷，近日，当勉为其难完卷，匆此不另。

祝平安令爱安好。

一九九六年三月八日　南怀瑾

1997年5月15日，南老又来信，[1] 并为王十朋状元公题诗：一代文星百代光，常闻人说状元郎。而今时世皆非昔，犹见高风颂故乡。

2000年，父亲主编《王十朋纪念论文集》时，南老欣然题写了书名。

阿爸携三妹王社军到上海复旦大学温州籍院士苏步青教授家中，又请苏

〔1〕林宏伟：《南怀瑾的故事》，浙江人民出版社，2017年，第202—205页。

第一辑　至柔亲情

老做学会的名誉会长。后来，我和三妹又到上海苏院士家拜访，阿爸特购一方九龙砚台送给苏步青院士，感谢他关爱家乡先贤王十朋公的研究事业。苏老乐于出任王十朋研究会名誉会长，并为风华居赐墨宝题词：王十朋纪念庭。

王定国老妈妈是百岁老红军，是谢觉哉老前辈的夫人、毛主席的师母。其长子谢飘的夫人徐兰田女士，是我们温州人。王定国老妈妈在家人的陪同下，三次来到风华居游玩参观。她特别赞赏王十朋是为人民办实事的清官，并把阿爸家中著名画家周悦林画的王十朋彩色小画像，一直挂在北京家中客厅里。她老人家还特别乐意担任王十朋研究会首席顾问。2003年10月18日召开王十朋国际学术研讨会，王定国老妈妈坐在主席台上发言，去江心寺参观时看到大群鸽子特别开心，童心未泯，来到风华居时，她对我75岁的父亲啧啧称赞："小王，你这里真是神仙住的地方啊。"

阿爸又让我去北京前圆恩寺，请国务院原副总理、全国妇联主席做研究会顾问，并请她为《颂梅集三百首》题写书名。阿爸又请温州市老领导刘锡荣同志出任顾问。刘书记对阿爸这个浙南老同志特别关心爱护，阿爸去他家吃饭时，他让孩子为阿爸用扇子扇凉，每年过年阿爸都会收到北京刘书记寄来的贺卡。2006年9月8日，我和阿爸及冯增荣伯伯去北京拜访他时，他的夫人詹黛薇女士在电话中说："你爸爸都是老同志了，在北京太不方便，一会儿让高秘书陪我们两个人去旅馆看望你爸爸这些浙南老同志。"他们到旅馆会面时的情景历历在目。

在阿爸的策划下，温州王十朋研究会聚集了政界、文史界、艺术界、华侨侨领等人士及由台北市中国文化大学文学院院长宋晞教授、台湾中原大学李森楠教授等宋史研究专家学者、中国宋史研究会常务副会长徐规教授等388人组成的高规格团队，这让温州市原市长卢声亮和浙江省原纪委书记、政协副主席陈法文都佩服，他们都是王十朋研究会的顾问。

1997年12月25日，温州王十朋研究会在温州东方宾馆隆重召开"纪念南宋杰出政治家、文学家、教育家、诗人王十朋诞辰885周年暨王十朋研究会成立、《颂梅集三百首》首发式大会"，国内专家学者200人共聚一堂，温州市委副书记陈艾华和市委宣传部常务副部长林可夫参加盛会。

大会收到国内政要、海内外朋友的贺电贺信50多份。浙江省原领导、中纪委副书记刘锡荣寄来亲笔贺信，中华诗词学会孙轶青发来贺联。孔祥有、陈法文、邱清华、浙江省老领导均来贺信贺电。温州市市长钱兴中在贺信中说："加强王十朋研究对弘扬我国优秀传统文化，推动我市的精神文明建设具有重要的现实意义。"

会上，温州王十朋研究会会徽首次使用，我主持会议。

2000年10月24日，《王十朋纪念论文集》编委扩大会在风华居召开。

2003年10月18日至10月20日，温州王十朋研究会在温州湖滨饭店召开"历史伟人王十朋国际学术研讨会暨《王十朋纪念论文集》《爱国状元王十朋》《纪念历史名人王十朋》首发式"，本次会议由温州市文化局和市社科联主办，温州王十朋研究会承办，中宣部原部长朱厚泽同志、首席顾问老红军王定国等130人参加了大会，名誉会长南怀瑾派儿子南小舜来温州出席大会。会议由我主持，本次研讨会与会代表都收到了《王十朋纪念论文集》《爱国状元王十朋》《纪念历史名人王十朋》等会议资料。《王十朋纪念论文集》由王祝光会长主编，辽宁人民出版社出版，凝聚了国内王十朋研究学者60篇论文，是对王十朋研究的首次检阅，为此父亲付出了极大的心血和劳动，本书由南怀瑾名誉会长题写书名，精装豪华本内文552页，插图彩页有两个印张。此前，1997年由中国华侨出版社出版的《颂梅集三百首》是全国诗界专门歌颂王十朋人品高德的精装本诗集，由我和父亲主编，王思雨先生手绘梅花封面。

我亲爱的父亲，为了专心致志组织王十朋文化研究事业，20世纪90年代初，他辞去了自己在1982年开办的温州华侨和温州兴华两家房地产开发公司的职务。他当年的学生现在都做开发商成亿万富翁了。他也辞去了由他创办的温州老科技工作者协会的领导工作，一门心思、全身心扑在温州王十朋研究会的工作上，20多年来取得了很大成功。2010年1月17日，他到北京钓鱼台国宾馆宣传王十朋廉政事迹，在新年讲话中号召干部要学习王十朋爱国爱民、兴修水利、割俸办学、乐育人才的精神。

我作为中国科技核心期刊《当代化工》的主编，30多年来，除了干好主编这份工作之外，我把许多的时光和精力都投在王十朋爱国精神、清官文化的挖掘和发展及辽宁省散文事业的繁荣上了，也结交了很多王十朋研究学者，如贾丹华研究员、徐顺平教授、王文碎先生、王兴文教授、王翼先生、吴宏富先生、张润秀先生、台湾的郑定国博士等，王十朋研究会的学术研究工作，在我们父女和学会领导团队及诸位专家的共同努力下，著述颇丰，生机勃勃。

王十朋的文化研究事业得到了社会各界的广泛支持。这里还要说到国学大师南怀瑾先生。2011年3月29日，我去江苏吴江太湖庙港大学堂拜访他，由于没有事先预约，而被拒绝。临行前，我给南老留下一封求见信和一本《王雪丽文集》，在书的首页上恭敬地附言："南学传天下，德爱留古今。温州王十朋研究会名誉会长南怀瑾老先生斧正惠存！小学生王雪丽拜书，二〇一一年三月廿九日于吴江庙港镇。"

当天下午，南怀瑾老先生读到了我的求见信，立即让秘书室的宏忍打电话通知我进太湖大学堂一见，可惜我已登车返回杭州，失去相见机会。我很后悔，应该马上由杭州再返庙港，回来拜见南怀瑾老先生，然而我遗憾地失之交臂。2012年9月29日下午4点，南怀瑾大师在大学堂逝世时，我正在温州伺候我的阿爸住院。这是我阿爸与死神搏斗最惨烈的一次，三天前，我阿爸头一次在温州第一医院抢救，由于心脏功能衰竭和呼吸衰竭，生命马上就要面临崩溃。那一夜的抢救情景，惊心动魄，在阿爸身边有医院呼吸科主任、心血管科最知名的教授，整个病房中，医生护士七八个人，围着阿爸在忙活。父亲出了一夜的冷汗，把衣服、枕头和被子都浸透了。按温州人的话说：人不行了，命汗都出来了。我和冬凤睁大眼睛守了一夜，用手抚摩阿爸像冰块一样的双脚，我们心里也是冰凉冰凉的。紧急时，医生想要切开阿爸的气管，我思虑再三，没有同意。还好，次日清晨，阿爸好转一些，人总算还魂了。

阿爸在重症监护室，医生不允许我们进去。趁医生护士推门进去时，我马上闪身进去，看老爸一眼。阿爸身上、头上和手上挂满各种管线，看见了女儿，老人家瘦削的脸上泛起了微笑，眼睛显得很明亮，神志很清醒。我阿爸是坚强的战士！

过了两天，阿爸仍然在重症监护室内，还不能张嘴说话。我用字条递给他看："我们学会的名誉会长，南怀瑾老人去世了。"

阿爸看着字条，眼中流出了泪水。他向医生示意，要纸笔和垫板，想写字。医生不肯，不让他写，要求他休养。阿爸执意要写，很坚决，情绪激动，非常焦急。僵持了一个多小时，我劝医生，还是让阿爸写吧，不然，阿爸烦躁，影响治疗，还是顺他的意更好。当医生把阿爸写在便笺上的字拿给我，一看，原来是为南怀瑾大师写的挽联：

温州怀瑾出，乐清家学优，少年研诸子百家，抗战从戎。进佛道修经典，赴欧美港台设坛，育英才济世，学贯四海；

太湖文星沉，举国双泪流，毕生携海峡两岸，帷幄运筹。金温线功千秋，崇南宋状元及第，怀雄韬文略，德布五洲。

我的好阿爸，文采飞扬又重情重义的阿爸，在自己病危的紧要关头，还拼着命为南怀瑾大师写下这总结一生、盖棺论定的长副挽联，这也为阿爸与南老的往来神交画下了浓墨重彩的感叹号。

阿爸写出挽联，悲痛有了释放，情绪慢慢平稳一些。待阿爸缓和了，我又特地找出两张白纸，让阿爸用软笔慢慢重新抄录挽联。我用快递把挽联寄给太湖大学堂秘书室的宏忍和马宏达先生，表达我们对南怀瑾老先生去世的痛心和深切悼念。

后来，我写了一篇5000余字的散文《记国学大师南怀瑾先生》，发表于2013年第6期《辽海散文》中，此文被南怀瑾学术研究会编的《天香桂子落纷纷：南怀瑾先生诞辰百年纪念集》（2019年9月，东方出版社出版）收录，列为"以阅读的方式纪念"南老文章首篇，聊表我和父亲对南怀瑾老先生的感恩之情。

在研究王十朋的文化之旅中，我还遇上了很多朋友和同道，可谓因书结缘。2006年10月28日，我和父亲去台湾，专门与王十朋研究专家、《王十朋及其诗研究》一书作者郑定国博士相约，在台北留下两岸梅溪文化学者喜相逢的一段佳话。

生活中有时无巧不成书。2019年8月29日，我从孔夫子旧书网上买回自己的书《王十朋传》和《颂梅集三百首》，收到后，我打电话给沈阳网购书商宋涛先生聊起我是《王十朋传》作者，此书出版30年后，自己手上都没有书了。宋涛先生特别兴奋，说早就听说过我，因为他父亲宋韵声教授是辽宁大学的翻译家，通过辽大出版社知晓了《王十朋传》作者为写书而付出的艰辛求索之事，对他爸爸著书给予了启发和鼓励，并且把他爸爸的著作《不死的牛虻——纪念艾·伏尼契150周年诞辰》和《宋韵声评传》寄赠我，在书内扉页写有"雪丽女士存念。宋韵声谨赠"。我在这本辽大出版社的外国文学研究丛书《不死的牛虻》楔子里读到：

有个人做的一件事给了我很大的启示和鞭策。在《沈阳化工》杂志社有一位叫王雪丽的女编辑，当她知道自己是南宋著名状元王十朋的第二十四代孙女的时候，她就立志要为她的先祖写一部传记。王十朋确实是历史上一位很有名的人物，既有学问，为官又清廉公正，而且有政治远见，官做得也很大。在做地方官期间，深得人心，受到百姓的爱戴，在史书上的名声也很好。但在《宋史》上关于他的记载不过几百字，要想写一本书谈何容易？对于这一切王女士并未却步，她先从王十朋留世的著作《梅溪集》入手，认真仔细阅读，从中梳理发现可使用的材料。此外，开始翻阅可能与他的活动有关的史书。任何与王十朋有关的记载都不放过，对后人谈及有关王十朋的传说、笔记文章也都抄录下来，得空或借出差之机便到王十朋的出生地浙江温州乐清走访同宗同族人，走访可能知道一些有关王十朋事迹的人，同时查阅地方史志。

几年下来，她做了70万字的笔记，给王十朋的诗文集《梅溪集》做了注疏，最后完成了《王十朋传》的写作，由辽宁大学出版社出版。

牛刀小试之后，她又再接再厉，以她的老家乐清为中心，联合当地和全国有志于研究王十朋的学者，成立了"中国王十朋研究会"。后来，听说又出了好几本书，成绩斐然，令人羡慕。

我非常感动宋韵声翻译家对我的认可，也为有如此神交而喜悦，同是著书立说人，我们对治学为文有共鸣。按梅溪文化学者吴宏富所说："宋先生把你当成励志偶像了。"只是宋韵声先生不认识我，他书里的这段文字有四点出入：一是我是王十朋第27代孙女，而不是24代；二是我没有给《梅溪集》做注疏；三是以温州为中心；四是成立了"温州王十朋研究会"，而不是"中国王十朋研究会"。

总之，由我的父亲领导、我协助成立的温州王十朋研究会，开展了持续不断的研究工作。而且，我的父亲高瞻远瞩，脚踏实地，更可贵的是把学术研究和现实经营结合起来，将王十朋的文化研究推向文化产业化，并取得了很大的成功。1997年12月25日在温州王十朋研究会成立大会上，父亲从时任温州市民政局社团处处长沈云法手中接过金光闪闪的温州王十朋研究会的牌子，我们就是接过了一份沉甸甸的历史使命，弘扬民族优秀文化，继承和发扬先贤王十朋爱国精神的历史重任，落在了温州王十朋研究会的肩上。

自1995年8月18日温州王十朋研究会筹备会在风华居召开第一次会议以来，风华居名副其实地成了中国当代王十朋研究的学术交流基地。温州王十朋研究会为王十朋的学术研究、倡导乐清王十朋墓的修复、梅溪村故居王十朋纪念馆的建立及雁荡山梅溪国际碑林的开拓等旅游文化工作鸣锣开道，为王十朋文化研究产业化做出了积极有效的贡献。

1998年6月5日，温州王十朋研究会组织王氏梅溪后裔和各地代表六十多人，在乐清铧秋王十朋纪念馆研究修复宋龙图阁学士王十朋陵墓及状元故里梅溪村建造王十朋纪念馆等事项。

1999年1月9日，温州王十朋研究会在王祝光会长带领下，在王十朋状元公故里，于梅溪村王氏宗祠内召开"世界文化村雁荡山梅溪国际碑林王十朋大观园开发揭幕典礼"的千人大会，非常隆重，在王氏祠堂征集打刻了很多诗碑，为梅溪村的人文景观建设揭开了序幕。

2000年6月13日，温州王十朋研究会在乐清梅溪故里祠堂举行王十朋墓维修大会，并研究梅溪故里王十朋纪念馆的兴建事宜。

2001年10月，王十朋研究会为正在新建的王十朋纪念馆征集评选楹联，《人民日报》记者卢江冰等参加了评选。在乐清当地政府及梅溪王氏后裔的支持下，筹集千万元，建造梅溪村王十朋纪念馆，初期工程竣工，国学大师南怀瑾为王十朋纪念馆题写匾额。现在王十朋纪念馆几经扩建，已经市值2亿元。十朋公后裔、研究会副会长、乐清王十朋纪念馆馆长、26世孙王新祺老先生为纪念馆做出了极大的贡献。梅溪村是王十朋出生地，这里有王十朋故居、孝感井、800多年的状元手植树、新开发的碑林和梅溪草堂，溪边广植梅花，重修王氏祠堂梅溪书院，如今状元故里梅溪村已是AAA级旅游风景区。如果把雁荡山和梅溪村王十朋纪念馆、状元公坟园旅游线路相连，梅溪村将成为重要的旅游景观。想当初，1997年12月25日，在温州王十朋研究会挂牌成立和《颂梅集三百首》研讨会后第二天，首任会长王祝光先生带领部分学者去梅溪村实地考察，大家与当地政府工作人员、梅溪乡民座谈，提出如何利用状元王十朋的历史名人效应和当地的地理自然风光，以雁荡山为龙头开发旅游资源。刚进乡政府时，从那些列队敲锣打鼓欢迎专家学者的天真孩子的笑脸上，可以看出当年梅溪村乡民是多么盼望开发梅溪呀！

我亲爱的阿爸，您看到了美丽的梅溪状元故里开发成功并不断发展，您倡导并为之努力践行的开发梅溪历史人文自然景观的决策已经实现，您可以安心、放心了。

遗　愿

阿爸临走时有两个愿望：一是在我家风华居门口的九山公园内，要为王十朋修建一座8米高的汉白玉全身塑像。我找了好友郭星女士，她父亲是鲁迅美术学院雕塑系老教授，她和弟弟全家都搞雕塑公司。我请她为8米高的汉白玉雕像做基础预算，资金大约20万元，因此阿爸叫我以温州王十朋研究会的名义打报告给温州市政府，请求在九山公园内立一尊历史名人王十朋雕塑，增加公园人文景观。在市中心公园建一个王十朋塑像，必须经上级批准才能动工。温州王十朋研究会党支部书记、全国人大代表郑雪君女士把这个申请报告送到市政府相关部门，但是一直没有消息。只好暂时作罢。原先想得挺好，如果建塑像能批下来的话，把风华居门前九曲亭旁一段20米的青砖墙利用起来，建成王十朋家风家训碑廊，但是这些一时都无法实现。

阿爸的另一个愿望是想在他的出生地青田县温溪镇港头乡上高岗村建一座纪念王十朋的梅溪亭。上高岗村王氏子孙都是王十朋公的后代，高岗始祖

第一辑　至柔亲情

王子元是王十朋第七世孙，明洪武元年（1368年），王子元33岁时从永嘉楠溪迁居此地已经650多年了，另有一支同族堂弟迁到离高岗两三公里的彭括村居住。在故乡，建梅溪亭可以让王氏子孙知道自己祖先的来处，增加当地人文景观，弘扬先祖王十朋的爱国精神和文脉传承。再说，建立一座工艺美术石头凉亭，是为乡民增加一处惠民的休闲场所，寓乐于景。

2017年12月1日，我与文友马莲女士驱车从温州风华居来到我的出生地青田县港头乡高岗村，找到村支书阿伟，他是我小学同班同学叶里九先生的儿子。他听我说要在上高岗村建一座梅溪亭，当即同意，马上召集村委会的两位同志一起去考察选址。

上高岗是我的出生地，在这里我度过了12年的童年生活，瓯江水、绿草地、大榕树、乌篷船，是我永远的记忆。上高岗村有一座浩然楼，楼高三层，门楣上有我阿爸题写的楼名，是一栋专门为村民举办服务活动的公共场所。楼前有一片供村民休闲娱乐的小广场，多种健身器材置于广场的铁路路基旁边。30多年前，温金铁路修建时，我们王家的财主屋，一座晚清大宅被拆掉，修通了铁路。路基对面都是新建的民居，高楼大厦一字排开。这里是侨乡，家家户户在故里盖楼房，光宗耀祖。路基正对面，是一栋五间的旧式二楼木结构老屋，屋顶的砖瓦有一些已经碎裂了，这座陈年老宅是祖父于1937年从欧洲回乡时盖的，屋前的立柱和横条石，还是当年建太婆的贞节牌坊时留下的。在众多新楼房中，此旧屋显得格格不入。阿爸阿妈把温州风华居和这栋老屋留给了我的胞弟永生，别人家都有子弟住在村里，而我们家姐弟五人，三个在德国，我在沈阳，二妹素丽已经去世，因此没有必要在老家盖新房子，老屋就这么空着，让外地来村里打工的人一直住着。

我的堂叔王伯寿是原来的村主任。我作为高岗出生的人，虽在外地学习工作60年，但不忘故乡情，愿意自己出资为故乡盖惠民文化工程梅溪亭，来完成父亲的遗愿。村干部对此事都很上心，集体拍板决定，在我家老屋正对面小广场的铁路路基旁建造14米长、3.5米宽的全石材梅溪亭。我好高兴，在有生之年，能为家乡出点力是多么荣幸啊。亭址紧靠村口，村外不远正在修建瓯江水电站，山乡巨变哪！

阿伟告诉我，修亭子必须由村委向镇政府打报告，再报县里要等青田县政府批下来才能施工。我先寻找石材公司，通过阿爸的朋友联系一家专门修建凉亭的公司，与老板张良权先生谈好10万元基本价格。一个月后批文下来了，他们马上进驻高岗村，伯寿叔叔监工建造。

我在阿爸以往的书法墨宝中，拼成了"梅溪亭"三个字。我又向辽沈名家王向峰博导、白玮教授、张振忠先生、王海轩先生等为梅溪亭求撰楹或赐墨宝，我与弟弟永生和儿子白鸿博也挥毫撰联。当年，我阿爸选定王十朋《驾幸温州次僧宗觉韵》的诗句"北斗城池增王气，东瓯山水发清辉"作为风华居正门楹联，请冯增荣老先生题写，如今把风华居正门楹联墨宝翻拍，刻印在梅溪亭前门柱上。亭门上方是我阿爸的手迹"梅溪亭"。我们还把阿爸给二妹素丽乔迁时写的一副对联，也拍照雕刻，用在凉亭中间一对亭柱上。

　　为了纪念梅溪亭落成，我专门撰写一篇《梅溪亭记》，把高岗鼻祖的由来、先祖王十朋生平的功绩、我父亲要修梅溪亭的初衷，以及我们兄妹五人遵照遗嘱共建梅溪亭，一一说明。我的文友辽宁省散文学会副会长、沈阳市作家协会副主席赵凯兄弟帮我字斟句酌，使这篇《梅溪亭记》更加严谨完善。这篇文章后来雕刻在石碑上，立于梅溪亭后。

　　2018年清明，我、弟弟永生、弟妹阿敏和冬凤、鸿华、马莲小妹以及毛文龙与温州王十朋研究会的领导成员王兴文、王文碎、王新棋、曹永良、章上璋、张玮节、杜志雄和阿爸老战友黄建华的女儿黄秀丽女士等一起到高岗，先上山，到阿爸、阿妈墓前祭拜，告知老人家梅溪亭落成了。然后，我们下山。梅溪亭好不雄伟气派，飞檐上红灯高挂，红绸彩带在亭柱上垂悬，《梅溪亭记》石碑立于亭后，两对石桌石凳立于亭中。鞭炮齐鸣，温溪镇领导蔡少燕女士、高岗村书记叶大伟、村老人协会领导等到会，众多乡亲喜聚梅溪亭前，我和弟弟王永生与温州王十朋研究会的领导一起为新落成的梅溪亭剪彩，欢声笑语，祝福满满。老爸建造梅溪亭的遗愿终于完成了，这也是我为阿爸办了一件漂亮事，心中特别欢喜。

　　由于建亭仓促，楹联的字刻得不理想，王新祺老先生又在乐清用黑色花岗岩重刻对联，重新将石刻楹联贴在亭柱上，漂亮多了。这样经过修饰，建造梅溪亭花费了近12万元。

　　梅溪亭盖得很漂亮，但是对面王家老屋年久失修，有失大雅，于是又用阿爸的丧葬费为老屋翻修屋面。这样五间老屋红瓦铺缀体面了许多，又改造了危房，也可以说是建造梅溪亭之后的又一次后续工程，想来山上的父母双亲和祖父母也会安心许多了。

　　其实，几十年来，我的阿爸还有一个遗愿，就是要拍有关王十朋的电视连续剧和电影。说起来一言难尽，以往花了很多钱，与传媒机构合作，上了不少当。杜志雄女士和贾一民先生还写过剧本，但一直也没付诸拍摄。这里错过一次机会，在20世纪90年代初，我为拍王十朋电影的事亲自打报告，联系过有关部门，都未如愿。

阿爸在2017年7月住院期间，还专门回风华居主持王十朋研究会常务理事会。我、兴文、文碎、郑雪君总编、王新祺馆长等相聚风华居，阿爸专门任命戴春来先生做副会长，让他主抓拍王十朋电影和连续剧创作的工作。春来很热心，但这项工作确实棘手。2019年，我和王兴文、戴春来赴北京，参加国内有关电影拍摄的"青年电影成长计划"高端座谈会议。我们找了著名剧作家黑继文先生，想请他到温州来考察写剧本，可惜2020年1月出现了新冠肺炎疫情，耽误了下来。但我们不曾忘记，作为王十朋研究会的一个重大目标，我和王文碎秘书长等都积极支持春来，期待拍成影视剧，把梅溪文化传播推向一个更高端、更广阔的平台。

梅溪文化

我敬爱的阿爸走了以后，风华居作为王十朋文化研究会的诞生地和所在地，仍然生机勃勃，不断向前。温州王十朋研究会的铜牌挂在风华居门前，沐浴阳光，金光闪闪，召唤海内外文化学者加入中国优秀传统文化继承、传播和弘扬的队伍。父亲开创的当代梅溪文化研究，方兴未艾，和梅溪精神一样，是人间正道，定会大展宏图，风华永茂。

"士子千秋圭臬，先儒一代宗师。"这是著名文史学家孔凡礼先生对王十朋的赞誉。王十朋作为中国历史上优秀的知识分子与官员代表，学为忠与孝，为官后，爱国爱民，勤政廉洁，刚正不阿，割俸办学，乐育人才，退田还湖，兴修水利，为人民办了很多好事实事。朱熹称赞王十朋："在朝廷则以犯颜极谏为忠，仕州县则以勤事爱民为职。"《四库全书总目提要》称其"十朋立朝刚直，为当代伟人"。王十朋留下的五十四卷《梅溪集》，光耀千秋，彪炳史册。他组建的楚东诗社，其社刊《楚东酬唱集》开启了南宋初年宋诗的主流诗风：忧国忧民，心系山水。值得欣慰的是，这一迄今可知的南宋诗社选集，2021年已由梅溪文化学者、温州王十朋研究会副会长吴宏富先生辑佚复原，不久将出版面世，让人们一睹南宋诗人们的酬唱风采。

作为王十朋第26世嫡孙，我的父亲王祝光自1980年离休后，集中一切精力、体力、财力，来挖掘开拓这个几乎被漫长历史岁月掩埋了的中华民族优秀文化富矿，我协助父亲为了"救活"王十朋，深挖本土文化，使这份珍贵的中华文化遗产古为今用，大放异彩。

1990年，我和父亲合著《王十朋传》首次出版，填补了当代系统研究王十朋的空白，被南怀瑾大师赞扬和支持，于是创立了温州王十朋研究会，掀起了国内外梅溪文化研究高潮，30年来热情持续，后继有人，硕果累累，截至2021年1月，国内外已出版各类王十朋研究专著多达25种。据了解，尚有诸多新作在整编之中，不久将付梓，与读者见面。王十朋文化研究专家学者队伍已成格局，我们传承弘扬的梅溪文化，是中华民族优秀文化长河中的一个重要分支。我们的队伍向太阳，我们将共同携手，再接再厉，把王十朋优秀传统文化研究推向一个更高的水平，历史将见证我们的努力和成果。

风华居后院有阿爸亲手栽植的大樟树，绿荫如盖，庇护着这一方福地。小楼沐浴在阳光中，好像打开窗，白云就会飘进来。湖水日夜在围墙脚下呢喃絮语。阿爸说风华居围墙就是一条龙，镶嵌中式圆花窗的围墙起伏如卧龙身形，龙尾在屋后落霞潭中，大门像龙头昂首，仿佛一条龙从潭里上岸了，势欲飞腾。再者，阿爸属龙，喜欢龙，见龙在田。石栏小桥是走进风华居必经之路。桥下那只小船，等待着谁去摇桨，欸乃声中会漂向何方？

我爱风华居，就像爱我的阿爸阿妈。父母走了，风华居还站在这里，美丽依然，思念就是开门的钥匙。这是世界上最美的地方，红瓦橘壁，花窗雕栏，碧水环抱，多彩如画，建筑与自然融合为一体，又古典又现代。这是阿爸和阿妈携手共同为世间留下的最美建筑：母亲"捡"来的地，父亲设计的家。

温州王十朋研究会常驻风华居，这是承载着宗族血脉骨肉亲情的家，更储藏着中华民族传统文化的智慧精魂，那扇紧闭的门扉一开启，就会流淌出中国故事，风景这里独好！

　　　　　　　2021年5月16月至26日于沈阳天柱居
　　　　　　　谨以本篇缅怀我敬爱的父亲

第一辑　至柔亲情

母亲祭

——家庭风雨实录

　　母亲的死竟让我留下永远的痛和愧疚，每当想起这事就叫我流泪不止，写这篇纪念母亲的小文时还泪洒稿纸。

　　2009年春节前一个多月，我在沈城与远在温州家中病榻上的母亲电话有约，我告诉母亲今年春节我将再次回家中陪她过年。她虽中风不能言语，然而当她听到我回家过年的电话时，竟奇迹般地答应了我，我清楚地听到母亲在电话的那端回了一声"噢"，可见母亲盼女儿回归家中的思维意识是多么清晰和强烈。然而，我却失信于久病的母亲，因故没有如约回家，让病中母亲的期盼落空。我真不能原谅自己的不孝，辜负了病榻上的母亲盼女归家的久久期待，让弥留之际的老母亲望穿楼板空悲切。

　　母亲于2005年12月9日左大腿根骨折后一直卧病在床，已经三年有余。母亲晚年时特别挂念和依恋我这个长女，每年我都要专程回南方老家去看望她两次。记得2007年12月8日，我从西双版纳开完全国化工行业科技期刊主编会议后，由昆明飞回温州探母。这一次，我一直在母亲身旁待了十多天，每天为她换洗、翻身、喂饭，这使她特别开心。看着我为她换尿布时那样认真和吃力（母亲很胖），她扑哧地笑出声，轻轻地为我擦拭额前的汗水。

　　2008年元旦刚过，母亲来电话，她叫我过几天在春节时回温州家中过年。电话中我听见父亲对妈说："刚刚回来不到半个月，怎么能又让女儿回来？"母亲不语，最后她低声说："那你就别回家过年了。"我听到父母亲电话中的对话，急忙对妈说："没关系，过些天我一定再回家陪您过春节。"一听到我的应诺，母亲乐了。

　　2008年2月5日，农历腊月二十七，我依母亲的意愿乘飞机由沈阳赶回温州风华居家中。一进院门，我便直奔二楼母亲的房间，只见母亲眼睛一亮，张开双手向我伸来。我急忙赶到母亲床边，俯下身去，贴妈妈的脸颊，心中好生欢喜。虽说母亲已卧床两年，但她心中并不悲苦，一日三餐还能自己吃饭。85岁高龄了，还有一头并不花白的黑发，我为她梳理头发，用姥爷留给她的那把牛角梳，那是母亲的珍爱。母亲高兴地对我说："我就盼望你回家过年。"没想到这竟成了母亲生前对我说的最后一句完整话，第二天她便中风不语，不会讲话了。此行，我在家陪母亲待了半个月，2月19日才飞回沈城。

2008年3月初，胞弟永生和三妹社军都从德国回温州探母，3月7日晚上，突然接小弟电话，说母亲刚才咳喘不停，已经住院抢救。次日是三八节，我急速飞回老家，直奔母亲住院的第三医院急诊观察室。我远在山西的儿子和正在德国波茨坦大学读建筑设计的鸿凯侄女也赶回老人的身边。由于病房紧张，母亲在观察室住了一个月，我和居家阿姨冬凤轮流看护母亲，白天是冬凤陪护，每天晚上从半夜11点一直到第二天上午10点由我守在母亲身旁。老爸每天都守在妈的身边，每天早饭都由小弟送来给我们母女吃。在医院里，我看到邻床病号的保姆晚上自顾自地睡觉，病人从床上掉到地上都不知道。更有甚者，隔床一位90多岁的老人，他的儿女将晚上陪护老人的任务完全交给了保姆，而保姆只顾睡觉，老人翻身时打点滴的针头脱落，血水染红了半条床单和被褥。看到这种情景，我始终坚持夜间由自己陪护母亲才能放心。

陪护是一件细心吃力的事，母亲已有臀部的褥疮，每次都必须小心翼翼地涂药和擦洗，每两小时翻身一次，加之各种药物点滴不停地交换，时常一夜也不得消停。好在有家中的一张竹躺椅可以将就和衣半身卧一下，就这样在第三医院一住就是28个日日夜夜。父母有四女一子，我们五个姊妹兄弟有三个在国外，平时全由乐观豁达的老爸和阿姨陪伴母亲，我也远在东北，平常能直接帮助父母的太有限，这一个月来能日夜陪在亲爱的妈妈身边悉心照料，一把屎一把尿地回报母亲的养育之恩，作为长女我觉得心里有了一点欣慰。还好，母亲的生命这次能安然回转，总算万幸。

有母亲同在的日子总是快乐的，父母的居所永远是远行儿女心中的灯塔。父亲的风华居别墅坐落在温州市中心九山公园之内，东依松台山，南临九山湖，小桥流水，白墙黛瓦，红灯高挂，轩窗围墙筑基水上，湖心小船停泊门前，大有"野渡无人舟自横"的意境。1995年父亲筹备创立的温州王十朋研究会会址为风华居，苏步青题写了"王十朋纪念庭"。10多年来，家中父母接待了海内外无数来访者，并向来访参观者先后赠阅《王十朋传》《颂梅集三百首》《王十朋纪念论文集》等系列书籍达8000多册，这里成了传承民族文化、弘扬爱国主义的教育基地之一。2008年风华居成了温州市少有的三家"浙江省

学习型家庭"之一。作为风华居的女主人，母亲这些年来管理内务和负责接待，为来访者倒茶端水，直接参与王十朋研究会的成立和历次大型学术研讨会的活动组织工作。母亲为人朴实贤淑，懿范长存。

近几年，母亲越来越衰弱了。每次和父亲通电话时，我总是让父亲将电话子机移到母亲身边，让她听我呼喊几声"妈妈"，然而我已听不到电话那端任何回话，听到的只能是母亲喘息的呼噜声。眼看快到2008年8月17日，农历七月十七，这天是母亲的85岁生日。想到辛苦一生的母亲来日无多，我决定迅速安排好手头的编辑工作，再次飞到温州故居。我心中有一种预感，我要陪母亲度过的可能将是她人生最后一个生日。

农历七月，温州正是盛夏，风华居虽掩映在湖边的树荫之中，仍然酷暑难当。我可怜的老母亲穿着粉色小背心，身上只盖着一层薄衫，仰卧于楼下医疗床中的凉席上（前年我曾从沈阳专门为母亲运回一张多用单人医疗床，然而因太窄无用而送给别人）。她只顾睡觉，偶尔睁开无神的双眼，早已没有往日的光泽，臀部和脚上由于长期压卧已生有褥疮。我心痛地流泪，用药水棉棒为母亲轻轻地擦拭着伤口，换药，翻身，抚摩着她身上松弛的肌肤。

长久劳累的父亲消瘦了，他是母亲生命的支撑。父亲一生的日常生活都由母亲安排，他也从不会做饭。想起春天时母亲住院的日子，每天中午我从医院回家睡觉，晚上半夜去医院换班前，亲爱的老爸一边端上他亲自为我做好的饭菜放在红木饭桌上，还一边赔笑说："阿爸做得不好，将就吃吧。"这时，我的眼泪夺眶而出，父亲因母亲病倒三年，临老了才学做饭，他亲手烧给女儿吃的饭菜是我一生中吃到的最美味的佳肴。我的心在痛，在流血。他们老两口一生养育了五个子女，为了事业儿女们全都远走高飞，致使一双老人空巢而居。虽说平常我们五个姊妹兄弟都能寄回几个钱，给父母补贴零用，可关键时候还是远水解不了近渴。父母老矣！没有儿女绕膝的日子，我们能顶什么用呢！自责、不安，我们这些子女用父母爱我们的十分之一的心力去回报养育之恩都做不到哇！父母的恩情儿女永远都还不完的，只能一代留一代算作回报了。

尽管母亲不能言语，但在她85岁大寿的日子里，我能返回家中陪母亲过生日，在她生命最后一个生日中，能亲手为她更换尿片、擦身摇扇、喂水喂饭，使我心中感到无限安慰。

大限已到，生命终点已至，生离死别的日子已经飞到我们的眼前。芸芸众生谁能逃脱死呢？这死亡的大道哇，古老而又新鲜。2009年2月12日下午2点半，父亲来电话告诉我："你妈刚才2点钟已经没了。"我顿时大哭，尽管深知重病的母亲离去是早晚的事，然而一旦听到最后的判决，心中那根母子相连的脐带被再度扯断，永远失去至亲的疼痛顿时蔓延开来，竟使我右胯大腿突然痛裂难耐。说来也奇巧，也许是母女间的心灵感应，才能如此神奇和叫人百思不得其解。

2009年1月25日是春节，因家中阿姨突然回乡，使我无法丢下有中风后遗症的丈夫，故没有回温州陪母亲过年。2009年2月11日下午，我去圣诺家政寻找了一个临时阿姨回家，在途中我跨越小花圃不到半米高的栏杆时，右腿突然就不好使，是这位刚刚请来的阿姨帮助我扶起右腿，才能勉强跨越过去。回家后便觉得不太自如，至夜间睡觉时，感到右腿怎么放平都不舒服。到了2月12日上午，我已觉得右大腿根行动疼痛，但还可以忍受。待到下午2点半听到母亲去世的电话后，我突然间右腿胯骨疼痛难忍。我立即向航空公司预订了两张沈阳去温州的飞机票，然后马上在来家里帮助我包饺子的老朋友芳馨帮助下，急速驱车到二〇二医院骨科检查拍照，诊断我患了右胯急性滑膜炎，骨科专家白医生让我立刻住院做牵引治疗。然而母亲今日去世，明天我就是爬也要爬回温州的娘家，取了三盒西乐葆强行止疼消炎药，便匆匆收拾行囊等待天明，以便第二天早晨乘8点40分的飞机赶往温州。

天有不测风云，2009年2月12日晚上，沈阳发生特大暴风雪。一夜之后，2月13日6点钟，大雪阻碍一切交通，通往桃仙机场的高速路被封道，飞机停班。好不容易赶上大巴绕道去机场已是上午11点。还好，早晨8点40分由沈阳飞往温州的班机下午2点半才起飞，这是怎样艰难的一次航程啊！风雪交加，心痛加腿痛，真是举步维艰。

我疼痛无比的右腿使我失去了行动的能力。我是靠着手杖和搀扶驱车来到了桃仙机场。首先由陪伴我同行的孩子玉慧为我申请轮椅，否则我是寸步难行。现在机场的人性化服务真是细致入微，机场服务人员帮我推着轮椅送上飞机。到了温州机场，当地的服务人员早已将轮椅送上飞机，是他们将我抬下悬梯一直送到机场外接站的小车上。失母之痛竟会让我痛彻无比，母亲三年前是左大腿胯骨骨折，而我今日的疼痛点竟是右大腿胯骨，与母亲的痛点对应得何其蹊跷。

2009年2月13日晚上7点，我终于回到温州家中。父亲的风华居在九山公园内，小汽车是不能进去的，只好艰难地换乘三轮车到家门，我几乎是由别人抱着才下车的。老爸迎出门外牵着我的手，我异常艰难地移步来到母亲面前。

楼下的住房已改成灵堂。母亲的彩色遗像悬挂在前方墙中央，两盆大棕

竹和杜鹃花分设在母亲的床头两边，一床白色金丝绒被单轻轻地盖在母亲身上，这些丧服是去年3月7日母亲抢救住院时，当日半夜我从沈阳北市教会买回的。父亲为我揭掉母亲脸上的白单子，我亲爱的母亲如生前模样，安详平静地睡去，嘴角似乎还带着点微笑。我哀号，心痛无比地哀号："妈妈，原谅我失约没有回家过年，妈妈，我对不起您！"眼泪如断线的珍珠，泪湿青衫。然而我知道，我的泪水不可掉在母亲的脸上。于是我拭去泪水，一手策杖，轻轻地俯下身去，用嘴唇轻吻着我亲爱母亲的面颊和右手。母亲已经停止呼吸快30个小时，她的身体是彻骨的冰凉，然而她的面颊、身体和双手却异常绵软，完全是一副优美的睡姿。当她登上人生第86个台阶后，安详地飞升天国去了。我贪婪地看着我亲爱母亲最后的遗容，还是那头乌黑的短发，还是那张仍然丰腴富有弹性的脸盘，那副年轻样态真不像一个86岁的老人。我想，我与母亲相约春节回家过年，等待中的母亲在寻找我，所以我才会腿疼。

　　在春节前我本已预订了机票回家过年，然而在我家辛勤工作了四年半的老阿姨，因为新买了房子，她的公公第一次要来沈阳过年。她忙碌了一年，我岂可拒绝她陪家人过春节的请求，只好默默地忍痛割爱，把春节团聚的机会让给她了。加之父亲说，母亲现在状态很好（是回光返照），也能吃饭了，脸都胖了，虽不说话，但一日四餐老爸是精心地喂养她，现已过去了三年，再活上一年没问题，所以老爸叫我和小弟都不要赶回家中过年探母。谁知道这一失误，竟让我失信于母亲，没有如约回家陪母亲过年，使弥留之际的老母没有见到一个儿女。这份心疼和愧疚，是我一生的后悔呀！

　　母亲遗体停放在一楼，我住在二楼，由于极度腿痛只能卧床不动。二妹素丽来了，其他的弟弟妹妹都在归途之中，一切全靠老爸操持。在这关键时刻，我一动不动地躺着，反而给老爸添累，真没用。2009年2月14日晚7点多钟，亲爱的小弟永生和弟妹阿敏以及三妹社军和小妹丽君先后从德国赶回家中奔丧。等到当晚10点钟，爸说家人要在母亲身边留下最后一次合影。弟妹心疼我的腿伤，劝我不要下楼，然而我还是忍着极大的疼痛坚持下楼，与全家人同母亲最后合影告别。之后小弟便依依不舍地将母亲的遗体从母亲亲手创建的风华居送到殡仪馆。

　　母亲永远地走了。2009年2月14日、15日、16日三个夜晚，我亲爱母亲的身体是在温州殡仪馆单独过夜的，但我相信母亲的灵魂一刻也不曾离开过我们的家中，她在守望风华居，这个她亲自参与建造并久居了近40年的家。说起风华居的选址建造，其实和母亲的一次善举有缘。1972年，风华居的原址是九山湖旁边的一片自留田菜地，自留地的主人是阿潘。一次母亲在菜场捡到一个钱包，里面有很多的粮票和钱，还有一个黄色红字的巡逻队臂章，但没有地址，在那个年代，粮票就意味着生命。母亲等不到失主只好交给当地派出所，最后派出所找到了失主，原来他是九山湖旁边一个纸盒厂的厂长。为了报答母亲的善举，他将阿潘的妻子安排到纸盒厂工作，然后阿潘将他家的自留地出让卖给父母建房。父亲是搞建筑设计的，当年在九山湖畔选址，自行设计建成的风华居，可谓独具眼光。2002年九山公园动迁改造，将周围上百户人家、工厂一并动迁走了，最后只剩下了父亲这座有浓厚文化背景的风华居小别墅。因为风华居的文化格调与九山公园的自然风光相互映衬，成了一道别致的人文风景。上善若水，帮助别人就是帮助自己，是母亲为风华居奠定了善根。

风华居大门外的灵棚早已搭好，父亲决定丧事简办，不登报、不宣扬，只写一张母亲仙逝的讣告贴在大门口，院内院外所有亲朋好友及许多政要名流送来的花圈、花篮有序地排满，直摆到湖边，就连围墙外的小桥上都挤满了各式花圈挽带。那一个个大型的鲜花花圈，花香四溢，五彩缤纷，做工极其考究别致，凝聚着送花人一片片哀思和真情。

看着所有的儿女都赶回家中，母亲应该是欣慰放心地走了。因为我自母亲去世的头一天晚上突发右胯急性滑膜炎，而到了2月14日母亲遗体被送走后的下半夜，我基本可以稍稍入睡，腿痛大大减轻。母亲是爱我的，尽管她舍不下我们，在她弥留之际寻找和等待我们，然而看到我们都已回家，她最终还是放心地离开她这个至爱的家了。

2月15日下午，我的右腿开始大有好转，可以从二楼走到楼下。两天来，我一直躺着，也没为母亲做点什么身后事，现在我可以将白天二妹寻找出的母亲的大量遗留物品和衣服进行分类。我将其中质地较好的一些西装等遗物放进一个袋子中，并将母亲生前不常戴的两只红色和绿色的玉手镯、一枚花瓣形玉戒指、一支铅笔、一把母亲生前常用的浅黄色牛角梳，放在母亲的西装口袋中装好，并将父亲珍爱的万寿无疆紫红色陶瓷茶杯等物品也一并放进这个大编织袋中，可以随棺入葬，其他稍旧些的遗物放入另一个袋，以便烧掉。收拾完遗物后，我便安静地坐在一楼母亲生前居住的房间改成的灵堂内为她守灵。

灵堂内翠竹鲜花簇拥着母亲60周岁时拍摄的遗像，遗像下方是父亲的亲笔题词"随夫革命，风雨同舟""功德治家，人文永留"。四壁挂满了名流雅士们一副副挽联诗词。挂在正前方墙上的彩色照片中的母亲正慈祥微笑地看着我。我有生以来第一次长久地注视母亲的笑脸，她是从容的、自信的、

美丽的。在母亲长久离别远行之际，我应该让母亲高兴地上路，我满含热泪为母亲唱了一首首赞美诗和灵歌。我的心异常平静，我知道新生的母亲喜欢女儿为她歌唱，我也顺其心意，踏歌送母亲远行，这是一种高雅的祭奠离别方式。

我环视灵堂四壁上的挽联，那一副副满怀深情、对仗工整、各具辞章华彩的挽联叫人感佩，然而一副出自原浙江省文联厅级领导干部、著名书法家、作家、诗人冯增荣老先生携夫人从北京发来的挽联，让我浮想联翩，使我的心久久不能平静，我的思绪伴着母亲的音容笑貌，急速地飞向那遥远的年代。

秀霞老友千古

结缘革命岂究苦海深几许；
敢谢家累喜有贤才萃一门。

冯增荣　毋立利同敬挽

冯增荣伯伯是我敬仰的老人，他是极具文化底蕴、宽厚儒雅的长者，中华人民共和国成立前，他是职业革命家。我的父亲就是在1946年经他等三人介绍加入中国共产党的。

母亲的青少年时代是很幸福的，她是独生女，上面只有舅父一人，由于出身华侨家庭，接受过较好的教育，中华人民共和国成立前曾在叶山村和塘里吞村当过小学教师。最叫人难忘的是母亲与父亲年轻时的结婚照，母亲身材姣好，梳着长长的辫子，身着一款质地良好的旗袍，外面罩着一件青色薄呢外套，脚蹬白袜套黑色皮鞋，手里拿着一本厚厚的《圣经》，青春少女洋溢着幸福的憧憬。身边的父亲身着一身粗布中山装，手里托着一件祖父从国外带回的人字呢大衣，正深情地注视着母亲微笑。

记得2007年6月，母亲躺在病床上，当着我与归国回家探亲的弟妹阿敏的面，听她讲起她年少时，父亲9岁、母亲13岁两人订婚的故事，还是咯咯笑个不停。老人家的脸灿烂得就像三月的桃花，兴奋地向我们姐儿俩描述着，还告诉我们牧童戏谑她的乡村俚谣："上高岗，下高岗，银香嫁祝光，祝光讨个奶皮撞（父亲比母亲小，9岁时没有母亲高）。"我们娘儿三个笑成一团，欢乐的笑声在风华居院内回荡。

2006年6月10日上午，我和从德国回家探亲的小妹丽君陪父亲回故乡时，还专门去他当年和母亲被捕的港头小学门口旧地重游，在60年之后留下了父女三人的合影。

港头小学坐落在青田县港头乡政府旁的戏台对面，这个古老的戏台上有一副对联很有寓意："古事比今事要知今事通古事；戏情即世情欲晓世情看戏情。"我小时常随大人到这里看社戏。戏台旁是延寿亭，亭旁有冯增荣同志撰书的一副对联："故里为港头自有客常来去；家山即祖根当倩谁续古今。"戏台的对面是堂川峙。堂川峙的正门口也有一联："地福多出贤；贤出多福地。"冯增荣伯伯和父亲这些革命者应是故乡的贤者，是他们的浴血奋斗赢来了家乡人民的解放和幸福。

母亲曾说起当年生我时的情景。1947年冬，父亲被关押在青田监狱，母亲被释放后的十来天，即于1948年1月19日凌晨，将我带到这个世界上来。由受到惊吓又担心狱中父亲的安危，母亲生下我就缺少奶水，加之当时很封建，姑娘家平时都要将乳房束缚得很平，以致乳头内陷，孩子吮吸乳头时很痛并且出血。于是我这个月科里的婴孩，因为吃不到奶哭，而母亲又为乳头痛和为即将丢命的父亲而心痛也在哭，姥姥在旁边看着娘儿俩也陪着哭，一顿奶喂下来，祖孙三代早已哭成一团。祖父为我办满月酒时，小婴儿还没见到父亲，因此祖父半喜半忧而泪流满面。后来父亲为我取名雪丽，乃有两重意义：一则生我时正在下雪，我好比雪中的丽花；二则雪也寓意当时母亲于白色恐怖的岁月中生下了我。

母亲作为一个革命者的妻子，饱经忧患，几渡苦海，一生遭的罪岂是平常女子所能承受的？1960年，我母亲节衣缩食，从我们母女仅有的每人每月28斤口粮中挤出细粮，由母亲屡送炒面饼干，才使父亲得以活命。当年孟姜女为修长城的丈夫送寒衣，今朝母亲为夫活命送炒面。一次大凌河涨水，母亲背着粮食走在河当中，差点被水冲走，幸有一位同行者一把拉住母亲才使她免去一劫。我可怜的母亲哪！您对父亲的忠贞爱情感天动地，您是我们家的功臣。

三年困难时期，我们不敢写信给身在德国的祖父求助，怕暴露海外关系，使自己的生活雪上加霜。每天我和母亲都是将苞米面糊糊做得稀稀的"灌大肚"，正在读初中还在长身体的我，每次饭后都会将盘碗舔干净，几乎不用洗碗。一次我们学校下乡到满荣屯插秧，每天同学都将分来的玉米饼吃净，而我总不忍将饼子吃光，每天都以旧换新留下一个，省回去给母亲吃。下乡十天回家时，我怕自己嘴馋会在火车上把饼子吃掉，于是用头巾把饼子包好，还用针缝上。回到家中，当我将黄灿灿的玉米饼呈给母亲吃时，母亲竟抱着玉米饼泪雨滂沱。

1963年，父亲回沈时就不再从政，改行从事建筑设计，经原皇姑区委书记、

时任沈阳市副市长的俞湖同志批示：落实华侨子弟政策，安排父亲到房地产管理局搞工程设计工作。那还多亏了中华人民共和国成立前他在杭州搞地下党组织活动时，表面工作是在黄埔四期土木工程毕业的堂舅叶兆成老先生开办的中美建筑公司学习设计，没想到人到中年反倒派上了用场。

1966年时，我是沈阳第二十九中学的高中毕业生，已经报考上海同济大学建筑系，女承父业搞建筑设计正相当。

自从我年轻时有了家里的风雨历练，胆子从此更大起来了，反正什么地方我都敢去，我总有一股劲憋着，我要努力。直到所有同学下乡，我也没回学校，我自己回乡、回城找工作。同学们再见是30年以后的事了。班里同学说，我班男生最出息的是沈城政府的一位副秘书长，女生就数你这个教授级的、国内外公开发行的《当代化工》杂志社的主编了。也许是，也许不是，反正也没有谁去比，只要大家活得好、活得开心就好。

1979年，我办了护照准备到祖父那里去，我拿着护照去德国大使馆办签证遭拒签，这也许是天意，于是我开始在长达三年的时间里为父亲跑平反，最后终于成功。家庭的命运因为父亲恢复党籍、落实老干部离休政策而得到转变。补发父母工资，落回城市户口，安排弟弟妹妹们工作。父亲原是机关工作人员，有一个子女可顶替干部岗位，我当时在企业，把这个国家干部指标留给了弟弟，但后来弟弟出国了，反而浪费了这个我没舍得用的干部指标。

20世纪80年代初王锦泰区长曾为我父亲跑平反，落实恢复父亲党籍的工作时，专门到浙南山区、父亲当年打游击入党的西坑底老区，找到来此回访的冯增荣同志，请冯老为我父亲写证实材料，证明中华人民共和国成立前父亲为党工作的经历。这位当年的老领导提笔一挥而就，锦泰同志深为父亲的革命情怀所感动，他一双新皮鞋从大山上回来后都磨破了，见证了父亲当年的革命历程。父亲原是建筑师，20多年前由他设计的温州龙港影剧院至今还在使用，几十年来由他设计的工民建项目和水电站多达300多个，原沈阳中华剧场就是父亲的作品。20世纪80年代初，父亲根据温州实际情况，写了一篇《温州城市发展与工业结构》的论文，提出城市建设沿瓯江两岸江边大道进行开发和设置工业开发区的设想。这一具有前瞻性的建议，被30年后的城市格局安排所证实，这篇论文因此获大奖，并被多家媒体转载。

父亲是南宋著名政治家、文学家、教育家王十朋的第26世后裔，1985年以来，我通过研究王十朋留下的54卷《梅溪集》，做了六七十万字读书卡片，1990年由我执笔，父女共同合著出版了《王十朋传》一书。1995年父亲放弃了由他组建的温州兴华建筑开发公司营造部赚大钱的机会，成立了温州王十朋研究会。他聘请苏步青院士、南怀瑾大师为名誉会长，老红军王定国同志为首席顾问，孙轶青、刘锡荣、朱厚泽、李铎、孔凡礼、陈法文、邱清华等海内外各界专家、学者、中央省市领导80余人为顾问，使温州王十朋研究会成为拥有388名会员的高层次学术团体。10多年来先后出版了《颂梅集三百首》《王十朋纪念论文集》等研究成果专著，多次召开王十朋研究国际学术研讨会。2007年元旦，我们父女赴台与研究王十朋的著名学者郑定国博士进行交流。我们先后组织倡导修复王十朋墓、创建乐清王十朋纪念馆和碑林，为传承民族文化、弘扬王十朋爱国精神，乐于奉献。而作为研究会的会长，如今82岁的父亲早已是著名的王十朋研究学者了。梅溪遗韵，诗书传家，风华居内我和父亲与我儿子著书立说也自得其乐。

　　我的思绪从遥远的年代又回到祭奠母亲的灵堂上来，冯增荣伯伯的一副挽联，勾起我对母亲、对往事家史的浮想联翩。幸得父母晚年幸福安康，在依山傍水的风水宝地风华居别墅内安度晚年。今日母亲的子女们无论在国内还是在国外，都事业发达，生活幸福，父母膝下已有30个子孙后代，可谓子孙满堂，她可以放心地走了。

　　2009年2月17日，农历正月十八日清晨6点，我们冒雨驱车赶到温州殡仪馆，举行母亲的遗体告别会。告别大厅肃穆庄严，母亲的遗像挂在正前方，她正微笑地看着大家，遗像上方挂着"卓秀霞老太太遗体告别会"主题横幅。横幅两边的对联是：克己终生世事皆圆满，传主福音灵魂归天堂。遗像下面是小弟代表全家敬献的花篮，大厅两侧是政要名流敬献的花篮和缎带。弟弟、弟妹、我和姊妹、子侄们列在一边，温州永光基督教堂和亲朋好友列在另一边。母亲的遗体已推入水晶棺中供众人瞻仰，化妆后的母亲脸色有些偏红，仍然安详如常。当主礼牧师讲道后，我代表亲属致意和哀悼。

　　唱诗班演唱赞美诗《天国再相会》，歌曲缓缓地在会场响起，人们绕场一周，将手中的花朵献给妈妈。我的心在呼喊：再见了妈妈，再见了亲爱的母亲，我们天上再相会。

　　上午8点，胞弟捧出母亲的骨灰盒，雨中等待的车队随即启程，奔向百里之外的故乡青田县港头乡高岗村。录像小车前行，鞭炮、乐队齐鸣。车队沿瓯江南岸高速公路直奔故乡高岗。高岗老年人协会打着红旗早已等候多时了。

　　这就是我童年的故乡，青山依旧，瓯江长流，只是沿江的草地早已变成国道高速公路，祖父的故居也已变成了金温铁路的火车停靠站。昔日古老的江南民居村落，早已建成了高楼大厦林立的现代化侨乡新镇，我童年中的故

居、老床、草地、竹林早已成为梦中之物。

　　说来也巧，清晨本是中雨不断，可车队刚到故乡，雨便骤停。铜锣开道的乐队身着统一服装，各式乐器齐奏进行曲，小弟捧着骨灰盒和外甥阿长捧着母亲的遗像先行，送丧的队伍举着百余花圈，手捧鲜花花篮，沿王氏老祠堂登上后山的小路鱼贯而行。

　　山路泥泞，路过半山腰，百余年之前曾祖父放过牛的水牛塘仍在，只是不见水牛洗澡的踪影。曾祖父王国明是一个地道勤劳的庄稼人，祖上十期后裔从永嘉来此定居，他半耕半读，特爱养水牛。他的水性很好，可以踩水达半腰高。父亲9岁时贪凉，入江边水牛潭游泳时落入潭底，是曾祖父潜入潭底，用脚钩出父亲，捞出水面，然后将他的长孙横在水牛背上控水，才使父亲捡回一命。曾祖父还爱读书，常把书卷挂在水牛角上。每当水牛在路上田边拉屎，他都会用大片梧桐叶将牛屎兜在竹笠中，取回放入自家地里做肥田之用。他虽然读书不多，可写得一手好毛笔字，我家祖传的谷仓仓门上有几个大字"五谷丰登藏"就是他的笔迹。他希望子孙后代都要多读书、多学习，故此给儿子们取名时都带有一个学字。曾祖父1950年以84岁高龄去世。祖父辈兄弟五人，学尧、学书、学进、学贵、学和，祖父排行第四，大爷爷在世时曾在比利时当律师，外语和文笔极好，兄弟几个全是华侨，个个书法出众。我曾祖父的母亲叶氏生于1849年农历四月二十五，卒于1929年9月。她年轻守寡，是贞洁烈女。那时闽寇兵乱，乱军从福建经青田攻打温州，路过青田平寅塔山下时，路遇叶氏，她险些被污，急难时跳入路崖下深潭的江边乱石堆中，幸免于难，守住贞节，被记入光绪元年（1875年）间的《王氏族谱》，并赋诗称颂："贵族何常无异人，冰清玉洁胜凡民。丹柏自矢坚贞志，闽寇难污节妇身。平寅触崖名不朽，孝祠享祀目谁瞋。涛书备载千秋在，更有何人敢效颦。"她的事迹被州府上报朝廷，当年光绪皇帝亲自批准为她敕建节孝牌坊，并亲书"节励松筠"牌坊的题词。

　　母亲的坟场占地半亩，位于后半山山顶，地势开阔，前临瓯江帆远去，后依九岗山为屏，可谓前程远大。这是20多年前父亲为国外的叔父王学和修的椅子坟墓，他怕老人家百年之后寂寞，因此将自己的寿域也一起建在这里。青田的椅子坟是很有特色的，造价很高。因当地是侨乡，华侨们在国外辛苦一生，死后都要落叶归根回国在故乡安葬，这是青田地区的民俗乡风。

　　这是一座分上、中、下三层坟台的墓园，约占半亩荒山地，全由大青石雕刻砌筑而成。这坟园分别由国外的祖父和父母的墓穴及大弟弟王沈阳的发墓组成。坟上面的对联考究，三牌门的字浑厚有力，乃由我父亲手书。质地优良的紫色木制棺材早已放在坟场中央，这是30年前制作存留的。唱诗班从头至尾一直都在唱诗祷告。我们姊妹几个将母亲生前的衣服用品及寿衣、寿被都放入棺中铺好，将骨灰盒放在当中。坟穴很深，下面用两根竹竿铺地，为推棺入穴作为临时滑道，两个瓦匠师傅熟练地封好龙门口。乐队齐奏，烟花礼炮在坟场中噼啪作响，正是雨后，在坟场中放鞭放炮也无大碍，否则为了保护山林，晴天是绝不允许燃放烟火的。六亲九眷能来的全都参加了这次隆重的丧礼，堂姑父、表兄、姊妹、兄弟都在母亲的身边合影留念。

身归尘土，灵返乐园。自2009年2月12日下午2点逝世于风华居，至2月17日回归故土，母亲入土为安。所有的花圈、花篮都覆盖在坟场上，留下大家的爱心和缅怀。鲜花翠柏、草木深深，瓯江远去，白云相伴。风景如画，这边独好，守望故乡，青山不老。

母亲是幸福的。她能在这片生于斯长于斯的土地上长眠，与她的父母、兄长和我的祖父母永远守望着故乡的蓝天白云，穿行于青山绿水之间，这是何等的惬意。山乡巨变，山下的瓯江滩涂上又一片高楼大厦林立崛起。高岗，这个青田侨乡新兴的名镇将雄踞一方，人们幸福地生活在这里。在这片我的父母双亲和革命者们年轻时曾为之奋斗和奉献过的土地上，年轻的高岗人又在书写新的风流和篇章。

2009年4月4日清明节凌晨初稿
（写于我先生在沈阳市第一医院沈东分院住院理疗期间）
2009年9月19日定稿于沈阳
（本文史实由离休干部、父亲王祝光亲自审定，冯增荣伯伯阅改）
此文发表于2010年《散文选刊》增刊（1）

第一辑 至柔亲情

祭母文

　　己丑暮春，清明前日，时值慈母仙逝不足两月。家父偕冬凤、云波、上党诸友，一行五人，朝辞鹿城、冒雨驱车，沿瓯江南岸，直抵鹤城高岗故乡。连同胜华妹夫，阿长甥儿等，同登钟灵毓秀之后山，拜谒母亲墓园。首次祭扫，天公垂泪，似怜惜慈母德行。月内恰逢先生住院，我于护理之隙，连夜奋笔，草成万言《母亲祭》家史录一篇。清明子夜，又一挥而就，续作《祭母文》72韵144句，敬献慈母灵前，以慰先妣在天之灵。长女告以文曰：

　　慈母秀霞，秉性慈仁。笃信基督，为道守身。终身奉献，遍传福音。
一生简朴，八十六春。药厂敬业，屡建功勋。吾母少时，浪漫天真。
乳名银香，纯洁温馨。外公旅日，地震返申。公舅旅法，家道富殷。
王卓两家，归侨联姻。父母同窗，早订终身。读书乡里，教书育人。
廿二适父，同参学运。革命风雨，父母同心。地下活动，为国为民。
党内交通，密存文信。港小双捕，适母娩临。父陷囹圄，惊险万分。
为母缺乳，育婴艰辛。父参游击，三陷牢门。铁窗洗礼，烙印满身。
母挑苦担，余幼童真。盼得解放，合家欢欣。抗美援朝，北上辽沈。
三经左祸，冤案缠身。流放辽西，三进牢城。哀我慈母，担重千斤。
沈弟夭折，我伴妹军。三年灾害，苦撑家门。不忍失学，育我成人。
忍饥省粮，饼救父亲。三赴凌源，备尝艰辛。凌河山洪，浅渡加深。
水至半腰，人浮身滚。吉人天相，同道牵引。化险为夷，天父慈恩。
母述此事，双泪沾襟。万一客死，女依家门。父居黑沟，翘首无音。
十年风雨，艰苦卓绝。举家南迁，故居安身。家母织袜，友爱乡邻。
父策电站，报效乡亲。点灯熬油，为民解困。同心协力，带来光明。
上山下乡，一代知青。晨露夕阳，历炼身心。不忘学习，发愤求真。

喜我中华，国运昌盛。政通人和，百废俱兴。人间正道，百姓称心。
为父上书，三年苦奔。冤案得平，喜我双亲。父尊母荣，枯木逢春。
风华居兴，重耀家门。四女一子，又逢阳春。各有建树，火炼真金。
十朋世裔，创会扬文。著书立说，德育后人。历届活动，母显精神。
礼遇四方，德泽芳馨。己丑新春，大限忽临。吾母仙逝，永留芳魂。
迹留南北，懿范常新。音容宛在，永恋家人。慈母在天，听女赋吟。
呈母灵前，以心作文。聊陈赞语，敬献微忱。话长纸短，母爱情深。
依依百韵，报母深恩。一瓣心香，热泪滚滚。呜呼哀哉，情达天门。

先母生于甲子年（1924年）七月十七，卒于己丑年正月十八，即2009年
2月12日下午2点，享年86岁，寿终风华居。

2009年4月4日清明子夜，长女雪丽速草于沈阳天柱居
2009年6月21日夏至日，父核实定稿于鹿城风华居

第一辑　至柔亲情

祖父家世

2018年清明，为了纪念南宋第一状元王十朋而投资12万元修建的梅溪亭竣工剪彩，这是按照我父亲王祝光的遗嘱，在他的出生地浙江青田县温溪镇港头乡上高岗村建造的。因为此地的王姓人家都是王十朋公后裔。王十朋号梅溪，他的7世孙王子元公于明洪武元年（1368年）从永嘉楠溪迁居于此。梅溪亭整体由石材建筑，长14米、宽3.5米，飞檐翘角，红灯高挂，《梅溪亭记》碑文立于亭后。梅溪亭对面是一栋五间二层旧宅，楼顶已经开裂，年久失修，黑色的屋面瓦损坏严重。这栋老宅夹杂在许多一字排开的高楼大厦之中，与漂亮的梅溪亭相对，显得很不协调。

这座旧屋是我的祖父王学贵先生1932年从欧洲赚钱回来后，于1937年盖的，但祖父没有在新屋住过一天。土改时因为是地主成分，此屋被分给村民了。1982年落实华侨政策，此屋又归还给祖父，由于被很多人家居住几十年，面目全非，故而没有装修，一直无人居住。相对于晚清的祖上大屋，村民还是称这幢80多年的老宅叫"新屋"。由于我家胞弟胞妹全在德国，家中没有老人留守，就没有在高岗故地盖新楼，此旧屋一直闲置，被外地人租用，如果再不重修，就要坍塌了。为了和梅溪亭配套，相得益彰，我又委托堂叔王伯寿找瓦工花4万元翻新了红色的屋面瓦，还换了挂瓦的棱条，加固了山墙，旧屋面貌焕然一新，和梅溪亭相对守望，也不至于太寒酸。翻修祖父留下的老屋，算是梅溪亭的后续工程。

祖父王学贵，当地人称阿公，排行第四，1905年2月15日（正月廿二）出生在青田高岗村。我奶奶生于1906年1月17日。我的曾祖父王国明，字叶武，1869年生。我的高祖父王有富在地方上有名望，很受人尊敬。我的高祖母叶氏十五六岁时，走在平演村瓯江边，恰遇路过的太平天国部队，一些流寇见少女有姿色，便起邪念，为保贞操，她一跃跳下山崖，欲投瓯江，幸而挂在树枝上，掉在江边草丛中，免去一死。后来青田地方县衙上报前朝抗击太平军模范，就将此女义举上报朝廷，被光绪皇帝嘉奖，为她题写"节励松筠"四字。皇帝亲书的帛卷一直被我们王氏家族珍藏，后来失落。我的曾祖父喜欢读书，他有一个装书的书篮，每天都背《增广贤文》《千字文》，光绪皇帝赐他母亲的御字"节励松筠"就放在书篮中，这幅御字是明黄色的锦缎，有1.5米长，0.7米宽，四边是龙盘绣品，上有12厘米见方的玉玺印，我祖父和父亲都见过这件御品。高祖母于1929年去世，父亲才1岁半。朝廷还拨款为她在高岗修建贞节牌坊，此事记载在王氏光绪三十四年（1908年）的家谱上，有诗赞云：

> 贵族何尝无异人，冰清玉洁胜凡民。
> 柏舟自矢坚贞志，闽寇难污民女身。
> 平寅触崖名不朽，孝祠享祀目谁瞑。
> 诗书备载千秋在，更有何人敢效颦。

清朝末年，官府批建牌坊，牌坊石都是大理石，从外地运到了高岗。民国元年（1912年）八月二十九日，青田发生了历史上特大洪水，据台北《青田同乡会会刊》记载：龙风暴雨大作，北山山洪暴发，淹没小溪、大溪沿江所有田地，青田县城水位高23.46米，超警戒线13.5米，街道行舟，3000多户房屋漂没殆尽，14000户人家仅存5000余人。高岗村的洪水水位达到二楼廊檐下，无数房屋倒塌，牌坊石也难幸免，一些小的牌坊石被水冲走了，一些大的牌坊石柱和横梁留了下来。1932年以后，祖父第二次从欧洲回到家乡，大兴土木，盖了这栋五间二层木结构楼房。那些牌坊石就用作楼房正门的过梁和石柱。1959年，我的五祖父王学和寄钱，让祖父为曾祖父建大坟时，用上一些石料，祖父在坟园中题字：欧洲寄来建造。也留一些条石给二祖父学书家盖房用，也算是留下了历史见证。

祖父的家是我童年温暖的巢，这是一座有七间正房的两层木结构标准晚清江南民居，江岩铺路白墙黛瓦，掩映在竹林中，人称财主屋。门楼、天井、环廊，廊柱很粗，都贴着对联，屋顶两条龙尾向天翘起，门楼上高悬三槐堂匾额，两边红灯高挂。王氏两支各住一边，我祖父和二祖父住西边三间，叔伯三户住东边三间，中堂大厅公用，两边还有一间二层插间厢房。父亲亲口对我描述中堂布置：四对红木太师椅各置两边，正前面大漆条案上方有麻姑、彭祖、吉鹿三幅福禄寿三星挂图，两侧对联是当时书法名家的墨宝："春风大雅能容物，秋水文章不染尘。"还配有渔翁图。我父亲小时候晚上不敢到

中堂去，看见渔翁图就害怕。我小时候，中堂西边还放置一台弹棉花的机器，阿婆可以经常收点村民弹棉花的手工费用。每逢过年，大人们从中堂后房楼梯上方的佛龛里取出列祖列宗的香炉，陈设在中堂的条案上，摆上红木八仙桌和条凳，奉上最好的吃食黄酒，让祖宗们享用。大人小孩儿都要跪在地垫上，向列宗磕头。整栋大宅一楼都用作各家的卧室和厨房餐厅，二楼陈列很大的谷仓，也堆放柴草，我家谷仓的门板上有我曾祖父王国明写的"五谷丰登藏"，是标准的楷书。

东边一间二层厢房，住着祖父的二胞姐王尧丹，她年轻守寡，嫁的丈夫叫徐凤岐，人品清正，是标准的帅哥，与晚清名士章楷先生交谊甚厚，是章楷先生的义子。章楷先生的儿子是著名的民主救国会七君子之一、原国家粮食部部长章乃器。曾祖父王国明对五个儿子有言，这厢房原来是给长子学尧的，但他去比利时做律师，一直未归，就给你的胞姐陪伴我住到老。

高祖父王有富生于道光二十四年（1844年）四月廿九子时，属龙，卒于同治十二年（1873年）正月廿八午时。高祖母叶王氏比高祖父小5岁，属鸡，生于1849年，卒于1929年深秋，见过我阿爸。天有不测风云，我的曾祖父5岁时丧父，高祖母是年轻守寡，一次因村民阿粗想调戏被拒而发生口角。曾祖父见母亲被人欺侮，与二儿子王学书拿洗衣木槌将阿粗打折了腿。阿粗的女儿见我王家富庶殷实，心生歹意，趁阿粗在家养伤未愈时，竟然用砒霜毒死他，然后抬着阿粗的尸首到当地政府，将我曾祖父王国明告下，说他打人致死。幸亏有懂法律的章楷先生调停，当时已是民国初年，虽有皇帝赐建的牌坊，也不能免死，由于主动自首，又确有冤情，我曾祖父被免于死罪，但服刑6年，罚没许多家财，从此家道中落。警察也来高岗三槐堂抓捕王学书，他的妻子叶氏是家族的当家人，特别聪明，见警察来家，马上稳住他们，叫丈夫上楼取粉干，做点心，招待客人。王学书乘取粉干之机，从二楼逃之夭夭，免予被捕，投了杂牌军，后来去了日本。曾祖父不愧是王十朋公后人，狱中每天习书法，练就一手好字。他没忘自己是状元公后代，给儿子们以学字命名，长子学尧，二子学书，三子学进（16岁早夭），四子学贵，五子学和。长子学尧挺有学问，外语好。青田是侨乡，他早年就去欧洲谋生，给中国人做翻译、律师，帮助打官司。曾祖父入狱之后，幸亏他通过民国邮政寄回很多银圆接济家庭。据祖父说，从邮政领回一大袋银圆，倒在直径一米多的竹编大圆簸箩中，全家人围着簸箩数钱。

虽有大哥从欧洲往家寄钱，可是在曾祖父入狱之初，家里缺少壮劳力，几亩山田只好靠十四五岁的祖父王学贵和他十一二岁的五弟打理耕种。由于打了人命官司，水牛都叫政府罚没了，小哥俩共抬一架犁，一个在前，一个在后，扶犁耕地。祖父也因此失学，只在东堡学了几年私塾，但他们兄弟个个写得一手好字，祖父后来给我写信，都是很顺畅的文言文，字很漂亮，可惜没留下祖父的家书。祖父继承了其父亲的勤劳和好学，把书包挂在牛角上，一面放牛，一面看书。听父亲说，曾祖父看到家里水牛在路边拉屎，马上摘下大片梧桐叶，包着牛屎送入就近的田中做肥料。曾祖父很爱水牛，利用半山腰泉水修一个水牛池塘。

祖父19岁时，带着五弟王学和离开高岗，和当时所有的第一代华侨一样，背着青田石来到上海，在法国轮船上推煤以工抵费，踏上了欧洲的土地。当时青田石雕已被世界所赏识，很快卖掉了，把钱寄回家。之后祖父遇到了人生的贵人，德国很有名望的大华侨麻廷申先生。抗日战争初期，麻先生给国家捐了一架飞机，组织欧洲华侨为祖国捐款。由于祖父忠厚，字写得好，被麻先生重用，帮助打理他在德国的公司。麻先生把自己在青田半坑老家唯一的胞妹麻廷娇许配给我的祖父。

1926年，祖父带着自己在欧洲所得银两及大舅哥麻廷申的资助，回到青田高岗，迎娶了祖母麻廷娇。祖母9岁时父母早亡，哥哥在外国经商，贤惠的嫂子徐凤仙把她养大，姑嫂情同母女。祖父在温州有28亩租田，祖母为人特别善良，收租时还给租户们带去粉干、茶油和酱油肉干，大家处得很和谐。

祖父第二次从欧洲回国，花大价钱打了两张大漆精美的双人床，一张是龙凤呈祥，另一张是百年好合，其雕工、其图案非常考究。人一踏上床前踏板，床额的凤尾就会跟着颤动，百年好合是留给我阿爸、阿妈结婚用的，祖父用280块银圆，给我阿爸娶回了阿妈。此床在土改时被分掉了，另一张龙凤呈祥原是给我曾祖父用的，1950年，我曾祖父84岁时去世了，这张床就留在我祖父家用着。我是1948年1月19日出生，在1958年8月25日离开青田高岗到沈阳，我的童年就在这张精致的老床上听祖母唱山歌，度过了文化启蒙最初的天真时代。我离开家乡后，这张曾祖父用的床，就给我的堂叔伯寿使用了。我的祖父后来又打了一张简易的老式床，直至祖母在1987年3月26日去世，祖父在1995年11月11日去世，都是使用这张简易老床。这张床现今就留在"新屋"中，连老式柜等都被租户人家使用着。

我的祖父1米76的个头儿，不胖也不瘦，人很帅气，很有华侨文化气质，他中年的生活非常安逸，当年他是不种田的，老一辈的人们都说我祖父穿着非常讲究，华达尼面料长衫白裤，白底布鞋，跨门槛时，手提长衫，一尘不染。大概是1947年前后，港头乡一个有头有脸的人，欠我祖父一些钱，于是给我

祖父出主意，这钱你可用来捐一个副乡长当当，也不用你去做事，也不给你薪酬，就是花钱买个虚名，你儿子是当地有名的共产党，县府三天两头找你麻烦，你有虚名了，可以保护一下儿子。一听能给儿子保点平安，我祖父就同意了，于是买了一个挂名的副乡长。

土改时，祖父因为有土地被定为地主成分，我们晚清大宅的财主屋中住了五家叔伯兄弟，五人中，除我二爷王学书因为中华人民共和国成立前欠钱，卖了地，划为贫农，其余四户全是地主和富农，一个村子的地主和富农都集中在这个江南晚清大宅中。土改斗争地主，我祖父被批斗后回家来，我84岁的曾祖父安慰四儿子："别看你挨斗时是苦了一点，但地主的名声还是挺好的，别人总得说你是一个有钱人哪。"四周的邻居听到都笑了，告诉老爷子，地主的名声比狗屎还臭呢。挨批斗后，祖父因为是副乡长，尽管是挂名的，也被送到江苏盐城服刑三年。离高岗5公里地油竹村的一位国民党航空军官，与祖父一同在盐城服刑，他就是二表姐的叔父陈愚仁先生。

祖父三年刑满后，听人说阿公回来了，才5岁的我连忙跑到外面，尽管不认识，却牵住阿公的手，领他回到家里，翘首以待的阿婆喜泪直流，连忙用围裙擦眼睛。阿公带回一个竹筒大杯子，那是他在盐城的餐具，多少年都放在窗台上没舍得扔。其后，阿公成了一个朴实的农民，什么农活儿都精通，是个好把式，80岁还能挑100斤担子。

我是1966年沈阳二十九中学老高三毕业生，在1968—1970年我回乡期间，每天都为阿公倒洗脚水。有一次，我和阿公到离家10公里的山上去砍柴，那时山上柴草都被割没了，我们只好跑到邻村的禁山上去砍了两担柴草，结果叫邻乡人罚了5块钱，当时5块钱可是大价钱。1971年，我离开青田老家，回到沈阳先干了近一年的临时工，后来被分配到石油化工厂工作，总算跳出了农村。我以后读了三四年书，当上了《沈阳化工》杂志的编辑。

祖父一直都有华侨梦。1959年，他穿上保留下来的西装，照了一张相，再度申请护照去德国，要到德国去找他的五弟王学和，但没成功。那时出国是不可能的。我的这位五祖父，少年出国，一生都未回国，1959年，他寄钱来，要为父母修一个很体面的大坟。20世纪60年代初，五祖父从德国寄回大量的大米、盐、猪肉干和毛线等，救了全家人，几十年来，他不断地给我祖父和二祖父家寄钱，使他的两位兄长几十年生活无忧，真是手足情深。而五祖父自己未正式结婚，晚年与一位德国妇女同居。他自己过着节俭的生活，连看电影都舍不得，去外面吃一顿饭，只带个小面包就当一餐了。1989年，五祖父在柏林去世，我小弟王永生把他的骨灰装在白银骨灰盒中背回高岗老家，在故土后山上我父母的坟园中给他留穴，入土为安，与我祖父母的坟墓相邻。

我祖父一生为自己做了两件事：一是建了一栋五间二层楼房，一天没住着；二是为自己和阿婆修了一个很讲究的青田椅子坟，1995年11月11日，祖父去世，埋在这里。2010年修温金铁路时要迁移挪坟，我阿爸主持在故乡后山迁移部分老坟石料，重建后的坟墓没有原先气派了。2011年清明，阿爸为祖父母在坟园中各立一块生平诗碑：辛勤慈母麻廷娇，童年造纸学石雕。为儿革命操心尽，行仁广施赞声遥。爱国归侨学贵公，少年兄弟早务农。两度西欧勤创业，俭仆人生子孙宏。另外还配了两副对联"瓯江潮水润福地，积德行仁子孙昌""墩山风水好，梅溪世家香"。坟园不大，文化品位很高。

而我的外公卓克仁要胜我这祖父一筹，他同是法国华侨，赚钱回国后，在高岗和沙布两地建了两所小学，他小时候在沙滩上练字，懂得教育学习对人才培养的意义。他也置地37亩又盖房，土改时也被定为地主成分。他在分家时，把好地全给了兄弟，自己留下又远又薄的差田，非常孝悌友爱。

关于王家原有的七间江南旧居，由于修温金铁路时拆掉了，当时补偿有限，别人家都盖新房了，而我们家子女大都在国外，无人在村里生活，故而没有建新房。后来只建了一个梅溪亭，只有记忆里的竹林老宅常入梦中。现在高岗村口正在修瓯江水电站，山乡巨变哪。

我的祖父非常感谢共产党救了他唯一儿子的命，他虽然不赞成我父亲参加共产党干革命，总替儿子担惊受怕，但也总希望共产党好，这样儿子才能好，这是他朴素的思想。几十年来他一直念叨那些武工队的共产党员出生入死从敌人手里把他儿子救回家中。他的儿子干革命被国民党县府抓捕三次，差点丢了性命，他甚至不惜一切破财救儿子出狱，为保护儿子平安，还捐一个挂名副乡长，为此付出了三年刑期的代价。我父亲的风雨人生，叫我祖父这个做父亲的操碎了心。

1987年3月26日，我的老祖母在高岗因心梗突然离世，享年81岁。我阿婆是劳动妇女，为人极其善良，乐善好施，一生为夫君操劳家务，照顾生活，她在离世前曾对我祖父说：你这一辈子不会做饭洗衣，我若死在你前头，一定再找一个人来帮你，否则你会饿死的。祖母死后停尸十天，在老宅中堂等国外儿孙回来送丧。清明前十天，故乡突然天寒地冻，下起大雪，阿婆停灵十天不走样。乡人都说阿婆做人做得好，天缘人缘都好，真是老天厚待她，所有六亲九眷都赶来送行。

阿婆走后，祖父的生活成了极大的问题，每天东家西家为他送来三餐吃食，但这总不是办法。不久有人告诉他，在四都地方，有一个守寡的老太太，

没儿子，比祖父小近20岁，身体好，不妨叫她来帮工做保姆。祖父亲自找到她，她真的来了，每月由我阿爸支付她工钱，我们大家都叫她四都婆。四都婆身体特好，她照顾我祖父日常生活近10年，我祖父很高兴，我们也都很放心。1995年上半年，祖父中风后卧床不起，我回家看望老人，心痛得流泪不止。四都婆把我祖父照顾得无微不至。

1995年11月11日，祖父离开了这个他所眷恋的家，在这座江南大宅中，祖父生活了一辈子，其中有十几年是在国外度过，享年92岁。父亲带着我和二妹为祖父送终，我的弟弟和三妹、四妹都在德国，因为没有接通国际长途电话，他们都没有机会回国送祖父最后一程。

祖父去世后，四都婆又回到她的家乡，与外甥生活在一起，每到春节，我都会如约给她寄100元钱，连续寄了10年，让她的外甥很感动。

在我的记忆中，祖父与我和阿爸照了两张照片，一张是20世纪80年代中期，在祖父开荒的家山自留地上大豆丰收，我们三代手捧大豆分享祖父的劳动成果；另一张是1980年在温州工人文化宫大楼旁边，在我父亲设计的文化宫楼前，我们三代人相聚的时光永远定格在我的心中。

祖父去世26年了，一切记忆，虽然画面鲜活但都成过往，为了忘却的记忆，留下一点文字，给自己也给后人，告诉人们，他们曾经来过故乡的土地，留下太多的人间悲欢离合，阴晴圆缺，我们是他们生命的延续，续写他们的美好和期望。瓯江长流，苍山青翠，亲情无限好，月是故乡明。

2021年7月16日至18日
速写于沈阳莱茵河畔·松台山房

远逝的岁月

——献给祖母的挽歌

1987年3月26日是阿婆的忌日。4年前的今天，一封电报将我从上海催回故乡的祖屋。我疾步迈进家门，便一头扑倒在阿婆身上，看见她安详地躺在中堂靠墙的床上，生离死别的泪水像开闸的江水一下子涌出了眼眶，滴落在阿婆安静冰冷的面颊旁。她走得很快，一点都不痛苦，当她品尝完人世间81年的酸甜苦辣之后，如今已永远地安息了。我的心在呼唤："阿婆，你一句话都没留给我就匆匆地云游去了；阿婆，你抚育长大的孙女看你来了。"然而，阿婆再也听不到我的呼唤。遗憾中唯有一件事还可安慰我的心灵，那就是阿婆是穿着我当知青时为她绣制的荷花莲子百岁鞋走的。我颤抖的双手抚摩着阿婆脚上的绣鞋，一下子把它搂在怀里。我的思绪、我的记忆、我的欢乐、我的童真像烧后的纸灰，一次又一次从这里浮起、飘去……

阿婆出生在浙南青田的一个小山村，她9岁时父母双亡，哥哥是她唯一的亲人，但哥哥很早就到欧洲谋生去了，于是阿婆从小便跟嫂嫂相依为命。阿婆的哥哥在欧洲是很有名望的华侨，这位华侨将自己的妹子许配给一个与他一同在欧洲做生意的年轻人，这位年轻人便是我的祖父。

祖父常年在国外，他和阿婆只有父亲一棵独苗。抗战胜利前夕，爸爸到阜中读书，他在中共地下党员老师的指引下参加了革命。阿婆知道这是要掉脑袋的事，但她没有去阻挡儿子，只是让儿子尽早娶妻，即使真的有一天没了儿子，也好留个孙子、孙女什么的。于是，爸爸18岁便娶了比他大4岁的母亲。阿婆的心成天像个吊桶——七上八下，父亲到底还是让国民党抓去三次，父亲和母亲在故乡的港头小学双双被捕入狱。祖父当时有些钱，便利用黄埔军校毕业的叶兆成舅公的名望买通关节，设法挽救即将被国民党执行枪决的父亲，让他们放了将要分娩的母亲。母亲出来后又担心狱中的父亲，精

神压力很大，于是刚出生的我便没奶吃。地下党千方百计营救出了父亲。两年后，妹妹又出世了。后来我的父母带着妹妹到很远的东北去了，从此我便跟阿婆相依为命。我的童年是在阿婆的爱抚中度过的。

我的故乡是美丽的，清式江南民居的房后便是苍翠的九岗山，春夏之交开满了粉红的杜鹃花。屋前是大片竹林，每天阿婆总是把羊牵到竹林前的草地上。阿婆的小脚走不快，有时反而是那只淘气的"小和尚"（别的羊都长角，唯它不出角，我就送给它这个绰号）牵着阿婆走。我跑得快，接过阿婆手中的放羊绳，就和"小和尚"在草地上打滚。这家伙也学我的样子就地打个滚，然后咩咩地站在我旁边叫，我摸着它脖子上的小铃铛，望着阿婆和老山羊远远地被抛在后边，真是得意极了。

草地的前边是一片沙滩，如带的江水从滩前缓缓地流过，对岸的高山公路和江上的白帆都倒映在水中。阿婆每天都到江边的大石头上洗衣裳，我像阿婆的"尾巴"成天跟在她的后边。江风非常凉爽，岸边的水是清清的、浅浅的，五颜六色的小鱼在身边游动。我拿起竹篮捞来捞去，没等我捞着，小鱼早吓跑了，连一条也抓不住。阿婆告诉我说："娃儿，你脚下走水要小声点，把石头块轻轻地掀开，里边一定有鱼虾藏着，然后用双手将鱼围拢起来就抓住了。"我照阿婆教的方法一试，嘿！果然挺灵，我真抓住一条条小鱼，然后把鱼穿在小竹叶丝上。等到阿婆将衣服洗好，我也把小鱼穿成了一小串，蹦蹦跳跳地回到家里，让老母鸡美餐了一顿。第二天老母鸡也"回报"了我，给我下了一个大鸡蛋，还没等鸡蛋凉下来，我就缠着阿婆要吃煮鸡蛋了。"馋猫！"阿婆佯怒，但马上就烧水，我帮她往灶里添柴，不一会儿鸡蛋下肚了，我也就安生了。

阿婆对琐事很健忘，就拿那把谷仓的钥匙来说吧，每天上楼下楼，她不知要忘记多少次。我记得这把钥匙上还拴着一个青田石雕小猴子，这是阿婆刻的，她有石雕的手艺。不过论起唱山歌、讲故事什么的，阿婆的记性却很好，陈年古代的事都说得头头是道。阿婆的肚儿里装满了故事和山歌。夏夜，南方的山村屋里很热，人们都拿着凉席到江边的草地上去纳凉，夜空瀚渺，星星不住地眨眼睛。我和二公家的姑姑们都围着阿婆听她讲故事，每讲完一个故事阿婆都能背出一段山歌，比如：

> 七姑星，七姑星，
> 七姑星上天真真尖[1]。

---

〔1〕尖：青田方言，即挤。

众嫂母娘[1]叫姑牵[2]。

姑自牵，嫂自吵，

大嫂扮起红绿绿，

二嫂扮起牡丹花，

只有三嫂扮不出，

关门纺细纱……

也许是自小受了阿婆山歌的启蒙影响，以后我便与诗歌文学结下了不解之缘。

山村的孩子们读书都很迟，特别是女孩子家到十三四岁才开始去认几个字。阿婆却开明得很，我刚过6岁，阿婆便让我和二公家的姑姑们一块去读书。开始我总好贪玩，在课堂上眼睛总是盯着窗外大树杈上的鸟巢，看着山雀飞出飞进。到了中午，其他同学都放学回家去了，而我却被老师留校了。当我独自沿着密密竹林中的小径回家的时候，我害怕极了，小姑姑们常吓唬我，说有山鬼，走起路来像鸭子一样摇摇摆摆。果然一只野鸭正摇摇摆摆地出现在竹林中的小溪旁，"鬼！鬼！"吓得我拔腿就往家跑，越是害怕越跑不动。正当我极度恐慌时，只见阿婆迈着小脚向我姗姗走来。我遇见了救星，一头扑倒在她的怀里，哇的一声哭出来。阿婆安慰说："娃儿莫怕，听姑姑说你被留学（留校）了，所以阿婆来接你的。"回到家中，对屋的叔叔取笑我，羞得我无地自容。阿婆却说："娃儿小贪玩，以后慢慢就会上心了。"叫阿婆这么一说，我还真知道认真读书了。过两天写作文老师还表扬了我，那就像得了头名状元，甭提多高兴了。说也奇怪，打那以后，我真的成了好学生。尤其是作文，姑姑们说她们写得都不如我。

父亲每月都给阿婆寄钱，可我阿婆总是每天不停地劳动。家里没有男劳力，什么粗重活儿全要自己做，阿婆吃力地迈着小脚从山上回到家中，喂猪、喂鸡、烧饭、洗衣，成堆的活儿又等着她去干。我心疼阿婆，每天放学后总是一边走，一边在竹林中拾回落地的水竹壳，然后穿在竹丝条上提回家中给阿婆当柴烧。阿婆夸奖我："我的孙女多能干，每次放学都不空手，一天一串白鲞干。"在阿婆身边，我从小就养成了爱劳动的习惯。

村里人都说阿婆为人好，村子里不管谁家老人有个病痛，阿婆总是要烧

----

[1] 众嫂母娘：青田方言，即姑嫂妯娌。

[2] 牵：青田方言，即数落。

上一碗点心，拿几个鸡蛋去看望。即使那些乞丐来到门口，阿婆也总是多多地给他们拿些米面或薯干之类的干粮。阿婆告诉我："人活着不易，困难时你帮他一把，人家会记你一辈子的。行善积德是做人的根本。"我们里屋的二阿婆嘴很厉害，又很咬尖。就拿我们的羊圈来说吧，圈本不是她家的，她硬是把自家的猪放到里面养。阿婆没说什么，可别的奶奶不服了："他婶子，你怎么这样老实，叫她欺呀？"阿婆笑着说："她家人多地方小，反正我们闲着也是闲着，不如让她用吧。"过后阿婆对我说："待人总要宽厚，谁都会有个难处的。"

阿婆总是不让我在别家小妞面前失去风光，她怕我嘴馋，凡是别人家有的果树，什么杨梅啦、桃子啦、李子啦……她都栽上。特别是江边的那棵柚子树，每当秋季，一个个黄澄澄的大柚子挂满了树梢，叫风一吹，荡来荡去，好看极了。我能一口气爬上去站在树杈上，看见小朋友们站在树下仰望着我，嘿，甭提多神气了。还有，收获落花生的季节，大人们拿着小钢铲一边挖一边说长道短，我和姑姑们围在阿婆的身边，一边挖花生吃，一边请她给我们做谜语猜。"麻屋子，红帐子，里面睡个白胖子。"至今几十年过去了，我还记得阿婆教的这条谜语。

我与阿婆相依为命12年，终于有一天，一个在吉林小丰满水电站工作的大表哥来了，说要把我带到遥远的北方大城市我父母那里去读书。我伤心地坐在灶台前不肯抬起头，我不想离开阿婆和生我养我的小山村。阿婆用双手擦去了我脸上的泪水，不住地安慰我说："娃儿，你要长大了，要多见世面，不能老守在阿婆身边，总有一天阿婆要永远离开你的。"

"阿婆，这回你真要永远离开我了！"我的泪水，我的回忆，都一齐倾泻在阿婆的灵前。阿婆生前好吃素和烧纸，尽管我不相信这烧纸能变成阴间的金钱，但我还是忍不住一张又一张地把纸投进了火盆……

阿婆生前对我说，天上有多少星，地上就有多少人。每一个人都能找到自己的那颗星。"夏夜，总是我常常望着浩瀚的夜空发呆，心里默默地数着天上的星星。我想阿婆是个极平凡的劳动女性，一生中没有任何可歌可泣的壮举，那些灿烂明亮的星星不属于她，于是我把目光投向那些若明若暗的小星星。我相信，在那无数的小星星中，一定有一颗属于我阿婆的星星，正亲切地俯视着地上的我。

此文1994年获辽宁省儿童文学二等奖

爱是恒久的忍耐

我先生白九成年轻时长得很帅，真是帅呆了，现在他患了脑梗，连走路都需要人扶，没有帅，只有呆了。2009年3月17日，我和新来的小阿姨晶波陪我先生在沈阳第一医院沈东分院干诊单间病房住院。自2001年10月14日起，他左丘脑出血，做了立体定位介入颅脑钻眼手术，2002年9月14日又二犯脑梗。因此，每年春、秋两季都要为他输液打点滴，做脑疏通治疗。

2009年2月12日母亲去世，我刚从温州奔丧回来，马上又陪先生住院。连日来我伏在简陋的床头桌上挑灯夜战，赶写一篇万余字的《母亲祭》，早晨都是由晶波一人扶我先生步履艰难地到隔壁的洗手间如厕。3月29日清晨6点半，我在睡梦中突然听到沉重的倒地声，我一激灵穿着睡衣光脚冲出屋门，跑过走廊，跨进洗手间，只见我先生双目紧闭，一头冷汗，嘴歪斜着，口水直流，双腿僵硬地倒在地上。他的头实打实地砸在旁边水池的棱角上，头的左上部顿时肿起了一个鹅蛋大的包，人已经休克。我和晶波两人费力地将他抱起，放在座便上，使劲地呼喊着他的名字，好不容易他才有了意识，在对门邻友的帮助下，我们三人将他抬回病房的床上。这天是周日，主治医师休息，我们急得不知所措，熬到上午9点，才开始正常输液。这一次创伤实在太大，我先生马上精神呆滞，走路更加艰难。

小阿姨知道闯了大祸心神不安，反正事已如此，我极力安慰她。过了几天即4月2日，她要求辞工回家，她初次来打工，没有护理病人的经验，我们雇人也难，看她工作认真，人也善良就留下她，不想她竟会发生如此大的失误。离开时我绝不难为她，付她足月的工资外，又多给她100元，因为头几天她托我为她买一条裤子，就算是我为她买来，送她做打工纪念吧。世上还是好人多，以德报怨，一个青年妇女第一次进城打工也不容易。

我先生有病9年了，9年中有两年时间是我陪他在医院里度过的。他的生

第一辑 至柔亲情

049

活基本上不能自理，一个人被困在家里，万幸的是他的左手还能动。说起来我先生也好可怜，其实作为妻子我也很不易。夫妻40年有难同当、有福同享。年轻时由于彼此气盛，反而是磕磕碰碰的。他是蒙古族、好喝酒、脾气暴、爱吃牛肉，他的父亲活到76岁，母亲73岁，双亲都是患心脑血管病去世的。我的公公婆婆很有能力，把三个儿子和一个大哥留下的侄儿都培养成大学生，他的二哥是黑龙江大学的外语教授，还是著名的语言学家，20世纪80年代，在全国百名知名教授中排名第33位。

我先生人虽然不算高，但身体特棒，从来不吃药，也不懂得医学保健知识。他喜欢历史、诗歌，虽然不动笔，却喜欢欣赏。市面上刚刚出版的国内外名家诗集他都喜欢买。别看他嘴不饶人，心肠可热着呢，他做了8年的人大代表，他的身份也很特殊，高级知识分子、无党派人士、少数民族、海外眷属。

我这个人属猪，人挺憨厚，属于"记吃不记打"的主儿。他心细做事认真，每天早晨都是他烧好馄饨，盛好了给我吃。我不是嫌热就是嫌盛多了，不过回回都吃得精光。我除了做编辑心细外，其他生活琐事心粗得很。儿子小时候我领他从温州姥姥家回沈阳，经过上海公平路码头时，把他给弄丢了，幸亏当时好心人给送回来了。一次他出差去大连，清晨临上火车，千叮咛万嘱咐，叫我出门一定要带好门钥匙，我一边答应一边又漫不经心，结果早晨上班时关上门就下楼，一摸口袋没带钥匙，急了。那时也没有手机电话，又找不着他，无奈情急之中找楼下的消防队，是一位消防队员登上云梯从五楼的窗户爬进去，再从里面开门，总算是解了燃眉之急。还有一次，一位老朋友到我家来串门，我领她到了家门口，钥匙怎么也开不开自己的房门，捅了半天才发现是走错了单元，去到旁边的单元了，叫我朋友哭笑不得。

我先生性格直爽、待人真诚，是性情中人。真诚换真诚，还真的交了几个好朋友。一位叫何宝林的老大哥原是市木材厂的老科长，隔三岔五他就登门陪我先生聊聊家常，他告诉我："白工生病前我们是几十年的老朋友，现在他真的走不动了，只有我来看他。"还有一位五中的主任李永坤老师，是先生的患难之交，放假时他也常来家中看我先生。他的一位中学同学叫谢广明，是一位业余歌唱家，他每逢过年过节都会到家里来，给我先生唱上几首歌为他解闷，还帮我先生回忆往事："你小学考二十八中学是全校第一名，以前发榜的红纸都是先从后往前贴，查榜时名字从后往前看，怎么看都没有你白九成的名字，以为你没考上呢，没想到你的名字写在大红榜的第一位上。"一说到他的得意之处，我先生就笑得咯咯响。

我先生有一位做大老板的朋友陆道君先生，他是无锡太湖锅炉有限公司的老总，他的企业在全国很出名。我先生是专门搞锅炉水暖设计的，十几年前陆总的企业正在发展期间，我先生曾第一个为他的产品在东北占有市场做过努力。陆总是个重情重义的真君子，他来沈阳出差的时候，专门登门看望病中的先生，叫人感动。同时几年来他一直在帮助我的杂志，让他的企业产品在我办的《当代化工》杂志上做宣传。我自己也怀着感恩的心为他的企业服好务。难得的是我先生病中还记陆总的情，非要叫我买一把宝剑送给陆总。为尊重他的意见，在温州时我就买了一把120元的龙泉宝剑，亲自送到无锡陆总的手里。

头几年我先生病后还能扶他下楼，坐上轮椅在河边走走，这两年先生很懒，不肯动就不能下楼了，上医院只靠人背他下楼去。不过头脑基本还清醒，长期吃药，得了湿疹，我成天为他挠痒痒。平时什么好吃的都给他买，生怕他吃不着。每天我下班回来，他坐在沙发上，马上举起左手跟我打招呼，看他欢喜雀跃、孩子般地盼大人回来的样子，既可爱又叫人心酸。

三年前，一位朋友给我送来一张条幅，上面写着一句箴言："爱是恒久的忍耐。"他高兴地对阿姨说："这回王雪丽对我就更好了，上帝告诉她爱是恒久的忍耐。"每天他都困在家中的沙发上看电视，他特爱看《激情燃烧的岁月》和《亮剑》，感情丰富着哩，随着剧情一会儿哭，一会儿又笑，每当这时我就看他一眼，他自己也觉得不好意思起来。我总想方设法逗他乐，一边为他抓后背痒痒，一边故意问他："你爱我吗？"他虽口齿不太清，却马上哄我："爱！比老爱还爱。"我问他："老爱是什么意思？"他就告诉我这只是个爱的符号，成天像背书似的哄着我玩。我走哪儿都惦记着他，回来总是给他买好吃的，把他收拾得很干净。9年来帮他洗澡、穿衣、吃饭、上厕所、剪指甲，真比伺候小孩都费事。我想，只要我活着就给他最好的治疗。人世间是公平的，以前他时常关心呵护我，现在这几年我完全关心他、保护他，把他当成手中的宝，一直无怨无悔。真的，我现在的这种付出也就和他病前20多年对我付出的爱扯平了。欠钱的还钱，欠情的还情，欠爱的还爱，原来人世间的事情都有奇缘和定数。

我有一篇演讲，说到人们对爱情的理解：年轻时两人卿卿我我，爱像一杯酒；慢慢地每天柴米油盐，日子把两人之间的爱变成了一杯茶；多少年相濡以沫，慢慢地变老，岁月把两人之间的爱又变成了一杯水。这水虽没什么味道，却是生命的必需品。少年夫妻老来伴，当将青春年少时一声声"亲爱的"，变成了"老婆"的称呼，再升华成"老伴"的时候，岁月如金，走过风，走过雨，两人相互依靠和支撑，生命融为一体，你中有我，我中有你，这就是夕阳的

红云，这就是生命的真爱。不管是疾病，还是灾难，不管是幸福，还是平安，这一切都已不重要，重要的是爱是恒久的忍耐，爱是永不止息。有爱心里就永远充满阳光。

我对先生说："虽然你生病了，但我要鼓励你好好地活着，我们风雨同舟，共享平安。在我们家中你就像雨伞的杆，打开伞我们是一家人，虽然不完美却是完整的。生活中有你的存在，我就有信心；生活中有你的相伴，我就不孤单。"

来吧！亲爱的老伴，请你把头靠在我柔弱的肩膀上，我是你生命的支撑，我为你遮风挡雨，共渡人生难关。何况前面是阳光大道，有温馨的自然色彩，有儿女亲情和至爱亲朋的关爱，大胆地往前走，世上自有真情在，真爱在心不知难。前面的路很宽很广，我们的心很近很暖，生活仍然美好。起来，我的老伴，跟上……

2009年5月24日深夜至5月25日凌晨4点

写于沈阳天柱居

你已安息　我亦安然

2014年2月23日清晨5点47分，与我相依相伴风雨同舟的先生白九成走了，40多年的婚姻历程，坎坷与欢乐相伴，宽容与持守同行。尤其是2001年10月14日，我先生左丘脑出血，手术后近14年，他的生活不能自理，光陪他住院的时间就累计超过两年，作为结发妻子所付出的艰辛，自不必多言。幸亏我的内心有信仰，因此，每到软弱时，内心仍然充满自信和力量。持守婚姻的秘诀是什么？我们印证了爱是恒久的忍耐。我用文字留下一些九成生命最后时光的记忆花絮，权且当作为他的远去送行。

牵手生命

2014年1月30日是除夕，春节是我和九成两个人过的，儿子挈妇将雏于12月25日飞回温州和家乡亲人团聚去了。居家阿姨春华照护九成12年，赶上过年也回家了。偌大一个房子，只剩下我们俩，就觉得有点空荡荡的。近半年来，九成明显消瘦，本来就语言障碍，现在基本上不会讲话了，怕他过不去年，我赶紧花550元买了寿衣寿被，以防万一。

2月1日是正月初二，清晨春华回来拜年，一见九成呼吸急促，双眼向左侧斜视，怕是要犯脑梗。于是我马上喊来儿子的同学彭军，急忙开车送九成到沈阳市第一医院1104号重症监护室抢救，测体温39℃，是吸入性肺炎，吸氧、清痰、溶栓，营养脑神经，一天七八瓶滴流，监测仪随时测量血压、心跳等生命指标。主治医生告诉我，你丈夫病危，这次出不了院了。我急忙打电话给儿子，催他速回沈阳陪父亲。2月2日正月初三深夜2点，儿子从温州飞回，赶到医院，看见父亲下胃管，打鼻饲，儿子伸出厚厚的双手，将父亲和母亲的两双手紧紧地握在一起，三双手叠加在一起，那份牵手生命的亲情和力量，

让我增添了无穷的动能，有儿子真好。

然而，再好的药物也阻挡不了病情的恶化。九成先是嘴内外溃疡，全身血流不畅，左脚变紫坏疽，脚趾发黑流水，医生说可以截肢，我不同意。九成腰下生褥疮，重症室六张病床，加上陪护亲属，空气不好。他生命的最后时光，作为妻子，我一如既往坚守岗位，站好最后一班岗。三条硬板凳，拼成一排，每夜直直身子就足够了。儿子和春华想来陪夜都没地方，临时雇了一个有经验的护工。先生这一住院就是20天。2月21日，医院让出院回家，想必是已经无力回天了。回家两天，我为九成安静地朗诵《创世纪》，因为他一生的爱好，就是读书。

大限已到

2014年2月23日清晨5点47分，从医院出来回家才两天，九成的生命大限已到。清晨我见九成好像无鼻息，忙将儿子推醒，急切说："快起来，你爸走了。"这时，儿子看见父亲拿纸卷的手好像动了一下，我们都没有惊慌，这一天迟早会来的，长久的抢救，让我们能从容地面对生离死别。

我迅速拔下他的鼻饲管，儿子把吸氧管又给他插入鼻孔中，然后急忙打电话通知春华、铁军夫妇和好同学彭军，又迅速联系回龙岗殡仪馆送来纸棺。我认真地清理九成嘴中咖啡色蛋白质血污，撤掉尿袋，清理干净一切污物，拿一条全新蓝毛巾，为他洗脸擦身、擦腿、擦脚，全身每一个部位都干干净净的，头天晚上刚给他洗过头。春华把11件寿衣被的里外层单衣、棉服等套在一起，我和儿子一起顺利地为九成穿戴整齐，生前他很讲究仪表的。垫的枕头中装着一套他的好西服、好衬衣、内衣、内裤和一件红色的毛开衫，外加一条小毛巾。考虑九成的专业是设计制图，于是又找了一支铅笔，握在他的右手中。大家把他抬进纸棺，安顿好后，一条白色金丝绒红十字架被罩披在身上。儿媳妇小金也赶回来了。早晨8点，送九成上灵车前往回龙岗。

望着零乱的卧室床铺，春华把旧物全部清走，与我同床相依的人走了，这回是彻底的人走床空。

鲜花灵堂

关键时刻儿子是顶梁柱，他不让我做什么事，叫我坐着只管接待亲友，一切丧事，里里外外全由他一手操持。他的同学、朋友帮他安排得井井有条，才大半天工夫，我和九成在莱茵河畔小区的一楼居所，宽敞的大厅被布置成高雅肃穆的灵堂。作为独生子，他要父亲走得安心和风光，花5000多元买了20多个大、小鲜花花圈，配上缎带，还有各式花篮，鲜花盛开，整个大厅花团锦簇，鲜花怒放，花香四溢。儿子从小就知道老爸喜欢在小院子里栽花种草，买这么多鲜花，就是让老爸在花海中高兴。厅堂前方中央挂着九成的黑白遗像，两边的挽联是：福寿全归音容宛在，齿德兼隆名望长昭。横额是：永远怀念，安息主怀。因为我娘家是基督教家庭，因此，灵堂内不设灵牌，不烧纸钱、香火，这样省得乌烟瘴气，也保证安全守灵。

生离死别时刻，我唯一的胞弟旅德华人王永生从北京赶来，我的两位胞妹也从德国寄来深情厚谊。在沈阳的至亲好友们都来吊唁，辽宁省散文学会秘书长、军旅作家葛江洋先生携夫人前来，《诗潮》主编、好友李秀珊夫妇也赶来家中。省散文学会会长、初国卿编审专门发来短信："大姐，听说姐夫去世，深表哀悼，望大姐节哀，后天早上去回龙岗，为姐夫送行。国卿。"我马上回了短信："生命大限，顺乎天意，兄弟情义，大姐铭记。"

远在澳大利亚的剧作家黑继文先生也叫芳馨文友传信，还发来微信："雪丽大姐，得知姐夫病故，深表沉痛，望大姐节哀，姐夫今生能与你结为伉俪，也是他的福分，尤其是他患病多年，您既工作又悉心照顾，让人感动。弟身在海外，不能脱身，深表歉意，待回国后再去看您，保重！继文。"

我敬爱的大姐，《当代化工》原主编、作家陈孟楣教授发来短信："雪丽，刚才获悉九成先生前天病逝，甚为悲痛和惋惜，望雪丽节哀，保重。作为爱人，在整个婚姻中，你投入了全部的热情、爱恋、贤惠和忠贞；作为妻子，在十几年的病榻前，你投入了满腔的爱情、呵护、忍耐和坚持；雪丽不哭，你已经做得很好很好，九成先生安息。孟楣、徐彻2014年2月25日（徐忱代发）。"

我把亲友们的短信抄录下来，保存好，一生铭记他们在我艰难时的友情和鼓励。望着鲜花丛中先生白九成英俊的照片，我没有哭。

安德追思

25日晨8点，儿子撤去家中灵堂起灵，将鲜花运往回龙岗安德厅，亲朋好友近200人前来送别九成，主持人何红牧师向人们讲述白九成弟兄患脑出血后14年，家人妻子儿孙的尽职和孝顺，她甚至见证了我家3岁的小孙子白

恩林把水果递给爷爷吃，为爷爷用手巾擦口水，还给爷爷拿夜壶，大人不让他拿，孩子竟着急得哭起来了的情景。然后是我诚挚流畅的感恩答谢词。

东北民间有一个习俗，夫妻中，如有一人先去世，在葬礼上，是绝不允许老伴出席的，甚至要把她（他）用红线绑在桌椅上，防止已上路的老伴把他（她）带走。我不信这些陋习，今天在我先生人生终点的告别仪式上，作为结发妻子，我要穿上最美最华贵的礼服，为他送行。我穿着最新的半截咖啡色貂皮大衣，脚蹬棕色皮靴，系上一条素洁的白色毛围巾，略施浅妆，我在先生的水晶棺旁，精神抖擞，注目逝者，侃侃而谈，向前来送行的朋友们鞠躬感恩。

大家将手中的鲜花轻轻放在九成的遗体旁，绕棺作别，唱诗送行，祝他一路走好。九成的生前好友、歌唱家谢广明先生，用相机留下了此刻珍贵的情景。他多次看望病中的九成，给九成唱苏联歌曲，他回忆起九成以全校第一名的成绩考入沈阳第二十八中学的往事，给病中的九成带来不少的欢乐。

最后是春华的儿子王典和儿子的同学文凯留下迎取骨灰，儿子给老爸买了一个很贵重的木质教堂式样的骨灰盒，让父亲居住。来宾们移步市内都来福大酒店用餐，共办了11桌白席，其中一桌是招待我的文友们。

安息吧，我亲爱的先生啊，真诚祝福与你话别，鲜花歌声为你送行。张连伟教授说："这是我见过的最高雅的文明葬礼。"书法家申济女士在电话中说得更干脆："哀荣。"

入土白家林

先生的白氏家族是沈阳城北望族，清朝乾隆年间，由沈阳锡伯族与新疆喀什的蒙古族将军御前带刀侍卫穆力楚克·白胡图子弟换防，跋涉两年，迁居到铁岭和沈阳北郊二洼一带居住。

二洼白家林原是白家的私产，家中去世的先人都葬在这里。

儿子和同学彭军找人在白家林二洼水库旁的山坡上选好了近10平方米的墓址，在家侄白连昌帮助下，筑好墓穴，铺石为园，定制了一方灰色大理石墓碑，碑后有先生生平："白九成，1940年5月26日生于二洼，享年75岁。1965年毕业于包头医学院医疗器械专业，高级工程师，东陵区第七届、第八届人大代表，葵花壳燃烧节能项目获沈阳市科技成果一等奖。"

2014年2月29日凌晨，儿子、春华、连昌和我，护送九成的骨灰盒入土白家林。家乡的黄金土真好，干爽而柔软，亲亲大地母亲吧，入土为安，方为永久。头天晚上，儿子买了10条鲜活红鲤鱼，放入塑料袋中，打足了氧气，一到墓地，我和春华拿着鱼袋，将10条红色活鲤鱼一起倒入坡下的水库中，望着放生的鱼儿欢快地游在宽阔的水面上，怡然自得。

白家林山清水秀，古松参天，涛声阵阵，先夫九成之墓背靠苍山，前临泉眼水库，真可谓风水极佳。你生于斯，长于斯，落叶归根于斯，山上有你的父母、兄嫂们与你相依，在家山入土为安，你会心满意足。

鸽子回望

2月29日清晨8点，我先生的骨灰入土完工之后，我终于可以放下心来，亲友们和儿子都回去了，以往热闹的大房子，一下子安静下来，我一个人在客厅的沙发上独坐静思。突然落地窗前有异物从天落下，我急忙起身向窗外观看。我家南邻北运河，安居水之阳，窗外小院的护栏外是公园林地，风景独好。

贴窗近看，原来是一只灰色的鸽子，停落在落地窗台上，正闪动着红眼睛，转头不住地向厅内张望。我隔窗临近它时，小生灵没有丝毫惧怕，反而驻足相对。突然，我心里为之一颤，今天是头七呀。按照民俗说法，是去世之人的灵魂回家看望之日，难道真是九成的灵魂借鸽子飞回家中告别来了？我马上想起长江三峡鬼城的望乡台，立即取来手机，将这站在大厅外落地窗台上的小鸽子收进镜头。我怜惜贪婪地与小鸽子四目相对许久，对着鸽子，我禁不住失声痛哭，泪雨滂沱。过一会儿，有一小伙子到窗前把鸽子抱走了，我意识到这是11楼楼顶养鸽人家的鸽子，可平时从来没有鸽子光顾哇！

九成啊，想必你远行前舍不得这个熟悉的家，再回来看看这个你曾经的旧巢，这里有你挚爱的妻子儿孙，有你用过的书籍、床榻，还有一把你每天久坐的皮椅沙发。小鸽子呀，谢谢你，谢谢你带来亲人的思念和眷恋，给我留下心灵上永恒的怀念，我难忘你远行前回头张望的鸽影。

我的先生啊，你留下的家一切都好，放心地走吧，人世间你曾经来过，你的生命血脉，已有延续，定会发扬光大。天地间，无论是谁，都是匆匆过客，曾有的艰难跋涉、荣辱风光都成过往，一切的存在都将成为虚无，带着你的灵魂，自由地飞翔吧，生命至此，你已安息，我亦安然。

2014年10月初立题目
2021年3月15日完笔
于沈阳天柱居

第一辑　至柔亲情

当孝敬父母

我们每个人从母腹降世直至成人，都离不开父母的抚育和栽培，人们常用"养育之恩深似海"来形容父母亲对儿女们伟大的挚爱与亲情。养育孩子们健康成长是父母当尽的责任。同样，儿女长大后应当孝顺父母，这是儿女们应尽的义务和职责。人有双重父母，对于孝敬自己的亲生父母一般人都会明白，也能容易做到。但对于自己爱人的父母要真心实意地做到像对待自己的亲生父母那样有情感，却不是一件简单易行的事。

我爱人的父亲白文波老先生，1976年75岁高龄的公爹，突患中风不语而四肢瘫痪。当时我正在工人大学读书，按学校的要求，学生每天必须住校，因为早晚都有军训活动。由于公爹行动不便，我只好向校方请假，每天走读，以便照顾老人的生活起居。公爹早年在东北陆军讲武堂炮科毕业，蒙古族，学名叫伊昆仑。年轻时戎马生涯，任军需旅长，少将军衔，后退隐市井开大车店、染房辽沈商行等经商。喜收藏，爱穿马靴，每天听新闻广播，看看报纸，喝点小酒，爱好烹饪。"文化大革命"时，收藏全部失落。一生没有积蓄，甚至连个正式工作都没有，因此，年老之后，没有退休金。

1973年，我的婆母因患脑出血先他而去，记得当时，她三个儿子都不在身边，咽气时，只有公爹和我在她的身旁。我爱婆母的善良和温顺，尽管我才到她家中半年，只有25岁，但我毅然在婆母临终时为她沐浴打理和梳头，并且和公爹一起为她换穿丧服。所以家人和邻居都说老太太得了我的济。

老人生有九个儿女，但只存下三个儿子，我的先生是他最小的儿子。老人一生省吃俭用，依靠开小铺供养了三个儿子和大孙子，全部都是大学毕业。因此，家中尽管没有留下任何金银财宝，却培养孩子们掌握了知识，这是老人最大的明智与功德。如今公爹年迈，三个儿子每月都出钱供养公爹的晚年，儿媳们也都很明事理。由于老人疼爱老儿子，自然是我与先生同公爹住在一起。公爹身强体壮，且有一手烹调的好手艺，因此老人自嬉自乐，不在话下，如今公爹饭量不减当年，只是手脚不灵，生活起居吃饭都成了问题，甚至大小便都失禁，真是苦不堪言。我与先生每天上班前都为老人预备好午饭和水，晚上回家后换下老人尿了的裤子去井沿洗干净。夏天还好说，到了冬天，一旦赶上老人泻肚，我冒着-20℃以下的严寒去井沿冲刷弄脏的棉裤，天黑井滑，一把把脏水连连溅到嘴里，真是心比黄连苦。然而，我想到应当用爱心去抚慰老人，因此，长久侍候公公并无怨言，个中甘苦艰辛真是只有自家才能体味。

俗话说"久病床前无孝子"。老人一病就是两年多，况且老人得病心焦，脾气更加暴躁，他已中风失语，说不出话来，只好嗷嗷乱叫。好心的邻居见我们长年辛苦，便劝我们说："公爹是大家的，你的哥哥们每月给老人出生活费，你们每月也出钱，而且全部是你们出力，你们二哥在外地够不上，可你在沈阳的哥嫂可以轮着接老人去住嘛，让他们也分担一下辛苦。侍候老人，哥嫂们都有份嘛！"当然，我和先生都是双职工，病瘫的老人的确给我们增加极大的困难，家中有个有病的老人，其中的艰辛比带一个小孩子都麻烦，为此，我的儿子都4岁了，我一直不敢要第二胎（当年是一对夫妇可生一对孩），如果再有个新生儿，加上病公爹，我可真没法活了。但是良心和责任使我拒绝了邻居们送走老人的劝告。我们儿时，父母一把屎一把尿地把我们拉扯大，如今老人年迈，我们理当奉报父母的养育之恩。虽然同城的哥嫂有责任侍候老人，但他们没有主动来接，可见他们有自己的困难，我的嫂嫂有病在家休养，何况他们只有一间房子，让老人住在哪里？我比嫂嫂年轻，况且有两间小屋，可安顿好病中老父，我不能把公爹推到哥嫂家中。况且哥嫂也很孝顺，每个星期天都来看望老人。一想到这些，我便心平气和地对邻人说："公爹和我们住惯了，他身体好时，每天一大早就起来为我儿子去集上取牛奶，现在老人不能动了，我们理当侍候他。"

每当我在院子里为老人擦洗、做尿褥子时，邻人们都夸老头子得了一个好儿媳，都说："别看老头儿一辈子没生姑娘，儿媳妇每天做到像护士那样，连姑娘都顶不住。"一天，公爹拉住我的手，深情地看着我，他连说："好，好。"我明白他是说我待他好。

1977年，我的公爹瘫痪两年多后，安静地离开了人间。我和先生最后一次为老人沐浴更衣。当公爹安葬后，家族哥哥们、侄儿来到我家中，侄儿对我说："在满院邻居中听到的都是对我老婶的赞扬。"

1997年于沈阳天柱居

第一辑 至柔亲情

魂归故里

1995年5月，鹿城温州徐衙巷51号，位于江心码头附近的一幢二层绿色楼房里，传出了肃穆哀婉的安魂曲。这里是已故著名爱国华侨麻廷申老先生——我的舅公的故居，迎接麻公骨灰回归故里的庄严仪式正在这里进行。

面对楼门的中堂大厅上方悬挂着黑纱横额，上面"麻公灵堂"四字苍劲有力，两边的巨幅挽联上写着：

青田务农日本劳工虎口智取创奇迹；
欧洲经商勤俭创业二战募捐救中华。

中堂的红木台桌上，一方18厘米高的银质骨灰盒安放在鲜花丛中。麻公的巨幅照片及"魂归故里"的横幅悬挂在中堂的正墙上方，下面是温州市和青田县归国华侨联谊会敬献的大型花篮，花篮的缎带上工整地写着："沉痛悼念著名爱国老华侨，麻廷申先生英灵永垂不朽。"前来吊唁的各方人士向麻公的长子，青田籍旅德华人，现温州市归国华侨联谊会名誉主席麻福光先生及其他麻公后裔亲眷表示亲切的慰问和敬意。

1965年5月6日，麻廷申先生逝世于德国的法兰克福，当年他遗愿归葬故土。他在异国他乡的公墓里静待了30个春秋，今日魂归故里，终于如愿以偿。

为什么在30年以后人们仍前来纪念这位华侨的英灵，因为他当年有一段爱国爱乡的壮举，有一颗情系中华的赤子之心。

1898年6月26日，麻廷申先生出生在浙江青田油竹乡半坑村，麻公年少时父母早亡，唯领小妹即我的祖母廷娇和原配徐氏凤仙（1896年11月25日至1976年6月7日）艰难度日，在家时以勤耕、石雕和做纸为生。

1922年，麻公25岁时东渡日本当华工。次年遭遇大地震，日本欺辱华人，同村18名青壮年华工惨遭日寇杀害，麻公智勇方得逃出虎口归国。后再筹资首赴欧洲，经南洋各国、红海口岸，于1924年年底从马赛港登上法国领土，到巴黎当华工。后来以经营中国丝绸、青田石雕等小工艺品为生，先后辗转荷兰、比利时、波兰、奥地利、德国、意大利、西班牙、葡萄牙及北欧的丹麦、瑞典、芬兰等国，足迹遍及欧洲。但当时由于旧中国的软弱，华侨在外备受洋人欺凌。

1925年，麻公在从芬兰回中国的轮船上认识了勤奋、帅气的青年同乡侨友，遂将胞妹麻廷娇适之，这个青年华侨就是我的祖父王学贵。

1927年，麻公分别在波兰、法国、德国的首都开设中国餐馆。由于经营得当，为人真诚慷慨，故生意兴隆。其间他帮助很多生活无着的侨胞和中国留学生，并支援故乡修桥铺路。他的助人为乐和无私资助，令海外使节及广大侨胞敬佩不已。

九·一八事变之后，中国处于日寇的铁蹄之下，民族危亡，百姓陷入水深火热之中。抗日战争爆发后，麻廷申先生于海外发起并组织旅欧各国华侨募捐抗日救国。他率先垂范，捐献出自己的大部分财产，献出10万巨款购战斗机一架，支援祖国抗击日本帝国主义侵略者，随后旅欧华侨纷纷解囊支援抗战，为祖国募得巨金，其爱国之举大为国人赞赏。欧洲华侨的这次义举被记录于国史之中。20世纪三四十年代，他花4700块银圆，在温州徐衙巷购置一座三进的荣泽大屋。

第二次世界大战期间，麻公在欧洲各国的家财全部毁于战火，一家人在万般苦难中挣扎。这个七口之家每天只能分配到两斤土豆。有时只好冒着炮火骑车到百里之外的郊区搞食物，使全家得以糊口。

1945年，二战结束后，麻公重振家业，越挫越勇，后又在德国的法兰克福和柏林两市开设南京楼饭店及尹麻公司商号，生意发达，名震海外。

中华人民共和国成立后，麻公不忘家乡养育之情，致力教育。20世纪50年代后期，为创建温州华侨中学又慷慨解囊捐助资金，三年困难时期，屡寄衣物和食品惠及家乡亲友。

1965年5月6日，在法兰克福医院临终时，这位67岁的老人告诫床前子女："我们不要忘了祖国之根。几十年我浪迹海外，遭受日本及洋人欺凌如家常便饭，故而我们总盼祖国强盛，华人在外才会受人尊重。凡我麻氏后代当急国家所急，勿忘乃翁爱乡之情。"并嘱其子女将其遗骨背回故乡与原配夫人一起安葬于五凤垟的麻氏陵园。

这就是千千万万个华侨当中的一个普通的老人，他的一生尽自己所能，

为国家和家乡尽了一份赤子之心。人们不会忘记他们的奉献，祖国母亲将永远把海外游子系在心中。"抗日救国，心向中华；爱国爱乡，胸怀华夏。"安息吧，可敬的老人，这就是后代对您公正的评价。30年后魂归故里，清平世界始得回家。

1995年于沈阳天柱居

月是故乡明

　　清明时节，置身异国26年的游子，带着中华儿女眷恋故土的情思，踏上了故乡的土地。

　　小汽车沿着浙南瓯江的公路奔驰。我打开车窗，贪婪地吮吸着家乡清新的空气。倚窗远眺，两岸青山对峙，连绵不断，白云缭绕山间，火红的杜鹃花点缀在绿山树丛之中。险峰临江，怪石镶嵌，古树横生，山涧水飞流直下。沿江公路随山势峰回路转，若隐若现。临窗俯视江边，片片竹林，村舍掩映。江中青山倒影，百舸争流，漫江碧透。

　　在排排后退的村舍中，我的目光极力搜索着我的出生地，在我的记忆中那是最美的地方。我常常低吟着思乡的夜曲："四月清明过，瓯江春已深，溪水戏绿草，山涧闻鸟鸣。"故乡的沙滩草地，水牛背上的牧童短笛，童年时踏着浪花去追逐游鱼，江面小舟上的鸬鹚和蓑翁，停泊在千年古榕下的乌篷船，这一幅幅故乡的山水画始终挂在我的心屏上，就连那竹林里飞翔的小昆虫也留在我生命的画册中。故乡，养育我的母亲，即使你的儿子走到天涯海角，你都时时牵动着游子思乡之心。回来了，终于在我两鬓斑白之年，又回到了你的怀抱。

　　小汽车在蜿蜒的公路上行驶，它把我带到了日思夜想的故乡——鹤城。茂密的竹林，平展的绿野，满树的杨梅，新建的工厂，含着笑泪的乡亲们……眼前的一切熟悉而又陌生。记忆中的陋屋、低矮的牛棚早已被崛起的楼房所代替。我家的大伯告诉我："如今逢上盛世，政通人和，百姓顺心，你妈妈若能活到今天看见儿子回来，那该多好哇！"啊！故乡，母亲，远行的儿子回来了，我俯下身体，捧起家乡的泥土，大滴的泪花滴落在上面。

　　快30年了，在那一场风雨之后，我怀着年轻人好奇和探索的心辞别了年已半百的老母，踏上了易北河畔。在西方世界挣扎了一生的父亲，临终留下

第一辑　至柔亲情

了遗嘱：将他的骨灰带回故乡与母亲合葬，落叶归根。

　　踏上乡间的小路，穿过一片桃林，柔和的山风送来一阵阵山花的幽香。登上了故乡九岗山的半山腰。母亲的老坟背靠苍山，面对瓯江，坟场十分开阔。三杯清酒，一缕香烟，寄托了儿子无限的思念。经乡亲们帮忙，当父母亲的遗骨同葬五凤垟新坟时，我竟失声痛哭："母亲，你生前多少回梦里盼望父亲回归故里，如今，漂泊一生的父亲不忘故土的乡情，不忘堂上结发之妻，你若有灵，也该含笑九泉了。父亲，你一生漂泊海外，在金钱的角斗场上挣扎、疲惫，现在已安息在生养你的故土上，也该瞑目了。"故乡，你这神圣的名字，在远游的儿子心中，永远是不灭的灯塔。

　　"瓯江蓝，苍山翠，浪拍轻舟歌声飞，咱的家乡美……"晚风送来了江船上渔家女的歌声。江面上木排漂流，竹篙点水，白帆悠悠，一轮银色的圆月连同苍山翠色都投入了瓯江的怀抱，月夜是这样美好而安静，江水是这样宽广而深沉。两岸的青山深情地对望着、诉说着：弱冠离家时，足迹遍欧行。阅尽人间事，月是故乡明。

1995年于沈阳天柱居

　　注：此文是以我舅公麻廷申老先生之长子麻福光先生的口吻创作的。不久我又在《海外联谊报》上发表了同题材的一首小诗《厚礼》，记录如下：

厚　礼

　　一位老华侨捐款修建故乡中学的图书馆，在落成时他回到了阔别50年的故乡，一名少先队员献给他一条红领巾、一捧家乡的泥土——

　　请收下吧！

　　这是故乡儿童的一片诚意，

　　世上一切都有价格，

　　唯有这颗颗童心给人以人生的真谛。

　　手，颤抖了，接过这份厚礼，

　　心，融化了，冰山都向后移。

　　大滴的泪花，

　　从刻满皱纹的脸上，

　　落进了这捧故乡的泥土里。

他亲吻着故乡的泥土，
多少回孩提的记忆，
它是那样干枯贫瘠。
变了，一切童话都变成现实，
生命青春在召唤，
热血在他每根血管里荡激。

故土哇！
家乡的清溪在你身上流过，
你才这般湿润，
做了绿色生命的根底。
家乡的山风在你上空梳理，
你才这般松软，
成了落叶归根的地基。
更有家乡儿女的辛勤，
你竟变得如此油黑细腻。

他醉了，
醉得这样称心如意，
金钱旋涡里的挣扎，
人生角斗场上的疲惫，
此刻他都已忘记。

他笑了，
笑得这般天真甜蜜。
多少回魂牵梦萦，
远离家乡的游子，
也要尽一份思乡的心意。

鲜艳的红领巾，
在古稀老人的胸前召唤。
远航的船儿，

这里有你避风的港湾，
这里有你歇息的土地。

多少安慰，
多少希冀，
温馨的田野，
一片落叶飘回了，
落到生养他的泥土，
投进了母亲的怀抱里。

1993年9月发表于《海外联谊报》

祭兄长白继宗文

兄长继宗，白姓，1926年8月30日生，辽宁沈阳人氏。父讳玉田，字文波，蒙古族，早年就读东北陆军讲武堂，戎马生涯，任军需旅长，性喜读书。先祖穆力楚克·白胡图，武将军，居新疆喀什，于乾隆年间，与锡伯族换防，故自西疆举族迁徙东北，世居沈阳城北二洼。白姓蒙古族广居铁岭，族人中多文武子弟。母郎氏，满族人，性良慈。父母有子女九人，存活者三男一侄，即长兄之子承业，二兄继宗，七兄继义，我夫九成为幼子。家中四男均为大学生，此父母之卓识有德也。

继宗少时，痴迷读书，每日手持书卷，生性敦厚仁慈。早年就读于沈阳的东北大学。兄长爱国，1948年，不忍弃家随校迁往台湾，乃留大陆。1949年3月投身革命，至哈尔滨外国语专门学校就读。1950年3月毕业后，一直执教授业于哈外专、外院与黑龙江大学。1996年9月离休。教书半世纪，桃李满天下。

兄长1964年前教授俄语，参编《现代俄语语法》，翻译《苏联中学俄语形态学教学》，发表俄语语法论文十余篇。1964年后，乃讲授、研究日本语言学，其讲义于商务印书馆刊行的《日语学习》与黑龙江大学校刊《外语学习》等刊物上发表，发表日语语法、音韵学论文十余篇，其中四篇获奖。学术上甚有建树，乃于1981年发表《日语动词性复合格助词》，此学说乃是在"文化大革命"后，原版资料缺乏的情况下，先生以明锐、深刻的分析力，于国内首论日语中复合助词的存在。先生此学说后被日本学者出版的著述所证实。而于20世纪80年代中期之前，有关日、汉双语音韵学尚无人涉足，先生以其敏捷才思、独到的方法论，开创性地研究了日汉两种语言于音韵方面的历史与现状，发现了日语唇音退化之规律及古汉语对日语音韵发展之影响，先生创建这一学说，对日、汉双语之发展功莫大焉。

第一辑 至柔亲情

兄长作为国家优秀的知名外语教育专家，是我白家的楷模与光荣。近半个世纪，为学生授业解惑，他师德高尚，学识精湛，始终不离三尺讲台。历届学生中，有大成就者甚众，无论学者，无论领导，均景仰先生之人望。即使毕业离校，仍登门求教者络绎不绝，修身治学为士子圭臬。

兄长安贫乐教，面对经济大潮心如止水，潜心治学，教书育人而无他求。数十年中重视学生素质教育，奖掖后进，悉心培养，提携青年，甘为人梯，盛誉加身不为所动。入选全国百名知名教授之列，位居第33。

兄长远离父母兄弟，然心系家园。长兄少亡，兄虽居二，实为兄长，养家孝悌，责任在肩。每月必从工资中支定数赡养父母，直至双亲去世，数十年无一挂漏，然自身节俭。我先生就学于北京、武汉，兄每月必寄生活费用，直至读大学。其孝顺双亲，友爱兄弟，情动族人，德誉四方。

兄学问博大精深，我每著书，必鼓励，并协助审阅书稿。我首著《王十朋传》，1990年出版前，兄匡正书中目录，提议采用四字标题，更显文章整齐。遵兄旨以四字标题更换，此兄之功焉。兄每对家人称赞我有德有才，为孝顺公婆之人，不胜感激。继兄之德，习兄之学，乃家风使然。

1997年4月13日，兄赴日本探亲，途经沈城，至我家中小住五日。兄弟把盏，手足欢洽，同话桑梓亲情。犬子鸿博偏得，亲聆二伯父讲授《康熙字典》等文史课程，又教其做人曰："切记莫交无益友，戒酒除花莫赌钱。"4月19日经大连赴日，不期兄长此行东渡扶桑，竟为永别，此言遂成白家遗训。

兄之长女秀石留日读博士后，于大阪大学教授汉学。此行东渡，兄本意携夫人宇珍同赴日本探亲爱女，因嫂签证未下，故兄独自一人成行。其间因病住院，于1997年5月17日，兄先患胃出血，注射止血针后，又诱导突发大面积脑梗，于北京时间5月18日下午4时8分，逝世于大阪府，享年72岁。中国驻日本大使馆派员亲临吊唁。

噩耗传来，家属好友、历届门生无不悲恸，5月22日，黑龙江大学在哈尔滨日报刊登讣告，并组织"白继宗教授治丧委员会"，黑龙江省副省长亲赴黑大致哀，广大弟子门生吊唁队伍络绎不绝。最哀者莫过夫人二嫂韩宇珍，临行前笑别滨城，不期一月后骨灰迎回，痛失夫君，身心重创，此家门之大哀。

兄长骨灰入土沈阳城北二洼、白家林祖坟，葬于故土。墓地居山岗松林之中，下有泉眼水库，后子女回乡为父立碑。思兄当年离沈赴日时曾云："此行时间紧促，待日后闲暇，定回二洼出生地住上几天。"不期此愿竟成永恒。

兄嫂育有子女三人，长子白浩石，大学毕业，任教哈尔滨市商学院，执教高等数学，长媳韩丽荣就任泉州华侨大学教授；长女白秀石留学日本，就读博士后，于大阪大学任教，长婿孙伟，经商日本，外孙女洁琳随母就读；次子白浩然参军从戎，后经商有成，任高级营养师，次媳王玉梅，主管护师白衣天使；女孙二人，白鹭留学美国，与母久居彼岸；白飏从医，随母就职于哈尔滨市儿童医院。二嫂属龙，今已82岁，与浩然一家同居，由高三日语毕业班班主任退休。嫂嫂贤淑好学，老嫂比母，有德声，人皆雅敬之。

呜呼，二兄继宗辞世，已十二载有余，二洼祖坟，垄柏已深。每思其德，至今唏嘘不止。今补祭文，乃为心声。祝祷于天，望兄在天之灵，侧耳倾听。兄虽辞世，德业不忘，先生之风，山高水长。文以咏志，家风长扬。

九弟妹　雪丽敬文

2009年6月28日夏荷雨日补写于沈阳天柱居

（二嫂韩宇珍2010年5月1日病逝于哈市，享年83岁）

第一辑　至柔亲情

恩　情

　　我先生白姓蒙古族，是乾隆御前带刀侍卫、蒙古族的穆力楚克·白胡图将军的后代。乾隆年间与沈阳锡伯族换防，从新疆喀什分别迁居到铁岭和沈阳北郊赵家沟二洼村一带，跑马圈地。现五服之内的亲属祖坟都安置在原祖业白家林之中。

　　清明祭祖是我们中华民族的孝道习俗。去年春节，我儿子白鸿博提议，各地白氏子孙相约清明，同一日回沈阳老家祭祖。一则慎终追远，纪念先人；二则亲属相聚增进亲情。儿子解囊，族人响应，其乐融融，齐声说好。

　　今年清明，儿子再次奉献，又支新招：除了去年族内十个先祖坟头必祭之外，又另外增祭纪姓两代坟茔，并请纪爷的子孙们一起相聚。儿子说："因为老纪爷爷养育了我们白氏子孙，虽不是亲属却胜似亲人，理当一同按族人祭拜。"于是，来自辽阳、哈尔滨、本溪、沈阳的30多位亲属子侄，沿着被春雨淋湿的山间小路，来到苍松掩映的白家林水库南岸的山冈之巅，众人在老纪大叔的坟前献花施礼，缅怀纪家的恩情。

　　在白家、纪家40多人相聚的清明午宴上，我先生的堂侄（我公爹胞兄的孙子）连昌格外激动，这位朴实的东北汉子含着热泪抢先说："今天鸿博和九婶母子将我纪爷家的儿孙10多人请来，和我们白家一同相聚，是为了感谢我纪爷对我和我姐姐小娟的养育之恩，没有纪爷就没有我昌子，明年我要和纪家共同给我纪爷的坟墓立碑，碑文我早就想好了，就是'养育之恩永不忘'。"昌子的一席话让纪家和白家老小好生感动，因为他们的长辈老纪大叔对我们白家有一段恩情，这里有一个凄美的故事。

　　连昌的曾祖父在沈阳城北也算是大户人家，有一片山林（白家林）和土地，他有两个儿子，他的二儿子白玉田（字文波），也就是我的公爹，从小读私塾，我公爹青年时参加了东北陆军讲武堂炮科学习，毕业后从戎，曾做过北伐军的军需旅长，后一直留在沈阳市内经商，喜欢收藏，可惜在"文化大革命"时期因成分是"市贫未划"，收藏全丢了。他晚年时仍喜好穿马靴，留八撇胡子，每天都读报纸、听新闻，有一手好的烹饪手艺，用餐很讲究。我公公对家庭最大的贡献是培养了三个儿子和一个长孙，让他们都读到大学毕业。

连昌的爷爷白玉振是他曾祖父的大儿子，年轻时他去南方参加革命军还当了军官，战争结束后就回到故乡二洼。曾祖父因家业较大，就需要常年雇人来耕种。伪满时期，有吉林珲春的一位纪姓人家带着儿子和家眷来二洼谋生，由于人生地不熟无处落脚，白家见他们老实本分人又勤快，况且老白家家风善良好德，就收留了他们全家。虽说他们是地主和长工的关系，却同吃一锅饭，同住一个屋檐下，10多年来两家相处得十分亲近，当年这个老纪家的儿子纪永海，就是后来连昌的纪爷爷。

沈阳解放后，迎来了土改，连昌家有爷爷、奶奶、父亲、母亲，还有一个姐姐和连昌一共是六口人，当时家中的雇工只有纪永海一个人，于是定成分时连昌的爷爷被划为富农。

老白家的男丁在年轻时都有一个爱好，就是喜欢鼓捣汽车。连昌的老姑奶白玉贤的先生，也就是连昌的老姑爷爷，20世纪50年代后他一直在国家卫生部机关开汽车。连昌的父亲白继鹏（字长江）就是跟老姑父学的开车，当年会开车可是稀缺的手艺。经人介绍连昌父亲就到一家机构的下属部门去开车，1949年他还在沈阳市公安局消防队修理过汽车。1951年肃反，白继鹏去世。

没有男人当家，女人的心里也就没了主心骨，不久，连昌的母亲忧郁而死。一对儿女没了娘，只剩下一个奶奶，家里能担事的只有老纪大叔了。

那时纪叔的两个儿子及家人一直和白家人一起生活，虽说是两姓两家人，却和一家人一样共同过日子。

连昌是梦生[1]，出生于1951年12月11日，从未见过他父亲。再后来奶奶架不住操心劳累，1955年也去世了，5岁的连昌和姐姐小娟成了孤儿。

村里让老纪大叔将两个孩子送到孤儿院去，小娟当时有肺病，又过了孤儿院收养的年龄，于是老纪大叔就将小娟送到市结核病医院去住院，每半个月纪叔要送一次钱到医院交费。当时家中没人带孩子，只好将昌子送给了孤儿院。

老纪大叔当年只有40岁出头，当他离开孤儿院时，听见昌子哭着喊着叫他爷，这个善良忠厚的庄稼汉的心一下子软了。想想近20年自己一家人生活在老白家，虽然自己是长工，可当家的从没把纪家当外人，如今当家的一家

第一辑　至柔亲情

---

〔1〕梦生：北方民间说法，指孩子还没有出生，孩子的父亲就去世了。

家破人亡，只剩下这两个可怜的孩子，怎能忍心叫他们没人管呢！昌子进孤儿院一周，老纪大叔的心如热锅中的蚂蚁，怎么也睡不着觉了，他扛了两斗粮食送给孤儿院，就把昌子领回家中。从此，这姐弟俩就叫他爷爷，老纪爷爷用自己长满老茧的双手一直抚养他们长大成人。

无论冬夏寒暑，老纪大叔都把昌子带在身边，他下地干活就让昌子在地头玩耍，无论吃喝穿戴，宁可亏了自己的两个儿子，也不能屈了昌子姐弟两个。一个庄稼人拉扯大两个异姓的孩子也够不易的了。后来纪爷的大儿子去世了，二儿子进沈阳工作，还入了党。纪爷为了这两个孩子从来不和儿子住，几十年来只和昌子住在二洼老家。小娟长大后嫁出去了，家中只剩下祖孙两人相依为命。他供小昌子读九年一贯制到中学毕业。1976年昌子结婚了，他同样舍不得纪爷，爷爷就一直留在他的身边。媳妇小秀也孝顺体贴，老人特别知足。此间，老纪大叔的二儿子一直要接父亲到沈阳住，可老人家舍不得昌子这个大孙子，纪家儿孙再三请老人去，怎么也劝不动，老人家心中只装着昌子，他和异姓孙子共同生活了一辈子。

2002年，老纪大叔90岁高龄去世了，这个纯朴的农民用自己勤劳的一生，抚养了东家的两个遗孤长大成人、生儿育女。这份人世间最深的大爱和忠义仁慈之心，让我们白家人钦佩不已。老人家抚养白家遗孤的恩情让我感动，同时让我们白家人羞愧。

想想看，在1955年那个时代，白家的叔伯家人都没有勇气承担这份抚养白家遗孤的责任，白家亏待了昌子姐弟二人。而佃农老纪大叔却不顾这些，老纪大叔，您的仁德忠心让我们感恩和自省。您用一生朴实无华的默默奉献诠释了一首人世间最挚诚的人性美之歌，让我们理解了什么叫仁慈。

1995年，辽宁电视台社教部拍摄了由我执笔的十集电视系列片《源远流长话豆腐》。为了表达对您的感恩，我特地让电视台到二洼老家选您和昌子岳母等一些老人，拍摄农家毛驴拉磨、磨豆浆、做豆腐及吃农家豆腐菜、喝小酒的镜头和画面。电视片播出后，您和村里的老人们第一次看见自己上了电视，您那份高兴劲儿真叫我记忆犹新。

清明祭祖时，在老纪大叔的坟前，我对老纪大叔说："我还欠您一篇文章。"今天这篇小文算是我献给您老人家的一片心祭，您会感受到我们白家的感恩。大恩不言谢。老纪大叔，您是我们白家最敬爱的亲人。

此文发表于2015年第7期《辽海散文》

平房杂院乐趣多

　　人往往是不知足的，得陇望蜀常有之。人到了一把年纪便爱回忆，虽然这山已比那山高，却也常常忆及那山的旧事和故人。每天在喧嚣的城市，便渴望宁静及孤独的乡村。虽说随着时代的进步，人们的生活质量提高了，到处是高楼大厦，告别了旧年代低矮的平房杂院，然而人们蛰居在如蜂巢的楼房中，无论是人际还是情感都统统封闭起来，于是从心底生出一份对群居大杂院平房的依恋和怀旧，也可以说是渴望心灵释放的人性回归。

　　记得20世纪70年代初，我先生与哥哥同父母居住在一起，那是一个占地一亩多的城市院落，东北大马路一段86号，它的门牌号我至今记得很清楚。我的公爹是个每天都读报、很爱园艺的老人，绿色的榆树墙，紫藤围起来的圆拱木门，木栅栏下的向日葵和豆角向着太阳生长，在葡萄架下坐在小凳上悠闲地看书，尽管房子的天棚是用纸糊的，然而那份绿意竟让我写了半部小说《往事匆匆》，开始了文学的最初习作。后来由于公爹的成分是"未划"，我们被赶住在前院靠马路旁的木制小房中。不久连这儿也不能住，又被连夜动迁到辽阳二里14号的大杂院内两间下窑的小平房里，一住就是13年。我们离开了东北大马路的黄金地段，当然当年还没有看到这里的商机和价值。

　　平房外的院子虽然不大，但我和先生还是在窗户下的向阳地种上一棵棵紫茉莉和一小畦蚂蚁菜，我们的儿子当时还在幼儿园长托，星期天他也在大人的指导下在空地上种了几棵蓖麻。每到周日回家他就浇水除草。这花花草草也通人性，个把月小小的蓖麻渐渐长大，不久高高的蓖麻枝上又结出一串串带着红刺的绿果，我儿子在蓖麻树下睁大眼睛细细观察着它们的成长，从开花结果到秋天收获，一颗颗黑亮饱满的籽粒，竟装满了一大饭盒。

　　20世纪70年代，我还是一个文学青年，参加了大东区万泉诗社的活动，不时有些诗友相聚在热心的诗人郎恩才老师家中。记得我还为这小院的花花

草草写过几首小诗，这些习作完全是以居家小院的风情为蓝本创作的。当时我写了几首如《孩子的礼物》《院花》《三月我收获》《寻》等习作，1980年都发表在《万泉诗页》和《中草药报》的副刊上。现将这些小诗摘录如下，也算是留下我文学征程上起步时期的一点痕迹，作为一种忘却的纪念。由于在诗上没有长进，以后就搁笔了。

（一）孩子的礼物

还是春天播种的季节，
六岁的孩子带回了六粒蓖麻。
胖胖的小手挖松了小院的空地，
把种子连同希望悄悄地埋下。

微风习习，
春雨沙沙。
迎着和煦的阳光，
冒出两片嫩绿的叶芽。

携来夏日的浓荫，
肥大的绿叶点缀着串串的小花。
慢慢地红花结出带刺的绿果，
惊奇的孩子在树下细细地观察。

果实和心灵渐渐成熟，
黑亮的籽粒数了又查。
收获希望的日子，
欢声笑语萦绕着小院人家。

秋花倚窗明月高挂，
月光轻抚着可爱的脸颊。
一个美妙的幻境，
正吸引着少儿去追逐出发。

（二）院花

阳春小院一片花，
惹来蜂蝶戏芳华。

含情绽意春色好，
花丛深处是我家。

（三）三月我收获

三月，第一场春雨，
梦幻般匆匆洒落，
于是心灵的港湾，
泛起了一条绿色的小河。

几度春秋，
曾雨丝蒙蒙，
干涸的土地，
因盼滋润而干渴。

终于，你来了，
飘飘洒洒，
湿绿了枝条，
复苏了春色。

播种总要发芽，
开花自会结果，
心犁垦过的原野，
三月，我收获。

（四）寻

我捕捉探寻，
在诗的贝壳中挑选。
我追逐求真，
终于浪花送来了一颗颗珍珠，
啊，夺目光明。
我把珍珠细细地穿在激情的丝线上，
于是，一条诗链呈现给你们。

这小小的平房小院给我们年轻的三口之家带来欢乐，尽管当时家家户户都是吃着窝头、大白菜，可有了文学爱好，精神世界还算有点调剂。更值得一提

的是，我的独生子白琼（后改名为白鸿博），周末他从幼儿园回家，每天都自己叠好小被，很规律地起床洗脸，然后到小院活动。一天，他在院子里玩耍，看见晨阳中的一朵朵喇叭花沿着窗棂开花，一小畦五颜六色的蚂蚁菜竞相开放，紫的、黄的胭粉豆争奇斗艳散发着清香。孩子的心灵被这自然美景所感动，只有四五岁的儿子跑进屋来，对着我竟吟出他自己第一次创作的一首儿童诗：

> 妈妈，妈妈，
> 快赏花，
> 花儿开，
> 开在阳光下。

我好激动，一把抱起儿子。可惜我丈夫当年并没有意识到要开发孩子的潜能，竟对幼小的儿子冷嘲热讽道："别学你妈那一套，什么做湿（诗）尿裤子的。"没有想到就这一句话把我儿子的诗兴给扼杀了，从此他再没有写过诗，不过宋词欣赏是他的爱好。1997年他24岁时，参与中国轻工业出版社出版、由我编著的50万字的《中国大豆制品》一书的写作，其中最后一篇近10万字的"豆制品应用"就出自他的笔下。2000年他28岁时，又在金盾出版社出版了一本《豆腐食疗方》，这本食用畅销书每本定价5元，7年之内竟再版4次，发行量达10万册之多。

闲情足以养志，至乐莫如读书。看来平房杂院的花花草草也能陶冶性情，增加学养和乐趣。那个年代还没有经济大潮和"大款"，我只希望儿子能有学问，就给他改名叫鸿博，希望他能成为博学鸿儒。

除此之外，平房杂院还有一个好处，那就是邻里间的相亲和帮助，现在想来真是特有人情味。今天你蒸一锅馒头送来两个，明天我煮一锅饺子让邻家尝尝，邻里间的相助是感人的。隔壁的邻居老孙家长子结婚办喜事，没地方烧菜，我就腾出新刷浆的小屋让他们临时做厨房，想不到火太旺房盖都着火烧漏了，虽然大冬天我们家里挨冻，着急又上火，由于年轻也没觉得什么，我们的真情让邻里纪念。我上班远，孩子上小学中午吃饭没人管，是我的邻居孙大嫂每天为孩子热饭，真是远亲不如近邻哪！

每当夏日，高粱米水饭、大葱蘸大酱，各家端着饭碗坐在院里边吃边聊，其乐融融。平房杂院乐趣多，那真是一幅和谐的民生图哇！你说现在上哪儿找去？

> 2009年7月10日赴京看望从德国回来的鸿凯侄女
> 写于北京返沈阳的D5列车上

《徐悲鸿课徒画稿》题记

　　爱孙白恩林，2010年9月7日生于沈阳市。其母林小金，乃廊桥之乡，浙江泰顺人，其怀子时每日执笔临画，其乐融融。恩林2岁时，一日首次用笔涂鸦，率性画圈成型。奶奶问孙子："此为何画？"童曰："马奔腾。"细细观察，真形似也。

　　2016年2月12日，恩林随父母鸿博、小金赴鹿城温州省亲，返沈途经杭州西湖时，见一年长画者为游人画像，当其为恩林画毕，5岁半童子对画者说："我也会画，我为你画一张如何？"画者奇其言，乃将画架画纸画笔递给恩林，让其作画。小小童子，神色不慌，自信有余，为画者画像，围观者啧啧称奇。童子画毕，画者将此画赠恩林留存。小恩林旁若无人，神情自若，坦然作画于西湖，可谓一时佳话。

　　回沈不久，家居莱茵河畔小区，邻友长者，一位二胡演奏家，见白恩林喜画画，乃对童子说："你若为我画像，我可付你5元，如何？"恩林喜诺。傍晚其母小金执手机灯光照明，5岁半孙子为其认真作画，形似可贺。随收藏画像，当即付恩林5元人民币。此为小恩林人生因作画掘得的第一桶金。数年来，恩林喜画画，每周一次，随画班学习，尤喜画变形金刚一类动漫，乐此不疲。

　　2019年新春佳节正月初六，奶奶携恩林母子去逛北市庙会，于荣宝斋书店，恩林爱孙让奶奶为其喜购《徐悲鸿课徒画稿》（上、下册），童子如获至宝，回家后马上用小毛笔临摹一猫，神态可掬。奶奶首用篆刻大师荆鸿先生于2015年在广州为白恩林刻制的印章盖在画上，并用外公太赠玄孙的文房四宝，内有乐此不疲之闲章，后有奶奶为画作题字。次日恩林又照《课徒画稿》临牛一幅，只见他喝了一口饮料后，气定神闲，手执毛笔，挥洒自如。此作画气势不凡，犹如大画家宋雨桂作画风格，真神来之笔，此乃神赐天赋。

牛画神形兼备。新春佳节购《徐悲鸿课徒画稿》，爱孙如此喜爱，真乃人生乐事也。

南宋大贤先祖王十朋有《牡丹》诗云："今古几池馆，人人栽牡丹。主翁兼种德，要与子孙看。"又有《书架》诗云："君富端不俗，有钱长买书。家藏三万轴，不怕腹空虚。"上善若水，德厚流光。古训道："忠厚传家远，诗书继世长。"智者为子孙种德留书，让后辈有德可依，有书可读，一技之长，立足于世，敬畏上苍，造福于民，此乃人间幸事也。

白恩林奶奶王雪丽教授题撰
2019年2月20日子夜于沈阳天柱居

第二辑

名家素描

率真朴诚　墨趣童心

——百岁老红军王定国老人侧记

　　前不久，中央电视台一套《半边天》栏目播出了一组电视系列片《忠贞》，记录了开国元勋夫人们的家庭生活故事，其中我看到了"延安五老"之一谢觉哉同志的夫人王定国老人的身影和事迹。我立即将节目播出的消息打电话告诉远在温州的父亲，让他一同观看这档节目。父亲随即在温州给北京王定国老人家中打电话，告诉王老他五一期间要去人民大会堂开座谈会，会前想去王老府上看望老人家，王老爽快地答应了。

　　2009年4月28日，我陪82岁的父亲从北京前门的景泰龙大酒店，打车去王定国老人家中拜访。正巧她的大儿媳、长子谢飘先生的夫人徐兰田老师刚从南方回来，她还未放下行囊，便热情地招待我们父女和随行的黄云波先生。徐老师是温州人，是解放军艺术学院第一届学员，一口乡音格外亲切。她告诉我父亲，王老这两天在家人的安排下临时到贵州去了，她已近百岁高龄还特喜欢旅游考察，大好河山哪儿都喜欢去走走。

　　父亲是第一次到王老家拜访，而我是第三次到王老家里，站在王老的客厅内旧地重游，睹物思人，心中好生感动。我第一次、第二次来到王老家里时，她亲切接待我的情景历历在目，王老的音容笑貌又一次浮现在我的脑海中。

　　1995年秋季，我受作为温州王十朋研究会会长的父亲之托，替他去上海复旦大学专家别墅拜访苏步青院士，后又分别去北京晨光街孙轶青先生家和高检院王定国老人家拜访，因为他们都是王十朋研究会的高级顾问，都为研究会题过词。我还为他们每人带上了一只景德镇的细瓷大画缸，作为研究会的一份心意。当时王定国老人家住在皇城根的高检院内，我第一次到王老家中时，她出差去了，只有老人的孙子接待了我。给我留下最深的印象是，在客厅正中墙上挂着一面当年红军长征用的军旗，还有谢觉哉首长的画像。

2005年9月13日下午，趁我到北京科技部开会前的空闲时间，我第二次来到王老家中拜访她老人家，老人家住的房子是普通公寓，有200多平方米。老人家喜欢热闹，她与大儿子谢飘先生和小儿子谢亚旭先生一起生活，一家人其乐融融。生活秘书晓莲接我来到95岁高龄的王老面前，老人家神采奕奕，我施礼落座后环视客厅，写字台上摆满了各种图书画册，还有老人家与领导人的合影。墙上有谢觉哉老首长和老人家身着大红毛衣的照片，沙发的上方还挂着一幅我先祖南宋第一状元王十朋的画像。

2003年10月18日，王老作为温州王十朋研究会的首席顾问，专程来温州参加王十朋国际研讨会。在湖滨饭店会议大厅内，老人家精神饱满地端坐在主席台上发言，事先还认真地准备了发言稿，她盛赞王十朋为官勤政清廉、爱民如子的高风亮节。会后当王老一行去江心寺参观时，一群和平鸽围绕老人家飞翔，王老开心得像一个老小孩。当她来到我父亲的家风华居时，见我父亲住在风景如画的九山公园之内，依山傍水，红灯高挂，她对我75岁高龄的父亲说："小王，你这里真是神仙住的地方啊！"这是老人家第三次来我父亲家里。当时，她推崇爱国状元，向父亲要王十朋的画像，父亲就送给老人家这幅由著名国画家周悦林画的小幅王十朋画像，如今老人家特别珍惜地挂在她的居所客厅中，这使我特别感动。晓莲告诉我说："王老逢人就说王十朋的官声好，为老百姓办实事。"

王老看着我送她的《王十朋传》《颂梅集三百首》《王十朋纪念论文集》《雪晴集》《云彩集》《辽宁散文》等书著，老人家爱抚地对我说："能写书真是了不起呀！"听着王老的鼓励，我心中很感动。随后她送我一本她写的书《后乐先忧斯世事》，在书的首页上为我题字"王雪丽同志纪念，王定国，2005年9月13日于北京"。然后，老人家指着书中的照片，一一向我介绍她的七个孩子，五男二女，长女已经去世，长子谢飘从澳大利亚回来，他是搞外交的，谢飞是拍电影的，列列从泰国回来，也是搞外交的。书中有老人家自己画的画，每幅画都极为传神。晓莲告诉我说，奶奶长寿也是因为爱画画，特乐观大度。

当我向老人家求字时，老人是有求必应。她马上到书房铺开宣纸，一气为我题写了五幅书法作品，它们分别是"辽宁散文""当代化工，伴君成功""大展宏图""平安是福"，还有"王祝光、王雪丽父女——王十朋传人，王定国"，并认认真真地盖上了章。在书房的墙壁上是老人家画的红军长征图，在门后还贴着一张老人家画的一幅神采奕奕的大公鸡，笔法粗犷简洁。

刚来那会儿晓莲在楼下接我时，我问她："我想给王老买点东西，不知她喜欢什么。"晓莲说："别的什么也不需要，我陪你到对面大超市为老人

家选一双35号的平跟鞋吧。"结果王老穿上挺合适,只是老人家说,如果跟再高一点就更好了。王老告诉我:"当年十几岁刚参加革命当红军,第一件事就是将缠裹的小脚放松成天足;第二件事就是将辫子剪成短发;再有就是谢老教我学文化。"晓莲告诉我:"老人家一生专门为别人做好事,从大事说起她为西路军女红军平反;20世纪80年代四川水灾时,她到四川去给学校捐款;刚解放进城时她还抚养两个孤儿;她关心失足青年,心中有大爱。"望着可敬的老人,我心中涌起无限敬意,伟大的女性——这是我心底对她的赞叹。

待我将要告辞时,老人家真诚地挽留我共进晚餐。由王老的小儿子谢亚旭先生和他的两位朋友带着王老、晓莲和我一起到家附近的湘鄂情酒楼。在席间老人家身着红黑条外套,很美丽。她吃东西从不挑拣,看着这位95岁老人家津津有味地用餐,我问身旁的亚旭先生,老人家长寿的秘诀是什么?亚旭告诉我说:"说起来也没什么秘诀,老人家心态好,生活随意,与人为善,总看别人的优点,帮助别人自己也开心,从不攀比、不争名、不争利,总是与世无争,又喜好书画,所以长寿。"小莲在一旁补充道:"老人的早餐是一杯牛奶、两个鸡蛋,平时想吃就吃,想睡就睡。"亚旭接着说:"现在的人是保命哲学,医生不让吃这,不让吃那,而共产党人不是为保命,母亲一直活在精神世界和好心态中,她不单纯是为自己,年纪大了还要为国家、为人民再做点事情。这种精神也很伟大,使她生活在高境界中。平时我们不太顺着她说话,让她有'反抗'的意识,这样老人的思维就会很活跃。否则一味地顺着她说,她脑子就不灵了。还有老人家还爱唱歌,她拿着歌谱能唱起来,音还挺准。"亚旭拿出一张王老身着红军军装与大家一起大合唱的照片,那是2005年7月19日,王老参加人民大会堂召开的纪念反法西斯战争胜利大型演唱会"铭记历史"的照片。我惊叹道:"老人家真伟大,90岁还登台表演。"

待我们用罢晚餐,老人家自己轻捷地登上大吉普的前座,根本不用人扶她。回到家中,老人家让晓莲把她写给我的字收拾好,又一起照了相,然后亲自送我到电梯口,看着我离去。我的心好温暖、好感动。

当父亲叫我将他特意从温州精选的一幅《五女献寿》瓯绣图递到兰田老师手里时,我的思绪从回忆中急速闪回。父亲还专门在瓯绣图上为王老题词"百岁挂帅"。兰田老师领着父亲和我专门到王老的书房、藏画室、卧室看了看,只见老人家的一张床半铺书,倒很像庐山毛泽东主席故居中一张大床半面书的样子,老人生活很简朴。兰田老师指着堆放几百幅书画轴的小屋说:"这些字画都是留着为老人家开画展用的,老人一心只想开个人画展。"望着这么多的作品,我们真为老人家骄傲。

临走时，兰田老师替王老分别给我们每个人赠了一本大部头精装的《王定国书画集》大型画册，这书的封面由宋平同志题写书名，2007年8月由荣宝斋出版，在书的扉页上盖有王老的印章。徐兰田还特别地送我父亲一本谢觉哉老人著的线装书著《学语集锦》。谢老1971年去世，这书是他的文章语录集锦，是他留给后人的精神财富。

从王老家告别后，回到前门的景泰龙国际大酒店，我急不可待地马上翻阅起王老的书画集。这是8开版200页的大型书画册，首先映入眼帘的是穿着大红毛衣的王定国老人的相片，她笑的是那样从容和安详，书中有很多国家领导人为本书的题词，其中有华国锋的"艺海天涯"、布赫的"书画情怀"、王定烈的"巾帼英豪，妙笔生花"及"巾帼不让须眉"等。书前页中那位身着灰色红军装的老人正笑容可掬、谦和地看着读者。本书中第一幅画是象形马，其题款是"以马为师，一往直前"，她还谦虚地说自己学画不像，其技法很有创意和特色。本画册收集了王老200幅各类题材的作品，有红军长征途中的巨幅画作，上有李德生的题词。此画气势恢宏，千军万马过大江，赏后叫人浮想联翩，当年红军的长征历史在她画中再现。这本画册也包含了各种花鸟鱼虫、动物、人物等题材。纵观王老画作，其笔法无拘无束，随心作画，不受古人、今人限制，自成一派，画作中真正能形成自我风格的才叫高手。王老正是这样一位跳出法度的自由画家，画笔传情时，随心所欲，浩然正气宣泄于画面纸上。无论是翠竹、秋菊、牡丹，还是奔马、熊猫、苍鹰、雄鸡，一幅幅画作大气灵动，用笔粗犷、饱满、厚重，其气概岂是女子之所为。王老的画率真朴拙、鲜活可爱，章法全凭感觉，构思布局常独出心裁，充满童心雅趣，加上名家题词更是相得益彰，其画作真是了得。

王老是一位近百岁的老人，按亚旭先生所说："如今还健在的老红军战士中，能自由坐飞机来往各地，参加各类社会活动，并能作画者唯有我的这位老母亲了。她十几岁参加革命，根本没有读过书，全凭刻苦自学。她是2006年'感动中国'的人物之一，这位身材不高，但精神抖擞、健康长寿的老太太，人见人佩服。"

我和父亲是有幸的，王老和她的家人三次光临父亲的风华居，给我们留下了快乐珍贵的记忆。老人家乐观豁达、助人为乐、仁慈友善、健康向上的不老松精神，一直激励着我们做人和做事。如今的王老是百岁雄风仍不老，仁德才气满乾坤。我们衷心地祝福她老人家快乐长寿！

2009年6月10日于沈阳天柱居

缅怀百岁老红军王定国

2020年6月9日晚，惊悉107岁老红军王定国妈妈去世。我顿感心痛，马上决定赴京送别老人。第二天的工作早有安排，我计划11日去北京。然而，11日出发前，惊闻北京出现疫情。我还去不去北京？一时有了犹豫，思之再三，义无反顾地奔赴沈阳北站。老人家对我们有恩哪！

王定国（1913年2月4日至2020年6月9日），四川省营山县人。1933年加入中国共产党，红四方面军妇女独立团营长，是走过长征的老红军，谢觉哉同志的夫人，第五至第七届全国政协委员。

12日上午10点钟，我和小弟王永生来到王定国妈妈的家，鲜花和花圈摆满楼门前的路旁，602室，以往熟悉的客厅已布置成灵堂，在芳香四溢的菊花丛间，王定国妈妈身着红军军装的遗像挂在正中。我和小弟给老人家深深三鞠躬。我心中呼喊："老妈妈，您一路走好，晚辈专程看您来了。"王定国妈妈的小儿子谢亚旭先生拉着我的手臂，还有小弟，在老妈妈遗像前，让工作人员为我们仨合影留念。他又将印着老人家红军军装照封面的《人民画报》和刚刚印刷的"祝福·长征女红军，王定国107岁华诞纪念邮简"送给我做纪念。我亲吻着《人民画报》，紧紧地把老人家的遗像贴在胸前，定国妈妈随和慈祥的音容笑貌，再一次浮现在我的眼前。

1990年，辽宁大学出版社出版了我和父亲王祝光先生合著的近16万字的《王十朋传》。先祖王十朋，号梅溪，浙江乐清人，南宋大贤，宋孝宗、宋光宗两代帝师，廉政爱民，文史清流，有54卷《梅溪集》传世，朱熹为之序。父亲是王十朋第26世嫡孙。1995年，我们父女创立了温州王十朋研究会。父亲是首任会长，首席顾问就是老红军王定国。

1995年秋，受父亲委托，我带着他的书法手札和一只景德镇细瓷大画缸，赴北京拜访王定国妈妈。不巧的是，定国老妈妈不在家，他孙子说，奶奶去贵州考察了。我环视客厅，至今仍不忘墙上挂着一面红军长征时的军旗，还有一幅谢觉哉首长的画像。

2003年10月18日，王十朋国际学术研讨会在温州召开，作为首席顾问，王定国妈妈在家人陪同下，亲自参加了大会，神采奕奕地端坐在主席台上。她在发言中盛赞王十朋爱国爱民，官声好，呼吁"要让王十朋勤政清廉的精神发扬光大"。会议后，老妈妈在家人陪同下，第三次来到我父亲家。我父亲自己设计的风华居，坐落在风景如画的九山公园内，依山傍水，小舟泊岸，院内文化墙上有诸多名人题刻，她对我75岁的父亲说："小王，你这里真是神仙住的地方啊！"父亲送给她一幅著名画家周悦林先生绘制的王十朋像，这幅画，老妈妈非常喜爱，一直挂在家里客厅中。

2005年9月13日，我第二次到定国妈妈家拜访，父亲专门为老人精选了《五女献寿》瓯绣图，上面还有父亲的题字"百岁挂帅"。我也给老人家送上《王十朋传》和我办的杂志《当代化工》与《辽宁散文》。老人家兴致极高，送我一本她自己的书《后乐先忧斯世事》，为我亲题：王雪丽同志纪念。当我向定国妈妈求字时，她铺开宣纸，提笔一气呵成为我写了"王祝光、王雪丽父女，王十朋传人""当代化工，伴君成功""辽宁散文""平安是福"等珍贵的墨宝。晚上，老人家留我与她和家人共进晚餐，她把一整根海参夹到我的餐盘中。

2010年1月17日，我再次陪父亲到王定国老妈妈家中，在王十朋画像前，老人家亲热地与我父亲交谈并合影。她又送给我们父女每人一本2007年由荣宝斋出版的大型厚重精装画册《王定国书画集》，在扉页上，她郑重地盖上大红印章。她还特地赠一卷谢觉哉老人的线装书《学语集锦》给我父亲。

2014年国庆前夕，百岁老人王定国老妈妈，在长子谢飘和夫人徐兰田、怀抱着宝宝的孙子、孙媳妇，还有二儿子、二女儿和德国女婿，共九位家人的陪同下，驱车来到北京霄云路6号的城宝饭店，与弟弟、弟妹、侄女和我，在胞弟王永生开的柏林时光德国餐厅，共同庆祝佳节，共叙友情，两家相聚甚欢。临行时，在柏林时光门口，我们留下与身着红衣、神采奕奕的定国妈妈合影，凝固了幸福时光。

2017年7月30日，在医院病榻上临近生命最后时段的父亲，嘱咐我带上儿子、儿媳、孙子一家四口，代他再去看望105岁的王定国老妈妈。在北戴河，坐在轮椅上的老人家，身穿小花袄，腿上盖着枣红色的毛衣，很高兴地接见了我们，百岁老人与七岁稚童，十指相扣，留下我们全家与跨世纪老人的珍贵合影，至今永远珍藏在我们心里。

回顾与王定国妈妈的交往，泪眼婆娑。敬爱的红军老妈妈，您的名字在军旗上闪耀，您永远活在我们心中。

2020年6月21日于沈阳天柱居

第二辑　名家素描

廉政文化的倡导者

——中纪委副书记刘锡荣同志看望温州王十朋研究会会长王祝光等浙南老同志纪实

2006年9月8日，朗朗初秋，北京新北纬饭店。上午9点整，时任中共中央纪律检查委员会副书记的刘锡荣同志携夫人詹黛薇同志与高伯余秘书，如期来到0743房间，看望原浙南地下党离休老干部，现温州王十朋研究会会长王祝光同志。原浙南地下党温州城区区委书记、浙江省文联老领导、著名书法家和诗人冯增荣同志与王祝光同志的长女、《当代化工》主编、辽宁省散文学会秘书长王雪丽编审等同志在座。

9月6日，应毛泽东书画收藏展组委会陈上管秘书长的邀请，王祝光父女赴京参加在人民大会堂金色大厅举行的全国各界纪念毛泽东逝世30周年联谊座谈会。会后于9月7日上午，雪丽主编拨通了刘书记家中的电话，接电话的是刘书记的夫人詹黛薇同志。雪丽告诉她说："我陪父亲到北京开会，明天下午我就要送父亲飞回温州了，临行前我父亲想拜访刘书记，不知道他是否有空。"詹黛薇同志在电话中说："你父亲是老同志，年龄大了，到北京开会没有车不方便，要看还是让刘书记去饭店看望王老，我过一会儿就跟书记联系，再通知你们相见的时间。"雪丽不好意思地说："刘书记是首长，是原温州市和浙江省的老领导，理当我们去拜访他才是。"她告诉雪丽不用客气，并记下了我们下榻饭店的房间号和手机号。当天下午，詹黛薇同志来电话告诉雪丽说："明天9月8日上午9点，刘书记要到你们下榻的新北纬饭店看望你父亲。"

见到刘书记携夫人、秘书光临，王会长父女和冯增荣等老同志心情格外激动，急忙迎上前去，请刘书记到房间正面的沙发上落座。身着白色旧衬衫的刘书记说什么也不肯坐在正位上，他谦和地笑着说："应当敬老嘛，你们都是浙南的老同志，理当你们坐沙发才是。"他一边说一边将两位老人让到沙发上，自己却退到沙发旁边的椅子上。看到身居高位的刘书记如此尊重和爱护老同志，王会长和冯老在沙发上怎么也坐不住，他们不忍心让刘书记坐在边椅上，于是他们又站起来让刘书记坐，就这样反复推让着，后来几位老同志和黛薇夫人、高秘书等都坐在两张床边上，最终刘书记还是退坐到床边的椅子上，两张沙发却始终空着。

望着谦和朴诚的刘书记，雪丽对他说："头些年您寄给我父亲和我的春节贺卡我们一直珍藏着，您在温州工作时送给我父亲的八仙过海的青田石雕现仍陈设在父亲温州风华居的小客厅中，我们父女都十分想念和敬重您。"王会长接过女儿的话说："应当是温州的人民都十分想念温州当年的老市委书记。"

说起温州，刘书记深情地告诉我们说："我在温州工作了10年，与温州已结下不解之缘。我家四代人都在温州工作生活过，我在温州工作了很长时间，从秘书长、副市长、副书记、市长到市委书记，各种岗位一干就是10年。后来离开温州到杭州任浙江省委副书记兼纪委书记，直到现在到北京中纪委工作。我的父亲刘英同志在1935年至1942年也在温州干了8年的革命工作。"

刘书记感慨地说："所以我对温州有特殊的感情。以前我在温州工作了十年，温州现在搞得不错了，希望温州的同志不断努力，将接力棒一棒一棒地接下去，把温州发展得更好。"

与老朋友、老领导的会见十分欢洽，高伯余秘书不停地为大家照相，刘书记欣然风趣地说："大家各种组合的照相都有了。"

这时，79岁的温州王十朋研究会会长王祝光同志，向刘书记汇报了有关对南宋著名政治家、教育家、爱国诗人王十朋的研究成果："我们这个研究会是高层次的学术研究会，国学大师南怀瑾先生、已故的苏步青院士都是学会的名誉会长、老红军王定国同志是研究会的首席顾问，朱厚泽同志、王学仲教授、孙轶青先生等老领导和著名历史学家、中国宋史研究会常务副会长徐规教授、宋史学者孔凡礼先生和台湾著名历史学家宋晞教授等著名学者都是学会的顾问。温州王十朋研究会于1995年成立以来，已出版了六七部研究专著，1997年和2003年还召开了两次国际性大型学术研讨会和《颂梅集三百首》与《王十朋纪念论文集》的首发式，并在乐清协助修复了王十朋古墓并建立了宏伟的王十朋纪念馆。弘扬民族文化古为今用，传承发扬了王十朋爱国爱民、为民雪冤、兴修水利、割俸办学、乐育人才的伟大精神，王十朋是一个清官，是千秋士子的楷模，因此，王十朋研究会也是一个清官研究会。

第二辑　名家素描

刘书记，您一直是我们这个研究会的高级顾问，1991年为纪念王十朋逝世820周年，您曾给我们研究会题过词'爱国诗人，名垂千秋'，这是您对我们研究会工作的最大支持。"

刘书记和蔼可亲、平易近人，认真地听取了王老的汇报之后，对王会长说："现在很多人崇洋媚外，因此，我们要补上弘扬民族文化这一课。10多年来，你们是研究廉政文化的，你们的工作很有意义。"听到了刘书记对学会工作的大力支持和肯定，王会长高兴地说："王十朋是一个清官，如果我们的领导干部都像王十朋这样爱民如子、清正廉洁、两袖清风，那我们的国家就大有希望了。刘书记，您是一个体恤民瘼的领导，对老百姓和老同志格外尊重，记得您在温州工作时，留我在您家吃饭，四菜一汤，青菜淡饭，还让您女儿为我扇凉，您的爱民敬老作风，温州人民是不会忘记的。"

当雪丽主编向刘书记及夫人谈起自己在东北沈阳的工作情况，并谈到了国家开发大西北和振兴东北老工业基地的政策时，刘书记说："我们一定要把我国西部的建设工作做好，西部不搞好就会拖国家整体发展的后腿。西部有大量的资源，要输送到东部地区去。我们的国家是一个统一的大国，这在一定程度上有赖于同源的母亲河黄河和长江，因在地域上是不可分割的。"

后来王会长将纪念毛泽东同志逝世30周年座谈会上发来的毛主席雕像送给刘书记时，他再三婉言谢绝，可王老怎么也不肯。这时刘书记将目光转向雪丽说："雪丽，你给你父亲做做思想工作，让他带回去，我们可以一起捧着主席像留影纪念。"雪丽说服父亲，并请冯老将昨晚父亲委托他给刘书记写的一幅书法作品送给刘书记。冯老一字一句地读给大家听："履巉岩，披蒙茸，踞虎豹，登虬龙，攀栖鹘之危巢，俯冯夷之幽宫，苏东坡《后赤壁赋》句，祝光、雪丽父女老友抵京嘱录，奉锡荣同志雅赏留念，冯增荣于丙戌早秋时客京郊。"由于是老同志的墨宝，刘书记欣然接受，他对冯老说："我这次没带名片，下次给您寄过去。"他还留下了我送他的一本《辽宁散文》杂志。

时光飞逝，转眼一个多小时过去了。王祝光会长对刘书记说："我们这次到北京参加的毛泽东同志逝世30周年座谈会，是我们温州老乡陈上管先生操持的，他的会务组就在12楼，他很想能见到您，我让雪丽去叫他过来。"刘书记赶忙说："别去找他，我上楼去看他吧。"说着便与夫人和秘书一同步出房间，登电梯上楼。走廊上，刘书记对雪丽说："我就特讨厌到一个地方给人家打电话，叫人家来看我，我如有空我会去看大家的。"来到12楼，陈上管先生见到刘书记亲自来看他心中万分感动，当大家下楼来到新北纬饭店门口时，刘书记和夫人再次与大家合影。他特别提出要与冯增荣同志单独合影留念。刘书记特别叮嘱王老、冯老这些老同志要注意身体，并与大家一一握手话别。

初秋的北京已泛凉意，刘锡荣书记略显花白的头发在秋风中飘动。他那谦逊敬老的共产党人优良作风与谦和真诚的微笑，以及他身上那件白色的旧衬衫永远定格在我们的心中。在我们留恋的目光里，他们坐着车消失在茫茫的车流之中。

2006年9月18日晚于沈阳天柱居

第二辑 名家素描

生命的轨迹

——读著名书法家、诗人冯增荣老先生散文集《生之痕》

《生之痕》是著名书法家、诗人、原浙江省文联厅级老领导冯增荣伯伯继《感情的风》《真虹诗选》《风雨情缘》三本诗集后出版的第一本散文集。在这本20余万字的《生之痕》扉页上，有冯伯伯于2000年9月15日给我题写的"赠雪丽老友"一行清秀的题字。特别是在他的署名处又郑重地盖上他的一方小名章，可见书作者对晚辈的器重、关爱之情。几年来我愧对冯伯伯，没为他的书写下一点读后评论，或许工作生活的重压使我麻木，缺少激情。然而，凭着我对冯伯伯的敬重和依赖，心里始终放不下这本几度让我为之感动的《生之痕》。

几年来，我不下五次读他的这本散文集，每次读到动情处，我都会用笔勾勒出线条，至今书中已留下我五种不同颜色的读书记录。其中有2000年10月3日在本书第59页处，在冯伯伯于1976年给浙江省教育局写的一封求出路的几近哀求的书信旁，有我的一段读书记载："为冯伯伯和天下所有受屈辱的革命者落泪，读此节时泪湿书页，竟让我失声痛哭。"在我半个多世纪的读书经历中，还没有哪个作家的书能让我反复捧读，并令我如此动容，这本书却是唯一。

《生之痕》是一部作家本人散文体的革命回忆录，是一幅印着作者"生命轨迹"的历史画卷，又是一份中共浙南早期共产党人的忠实档案。这些共和国大厦的奠基人，犹如"逝去的枫叶"，他们用鲜血和生命铸就的国度，逐渐成长与成熟，终于步入了科学发展的和谐社会，已和平崛起在世界东方。作者用流畅的语言，优美质朴的行文风格，以他诗人特质的柔肠，又不乏革命者的磅礴和宽阔胸怀，托出一颗对祖国母亲的赤胆忠心，放眼江山满目红枫如此多娇，留下了人生最珍贵的"生命色彩"和历史赞歌。

在作者的眼中，埋在心头故乡温州的张家花园，虽然随着岁月的流逝已破败不堪，然而它却永远飞溅着"灿烂火花"，这里给了他青少年时期革命的启蒙，是他踏上革命旅程的始发站。1938年，在那个救国于水火的年代中，这张家花园则是革命火炬的集合地，花园里的主人和仆人都是成熟的革命者，是他们把爱和鲜血献给了革命。他们在艰苦的斗争环境中面对敌人的坦然气概，连同当年这座充满革命气息的张家花园，永远定格在作者的心屏之上。

在作者的心中，龙桥小学是他永远抹不掉的甜和痛。自古英雄出少年，作者13岁参加革命，1941年才16岁的他已经挑起了中共浙南温州城区区委书记的担子，早已是一个成熟的革命者了。地处温州江北的龙桥小学，这里是中共地下组织的城区机关，他们表面上都是化了名的学校教师，还获得了国民政府的办学嘉奖，都在兢兢业业地办学，然而作为中共浙江特委直接领导下的温州城区机关所在地，这里是革命游击战争和地下党斗争的坚强堡垒和指挥部，在这里工作的都是历经风雨的革命者。这里留下了革命先辈的峥嵘岁月，也留下了作者奋斗的足迹、青春和爱情。

1941年作者与战友曾芙秋订婚，与未婚妻的爱情之花尚未结果，1942年因党内工作需要，作者离开温州城区打入桐庐"浙江缉私处"敌内部工作，然而谁能想到，从此两人一别，泪洒江畔，竟成永诀，六年的啼血相思，只留下一曲催人泪下的长恨歌。

作者的爱人曾芙秋同志是一位热情、美丽、坚强的革命者，她原是温州文联中的党支部书记，对革命有一种特殊的狂热与痴情，她冒死掩护在温州的浙江省委，后到四明山根据地，多次出生入死，不幸被日寇所俘，经营救出狱后她仍坚持斗争，出色地完成党交给的任务，她是当时一位老作家笔下的光彩人物。可叹的是她只有24岁伊人渐远，人去楼空，只有佳音慰英灵。他们分别时，她留给作者的爱神维纳斯雕像，至今依稀留在作者的心中。荒冢安在？草木已深，梦里相见，唯有泪千行。几十年相思债，怎不叫人痛断肠！

一想到《秋的落英》，作者思之越切，怀念越深，睡梦中一声声地呼唤，化为一行行悼念的诗章：

我老了，

你还年轻，

过早的死亡结束了你的一生，

却永远留住了你的青春。

要是在那片云雾里重逢，

不要惊诧我的龙钟，

对你的哀思，

空耗了我生命的活力无穷……

　　然而作为忠贞的革命者，在他的情感诗集《真虹诗选》中，第一首诗《请收下我火烫的心》，作者直抒胸臆：

祖国啊，

母亲，

请允许我放开久喑的歌喉为您歌唱。

如果我是泪珠，

凝聚着一代悲欢，

一生坎坷，

我愿升华为雨滴，

把原野和群山关注。

即使汇成苦涩的海洋，

也要把洁白的浪花飞舞……

　　这啼血的赤诚和大义，这无怨无悔的无疆大爱，伟大祖国母亲怎能不收下这忠贞儿子"出腔但还火烫的心"呢！

　　《生之痕》中的"纸篓遗芥"乃是作者回归文学队伍后的文事与编读往来，也有他为文友书家作的序，他在文坛上的德高望重可见一斑。为人作嫁衣，其乐也无穷。

　　人生一世有些事真的很难确定，作者作为中国书协和中国作协的重量级会员，作为知名的书法家和作家，得益于他少年时的文学梦，也得益于其舅父大量的字画和藏书的启蒙。其舅父酷爱书法，练得一手地道的颜体，作者从小耳濡目染，为其一生的书法成就奠定了基础并受用不尽。尽管作者11岁就开始发表文学习作，然而长期的革命生涯却无缘选择爱好文学的职业。多难兴才。23年的囹圄生活却造就了一个知名的书法家和诗人，苦中取乐也算是不幸中的有幸。作者年过半百之后回归革命队伍，有了一次选择做文化兵的机会。1981年，浙江省文联委派冯伯伯筹建东海文艺出版社，后来又主掌《江南》大型文学刊物的编辑出版工作。少年文学梦，晚年始发枝，这个"生命的新因子"梦想成真，作者迎来了人生下半场书法、创作的双丰收，并与一位知名优雅的知识女性喜结连理。奇哉！幸哉！至此始信天公不负人。

20世纪80年代初，作者的楷书获全国首届规范汉字大赛一等奖；行草获得新加坡新神州特别奖；隶书被国际文学艺术作品博览会评为特级品。1988年，作者参与浙江博物馆举办的十佳书画展，后数年间在浙江老年大学和浙江工业大学教授书法课，可谓桃李满园。现江浙的名山亭阁都留下许多作者的题联，其墨宝为日本和欧美的一些国家的知名政要所收藏。

冯老对书法艺术的追求，可谓痴心不改。他在"生命的新因子"中介绍了他自己曲折的书法之路："是从唐楷入手，上溯二王，兼及篆隶。行草曾攻习智永、北海、张旭、怀素、真卿、米芾、山谷、东坡、孟頫、其昌、徵明、道周、王铎等许多名帖，用力不可谓不大，成效却难如意，最后仍以兰亭、圣教为底蕴，求秀雅凝练。隶书曾习曹全、张迁、夏承、石门颂，并取法邓石如、伊秉绶，无意折柳，反而略有心得。书艺于我，不求闻达，但以之自娱而已，所谓'泼墨从心乐享年'是也。平时喜游山玩水，并指染丹青，但愿画以书出，书求画致，还以文学创作为余事，情有所钟，艺术成了我生命中的一颗新因子。正所谓'一笔长驱不计年，风云满纸绕香烟。壮心自能闲处豁，嘶马声声待晓天'。少年之梦老来圆，我感到幸福。"

中国书法艺术源远流长。书法家在治学中应是继承和发展的模范，要承前启后，有所建树。继承是学书的必要手段，发展是学书的主要目的。没有继承便是无源之水，无本之木，没有发展便是作茧自缚，囿做书奴。前人有"入碑入帖"与"出碑出帖"之说，就是继承和发展的辩证关系的有机结合。

"字为心画，乐为心声。"学习书法艺术打下了一定的基础，熟练到一定程度之后，书家内心深处的情状便自然而然地流露在所写的字里行间，这也正是"字如其人"的说法。苏东坡先生云："作字之法，识浅见狭学不足，三者终不能尽妙。"冯老品高学博，诗书俱佳，乃江浙大儒，他的字无论楷隶行篆，均清雅凝重，飘逸灵动，柔中有刚，雄深雅健，其风格正如他自己。沈阳故宫一位书法评论家见到冯老的隶书称赞道："我们东北的书家，在写隶书上还真没有人能赶上江浙冯老的。"全国书协原副主席李铎先生曾亲为冯老的书法集题写书名。

2006年9月8日上午9点，北京新北纬饭店743客房，时任中纪委副书记刘锡荣同志携夫人和高秘书，看望家父王祝光和冯增荣两位浙南老革命同志，临行时他还请冯老这位当年的温州城区区委书记与他单独照相。说来话长，刘锡荣同志是革命烈士、原中共浙江省委书记刘英同志的遗孤。刘英同志1929年就参加了红军，1942年2月，他在温州遭国民党反动当局逮捕，在狱

中坚贞不屈。当年时任温州城区区委书记的冯增荣同志曾组织武工队营救时的浙江省委书记刘英同志，然而没有成功。敌人得知地下党、武工队劫狱救人，就提前将刘英同志解送到永康，同年5月18日刘英同志被杀害，英勇就义。冯老当着刘英同志唯一的遗腹子刘锡荣同志的面，讲述了这段历史，分别时他将自己的隶书墨宝送给刘锡荣同志作为纪念。这次会见刘锡荣同志谦逊敬老的高贵品质让我们特别感动，记忆深刻。

在我的这本《王雪丽文集》中，能为我所尊敬的冯伯伯写上几行文字，这是我多年来的愿望。他真诚谦和、平易近人的品格，他的锦绣诗文和柔中有刚的清奇书法，他才华横溢的江南士子的才情，他忍辱负重、乐于奉献的革命者胸怀，他的这些高贵品质让人永远感动。《生之痕》留给我们一份思考和铭记，带给我们一份淡泊与包容。优秀的作品给人们启迪与鼓励，高贵的心为世界带来温暖与光明。

冯老真君子也！

2008年8月11日0点30分初稿
2009年9月19日三校于沈阳天柱居

闪光的钢锭

——记冶金科学家陈继志

1995年4月7日清晨，清脆的电话铃声把我从梦中惊醒，电话中传来表姐悲恸欲绝的哭声："你姐夫今日凌晨因突发心脏病在睡梦中去世……"

表姐夫陈继志作为新中国自己培养的第一代科学家，患风湿性心脏病，常年拖着随时都有生命之虞的孱弱病体，以惊人的毅力坚守在我国钢铁研究的最前沿，完成了一次又一次的科研攀登。在人生的历程上，你踏上第65个台阶时，终于累倒了，如今你已静卧在鲜花翠柏之中。

几十年了，背井离乡远离湘江的游子，多么想回长沙会一会你1952年武汉大学矿冶系毕业的同学，他们这些知名的学者和教授都翘首以待你的到来。今日你穿上了一生中最好的衣裳，西装革履，神色从容，想必你已经腾出空回到橘子洲头，领略岳阳楼前诗赋的雅兴，亲自问候故乡母亲的英灵。

你走得如此匆匆，竟在睡梦中都没来得及告别一下亲人，你的妻子还没来得及向你诉说心事，你的儿子更没来得及呼喊一声"父亲"。每次出差讲学，每次奔赴钢厂试验，你都是身带急救包踏上旅程。这次出差的路途太远太远，到那个世界去你要一路当心。你看，这400多人的送行队伍，依依别情，泪水湿襟。白发苍苍的老教授为你默哀，肩负使命的中年科学家向你致敬，午轻的科技工作者频频鞠躬，与你共事多年的老同志泣不成声，连声说："老陈，大好人哪！"

也许你已知此行遥远，临行的头一天还坚持安排好身后的工作进程，并到各处转转，告别你为之工作了40多个春秋的中科院金属所的同志们。

作为对国家做出重大贡献的科学家，作为辽宁省政协常委，作为我国最著名的冶金学家、前中科院副院长李熏先生的第一个得意门生，你应当感到骄傲：中科院周光召院长和中科院人事局、办公厅，政协辽宁省委员会以及

中科院长春应化所、包头稀土研究院等许多科研院所都为你送来花圈挽联。中科院金属所和腐蚀所的历届领导，辽宁省政协的领导亲自前来吊唁送行。金属腐蚀与防护研究所的唁电高度称赞你"生前为发展材料科学事业做出卓越的贡献，对我所的建设和发展曾倾注满腔热情和无私关怀帮助，令人永志感怀……"

我国著名金属材料专家、中国工程院副院长、金属研究所原所长师昌绪先生在你逝世的第二天，携同夫人郭蕴宜女士马上给你夫人郎素贤表姐写来一封深切关怀的亲笔信，高度赞扬了你的人品和业绩：

> 惊悉陈继志同志不幸逝世，我们深感哀痛。继志同志在我所曾做出过很大贡献，特别在炼钢和冶金物理化学方面已成为我国学术带头人之一。他为人正直诚挚，善与人合作，堪称同辈人的表率。他的去世是我国科技界的一个损失。继志同志长期坚持带病工作，您为他的健康付出很大的代价，他现已不幸先去，尚望节哀。

面对老领导的肺腑之言，素贤大姐凝视你的遗像不禁痛哭失声。

两个月后，我再度来到金属所，寻找你工作的行踪，在你工作过的实验室里采访你的老同事。那些资深的老教授、研究员、老编审对你的经历进行了深情的追忆。1952年，你作为新中国第一代大学生，以优异的成绩、创新的思维及雄辩的论证才能，被选派到正在创建的中科院金属研究所。于是，以后的40多年你便生生死死与她相依。20世纪50年代，鞍钢是我国刚刚创立和恢复生产的钢铁基地。当时中板钢夹层问题是国家重大的科研课题，你和你的导师李熏先生长期深入鞍钢研究和试验，终于解决了中板钢夹层等钢质量难题，为鞍钢建设和发展做出了重大的贡献。为了掌握第一手实验资料，你坚持在炉前跟班下料，取钢样。看着你敦实矫健的身影总离不开平炉，且同时你又在承担鞍钢钢锭模的设计，于是李熏所长送你一个雅号"小钢锭"。20世纪50年代中期《人民日报》以整版篇幅报道了"李熏和陈继志的故事"，为你的青春年华抹上了一笔灿烂色彩。1956年共青团辽宁省委和沈阳市委分别授予你省、市"青年社会主义建设积极分子"称号和奖章，历史留下你20世纪50年代闪光的足迹。

我国是世界上稀土资源最丰富的国家，20世纪60年代以来，稀土在钢中的应用一直是国家重大的课题。你积极投身到这项对国民经济发展有巨大影响的项目中，解决了许多实际问题：你领导的课题组所发明的"压入法加稀土"取代了传统钢包惯用的落后方法，节约1/3的稀土合金，同时又净化并提高了钢质，同时使钢中夹杂物的形态得到满意的控制。仅此一项，每炉钢可节约8000元。每年以200炉计算，年创经济效益可达160万元。

你与其他科研单位合作共同研制的16锰容稀土钢板（16MnRE）是我国至今应用最广泛、最重要的大型容器钢种，被广泛应用在石油化工设备上。稀土在煤气储备罐等高压容器上的应用研究，标志着国内最先进的水平。1983年沈阳市煤气化工程的一期工程中，要建8个1000立方米的大型球罐，由于制造球罐的材料要求强度高，塑性特别是冲韧性要好，可焊性及加工工艺性能要优良，因此，原设计要求采用进口钢板来制作。你经过大量试验研究之后，大胆提出采用国产16MnRE钢板完全可满足设计要求。1984年9月，8个球罐经过一年多的运转之后，开罐检验证明情况良好。仅此一期工程，就为国家节省人民币1600万元和1200万美元进口材料费用（见1984年10月9日《辽宁日报》）。这项成果分别被中国科学院和辽宁省政府授予"科技进步一等奖"。你用自己的科研实践证明了"科技是第一生产力"的真理。

在"红缨五号"导弹材料的解剖研究中，你剖析了170多个部件，其中包括不少未公开的钢种。通过研究，确定其钢种成分、牌号和热处理方法。然后你又为"红缨五号"发动机研制了导弹壳体材料和连接环用钢，为发展我国国防工业做出了重要贡献。几十年来，鞍钢、包钢、武钢和大连钢厂都留下了你的足迹和奋不顾身搞科研的身影，解决了一个又一个实际问题。

在从事大量应用研究的同时，你在学术上亦有很高的造诣。40多年来，先后有近70篇论文在国内外刊物上发表，许多论文受到国内外同行的关注与好评。

作为科学家，你最讨厌在学术上人云亦云的功利主义。在科学的道路上，你用自己实事求是、严谨的治学态度，正派的科研作风，热忱正直的人品为科技界树立了风范。李熏先生在英国时，在世界上首先提出了金属材料出现"发纹"是由于氢脆引起的著名理论。李熏先生是国际上公认的金属氢脆的权威。一次，鞍钢生产的一种钢材也出现了"发纹"，按常规理论，自然会认为这也是由氢脆所致。然而作为李熏学生的你并没有循规蹈矩，而是本着具体问题具体分析的科学精神，经过深入研究，发现这种"发纹"并非氢脆所致，而是由非金属夹杂物所引起的。科学是在不断发展的，科学面前人人平等。李熏老师以博大的胸怀高度评价了学生的这种求实精神。李熏先生逝世后，你成为国内最著名的"发纹"专家。

1988年，我国九江大桥即将铺桥，由鞍钢负责生产的几千吨特种钢板

突然被发现有"白点"质疑。这批钢板到底能不能用？是否需要花大量外汇进口钢板？九江大桥能否按时竣工？解决这一重大问题的使命又落到你的肩上。时间紧，任务重，你和所里的陈廉等同志组成攻关小组，夜以继日地进行实验，终于搞清了这批钢板没有"白点"，完全可以使用。从而挽回了500多万元的直接经济损失和1500万美元的间接损失，保证了九江大桥按计划施工，同时向世界证实，我国自行生产的这种特种钢已达到国际先进水平。

伴着你在科研上脚踏实地的足迹，同时闪烁着各种荣誉：你被评为享受国务院政府特殊津贴的专家；当选中国稀土学会第一、二届理事，稀土在钢中应用专业委员会副主任；担任冶金部稀土在钢中应用领导小组副组长；1980年至1994年获省、院级以上科技进步奖12项；1983年、1985年和1990年荣获国家科委、经委和中国稀土学会授予的"稀土工作全国先进个人和积极分子"称号。

作为一个有突出贡献的科学家，你为国家做出了不计其数的奉献，创造了巨大的经济效益，然而你索取的太少太少。你的夫人说："你这一辈子太委屈自己。"

你在与一些厂家合作时，他们要奉还给你一部分"剩余价值"，可你分文不取，把所有的钱都转到了科研经费上。你说："我这一辈子光明磊落，不能因为物质利益而失掉知识分子的气节。"20世纪50年代的衣服你现在还在穿，皮带断了接上再用。你承担着许多社会工作，经常要外出开会，知道你身体不好，金属所李依依所长亲自嘱咐所车队的同志："老陈用车要优先安排。"可除了在寒冷的冬季，你是不肯叫车的，为的是节省开支，甚至参加省政协常委会议你也经常是乘公共汽车去。直到你去世，人们来到你家中时，都大为吃惊，20世纪50年代的床铺、木箱和衣架竟是你的所有，家里没有一件像样的家具，在你的家中没有一丝20世纪90年代现代化的影子。

你似乎对自己太吝啬了，然而对亲友、对朋友、对同志、对灾区人民，你却成千成百地奉献，看着你如此慷慨大度，人们原以为你家中不知该如何富有。面对你去世前用过的旧花布被褥，那一张小小的单人钢丝床，我多么惊奇，它是怎么支撑着一个伟大的灵魂和清廉的身躯？这就是我们的科学家，这就是我们民族的脊梁，"他吃的是草，挤出的是奶"。

20多年来，你带病工作，你深知自己应该按照医嘱离岗长期休息，就你的身体条件而言，别说工作，就连正常的生活都很吃力，你的风湿性心脏病最怕患感冒，因为每一次感冒都可能危及生命，可你从未有所顾忌。你一次次去钢厂试验，去讲学，去主持鉴定会，一次次地病倒。你的家人已记不得有多少个春节，当普天同庆、万家欢乐之时，他们却在你的病床前守护。你没有任何闲暇，你把你那有限的精力全都用在了工作上，你甚至没能带着你的家人去领略一下自然风光。

李熏是你的老师，你们的关系情同父子，可你从不借老师中科院副院长的光，连工作上的便利条件也没向老师要过。你的乐观，你的豁达，你对祖国的挚爱，你对朋友和同志的真诚，你的廉洁奉公和无私奉献，你这块闪光的"钢锭"已为中国知识分子树起了巍巍丰碑。

你作为我国著名的冶金科学家，长期以来为我国的炼钢工业和冶金科学的发展做出了重大贡献。人们将永远纪念你为国家建树的功绩，你在冶金、稀土应用和材料科学领域的研究和贡献将载入史册。

你放心走吧，你已问心无愧，你的儿子虽未继承你的一分钱，可你的事业、你的精神是他们最好的、用之不竭的财富，在你工作过的中科院金属所，又一个博士后出自你的家门，你的事业后继有人。

愿今生今世卜吉安详，愿子孙后代福泽绵长。你用科学造福人类，你的成就惠及后世。沈水扬波，洞庭同说："陈继志，英灵永存，业绩不灭。"

此文发表于1995年6月《辽宁经济报》

功夫在编外

——评任火《编辑独语·编外随笔》

2004年5月23日，著名编辑大家《东北大学学报》主编、友人高起元编审来到我《当代化工》杂志社，他亲手送我《编辑独语》一书，并嘱我为该书的随笔部分写上一点书评。高先生随后向我夸起这本书的作者："他是《河北理工学院学报》自然科学版和社会科学版的主编，是一位文理兼长的编辑家。"高先生是国内期刊界的前辈，他常常为业内的主编们授业解惑，是主编们敬重的老师。先生有托，学生岂敢怠慢，于是马上翻开《编辑独语》中的"编外随笔"一章浏览起来。

读着一行行散发着翰墨书香的主编絮语，看着一页页跳动着时代脉搏的激扬文字，品着一段段严谨博大的宏文妙论，我仿佛听到作者那一声声心灵深处的编辑独语。他在我空旷朦胧的心海激起了一阵阵的涟漪，书中那优美的散文诗般的语言和大气而深厚的文化内涵，拨动了我长久以来少有的感动。凭着科技编辑和作家的双重感悟，一个题目跳出我的脑际，我立即脱口而出："功夫在编外。"高先生拍手称好，他随即又补上了一个副题：评任火《编辑独语·编外随笔》。文章的题目就这样在几分钟之内被敲定下来。"何时交卷？"我笑问先生。"一月为限。"高先生临行，言之切切。

此后，编务、家务之余，我便手捧《编辑独语》细览。面对书中那一个个飞快跳动的文字，在渐行渐远的朦胧意象中，它们仿佛变成一块块凝重的青砖瓦块，突然，一座坚固宏伟壮丽的编辑文化大厦突兀在我的面前。这是书作者以其独特的立论和别具一格的洞察方式，运用老辣独到的笔力、功力和学力以及大气磅礴的神气、骨气和才气，为我们整个编辑部落构建的一座前所未有的文化大厦。他神采飘逸如行云流水般的隽永文笔，使我眼目为之一新。站在这座文化大厦面前，我仰视头顶晨星闪烁的星空，我觉得自己是那样苍白无力。面对编辑理论家的作品，让我去写一段书评，这不是鲁班门前弄大斧了吗？于是我将展开的稿纸合了起来。一月前高老师给我布置的这道作业题，此时还真叫我左右为难。

夏日炎炎，正值夏荷时节，北国沈城久旱无雨，连续34℃的高温，叫人酷热难当。转眼已经一月，交卷之日在即，文却未有半字，心中未免焦虑不安起来。然而师命难违，我只有奋力捕捉书中的境界，也好对高老师有个交代。

幸得这几日天公怜悯，普降甘霖，那枯黄的草地重新泛起绿意。在蒙蒙的细雨中，我徜徉在家居楼下北运河的岸边，静静地梳理着近日来"独语"的思绪。雨过天晴，我坐在岸边的石阶上，索性赤脚浸入河水之中，任流水一味地抚弄着身心。望着波澜不惊的河面，平稳清凉的河水在我脚下流过，我久旱困惑的心感到丝丝凉意，如清风好雨沁人心脾，顿觉精神为之一振。望着河两岸空蒙滴绿的草地，我敞开心门，从容地与《编辑独语》对话。

时间流回20世纪70年代初期，在那茫茫的戈壁滩上，在那苍凉古朴的黄河古道旁，一位漂泊探索的青春少年向我们走来，面对无奈人生中的文化荒漠，敢问路在何方？"路漫漫其修远兮，吾将上下而求索"，青年人，只要你的心不死，前面总还有希望。周围的一切你无法去改变，但你手中有一支求索的笔，还有一颗属于你自己鲜活的心脏，于是心底的挣扎和咏叹化成了一句句诗行和文章。最初的才华使你赢得了报道组组长的"桂冠"，并拥有了一块供你的文才驰骋的黑板，开始了你人生最初的编辑生涯。也许那过于简单的板报不免使你难堪和无奈，然而在被扭曲了的热血年代，在小黑板上你用赤诚写就的充满了希望和文明的句句文章，却为那蛮荒的生活散播了一缕文化阳光。这难以忘却的文化黑板哪，尽管它还有些许的粗糙和稚嫩，然而在作者以后的漫长岁月中，它竟是你心路历程中永远也抹不去的一道最原始的亮丽风景。

机遇等待着有准备的人，造物主也格外恩赐那些勤勉不懈的子民。在那个蛮荒的年代，你作为北京钢铁学院的工农兵学员是何等的荣幸。岁月固然匆匆，常人也难免随波逐流，亦昏亦沉。然而，你却用清醒勤奋和实力为你的人生坐标定位。你将扎实的文字功底和文化修养以及雄厚的科技专业知识同铸一炉，通过不断的心灵历练和升华，你终于踏进了文化原野中的编辑群落，于是你漂泊的心找到了归宿。故乡山川的钟灵毓秀、编辑生涯的文化熏陶、构建丰碑的精神昭示，你一步一个脚印，最终登上了编辑文化群落的制高点。也许高处不胜寒，你却用火一样的挚爱和责任，把心底最美好的文字洒向人间，完成了由普通编辑到学者型编辑再到名主编的升华与过渡。作者以其独到的实力和风格构建了编辑文化丰碑，使他的《编

辑独语》成为编坛上的一种文化现象，并以燎原之势，在编辑群落中燃烧得风风火火。

面对《编辑独语》，面对编辑大家的作品，激起我心底深处的河流不断地向地面涌动，然而要对这道独特的编辑文化景观做一番贴切精致的点评，却让我手中的铁笔再三难落。后生可畏，他在独语，他在呐喊，他在为构建编辑文化丰碑添砖加瓦，用智慧之火点燃生命的火把，创造未知世界里的无限风光。执笔临窗，但见雨后星光灿烂，人间万家灯火。与我素不相识却一路同行的朋友哇，今夜你使我无眠。

纵观《编辑独语》，使我感悟最深、最真的只有两个字：文化。通篇闪烁不已的还是这个主题：大文化。只有文化人才能写出文化作品，也只有大雅者才能写出大文化的上乘之作。书中作者以散文家的大手笔，向人们展示了当今编辑文化群落所应有的精神架构与哲学感悟。是优美华丽的哲理散文篇章，也是诗化了的科技鸿文论著。在当前为数不多的科技编辑论著中，《编辑独语》是一本不可多得的有大文化信息含量的好书。是他创造了科技编辑作家化、科技著述文学化，这样一种独特的文理兼容的编辑文化现象。

走近《编辑独语》，我仿佛在欣赏一幅画家大写意技法的完美画卷，潮起潮落，云卷云舒，作者酣畅泼墨，挥洒自如。字里行间文者戒庸，脱俗飘逸，似江南空蒙淡泊的小桥流水，给人以美的享受；篇章布局文脉跌宕，气贯长虹，更有那"百川归海，大江歌罢掉头东"的气势，给人以豪情的激励；编辑立论，意境高远，社稷为怀。是对中国文化执着的传承，是对世界科技文明的吸纳和出新，以天下为己任，使同行思接千载，视通万里。

捧读《编辑独语》，深为"编外随笔"的广阔内涵和儒雅的书卷气而动容。文中折射与透视出作者深厚的文化底蕴和广博的史学知识及可贵的文化品格，其散文家流畅的生花妙笔，这种编外功夫绝非一般的理工科主编所能具备的。作为大学学报自然科学版和社会科学版的主编，他本来就是一位文理兼长、学富五车的年轻学者。其广阔的文化视野，对年轻编辑同行来讲，是一种示范与昭示：你要做一个好编辑，那么功夫在编外。作为科技期刊的编辑，具备一般的学科和编辑专业的知识只是基础，这还远远不够，在当今知识爆炸的信息时代，你还要不断地更新所学的专业，不断地充电和完善。学文可以怡情；学史可以明智；学书可以审美；学做市场可以开拓……凡有所学均有益处。

南宋著名爱国诗人陆游对其子有一番精辟的诗论："汝果欲学诗，工夫在诗外。"梨园弟子"台上一分钟，台下十年功"，都说的是台外功夫。北宋苏轼论书很强调诗外功夫，他著名的诗句："退笔如山未足珍，读书万卷始通神。"其诗传之百代，警醒无数后学。编外的功夫是重在学习和读书，这是一个优秀编辑终身的追求。"编辑部里无文化"那是一种职业的悲哀。编辑部是做学问的地方，故编者必须是有学问的人，以往常称编辑为"杂家"说的就是其学问涉猎之广。只有读破万卷书，广增学识，增加文化素养，笔下才能超凡脱俗，才会创造出高深的格调和意境。为诗、为文、为画、为书，无不如此。科技编辑的特殊使命，要求他们必须具备良好的文化素质。文如其人，每部作品无不反映出其作者的胸怀、气质、才学和修养。《编辑独语》的编外之功夫岂可等闲视之。

编辑部落在文化原野中是一个传承文明、开创未来、播撒文化阳光的文化群体。"文章千古好，仕途一时荣"，传世者文章也，这里有编辑们的辛勤劳作。出于编辑工作的特殊使命感，因而笔者认为：编辑学者化，这应当是时代赋予我们这代人的高新要求。今人尚且不论，请看我国历史上翰林院中的编修官们，哪个不是妙笔生花的诗人和学者？可见编辑学者化在中国历史上是由来已久的。因此，应当把加强编辑们的编外功夫提到议事日程上来，起码编辑应当是一个会写文章的人。唐朝诗圣杜甫说："读书破万卷，下笔如有神。"《编辑独语》作者的神来之笔，需读万卷书来做铺垫。编余多读书，多下笔，此乃编者正事，绝不可掉以轻心。科技编辑应当注重自己文化品格的培养，不断提高文化品位，成为一个真正的文化人。

可以说，任火的《编辑独语》，在国内编辑文化圈内已形成了一种独特的任火编辑文化现象。作者在"编辑十五论"中，以其独有的风格和实力，为我们编辑群落修建了一座思想殿堂，营造了一道文化风景，构筑了一座精神丰碑。同时，在编坛上也确立了他作为编辑理论家的地位。他把美好的文字洒向人间，让人们在学习研究编辑思想理论与科技编辑审稿实践中，又同时感悟语言文字给人们的视觉和心灵带来的高品位的美学享受。

"铁肩担道义，妙手著文章。"用忠诚和智慧播撒科技信息与文化阳光，这是时代赋予我们这代编辑的使命和责任。

"莫愁前路无知己，天下谁人不识君。"

任火，你这只火凤凰，展翅高飞吧！海阔凭鱼跃，天高任鸟飞，你前面的路还很远很长……

2004年6月25日初稿

此文发表于2008年第1期《辽宁散文》

（按：高起元先生原系《东北大学学报》主编，编审。国内著名编辑家。2020年10月22日因病去世，享年81岁。特辑此文致以缅怀。）

第二辑 名家素描

大江东去　气韵天成

——记全国著名书法家李铎先生

李铎，号青槐，字仕龙，1930年4月19日生于湖南省醴陵市新阳乡易家渡，中国人民革命军事博物馆研究员、军人。第九届全国政协委员，第六届全国文联委员，第三届中国书协副主席，第四届中国书协顾问。著有《书法入门》，出版有《李铎书前后出师表》《李铎书新校〈孙子兵法〉字帖》《李铎书〈孙子兵法〉碑拓全集》《笔伴戎马行》《李铎和他的艺术》《李铎行书千字文》《李铎诗词书法集》《李铎书画集》《李铎论书断语》等字帖和专集。

李铎先生少时，酷爱书法，5岁入私塾，深得本地祠堂牌匾启蒙。1949年考入家乡县城中学，家贫无力交费，每学期倚仗亲友凑齐1300斤谷子上缴学费后方可入学。同年8月，入中南军政大学湖南分校，从此戎马人生，书法为伴，报效社会，20世纪60年代就已成名。

当今书坛，以拥有李铎而自豪。他是当今中华书法界制高点的大家，亦是新时期书坛旗手，更是当代少数几位已经建构起自己价值城堡的杰出书法家。他和启功、沈鹏、欧阳中石、刘炳森等书坛高手共同构筑起当代书法最高端的艺术风景。仕龙书屋，名扬乾坤。

李铎先生治学严谨，拼搏勤奋，师从碑帖，翰墨人生。其对后学弟子诲人不倦，告诫"学书之道，唯勤与悟"。言传身教，率先垂范，有北戴河"沙滩挥笔"习书，与军博广场用大笤帚"雪地练书"之美谈。李苦禅先生名言"书至画为高度，画至书为极致"，先生甚认同其言。先生喜兰画兰，遂先生博工作室取名"馨兰轩"，每每濡墨挥毫后，画上几幅兰花，水趣墨韵，淡泊素雅，神清气爽。先生为人志坚若刚，秉性诚直，表里如一。交友办事，以诚相待，是书坛楷模，更为做人典范。

1990年李铎先生出版《孙子兵法》字帖，河南洛阳镌苑碑林拟刻成长碑。

先生不辞辛劳，以新稿付制。遂自1994年起，闭门谢客，日夜运笔，重书《孙子兵法》。用宣纸158张，每张宽70厘米，长140厘米，总长220米，全书6000字分多次完成，然字体、书风、气势完全一致，天衣无缝，此书稿倾注先生艺术智慧与心血。书家评论其书道："行文中每到推理论证，严谨缜密之处，字里行间便透着雍容端庄，不容置疑的大将风度；而讲述故事之段，用笔结字则隐隐有奔雷坠石之威，险胜华山，稳似东岳，铁钩银划，不断透出肃杀之气。李铎先生的卓越书艺在展现这部东方兵家秘籍时融会贯通，舒文相合，光彩夺目。特别是书至'形''势'章节时，不时运用枯笔、折笔、顿笔，用势劲健，挥笔迅捷，神奇满盈，字相连属，仪态飞动，使人观之如见疾风劲吹茫茫战场，更似两军交战万马驰骋。"其势如大江东去，气韵天成。

李铎先生写下这古今第一兵书长卷，开当代书法史之先河，这是当今第一部将兵书与书法融为一体的长卷巨制。此长卷的石刻及拓片，由河南洛阳镌苑碑林张弘先生等人精心刻制而成。这部中国古代兵家宝典和当代书坛巨匠的书法相映生辉，融为一体，堪称翰苑奇葩，艺林大观，为中华民族的优秀文化宝库增添了一颗璀璨夺目的明珠。

我父女与李铎先生交往久矣。20世纪90年代初受家父之托，送《王十朋传》书著给先生批阅，聘请他为王十朋研究会高级艺术顾问。先生敬王公气节文品，故欣然应允，并为我书房题赠"天柱居"与诗词条幅。我后又二度赴京求赐"王十朋纪念庭"与"王十朋纪念亭"，以备于温州筑亭之用。其又为乐清王公十朋碑林题诗。先生将其墨宝亲自送到军博广场门外，交到我手中后才放心回去。其诚也切切，其义亦切切，小友至今铭记先生之德。现家父温州"风华居"文化墙上有两处"王十朋纪念庭"题刻，其一为苏步青院士所题，另一处则出自李铎先生手笔。

2006年9月6日，国庆前，我陪家父赴京参加在人民大会堂举办的纪念毛泽东同志逝世30周年座谈会。会后我与家父到军博看望李铎先生。在他的工作室"仕龙书屋"中，见到了年逾古稀的书法大家。其屋内兰馨室雅，书卷气扑面，唯先生双眼患疾，视力特差，已不能写字。即使这样，还在我的笔记本上签名留念。其眼欠安，真憾事也。合影留念后仍送我父女至门口，先生之德令人感动。回沈后把玩欣赏先生2006年5月12日送我的书法画册，更觉珍贵。

李铎先生的书法有鲜明的北碑镌刻意味，又有强烈的南帖书写情愫，二者结合得恰如其分，笔笔送到，神完气足，结构结实，又不失空灵，其势首尾一致，一泻千里。通篇观之，书家随心所欲，大气磅礴。那苍茫劲健的线条、

浓淡枯湿的墨色、收放自如的结体以及飘逸飞扬的神采，令人观赏之后心潮起伏，留恋不舍。

　　著名书法家、诗人董文教授评李铎先生的书法代表作《孙子兵法》云："以山喻，它如泰岱，雄伟磅礴，壮丽峻拔，且朴茂而古拙，郁郁苍苍，有王者气。以水喻，它如黄河，雄浑苍茫，激越浩荡，恣肆汪洋，奔腾不息，浴月吞天。以木喻，它如苍松，雄健劲挺，盘根错节，古藤垂绕，老而弥壮，栉风沐雨，英姿卓立。以花喻，它如寒梅，老树着花，虬枝如龙，骨骼清癯，笑傲霜天，高雅坚贞，清香远播。以词喻，它如苏辛，格调雄浑，英姿勃发，境界宏大，分明是关西大汉执铜琶铁板，唱大江东去……"董文先生此番评论，真天地之妙语，畅快淋漓，其才情真可谓天下大雅之士。极品书法配诗人大家宏论，惺惺相惜，真绝妙至极。有幸是，李铎先生、董文教授均系吾之师友，有朋若此，雪丽幸甚。

　　衷心祝福李铎先生贵体无恙，书海泛舟，扬帆远航。

2009年12月18日夜于沈阳天柱居

　　（按：《光明日报》2020年9月17日报道："著名书法家李铎因病久治不愈，于2020年9月17日上午9时56分在北京去世，享年90岁。"特辑此文致以缅怀。）

梦里山川　笔底波澜

——记国画大师宋雨桂

国画大师宋雨桂，号雨鬼，山东临邑人。幼年随父迁徙东北，少年从母习画，即露绘画天赋，及长作画不辍。1960年入鲁迅美院版画系。1980不惑之年，创作"故乡恋"引起美术界注意，次年"花溪"等五幅作品被中国美术馆收藏，遂声名大振。1987年中国美术馆举办"宋雨桂·冯大中"画展。此后，其画分别在日本、新加坡等国家和港台地区展出。2002年在澳门举办"梦里山川"画展，其"荷花图"被特首收藏。人称"东方凡高"。当今画家中雨桂作品被中国美术馆收藏最多，且卖价颇高，其"风月无边"在太古佳士得拍卖行以44万港币落锤。日本画界称雨桂为当代"画圣"。

闻雨桂先生盛名久已，十月深秋，女诗人孙大梅同余等登临大师府邸，终得一睹大家作画风采。雨桂清奇飘逸，雄深雅健。天竹堂内疏竹临风，古联垂地，浓厚的书卷气扑面而来。清楠木的画案前，只见他倒出小杯白酒，一饮而尽，遂左手挥毫，天马行空，渐入无人之境，完全陶醉于忘我的意境之中。难怪美国著名画坛评论家王己千老先生观雨桂作画，以"醉墨"和"静如处子，颠如狂士"的书法相赠。

雨桂作画不师古人，不同来者，以心作画，自成一体。其画作已从法度森严走向无法之法的自由艺术王国之中。其画虽天价，却无人仿得。余偶问之，大师技法如何？答曰："作画贵在自然，立意之前情在其中，画随意动，形神兼备。"抱冲斋主范曾先生为雨桂写道："吾友雨桂倜傥豪放士也。他站在美术史群峰之间，用淋漓酣畅的笔墨宣泄自己博大、苍茫的怀抱，以雄视一世的胸襟，打开了天门的一角。"他极力推崇雨桂"雄奇跌宕写山川"的浩然气魄。

艺术评论家称"雨桂作画笔下神出鬼没，大家风范，仿佛率意为之，无

心之处见天成。其画新奇诡谲、豪放不羁、苍润孤寂、雄浑博大、性情纯真"，有"鬼笔仙墨"之誉。半世纪的笔墨生涯，铸就了他思接千载、视通万里、穿越时空的神力与孤傲不屈的气概。画家以"前无古人、后无来者"之气势和独有的"雨鬼"风采，手托江山，胸藏日月，将他对祖国和人民的挚爱，化作笔下日出滔滔云海、鸥翔澎湃江河、花开梦里山川的幅幅画卷，胸中丘壑化为笔底波澜。大师的神力、心力、笔力统统融入对大自然的无限感悟和意境之中。

曾获中国女子诗歌大赛"十佳女诗人"桂冠的孙大梅女士，旅美已久，在诗坛沉寂多年之后，为丹青高手之杰作以诗配画，她清丽、婉约、空灵的诗篇，细致而准确地阐释了雨桂的艺术作品，挖掘了画家寄寓在水墨丹青上的情感心志、人格力量和美学追求。诗中有画，画中有诗。桂馨梅韵，相映生辉。有幸同赏艺坛双绝，以飨读者，可谓沈水之幸事。

2004 年 11 月 10 日初稿

2005 年 1 月 1 日《沈阳日报》·沈阳杂志

附：

雪韵梅红桂画香
——读"梦里山川　笔底波澜"赏析雨桂画大梅诗

2005 年 1 月 1 日，《沈阳日报》的沈阳杂志版刊登了国画大师宋雨桂的四幅画作，并配上了女诗人孙大梅的诗及我对雨桂大师的画评"梦里山川，笔底波澜"。（详前文）

著名画家宋雨桂是享誉国内外的丹青高手，被尊为艺术大师和"东方凡高"。他的山水画视野开阔、气魄雄奇、笔墨饱满、色彩绚烂，显示出超脱凡俗的艺术品格和男子汉的肝胆血性，享有"鬼笔仙墨"的美誉。

女诗人孙大梅以写爱情诗见长，其丰富的人生阅历，聪慧、细腻的女性感受，铸就了她清新、活泼、空灵的诗歌风格。这次她为丹青高手雨桂的画作，以诗配画的方式重现风采。她以诗人特有的激情，细心而准确地阐释了宋雨桂的艺术，发掘了画家寄寓在水墨丹青上的情感和心志，真可谓诗中有画，画中有诗，珠联璧合，相得益彰。

《小白桦》，诗人灵敏地感悟了画家寄寓在这种极其秀丽的乔木身上的怜爱之情。小白桦树干洁白，腰肢笔挺，生机盎然，潇洒刚劲。诗人体悟出这种美丽的自然生命的梦幻色彩，歌唱了它从穿过"绿色耳语的春天""秋风中/每一片叶子/明亮而辉煌"，到"初雪时节优雅"的美妙的生命旅程。白桦树干上那一颗颗"大眼睛"被诗人以"美丽而深情的顾盼"来表现，真是神来之笔。

《乡思》，画家的思乡之情寄托在那片月光下的山野。芦苇苍苍、菖蒲依依，织成了水湄的风景。诗人和画家对这片景色有高度的认同感，催发了类似宋人小令那般的歌吟。她吟唱道："蒹葭已成/昨日之梦/霜染芦花/忆故园/故园又在/远山外。"古典的格调，温柔的气质，典型的女性韵味，深沉的故乡情思，也抒发她长期远在异国曾经的乡愁。

《灵光》，这幅月下景色，画家只点染出月下那片空明朗洁的幽静，没有提到任何一位古代诗哲，而诗人却在画中读出了诗，读出了张若虚的春江花月、李贺的诗囊行吟、李白的醉酒对月、杜甫的江上沙鸥，甚至还有陈子昂的幽州高台。看来画家和诗人的心灵是相通的，都感受到那超越现实的片片灵光。

《鸢妮》，画家把开蓝紫色花朵的水边菖蒲比作了鸢尾花，又十分亲昵地把它唤作"小妮子"。诗人紧紧抓住了画家的这个感情色彩浓郁的称呼，描绘了鸢妮的神韵，提炼了鸢妮的精神，从而与画家的心灵遥相应答。在她的笔下，鸢妮是"水湄云英/闪烁幽蓝色的火焰"，是"神秘飘飞的羽翼/少女梦中的蝴蝶"，是画家笔下那位俊逸挺秀、多情可人的乡野的"小妮子"。

名画佳诗，天然偶成。雨桂梅馨，相映生辉。今日元旦读《沈阳日报》的沈阳杂志栏目整版刊登了大师雨桂的四幅画作，大梅配诗、不才雪丽评画的组合版，不觉耳目一新。这倒要感谢著名散文家初国卿先生玉成编排，才有此档珠联璧合之幸事，又恰值元旦之日发表，于是留下了雪韵梅红桂画香的三位一体的组合，故又草成小文以博一笑。

2005年1月1日作者读报有感

（按：《辽宁日报》2017年5月20日报道："当代著名画家、中央文史研究馆馆员、民革中央画院院长、辽宁省文联副主席、辽宁省美术家协会名誉主席、辽宁美术馆馆长宋雨桂同志，因病医治无效，于2017年5月15日在沈阳逝世，享年78岁。"本书特辑两篇小文谨致怀念。）

文畅与《辽宁散文》

　　2010年辽宁大学出版社出版了我的《王雪丽文集》，书中收录了我的一篇自述文章《在文学的边缘行走》，说的是自己青年时期，即在1966年高中毕业前就有过作家梦。从1982年在《辽宁日报》副刊发表了第一篇散文《青田石门洞》起，30多年来在文学创作的道路上总算是一路坚持地走下来，然而我的职业却是做化工杂志的科技编辑，因此我给自己的人生定位是在文学的边缘行走。2005年辽宁省散文学会的常务副会长兼秘书长、著名散文家康启昌老师将她的担子交给了我。此间，在省文联原副主席、著名文学评论家、省散文学会会长周兴华的领导下，由我主持省散文学会的日常工作。这些年我好像从文学边缘人渐渐地走进文学圈子，虽历经几多波折，然而8年的学会工作历练，使我更加成熟和提高，生命更加丰富。回顾走过来的路，我对辽宁散文的发展繁荣深感欣慰。这里，我要衷心感谢我的师友和同道们，亦师亦友亦兄者何人？其中就有我所敬重的文畅先生。

　　几年来，文畅先生所给予我的帮助，无论是在我个人散文创作的提高方面，还是在我散文学会的工作中，特别是在学会工作遇到困难的时候所给予我的扶持、指导和帮助，让我终生难忘。尤其是他在《辽宁散文》的办刊工作中，无论是组稿、编辑出版、发行和扩大辽宁散文乃至辽宁文学在全国的知名度，都付出了他的心血和热忱。他正如蜡烛燃烧自己、照亮别人。他是《辽宁散文》的功臣。

　　文畅先生是辽宁的散文大家和散文评论家，辽宁省散文学会顾问，《辽宁散文》《辽海散文》的鞍山版主编，鞍山散文学会会长。认识文畅先生是从他主编的一本书开始的。1991年，沈阳出版社出版了由邢德昶主编的一本近百万字的《文秘工作实用大全》，我从新华书店花大价钱购来之后，便成为办公室的案头书，书中由邢德昶亲自撰稿的"领导人的秘书工作"，我反复阅读后获益匪浅，书中至今还留下当年画重点的红杠杠，然而当时我并不知道邢德昶主编是谁。

2005年7月23日，辽宁省散文学会在沈阳三山集团举办换届会议，康启昌老师因年逾古稀，辞去学会领导工作，会上确定了省散文学会会长为周兴华先生，还有其他的人员变动，参会的领导还有省散文学会顾问、鞍山作协主席文畅先生以及一些有名望的老先生，就是在这次会上我第一次见到文畅主席，才知道他就是邢德昶先生，是原鞍山市委常委、市委秘书长、市人大常委会副主任。

2005年以前，省散文学会每季出版一本黑白的《辽宁散文通讯》，直到2005年第一期还是黑白的16开的季刊。自从省散文学会换届以后，开始将黑白版的《辽宁散文通讯》首次改为有彩色四封的《辽宁散文通讯》，使学会的会刊第一次实现了华丽转身，成了像模像样的杂志。由于学会没有经费，2004年以前的一些出刊和开会几乎全靠三山集团董事长、作家、化工专家马成泰先生支持。2005年的《辽宁散文通讯》第1期、第2期和第3—4期合刊的印刷及发行费，全是由我个人支付的，但是长期支付我也有困难。

2006年经省新闻出版局批准，学会的会刊由《辽宁散文通讯》更名为《辽宁散文》，不仅使会刊更具有文学性，而且更像一本正规的杂志，考虑省散文学会没有固定的办刊经费，经兴华会长与文畅主席商议，决定由鞍山作协来承办双月刊、四印张、四彩封的《辽宁散文》的编辑出版工作。鞍山方面的办刊经费由文畅主席的朋友儒商戴喜东全力支持，除印刷费外，还给作者支付稿费，这对内部刊物来说是个奇迹。

2006年至2009年《辽宁散文》一直是双月刊，全部办刊事宜，包括组稿、编辑出版、发行推广均由鞍山编辑部来进行，每期鞍山送300本杂志给沈阳的学会总部。7年来，这300本杂志一直由我负担邮寄经费，再由我的家人负责按期邮寄发行到沈阳及抚顺的会员手中。2010年初至2011年末，《辽宁散文》改为月刊，单月版由省散文学会的沈阳编辑部编辑出版，双月版仍由鞍山作协编辑出版。2012年诸多原因，鞍山作协方停办一年《辽宁散文》，12期全部由沈阳编辑部来办刊，其中有6期是省内各市轮办。2013年《辽宁散文》由省新闻出版局批准更名为《辽海散文》，仍是月刊，单月版由沈阳方面办刊，双月版还是由鞍山方面办，具体说是由后成立的鞍山散文学会来编辑出版。《辽宁散文》2006年至2009年的全部双月刊及2010年和2011年双月各6期，以及2013年后的《辽海散文》双月版6期，全部共42期都是由鞍山方来办刊的，2014年后的双月版仍由鞍山方面编辑出版，这些年来主持领导办刊的主帅就

是文畅先生。

《辽宁散文》杂志是辽宁散文作者创作的展示窗口和对外交流的平台，文畅先生作为《辽宁散文》的办刊主编，从组稿约稿、审稿到出版发行，每个环节都严格把关，亲自耕耘《辽宁散文》这畦绿野，为此他付出的心血和智慧是常人难以想象的。文畅先生是著名的散文大家，无论散文创作实践，还是评论实绩，两方面都堪称成就显著。中国散文学会原副会长、全国著名文艺评论家吴泰昌先生说："文畅在散文园地里执着耕耘了20多年，终于在这个领域产生了影响，不仅在鞍山、在辽宁乃至在全国，列数散文家时，他是不会被遗漏的。"中国散文学会原会长林非先生评论文畅先生的散文："在经过了几十年的散文创作的艰苦锤炼后，文畅确实已经形成了自己独特的艺术风格。"正是凭着文畅先生的散文创作和评论两方面的成就和优势，因此由散文大家来办散文杂志，这对《辽宁散文》来说是得天独厚。一个杂志的主编是这本期刊的灵魂，作为散文家他知道散文类杂志的作者、读者需求什么，无论内容是涉及历史、当下还是未来，他都会引领作者、读者的文心，给人启迪和感悟。因此在《辽宁散文》的定位、宗旨、导向及栏目的设置上，文畅先生均费了一番苦心。在办刊过程中，特别是组稿上兼顾省内作家和新锐作者培养的同时，每期都推荐国内名家名作以飨读者，而且每期的刊首语几乎都由文畅先生亲自撰写，因此《辽宁散文》的办刊是高起点、高格调，尽管是内部刊物，却办出了专业杂志的水平，其内容的厚重和广度，其风格的清新和凝重，甚至让一些专业文学刊物都汗颜，因此《辽宁散文》获得了国内散文界的肯定和好评。例如蒋子龙、林非、高洪波、王巨才、王充闾、王向峰、彭定安等名家，都赞扬刊物办得好，有可读性。从2006年以来，中国作协、中国散文学会、各省市作协和文联均能看到《辽宁散文》，使这本杂志立足辽宁、走向全国，提高了《辽宁散文》乃至辽宁文学界在全国的知名度。文畅先生功莫大焉。

文畅先生是多产作家，但他乐于将自己的创作经验与大家分享，他对后生的培养和关爱是有目共睹的，其中我就获益匪浅。2013年文畅先生为鞍山版的《辽宁散文》向我约稿，我感谢他的一番美意，我告诉他我要写一篇关于国学大师南怀瑾先生的文章。文畅先生说题材很好，让我马上动笔。

我与南怀瑾老先生的交往是因为他也是温州乐清人，他与我的先祖南宋第一状元、著名主战派爱国政治家、教育家、诗人王十朋是同乡。1990年，我与父亲合著，由辽宁大学出版社首次出版了《王十朋传》，填补了海峡两岸这一研究领域的空白。因此《王十朋传》被南怀瑾老先生所肯定和鼓励，而且他还乐于担任温州王十朋研究会名誉会长之职，因此由他而催生了温州王十朋研究会的成立。父亲作为温州王十朋研究会的首任会长常与南老有书信往来，我因此也得便与南老有书信交往，并蒙南老记挂，不胜感激。由于我对南老的崇拜，因此下笔万言，一挥而就，把先祖王十朋的生平历史、父亲创办温州王十朋研究会的经过及南怀瑾先生与我父亲和我的书信往来实录等，写了满满一万多字。文畅先生看过我发去的稿件后，特数次来电话帮我分析，告诉我这篇文章的素材可以分成三篇文章，他甚至亲自操刀，帮我剪裁，删繁就简，重整文章结构。从我的原文中提炼出5000多字有关南怀瑾先生的素材重新组稿，最后重换标题。就这样，经过了文畅先生修改的文章《记国学大师南怀瑾先生》，最终发表在2013年第6期鞍山版的《辽海散文》上。

编辑的工作就是默默在人后做嫁衣，要具有这种甘为人梯的精神。8年来文畅先生以其散文家独特的美学视觉，在他选编、主编过的鞍山版《辽宁散文》上，奉献了他大量的心力、体力、精力和智慧，他这个辛勤的园丁，在《辽宁散文》这个文学园地上洒下的汗水浇灌了这片散文绿野，连同沈阳版的《辽宁散文》以及后来更名的《辽海散文》，都以其独有的东北黑土地的历史积淀和风格，坚持"鉴赏名家，传播新锐"的办刊方针，自立于国内文学期刊之林。《辽宁散文》乃至现在鞍山双月版的《辽海散文》，以及由著名散文家、办刊人初国卿先生主编的高格调、大雅致的沈阳单月版的《辽海散文》，都具有浓郁的文学性、文化性和可读性。

《辽宁散文》有幸，辽宁文坛有幸，因有文畅先生。中国文坛也有幸，因有《辽宁散文》和《辽海散文》，而多了一抹新绿和繁荣。历史将铭记那些给人们洒下文化阳光的编者和作家。祝愿文畅先生身体健康，宝刀不老。最近他的新作《回望云烟》又将他的散文创作推向更高的文学巅峰。衷心祝愿文畅先生和初国卿先生两位主编的《辽海散文》越办越好，春色满园！

2014年4月22日于沈阳天柱居

此文发表于2015年第11期《辽宁散文》

（按：惊悉著名作家、诗人、文艺理论家，辽宁省作家协会顾问，鞍山市作家协会名誉主席，鞍山市诗词学会名誉会长，鞍山市散文学会名誉会长，诗人协会《诗友》顾问文畅先生，因病医治无效，于2018年1月13日傍晚不幸逝世。谨以本篇致悼念之情。）

大气磅礴　雄深雅健

——文化学者、诗人、书法家白玮印象

　　初访白玮教授是去岁夏荷时节，在沈阳化工大学副校长王长松教授的引荐下，我第一次走进沈阳化工大学党委书记白玮教授的办公室。环视四周，一壁书架依次林立，书案上文房四宝一应俱全，正前方悬挂着他的大幅摄影佳作——长白山天池之春，那一方碧蓝色的天生池水，深邃莫测而悠远，轩窗下的盆景植物在阳光的照耀下，茁壮挺拔，绿意正浓。

　　白书记热情地伸出他的大手，温暖有力。他与我们叙谈，那份坦诚儒雅，让我马上感到彼此心性相近，文心相通。尤其他姓白，与我家先生同姓，白姓是稀有姓氏，更觉有缘。因此，虽说是初次相见，却仿佛是一位似曾相识的老朋友、小老弟。他有着开阔智慧的额头，略显黝黑的脸庞，宽厚魁梧的身材，是一个典型的北方男子汉。我随手翻开茶几上泛着墨香的一本他新出的书法作品《画界》专辑，书中一张他的照片吸引了我。在苍茫岁月以鬼斧神工切过的戈壁流沙大漠上，他肩跨行囊，手握相机，头戴鸭舌帽，正雄视前方。望着白玮教授这幅旅行者的照片，我的脑海马上跳出了八个字：大气磅礴、雄深雅健。这就是我对他的第一印象。

　　这是以文会友吧，我送他一本我的《王雪丽文集》和我主编的《当代化工》杂志，他马上回赠我一套精美的五卷本线装古体诗集《砚耕塘诗稿》，封面书名是他自题的飘逸潇洒的书法题签，这是他2011年以前创作的500余首古体诗合集，刚刚由辽宁人民出版社出版。我以我的一本"文集"小书，竟"钓"了一套如此精美厚重的大诗集，真是大喜过望，如获至宝。

　　当天夜晚我心中放不下这套诗集，待月上栏杆，便灯下捧读，走进砚耕塘细品诗文，随作者渐入佳境。望着诗人、书家精美的篆刻与书法自序，心中感叹不已，钦佩之心油然而生。更有奇者，父亲出书儿子为其作序，世上

114

士子能有几人？前几年唯见辽宁大学博士生导师、著名美学教育家王向峰老先生的文集卷中，有居美国外孙子为外公出的书作序。无独有偶，今又见白玮先生爱子白优优为父亲的《砚耕塘诗稿》作序，日常生活中父子俩早已习惯于以诗唱和记事，方知"忠厚传家远，诗书继世长"此言不妄。

诗人原是音乐词曲作家和文艺理论家，《砚耕塘诗稿》以"宫、商、角、徵、羽"五声分篇，其诗韵与音乐互融，更显诗家气质本色。诗人托物言志，借景抒情，无论咏史，还是抒怀，都以真情实感书写人间大爱和大义，其诗风雄浑中不乏细腻，浪漫里不失率真，或大江东去，或小桥流水，诗人真大雅之才。诗中境界吸引我一起读至天明，《砚耕塘诗稿》竟"害"得我一夜无眠。

望着眼前五卷本的《砚耕塘诗稿》，我心中马上升腾起一种强烈的念头，应当在文学界为此诗集开一次作品研讨会。这些年，我在辽宁省散文学会任职，参加和主持过很多的名家作品研讨会，但是从未见过如此厚重精美的宣纸线装本，我想这部诗集一定会在省内乃至国内文学界产生很大的影响，作为《当代化工》杂志的办刊人，沈阳化工大学的老朋友，对此我应当义不容辞。于是，我马上与辽宁省文联、辽宁省社科联、辽宁省社科院、沈阳化工大学的领导们商议，为白玮的《砚耕塘诗稿》开作品研讨会，这一策划竟一呼百应。大家对辽沈地区的著名文化学者白玮先生在诗词、文艺理论、书法、音乐、摄影等多方面的成就非常赞赏，为推动辽沈地区的文化发展，提升工科大学的校园品牌文化，都乐意共同主办《砚耕塘诗稿》作品研讨会，并责成辽宁省诗词学会和辽宁省美学学会承办。辽宁省美学学会会长王向峰教授和辽宁省诗词学会常务副会长兼秘书长姚莹编审乐为操作。

2013年9月23日，由辽宁省文联、辽宁省社科联、辽宁省社科院、沈阳化工大学主办，辽宁省诗词学会、辽宁省美学学会承办的白玮《砚耕塘诗稿》作品研讨会在沈阳辽宁大厦举行。辽宁省文联副主席付晨明，辽宁省社科联高永民部长代表杨路平党组书记，辽宁省社科院副院长梁启东，辽宁省作家协会副主席高海涛，沈阳化工大学校长逄玉俊、副校长王长松，辽宁省诗词学会常务副会长兼秘书长姚莹，辽宁省美学学会会长王向峰及著名学者冯玉忠、彭安定、高凯征，著名文学评论家白长青、邓荫柯，中国诗赋学会秘书长孙五郎，沈阳诗词学会副会长杨小源，沈阳市文联原主席白长鸿，中国传记文学学会副会长徐光荣，辽宁省老教授学会副会长徐彻，辽宁省散文学会会长初国卿等40余人参加了这次作品研讨会。主办和承办单位的规格如此之高，省内文化界的众多著名专家学者齐聚研讨会，这种强大的文化名人阵容

对诗作者来说是一次殊荣。

专家们对《砚耕塘诗稿》好评如潮。白玮教授当年就读的辽宁大学的老校长冯玉忠老先生对自己的学生在各方面取得的如此丰厚的成就非常骄傲，格外高兴。他说，学生白玮是大学学生会的团委书记，在那个风云年代，他敢冒风险，积极保护学生，这种大德大义难能可贵，他是一个有情、有义、有才的诗人。他在做人上的大成、大度、大爱和在生活工作中的向上、向善、向爱的"三向"精神值得发扬。2012年，当年学生会团委书记白玮和其他团干部组织了88级800多名学生，召开了连续三天影响深远的校友会（88级19个系有学生1200多人），为辽宁大学的历史留下了一种符号、一种记忆、一种文化。有这么多学生回母校欢聚的壮举，让他感动得热泪盈眶。2014年7月7日，当笔者与沈阳化工大学宣传部部长曹庆新先生到冯校长府上拜访时，冯老对学生白玮的德才仍赞不绝口。

第三届鲁迅文学奖获得者、白玮教授辽大的老师王向峰博导评论学生白玮的作品是：丰富的题材，真情的表现，心象的语言。之后他赋诗一首《读白炜〈砚耕塘诗稿〉》："白玮诗情涌若澜，线装古雅五音联。万般景象呈心象，意到言随尚本然。"

著名学者彭定安认为："现在高校缺乏人文精神，这是民族的危机。诗人作为高校的领导却有着深厚的文化情怀，能以人文文化的核心辐射全校。大学主要是培养人，真正的人。诗人作为一位具有高度素养和文化情怀的领导，起了非常好的作用。"

辽宁社科院梁启东副院长说："《砚耕塘诗稿》是辽宁诗坛又一部光彩夺目的作品，作者为人坦诚、豪放，诗歌是心灵的外化，内涵的喷发，文如其人，白玮的诗作给人真的感受，善的启迪，美的熏陶。"

第五届鲁迅文学奖得主、辽宁大学文学院原院长高凯征对诗人诗作的点评画龙点睛："人生百历，浑然天成；率真本然，低调奢华；乐在其中，诗画人生。"

沈阳化工大学逄玉俊校长发自内心地赞扬白玮作为党委书记，在沈阳化工大学的干部队伍建设、教育教学、学科科研建设、文化建设等方面所做出的突出成绩。他说："白书记作为教师内有魅力，作为领导内有张力，作为朋友外有活力。正因为'三力合一'，心中有事业、有他人、有情义而受人尊敬。今天的研讨会既是白书记个人的成就，也是我校作为工科大学在人文社会学科发展的新契机，实现的新突破。"真的，沈阳化工大学作为工科大学有这样一位大文化学者来主政，这在国内工科大学当中是凤毛麟角，提升了理工科大学的校园文化。这种文理兼备的领导核心构成，是一种成功的创新结构模式。

作为砚耕塘主人，白玮教授的文化传人，本诗集的序言作者，儿子白优优的参会与发言使父亲格外欣慰。今天正好是诗人的生日，这个高规格、别开生面的研讨会可以说是一份特殊的生日礼物，有这么多的师长和鸿学博儒参会，这份真挚的友情和亲情使诗人感动。

作为教育家，白玮教授感言"三个不敢放弃"，对于中文专业和中国文化教育所肩负的传承责任，对文化之家的家族使命，对于教育工作、教师职责的社会责任均不敢忘记和放弃。他告诉大家，现在他的第二套古体诗集正在筹备出版，另有10年来200余篇散文集也正在整编之中。

"欲穷千里目，更上一层楼。"白玮教授正以他的雄才心智登上生命的新高峰，书写更加辉煌的人生画卷，在启迪年轻一代学子的教学路上走得更长、更远。

2014年7月9日于沈阳天柱居

此文发表于2015年第12期《辽海散文》

2015年辽宁人民出版社白优优主编《砚耕塘诗稿作品评论集》

第二辑 名家素描

诗书画印美　一代大家风

——记中华书画才子王小谷先生

2015年金秋十月，笔者又回故乡鹿城温州，家父王祝光的居所位于松台山下落霞潭边的九山公园内，在王十朋纪念庭风华居家中，再次拜读了中华书画才子王小谷先生的《王小谷诗书画印残稿》珍品。

王小谷，字成生、静生，浙江青田人，1912年出生在一个具有丰富文化底蕴的书香门第家庭，其父书、诗、画兼长，小谷先生深得家庭文化熏陶，后因火灾、战乱而家势衰落。1958年因病而卒。其书画于"文化大革命"中几乎全部损失。半个多世纪过去，渐渐在人们的记忆和时光中淡出。眼前这本由极少数存世的书画作品而辑成的《王小谷诗书画印残稿》，让我们仍能记住20世纪以来这位艺术大家的清苦人生和当年在画坛上的赫赫声名。

为纪念王小谷先生百岁冥诞，青田县书法家协会主席、中国书协会员、小谷先生的公子王经纬先生收集整理了其先父遗作，由浙江省青田文联编著，2012年9月由中国商业出版社出版发行《王小谷诗书画印残稿》。本书由原西泠印社社长启功先生在病榻上题写书名；由原中央美术学院教授王伯敏先生作序；西泠印社副社长钱君先生欣然为此书题签；中国书协副主席朱关田先生为小谷先生旧居题写"松阁"；原中国美术学院院长肖峰做了"见到王小谷先生画作印刷，深为其高超的技艺而惊叹"的评语，并赐题签；王经纬先生以"中华才子清苦人生"记事。

已故的王伯敏教授是当代美术史教坛上著名的学术泰斗，在中国美术学院执教半世纪，著作千余万字，又是著名画家和诗人。他被黄宾虹称为"论评南北千家画，君有才华胜爱宾"（爱宾指著有《历代名画记》的张彦远），先后出版了《中国版画史》《中国绘画史》《中国美术史》《中国民间美术史》等美术史著述，门类齐全、体系完善、卷帙浩繁，且具有很高学术价值。王伯敏博导的画属学者的绘画艺术，2002年12月由中国美术学院出版社出版了纪念王伯敏教授80华诞暨从艺60周年的《勒石篇》评论集。温州王十朋研究会会长、家父王祝光老先生诗赞王十朋研究会高级艺术顾问、老朋友王伯敏教授："一代宗师伯敏翁，华诞杖朝德望隆。百家勒石篇章美，众儒讴歌学术丰。著述成果千万字，培育桃李六十冬。神州画史春秋笔，帙帙丛书填补功。"癸未年王伯敏教授曾寄墨宝给家父"踏遍青山人未老，书赞祝光先生。"至今仍挂在风华居客厅中。

　　如此德隆艺馨的王伯敏教授欣然为前辈王小谷先生撰章写序，可见小谷先生在画坛地位之高。他在《王小谷诗书画印残稿》序中说："辛未（1991年），经纬兄至钱塘，出示其令尊小谷先生诗书画印集册，余有幸获睹后，于集之末页写了百余言。今年五月，经纬兄来，又出示是集，并谓明岁其先大人百岁冥诞，拟将是集付梓欲以余之所书为代序，因而添加若干言为小引。"

　　"王小谷先生，青田人，小时家殷实，后因父病、火灾、战乱而衰落。一生坎坷，但有才气，强学力行，寸阴是竞。未尝有日之怠。惜未及天命之年便作古，令人痛惜。今重读先生是集觉内容丰富、多彩多样，有诗稿、书法、画作、篆印及信札。其所书，有章草意趣，诗多寄情，直抒怀想；绘画则用笔浑厚、点点染染，妙造自然，写《西湖览胜》，尤见雅韵。小谷先生又工篆刻、奏刀爽利，皆为览之者所赞叹。顷者，是集行世，贵其可正观，可临镜，自为艺林福音，媒体必将吹笙鼓琴以报道，何须余之赞言，故不一一。辛卯（2011年）五月王伯敏八十又七于半唐书舍。"当代画坛评论大家为其欣然作序，小谷先生天上有知，当含笑九泉。

　　抗日战争胜利后，王小谷先生离开军政界。在金华时，英士大学聘他为美术教授，后因学校内迁未能随行。后来赴南京拜会于右任谋职。又折回上海在徐家汇租房，与同乡学子开创了卖画卖字生涯。由于小谷先生自小经名师教育，诗书画印兼长，其精湛的书画技艺和原有在艺坛上的名望，又有在沪的文艺界提携，仅仅几个月就得到当时著名的经营书画的先施公司余春光先生的赏识，小谷先生能按月拿到字画的订单，并且与当时的齐白石、黄宾虹等名家同酬，其画风在上海滩艺坛上独树一帜。

　　小谷先生善诗，年轻时出过《阿霞从军侧影》诗集，以后诗风追求唐风宋律，善用典故，人称有李商隐之遗风。可惜手抄诗本在"文化大革命"中被洗劫，无法留存。

　　王小谷先生工于作画，并以画名世，著名的诗书画印名家王经纬先生忆及其父画风，点评最为精到：小谷先生作画初学王石谷，旁及清代四王，取

名王小谷，也与此有关。后追溯到明唐寅、文徵明、沈石田，元代黄公望、王蒙、倪云林、吴镇，直至宋代董源、巨然、马远等，汲取名家之精华，形成了清新简约的画风。山水以浅绛为主，有米家烟雨，亦有兼工带写的水墨之作，追求笔健色淡，意境深远，有几分禅趣，耐人寻味。人物则承明人之风，端庄清丽，衣褶飘拂，楚楚动人。

晚期因体力、视力衰退，遂画了一些花鸟如《牡丹孔雀》《梅花山雉》《钱塘墨竹》《梅花扇面》等作品。小谷先生一生画作不多，一则过世早，又因画得认真，一张画要十天半月，甚至数月。再因如有败笔疵点，立即废弃，从头开始。虽然卖画鬻字，却从不粗制滥造。最为可惜的是"文化大革命"中被洗劫，能留存传世的甚罕。

王小谷先生擅书，真草隶篆样样都精。青年时为应文牍之须，能写十分工整的小楷，既有黄庭坚之浑厚，又有瘦金体之挺健。篆书工于峄山，涉及鼎彝铭文。留下峄山临本和供孩子嬉玩的古籀扇面。笔墨均匀，虽是无意之作，却也显得几分精彩。隶书初期曾习金农方笔的笔意，但未见有书迹留存。后攻泰山经石峪《金刚经》，尚存以小字节临泰山经石峪《金刚经》，变榜书为小楷。唯有"征鸿归尽书难寄，燕子来时雨易成"一联，是从泰山经石峪《金刚经》化出的大件。草书习张旭、怀素，但受帖学的影响，仍趋平和，不甚张狂。行书从王羲之章草中融合而出有晋人韵味，却自成一格，洋洋《琴说》一册，是抄录古籍随意为之的书作，也是一丝不苟，可见他一生从艺严谨之风。《书法导报》总编王荣生先生见了小谷先生的手札之后，称他是"民国时期的佼佼者"。

王小谷先生精于治印。篆刻在民国时期是书画的附属品，很少引入正格，然小谷先生却从未嫌其为雕虫小技，并下了功夫，初习古玺，碎刀为之，显得质朴。后攻汉印，用字规范，运用冲刀，线条挺拔，有汉玉印之工整，汉凿印之遒劲。留八本《王小谷印存》小册子，是他一生的治印成果，虽数量不多，而朱迹可钦。

20世纪50年代初，应浙江美院院长潘天寿之邀，小谷先生携画作赴杭州交流，其画上有他的中华才子印章，并游西湖，后留下《西湖览胜》等画卷，惜无存。"文化大革命"时期，王小谷先生的大量遗作遭到洗劫，几乎散失殆尽。《孔雀牡丹》《听琴图》《罗汉图》《释迦牟尼图》《嫦娥奔月》《山水扇面》《西湖览胜》《太鹤山图》和《金刚经》（书法）等三四十件书画作品及大型画册《和汉画册》、古籍末版《二十四史》等，还有刘基写的半副对联等一并散失，无一追回，令人痛心。

王小谷先生在艺术上的成就除家庭传承、个人禀赋和刻苦之外，尚得到前辈马相伯的赏识和谭组云、于右任、刘海粟、欧阳雪峰等名家的提携，年轻时成为中国画会、南洋画会最年轻的会员之一。欧阳雪峰是南洋画会会长，与王小谷先生交谊甚厚，中华人民共和国成立初期两人仍有联系。当时有虞洽卿先生题词："小谷先生，工诗善画，品量兼全，誉溢中外且乐善为怀，名扬遐迩。"与"南谭"（谭延闿）齐名的"北谭"谭组云先生题词："小谷兄诗画，苍古幽秀，兼尔有之。"陈惠生先生题诗道："三绝先生擅，巍巍莫与争。名高心益淡，才大艺斯精。气得山峦秀，神含水月清。踵门求片纸，珍重比连城。"后来刘海粟借其后两句诗，常对人称赞王小谷的书画道："拜门求片纸，价值胜连城。"温州三苏（苏步青、苏渊雷、苏昧朔）之一的著名画家苏昧朔，年轻时就在上海跟王小谷先生学习创新南派文人山水画法。诸多名家齐赞王小谷先生，画坛留下千古佳话。

　　诗书画印美，一代大家风。王小谷先生是先祖王十朋的后裔，一身正气，得先祖遗风。其二夫人乃我母亲的堂姐，家族中有此等杰出人物，岂可随时光流逝而湮灭世间，作为《王小谷诗书画印残稿》的忠实读者，余作文以记之。

2015年10月24日子夜
于温州风华居王十朋纪念庭
此文发表于2015年第九期《辽海散文》

第二辑　名家素描

乡情诚可贵　温暖满人间

——台湾《青田会刊》总编留问政老先生印象

作为国内外公开发行的中国科技核心期刊《当代化工》杂志的办刊人，我看到和读到的杂志可谓不少，然而总有一本只有48页，看似单薄，却极富内涵和特色的杂志，不时就会从台湾寄来摆上书桌，每当看到它的封面，心里就觉得特别温暖和感动，这本惹人喜爱和牵挂的杂志就是《青田会刊》。

最新一期第132期四彩封的《青田会刊》又如期而至，这是由台北市青田同乡会主办的一本民间刊物，已坚持办刊约20年了，办刊经费都是由有识之士奉献的。期刊的栏目设置也很周密和丰富，有两岸交流往来的"特别报道"，有会内会外共叙乡情乡音的"乡情报道"，还有介绍青田历史人物的"古今人物"，及报道文化艺术交流的"艺文天地"和旅迹天下的"旅游纪行"，也包括同乡会的会务会讯和奉献办刊者名录，可谓面面俱到，疏而不漏。《青田会刊》的封面画龙点睛地道出其办刊宗旨：天涯海角情，青田一家亲。这是一本由青田台湾同胞办的，主要给青田人看的本土特色期刊，只要你是青田人，无论我们身居何处都是青田一家亲，梅花万点树同根，青田心，青田根，我们都是青田人。清清的瓯江水滋润了古老的青田土地，我们血脉的根系扎在这里。"老乡见老乡，两眼泪汪汪"，一口乡音融化万颗心，牵起一方情。

《青田会刊》给我们带来浓郁的乡情信息，人们不会忘记一位办刊人，那就是德高望重、不负众望的总编辑留问政先生。留老先生是浙江青田阜山人。阜山四面环山中为盆地，此地的陈宅村有一古老的历史文化廊桥。青田文化名人教育家陈瑛先生曾在此创办阜山中学，抗战时阜山中学被誉为"浙南的文化摇篮"，1987年，青田人民政府批准重建阜山中学。此地风光优美，名人辈出。乡贤留问政先生1950年毕业于陆军军官学校第四军官训练班，是孙立人将军的学生，一生喜爱读书，乐在其中，脱下戎装后执笔为文，给人们留下了丰富多彩的文化著作，又为故地阜山的光荣添上一抹新绿。

　　案头前有两本由留老先生于2016年4月6日和同年8月1日创作并亲自题名赠给本人的大部头著作，一本是《浩然坊文集》，另一本是《阜山文集》，两书共近800页，70余万字的厚重书卷，向人们展示了这位文化老人眷恋青田、热爱青田、奉献青田的赤子之心。留老作家以他矫健的文思，流畅的文笔，热烈的文风，向人们诉说着他心底的愿景。虽说办刊重任在身，然数十年文心涌动，笔耕不辍，他多方位、广采撷，将社会人文、政经信息、台湾风情、杂谈随笔、散文游记、人物采访、科技民生等熔于一炉，给我们奉献了一壶香醇的"青田老酒"，烹饪了一道鲜甜可口的"青田粉干"，色香味正，余香不断，抚卷爱不释手，这就是文化的力量。阅读留老的书卷，仿佛带着你游历他儿时的青田故乡，阜山的一草一木，青田的一桥一屋，瓯江的一帆一水，都让你动情和眷恋。远游的儿子，无论你身居何处，都会牵着故乡母亲的衣襟，呈现在你眼前最亮丽的两个字就是青田。

　　青田是历史悠久的山城，是中国著名的"石雕之乡""华侨之乡"。据夏法起的《青田石雕志》记载，根据出土文物考证，青田石雕早在六朝（公元222—589年）时，就已经问世，浙江博物馆收藏的多只六朝时的小石猪，其中有四只均是以青田黄石为石料。宋、明、清时青田石雕更加丰富多彩，可见青田石雕之乡是由来已久。1992年12月15日，中华人民共和国邮电部还发行了一套青田石雕的邮票。

　　青田七山半水三分田，人多地少，石雕的发展也促进了青田人提篮小卖，带青田石"图书货"（印章）走向世界，开辟构筑了侨乡的地位。1925年英文版《中国年鉴》记载，在17、18世纪，就有青田人循陆路经西伯利亚前往欧洲卖青田石雕，光绪十八年（1892年），青田山口商民多人到南洋群岛及印度一带贩卖"图书货"，之后青田石商足迹遍及欧洲美洲，从此青田石雕走向世界，名扬天下。1915年，巴拿马太平洋博览会上青田石雕获两枚银牌奖章，蜚声海外。民国初年，不少青田华侨在美国经销青田石雕发了洋财，人称"花旗客"。当年在青田山口村家家户户雕石刻，村里设有专门收购花旗货的公司，将石雕成批装箱运往美国。

　　现在青田人在世界各地迁居发展，将青田话传遍五洲四海。这些新移民的青田人同样心系家乡，留问政老先生的书卷中也多处留下青田华侨的爱乡之举，海峡两岸的青田人，探亲访友做生意，往来更是热络。青田人民政府还出巨资在高市乡扩建陈诚纪念馆，传承文化，共话未来。

　　乡情诚可贵，温暖满人间。青田的山，青田的水，想想这片生我养我的

土地吧！当留老作家重新踏上故土时，呈现在他眼前的是全新的青田，脱胎换骨的青田，高楼林立，江桥多姿，山风依旧，瓯水长流，工商兴旺发达，人民幸福安康。台湾的青田人将他们的爱乡之心，通过《青田会刊》传递给家乡的父老乡亲，这份绵绵的青田心是何等珍贵而温馨。我手捧《青田会刊》，仿佛听到了他们这份思乡爱乡的心动。

尊敬的留老先生，请接受我们家乡青田人诚挚的问候！

2016 年 10 月于沈阳天柱居

（本文经白鸿博编撰修改）

师者荆鸿

　　"古之学者必有师。师者，所以传道、授业、解惑也。"唐宋八大家韩愈如是说。更有"三人行，必有我师焉"的先圣名言。一个人的成长经历，无论达到何等高度，即使是知名学者、伟人，也都离不开老师的引导和教诲，当然术业有专攻，如是而已。一个真正的好老师应具备这三项本事，当以高尚的品德、广博的学识、睿智的言语，身体力行地激励、教育、引导学生走向成功。荆鸿先生就是这样一位成功的师者。笔者有幸，在人生路上遇到荆鸿先生，是他帮我开启了文学殿堂的大门，让我这个喜欢文学的理工科学生步上了文学的台阶，并达到了一点点高度。

　　1981年，《沈阳日报》刊登了一则消息，使我认识了荆鸿先生。报上说，要在沈阳市图书馆开办一期诗歌培训班。授课老师是《辽宁日报》副刊的编辑、著名诗人荆鸿。当时我正在沈阳科技干部学院上学，凡是"文化大革命"期间读书的学生都要"回炉"，面临着承认大学学历的进修考试。当年的化工专业学习已经非常繁忙，然而这则不起眼的消息竟让我为之心动，毫不犹豫地报了名。

　　原以为讲授诗词格律的荆鸿老师是一位老先生，然而这位年轻儒雅的老师也不比我大多少。诗歌虽是我喜欢的科目，但我对格律好像并不太擅长，进展也不明显。然而有一件事却近水楼台先得月，因荆鸿老师是省报编辑，他说："学员中若有散文类的好文章可以协助发表。"于是我将原先写的散文稿件呈给荆鸿老师。大概是1982年毕业前夕，同班同学拿着一份《辽宁日报》问我："这篇《青田石门洞》的散文是你写的吗？"我眼前一亮，一把抢过报纸，如获至宝。以前我虽然有些文章在小报上发表过，但正式在大报上刊发还是第一次。《辽宁日报》文艺部荆鸿老师，以他作家、编辑的满腔热情，在《辽宁日报》鸭绿江副刊上发表了我的散文处女作《青田石门洞》，不知

是不是笔误，文章以同音字"雪力"署了作者名。

为了纪念在省报发表的第一行铅字，于是这偶然的两字，成了我半生的笔名。以后在《辽宁日报》上陆续又发表了我的《鹿城温州》等文章，《辽宁经济报》副刊也常见我的一些散文随笔。后来《辽沈晚报》还专门介绍了我。一日与荆鸿老师交流作品时，他对我说："以后你不要只关注在报上发'豆腐块'，我发现你有写书的特质，完全可以潜下心来写一本书。"我问道："写什么样的书呢？"荆老师肯定地说："写别人没有的题材。"得到点拨后我在心里默默记下。

1985年，我回故乡温州省亲，在父母家发现了一本清光绪元年（1875年）的王氏家谱，细细翻阅近百年前的古迹，方知我们是南宋大贤、著名政治家、教育家、大诗人、大学者、大清官，宋孝宗、宋光宗两代帝师王十朋的嫡传后裔。于是荆鸿老师启迪我写书的话又响起在耳边，当即暗下决心就写王十朋了。然而，当年有关王十朋的资料除了有一本王公自己写的《梅溪王先生文集》外，其他几乎是零。回到沈阳后，每逢周日休息，我便带着上小学的儿子鸿博泡在辽宁省图书馆里，借阅上海涵芬楼藏明正统刊本的54卷《梅溪王先生文集》（四部丛刊本）通读、细读、做卡片记录，两年多摘录了六七十万字的卡片，然后多次下江南，赴杭州、绍兴、温州、乐清、青田等地图书馆查阅和王十朋相关的线索资料，最后又用两年多时间写成了16万字的《王十朋传》，1990年由辽宁大学出版社首次出版。我父亲将《王十朋传》书寄给在香港的南怀瑾先生指正，蒙南大师不弃，极力赞扬我父女俩，关爱先贤书的出版，多次来信为我指正，还乐意担任温州王十朋研究会的名誉会长，是南老催生了温州王十朋研究会的成立。近30年来，由我父亲王祝光先生及我协助创立的温州王十朋研究会，传承、弘扬先祖读书报国、爱国爱民、勤政清廉、为民雪冤、割俸办学、绿化荒山、兴修水利的爱国精神和高贵品质，家事当作国事办，温州王十朋研究会先后出版了《王十朋传》《王十朋纪念论文集》《颂梅集三百首》等10多部书著，多次召开王十朋研究国际学术研讨会，极力促进梅溪故里修复王十朋墓、倡导创建乐清王十朋纪念馆。将王十朋的学术文化研究推进为文化产业，由王新棋馆长等王公后人创建的市值2亿元的乐清王十朋纪念馆和碑林现为3A级风景区。以上的王十朋文化研究和产业推广全是因为当初有一本《王十朋传》开创历史先河，而《王十朋传》的出版是因为最初荆鸿老师叫我写本书的一个创意。你看作为师者的荆鸿先生一句话竟点亮一盏灯，由于努力与长期坚持，促使我由中国科技核心期刊《当代化工》的科技编辑、主编向作家、文化学者华丽转身。我和父亲的《王十朋传》

填补了当代王十朋研究的空白，成为中国这一领域研究和发展的开拓者。

　　我儿子白鸿博曾是荆鸿老师开办的辽宁新闻作家专修学校的学生，平时荆鸿老师反复训练学生读名著、背诗词、写文章，获益匪浅。1997年，由淮南市政府出资，由我主笔牵头的50多万字的《中国大豆制品》一书正在紧张地安排组稿，本来这本书的应用部分我已安排淮南市的专家来写。当荆鸿老师听到这个消息后马上找我，劝我将这本书的豆制品应用部分近10万字的内容交由我儿子白鸿博来完成。当时我颇惊讶地问：“荆老师，我儿子能写吗？这本书是国家课题项目，可别搞砸了。”荆老师肯定地说：“你儿子在学校写过几万字的文章，他很有潜力，肯定能写好，我知道我学生的能力。”于是，我让鸿博给我写一篇中国药膳及大豆食品药用的文章，没想到5000字的文章一挥而就，我阅后泪流满面，责怪自己这个当母亲的太不了解儿子，幸亏荆鸿老师的鼓励和提议，向我推荐了我儿子来做此书作者之一，否则真错过了这一母子合作出书的机会，结果儿子写了八九万字，我写了近30万字，这本《中国大豆制品》1997年由中国轻工业出版社出版。由于这是一本获奖的图书，第二年我被破格评上正高职称。有了这次出书的体验，2000年，我儿子鸿博又写了一本《豆腐食疗方》，由金盾出版社出版，先后出版印刷了4次，发行将近8万册之多，成为红极一时的畅销书。多亏荆鸿先生识才，使儿子的小小才华让母亲认可，成就了一段老师把儿子推荐给母亲共同出书的佳话。儿子打趣地对我说：“你40岁出书，我28岁就把书出了，还是应用类畅销书。”他拿着在三亚书店买回的自己写的书向我显摆。我也到沈阳太原街科技书店买了20本白鸿博写的《豆腐食疗方》。

　　后来因为散文，我被历史推上了辽宁省散文学会常务副会长兼秘书长的位置，还是学会的法定代表人，出版了《王雪丽文集》等200万字的多部作品；同时，为发扬光大王十朋先祖的基业，女承父业做了温州王十朋研究会的会长。作为科技编辑和主编，我在国内外公开发行的《当代化工》杂志打拼了30多年，分别荣获了中国科学技术期刊编辑学会“银牛奖”、中国期刊学会从事期刊出版30年纪念成就奖。不管头上是否有点什么光环，我始终对人对己说：“荆鸿先生是我文学道路上的引路人，是我和儿子鸿博两代人在文学方面的老师。他还是我父亲的老朋友，20多年前父亲为荆老师在温州开办过荆鸿篆刻展。我一家三代人与荆鸿先生有着深厚的友情。我们为篆刻大师荆鸿先生取得的极高成就感到高兴和自豪。祝他快乐安康！”

2019年2月23日于沈阳天柱居

厚德载物　仁布四方
——荆鸿老师二三事
白鸿博

　　荆鸿先生是著名的图腾派篆刻大师、文字学家、美学家、作家和编辑名家，半个世纪以来他篆刻印章10万余枚，用智慧和勤奋的刻刀，完成了漳州和莲花山巨型山崖篆刻的浩大文化工程，谱写了一首奉献之歌，留下了多处传世作品。

　　荆鸿先生利用篆刻艺术，形象地表现了中国国学经典，并把它们篆刻在巨型山崖上的中国第一人。为弘扬国学，1994—1996年，他用了两年时间，将老子的《道德经》篆刻成1109枚印章，在国内巡回展出之后，决定放大1109枚印章，1998年他又用了八个半月时间，在老子故里福建漳州的33米高、18米宽的云洞岩上，在500平方米的石崖上刻完了《道德经》，完成了迄今为止世界上最大的篆刻作品——云洞岩摩崖篆刻《道德经》。2009年，在广州莲花山一块5000平方米的红砂岩上，荆鸿先生再次无偿奉献，将5000多个中国古老的甲骨文字篆刻在山岩上，成为广州莲花山上著名的文化景观。他用心血和智慧完成了这些浩大的文化工程，为弘扬国学文化创立了丰碑。作为广东文化学会的副会长，他的众多篆刻作品被广东中山图书馆及港澳地区收藏。他的《万印谱》《新华字典》字库等篆刻成就，确立了他在东南亚地区知名"篆刻大师"的荣誉称号。

　　1989年，我有幸走进荆老师创办的辽宁省新闻作家专修学校，著名老报人、学者、新闻学家赵阜老先生是学校的领导。学校坐落在沈阳市皇姑区和铁西区交会处的一幢三层楼内，我们主要学习新闻和写作相关的各门基础课和专业课程。给我留下最深印象的是，学生们除了上理论课之外，还要阅读大量的中外名著，最主要的目的是提高学生的实际写作能力，这种务实的基本功训练在我以后的办刊工作中真派上了用场。

　　当年有两件事让我至今记忆犹新。一是在校期间参加全国青少年作家联谊会；二是荆老师把我推荐给我母亲，使我有机会参加中国大豆制品行业的鸿篇巨制——50多万字的《中国大豆制品》一书的撰写。

　　为了提高学生们的写作和社会实战能力，荆老师牵头组织了全国青少年作家联谊会。会议在山东泰安泰山脚下的兰天宾馆举行。参加会议的青少年作家和文学青年有百余人，当年我挺胆大，荆老师让我主持会议。人生初次登台，虽然没有经验，但看到荆老师期许和信任的目光，我不安的心便稳定了下来。会议开得很圆满，我长了见识，也从中得到了锻炼和提高。

生活是创作的源泉。学生们年轻，缺少生活阅历和实践经验，于是荆老师组织学生们到沈阳新城子黄家乡去采风和体验生活。同学们吃住在乡间，白天参加地里劳动。我这个城里男生平时五谷不分、草苗不辨，铲地时我把香瓜苗全给锄掉了。干活不易，让我们体会到劳动人民的艰辛，因此更加珍惜农民的劳动成果。下乡劳动实践增加了我们对农村生活的认识，丰富了同学们写作的灵感。

1994年至1996年，中华人民共和国内贸部和安徽省人民政府共同主办了中国豆腐文化节。台湾地区的中华豆腐文化发展协会积极参与，台湾连续三年都参加了在淮南举办的中国豆腐文化国际研讨会。

1996年，母亲当时是国内外公开发行的化工科技期刊《沈阳化工》杂志的主编，由于工作关系，她连续三年赴淮南，参加1994年至1996年连续三届的豆腐文化国际研讨会。因淮南是中国豆腐发源地，这里有千年豆腐村，是豆腐发明人刘安的八公山所在地。1996年母亲提出要撰写一本涵盖中国豆腐文化历史、豆腐制品的工艺技术和豆制品应用的大书——《中国大豆制品》。她的这一策划和立项得到了淮南市市长白泰平和安徽省副省长张润霞女士的热情支持，最后确定由淮南市人民政府出资6万元，与中国轻工业出版社正式签订了出版协议。该书由母亲负责编撰和统筹。全书共分六篇：第一篇，中国豆腐文化；第二篇，大豆与大豆制品现状及发展趋势；第三篇，中国传统大豆制品与加工技术；第四篇，大豆制品；第五篇，大豆油脂及制品；第六篇，中国大豆制品的膳食与健康。这本书全面系统地介绍了中国大豆制品，融中国大豆制品的豆腐文化、生产技术与膳食应用为一体，内容丰富、文图并茂、实用性强，有一定的学术价值，书中有关中国传统大豆制品的加工技术内容由我母亲撰写了近30万字。其他内容由傅敬江先生等撰写。

《中国大豆制品》50多万字，其第六篇的膳食与健康，也就是大豆制品的应用部分，我母亲原先已安排好让淮南市政府属下的餐厅名厨来执笔，因为这位名厨在淮南饮食业有一定名望。

后来，我母亲与荆老师等文友们相聚时说起了出书之事，荆老师对我母亲说："大豆制品的膳食应用部分你怎么不让你儿子写？"母亲说："这本书是我提的立项提纲，已安排淮南市文联写豆腐文化起源；台湾的豆腐协会写台湾的大豆制品的现状；《中国食品报》也写了一些内容，沈阳市粮科所傅所长也参与写一部分现代大豆油脂加工技术。大豆制品的应用部分的内容要写9万字左右才行。再说我儿子他会写吗？"母亲对儿子的撰文写作能力表示了怀疑。

荆老师耐心地告诉我母亲："你儿子绝对能写，在校期间他写了几万字

的读书笔记，查资料、整理、撰写成文绝对没有问题，你有这么好的出书机会，怎么不让自己的儿子去实践一下？"母亲同意了荆老师的推荐。回家后让我先试着给她写一篇关于大豆制品的保健与药膳制作的文章，我查找资料，一周后就写了5000字的文章给我母亲看。母亲说文章还真不错，说理明白，逻辑性强，看后母亲还流下了眼泪，她自责忽略了儿子的潜能。就这样，这本书的第六篇"中国大豆制品的膳食与健康"近10万字的内容由我来主笔完成。1997年，该书由北京的中国轻工业出版社正式出版，因是国家"八五"规划重点图书，还获了奖。这是我第一次参加写书，自己从此就有了一份自信。

有了这次出书的经验，2000年，我又写了一本8万多字的《豆腐食疗方》，正式由金盾出版社出版。我去海南三亚新华书店还花5块钱买回了一本自己的书，去沈阳太原街科技书店买回了20本，还第一次得了5320元的稿费。到2010年之前，这本书先后出版印刷了4次，发行量近8万册左右。之后金盾出版社还向我多次约稿。2000年我独立出书时是28岁，我真的很感谢荆老师给我出书的启蒙教育，有趣的是荆老师把我推荐给我母亲，想想还真挺有意思。

让荆老师是我写作事业的入门向导。品德高尚、智慧真诚、憨厚勤奋的荆老师，他给我的帮助和指导，让我一生都会纪念和感恩。我会好好地珍惜他给我篆刻的纪念名章，将它作为我一生的鞭策和鼓励。

漳州摩崖弘道德，莲花甲骨韵古今。仁布四方。荆老师的篆刻艺术博大精深，长留天地间。荆老师，衷心祝福您健康长寿！福乐绵绵！

2015年5月5日

此文发表于2015年第7期《辽海散文》

白鸿博：1973年生，蒙古族，民建党员，工程师。2004年毕业于中科院研究生院新闻出版与管理工程专业。2014年荣获"石油和化工信息事业三十年青年才俊奖"。2021年7月7日荣获"全国石油和化工行业先进信息工作者"称号。

（按：荆鸿，1946年出生，中国著名篆刻大师、作家。广东省文化学会副主席，广东省书画专业委员会副会长，篆刻作品超10万枚。2020年1月21日于广州逝世，谨撰此文致以缅怀。）

文坛常青树康启昌

——辽宁散文的一面旗帜

2019年6月5日，应康启昌老师之邀，赴绿江春饭店参加她的《烽火少年行——林声传》新书发布会。87岁的康老师白发凉帽，牛仔裤旅游鞋，一身休闲装束，身挎红色小背包，满面春风充满活力。康老师在2015年出版的《阳光少年》传主王充闾先生，2016年出版的《少年不识愁滋味》传主李仲元先生，加之《烽火少年行——林声传》传主林声先生，这三位辽沈地区著名的文化大伽"系列三少年"同时莅临会场。其他省内文坛重要人物40余人，齐聚绿江春谈笑风生，好一派沈城文化风景。

据著名诗人、作家胡世宗6月5日的日记记载："今天到会都是辽沈文坛颇为重要的一些人物，除主角康启昌外，有王充闾、林声、李仲元、王向峰、于金兰、陈巨昌、张成良、刘齐、周兴华、王瑞起、王春荣、吴玉杰、黄文兴、孙丕任、宁珍志、王雪丽……此会由初国卿主持得天衣无缝，风趣活泛，个个发言简短精彩。"看来这是一次辽沈文坛精英齐聚，共贺近米寿的文坛常青树——散文大家康启昌老师耄耋之年再创高产佳作的盛会。

说起康老师，她对我有知遇之恩。2004年，辽宁省散文学会原会长、著名文学评论家邓荫柯编审和我在石化行业的老朋友三山化工集团董事长、辽宁省散文学会前副会长马成泰先生共同推荐我担任辽宁省散文学会副秘书长，由于可以多增加文学交流，我是乐意领受的。2005年7月23日，在沈阳市东陵区竞赛路6号三山集团总部召开了辽宁省散文学会会长、秘书长工作会议，参加此会的人员有康启昌、邓荫柯、马成泰、周兴华、文畅、孙继国、王贵忱、孙洪海、邢德铭、王雪丽，共10人。此会是省散文学会的换届会议，由于学会的常务副会长兼秘书长康启昌老师年逾古稀，辞去省散文学会一切职务，由辽宁省文联原副主席周兴华同志任省散文学会会长，秘书长由王雪

丽同志担任。说真的，当时我有点蒙，一头雾水，做个副秘书长干点杂事、敲敲边鼓还是可以承担的，可这个省级民间文学圈的散文学会秘书长可不是闹着玩的，要组织办刊、采风、评论等活动，这是个实活、累活。再说散文学会会聚众多名家、名著，我从1990年起至2005年一共才出了《王十朋传》《雪晴集》《云彩集》《中国大豆制品》四本书百余万字作品，这才哪儿到哪儿啊！1995年康老师和她先生鲁野通力合作，为省内散文界出版《美文天地》《美文纵横》《美文经纬》系列丛书，我才认识了康启昌老师，也许她看中了我当时是《当代化工》杂志主编的工作，为人也不抠门以及干练的办事风格，反正接这个秘书长的差事我有些诚惶诚恐。可康老师像老妈妈似的鼓励我、信任我，有会长周兴华主席扛着，将就学着干吧！

为了能顺利地进行2005年7月的换届工作，康老师还专门让我参加2005年3月19月至20日，由她组织的辽宁省散文学会赴凤城纪念抗战胜利60周年的采风活动。同年，康老师又亲自带领省散文学会与大东区政协合作，共同写作出版了20万字的《用文化的眼睛看大东》，扩大学会影响，服务社会人文。对我们这些学会的骨干成员进行传、帮、带，其情也真，其意也切。

省散文学会换届会后，我们新一届班子从康老师手里接过《辽宁散文通讯》办刊等工作，为了提高阅读审美情趣，我加大印刷投入，把通讯由黑白版改成四彩封面，同时为纪念感恩康老师老一辈省散文学会领导者艰辛创办学会的业绩，在第一次接手的2005年第2期《辽宁散文通讯》上，专门委托学会副秘书长邢德铭老师执笔写了《回眸：辽宁散文学会走过十九个春秋》，历数1986年省散文学会成立以来，由当初会员不足50人，2005年增加到450余人，以康老师为首的领导班子真抓实干，一手抓学会的队伍建设，一手抓会员的作品创作，经常性切实开展各类征文、群众性评奖、专题性笔会、学术性研讨、文学沙龙、优秀作品结集、作家下厂下乡参观及采风等集体活动，还创办了刊载作家新作、作品评论及创作动态的《辽宁散文报》和《辽宁散文通讯》61期。

自1986年创会近20年来，以康老师为旗帜的辽宁省散文学会与辽宁作家协会及《辽宁日报》《沈阳日报》《辽宁老年报》等单位合作，举办了1979—1989年和1990—2000年两届辽宁散文创作"丰收杯"奖；1989年庆祝新中国成立40周年全省职工诗文大赛；1993年"三山杯"少年散文大赛；1999年女性散文大赛；2003年"三山杯"旅游散文、摄影大赛；1994年、2004年"三山杯"青年散文新作大赛；2005年"凤凰楼同题材散文大赛""纪念抗日战争60周年"征文等大中型活动。同时又总结各次大赛成果，先后结集出版了《趁你还年轻》《我们也年轻》《1994年辽宁散文精品》《1998年辽宁散文精品》《辽宁新散文大系》等颇有社会影响的散文集。康老师以她的切实努力，开创了一个辽宁散文康启昌时代，她把对生活的关注和人文关怀自觉升华为一种意识、一种精神意向，以求向理性深度开掘，在人文关怀和审美视觉的双重构建中，完善对散文创作深邃的追求。20年来，辽宁散文的繁荣和发展，康启昌老师功莫大焉。从辽宁散文走出去的鲁迅文学奖获得者王充闾和素素等大家，都是辽宁散文的骄傲。

2007年11月24日，我们组织了一次辽宁省内百余名作家参加的辽宁省散文学会第一届作家作品交流会，会议由我主持，省文联、省作协的领导牟心海、陈巨昌、王充闾、刘兆林、彭定安、文畅、刘文玉在前排就座。组织、经费等全方位落实，省内文坛大家齐到会场，一时好评如潮，学会还获得了辽宁作家协会颁发的金桥奖；2009年学会被评为辽宁省社科联优秀社团。康老师听后特别高兴，还特别鼓励我好好干。我们于2012年搞了一个10年一次的辽宁"丰收杯"散文大赛。近10年中，在周兴华主席亲自领导下，在文畅主席的大力支持下，坚持办好《辽宁散文》月刊，前后开了几十次作品研讨会、文学讲座和采风等活动。

2006年由省新闻出版局批准，我把学会刊物《辽宁散文通讯》更改为《辽宁散文》，成为有内刊号的彩页四封正式杂志，由双月刊变成鞍山、沈阳两地办的、有影响的《辽宁散文》月刊。近10年来，我承担了杂志的沈抚地区发行费用及部分印刷费用，一些企业家慷慨解囊资助。平时文友校对稿件、开展活动，我都热情地招待，感谢大家的辛勤劳作。众人拾柴火焰高，大家一块努力，把《辽宁散文》发行到国家和各省主要的文化机构，办得很有影响。

但也有"玩"得不尽如人意的时候，2013年筹备学会换届，在秘书长的人选上，由于缺少广泛沟通，意见不太一致，一些有"高期望值"的文友甚至演出了一场现代版《夺印》的"喜"剧。这事让康老师挺着急，我也挺上火，感到自己的工作有些不周全。在周兴华主席和鞍山文畅主席及学会骨干领导们的大力支持下，学会平稳过渡。心底无私天地宽，包容和大度使队伍更加纯净和团结。更可喜的是，2013年《辽宁散文》更名为《辽海散文》，刊物更上一层楼，初国卿、葛江洋、马鹏程等学会领导和编辑部的同志们功不可没。现在辽宁省散文学会的会员增加到1000多人，学会风清气正，其乐融融。

2019年6月29日，辽宁省散文学会迎来第五届换届大会，那天在主席台前排就座的领导有刘文艳、初国卿、周兴华、王秀杰和王雪丽，还有散文学会其他老副会长孙洪海、刘平、王立光、王重旭、李大葆等同志，这次大会

我终于卸去了省散文学会副会长和法定代表人的职务。我真的感到特别放松和自由。自2005年7月康启昌老师授给我省散文学会秘书长，2009年又担任学会常务副会长兼秘书长和法定代表人的职务，直至2019年6月前后14年，我满头白发，因年龄大了，就申请要退下来，专心干中国科技核心期刊《当代化工》的主编事业，现在终于脱身了。我衷心祝愿这30年前由康启昌老师和前辈们创建的辽宁省散文学会，在新一届领导集体初国卿会长和黄文兴（兼秘书长）、马鹏程、赵凯、刘国强、张晓峰等副会长的努力工作下，长江后浪推前浪，越办越好，不辜负康老师等老一辈作家们自1986年创办学会时的初心。敬爱的康老师是辽宁省散文学会的一面旗帜，是我们的骄傲。

周兴华主席曾经说过："虽然我们在省散文学会的工作是业余的，但这份认真执着的奉献精神是很专业的。"这个好头是康启昌老师开创的，给我们打下了好基础。参与辽宁省散文学会工作的14年，提高了我的人生阅历和修养。我这个理工科学者编辑，从文学边缘人，可以说已进入省城文学中心圈里，是散文学会给了我成长的机会。我的后任葛江洋大校还给我写了一篇文章《有一种文化叫高贵》，使我很感动。学会领导周兴华、初国卿会长等一批好同志关爱我、帮助我，使我很温暖。这一切的源头要感恩康启昌老师，她是我文学路上的伯乐和先生。

孜孜不倦创作的康老师是我一生的励志楷模，尤其是她卸下了辽宁省散文学会领导担子之后，精神抖擞，一边旅游，一边写作，书是一本本地出，地是一处处地换，候鸟南北飞，足迹遍天下。耄耋老人，积极生活，不断写作，那份激情和创作青春，绝不输给年轻人。快90岁了还在出书，她是文坛常青树。她的自强不息和蜡烛精神，是我们的榜样和力量。康老师的妈妈是一位102岁的长寿老人，她传承了这种长寿基因，真的，和她百岁老妈比，她还很年轻呢！

亲爱的康老师，衷心祝您健康长寿！创作青春永驻！

2019年8月29日于沈阳天柱居

文心博大　至情至性

——书家申济印象

申济者，沈阳人也，家学渊源，名门望族之后，坊间早有盛名，二十年前母女同席论政，《沈阳日报》传为美谈。

申济少时，临池学书，可谓童子功。其外祖母早年就读于女子师范，疼爱济与胞姐一双外孙女，盛请著名书家张绪昌，居家教习数年。日后春风桃李，秋雨梧桐，数十载临翰墨而不辍。

一日，当代书家申济女史出示其四千字《灵飞经》手卷，嘱予作序。吾无书法之好，勉为其难。

纵观《灵飞经》大作，结构严谨，疏朗有致，书卷大气，其气势磅礴；细阅字里行间精致空灵，清丽流畅，不失自然心性。

更难得处，其夫君乐画竹，善烙画，名传辽沈。书画鸳鸯，携手同行，得山水清气，极风云大观。同仰先圣，敬畏文化，养浩然正气，读圣贤经书，写妙笔文章，文心博大，至情至性。俨然清照明诚再世，真可谓神仙眷侣。

幸甚至哉，世间之大成者申济也。

南宋第一状元王十朋公第27世嫡孙女　王雪丽教授颂撰
庚子（2020年）深秋于沈阳天柱居

第二辑　名家素描

第三辑

故土恋歌

故乡恋歌

"江南好，风景旧曾谙。日出江花红胜火，春来江水绿如蓝，能不忆江南？"
我的故乡就是风景如画的浙南青田。那奔腾不息的瓯江，从远古流到今天，
那蜿蜒如带的江面竹筏竞流，渔帆点点。两岸青山连绵，映山红在绿丛中燃烧，
山下的村落如珍珠镶嵌在江边。千年古榕张开茂绿的大伞，一只只乌篷船停
泊在它的浓荫之间。这就是生我养我的土地，绿色的甘蔗给我生活的甜蜜，
清纯的江水赋予我乡恋的缠绵，无论我走到天涯海角，故乡淳朴的历史风情
画卷，总珍藏在我的心田。

祖屋·老床

这就是迎接我生命到来的祖屋吗？你掩映在翠竹浓荫之中。在你青色的
屋脊上面还翘着两条龙尾，向长空诉说着龙的传人的远古和伟岸。那卵石铺
地宽敞的天井，雕刻古朴且粗壮的中堂四柱和栋梁，都向人们证明了这里的
先人们曾有过辉煌的昨天。这座祖屋是清朝光绪年间典型的江南民居，大屋
的基座就地取石，二层木结构房屋已经历了上百年的风风雨雨。江岩铺就的
石子路伸向门楼的石阶，上面印满了历代祖先的足迹。看见门楼旁边那个两
百岁的青绿色石臼了吗？我们先辈种植出的稻谷就是由它舂成白米，养育了
一代代子孙。后堂里的手推石磨同样历经沧桑，雪白的面粉、细嫩的豆浆都
从这"时光隧道"的入口，从远古流向今天。

这就是我呱呱落地时承接小生命的暖巢吗？你这张红漆精雕的龙凤老
床，起码迎接了两代人的新娘。这张民国时的睡床是用红色大漆描就的，正
面床额配饰两只凤凰展翅，四周的屏风上面绘有历代名臣和花鸟图案。我降
生并成长在这个最古朴的文化摇篮之中，在这张曾祖父留下的老床上，度过

了我人生最初的12年美好时光。我就是在这张古老的床榻上，在祖母的爱抚和她质朴的山歌声中长大的，这也是我最早的文化启蒙。故乡的祖屋和这精雕细刻的摇篮，是我生命长河的源头，她给我终生受用的江南文化营养，近半个世纪过去了，我虽鬓生华发，远适他乡，却至今乡音未改，乡思不断。

啊！青田——我生命的根。

江风·草地

故乡山清水碧，故土竹翠花红。绿色连绵的群山，终年山泉流水不断，清瘦蜿蜒的田埂，筑起了赤脚农夫们的一方方秧田。蒙蒙细雨，布谷鸟在山谷中鸣唱，梧桐花开，阡陌上飘来了村姑们的花头巾。故乡的山水画卷多么亮丽清新，故乡的民风人情多么淳朴真诚。

啊！故乡，我的心早已飞到你的身边，为了你呀，我不知有多少夜失眠。那茫茫的翠竹，是你绿色的屏障；那火红的杜鹃花，是你绯色的容颜。瓯江是一条圣洁的玉带，轻轻地飘在你的腰间。满山的杨梅，为你争奇斗艳。雄伟的九岗山是你突出的乳峰，山峡的水库是你明亮的笑眼。江边的草地是你绿色的罗裙，遍地的牛羊正为你起舞翩翩。

沐浴在故乡的阳光里，最惬意莫过于躺在江边的草地上，任柔和的江风一味地抚弄。这一方绵长的草地是天公最惠的恩赐，为故乡增设了一个天然的晒谷场。收获的季节，一张张竹席上铺满了金色的谷子，散发着阵阵扑鼻的清香。古老的风车，摇起农夫们千年的重托，吹去了轻浮的谷糠之后，留下的是沉甸甸的果实和希望。劳作了一天的人们到江里冲去了倦意，然后把凉席铺在草地上纳凉。夜晚的草地上留下了老人们的欢笑，也放飞着少年人的理想。

夏季的故乡，草地蒸腾着阵阵草香。夜晚，江风习习轻柔凉爽，但南国的白天酷热难当。别慌，江湾路旁的古松可为你遮阳送凉。两棵参天的松树已有几百年的树龄，松涛阵阵，根系江潭。古松旁边是专为路人设置的凉亭，亭边山泉聚成清浅的小潭，旁边放置一个竹筒供路人取泉水洗脸和饮用。一些好心的人家还可为你奉献解暑的清茶，此时你旅途的汗水顿消，人间的真诚如清风好雨，于是又去赶你前面的路程。故乡的风情多么朴实，想一想这片古老的土地吧，我一生都走不出你的视线和深情。

啊！故乡，我的父母之邦，我心中的江风草地，你将给我永久的碧绿与清凉。

青山·忠骨

　　浙南的山是特别的青，水也特别的蓝，温金公路沿着瓯江弯弯曲曲向前延伸。如果你是外地人，坐在汽车里你一定会奇怪，瓯江两岸的青山之中怎么会有那么多的阴宅——椅子坟。说起这椅子坟，还是这一带的人文景观呢！

　　此地自古流行在山中造坟，无论你家贫富，总要在你活着的时候选上一块坟地。你如有钱早早地在山场挖穴筑坟，真可谓是以"自掘坟墓"为乐。这里地处山区，农村仍然流行着土葬。甚至有些富户为自己筑好墓还不算，还要为还年少的儿子建坟，真说不出其个中滋味究竟如何。近15年来，浙南一带出国的人员猛增，使青田侨乡越发兴旺发达。异国游子们因为思乡，总要给国内的亲人寄钱寄物以托乡思。为了表达对上辈的孝心，他们还不断汇款给国内的亲属，为其祖宗在山中建坟。于是近几年许多大型的坟园如雨后春笋般出现在青山之中。死人与活人争山地当然有碍山林绿化，然而，由此而吸纳大量华侨的外汇，也算是利弊并存。侨居海外的老一代华人们，总不情愿白骨流落他乡异土，欢迎家乡的儿女落叶归根也是侨乡故土母亲的情怀。

　　五祖父侨居欧洲已60余年，临终前嘱咐胞弟将其骨灰背回中国的故乡，他要安息在故园的山水之间，和先祖的灵魂同时守望在家乡的上空。五祖父的坟场坐落在屋后的山冈之巅，修得十分壮阔。它面对瓯江看百舸远去，靠巍巍青山听山风诉说。坟场脚下，山泉漫石而过，松影随月而移，真可谓"明月松间照，清泉石上流"。坟地四周广植橘园，每当到了秋天收获的季节，那一个个橙黄的橘子在山风中飘荡，这是一幅何等生动的秋色图。坐在坟园的石刻凉亭和护栏上，看江山如画，一种安静在故乡怀抱的温馨油然而生。亲爱的祖父，你在异国他乡劳累了一生，如今安息在生你养你的故土，你当含笑知足。你的坟园装点了故乡的山色，凝聚了一片乡情。"青山有幸埋忠骨"，当然这也是您的荣幸。

　　树高千丈，落叶归根。故乡母亲将永远把远方的游子记挂在心。故乡的恋歌是一首最美、最古老的童谣，她伴我远走天涯，教我牢牢拉住母亲的衣襟。你听，这奔腾的一江春水，正一路欢歌，从深邃流向无数个黎明。

此文发表于1990年《温州侨乡报》

竹叶青青

　　"岁寒三友"是丹青高手笔下的宠物。青松之高洁，梅花之傲骨，常令人肃然起敬。然而三友之中我却偏钟爱青竹。你看那山中翠竹，粗壮挺拔节节向上，疏枝淡叶临风飘逸，更使人感悟几分空蒙和灵动。宋代著名文学家、书画家苏东坡有句名言："宁可食无肉，不可居无竹。"可见古人对竹之偏爱。北国沈城，地寒无竹，只好在居室之中点染几处风景。在我的家居之中除有千余册图书，并无什么值钱家什，书是常用的心爱之物，余下便是几幅竹画了。卧室里有一幅植绒毛竹图已伴我 10 个春秋，画面上数竿青竹临江而立，疏枝横斜，竹叶青青，百看不够。友人起元知我爱竹，便请画家鲁风特地为我作了两幅墨竹画，一幅题款"凌云"，另一幅题字"清气满乾坤"。以后凡是有关竹子的国画，我总要驻足观赏，不忍离去。尤其见到郑板桥风格的竹画，更是爱不释手。一次在友人子南画家处，得以一览明代莲溪真笔《墨竹图》，使我这个画苑的门外汉一饱眼福，实为人生幸事。另外，我虽滴酒不沾，却爱收藏竹叶青酒。醉翁之意不在酒，而在其"竹"名也。在我的三尺案头之上，还有一件与竹有关的物品，便是江浙著名画家王思雨先生亲自制作的瓦雕熊猫戏竹笔筒，算来他送此物给我已近 10 个年头。同是 10 年前，我途经大连时，购了一本墨竹画册，当时我想，待我老之将至，就静心坐下来学这墨竹画，成天与青幽之物为伍便不会寂寞。我之所以爱竹，是因为我人生之初有一段竹缘。

　　我生在江南水乡，从小是在竹林中长大的。我家祖屋依山脚而筑，屋后开门便是竹林，那一排排笔直凌空的是毛竹，门前那一丛丛苍翠相倚的是水竹，溪边那修长纤细、亭亭玉立的是金竹。每当春季，竹笋破土而出，不时还伴有阵阵拔节之声。那幽深的竹园留下了我童年的欢歌；那竹下的土地印上了我生命最初的轨迹；那清脆悦耳的竹哨唤醒了山乡多少个黎明；那一张张竹排又载走了山村多少深情。每到清明时节，我会尾随村姑挎着小竹篮去田间采撷野菜，用它做馍馍可口又清香。每当江潮上了沙滩，我又混在几个男孩的队伍中，穿过竹林，背着小竹篓去江边捕虾、抓鱼。风景如画的故乡从小就赋予我山水之灵气，给了我一颗善良、炽热的童心，同时铸就了我一种竹子般坚韧向上的性格。记得我刚刚7岁，一次在乡邻砍伐竹子时，便跑去帮他们整理竹枝，并且也学着大人的样子，拿起柴刀将竹子砍成几段码好。不想刀重人小，竟砍破食指，当时鲜血如注。小小年纪心中虽然惊慌，但不敢惊动乡人，便急急跑向祖屋，瞒着阿婆自己包好了伤口，尽管很疼可一直挺着。如今40年过去了，右食指上仍留下一个很深的疤痕。

在江南，竹子与人们的生活息息相关，竹子浑身上下都是宝，尽其所有奉献给人类朋友。竹笋清淡味美，是人们日常生活中的理想佳肴；在南方，人们以竹建楼；江南水乡以竹结排，是水上常用的运输工具；竹子还是上好的制纸原料；竹壳可做燃料，妇女还用它做鞋穿；至于用竹子编制的篮子、席子、工艺品、缆绳等用具就更是数不胜数。难怪宋代大诗人苏东坡盛赞竹子："食者竹笋，庇者竹瓦，载者竹筏，爨者竹薪，衣者竹皮，书者竹纸，履者竹鞋。真可谓'不可一日无此君'也耶？"

自从念初小以后，我便离开了故乡来到北国沈城，于是那青青的翠竹便常常成为我梦中之物。一次去北京，硬是慕名去了紫竹院，虽说阳春三月，可沈阳依旧春寒料峭，难得在苍茫之中于北京一饱眼福。望着园中那一片片笔直挺秀、亭亭玉立的翠竹，我轻吻着散发着清香的竹叶，心中好生感动。故乡的竹林，故乡的山风，又依稀在紫竹院中寻到了梦境。我轻轻地摘下几片竹叶，精心地夹在书中。如今几年过去了，这竹叶仍旧完好如初，只是年久已褪去了当年的翠绿。

这古朴清雅的竹子不仅可供观赏悦人眼目，而且经济实用，是人们生活中重要的资源。人们歌颂它生来就有节、老来更虚心、虚怀若谷、高风亮节的品格，赞扬它坚韧向上、飘逸潇洒的精神，感谢它乐于奉献、造福人类的厚爱。晚上，我又梦入竹林，我在梦中奔跑跳跃，与小鸟一起鸣唱。竹叶在阳光下闪耀着清辉，并发出沙沙的响声。随着竹叶的摆动，我仿佛也化为一竿翠竹，根植沃土，投入茂密的丛山翠竹之中。

此文发表于1995年11月21日《辽宁经济报》

望江楼前听涛声

　　1983年新春，一别北国沈阳，又回到朝思暮想的故乡鹿城。一踏上故乡的土地，脚步格外轻盈，潮湿的空气轻抚面颊，觉得特别柔爽和清新。九山湖水波光粼粼，父亲家的风华居花园小别墅倒映在湖水之中，我加快脚步向家里奔去。我的父母双亲早已倚立门口，先后将自己的女儿拥入怀中。一踏进家门，满园春色关不住，火红的山茶花笑迎春风怒放，为远方归来的女儿大献殷勤。风华居内尽享天伦之乐，诗书人家共叙佳话亲情。谈及家乡的变化和城建的发展，父亲要领我到他当年战斗过的港头老区去看望江楼和望乡亭。

　　机动的乌篷船溯瓯江而上，小船在浪涛中颠簸前行。我和父亲站立船头，看江岸上水竹村舍一排排向后退去。瓯江两岸巍巍青山高矗入云，每一座青山都有一个古老的神话。江风吹散了父亲花白的头发，面对青山，父亲的神情显得庄严而激动。他指着白云生处的一座叫永嘉西坑底的山峰说："20世纪30年代初，就在这座山中，粟裕、刘英领导的红军挺进师与当时的国民党武装发生了一场激烈的战斗，我们的战士以殊死的斗争占领了这片土地，百余名烈士的鲜血染红了绿树丛中的映山红。1946年我就在这儿入的党，如今一座烈士纪念碑就矗立在当年的战场上。"

　　青山做证，共和国的每寸土地，共和国的鲜红国旗都是由无数烈士的鲜血染成。这里也包含了我的父辈们，这些老革命同志所付出的奋斗和牺牲。父亲青年时代参加革命的故事又回荡在我的耳边。

　　1945年，父亲是青田阜山中学的学生会主席。他的老师是中共地下党员，父亲凭着一腔热血参加了革命。在党组织的领导下，他们在当地掀起了爱国学生运动。国民党反动派对风起云涌的革命浪潮异常害怕，于是四处抓捕革命师生。在艰难的斗争岁月中，父亲刚掩护他的老师转移，自己却在阜中被国民党勾结的土匪武装以"共匪"学生的罪名逮捕了。浙南党组织指派刘英同志的警卫员、中共永清县委负责人张平同志，连夜带领游击队袭击敌人，从敌人的牢狱中营救出了年轻的父亲。在动荡的年代，父亲的革命生涯伴随了我们这个家庭。在以后残酷的岁月里，父亲又连遭国民党两次逮捕，其中一次就发生在港头革命老区。

带着崇敬，带着沉思，我们环视瓯江两岸的群山，又一次聆听父亲这位当年的老同志讲述浙南的革命斗争史，唤起了我作为中华人民共和国公民的自豪感和责任心。

港头是我最熟悉的江南小镇，小时候我常随大人们穿过雨巷，到戏台楼前去看社戏。船儿在翻腾的江水中前行，说话之间江南小镇港头已迎立前方。千年古榕枝繁叶茂，各式船只汽笛声声，桨声鹅鸣随风荡漾。望江楼飞檐凌空，红灯高悬，建筑风格中西合璧，由青田县委张成祖书记书写的三个苍劲大字"望江楼"犹如红色的火炬首先映入眼帘。它笑傲江风，迎送过往的所有船只和客人。

离舟登岸，来到望江楼前。这座楼是当地旅欧侨胞王存欣、王官民、叶成典三人捐资修建的，为古老的江边码头新增春色。望江楼晴可遮日，阴能避雨，可做过江客人的待渡之所。楼分四层，三面凭栏可望大江东去，后倚青山可眺小镇风光。楼顶最高处的四层平台之上，就是凌空而立古朴典雅的望乡亭。望江楼内石柱凝重，望乡亭上风荡彩灯。

热情的乡亲见我从远方归来，亲热地与我拉话。一位我当年的小学同学紧紧地握着我的手让我到她的新楼里去喝茶。她指着望江楼兴奋地告诉我这里的变化："你看我们这个小码头新建了望江楼有多气派，这是当地乡政府请你爸爸给设计的，上面还有他的书法题联呢！如果你明年再回来，温金铁路就要从这里修通了。"

我同父亲在乡亲们的簇拥下登上了望江楼。楼前立柱上一副字体流畅秀丽、刚柔相济的对联首先引人入胜：

风物流年志士多取义；
江山胜迹英雄尽驰怀。

这是当年地下党温州城区区委书记、原浙江省文联厅级领导、著名书法家和诗人冯增荣同志为缅怀港头革命老区的英雄前仆后继流血牺牲的革命历史而挥毫泼墨的楹联。

父亲的"藏头"题联也引来人们的赞叹：

> 港纳百川潮声汇流不息；
> 头引铁龙汽笛远达环球。

这是父亲怀着对家乡的深情挚爱，容纳当地风光民情和改革开放后的家乡变化，并纪念此地侨乡游子的赤子深情而撰写的藏有港头地名的对联。望着这熟悉的字体，品着这词联的风格，心中感到无比亲切。

我以前就听过父亲的入党介绍人冯增荣伯伯讲述父亲的故事：那是1945年，父亲带着光荣的使命，冒着生命的危险，作为故乡的第一个共产党员，在港头中心小学以教书为掩护，建立第一个港头党支部，在故乡举起了第一把红色的火炬。他们在当地永清县委的领导下，继而又发展了温州高级工业学校党支部，坚持党的地下革命斗争。

望着身边头发花白的父亲，发现他的眼角已布上了深深的岁月年轮。望江楼上，面对滚滚江水，不觉心潮起伏思绪万千。我的父亲，还有冯增荣伯伯，这些当年的老同志浴血奋战迎来了解放的曙光，他们用自己的热血和才华书写了一页光辉的历史。远去的涛声仍在向人们诉说着这里悲壮的过去。

父亲是港头地区革命之火的第一位播洒人，去年，当地政府修建望江楼时，自然请他和冯伯伯这些老同志题书纪念，以缅怀革命历史，同时冯伯伯还是著名的书法家和诗人，其书其联俱佳。父亲也善书法和诗文，加上中华人民共和国成立后他又从事建筑设计工作，因此，望江楼是集设计、题联、撰书于一身的建筑艺术小品。江山万里，一代风流。瓯江奔腾，时代前进，逝者如斯夫。

登上望江楼环廊，父亲撰写的另一楹联别开生面：

> 望江楼观潮涨涛声千里；
> 风水地车马繁韵泽万家。

望着石柱上优美的诗句，由书家自己携同女儿登楼远眺，真是别有一番情趣在心头。凭栏远望，江水一泻千里，阳光普照万家。山川依旧，涛声依旧，世事沧桑人已老，不变的是一颗爱乡的童心。

沿着望江楼环梯，我们登上最高处的望乡亭。望乡亭前江风阵阵，古榕堤下涛声不息。沐浴家山风水，情思万种：

观环宇四时转生生不息;

望乡亭明月照人人思家。

　　父亲撰书于望乡亭上的另一佳联竟使我浮想联翩。港头是当地有名的侨乡新镇，小镇不大却有3000人寄居海外。他们谋生国外，情系中华，每年都有大量的侨汇支援家乡建设。望江楼是他们爱乡的佐证，家乡的父老乡亲同样系念着远方的儿女。这绵绵的情谊如东去的江水长流不断，家乡的山风、瓯江的涛声永远回荡在游子心中。

　　我的心和着一江碧水，向我的故乡母亲诉说一腔柔情：

望江楼上听涛声，

江水奔腾流不停。

风月无边乡韵好，

青山满目是亲情。

1983年新春于温州风华居

第三辑　故土恋歌

145

鹿城温州

　　1983年仲夏，得便重游浙南名城——温州。轮船刚靠码头，一踏上这块湿润的土地，江风夹着茉莉的幽香轻轻拂面，使人顿感心旷神怡。置身望江亭上眺望，江心孤屿傲立于波涛之上，东、西双塔掩映在翠竹浓荫之中。各种轮船停泊在港区，浪涛拍打着蜿蜒的堤岸，秀丽的温州城依山傍水如珍珠镶嵌在瓯江之滨。

　　这一带气候温和，1月份平均气温为7.9℃，7月份平均气温为28℃，年平均气温为18.4℃。据历史记载最冷的天气也没有低于-4℃，可谓冬暖夏凉。因此，自唐高宗上元元年（674年）起名"温州"，一直沿用至今。

　　温州史称永嘉郡，鹿城是温州的别名。这里有一个美丽的传说。

　　相传1600多年前，东晋明帝太宁年间（323—326年）建立永嘉郡。当时有一位名叫郭璞的著名五行、天文学家负责筑城。城墙北沿瓯江，东、南、西三面则跨越海坦、华盖、积谷、松台、郭公诸山，蜿蜒起伏。筑城期间，忽有一只口衔梅花的白鹿奔跳进城，出现在工地上。"白鹿衔花"象征着吉祥幸福，因此称温州为鹿城，也叫白鹿城。

　　鹿城城内水巷交错，住所考究。古诗云"水如棋局分街陌"，真是名不虚传。每当夏日当空，九山湖波光粼粼，蜻蜓点水，荷花争相开放，湖边房屋筑基水上，拱桥古树倒映湖中。临湖的松台山上亭台楼阁，曲径通幽，蝉鸣鸟语，紫薇争妍。湖光山色，淡雅自然，一幅造化天成的山水画卷展现在面前。

　　城中著名的墨池巷，相传是东晋大书法家王羲之同他的儿子王献之写字刷墨的地方，故称墨池。原城内五马街有一座古老的"王木亭"古建筑，是为了纪念南宋著名的爱国诗人和学者王十朋而修建的。1949年前后，江心屿上还留有碑刻"王十朋读书处"的人文景观。温州古城历史文化由来已久。

　　南宋民族英雄文天祥为后人留下了光辉的名句："人生自古谁无死，留取丹心照汗青。"他这首《过零丁洋》的名诗就是在温州写下的。最近他的祠庙又重新在江心屿修复。

　　梅雨季节，春雨潇潇，茶山水雾蒙蒙，山水绿得滴翠。等到雨过天晴，瓯江两岸青山对峙，白云缭绕山间，极目远望，峰顶若隐若现，空中双虹飞架，江面渔帆点点。轻纱薄雾遮掩着芙蓉出水含羞带笑的江心屿，她正以轻盈妩媚的姿容，迎接前来游览的客人。

此文发表于1984年2月18日《辽宁日报》副刊

第三辑　故土恋歌

纵目瓯江帆去远

凡是到过浙南青田的，都说这里天生自然的山水最迷人。作为著名的石雕产地和侨乡的儿女，对故乡更是魂牵梦萦，哪怕是远隔重洋，也要到这里寻根觅祖。

久居德国的阿敏小姐祖籍青田，正值芳龄，回乡择婿。事有凑巧，无意中与舍弟邂逅，一见钟情，遂结秦晋之好。得此佳音，我从遥远的北国沈城动身，兴冲冲地踏上了故乡的土地。

家乡的亲人如同这7月的盛夏一样热情。熟悉而陌生的鹤城一改昔日的面容，张开双臂，将久别的儿女拥入怀中。"阿姐"，随着甜脆的乡音，一位着装入时的华侨姑娘飘逸而至。弟弟闪着幸福的笑眼向我介绍："这就是阿敏。"我打量着向我走来的姑娘。她中等个儿，苗条而丰满的身体自然又轻舒地裹着乳白色绣花连衣裙，足蹬白色高跟鞋，步履轻盈。在她白皙的脸盘上，镶嵌着一双机敏的大眼睛，画眉略挑，深邃的目光含蓄地透着一丝淡淡的傲气，朱唇淡抹，幽香袭人。她仿佛是洁白晶莹的白雪公主突然降临到我的身旁，使人感到清新惬意。望着姑娘春风得意的笑脸，我感到她热情高贵而又陌生。

一盆清水，一杯香茶，顿减一路风尘。好客的乡亲为我和阿敏送来了刚从树上摘下的杨梅，那既紫又新鲜带着星刺的果实上还缀着墨绿色的叶子，酸甜的果汁驱散了暑气，顿觉生津清心。阿敏不忍吃掉眼前的杨梅，只见她按动快门照下了这幅写生画。然后她才品着果儿深情地说："我要把家乡的杨梅带回欧洲，让家人思乡时看这幅画面，也好'望梅止渴'。"听着这充满深情的乡音，这一颗颗故乡的杨梅，把两颗同是天涯游子的心融化了。姑娘饶有兴致地约我明日同游青田名胜太鹤山景。

次日清晨，云淡风轻。沿着山脚石径积步登高，柔和的山风夹着野花的清香徐徐扑面。我们穿过一片小竹林，我帮阿敏精心地采集竹叶标本。她要把这些家乡竹叶做成书签，送给国外的同乡人，让他们也分享故土的欢欣。行至半山腰，只见山势雄伟清奇，张爱萍同志手书"山川孕秀"四个雄劲大字刻在岩壁之上。登上太鹤山顶，脚下白雾萦绕，满目烟云。峭壁环立，古松参天，几只雕塑仙鹤缀于松石之间悠然自得，栩栩如生。"烟雨松鹤"四个遒劲的大字刻在岩坛正面的石壁上。溥杰先生题书"白鹤洞"又为游人增添眼福。宋、元以来的名人墨客之题刻更使这古幽的白鹤洞天蒙上一层古老神秘的色彩。据老人们说，青田县城的别名叫鹤城，这里还有一个神奇美丽的传说呢！据《青田县志》记载："城北太鹤山白鹤洞有双白鹤，年年产仔，故得名鹤城。"因此鹤城也是先有山名，后有地名，山名借代物名，地名借代山名：青田山因有白鹤栖居而闻名，又称太鹤山。青田县治在太鹤山下，故县城称为"鹤城"。民间传说，当年造城时因选基不准，连造三次都被洪水冲毁而失败，后得白鹤指点始造城成功，当地人为纪念白鹤，故命名为鹤城。

阿敏连连拍下了这故乡的山水画卷，兴致正浓。沿岩坛降阶侧行，曲径通幽，山势逐渐平缓，绕过"公鸡岩"，一座由海外侨胞集资建造的望江亭突兀眼前。登临俯瞰，街景轻移，鹤城全景伏卧脚下。极目展望，瓯江似玉带绕城，飘逸东去，江上白帆点点，排筏竞流，真可谓"四顾风烟入怀里，一湾溪水抱沙汀"。望江亭上"纵目瓯江帆去远，置身剑石鸟飞低"的楹联道尽了此情此景。

仁者爱山，智者乐水。多美呀！青田的山，青田的水，侨乡的游子心中醉。我深情地望着阿敏姑娘，她俊美的脸庞上露出了幸福满足的笑容，她那泛起红晕的笑脸，如同故乡盛开的山花一样天真烂漫。

此文发表于1985年7月《青田侨讯》

第三辑 故土恋歌

青田石门洞

"横过石门渡，刘基尚有祠。垂天飞瀑布，凉意喜催诗。"这是郭沫若同志1964年夏南游浙江时写的一首五绝。诗题何处？青田石门洞。

青田是浙南山区瓯江北岸的一座古老山城，依山傍水，风光旖旎，鹤城是它的别名。电影《阿诗玛》曾在这里拍摄外景。

乘一叶扁舟，沿瓯江逆流而行，出青田城西35公里便到了远近闻名的石门洞。它是括苍山西南隅支脉石门山的天然洞府，属我国著名的"三十六洞天"之一，在浙东山水奇观中占有一席之地。景色清奇别致，小巧玲珑。

弃舟登南岸，只见两面石壁迎面矗立，相峙如门。东风亭坐落两壁之间，一条清溪自两扇石门中间泻出，流入瓯江。进石门穿亭前行，但见石壁上刻着南朝宋后历代名人贤士游石门洞时写下的佳句。两门之间狭长幽深，似有合龙之势。行百米之遥出石门，眼前豁然开朗。"洞"内蓝天白云浮动，清风拂面，柳暗花明，如入陶渊明笔下的桃花源境。原来石门洞并非真洞，而是一处群山抱谷、方圆千米、精致小巧的风景区。洞内石径蜿蜒，溪流清澈，锦屏环立，松竹竞秀，鸟语花香。

沿石板小路徐徐南行，刘基祠飞檐危栏，立于半山之中。"刘文成公祠堂"几个醒目大字书在祠堂门口，两边的对联是："名贤为社稷而生岂唯景星庆云有光两浙；文字得江山之助即此犁眉覆瓿并足千秋。"进入山门，祠堂精巧。天井中四株古柏参天，香案烟袅，中堂六柱对联垂地。

出祠堂后院百步许，忽闻水声大作。只见悬崖飞瀑，垂若匹练，溅如珍珠，散似轻雾，遂铸碧池一泓。红日照射，清波荡漾，怪石屹立潭中。池边卵石相聚，鱼翔浅底，水流轻移，"泻银桥"横跨其上。刘基石床隐于石壁夹缝，石枕突出，卧观"石门飞雨""倾洞襄烟"。桥旁凉亭红柱石栏，石桌石凳置于亭中，林深山幽，犹入仙境。当年刘伯温在这里隐居读书，真是得天独厚。

碧潭与祠堂之间，石碑林立。"天泉""圣水"等碑个个有异。1964年夏郭沫若同志来此一游，他手书《题石门瀑布》的诗碑，至今立于祠堂院后，为这古幽的洞天又增一色。

石门洞，这个美丽的地方连同她的文物古迹已被列为浙江省重点文物保护单位。如今石门洞林场的职工细手新装巧裁，这石门洞天的景致越发多娇秀丽。

此文发表于1982年4月9日《辽宁日报》鸭绿江副刊
（本篇是作者第一次在省报发表的散文）

第三辑　故土恋歌

再游石门洞印记

2006年9月16日，余与家父、永生胞弟、丽君小妹同返故里时，再游青田石门洞。船过瓯江，旧地重游，不觉弹指二十五年。

石门洞内，瀑布垂帘，深潭碧绿，鹅船漂浮水上。刘伯温读书处，石床仍在，隐于山岩石壁之中。石门景区内，四面青翠叠，八方幽意涌。青山依旧，风光依旧。只觉山林郁郁葱葱，翠竹林木更加茂盛。古老的水车，在瀑布泉水下转动不息，浅溪蜿蜒，流水叮咚，一路曲折前行。置身于山水间，身轻如燕，心绪浪漫，一副四川青城山的亭联飘浮脑际："苔深不雨山常湿，林静无风暑自清。"联中景致恰与此"洞"暗合。

石门洞优美的自然景观，自古以来为文人墨客所推崇。唐代大诗人李白有诗赞石门飞瀑：

瀑布挂北斗，莫穷此水端。
喷壁洒素雪，空蒙生昼寒。

南宋第一状元、著名政治家、诗人、教育家、先祖王十朋，极力主张抗金统一大业，但被主和派排挤。他离开临安（今杭州）去国还乡时，曾两次路经石门洞。这里的石门飞瀑，与他故乡乐清的大小龙湫瀑布一样，使他留恋与赞叹，曾两度为它留下不朽的诗篇：

游石门洞
雁山饱见两龙湫，洗眼新观石洞流。
欲向故乡寻白鹿，先来仙隐访青牛。
破荒喜诵刘郎句，跻险思从谢客游。
天下林泉看未足，分将身世早休休。

重游石门洞

石洞几时辟，石门长不扃。

贪看一派水，三载两回经。

又

谁把银河水，直从天半倾。

好流人世去，一洗四维清。

青山不老，物是人非。白云千载，亲情依然。想当初，1981年7月29日，归侨祖父携我与琼儿母子，第一次畅游石门洞。当年我正是30岁刚出头的大好年华，儿子才9岁，祖父身强力壮。老人家生于1906年正月二十二，属马，于1995年11月11日去世，到如今余亦花甲矣！旧地思人，心事悠悠，今日重游石门洞，25年前的景象又历历在目。

祖父人长得风流倜傥。18岁后长期旅居欧洲，平常西装革履，穿着十分考究。年轻时有一位外国旧军官的女儿，美丽的金发波兰女与他同居，他们合影的茶色照片一直被祖母保存在家中。回国后，他总是喜欢穿华达呢料子的长衫和白色中式对襟短衣。故居是清式江南民居，门槛很高，祖父怕把长衫拖脏了，总是提着长衫跨过门槛，可想而知他是一个生活极其讲究的人。中华人民共和国成立后他一直赋闲在家务农，勤劳纯朴，以故乡山水自娱。

那日，我与祖父携琼儿离开石门洞，一路晴空朗朗，景致不断。当来到离家只有两三公里路的江边时，需等待渡船过到对岸的彭括山村。此时正值夏季，常有不测风云，快到渡口时，突然狂风大作，大雨倾盆，四都江水突发山洪，风雨将我们的雨伞吹翻，全身上下湿透。江中只有一只小小的渡船，待渡之人与耕作的水牛、牧童一并挤到船上，都希望赶快回到对岸才安全。这是一次非常惊险的摆渡，只见江水自上而下奔腾翻滚，江面突然变宽，这只木船平时只载十来个人，如今众人与牛同挤船中，吃水深度离船舷不足半尺，况且风雨大作，浪大水急，小船在奔腾的江面上如叶颠簸，叫人心惊肉跳。这头水牛也特通人性，一动不动地站在船中，否则它乱动非翻船不可。我在船上心中不住地向上苍默祷，保佑大家平安过渡，幼子祖父同在船上，千万别遭不测。有幸的是上天有恩，船老大遇险沉稳，小小渡船安停江边。登岸来到乡亲家里，烤衣歇息，待风雨过后，总算安抵家中。有此惊涛骇浪之渡，

故此对石门洞之行至今记忆犹新。

今日能与家父及长居德国的小弟、小妹再游石门洞，平时聚少离多，更觉此行亲情珍贵。我特地在石门洞购了一个竹制的小水车，作为再游石门洞之行的纪念。

一日，居家整理书画时，竟无意中发现家父为我写的一张墨宝条幅，其书法诗章的内容，竟是我当年游石门洞时写的一首打油诗，诗后有家父的小批注释：1981年7月29日，雪丽女访故里，与其祖父同游石门洞刘伯温读书处，作"石门记事"诗一首，应女求书留念，王更风，1981年8月13日于鹿城。更珍贵的是，父亲把这首纪事诗微刻在一枚青田石章上，成了一件艺术品。我当年的记石门洞的诗如下：

石门记事

（一）

七月盛夏抵鹤城，横渡石门忆旧人。

东风亭前富诗意，洞边曲径闻蝉鸣。

涧清草绿竹林深，山高柏直紫薇婷。

刘公宗祠香火绕，奇才仕主留英名。

院后石碑篦如林，郭老墨迹犹见新。

百步石桥横亭侧，千丈瀑布贯雷霆。

（二）

悬崖绝壁多伟姿，垂下白练散如丝。

翠潭清波鱼翔底，石笋屹立相对峙。

泻银桥头辅佐始，伯温石床得天机。

平剿友谅定江陵，大明一统天下知。

坐观飞泉铸碧池，临流觅句赋新诗。

诚意伯爵名垂史，青田代代出国师。

先祖王十朋两游石门洞留下的诗章，被我录于我写的《王十朋传》一书中。在我的人生经历中，也曾两度临经此"洞"，可谓与此地有缘。先贤历史启迪后人，故乡山水润我心田。石门洞，为你的美丽与悠久，再留诗章华篇。

2009年10月28—29日凌晨
补记于沈阳天柱居

青田石雕名扬天下

  1992年12月15日，中华人民共和国邮电部发行了一套青田石雕的邮票。这套邮票分别由"春""高粱""丰收"和"花好月圆"四幅石雕作品组成。

  青田石雕是出自浙江青田等地，以特产青田石为主要原料雕刻而成的工艺品。有山水、花卉、人物、动物、炉瓶、文具和石章等品类，可供室内陈设，既有实用价值，又有很高的欣赏价值。青田石雕历史悠久，技艺精湛，是中国工艺美术百花园中的一枝奇葩，在国内外一直享有盛誉。

  据夏法起的《青田石雕志》记载：根据出土文物考证，青田石雕早在六朝（公元222—589年）时，就已经问世。浙江博物馆收藏有六朝时的小石猪多只，其中有四只均以青田黄石为石料。

  到了宋代，青田石雕的产品以实用为主，一般以制成文房雅具、图章、小件玩耍之物为多。尤其是到了南宋，宋高宗迁都临安（今杭州），浙江成为政治、经济和文化的中心区域。当时，瓯江两岸瓷窑林立，烟火相望，江上船舶来往如织。与青田毗邻的温州，古称"东瓯名镇"，不仅经济发达，而且为对外贸易口岸之一。在当时手工业和商业都十分繁荣的社会条件下，青田石雕的生产有了较快的发展。

  明代篆刻流派祖师文彭（1498—1573年，被后世推崇为印学开山祖师）在南京任国子监祭酒时，偶得青田冻石四筐。一天，他乘小轿路过西虹桥，见一驴驮两筐石料，一老汉肩挑两筐石随后。不一会儿那老汉与一商人怒骂，文彭上前询问，老汉说："他答应买我的石头，我才把石头从江上运到这里，请他再给些搬运费，可他不肯，才惊动了大人。"文彭仔细看了那些石头后说："你不要和他争了，石头我全买下，搬运费加倍给你。"文彭因此偶得四筐石头。回家他将石锯开一看，佳者即青田灯光冻石，真是大喜过望，以前他所刻之印全是牙章，自得青田佳石后，便改用青田石了。"于是冻石之名始见于世，

第三辑 故土恋歌

艳传四方矣。"明代郎瑛的《七修类稿》记载道："图书（指印章），古人皆以铜铸，至元末会稽王冕以花乳石刻之，今天下尽崇处州灯明石，果温润可爱也。"处州就是青田。可见明时文人墨客以收藏青田石为时尚，并且民间也用青田石头刻笔筒用具和石碑、香炉等实用品。

到了清代，青田石雕品类已十分丰富，其技艺水平和生产规模有了更大发展。青田石雕不仅供民间选用，而且进入宫中为皇家享用。不仅供国内销售，也远销海外。据光绪年间的《青田县志》记载：乾隆皇帝八旬万寿节时，大臣将一套青田石刻"宝典福书"印章敬献给皇帝，这套印章共60枚，分上、下两层装在紫檀木雕龙纹图案的宝匣内。印章的石色明净，石质细腻，造型多变，有方、圆、椭圆、葫芦等形态，十分精致美观。另据1925年英文版《中国年鉴》记载：在17、18世纪，就有青田人循陆路经西伯利亚前往欧洲贩卖青田石雕。光绪十八年（1892），青田山口商民多人，到南洋群岛及印度一带贩卖图书货。之后，青田石商的足迹遍及欧、澳、美等洲的国都巨镇，使青田石雕走向世界，名扬天下。1915年巴拿马太平洋博览会上，青田石雕荣获两枚银牌奖章，更使青田石雕蜚声海外。民国初年，不少青田华侨因在美国经销青田石雕而发了洋财，人称"花旗客"。当年，在青田的山口村，家家户户做雕刻，村里设有专门收购"花旗货"的公司，将石雕成批装箱运往美国。

中华人民共和国成立后，政府非常重视和关怀青田石雕艺术，按照"保护、发展、提高"的方针，积极组织民间艺人归队就业，恢复和发展了石雕生产，并在青田、山口、油竹等原料产地成立石刻厂。青田石雕的产销出现了前所未有的好势头。1958年春，在北京中国美术馆举办的"全国工艺美术展览会"上，青田石雕展出了精心创作的20多件作品。这些作品如"葡萄山""高粱""咏梅"等被选入《中国工艺美术》大型画册。

在历届全国评比中，青田石雕赢得了很高的声誉。1982年，在连云港召开的"全国贝雕画石雕产品质量评比大会"上，青田石雕厂的批量产品荣获全国第一名，很多石雕作品获奖。同年，在"第二届工艺美术品百花奖评比大会"上，青田石雕荣获国家银杯奖。林如奎的"高粱"和周伯琦的"春"（见青田石雕邮票）及倪东方的"秋"荣获优秀创作设计二等奖。

几年来，在国际经济文化交流中，许多青田石雕作品送往国际参展，这些国粹精品曾在日本、美国、塞浦路斯、马耳他、意大利、巴拿马、新加坡等国家和中国香港地区展出，一些珍品被多个国家收藏。中国政府也常以青田石雕作为国家礼物赠送给外国首脑，青田石雕为中华民族赢得了声誉。

青田石雕是特种工艺品之一，它在技艺特色上与牙雕、玉雕、木雕相比有明显不同。经历代工艺大师及民间艺匠的精心制作和发展，青田石雕已逐渐形成了自有的特色：因材施艺，形象逼真；镂雕精细，层次丰富。俗话说："玉不琢不成器。"艺人面对不同形态、质地、色彩的石料，必须运用其艺术素养和雕刻技艺，才能将千姿百态的石料改造成为一件件精美的工艺品。要完成这种质和艺的飞跃，一般要经过取势造型、依质布局和因色取俏三个过程。

取势造型，就是依照石料的自然形态进行作品的构思与构图。这里凝聚着艺术家的审美取向、智慧和灵感。一般从石料的外形上看可概括为几种不同的几何图形，如方形、长方形、三角形、多角形、圆柱形、扇形、菱形等。各类不同的构图会带来各种不同的感觉，如挺拔、开阔、严肃、活跃、惊险、稳定、运动等。首先要根据石料的形态对作品进行基本结构和整体效果的合理安排。

按质布局，是审察石料质地，要扬长避短，依据石料的质地进行构图。要充分利用石质最佳部分，对硬钉、裂纹部位要尽量去除和回避，从而进行巧妙的量体裁衣。

因色取俏，是根据石料的天然色地进行构思和构图。由于青田石料天然色彩丰富，所以因色施艺是青田石雕的很大特点。因此，作品天然逼真，淡雅晶莹，使人爱不释手。

一件成功的青田石雕除了上述必要的构图搭配之外，还要再经过艺术大师的精镂细雕、师法自然才能使作品内涵表现得层次丰富，这都有赖于高超的技艺。你看，一件优秀的精品其经历的过程是多么艰苦卓绝呀！

青田风景如画，人杰地灵，此地历朝多出宰相，各代才子比比皆是，青田石雕又使青田名扬四海。历代名人盛赞青田石雕的诗文层出不穷。

清代郑板桥有诗赞青田石雕：

> 小印青田寸许长，抄书留得旧文章。
> 纵然面上三分似，岂有胸中百卷藏。

溥杰为青田石雕题词：

> 锦心妙手，巧夺天工，
> 百花齐放，八面玲珑，

赞襄四化，各尽全能。

1964年，郭沫若留下了《参观青田石雕》长诗：

青田有奇石，寿山可比肩。
匪独青如玉，五彩竞相宣。
百花颂东风，百果庆丰年。
鸢飞百兽舞，百木森岩巅。
人物尽风流，英雄与婵娟。
开天还辟地，雁荡生云烟。
忽见打鱼船，凤尾银鳞连。
忽见插秧者，青苗满稻田。
忽然破沧溟，长鲸吸百川。
忽然成大堤，天池映九天。
下有潜水艇，上有飞行船。
飞上广寒宫，嫦娥舞翩跹。
斧凿夺神鬼，人巧胜天然。
建国也犹比，鼓劲着先鞭。

占木子为青田石雕邮票的发行做了五韵，其一韵赞邮票发行：

金猴捧出四奇葩，撷自青田送万家。
春笋丰收梁穗熟，月圆花好遍天涯。

青田侨乡，你应当骄傲，你的儿女用智慧和勤劳创造了灿烂的石雕文化。如今你有5万子民分布在世界54个国家。他们带着悠悠乡思，把青田石雕文化的种子撒向五洲四海。爱我青田，爱我中华，喜看今日世界，青田石雕名扬天下。

2005年写于沈阳天柱居

158

楠溪山水入画来

没有污水、烟尘和喧嚣，有的只是清新的空气、潺潺的流水和一派秀丽明媚的田园景色及村野牧歌式的安宁恬美，这优雅的胜境便是温州的楠溪江。

"水绕青山山绕水，山浮绿水水浮山。"悠悠300里楠溪江曾惊醉过多少观光游客，可她究竟美在哪里？奇在何方？是青山、秀水，抑或奇峰、飞瀑，还是危岩？美在滩林，奇在古村，这是我领略了楠溪风光后得出的答案。

当你乘小小的乌篷船泛舟溪面，看戴笠船夫摇起橹，划破一江的青山，那有节奏的划水声惊起尾尾小鱼跳出水面，沿江两岸的茂林修竹，筑起一道道绿色的城墙，这就是滩林，犹如绿色长龙掩映着百里溪江，众志成城的滩林伴随着古老的楠溪江水走过了漫长的岁月。沿江的村民为抗击水患风灾而不断地植树栽竹，经过历代的水土保护，遂形成了今日绿意醉人、亮丽青翠的滩林。如带的滩林随江水蜿蜒远去，林边是平展的草地和白花花的卵石沙滩。偶有牧童戏水、黄牛闲步、浣女英姿映入眼帘。明镜般的江水倒映着远山和蓝天，一幅恬淡的水墨画展现在你的眼前，楠溪山水入画来，美到极处是无言。小小的乌篷船载着乡思和依恋，无声地凝固在山水之间。

楠溪滩林美，古村尤称奇。当你漫步在田野竹径之间，看山环水绕中点缀着众多古老的村落。那青瓦白墙、古井石路，那闾巷连缀、阡陌交错，还有那蒙蒙细雨中荷锄晚归的农夫和井旁道边回头张望的鸡犬，眼前静谧缥缈的古风会把你的思绪带进遥远的桃花源。

楠溪江两岸的人文资源有很高的观赏价值，沿岸的古建筑具有浓厚的地方色彩，各式造型不一的独特民居呈现唐宋遗韵。莲溪的花墙、苍坡的寨门、岩头的花亭长廊和古桥牌楼，还有那沿一湾溪水而筑的丽水街长廊上的一串串大红灯笼，无不沉淀着楠溪江古老的人文历史景观。

据考证，楠溪江流域从新石器时代就有人类生息。中国历史上两次由北

往南的人口大迁移，促进了温州经济文化的发展。公元4世纪，晋室南渡，北方望族大书法家王羲之、谢灵运等先后出任永嘉太守，留下了诗文遗迹。南宋迁都临安（今杭州）后，这里更是人才辈出，著名的南宋诗人、爱国状元王十朋等一大批名人志士从这里崛起。南宋时温州府曾出过464个进士、6名状元，而楠溪江就占有50余名进士，成为楠溪历史佳话。

这里的莲溪村系谢灵运后裔所居，如今村中有一古宅，门匾和门联均为陶土烧制，匾额系宋代朱熹题字。另有溪口古村，一村八景，至今留有宋代荷塘月台、东山书院等遗迹。楠溪江畔的古村落群还有坦下、渠口、枫林等多处，各具特色。它们大都建于唐末，经宋、元、明、清历代经营，都留下了寓意隽永、古老淳朴的独特风景。透过这些村落的文物古迹，可了解我国古代的历史民俗风情。楠溪江完好的古村落是江南历史的珍品，这在国内山水中也是绝无仅有的。

楠溪江集山水自然美和人文景观美于一身，是一本温州古风俗历史的藏书和立体的山水盆景，她带你从今日回溯往昔，耐人阅读与观赏。

此文发表于1995年11月28日《辽宁经济报》副刊

凤凰展翅待飞时

2005年3月19日，春浅还寒时节。辽宁散文作家采风团一行七人，在辽宁散文学会常务副会长兼秘书长、散文大家康启昌老师的带领下，驱车抵达辽东凤城采风。此行目的乃是纪念抗战胜利60周年，挖掘凤城抗日英雄的历史题材，弘扬民族爱国精神，采撷人文风物，踏寻历史遗址，捕捉先民精魂，传承中华文明。

次日清晨，风轻云淡。在凤城作协主席吴世洲、市文联主席李练先生等文友陪同下，我们驱车来到凤城东南5公里处，凤凰山麓的高句丽古山城遗址采风。

凤凰山属千山山脉，为辽东第一名山。山势周环绵亘，景物以峦石见胜，远望老牛背等异石突兀，拔地而起。入山则峰回路转，清幽绝佳。山半诸峰屏列，峭壁拔天，攒峰竦剑，望之"如立如行，若翔若舞，或欹侧而相倚，或俯仰而相抗，千态万状，愈幻愈奇"。山的最高峰名箭眼峰，为巨石对峙形成的圆形隙洞，远望甚小，故名。凤凰山山门前的凤凰台，宽阔雄奇，错落有致，极具画龙点睛之妙。然3月的凤凰山，地处北国，春天姗姗来迟。只见满山苍黄凝重，尚未脱下冬衣，唯点点墨绿的松柏散落在山中，瀑布山泉仍冬眠地下，未见苏醒。

车到古城里，远远看见一段断壁城垣立于河床旁边。高高的城垣由长方形的毛石砌筑，只是千年岁月已将毛石磨砺得斑驳而无棱角。一对新雕的巨型石狮堆放在河床之中。导游说，这就是凤凰山高句丽古山城的南门。只见散落人家沿河而居，徐徐炊烟缭绕山谷。沿河床的边路驱车，来到山中一块平坦之处，大家纷纷下车后，沿弯曲山路继续向山上奋力攀登，因为离北门古城墙还有一段较远的路程。幸是清晨上山，山路仍在结冻，脚下干爽易行。若是下午上山，则山中冰水融化，难免路滑泥泞。

过了一段崎岖行程，只见两个远山山坳之间突兀起一大段连绵不断的城墙山体，山体蜿蜒伸向远方的山顶。走在前面的凤城作协吴世洲主席告诉大家："到了，这就是高句丽古山城的北门。"于是，我们加快了脚步，急急地赶到前面。

虽说是北门，此处山口并非真的有门。确切一点说，只不过是两山之间的一个豁口。细观脚下，是一段宽宽的峭壁城墙山体。山上树藤丛生，枯叶满地。用长方形大块斑驳毛石砌筑的城墙基座依稀可见，石块缝隙间倒挂着丛丛枯黄的杂草和苔衣。山泥和城墙已分不清哪些是墙，哪些是山。在高高的城墙口眺望，门里门外，地势险要，两边都是盆地山谷。北门城里三面环山，站在北门豁口雄视前方，一人当关，万夫莫开。当然在千年之前，这里自然是山城的门户。

身边的文友们说，我们脚下的这片土地，是1600多年前高句丽古山城的城墙。这城墙下宽上窄，沿山势而筑，最窄处只有2米见宽。眺望远方高高的山顶，一条苍茫的城墙状山路蜿蜒而上，险峻凌空，盘踞如龙。

沿着古城墙向上攀缘，高高的城墙两侧树木丛生，山体矗立。举头望天，仿佛走在天路上，俯视脚下，墙窄路陡，不觉心跳目眩。作协主席吴世洲先生抢过我的背包挎在他的肩上，不时鼓励我说："翻过了这一段山墙，待爬到山顶时，你会看到当年的古城墙，保存得最为完好。无限风光在险峰嘛！"况且我们年逾古稀的领导康老师已立在山头了，于是我们加快了前进的脚步。现在每走一步，都是踏着先人的足迹而行，脚下的足音正穿越千年时空，恰似和古人在城墙上契合与共鸣。

登顶会师，群情激动。仰视大片砌筑完整、古朴宏伟的古城墙，高高地矗立在蓝天之下，那一方方被岁月冲刷磨平的方石上，长满了佛手和青苔。我倚墙俯视山下，樵夫农田、山峦河道、村落城镇一一映入眼帘。"江山如此多娇，引无数英雄竞折腰。"此刻我心潮起伏，眼睛有些湿润。我抚摩着1600年前的古城墙，仿佛是在与古人握手言谈。望着这一方方被千年风雨磨砺得如此平整的古毛石，此乃先民从山下遥远的地方开采而来，然后又一步步地运到山中，用血汗砌筑了这道铜墙铁壁，建起心中美好的家园。

高高的古城墙下，辽宁散文作家采风团鲜红的横幅在阳光下分外光彩夺目。这次珍贵的古遗址采风，给文友们留下了一段难忘的记忆。

沿城墙而下，有一段较平坦的地势，山坪上两块巨大的岩石相倚如门，一株老树在两岩中间伸出枝干，仿佛为石门撑起一把雨伞。初春的季节，山中虽无绿意，然而我忍不住驻足，从两岩之中向山下远望。

这是一幅何等生动的鸟瞰图，居高临下，视通万里，一览众山小。倚石而立，俯视当年三面环山的盆地，山城的架构依稀可见。城内方圆周长约16公里，洞流穿城而过。整个山城依靠北门险要的天然屏障，城里的先民们可以生生不息，男耕女织，屯兵其中。城内西面的高阜俗称点将台，当年登台练兵，全城在望。耳边山风阵阵，仿佛在诉说昨天的故事。在这方兵家必争的古战场上，传来当年咚咚的催征战鼓和马嘶长鸣。历史翻回了原有的一页，面对消失得无影无踪的古山城，思潮起伏，感慨良多。历史长河人们只是匆匆过客，唯有青山不老，逝者如斯夫！

据1997年新修《凤城市志》的作者赵万兴先生考证，凤凰山山城历史上也称为乌骨城。关于高句丽是何时在此建城，就连《辞海》也没说清。有关高句丽的词条，《辞海》做如下记述："①古国名。《周书·王会解》作高夷，《汉书》作高句骊，或省作句骊，《魏略》作藁离，在今辽宁新宾东境，建国年代无考，后为卫氏朝鲜所并。②古县名。汉武帝（刘彻，公元前140—前88年在位）灭卫氏朝鲜后，以古高句骊国故地置，治所在今辽宁新宾东北。昭帝后为玄菟郡治所。平帝时（公元1年）地入高句骊国。东汉又置县于今沈阳市东，仍为玄菟郡治。十六国后燕时又为高句丽国所取。"

据新《凤城市志》考证，高句丽是我国古代东北地区的少数民族。高句丽开始是一个民族的名字，后来到汉武帝刘彻年间始设立高句丽县，当时设在抚顺的高耳山城。后来这些高句丽人南下到桓仁五女山城建了高句丽国。

东晋安帝元兴三年（404年），高句丽人占领辽河以东地区，即辽阳、营口、大连一带，应当说他们是先途经占领了凤城之后，才占领辽阳的。因此，凤凰山高句丽古山城的建立年代应当是不晚于404年。

高句丽按词义讲是高山上善于行走的民族。他们的民族习惯是利用山地，修山为城。高句丽人就在凤凰山和高丽山之间的盆地内筑城，并设南、北城门。城墙系利用左、右两山崖的天然石壁，加以补砌而成。

明《辽东志》载："城随山铺砌，可容十万众。"

隋朝时，隋炀帝于605年三次亲征高句丽。据二十四史记载，当时有一员大将叫于仲文，他攻打平壤时经过高句丽，将老弱兵丁和粮草断后，故意诱乌骨城中高句丽人出城抢粮草，然后再杀回马枪，在这里打了个胜仗。《凤城市志》称历史上这次战争为"于仲文大战乌城"。

唐高宗李治总章三年（671年），在这个高句丽城中曾发生了一起家族之战。当时的莫离支（相当于宰相）泉姓叫盖苏文，他死后，他的大儿子当上了莫离支，可是这个盖苏文的二儿子和三儿子硬是打跑了他们的兄长，于

是这个大儿子便向唐朝借兵东征，结果乌骨城降唐。

可见隋唐时中央统治者都东征过高句丽，这在当时都是属于版图内民族之间的战争。后来到了辽朝（928年），仍在沿用此山城。不过在城内活动的不是高句丽人，乃是契丹人。20世纪60年代，在1961年至1962年进行文物普查时，在凤凰山山城中发现了两颗契丹文的官印。又在山城的北门外，发现了辽代（907—1125年）的三颗官印。

另外，在20世纪80年代，在山城内还发现辽金代兵器（金，1115—1234年），即打仗时用的箭头，这说明金朝时也在沿用此乌骨城。

到了明代，凤凰山城始废弃，只作为旅游场所了。何以见得？当时在明成化年间（1465—1487年），有一位给事中的官，名叫张宁，当年他公务到朝鲜国去办事，离开平壤后，回来时曾到此山城一游。然而到此地后他却步不前，因为"闻虎狼之声不绝于耳"，故不敢前行。到了明末，嘉靖皇帝生子，曾派大臣龚用卿到朝鲜平壤去报喜。他回来时，途经凤凰山山城，并在点将台留下了"攒云岩"三字的摩崖题刻，下落款嘉靖十年（1531年）。明末崇祯时，曾派熊廷弼这个人到东北巡视此地，有修复山城之意。可见到明清时，此城只不过是旅游胜地而已。

沧海横流惊逝水，历史烟云过瞬息。中华历史上下五千年，凤凰山城兴衰唱迄今。笔者蜻蜓点水，只是为此次采风高句丽古山城作轻描淡写。

凤凰山山城（高句丽古山城）遗址是国家文物保护单位，为传承中华民族古文化遗产，目前国家正拨款按历史原貌修复凤凰山山城遗址。现在山城南门的修复已破土动工，待全部完工后，拟申报世界文化遗产。

幸哉，凤凰山山城！恰逢盛世，政通人和，百废俱兴。白云流霞，青山当歌。凤凰展翅待飞时，就在今朝。

此文发表于2005年3月29日《辽宁散文》

我与小鸟做邻居

作为大自然的宠儿，小鸟是最快乐的。人是万物之灵，倘若常年与鸟儿为伴，也算是人生幸事。

我的童年在江南水乡度过。那如带的江水、茂绿的竹林、连绵的青山自然是鸟儿的天堂。夏季多雨，每当雾锁群山，布谷鸟鸣唱山谷，它告诉农夫犁田时莫忘蓑衣。正值雨后，彩虹飞架，青山格外苍翠，成群的山雀跳跃飞翔，为万里碧空增添动感。在江南的色彩里总有大雁的身影，在北国的雪原中常留小鸟的唱鸣。春到江南，绿水如蓝，平缓的江面上，无数帆船和竹排结队远行，那一行行水鸟总是追逐着浪花，在空蒙的江面上空盘桓低飞。还有那可爱的小燕子，世代与人厮守同居，屋下梁上，它们衔泥筑巢，灭虫护粮，俨然是庄稼的卫士。它那长长的剪尾在空中滑过，展示了小小生灵们的轻奇与飘逸。门槛上稚童的目光随着燕子翻飞，嘴里呼喊着燕子的小名。鸟儿从来都是人类的朋友，它为烂漫的童年带来欢乐，为人们的生活增添怡情。

也许与生俱来我就有鸟缘。6年前，我家从一个花香蝶绕的小院搬进了先生所在粮库孤独的高楼。心中为新增的居室而欣喜，又为失却的紫茉莉花丛而惆怅。推窗远望，粮囤如草原上的蒙古包散落在眼前，成群的麻雀在空中欢呼飞旋，粮囤自然是鸟儿的乐园。夜晚倦鸟归林，踏着落日的余晖飞回到它们的暖巢。惊奇中我发现一对小小的麻雀停落在我家开启的窗棂上，它们不停地绕着窗台飞来飞去，最后钻进窗台上角的墙缝之中。我惊奇欣喜，失却花丛反得鸟巢，乃人生幸事也算奇事。楼群中有无数个窗口，然而在墙缝窗角中有小鸟同居者实为稀罕，与这一对小生命为邻居是我们意外的收获。

鸟儿是勤奋的。清晨，天色微明小鸟已经苏醒，一对生灵在小巢中窃窃私语，低唤鸣叫不停。不久它们飞出鸟巢在窗前飞转几度，好像在问候窗内邻居晨安，然后双双高飞远去。它们时而贴在墙上，转动着小眼睛，望着窗

第三辑 故土恋歌

前花开花落；时而登上开启的窗户，随风荡来摆去；它们一代代繁衍生息，养育了一群群小小的生命。我们两家同居一方屋檐之下，相安无事，互相为邻，转眼已有6年之久。

有一段时日，我突然不闻鸟儿的啁啾，也不见它们飞动的身影，细细观察方知上面六楼人家换了铝合金窗户，于是悟出是他们施工时的意外骚扰把小鸟吓跑了，我心中惋惜小小的麻雀一家不知安身何处，于是心中默祷上苍，眷顾小小的鸟儿一家，保佑它们平安归来。

也许是我们的真诚与小鸟心灵相通，也许是小生命眷恋旧巢不忍离去，几天后，窗前又见到那熟悉翻飞的鸟影，只是它们绕窗飞行却不敢踏进它们的家门。我推窗立于窗前，它们也贴在窗外墙上与我相顾无言，我好生怜悯，把精选的小米撒在窗台上，表示我的诚意，并告慰它们，骚动的灾难已经过去，你们尽可放心居住。大概小鸟已体察到邻居的真诚，终于带领儿女们飞回我的窗前，旧时的暖巢又成了它们的安乐窝。

通过这一次的别离，我便格外地珍惜小鸟给我们带来的情趣。人生活的空间应当有美好的东西，人类与鸟类本都是造物主的杰作，自然有生命的相通和心灵信息的传递。不久，先生单位以照顾知识分子的名义同意我们搬到新楼的好楼层中，然而我舍不得离开这一家小小的邻居，我每天已听惯了它们和悦的鸣唱，已习惯了它们绕窗飞行，因此，我不能舍弃这一方独有的和谐而追随俗世的豪情。鸟儿似乎理解了我们长期共存友好生活的苦心，于是它们更是热情地招呼我们，特别是周日，它们三三两两不忍远去，总在窗前徘徊飞翔，更加密切了我们之间的交往。尽管有人劝我换上新潮的铝合金门窗，然而我深知我的邻居喜欢安静，不忍扰动它们平静的鸟儿生涯。

愿天下的人们都爱惜鸟类，愿明朗的天空多几分鸟儿的飞行，愿世界更加美好恬静。

1995年写于沈阳天柱居

本篇入编1999年中国环境科学出版社

《人类，你别毁灭自我》（碧蓝绿文丛/第二辑/散文卷）

本篇荣获2010年度中国散文年会"中国百篇散文"奖

2010年入选《散文选刊》

东塔春韵

　　沈城春日，沿南运河溯流而上，近源头长安桥东侧，便到了"盛京八景"之一的东塔园。东塔是清太宗皇太极敕建的"护国"四塔之一，是一处重要的清代历史遗迹。

　　东塔位于沈阳市大东区东塔街2号，园区占地1.6万平方米。它南临长安路，北连新光厂，东起东塔街，西依南运河，整个园区坐北朝南，方方正正，巍巍东塔位居中央。塔园东、南两边有仿清围墙。苑外樱花烂漫，苑内绿枝出墙。塔园西边是红柱飞檐的长廊，西廊轩窗下，南运河碧波荡漾，流向远方。

　　东塔园的南边山门也是仿清建筑，红黑相间的精致山门，一对石狮分护两旁。拾级而上，豁然开朗。园内松柏苍翠，清雅幽静。曲径旁马莲花开，草坪上地柏相依，绿榆成墙。驻足北望，园中高高白塔，古朴庄重，塔顶风铃在春风中摇荡。白塔北侧，两座碑亭掩映在绿树丛中。塔旁《敕建护国永光寺碑记》上，记述了大清创建盛京四塔的目的、规模及时间，是具有历史价值的文物。古老的石碑向人们诉说盛京东塔的历史和沧桑。

　　沈阳历史悠久，1973年发现的新乐遗址，说明7200多年前新石器时代，沈阳人就已劳动生息在这块古老的土地上。时光流逝天不老，弹指一挥间，沈阳经过数千年的坎坷艰辛，终于在17世纪，成为大清王朝的帝都。1616年，女真族首领努尔哈赤在赫图阿拉（今辽宁省新宾满族自治县永陵镇）建立后金政权。1621年农历三月十三击败明军占领沈阳城。据《清实录》载，天命十年（1625年）三月初一，努尔哈赤在东京（今辽阳）八角殿向诸王宣布了迁都沈阳的决定。关于迁都沈阳努尔哈赤与贝勒诸臣曾有过一段争执："上（努尔哈赤）欲自东京（今辽阳）迁都沈阳。与贝勒诸臣议。贝勒诸臣谏曰：迩者筑城东京，宫室既建，而民之庐舍尚未完善。今复迁移，岁荒食匮，又兴大役，恐烦苦我国。上不许，曰：沈阳形胜之地，西征明，由都尔鼻过河，

167

路直且近……且于浑河、苏克苏浒河之流伐木，顺流下，以治宫为薪，不可胜用也。时而出猎，山近兽多，河中水族，迹可捕而取之。朕筹此熟矣，汝等宁不计及耶？"正是出于政治、军事、经济的需要，努尔哈赤对沈阳精辟的分析，使沈阳发生了历史性的转折。于是努尔哈赤和皇太极父子两代在沈阳建都，定名盛京。正缘于此，今天人们称沈阳为"一朝发祥地，两代帝王都"。

天聪十年（1636年）四月，皇太极受宽温仁圣皇帝尊号，改国号为大清，于是进一步营造都城，将盛京建成了一座规模宏大的帝王皇都。1644年，清政权迁入北京，盛京为清朝全国的第二大城市，清朝历代皇帝都十分重视对盛京发祥地的保护和扩建，使盛京城阙更加完善。如今保存完好的沈阳故宫、北陵、东陵成为世界文化遗产，这是沈阳人的骄傲。

早在皇太极时期，盛京已有藏传佛教传入，当时修建的皇寺就是盛京第一座藏传佛教寺院。崇德八年仲春（1643年），皇太极批准在盛京新城四周起建藏传佛塔和藏传佛教寺院。

据《敕建护国延寿寺碑记》载："盛京四面，各建庄严宝寺，每寺中大佛一尊、左右佛二尊、菁口八尊、天王四位、浮屠一座。东为慧灯朗照，名曰永光寺；南为晋安众庶，名曰广慈寺；西为虔祝圣寺，名曰延寿寺；北为流通正法，名曰法轮寺。"这四寺四塔，一一对应，与城内等距，两三公里。建筑布局、形制规模也都大体相当。塔与寺结合在一起，分布盛京四面，合称四塔四寺，习惯上又称之为东塔、西塔、南塔和北塔。

顺治元年（1644年）六月，盛京四郊塔已竣工。"皇帝赐诸喇嘛宴及鞍马币帛器具等物有差。"转年仲夏，四塔四寺均已告竣，实现了皇太极敕建护国四寺四塔的宏愿。

四塔的兴建巍然壮观，由于其外表涂以白色，故称白塔。而且四座塔都有一个凸起的塔肚，所以又称大肚塔，其形制与北京的北海白塔相似。这盛京四塔四寺，与故宫大内宫阙相呼应，组成浑然一体的建筑群体，使盛京更具京城气派。清人论及盛京建筑布局时，曾有"太极生两仪，两仪生四象，四象生八卦"之说，其中"四象"即指四塔四寺而言。

东塔及永光寺，建于崇德八年（1643年），顺治二年（1645年）竣工。建寺之时，南塔光慈寺旨在普度众生，东塔永光寺旨在祈求上天保佑丰收。乾隆八年（1743年），清高宗弘历东巡盛京时，御书"慈育群灵"于永光寺。

东塔位于永光寺东部，它是一座藏传佛塔，占地225平方米，塔高33米，由塔基、塔身、塔刹、塔尖四部分构成。塔基呈方形，用砖石结合砌筑，饰有卷草、莲花等图纹。四面各有一对浮雕雄狮，造型古朴浑厚，气势威严。

塔身为近似陀螺形状的球体，正南面有一眼长方形光门，可能有内通光的作用。塔刹为青铜所制，由13道相轮组成，总重800多公斤。塔尖由覆钵、仰盂、日月、宝珠组合，大有冲天破日之势。宝塔下悬12个风铎，风吹铃动，声音悦耳。东塔设计合理，做工精美，集艺术性、科学性于一身，是中国古代建筑的杰作之一。

据《敕建护国法轮寺碑记》铭文载：

皇图祚启，宝城宏开。

仰慈佛日，跻于春台。

雨禑时叙，国无旸灾。

三途靡惑，五福斯来。

皇太极敕建四塔，是为了镇灾护国，长治久安。然而他所寄仰的佛并未保佑他的大清国运绵长、五福斯来。1911年，辛亥革命敲响了清王朝覆灭的丧钟。

时光流逝，永光寺至中华人民共和国成立前夕已不复存，形单影只的东塔塔刹部分，也在伪满时期被日本飞机碰掉丢失，塔身残破不全。为抢救和保护文物古迹，1984年沈阳市人民政府拨款，由市古建筑工程队经过半年多的修缮，于1985年7月完工。除永光寺未重建外，东塔与两座碑亭均已修复，在东塔西侧还新建了江南风格的清式长廊。1985年东塔园被沈阳市人民政府立为市级文物保护单位，成为沈阳人民了解家乡历史文化的人文景观和实物资料。

立于塔园西廊，东塔园尽收眼底。绿冠榆荫下，老者弈棋，情侣依依，稚童相嬉。凭栏远眺，云卷云舒，白塔草地，好一幅东塔春韵图，为东部青山半入城的沈城风光又添一抹亮丽风景。

此文发表于2005年10月北方文艺出版社《文化眼睛看大东》

东海莲花普陀山

　　人们常将某些名胜之地喻为"明珠"，既为"明珠"自然有其湖光山色光彩照人之处。珠虽光洁但雅处却不及莲。孟春时节，余偕友人登舟踏浪，游嬉普陀山，晨雾中那方黛绿的小岛，犹如一朵含露顶珠的莲花，盛开在万顷碧波的东海之中。

　　踏上普陀圣境，沐浴着柔和的阳光和海风，犹如靠近少女的胸怀，令人温馨而激动。那份素洁，那份清雅，竟会使你走过所有的山水之后，也会回眸她的雅致。山之光，水之声，月之色，花之香，紫竹之韵致，奇石之峻拔，普陀山兼而有之，凡随处一指皆可入画。那份空蒙的灵动，着实会让你执着驻足，情思颠倒。何以见得此地之妙？海边短姑圣迹的牌坊有联云："一日两度潮可听其自来自去，千山万重石莫笑他无觉无知。"又有联曰："有感即通千江有水千江月；无机不被万里无云万里天。"伫立海边，一任海风吹拂，观海听涛，云涌如棉，天水一色，海也空蒙，心也空蒙。大有风月无边，共天地同息，与山林齐立之气概。

　　拾阶登山，时闻鸟雀啁鸣竹林，石路通幽，又睹松鼠跳跃枝头。峰峦郁翠，梵宫玉宇隐于林间；梅花吐蕾，香烟钟鼓缭绕仙境。

　　时值中午，我们来到山中博物院附近，见路旁一农家饭店雅洁，便歇脚用餐。饭店老板是一位年轻人，他一听我们沈阳口音，便格外高兴地告诉我们："两年前我到沈阳五爱市场做过生意，你们沈阳人实在。"虽说他是此地人，但缘于他去过北方，因此大家觉得很亲近。我们是四海游客，很想用点清淡可口的饭菜。于是他让一个女孩子到后门外的小山地砍了一棵青菜，从水桶捞出刚从海中打来的活鱼，为我们做了一顿香喷喷的午餐。

　　这位青年小老板为人很和气，见我们用罢中饭便亲自端来两杯清茶。身在旅途，人和人之间互相友爱的温情油然而生。我好奇地问他："普陀山是海天第一佛国，这岛上的居民是否人人都信佛教？"小伙子笑了一笑，和善地摇摇了头："不见得，也有不信佛的，这里还有不少人信基督教呢！"我和女友由衷地赞美普陀山的景致，感谢他热情公道的服务。我们刚刚上路，只见后面有人追赶我们，猛回头看见这位年轻的小老板为我递上遗忘在店里的皮包，我们感激不已，连忙致谢。小伙子平静地说："我们普陀山风景好，民风也好，在我们这里，是没有偷拿东西的。"普陀山，你这方风水胜地，这里的人民，与生养他们的山水一样美好，我从心底由衷地赞美着。

　　下山途中，见普济禅寺灯辉瓦碧，荷池曲桥风景独好。寺边的一条石板小径通向附近的小市，一家家古朴的店铺，各式鱼鲜干货、珍珠饰品、香烛布袋应有尽有。小街上不时走过一队队进山的香客，几乎都是远道而来的中老年妇女，带着她们美好的愿望，脸上显得格外虔诚。小街上还常常走过三三两两身着黄袍布履的光头和尚，他们的脸上都有一种木讷庄严的表情。

　　在普济禅寺的古榕下，我们一边观赏风光，一边与当地的居民搭话。忽然寺内走出两位年轻的小和尚，他们正兴高采烈地交谈着，我们立刻迎上去和他们闲谈。这两位小和尚人很老实，我们带着怀疑的目光询问他们："你们小小的年纪，面对花花世界，整日念经打坐，晨钟暮鼓数十年，能耐得住吗？"小和尚们说："寺里生活很有规律，学习的佛经也很深奥。由于香客的奉献多，寺里的生活也很好。不过出家人不贪财，一心向佛修成正果的佛心使我们不恋慕红尘世俗。在这里我们找到了心灵的宁静和归宿。"看着他们轻快的脚步和笑容可掬的面孔，我看他们是很快乐的。

　　离开了普济禅寺，我们来到望海楼前。远眺千步金沙，平展地拥着海面。万顷东海，波涛不惊。叹天地之博大，憾己身之渺小，尘心俗情一荡无存。也许是缘于"紫竹林中听偈语，普济寺内悟禅机"的启蒙，又经此地山水奇观的沐浴，此时我们的心志仿佛与日月同气。

　　西天极乐亭的楹联道出了游者心境："贪得宇宙隘，知足天地宽。"常言道知足者常乐。愿天下人常有知足之心，也常有知足之乐，虽乐有不同，情趣各异，然尽可拥有"出淤泥而不染，濯清涟而不妖"的莲心。神州山水可补益灵性，净化灵魂，升华品格，此大自然之造化也。

　　到普陀圣境采风，揽天下风光之胜，食海中鱼鲜之美，偕友人同乐于山水之间，作文字以记，至此则余真知足矣。

此文发表于1995年8月7日《沈阳日报》副刊

大千云海说黄山

　　巍巍黄山，奇峰林立，巧石天成，云深似海，古往今来以其雄伟秀丽的天然景色驰名于世。黄山，秦代称黟山，唐天宝六年（747年）易名黄山，沿用至今。地处安徽南部的黄山风景区内七十二峰、二十四溪、五海二湖及岩、洞、潭、瀑布等名胜古迹，星罗棋布。那巍峨奇特的山石，苍劲多姿的青松，变幻无穷的烟云，清净神奇的温泉被誉为黄山"三奇""四绝"，尤为世人所向往。

　　"天下名胜集黄山"这样的赞誉，黄山当之无愧。唐代大诗人李白有诗曰："黄山四千仞，三十二莲峰。丹崖夹石柱，菡萏金芙蓉。伊昔升绝顶，下窥天目松。"当年大诗人郭沫若也写下了"深信黄山天下奇"的佳句。明代地理学家徐霞客曾有"五岳归来不看山，黄山归来不看岳"之评说。凡到过黄山的人，无不为其秀美的景色称奇叫绝，叹为观止。

　　千峰竞秀、万壑藏云的黄山，其莲花峰、天都峰、光明顶三大主峰高度都在1800米以上，万仞群峰劈地摩天，气冠昆仑，云凝霄汉，气象万千。山峦峭壁间，苍郁枝虬的迎客松、蒲团松破石而出，刚毅挺拔，千姿百态。天地造就的"猴子观海""喜鹊登梅"等巧石竞相崛起，惟妙惟肖，栩栩如生。虚无缥缈的"五海"烟云，弥漫四合，波涛起伏，浩瀚似海。天然神奇的"桃花温泉"终年泉涌，可饮可浴。还有那气势雄伟的"百丈泉"瀑布白练悬空，响似奔雷。

　　黄山集天下名山之美于一身，不愧为大自然之骄子。志载："黄山又称黄海，其奇处，尤在云，或黄昏黎明，或晴天之夜，云来顷刻弥漫无际，上视青天无纤毫之障，下睹诸壑有浓絮之铺。"汽车由温泉起程，经慈光阁、半山寺至玉屏楼途中，满目青山，重峦叠嶂，一路风景，片片流云使人应接不暇。突然，车至拐弯处，滚滚云海横卧脚下，雪白的云浪四海翻腾，那飞驰的汽车连同惊奇的心境如堕万里云烟之中。踏碎峰上云，回首鸟道低，蓦然回首，"人间仙境"的画卷横挂心屏。"漫将一砚梨花雨，泼湿黄山几段云"，当年画家石涛在黄山作画时留下的佳句不禁脱口而出。海拔1700多米的清凉台居黄山九台之首，此处三面临空，为观云海日出之最佳处。游客于"清凉世界"凭栏远眺，峰云绝妙，瞬息万变，观者如迷离于梦境之中。

清晨，登上清凉台遥望远天，在云海汪洋中，黄山如群岛浮于"海"面，那翻滚的白浪波涛汹涌，变幻无穷。东方鱼肚色的天际，渐渐由白转红，接着又呈金黄。突然，从"海"空交接处绽露出一个红色的光点，光点又扩展为弧形的亮线，只见淡红的亮线迅速扩为圆弧，刹那，一轮火红的圆球跳出万顷银涛的"海面"，喷薄而出，霞光万道。灿烂蔚蓝的天空中旭日冉冉升起，红日染红了茫茫的云海，染红了万重秀峰和傲立的青松。这壮美的日出画图令人心驰神往，流连忘返。江山如此多娇，黄山哪，请接纳诗人对你的咏叹："黄山好，云海接遥天。拍嶂吞峦掀巨浪，无声有色涌新棉，峰似水浮莲。"

未到黄山想黄山，来到黄山爱黄山。黄山，你是一首无声的诗，一幅立体的画，一支情满群山大自然的交响曲，你是中华大地的骄傲。元帅诗人陈毅同志在饱览黄山秀色后推崇你为"天下第一山"，黄山，你是当之无愧的。

此文发表于1994年9月22日《中华三产报》

第三辑 故土恋歌

173

品读丽江

初冬季节踏上彩云之乡云南的土地，怀着思慕与心仪，去看望梦中的高原水乡——丽江。夹杂在赶场的游客中，走马观花大研镇，只一个时辰，便看过东巴浮雕文化墙，喝罢云南普洱茶，走出古老的四方街。告别陌生的众面孔，过客匆匆人散曲终，人们打道回府各奔驿站。

原生态的水乡美景，岂可囫囵吞枣、漫不经心？于是我沿来路逆流而行，目光在找寻东巴先民的生存遗迹，我的心依恋着这片土地，面对丽江古朴的民居和小桥水韵，寻回久违的轻松心情。沿着古人踏过的光滑石板小路，独步昔日人流如织的茶马古道，聆听高台阶门楼客栈内的流水穿堂声，欣赏四方街纳西族的服饰舞姿，在古老的银店门口看工匠镂空铸银。夕阳西下，柳丝轻拂，斜倚四方街老桥，听流水欢歌，看青瓦错落，丝纺酒肆红灯高挂，古镇人家尽收眼底。细品丽江古风古韵，心与古城相对独语。

浏览中不觉灯火阑珊，古城内黛瓦粉墙、柳绿花红，红灯串串倒映于水中，颇有秦淮风韵。一座座木制小桥沿水流一字排开，连起水渠两边的小巷。只见丈余宽奔流的小溪中鱼儿正逆流戏水，它们拼命地摇动鱼尾，却只能在原地游动。溪流两边的石板路一高一低就势而筑，两岸是一排排条石长凳，过路行人可坐观水趣。窄窄的木板小桥连起两边的商家店铺，盛装侍女笑迎桥边。踏过木桥，走进沿水而筑的酒肆，独倚斜栏临流听水，人在诗画之中。一边品尝地道的过桥米线，一边闲读丝竹歌舞，心情愉悦而轻松，幸福来得如此简单，生活竟是这样美好！当问及侍女，得知这20平方米的小店月房租6万元，不觉猛然一惊，原来古城小镇早已是红尘滚滚。

拾阶登上酒肆二楼，却是一家卖饰品的小店，店铺临街，这是一条与一层的水流平行的石板小路。原来这是一座小小的山城，小楼一层临水而居，二层倚山势沿路而筑。这古城的建筑融汉、白、藏族风格为一体，颇具晚清遗风。独特的木结构民居精修细琢，高低错落有致，巧合天成，形成了主街傍河，巷巷有渠，路、桥、渠浑然一体的古城格局。我深情地赞美高原水乡的独特风姿，为丽江的美丽而喝彩。

我脚下的丽江，地处云南西北，是一座没有城墙的古城。据说是因为丽江元、明、清时期世袭统治者土司姓木，如加围墙便成"困"字，故而小城历来无城墙。

丽江即丽水金沙，是世界自然遗产三江并流之一的金沙江的别称。它始建于宋末元初，盛于明清，曾是明朝丽江军民府和清朝丽江府的衙署所在地。明朝称大研厢，清朝称大研里，民国以后改称为大研镇。丽江古城因集中了纳西文化的精华，完整地保留了宋、元以来形成的历史风貌，因此，1986年2月被国务院列为国家级世界历史名城。1997年12月4日，丽江被联合国教科文组织列为世界文化遗产。2005年又先后获得"中国最令人向往的十个小城市"之首，"地球上最值得光顾的一百个小城市"之一，"全球人居环境最优秀城市"之一等诸多美誉。

置身丽江观水，自得其趣，玉水桥下古老的水车摇出悠远和希望。若是月下听水，闭目屏息，竟会使人听得失了心性，忘了所在。其实这古城中的玉泉水不完全是为了观赏风景，也为生活起居。自古至今仍留有三潭分用的乡规，清晨为居民取饮用水时间，10点以后才能洗菜洗衣，水绕民居一路欢歌，观景实用兼而有之，民风淳厚，返璞归真。

今日丽江很像一个多元化的博览会，不同地域和国别的游客，色彩斑斓的特色小店和民族饰品，风格各异的酒吧、餐馆，古老的大研古镇和充满现代化风姿的新城，古与今，不同文化从未如此贴近、融合，不分彼此，水乳交融。

是丽江人民的环保意识，留住了古城的昨天。丽江大研古填入口处的两轮水车，由玉龙雪山的冰雪融水，推动其日夜流转，它象征着纳西人对这片土地生生不息的热爱。

今日读你，看不够你的神采风韵；明日再读你，仍是回眸顾盼，情留心里。哦，古老的丽江，你从远古走来，一路奔腾欢歌，流向无数个黎明。

此文发表于2007年冬日中国化工信息协会会讯

水往高处流

2006年12月24日至2007年1月3日，我陪家父到台湾进行文化考察交流，美丽的宝岛让我们赏心悦目。12月30日，汽车在台湾东海岸即太平洋海岸线边上行驶，过了北回归线23.5度界碑后，来到了台中温泉地区。高山族姑娘身着民族服装，她们以热情奔放和甜美的歌声欢迎大陆的朋友，引来游客们阵阵热烈的掌声。

人们慕名而来，不只是因为此地有风情万种的姑娘，更因此地有一奇特的"水往上流"的奇观。这是一座不高的小山坡，虽说是冬季，绿树红花依然风光旖旎，小山四周修成美丽的半山公园。山脚下还有台东县政府立的一块石碑，碑文云："古语说人往上爬，水往下流。但台东县民间却传说有一处水往上流的奇观，信不信由你。不过百闻不如一见，奇景就在眼前。请您停下来，实地欣赏一下吧！台东县政府敬启。"

沿着小山坡拾级而上，一条小小的溪水绕山而流。突然，我眼前为之一亮，落入流水中的树叶正缓缓地由下而上地漂流，整个一条小溪的水流竟是这样执着地、快速地向上流去。我蹲在小小的溪流边，随手向水中扔几棵小草，这小草急急地向上漂浮而远去。水往高处流，因是我亲眼所见，方知此乃不虚，也真叫人不可思议。

导游说："水往低处流是放之四海皆准的结论。但在台东此地，却要改写了。究竟是地磁现象造成的视觉差，还是别的什么缘由，至今地质研究学者尚未给出一个令人满意的答复。这一水往上流的奇观叫世人啧啧称奇。世上无奇不有，天上地下的无穷奥秘岂是人都能知晓的吗？"

看到台湾台东的这一水往上流的奇观，无独有偶，笔者马上想到了我们辽宁沈阳城北的怪坡，真有异曲同工之妙。

沈阳怪坡发现于1990年4月，位于沈阳城东北新城子区清水台镇的帽山西麓，面对旷野，背依群山。在距高速公路东侧约1公里处的半山腰，有一段长百余米、宽约25米、西高东低走势的斜坡。各种车辆到此下坡不开（加油）不走，而熄火的车辆却能由下而上向坡上自然滑行。在此坡骑车也有同感，下坡时自行车需使劲蹬踏才能向下行动，向上骑车时却可不用力就能自然上行。由于这种逆行现象，故称此处为"怪坡"。

自从怪坡被发现，专家学者纷至沓来，到此探秘揭秘，有的说是重力位移，有的说是磁场效应，还有的说是视觉误差，但几种说法相互矛盾，也不能自圆其说。怪坡是一个神秘的地方，络绎不绝的中外游客，无不带着"临坡不枉此来游"的满足和"如此奥妙谁造化"的悬念而欣然离去。

这里以怪坡为中心，创造开辟了有20多处景点9平方公里的旅游风景区。其中有"六月飞雪"的松林鬼谷、印山湖、月牙湖、大孤山、梨花湖、龟背山、霞姝泉、卧龙山、云帽山等自然景点，同时又开辟了鹏思寺、怪堡、怪人展馆、同心索桥、迷宫、518磴天梯、游艺射击场、乾隆帝赐文的"七眼透龙碑"等人文景观，使沈阳怪坡形成了一个融怪、幽、特、趣为一体的自然人文园林。沈阳怪坡早已蜚声海内外，堪称中华一绝。

无论是台湾台东的"水往高处流"，还是沈阳城北的怪坡，这些奇特珍贵的自然景观，可谓大自然的奇妙造化，是上天给中华民族的恩赐和馈赠，它引发人们对科学奥秘的探求和追问。打开未知世界的大门，将是我们的追求和责任。

2008年11月8日于沈阳天柱居

第三辑　故土恋歌

阿里山高山茶与红桧树

2007年1月1日元旦清晨8点，我陪家父随杰出爱国人士赴台湾文化考察团，离开高雄国群饭店，驱车前往阿里山。

阿里山位于中国台湾中部嘉义县境内，台湾宝岛四面环海，状如芭蕉叶，中部多为海拔1000～3000米的高山森林，阿里山、日月潭几乎成了台湾的代名词。

虽说是冬季，然而台湾却是四季如春。汽车在高山间的公路上奔驰，映入眼帘的是满目青山叠翠，起伏连绵的青山，白云缭绕其间。山中不时掠过一片片茶园，阳光洒落在茶叶上，到处呈现着一片亮丽和生机。

中午11点，车子停靠在山间路边的羽德制茶山庄稍作休息。在这家茶庄的玻璃大门上写着"阿里山高山茶"几个红色招牌大字，格外醒目，大门旁边写着"嘉义县605阿里山乡乐野村4邻11-8-2号"的门牌号，这告诉我，几十年来我所向往已久的阿里山到了。

我们被热情的店主人请进茶室，门口的茶烤箱中正在烘烤茶叶，装点雅致的茶室里飘逸着阵阵茶香。一位大学刚毕业的阿里山姑娘明眸皓齿，笑吟吟地为我们沏上纯正的台湾高山茶。只见她在茶船上轻盈娴熟地操作着洗茶、沏茶、倒茶等每一道茶艺工序，喝上一杯金黄可人、原汁原味纯正的台湾阿里山高山乌龙茶，清香袭人，生津止渴，一路疲劳顿消。当问及阿里山姑娘高山茶多少钱一斤时，她闪动着如水的大眼睛告诉我们说，他们这家店最贵的高山茶每斤是6400～8000元台币，折合人民币1800～2000元一斤，普通的一盒高山茶也要250元人民币。她还告诉我们说，这家茶店是自产自销的，羽德山庄的茶树生长在海拔1300～1700米的阿里山中，空气好无污染，所以茶质纯正，但是产量有限。白天日光充足，午后多云雾，夜晚气温骤降，日夜温差大，使茶树生长极缓，叶片肥厚，又经手工采摘优质茶芽，然后用独特的方法焙制而成。于是这高山茶外观呈翠绿色半球形，茶汤呈金色、蜜绿色，味道甘醇甜美，喉韵绝佳。羽德还注册了商标，乃茶中极品。但不少奸商以越南茶假冒高山茶出售，使游人大呼上当。虽说这里羽德茶价格偏高，但保证是台湾阿里山高山茶。一路同行者闻言，大慷其慨，买了许多上好的极品茶，自然老板、游客两相情愿，皆大欢喜。

在阿里山羽德茶庄饮罢茗茶，又在松阁厅用过午膳，我购了一只木猪和台湾岛型的木制印盒之后，再驱车一小时便到了山中2000多米高的阿里山原始森林区。阿里山的日出、云海、晚霞、高山铁路、森林闻名于世，只见蓝天下到处是树木绿叶的世界，好大好大一片森林哪，阳光在这里变得幽暗和稀疏。我们拾阶时而上、时而下，沿山势曲折前行，粗壮茂密的柳杉一排排一簇簇相互拥挤着，它们径直向上生长，去争夺树冠上的一片阳光，这种生长方式造就了笔直挺拔的树干，并具有一种勃勃向上的精神。

来到姊妹潭，曲桥流水，双亭相依，玉树临风，潭中蓝天白云浮动。潭边有姊妹潭的说明标牌，向人们述说一个凄美的爱情故事：善良美丽的姐妹俩，同时爱上一个阿里山小伙子，为了让对方得到幸福，她们纷纷跳水把爱人留给对方，结果不幸的是姐妹两人都投入潭中，遂将潭分成姊潭和妹潭，成为两泓碧潭清泉。害得如山的小伙子空对两潭碧水深情眺望，也惹得游人于潭边驻足，寻觅那远逝的两姊妹的身影。

穿过吊桥沿山路下到神木车站，车站是用红柱、木栏构建的，这里高山铁路环绕山间。原来这是日本人占领台湾后修筑的。当时阿里山中盛产珍贵的红桧、楠木、樟木、杉木，尤其是红桧树生长的速度极缓慢，有的已有几千年的树龄，因此更显珍贵。为了将这些珍贵的树木运回日本，他们修筑了阿里山铁路，至今山中还留下大量被砍伐的尚未腐烂的直径达两三米的树桩。目前景区内只剩少量珍贵的古红桧树，其中最大的"光武桧"树高45米，树围12米多，树龄2300多年了。我们沿着巨木群栈道前行，仍可看到这些躯干几乎已枯干如石，但树冠仍然茂密的古红桧树，它们逐一地被标上序号，并注明树高、树围和树龄，受到特殊的呵护。

沿阿里山巨木群栈道，逐一拾阶攀登，那一棵棵苍老遒劲的古红桧树可谓是历史老人，据说这些数千年树龄的古树只有20棵左右，在这广袤的阿里山森林中更显珍贵。其中在一号巨木护栏旁标记着：树种红桧，树高25米，树围9.8米，树龄1500年。驻足在这些古老的"时光老人"面前，我们几乎都是涉世未深的稚童。

登至巨木群栈道顶部，在群松翠柏间，筑有木亭一座，该亭建于1959年

3月12日，亭中刻有铭文（象山何志浩、贾景德敬书），以纪念孙中山的丰功伟业。

站在亭前驻足，缅怀一代伟人孙中山，浩然正气，业绩永存，其革命精神如阿里山古红桧永远常青。

这条阿里山巨木群栈道，全由古朴的木结构步道组成，建于1986年，竣工于1987年。

栈道中有一个著名的三代木景观，原来所谓的三代木乃是三代树木同根生。在老根上生长新树，枯而复荣，所以称其为三代木。眼前横倒在地上的古老树根是树龄约1500年的第一代，它枯死后经过250年，一棵树种偶然飘落其上，遂以枯树为养分，生长出第二代树木。这第二代树木根老树空，经过300年又生长出第三代树木，如今这第三代树木枝叶茂盛，这三代木浑然一体，堪称阿里山一绝。

阿里山巨木群栈道刻有"神木颂"巨匾曰：

阿里山中有神木，三千余年耸然矗，坚苍郁勃开鸿蒙，傲雪凌霜挺大谷。根拏怪石蟠龙蛇，节驭苍苔栖鸿鹄，纷披翠盖势横空，石身正直姿拔谷。排云御气涵太虚，啸雨吟风壮山岳，百人合围千尺高，俯视众木皆抱足。独立不移见骨气，万古长青赞化育，山有主木尊为神，定是仙灵护其福……

阿里山，你的美丽神奇和伟岸苍翠有神木为证！

2008年11月18日于沈阳天柱居

大爱无疆

    2008年5月12日下午2点28分，中国四川省汶川县发生里氏8.0级特大地震。地震撕裂大地的肌肤，山在摇动，地在颤抖；大面积山体滑坡，道路阻塞，江河截断；瞬间楼塌屋毁，烟尘蔽日，到处是断壁残垣，血肉模糊，满目疮痍。

    据北川中学一位死里逃生的高三女生回忆，在大楼剧烈震颤摇晃的瞬间，她从三楼仓皇跳下，当她回望时满眼是惊惧惨烈，刚才还是书声琅琅的五层教学楼，顿时轰然坍塌，变成只剩下几米高的瓦砾灰堆。呼救声在瓦砾中此起彼伏，哀声遍地。血染泥沙，惨不忍睹。

    繁华有序的城镇顿然消失，到处是倒塌的民房。一位孤独的老人跪坐在废墟前，里面埋着她所有的亲人。她欲哭无泪，神情冷漠，茫然地守望着她曾经的家园。

    痛，山在痛，地在痛，人在痛。昔日美丽的映秀山川，今日风光不再。汶川告急！四川告急！世界聚焦汶川。天地恸容，草木同悲，泪湿青衫。

    生命在呼唤，情系汶川。一方有难，八方支援。四川大地震牵动党中央和亿万人民的心，震后，我们的温家宝总理亲临灾区，来到人民中间，立刻成立抗震救灾指挥部，迅速打开生命通道。救援部队、医疗队伍和无数志愿者火速赶赴汶川，举全国之力抗震救灾，全方位、有力、有序、有效地开展了一场以生命争夺生命的大决战。

    汶川不哭，四川挺住，中国加油！我们的背后有强大的祖国。灾难摧毁了无数生命和家园，然而灾难也让人民更加坚强，无论是灾区人民的坚韧自救，还是救援队伍的奋不顾身，这场大地震调动起中华民族前所未有的爱心、团结、信念和凝聚力。万众一心，抗震救灾，众志成城。数百亿的捐款，数不清的救援物资，排长队唯恐争不上献血的大军，几天几夜守在电视机前关

注灾情的人们……大爱无疆，人性中最美的秉性品质被释放、被传扬、被感动。与祖国母亲同甘苦，与灾区同胞共患难，同一个家园，同一份牵挂，我们都是中国人。我们手足相亲，我们血脉相连，地震可以夺去生命和家园，却夺不走我们民族自强不息的坚强意志和团结一致的爱国精神。

3岁男孩郎铮左臂折断，被救后他艰难地举起右手，向营救他的勇士们敬礼，我们的孩子从小就懂得感恩。

不抛弃，不放弃，尊重生命，人性的中国让世界感动。中国政府面对大灾开展了迅速有效的救援行动，"中国速度"让国际社会钦佩并赢得帮助。"灾情就是命令，时间就是生命，任何困难都难不倒英雄的中国人民"，胡锦涛总书记在抗震救灾的危急时刻，深入灾区的动员令和亲亲那个失去母亲后被救3岁女童时说的一句"爷爷再来看你"的温馨话语，激励着所有抗震救灾的人们。

告慰逝者，为遇难同胞默哀。2008年5月19日，在5·12大地震后的第七天，我们的国旗低垂，天安门广场为几万遇难同胞下半旗，举国哀悼三日。尊重生命，敬畏自然，灾难让我们的民族更加成熟和进步。

灾难是一笔财富，它让人们奋起，彼此珍惜和感恩；灾难是教科书，它让一切利欲、冷漠的心得以净化，生死瞬间，人最重要的是生命；灾难也是试金石，在全国人民众志成城、抗震救灾的过程中，一个个感人的瞬间，彰显了坚强、大爱、大义、互助等人性的美好品质。这让我们充满了信心和希望，让灾难中的孩子们重新绽放笑容。在汶川的废墟瓦砾上，涌动着几种最耀眼的生命色彩，那就是：身着绿色迷彩服舍生忘死的人民子弟兵，身着橘红色外衣临危不惧的消防战士，身着白色外衣救死扶伤的医疗天使，以及无数安置在废墟空地上的蓝色救灾帐篷。一曲生命的礼赞在汶川奏响，一首爱的颂歌在中国传扬。

重建汶川，我们用爱心给汶川力量。"再造一个北川"，温家宝总理的话语萦绕耳畔。5月22日，温总理再来北川时站在城外的一块高地上，临行前他挥起右手与这座成为废墟的县城告别，随后他默默地环视周围，神情凝重，目光中充满了坚毅和希望，一幅重建北川的新蓝图已成竹在胸。一切即将过去，一切即将来临，一切还会那么美好。汶川能够重建，四川依旧雄起，中国必然繁荣。

祝福汶川。我们相信着，我们期待着，我们努力着，我们重建着。多难兴邦，大灾洗礼后的汶川，山川依然秀丽，人民更加幸福，让我们彼此祈祷，明天会更美好！

2008年6月12日震后月祭，我刊谨以此文献给汶川大地震遇难的同胞和抗震救灾的勇士们。愿逝者灵魂安息，生者福泽绵长。

此文为2008年第3期《当代化工》公益广告文

第三辑 故土恋歌

孙中山故居行

2008年10月20日，别羊城驱车直奔中山。虽说已是深秋，粤地气温仍高达32℃，高速公路旁的绿色山峦中，几个巨大的红色大字"孙中山故乡人民欢迎您"显得格外醒目和热情。

孙中山先生是中国伟大的民主革命先行者，他领导的辛亥革命成功地推翻了清王朝，结束了中国2000多年的封建专制统治，创立了中国历史上第一个共和国，他是20世纪的巨人。10年前我在《云彩集》一书中还专门记载了"孙中山伦敦蒙难"的事实。因此这次与友人专门赴中山寻根，瞻仰伟人故居，乃平生幸事。

翠亨村孙中山故居纪念馆的门口，两座简洁的白色门亭分置两边，蓝色的琉璃瓦在蓝天白云下更显古朴，亭前孙文手书"天下为公"几个蓝色大字在天地间熠熠生辉，光照后生，铸就永恒。沿绿茵甬道前行，由宋庆龄亲书的"中山故居公园"木色横匾在茂绿的棕竹林前分外眼明。穿过林间小石桥，开拓的小广场上有一三足巨鼎立于其间，向人们诉说一代伟人诞生于此。小广场右侧有一座两层红砖色西式小楼掩映在浓荫之中，楼前门楣旁是宋庆龄亲书的"孙中山故居"纪念铜牌。当年孙中山先生亲栽的酸子树横卧院旁，至今余荫犹浓。小院内原本有一间旧房是孙中山的出生祖屋，后已拆去，眼前这座两层小楼是孙中山先生的哥哥孙眉到美国发达后在故居修建的。

楼内正堂是祭祀之所，侧面是其父母的卧室，老床旧柜一如当年。楼内房间不多且都不大，看得出这位伟人的家庭当年在翠亨并不显赫，然而翠亨是有幸的，因其伟大的子孙而使它永享盛名。

绕过故居屋后，便是当年村内比较显赫的朝议门第，其"德门启范，寿字长春"的门联至今还在炫耀过去，百年前的药铺和民居现已开辟成小型民俗堂馆，忠实地记录着翠亨昨天的民俗风情。盘根错节的老榕树、古老的大吊钟都记录着翠亨村曾有过的辉煌。

小广场大鼎前两层的孙中山纪念馆是翠亨村的主建筑，沿石阶步入纪念堂内，一层陈列着孙中山革命大纪事活动史料，一尊真人大小的孙中山铜像永远接受后人的膜拜。纪念馆的二楼陈列着孙中山的亲属和后裔的史料，其中有孙中山的后人和三位夫人卢慕贞、陈粹芬、宋庆龄的照片。1913年，年轻的宋庆龄是孙中山的秘书，1915年与孙结婚，她是孙中山先生坚强、亲密的战友、学生和伴侣，是一位伟大的爱国者，1981年逝世，她是中华人民共和国名誉主席，是20世纪最伟大的女性之一。当年宋庆龄主席为孙中山故居多处书写的纪念题词，如今更为翠亨增色增辉，使后人更加缅怀伟大的革命先驱孙中山先生的业绩和功勋。

孙中山先生（1866—1925年），幼名帝象，学名文，字德明，号逸仙，又号中山。1866年11月12日出生于广东香山县（现中山市）翠亨村一个普通的农民家庭。他的父亲孙达成是一位淳朴的农民，哥哥孙眉是一个华侨资本家。孙中山6岁起就能帮助父亲从事农业劳动，10岁进私塾读书。他12岁时随母亲漂洋过海，到美国檀香山哥哥家住了5年，并进到英、美教会办的学校里读书，开始接受西方资本主义教育，同时接受了基督教信仰，他始终都是一个虔诚的基督徒。后来他又到香港读书，1892年，孙中山以优异的成绩毕业于香港西医书院。当时由于清政府腐败无能，帝国主义国家不断侵略中国，中华民族处于水深火热之中，孙中山立志改造国家，拯救中华民族。他先后在澳门、广州行医，一边物色爱国青年，一边议论时政，寻找救国之路。他先后组织许多仁人志士，倡言革命。

1894年，他上书李鸿章，提出"人尽其才，地尽其利，物尽其用，货畅其流"的改良主义主张，李不纳，遂转赴檀香山组织兴中会，并在香港成立总会，立志推翻清朝。

1895年10月，孙中山在广州筹备武装起义，未成。被迫流亡日本，转赴欧美考察政治。1900年，派郑士农在广东惠州、三洲田发动起义，旋以枪械不济而失败。

1905年，孙中山在日本联合华兴会、光复会等革命团体，成立中国同盟会，被推为总理，并以"驱除鞑虏，恢复中华，建立民国，平等地权"为革命纲领，提出了民族、民权、民生的三民主义学说，创办《民报》宣传革命，对以梁启超、康有为为首的改良派做了尖锐的批判斗争。后联合海外华侨

185

与会党及国内新军，发动多次武装起义，辛亥年即1911年10月10日发动武昌起义。12月29日，光复各省派代表在南京组建中华民国临时政府，孙中山被推为临时大总统，于1912年1月1日在南京宣誓就职，宣告中华民国临时政府成立。

1912年2月13日，南北和议达成，他辞去大总统职务，荐袁世凯为继任。为防止袁世凯专权，又于解职前亲自主持制定了《中华民国临时约法》，变总统制为内阁制，同年8月12日，同盟会联合统一共和党等改组为国民党，他被选为理事长。1913年，袁世凯派人刺死宋教仁，孙中山积极发动并领导了"二次革命"，旋因党内意见分歧，仓促应战而失败。1914年，流亡日本，建立了中华革命党，重举资产阶级革命旗帜，先后两次发表《讨袁宣言》。1915年，与宋庆龄结婚。

1917年，段祺瑞解散国会，孙中山在广州召开国会非常会议，组织护法军政府，当选为大元帅，旋即誓师北伐，1918年，为反对西南军阀争权夺利，愤而辞职。次年，孙中山在上海创办《建设》杂志，发表《实业计划》，将中华革命党改为中华国民党。1920年他回到广东，次年就任非常大总统职务。1922年，陈炯明叛变革命，遂退上海。经多次失败正处于绝望之际，中国共产党和苏联给予他帮助，于1923年镇压了陈炯明叛变，回到广州重建大帅府，决心改组国民党。

1924年1月，孙中山先生在广州主持召开中国国民党第一次全国代表大会，他发表宣言，确立"联俄、联共、扶助农工"的三大政策，将旧三民主义发展成为新三民主义，并将中国国民党改组为包括工人、农民、小资产阶级和民族资产阶级在内的革命联盟。同年11月，他应邀北上讨论国事，提出"召开国民会议和废除不平等条约"两大号召，同帝国主义和北洋军阀段祺瑞、张作霖做斗争。1925年3月12日在北京逝世，享年59岁，遗体安葬于南京紫金山南麓，即中山陵。其遗嘱号召"必须唤起民众，及联合世界上以平等待我之民族，共同奋斗"。著有《中山全书》《总理全集》《孙中山选集》等传世。

在孙中山纪念馆一楼，留有"大中华民国元年元旦，中华民国大总统孙文宣言"的实录，尤以孙中山亲笔手书的"黄埔军官学校训词"为醒目，其内容曰："三民主义，吾党所宗，以建民国，以进大同。咨尔多士，为民前锋，夙夜匪懈，主义是从。矢勤矢勇，必信必忠，一心一德，贯彻始终。"

访故居，忆伟人，崛起的中国曾有多少艰难的历程和光辉的岁月，多少先烈前赴后继，求索真理。世上本没有路，走的人多了就变成了路。孙中山先生是中国近代历史上伟大的先行者，历史将他永远铭记。

翠亨村，你将与伟人孙中山先生一起被载入史册。

2008年10月23日于沈阳天柱居

第四辑

山水情怀

面对熟悉的风景

当你从草原来到海边，第一次面对无垠的大海，看排排浪花奔腾向前，听阵阵涛声拍打礁岸，这波澜壮阔的大海会使你惊奇与感动。当你俯首在它的面前，捧起海水亲吻的时候，竟是一汪苦涩。

当你从喧嚣的城市来到幽静的山村，望着晨雾中缥缈的村落，看山路弯弯，牛车远去，听雀鸟啁啾，小河潺潺，一份恬淡静谧涌上心头。你若长期与小村厮守，天天看日出日落，餐餐是粗茶淡饭，平淡无奇的生活会使你的心灵疲劳。

人常道西湖天下景。柳浪闻莺，三潭看月，虎跑品茶，游人乐此不疲。你若长住湖边，看惯了平湖秋月，听熟了乡音俚歌，便觉得西湖原来也只是如此这般，心里便思慕黄山的奇绝。

你在家中天天看妻子，日日吃饭睡觉，重复着无数个月圆晨昏，于是乎初恋时那份怦然心动便荡然无存。你把目光投向窗外，即便是普通女子也有她的一分生动。

熟悉之处无风景，成天面对美好也会感到平庸，这些都是生命感悟的结晶。孔子云："入芝兰之室，久而不闻其香，即与之化矣。"这说明你身上已熏陶上芝兰香气，日久年深，你与芝兰已品位相近。

熟悉的朋友长期在一起也有同感，开始你会为对方的优秀而惊奇，因崇拜而追踪，然而一旦长期相处，便觉得不过如此而已。因为太熟而产生轻视，太近而感到无奇。一张优美的油画会使小屋面目一新，当你走近它时，原来不过是色彩和油墨的堆砌。

朋友，你想得到久远的友情吗？那么请你拉开距离，距离产生美是永恒的真理。还是做钢轨吧，两条平行直线可以向前无限延伸，这就是距离的魅力。

面对熟悉的风景，你可以走出去看看外面的世界，只有比较之后，才会

重新发现，你身边所谓的平淡之处最为惊奇。

面对熟悉的朋友，他们的优秀不因你的熟视而不存在，相反你当宽容和理解他们的不足，珍惜以往的感动和情谊，开发和挖掘他们美的宝藏，再说你也并非完人。于是，你的心便克服了疲劳和厌倦，眼前又树起了新的高度。

大海只给你一次感动就当知足，西湖只给你一次惊喜便可记忆。真正的爱只有一次，足可在你的生命中永恒。然而你要记住：生命的感动，在于奉献了全部的真诚。

此文发表于1995年8月15日《辽宁经济报》
2000年沈阳出版社《辽宁女性散文》

为了那片白云

为了那片白云，水滴曾舍下江河所有的恳求和期待，毅然投进清风，去追逐，去远行。

当江河不息，绕山而行，高空的白云曾几度凌空，欣赏流水不倦的身影，于是真诚的友情融化了小小的水滴，升腾凝结成无形的蒸汽，投入了风的世界，去高处寻觅跋涉者的行踪。

当水滴投入白云怀抱的时刻，彼此欢愉着和谐的共振。朋友，你的心是否已经生起一种相依的责任，还有那共驾凌云的豪情？

纵然有一天，云雾低垂，你已承不起风雨袭击的负荷，小小的水滴也许会为你的轻装远行而离去，可你知否，那一颗流血的心灵将怎样抗衡着命运的击打，而在无人处却流下了伤心的泪珠，那便是还原的雨滴。

于是，一切仍然依旧，水滴又回到了江河之中，去奔腾，去叹息，去唱一支既古老又新鲜的爱之颂歌，地老天荒直到永恒。

此文发表于1995年秋《沈阳日报》副刊

第四辑　山水情怀

爱是永不止息

　　人们总是喜欢阳光、鲜花、微笑和幸福，每当我们和健康欢乐的孩子们在一起，便会使我们多皱的心灵平添几分年轻、愉悦和欢心。然而平生第一次与沈阳市盲人学校的学生们共度半天的时光，却在我平静的心海投下一块沉重的石头，荡起我思潮滚滚，唤起了一种近乎神圣的责任和爱心。

　　那是1995年六一国际儿童节前夕，沈阳谷德科工贸总公司为市盲校的学生们奉献了一份爱心，他们用自己生产的食品为在校的100多名孩子带去了节日的礼物。当我随着谷德人和省、市电视台、电台、报社的记者们步入礼堂时，我毫无准备的心却突然被眼前一幕人间最真诚的场景惊呆了。

　　小小的礼堂，100多个盲童的笑脸映入我的眼帘，他们的乐队正弹奏着迎宾曲欢迎我们。学生当中最小的只有七八岁，那一张张稚嫩的小脸绽出了天真的笑容，却没有一双明亮的眼睛。我的心，我的整个心灵都被抛向空中，我的泪水一下子夺眶而出。孩子，我们可怜的孩子，他们却看不到我们的身影。此时我恨不得把我所有的光明都奉献给他们，我祈祷上天重新赐给他们一双明亮的眼睛，让七色世界永驻他们的心中。一位盲童用稚嫩的右手摸着盲文，用充满诚挚的声音代表100多名盲生感谢谷德人的爱心和义举，并说社会上的叔叔、阿姨没有忘记他们，国家和政府关心、教育他们，使他们受伤的心灵得到慰藉和治愈，努力学习自强自立的本领，做一个对人民有用的人。多么坚强的孩子，我震撼的心灵仿佛吹进一缕春风，阳光伴着力量一起倾泻进我的心房。

　　沈阳市盲校坐落在风景如画的万泉公园旁边，始建于1902年。当时是英国人倡建的，中华人民共和国成立后由政府接管，距今已有90余年的历史了。这所特教学校设有小学、初中和按摩职业高中部，现在学校共有52名老师，平均一名教师带两名学生。学校占地1万平方米，新型校舍2650平方米，楼内有教室和宿舍各11个，另设有音乐、体育健身、按摩、手工、电化教育、物理、化学、生物等10多个专业教室。学校的一些大型教学设备如钢琴、电子琴、电吉他、手风琴、体育综合练习器械、实物投影放大电子助视设备、电视机、录像机等应有尽有，还有一个藏书近万册的图书馆。为了培养这些盲生，国家投入了大量资金改善办学条件。中华人民共和国成立以来，学校培养了近千名毕业生，大部分都走上了工作岗位。老毕业生中有高级职称及从事领导工作的大有人在，其中20世纪60年代的毕业生郑荣臣现已成为中国第一代盲人作家。有些学生升入长春残疾人大学接受高等教育。无论是文艺和体育，本校的学生在国际和国内的大型比赛中都获得过金牌和银牌，为我们的民族和城市赢得了荣誉。

　　盲校的文艺队是一支装备齐全、音乐天赋很高的音乐队伍。孩子们那充满信心的脸上并没有自卑，有的只是与命运抗争的力量和勇气。一名初三男生正在演唱着上届毕业生自己作词作曲的歌《向命运挑战》。亲爱的孩子，虽然命运夺去了你们的双眼，使你眼前一片黑暗，但是世界仍给予你们同样的空气、同样的阳光、同样的人间温暖，不要向命运低头，用你们的智慧、努力、知识、汗水和生命，勇敢地向命运挑战。平凡的人听从命运，只有强者才有自己的希望。"我要扼住命运的咽喉。它绝不能使我完全屈服——噢！能把生命活上千百次真是多美！"我的心底在诉说、在呼唤，我把贝多芬的这一名言奉献给在场所有的孩子，同时送给我自己。卓越的人的一大优点是：在不利和艰难的遭遇里百折不挠。如果错过了太阳时你流了泪，那么你也要错过群星。要知道命运总是宠爱勇士，奇迹多是在厄运中出现。盲童们充满信心的高昂歌声回荡在校园，也回荡在每一个人的心中。

　　在祖国美好的百花园里，有残疾人奉献的一片美丽，也有这盲校学生奉献出的一抹春色。温暖的阳光拥抱着你也拥抱着我，为了让每一个残疾儿童都拥有一个金色的童年，全社会的人都要伸出友爱的双手，献出我们的一份爱心，为盲童及千千万万个残疾儿童实实在在地做点工作。一滴滴清水可汇成茫茫大海，一片片白云可填满广阔的蓝天，一颗颗爱心可成就一番壮丽的事业。来吧，朋友，伸出你们的双手，摸一摸这些孩子期盼光明的眼睛，听一听盲童们奋发向上的心声，在众多的残疾人面前，我们还能再埋怨命运亏待自己而止步等待吗？爱人要真诚，仁慈和博爱的业绩将万古长存。人要有一颗怜悯、慈爱、谦逊、温柔和忍耐的心，这也是人类最初的属性。摒弃黑暗，心中自有光明的北斗星，真、善、美将无处不在。

　　一对身着红衣的孪生少女唱着春天的歌向我们走来。这是初三年级的学

生，她们的父母都是盲人，住在农村的敬老院里，这是一对天生的盲童。在当今中国12亿人口中，残疾人竟有5000多万人，占全国人口的近1/20。优生优育，提高民族素质，对我们中华民族来说是一个多么艰巨而严峻的任务。关心残疾人事业，提高现有残疾人的综合素质，沈阳盲校和其他从事这一爱心事业的人们为全社会做了一件好事。谷德人以德为荣，以爱为本，人世间多一些这样的好人，我们的生活将更加美好，我们的世界将更加清纯，愿好人一生平安。

"这是心的呼唤，这是爱的奉献，这是人间的春风，这是生命的源泉。再没有心的沙漠，再没有爱的荒原，死神也望而却步，幸福之花处处开遍。啊，只要人人都献出一点爱，世界将变成美好的人间。"

六一儿童节，沈阳电台又为沈阳盲校举办了庆"六一"特别节目，无线电波架起了空中爱的桥梁。这一曲《爱的奉献》久久回荡在星空，也默默地流向我们每一个人的心里。

爱，这个人世间最美好的太阳，将永远照亮我们的心空。爱是永不止息，愿世界充满爱。

此文发表于1995年春风文艺出版社《美文纵横·雪晴集》

谈酒论书说茶

爱闻酒香

一次与几位文友在茶余饭后论起爱好，每人都各有所长，也各有所悟。问及我的所好时，我便以实相告：别无所长，唯一本书、一杯茶足矣。在座的男士们则更多地认为，能常有一杯酒、一支烟，可以慕神仙，也更显男子的时尚和豪情。也许我是女子，天生没有喝酒的福分，这并不是说我不爱喝酒，而实在是没这个本事。按说文人墨客诗酒才气不分家，理当以酒助诗，以酒助兴，李白酒后诗百篇可谓千古美谈。当下人们在酒桌旁的应酬、商谈比比皆是，但我始终不谙此道，自愧弗如。酒桌上能喝半斤以上白酒的女子也大有人在，她们的巾帼豪气有几分可爱，但有时未免令男人生畏。别看人逢知己时我似乎能畅所欲言，但一到酒桌上就黯然失色。一则自己不会喝酒，也不敢敬人家酒，免得引火烧身，人家回敬你，你如不喝便是失敬，若喝下去也不亚于一次自杀。因此，倒觉得酒桌上诸君不应强人所难，当自便为宜。喝酒应讲点雅气才是，一醉方休不足取。

我也许天生酒精过敏，然家中先生喜酒。一日晚餐时兴致很浓，他为我倒了一小杯美酒，为使先生高兴便欣然饮之。然则这不足二钱的杯中物却差点要了我的命，白酒下肚不过五分钟便突然休克，自此一吓，先生便不再让我喝酒。

我虽不喝酒，却爱闻酒的香醇。记得小时候，祖母在家中用麦曲和糯米做米酒，时间一长酒缸里的米饭开始发酵，不时发出咕咚咕咚的响声，于是小小年纪的我便趴在酒缸上听声，等酒做好时，待祖母看不见，便用手指蘸点米酒尝尝，那味道美极了，这是我人生最初的品酒记录了。

平素先生喝酒我从不干涉，其中道理除我尊重他的爱好外，同时也是因

为我爱闻酒香，这是否也算是一种爱好呢？

以书为乐

依我的体会，天下最美之事莫过于读书。这种心得近来感受越发真切。学生读书本是苦差事，也许一时还不能体悟个中奥妙和情趣。

我与先生都属高知，平时积蓄不多，书倒有些，因此也有所自慰。我俩都喜欢看书。有时进入情景，与书中主人公同乐时便哑然失笑，同忧时还得赔上一掬眼泪。先生见状必斥责于我："神经病！"我俩同卧一床，两边各自都有一个床头小书桌，上面放着各自爱看的书，信手拈来，方便得很。床边每人一盏台灯，互不相扰。每晚我们都是手持黄卷而进入梦乡。

我这个人喜欢各种名著和闲书，现在书价猛涨，时时望书兴叹。但一遇好书总是挡不住诱惑，因此，无论出差多远，也要买来背回家中，时日一长，家中所有能装书的处所都书满为患，于是只好随手堆在地毯上。一次北京归来，手里提着重重的一摞书，先生埋怨说："家里书已成灾，以后不要再买了。"我忙说："书斋好，书斋好。我们才这点书算个啥？"不过最后总是补上一句，"以后不买了，真没地方放了。"但一遇好书仍然是照买不误。先生也买书，只是我佯装不见。

其实我爱书是受了父亲的家传。父亲收藏了很多有鉴赏价值的画册书籍，每次回归鹿城故乡，便与父亲同游书海，同赏一幅梅，同论一首诗。父亲和我都是学理工专业的，然而都喜诗好文。父亲还写一手好书法，旧体诗和楹联作得也很好，这方面我自愧不如了。作文我似乎还擅长，经多年"修炼"，过了不惑之年开始出书，慢慢地也闯进了省内的文学圈子，终于圆了作家梦。虽说出几本书，学步不止，但是星空灿烂，自觉浅陋，故此越发爱读书，"勤能补拙"是良训。

我这个人天生不谙职场之道，以前觉得欠机遇，似有怀才不遇之感，但逐渐觉得人各有志。我有不少当领导的朋友，其实他们工作很累。职场沉浮淡如水，学林建树贵似珠。我以文字之乐为追求，对先生和自己的生活也觉得坦然。闲情足以养志，至乐莫如读书。于是以书为乐、自得其乐也十分逍遥。

先祖南宋著名诗人、政治家王十朋有《书架》诗道："君富端不俗，有钱长买书。家藏三万轴，不怕腹空虚。"本人常以先人之语自勉。父亲善篆刻，特为我刻制一枚藏书章，并将上面这首诗微雕在图章正面。诗文家传，当不辱门风。

茶叶寄亲情

既然谈了酒，论了书，当然还得说上两句有关饮茶的爱好了。

说实在的，对茶我是情有独钟。中国茶叶根据加工的方法不同可分为绿茶、花茶和红茶等。我平时专爱饮绿茶，喝绿茶解暑，据说还抗衰老。由于我的家乡浙南产茶，并且都是绿茶，故此喝长了便成了一种习惯。每天一早到办公室首先给自己沏上一杯清茶，每天晚上铺上稿纸，也沏上一杯放在案边。如遇到先生情绪好，见我挑灯夜战，他也为我沏上一杯绿茶递到手中，我报之一笑。这支笔也仿佛喝了茶似的，随之就流畅起来。

喝茶主要在品味，若是好茶清香扑鼻，精神自然为之一爽。不过喝茶还真没有采茶有意思，家乡有茶树，小灌木丛开着小白花，惹人喜爱。每到春季，老绿色的茶树上开始抽出嫩绿的小叶，人们便赶在清明前去采茶。这时采来的茶叫明前茶，是最好的新茶，待以后抽出的新芽无论你如何加工也没有明前茶的味道清香。当你新采了茶叶之后，浙南农家的土办法就是炒青，将茶叶炒好烘干，供一年四季享用。至于茶厂的工艺那就比较复杂了。

每次出差杭州我都要带回一些龙井茶，一次还专门到虎跑去品茶，龙井茶虎跑水还是天下一绝呢！一边坐在虎跑泉边品茶，一边观赏着身旁的楹联"诗写梅花月，茶煎谷雨春"。更觉味道绵长，甘洌清香。当汽车经过龙井茶乡，望着清溪边一片片无边的茶园，姑娘们正嬉闹哼着采茶调，小手在茶树上翻飞。面对这自然生动的春色，心头掠过龙井寺的佳句："秀萃明湖游目客来过溪处，腴含古井怡情正及采茶时。"

父亲仍居江南，他知我喜欢绿茶，每逢有人到沈城，总叫人捎上几包给我，这片片绿叶包含了父母的亲情。有时我也将这些好茶送一些给挚友品尝，让他们也分享我家乡的情谊。

说到送茶，便想到我先生的二胞兄继宗。我们在家里称他为二哥。二哥年近古稀，现供职哈尔滨市黑龙江大学，由于是大学教授，现仍在带硕士生。今年春节，我到冰城二哥家中，哥哥也许是知我爱好喝茶，同时他本人也讲求茶道，于是用最好的绿茶，放在有托盘的小瓷碗中沏好，然后与我分享，一边谈天说地，一边共叙天伦手足之情。我平素敬重二哥的敦厚与学识，感念他30年前以微薄的工资培育我的先生读书。何况10年前他就劝先生支持我著书写作，因此，常怀感激之情。临行前，二哥送我一袋纯正的日本绿茶，这是在日本攻读博士后的侄女捎给他的。这包茶的包装特清雅，那水绿的底

第四辑　山水情怀

色上两大朵白色的茶花正在盛开。同时二哥又专门送我一个精致的手工制作的日本茶叶盒，我如获至宝。二哥喜茶，将远在异国他乡的女儿孝敬他的茶叶和茶具转送与我，我深知这份父兄亲情何等的浓厚。片片茶叶寄深情，每当我手捧这散放着草绿茶香的日本茶叶，细品着这翠绿可人的茶水，心里也同样泛起一种人世间最美好的亲情。

人们都说妯娌之间不易相处，而我与二嫂情同母女，每次见面都有说不完的话。二嫂原是教高三的日语老师，早已退休，她对事业一贯勤奋，15年前她有一句名言："与我自己以后相比，我现在最年轻。"因此，我常以此话来鼓励自己。

人世间有最美好的东西，无论是在酒里、书里还是茶中，都会蕴藏着人类最美好的情愫。每每细细品尝，便觉乐在其中。

此文发表于1995年春风文艺出版社《美文纵横·雪晴集》

美在自然

　　近来似乎有了些闲空，就随便到街上去转转，于是有了一些新的发现：大街小巷出现了很多的美容院。这都是一些精明的老板，懂得赚女人的钱。夏日中街，各式凉帽和花裙在流动，店面林立车水马龙，到处是一派繁华的都市风景。我坐在一家临街的冷饮店，开始欣赏街上的行人。行色匆匆的人群在我眼前走过，我突然发现一些浓妆艳抹的女人似乎都很雷同。仔细地观察从我身边走过的每个女人，终于搞清了她们的一些共同点：眉一律文得很弯，眼线文得很清楚，不管什么年龄，都抹上红嘴唇。目睹千人一面，我的心里涌起一种莫名的悲哀和感叹。

　　现在的生活水平提高了，人们的享受触角从物质转向精神，女人们有闲心去化妆，这是男士们的幸运，也是一种女人自我意识的新觉醒，可以说是人类文明的一种进步。爱美之心人皆有之，这本无可非议。问题是如何美得有个性，这就是学问了。

　　一些眉目清秀的女孩子看人家都去文眉，便也冲动模仿，结果将天然的秀眉拔去，文上了一条黑蚕，好端端的一张小脸被扭曲了还以为是美，实在令人惋惜。而对当前女人化妆日盛的时尚，学一点化妆的常识，掌握一点美学的标准，这对于想美的人来说有一定的指导意义。在这里我将台湾散文家林清玄的小文《生命的化妆》推荐给大家，他记叙了一位资深的化妆师对化妆的高超理解，这对我们也许有所裨益。

　　林先生认识一位化妆师，她是真正懂得化妆而又以化妆闻名的。一日，林先生问她："你研究化妆这么多年，到底什么样的人才算会化妆？化妆的最高境界到底是什么？"这位韶华已逝的化妆师深深地笑着说："化妆的最高境界可以用两个字形容，就是'自然'，最高明的化妆术，是经过非常考究的化妆，让人家看起来好像没有化过妆一样，并且这化出来的妆与主人身

份相配，能自然表现那个人的个性和气质。次级的化妆是把人凸显出来，让她醒目，引起众人的注意，而这层妆是为了掩盖自己的缺点和年龄。最坏的一种化妆，是化过妆后扭曲了自己的个性，又失去了五官的协调，例如小眼睛的人竟化了浓眉，大脸蛋的人竟化了白脸，阔嘴的人竟化了红唇。"

没想到，化妆的最高境界竟是无妆，竟是自然。这倒使林先生刮目相看了。但是作为做深层次学问的散文作家，林先生似乎觉得化妆毕竟是在做表皮功夫。他向化妆师袒露了这种看法。"不对，"化妆师说，"化妆只是最末一个枝节，它能改变的其实很少。深一层的化妆是改变体质，让一个人改变生活方式。睡眠充足，注意运动和营养，这样他的皮肤改善、精神充足，这比化妆有效得多。再深一层的化妆是改变气质，多读书，多欣赏艺术，多思考，对生活乐观，对生命有信心，心地善良，关怀别人，自爱而有尊严，这样的人就是不化妆也丑不到哪里去，脸上的化妆只是化妆的最后一件小事。用三句简单的话来说明，三流的化妆是脸上的化妆；二流的化妆是精神的化妆；一流的化妆是生命的化妆。"化妆师深刻的见解使林先生茅塞顿开，甚至肃然起敬了。作为女人，我也获益匪浅。

某些男士在其他方面虽有知识和阅历，然而在欣赏女人时却常带一种世俗的偏见，他们往往只欣赏那些表面年轻而有几分姿色的女人，而忽略了一些有真正内涵的普通人，这不能不说是他们在精神审美情趣上的一种肤浅。气质美是最高层次的化妆，是一种深层的精神品性。它是才略的洋溢，悟性的显露，是人们的美好心灵和自信、专长、才识、习惯的无意识的流露，气质美也是一种深层的精神状态。它通过发式、衣着、举止、表情、言谈而纯化于外。从美学角度讲，气质美不是一种小巧、精微、柔顺、轻盈的优美，而是一种博大、自信、深沉、坚实、自然的壮美。人们常说男人应具有阳刚之美，女人应有阴柔之美，这都属于不同属性的气质美。从一定意义上说，气质美也可以说是风度美。

由于人们的职业范畴不同，其气质个性也不一样。比如政治家的气质、艺术家的气质、企业家的气质、军人的气质、学者的气质，年轻人由于潜在的能量和沉积的后劲也会表现出相应的气质。人们的气质各异，有的文质彬彬，温文尔雅；有的气度恢宏，深沉练达。全面的文化修养和渊博的学识是风度美、气质美的支柱。一个人应具有知识，否则就会显得粗俗和愚昧。

古人崇尚"清水出芙蓉，天然去雕饰"，美在自然，美在气质。愿我们人人都热爱生活，去创造一种属于自己生命的自然美。

此文发表于1995年春风文艺出版社《美文纵横·雪晴集》

高山流水

　　远方的朋友，你英年早逝，岁月匆匆，人事已非，弹指间已过二十几个春秋。我们曾邂逅于江南故乡小城，在人生的长河中仅有数次的交流。至今我不知你当时的年龄，也已想象不出你当年清晰的面容，然而你那修长的身影和艺术家的才华却时时浮起在我的心中。

　　每当玉兔东升，苍凉的雨巷传来悠扬哀婉的二胡声，我的心都会深深地为之感动，那绵绵的丝竹之音会唤起我对往事的回忆，并牵动几许无奈的离愁别情。26年前，大概是江南油菜花飘香的季节，我与精通山歌的祖母一同去看望你这位年近而立的同乡人。或许是命运之神安排了正值妙龄的少女远道造访，给你仍是孤独的生活带来几许惊喜和温馨，你那充满艺术氛围的房间里，飘出了愉快的浓浓乡音。我知你原是浙江歌舞团的二胡演奏家，便执意请你操琴。于是，一曲如泣如诉的《二泉映月》从你的手指间流淌而出，美妙的乐曲如春风拂面，如高山临风，如流水潺潺。虽说音乐是我们生活中不可缺少的营养品，然而面对面聆听、观赏一位真正的艺术家的高超演奏，这对一位还不谙世事的少女来说，已是一种格外的礼遇和偏得的享受，文学艺术的种子落入了心灵的土地，一种敬意油然而生。或许是人世间美好自然的乡情激起你对生活的热爱，使你萌动了一种"可叹绿叶已成荫"的情愫感动。然而愚钝未开的女孩却不能领悟你那期待的眼神，最后的一次间歇式来往，你再度以一首二胡独奏曲来款待远方的客人。然而谁能料到这竟是永诀，一曲《二泉映月》永远留在了我的心中。

　　弹指一挥间，你的尸骨早已化为泥土，你的荒坟也已草木深深。我还是将这篇小文寄到你的灵前，为你献上一束淡淡的小花，也为你弹奏一曲悠悠的二泉回声。

　　　　　　此文发表于1995年春风文艺出版社《美文纵横·雪晴集》

身边的风景

　　人生道路常常坎坷不平，甚至是风雨兼程。人们总喜欢鲜花和晴朗的天空，然而阴霾却如影随形。暮年将至，你好不容易放慢人生赶路的脚步，渴望退休后与老伴游历山川携手同行，他却偏偏大病缠身不能自理。在晚风中自由地散步，如今成了最大的企盼和奢求，这对常人来说是多么轻而易举的事情。你的身心好疲惫，无人之处焦虑的心在流泪，人性的软弱曾让你一度迷失自己，艰难的日子仿佛使时针走得那么沉重，也让你漠视了身边美丽的风景。

　　一个夏日的傍晚，你冲出沉重的家门，来到河边漫步散心。你徜徉在蜿蜒的小路上，映入眼帘的是绿色的草坪、依依的垂柳和美丽的鲜花，空气中弥漫着阵阵松林的清新。依石眺望，圆月当空，远处白色的拱桥和都市五彩的灯火倒映在河水之中。耳边飘来平时少有的箫声，寻着这悠扬的妙音走去，只见吹箫人安坐河边，有知音正动情地依偎在他的身边。突然，一种极其美好的感动涌上心头，一阵愉悦，一份温馨，原来在你日夜守望的家园旁边，竟有如此美丽的风景。此刻你那长久被压抑、负重的心灵，在这宁静的夜晚得以完全地歇息和修整。没有叹息，没有失望，有的只是喜乐与安宁。

　　噢！不要说生活的担子太沉、太重，其实凭你的潜力，上天知道你能挑得动；不要觉得你的环境太累、太苦，其实只要改变一下你的心情，随处都有美丽的风景。有了苦难的磨砺，你的心由软弱变得坚韧；有了痛苦的锤炼，你的生命才会闪光和永恒。

2003 年 6 月 6 日于沈阳天柱居

向落叶致敬

独立寒秋，运河北去。抬望眼，霜降染红了枫叶，秋风泛黄了草地。风带着冬的信息，在花中穿行，在林中传递。枝头上小小的黄叶，不住地摇动着小手似的叶柄，沙沙作响，与大树依依作别。然后义无反顾地轻轻飘落在树根的泥土上，投进了大地母亲的怀抱里。

黄叶铺就的小路，散发着叶子最后的清气，令人回味和记忆。即便粉身碎骨碾成尘泥，也要化为护树的使者，孕育生机，生生死死，不离不弃。

哦，落叶，我要赞美你。从春到夏，从秋到冬，你走过风，走过四季，你将绿色和清凉留给大地。春天你绽出鹅黄的嫩芽，经过绿色夏季的洗礼，成熟为秋的斑斓和风采，又在冬的怀抱里完成生命的周期。哦，小小的落叶，你虽渺小，却全然奉献自己，甚至连生命都在所不惜。

向落叶致敬，向生命致敬。扶助红花，甘当绿叶，吐故纳新，恩泽世界，这是你忘我的境地。你看似轻柔，完成使命后、离开枝头时却分外坚毅，你出死入生，满怀希冀。尤其是你落地后，面对碾作尘的忍耐和造化，融入泥土后的等待和新生，给了我们一份谦逊与包容、坚忍与恬淡的情怀，也给了我们一份爱是奉献的人生启迪，足以令世人缅怀和敬礼。

2007年11月4日观落叶而记之于沈阳天柱居

第四辑 山水情怀

人生瞬间

我的一位良善贤德的邻居——瑞芝的女友淑萍，其爱女从日本东京学成归来，不久将赴大连独资企业工作。爱女临行，她设宴与朋友们话别，我本已答应她赴宴，然而临时有公务，所以托友人捎去一个小红包略表祝贺。然而，她竟因我不能赴宴，专门为我单独安排了一次晚宴。我虽编务繁忙，但岂可再次负她的盛情，在前天傍晚时分，到这家新开业的台北A+A大型酒店相聚。

不愧是台北风情，中式豪华的酒店极具王者风范。在琳琅满目的点菜大厅里，陈列着辽、粤、川各种菜系的特色招牌菜，其精美的色彩和造型真叫人眼花缭乱。点了几款清淡的菜肴之后，女主人才陪我到餐桌前落座，她的先生和女儿迎上来寒暄。几年前，她曾领着在日本读书的女儿来过我家，当时她女儿送给我一个从日本带回来的小礼物，那张身着日本和服的少女樱花图案的包装彩纸，至今仍然留在我美好的记忆中。望着眼前亭亭玉立，又多了几分异域风情的女孩，我真为女友高兴。她怕我寂寞，同时又请来一位正在大连东北财经大学读大四的女孩子和她的母亲一同就餐。

面对女友的热情，我不知如何致谢。我深知作为她的一位文化界朋友，我是被她高看了。人生匆匆，聚少散多，面对两位即将从学校走向社会的女孩，作为长辈，作为她们心目中有几分崇拜的知识女性，我是应该给她们留下一点人生进取的感悟才对，于是我们坦诚地进行了交流。我告诉她们：年轻人虽已接受了高等教育，有了一定的学业基础，这是良好的开局，但你们要融入社会，取得事业与家庭的成功，还要不断地学习和努力，当然也包括方法，人生的学习是分多方面的。尤其是女孩，人生顺利只需关键的几步，应该按部就班。最后我送给这两个谋面不多的女孩一句古人处世做人的哲言："世事洞明皆学问，人情练达即文章"。凡事多学多观察，为人处世豁达友善。只要有一颗爱心，常常善待和宽容别人，你们都会有一个快乐的人生。人和人之间的友情与快乐，始终是这次相聚的主题。

和刚刚走向社会的女大学生们谈人生，我出自真诚。或许我们以后不能相遇，或许与这位素不相识的女孩只有这一次的会面，然而与我这个常有失败经验的过来人进行坦诚的交流，对她们也许有几分裨益。因为学习、理想、励志的话题总不会过时。人生瞬间的一句鼓励话，可能会永远留在她们的记忆里。

临别时，我去了洗手间，却发生了我从未遇过的一件小事。豪华酒店的洗手间也很气派，看着女厕所闪着绿色指示标志，我轻轻地推开虚掩着的门走进去，突然发现厕所间的地面上，一位衣冠楚楚的女士，身着羊绒大衣，足蹬高跟皮鞋，正跌坐在白色蹲式的便池中。情急之中，我马上对她说："别着急，让我来帮你。"于是我伸手拉住她的一只手，但拽不动她。我环视四周，厕所内四壁瓷砖光洁，没有扶手可依；地面的瓷砖光滑，又无蹬脚之处；尤其她又穿高跟鞋，难怪她跌坐在池中无法站立起来。正当我再度拉她时，她却很顾忌自己跌倒的窘态，叫我将厕所门关上后再拉她。于是我关上门，站到她的身后，两手插在她的两腋下方，用力将她从池中抱起。待她站稳后，我看了一下眼前这位女士，她应该是一位知识女性，也许是多喝了几杯，脸上仍带有几分红晕和羞涩。我对她说："看你的样子40多岁？"她乐了："你说得我太高兴，我都过50岁的人了。人生瞬间，我会永远记着你。"

我面对她的谢意淡然一笑，我想人生瞬间，谁用不着谁呢？只要方便都会搭上一把力的，因为人生路上难免不经意间会马失前蹄，这时都需要别人伸出一只友爱的手拉一把。凡有一点怜悯的爱心，人们都会这样做。

离开洗手间，她一直拉着我的手，她告诉我，她是某重点中学初三外语组组长，是一位老师。我们刚一见面，她就已对我信任有加，甚至向我倾诉她心中的委屈："现在社会上有些人把我们教师看成光知道赚学生钱的人，可他们不知道我们为学生有多操心，多辛劳。"我的心似乎又多了一分理解，经济社会人们干什么都要讲究利益最大化，然而有良知的人民教师也有他们做人的一份苦衷。她要留下我的名片，说要看望在这个特殊时刻相识的新朋友。于是我俩出现在席间时，我的女友一家和她的朋友已等待好一阵了。当这位女教师离开时，我简单地叙说一下回来晚的经过，大家都说这也算是人生瞬间的一刻奇遇。

在回家的路上，我一直想着这位女教师说的"人生瞬间"这四个字。于是我又想起上一个月的傍晚，发生在我家楼下草地旁、北运河边上的另一件小事。

北国沈城2月，仍无春的信息。冰封运河春寒料峭，运河两岸的草地仍是一片苍黄，光秃的树枝在寒风中舞动，只有远处运河桥上的华灯在不停地闪烁着五彩的都市之光。夜幕浓重，运河两边的河堤上，几乎没有行人，唯我独自在河边散步，完全地进入沉思之中。突然，我身边冰冻的河面上传来了一个男子的声音："请拉我一把。"也许我过于投入，正处于边走边思考的状态中，这一声男子的呼唤让我心中猛然一惊，一瞬间第一个跳入我脑海的信号竟是：我是否遇见了坏人，他想把我拉下河面？于是我注目斜坡下的运河河堤，一个男子正想从河面登上堤岸。我警惕地环视一下宁静的四周，只见我身后约200米的河堤上仍有两个人影在走动，于是，我放下心来。面对黑暗中陌生男子的求助，我友善地伸出右手，紧紧地拉住他向我伸出的一只手，使劲地把他拽上河堤。然后，他轻轻地说了一声"谢谢"，便快速地消失在黑暗之中。

听着他渐行渐远的脚步，我发现拉他上坡的前方不远处就有石阶可以走上河岸，也许这位匆匆过客来不及观察，一时又上岸心切，便对擦肩而过的行人发出求助之声。不要把别人想得太坏，能帮一把就不要推卸，又一个思绪跳入我的脑际。我庆幸自己向这位来不及看一眼的过客伸出了关爱之手，否则我真会责备自己的无动于衷。夜幕中的这次散步，虽然天气寒冷，我的心底却生起丝丝暖意。

是呀，在漫长的时光长河中，我们只不过是一个个匆匆过客。人生瞬间请伸出你的手，去关爱一下你周围的生活，人们会因你的一份关爱而留下感动与温暖。或许是一句鼓励的话语，或许是一个善意的微笑，或许是一只有力的援助之手，人们会因你的关爱而获助，世界会因你的关爱而美好。帮助是互动的，你的帮助可使他人获益，同样使你的心灵愉悦，这就是你助人的回报。何况在人生的历程中，你也时刻需要他人的关爱。由此想来，助人为乐真是一句至理名言，人间自有真情在。人生瞬间，请伸出你的关爱之手。

2007年夏日写于沈阳天柱居

206

尊重生命

　　人生最珍贵的是生命。这个大千世界是由日月山川、江河湖海及无数的动植物组成的，人是高级动物，但其他动物也是地球大家庭中的重要成员，植物当然也是一个生命的群体，无论是一棵树、一株小草，还是一朵花，它们都是一个个生命，正是有了无数的生命物种，大自然才如此美丽，五彩缤纷。

　　最近被两则消息感动。我在一本杂志上读到一则杂谈：春天里一朵小花在开放，无论有没有果实，为了这一次的绽放，它要孕育一个冬的期待并积蓄能量，才有了这一次也许不惹人注意的绽放。它不期许人们的称赞，只是努力地在完成一个神圣的生命过程。

　　这朵小花是带着生命的因子降临在人世间的，可惜人们太轻视它们渺小的存在，不经意间的一次次践踏，使它们还未完成全部的芳华，就被碾落成泥。《红楼梦》中的林黛玉是热爱生命的，她怜香惜玉，黛玉葬花从另一侧面向我们讲述了一个珍爱生命的启示。

　　我掩卷后有了一份感悟和自责。春天是烂漫的，无数的枝头香花摇曳，欣赏之余还有了一份自私，我总愿意摘上几枝带回家中，插在花瓶中留下余香。自打读了上面这则杂谈，我提醒自己，面对美丽的花枝，手莫伸！不要因为自己的贪婪而去毁掉这一朵艰难地孕育了一冬的灿烂生命，不要让它们离开生养它们的树木、花草本体，即便它们不是为结果而绽放，也要让它们自由地完成一个生命整体的过程，让它们在绽放之后心满意足地落回根本。人们哪，爱惜这些生命吧，花草也有灵，树木也有痛，善待自然，就是善待自己。爱惜它们就是爱护地球这个共同的家园。

　　第二条消息乃是头几天在中央电视台十套"科技教育"频道上播出的：拯救大象平平的故事。西双版纳的密林是大象天然的故乡，一次人们发现了一只叫平平的小雌象，由于公象求欢时太暴力，致使它的生殖器严重损坏甚至暴露

体外，于是一场森林救护开始了。人们一次次地等待、追踪，终于捕获了平平，将它安放在大象谷，请来了最好的外科、妇科的专家为它进行救治，麻醉后给它进行了一小时的成功手术。可贵的是动物也知道感恩，手术后平平站起身来，用半跪的姿势点头，扬起它的鼻子频频示意，感谢人类的善意和救助。

看完这段视频，我为大象平平的坚强、聪明、通人性的憨态所感动，也对那些拯救平平、关爱生命的人心生敬意。如果人们能更早地意识到保护动物就是保护我们自己，哪会有如此众多的动植物濒临灭绝，华南虎的踪迹还需要那些"有心人"去造假吗？亡羊补牢，犹未晚也。爱护天下的动物，无论它们是可爱的还是不可爱的，既然上帝造就它们来到这个地球上，它们就有生存的权利，何况生物链的生生不息、互相制约的内在天然规律，哪是我们能干预得了的？尊重生命，顺其自然，互相依存，才是自然法则。人们哪，善待动物，善待自然，就是善待我们自己。

说起尊重生命，又想起一些年轻人过分追求性解放，而无视自身的健康和孕育生命的神圣，不慎怀孕后便去做人流手术，有可能造成终生不孕，岂不可悲遗憾？一朵鲜花怒放尚待结果，何况人乎！生养后代是人类繁衍的必然途径，人人都应当尊重生命。在青年中进行正确的善待生命的教育，会使他们更加认真、慎重地对待爱情和婚姻，提倡正确的、科学的怀孕计划正当其时。

尊重生命，珍爱生命，让我们的生命绽放出更绚丽的色彩，世界就会因我们而更加美丽。

2008年11月8日下午4点
生命感悟两小时一蹴而就于沈阳天柱居

花儿也顽强

　　有一种品格叫顽强，作为大自然的管理者——人有这份意志，植物也同样有。有时它的顽强会叫你为之心痛和感动，甚至让人向它致敬。

　　我喜欢养花，喜欢它们的生机和芳华。尤其喜欢养君子兰，看着那对称清晰的叶脉，一朵朵由金红色的小花朵组成的花球在绿叶中间盛开，而且有一个多月的长花期，叫你欣赏不够。植物是有生命的，也懂得感恩。你为它浇水施肥，它为你吐蕊献绿，让你赏心悦目。

　　近日，我家的一盆君子兰叫我感动，望着它一层层凋零枯黄的叶片，在新发出的一对绿叶片中间，一柄绿箭高高地托起一个金灿灿、红彤彤的硕大花球，组成花球的十几株小花朵颜色金红纯正，花瓣坚挺茁壮，它们抱团成一个整体，正灿烂地盛开，还发出淡淡的幽香。好一个顽强的生命，让我为它留下这篇赞美之词。

　　在我家养的七盆君子兰中，就数这盆受伤的君子兰品种好，它是我在儿子结婚时特地买来的，一直放在他房间的窗台上，至今已近五年了。还有一盆被我称为家花的君子兰虽然品种不佳，但它一直与我们共同生活了十几年之久。我这个人从不势利，不仅对人不势利，对花儿也一样，不会因为它的品种好就偏厚，反而对那些弱势的人和植物会多一点怜悯。

　　2009年2月12日下午2点半，传来母亲去世的噩耗，当晚沈城发生特大暴风雪，次日我乘晚点的飞机，带着右胯突发急性滑膜炎的极大疼痛，飞到温州父家奔丧。我在温州前后停留12天，母亲入土为安之后，才于2009年2月24日半夜飞回沈阳家中。

　　次日不顾旅途和心灵的疲惫，我马上给花儿浇水。我的儿子是不懂养花的，新来的阿姨也不会侍弄，只见儿子南屋的窗户大开，空气清新而寒冷。儿子为了室内有好空气，不管天气寒冷，每天都开窗换气，直到晚上睡觉时

第四辑　山水情怀

209

才关上窗户。春节刚过，沈阳天气还很寒冷，我离家近半月，这就苦了窗台上的花儿，只见离窗最近的这盆君子兰早已完全冻伤枯萎，所有的叶子全都耷拉着头，地上窗下的富贵竹也全都被冻得枝叶枯黄。看着这些被冻伤的植物，我心中好生难过，责怪家人太不会珍惜生活中的绿色，天寒地冻时节只顾开窗，却不懂将花盆挪开防寒。

我将枯萎的君子兰叶片——剪掉，它完全成了一盆秃头，难看极了。不过根在土中还是好的，每隔三五天给它浇点水，冻伤的花只有好好将息才行，也许还能苏缓。看着它这副可怜模样，只盼它早点生出叶片来。

过了一个月，一对新生的叶片从花茎中冒出来了，同时盆中还长出了几个新生芽子，于是我给它浇点液体肥料，让花儿也喝了一杯啤酒"养养精神"。这盆伤痕累累的君子兰尽管所有的枯黄叶片都被剪掉，只剩点残留根叶组成的花茎，不久还是带着重大创伤开始拔箭，重新孕育开花，终于成就了眼前这既大又鲜亮的花朵，将它原有的美丽色彩绽放得更加灿烂，更加夺目。

这花儿实在太辛苦，一年当中它吸纳阳光水分，孕育了一年的营养才等待这绽放的时刻，即使它遭受了如此天寒地冻灾难的侵袭，元气被损伤，但只要根还在，它就向上生长新叶，孕育开花，利用春夏秋冬积蓄的能量，迸发出光彩照人的瞬间美丽，完成了它一年的使命，其生命力是何等顽强，而今年的花朵比往年更茁壮更鲜艳。

我站在这盆冻伤枯萎而更顽强生长的君子兰花前，用手抚摩着它受伤的枯叶，轻轻地亲吻着它盛开的花瓣，由衷地欣赏着它的魅力和顽强。我叫儿子向它学习，向它致敬，因为它代表着花儿的一种精神和境界。

我不由得想起一个卖报人。在沈城繁华的中街步行街上，经常会看到一个摇着轮椅、歪着头的残障青年人在卖报，他一边摇，一边口齿不清地呼喊着"卖报"。我出于怜悯，每次都会买他一份报纸，或者有时干脆给他10元钱而不要报纸。他总是不肯，非要塞给我当天的报纸。逐渐地他认识了我，我打听他的身世：他母亲生病，他从小就得了小儿麻痹症，虽有政府低保，生活仍是艰难，为补贴家用，他每天都摇轮椅出来卖报。

在现代化繁华的中街，出现这样一个卖报人，我心中有些疼。有一些残疾人真的还生活得很艰难，我们的社会有责任和义务去帮助他们，让他们生活得更好。然而尽管他如此艰难不易，但为了生活，为了孝顺母亲，尽他所能在努力着，这是多么顽强的一个生命啊！他虽是羸弱渺小，然而在我的眼中他却高大得很。每次到中街，在茫茫人流中，我的目光都会下意识地去寻找这个摇轮椅的卖报人。

看来做人、做花都一样，逆境是成长的必经过程。能勇于接受逆境，顽强向上，勇于挑战和完善自我，生命就会日渐茁壮，就会如期开花结果，绝不虚度一生的期待。

2009年4月25日于沈阳天柱居
此文发表于2010年辽宁大学出版社《王雪丽文集》

第四辑　山水情怀

荷　颂

夏荷时节，周末邀友人到沈水湾看荷。

一湾无垠的荷塘，碧绿连绵，蓬蓬勃勃，粉红点点。跳跃在成片绿叶上面的浅粉色花蕾随风摇曳，仿佛正在敲开人们久塞的心扉，送来一抹清凉与愉悦。半开半闭的荷花娇羞欲滴，散落在绿叶之间。刚刚经过小雨的沐浴，圆滚滚的小水珠在叶脉清晰的荷叶上轻轻滑落。好一派生机勃勃的荷花图哇！水也空蒙，荷也空蒙，叫人怜惜，让人心动。

我要赞美你，夏荷。上天赋予你雅丽端庄、冰清玉洁的美丽，并非轻而易得。"出淤泥而不染，濯清涟而不妖"，正是你高贵的莲格。莲，荷也。无论是白莲还是粉荷，你色泽清雅而不张扬，你幽香远溢却不浓烈，即便是你高挑净直的长茎，秀美安详的蓓蕾，也像亭亭玉立的少女，在人前含羞浅笑，不卑不亢。望着你的素洁和雅致，顿叫人宁静心灵，升华品格。

我还要赞美你，夏荷。我要赞美你协作共荣的团队精神，赞美你的生机和蓬勃。只要有荷的水面，总是荷叶田田，茂盛比肩，共沐夏风雨露，同生碧叶连天，齐绽荷光莲韵。一枝一叶总关情，万紫千红才是春。正是莲荷的同生共荣，才为盛夏携来清新和漫绿，共同赢得了莲为"花中君子"的美誉。待到采莲时，莲蓬过人头，荡舟采莲子，人莲共清秋，那更是一幅人在画中游的绝妙意境。宋人周敦颐的《爱莲说》与散文大家朱自清的《荷塘月色》，已为你留下千古绝唱。

我更要赞美你，夏荷。我要赞美你的奉献，赞美你的爱心。你的花、你的叶让人赏心悦目，你清馨的荷叶可用于烹饪，你洁白的果实还可以入药。莲子性平而味甘，补脾且养心，固精又防泄，你绿色正直的莲芯清热泻火、晶莹纯洁，食用莲子是上好的补品。你的根茎虚心有节，清香脆嫩，洁白的莲藕情意绵绵，藕断丝连，心心相印。你浑身上下全是宝哇，牺牲自己养育人类，世上留下你的芳名。一般花卉只是中看不中用，唯有你将身体和花魂全然献上，奏响了一曲爱是奉献的大自然颂歌，让我们一生都受用不尽。

莲花、莲叶、莲藕、莲子、莲芯，你所有的奉献，叫人们学会感恩。在拥有你的夏季，我们的心被滋润和感动。人生一世，草木一秋，学一学荷花莲子吧，做荷尚且如此，何况人乎！

2009年8月1日观荷归来即兴而作于沈阳天柱居

第四辑　山水情怀

龟　祭

己丑春节，犬子带回两只小龟，至今半年有余。初来甚胆小，总将头缩进龟壳里。龟背色褐黄，有六边形图案。将其放入盛有浅水的盆中，探头探脑，划水而行。每日置盆中，两龟沿盆壁爬上而不得出，余见状哀其被困，乃放养于地，两小龟初视世界之大，惊奇张望，然后慢行至角落处栖身。次日只见一只，而另一只力健者则不见矣，四处寻觅不获，只好将这只守规矩的又置盆中散养。一周后只见那只浑身尘土的走失小龟，从床下缝隙中爬出，遂为其洗净后一同置于盆中。不时给其馒头碎渣喂养，偶尔以精细瘦肉投食，只见两只小龟在水中竞相夺食，而素常则两相倚靠，甚为和睦。半年圈养长大许多，已有手掌大小。

昨日，阿姨又投食盆中，强健者上前吃食，而另一稍小者静卧不动，只见其背下有小甲脱落，立刻换水仍不见其欢。至夜晚，余忽见小龟四爪及头全部伸张，拿其在手已见其闭目而亡。又换水而入盆中，只见活龟以头亲吻同伴，龟身紧贴其身，乃做哀伤状甚。见其一龟死，余涕流而哀哭不止，责己未保护其生存，乃余之过也。当夜拟放生楼下北运河，虑水质不洁乃止。

次日，2009年8月12日，余驱车至东陵鸟岛浑河岸边，将两小龟带至河边，将其投入滚滚大河活水之中。一则将死龟水葬，还其质本洁来还洁去，回水府中还其根本。另则将活龟放生，回归自然水系。只见健强者入水中欢快至极，并不看同类一眼，量其昨夜哀伤已过，仁至义尽，今已不再流连。小龟欢然游向水深处不见，余及小友立岸边观望，目送其回归大自然之中，并祈祷上苍眷顾其平安成长。忽然又见其游回近岸处，将头高高抬起回望一眼，后决然向深水中游去，义无反顾，不见踪影。思其游回作别，乃知龟通人性之灵物也。此地东陵天柱山下，又有天然沈水，风景这边独好，乃不屈小龟生存之所。望其终有合宜的回归之处，余虽依依不舍，却心中释然。

214

龟为吉物，日本人甚爱之。8年前，余曾赠日本友人坂本正诠一对岫岩玉龟，友人珍爱有加。余亦喜龟，去年9月赴朝鲜平壤采风，花150元人民币购得木龟一只，甚灵活可爱。今春将木龟置两龟旁，使之疑为同类。今见一龟亡，责己之私爱，竟毁其一生，故亡羊补牢，放生另一只，使其回归水府，乃以一德补过，可谓自我教育，感悟人生。

　　呜呼！愿天下生灵不再灭种，地球居民不唯独人类，当与其他生物和谐共生。保护自然生态，彼此施爱，乃地球村幸甚。

2009年8月13日夜速记于沈阳天柱居

第四辑　山水情怀

215

第五辑

海外履痕

我来看望你

火车在层林尽染的山地上飞驰，突然有人说，过了中国界碑了，我的心忽然有些激动，带着几许惊喜和陌生，目光随着山川的变换而跳跃移动。中、俄两国交界的山脉相连，草木树种相近，只是偶尔掠过的房屋由于建筑风格的不同，才不时地提醒我，这里已经是异国他乡。

2006年9月20日，北国金秋时节。辽宁省散文作家采风团一行27人，赴俄罗斯海参崴进行文化考察。

清晨7点，大家去沈阳北站会合，鹤发的老作家、英姿的女诗人、稚气的小伙子，我们的队伍可谓老、中、青相结合。

下午2点途经哈尔滨，趁旅游间隙我们浏览了哈市松花江沿江风景，当晚9时许登上哈尔滨去绥芬河的火车，次日清晨6点半到达边陲小城绥芬河。用罢早餐，我用1580元人民币，按当天大约2.8元的牌价，共兑换了4520卢布。上午9点半我们背上行囊，风尘仆仆，踏上402次绥芬河至格罗杰克沃的国际列车。

两小时后，列车于11点半到达俄罗斯边陲小镇——格罗杰克沃。过边防检查需要极大的耐心去等候，边检大厅中被大量的俄罗斯商贩从中国贩运来的大包小裹所挤满，这些商贩中，除了强壮的男人和肥硕的女人，甚至还有一些年龄只有十五六岁的小姑娘，别看她们年龄不大，推拉着特大的包裹还有些吃力，但是她们协助父母兄弟，个个都能吃苦耐劳，从中国采购后满载而归。我当时很想将眼前拥挤的商队在等待验关时的情景拍下来，然而，身在异国的边防关口，我们是俄罗斯人眼中的外国人，我没有轻举妄动。我们通过四号通道，俄罗斯女警察认真地核对每个入关者的护照，在检查行李时，由于我们是中国的作家队伍而受到礼遇，他们只是例行公事问我们有没有带药（因为他们严禁感冒药和抗生素类消炎药品入境），并没有像其他一些人

那样被检查所带的行李。一切入境手续办妥之后，久候的过境客人才有机会去洗手间，人们要花7卢布方可如厕。收费的女子坐在插有鲜花的桌子旁边，洗手间并不先进，但很干净。

过关折腾了半天，我们终于登上了一辆很破旧的汽车，女翻译告诉大家，此地的汽车洗车特贵，新车很容易丢，所以这里的车看上去很脏、很旧。俄罗斯幅员辽阔，行车三小时经过了大量的撂荒土地。9月21日下午5点，经过一天一夜的旅途奔波，我们终于到达了目的地——俄罗斯的海滨城市海参崴。我们下榻在海员饭店，晚饭洗浴后，我第一次在俄罗斯海参崴的怀抱中沉沉地睡了一夜。

海参崴坐落于穆拉维约夫—阿穆尔斯基半岛上，是一个三面环海一面连山的山城，这里的房屋鳞次栉比，大多是20世纪60年代建的五六层楼房。海参崴地处东经132度，北纬43度，秋日的温度无异于我们的家乡沈阳，这里的纬度相当于长春。海参崴的气候属温带海洋性季风气候，冬季晴朗少雪，寒冷干燥；春季倒来得较早；夏季潮湿多雾，时有台风；秋季是海参崴最美的季节，天气晴朗，阳光充足，山上五颜六色的树叶与碧海蓝天交相辉映。临行时我查阅了一些有关海参崴简单的地理历史资料，对这座城市有了初步的了解。

次日清晨，天高云淡。俄方导游小伙子热尼亚友善稳重，他高高的个子，黄黄的头发，人长得挺精神，只可惜他的中文说得不太准确。第一站他带领我们驱车来到海参崴市政府中心广场，这里矗立着远东苏维埃政权战士纪念碑，它是为纪念1917年十月革命而建立的，当年布尔什维克战士和国内外反动势力进行了艰苦卓绝的斗争，终于取得了胜利，纪念碑始建于1961年，是俄罗斯远东地区最大的纪念碑。在这个市政府的中心广场上历史与现实相互交融，广场上人头攒动，四周简易的商亭中，各种服装用品的贸易正在人来人往的讨价还价声中进行着。历史纪念碑记载着俄罗斯人民为争取自由而战的伟大精神，同时承载着苏联解体后历史太多的沉重。在1917年十月革命和1941年卫国战争中，海参崴担负了重要的历史使命，大批的物资通过海洋港口，转运到俄罗斯各地，为这座城市赢得了光荣。

俄方热尼亚导游向我们热情地介绍着海参崴：它是俄罗斯联邦滨海边疆区首府，是太平洋沿岸的世界名城和重要港口，是远东的交通中枢，是世界著名的不冻港。它距莫斯科9288公里，是西伯利亚大铁路的终点，又是通往亚洲太平洋各国海运的起点，空运和陆地、海上交通十分发达，战略位置十分重要。

在这个成熟的秋日，我来看你的万种风情，看你的优美身姿。海面上追逐着游船的海鸥不时绕船飞行，为我们带来一声声的问候。身着彩衣热情奔放的俄罗斯姑娘、小伙踏歌起舞，传递着"莫斯科郊外的晚上"，"山楂树"下"红莓花儿"开的真挚友情。让我们同沐阳光，道一声珍重！

在海边，我轻轻捧起一把沙土，精心包在手帕里，珍重地带着它回国、回家。我把沙土撒在最喜爱的君子兰花盆里，浇上清水，让海参崴的沙和祖国的土搅在一起，培养出盛世太平的花朵。

此文发表于2006年6期《辽宁散文》

第五辑 海外履痕

格罗杰克沃——边陲小镇人家

逗留海参崴的日子是愉快而短暂的。2006年9月24日深夜2点半，我们辽宁省散文作家采风团一行告别了海员旅馆，乘车离开海参崴，踏上了回国的归途。早晨7点15分我们又回到中俄交界的俄方边陲小镇格罗杰克沃。等待出关登记的时间是漫长的，回绥芬河的国际列车下午4点才能从这里开出，这一天的时光都要在这个小镇边防检查站外面的空地上度过。没有优美的风景，房屋又陈旧，几条小马路也很窄，看来难免要寂寞与无聊了。好在作家们都属寂寞一族，只要有一本书、一支笔、几张纸就可以使我们很投入地打发时光，在异国他乡即兴地写实也算是一种别开生面的采风生活，自然也很浪漫与温馨。

我索性与何红牧师、女作家毛薇、女诗人任淑荣一起去街路上随便走走，借机也好多看看这里的异域风情。另外在沈阳时我受年轻画家小穆的委托，他叫我多拍几张俄罗斯风情的小景，以供他参考写生作画，于是我带上相机去寻找能入画的景物。

一座别致的小木屋院前房后的木栅栏旁开满了鲜花，感觉不错，于是我拿起相机想找一个好的角度去拍一张画面较理想的照片。寻找拍摄角度时，我的举动引起了路过的一辆小汽车里俄方警察的注意，他们停下车来制止我的拍照，我真的有点担心会招来麻烦和罚款，于是用俄语向他们问好，并马上收起了相机，还好，我的诚意使他们马上离开不再纠缠。然而我的心还是放不下这幢漂亮的俄罗斯小房子，干脆靠近小房的栅栏旁边，向屋内的主人招手致意。

从偏厦中出来一位很肥胖的中年女人，我们互相微笑着，除了用俄语问候，别的我们什么也不会讲，我们面面相觑、无话可说，尴尬中，我责怪自己，1966年高中毕业时已学了3年俄语，40年后却把它忘得一干二净，搜肠刮肚才想起来一句俄语值日会话时说的"今天的天气很好"，就这么一句俄语也使对方感到亲切，我们一起微笑。突然，我灵机一动，唱起了20世纪50年代的苏联歌曲——《莫斯科郊外的晚上》，我用俄语说了歌曲的名字后，马上轻轻地唱了起来。这一招还真灵，她也兴奋地和我们一起合唱至曲终，她的眼睛闪动着明亮的光彩，那份热烈与感动把她带进了青年时代的美好时光，她的眼神在告诉我这种直觉真的没错。于是，我举起相机留下了她和她的小木屋，并珍藏在彼此的记忆里。

我们几位女士漫不经心地来到另一处院落，这里的平房很旧，院子里也很脏乱，两树之间的绳子上晾晒了一排衣服，坐在房边的一位老人以为我们是在寻找厕所，所以很友好地用手指示我们方向。正当我们靠近这个很简陋的旱厕时，突然冒出了三个顽皮的男孩，他们的头上戴着挖了两个小孔的纸袋子，一个手里还拿着一只活耗子，着实把我们吓了一跳，这些淘气的孩子伸手向我们要钱。我听出他们要的数目是4卢布，虽说钱不多，可我们几个人的背包都在车站旁，身上竟一分零钱也没带，于是马上匆匆离开这个是非之地。从这一群衣着不太整齐缺少素养的少年人身上，我们看到这个小镇中的不文明现象，然而那位厚道的老大娘的指点又叫我们觉得这里不乏善良的人们。

时间还很充裕，我们特别想走进一户居民家中，亲眼看一看小镇中俄罗斯人的真实生活，于是我们在街头漫步，不住地寻找机会。

在一个小商店的后面有一座很大的两层房子，在楼门口我们看见一位男士正在盆中洗刷水泥瓦刀之类的工具，我们友好地上前问候，并比画着说："是否能允许我们进您家去看一看，我们是中国辽宁的作家。"他明白了我们的意图，不一会儿一位30多岁、扎着黑发马尾辫、身着浅蓝色花短衣的俄罗斯女人微笑着请我们几个人进屋。

这房子的门口是一条较窄的走廊，旁边有三个房间，约有80平方米。她引我们到一个小客厅中，窗旁的小桌上有一台25英寸的彩色电视，墙边是一个装满了书籍的书架，书架的其中一层陈列着中国的陶瓷工艺品，分别是四大美女和几头大象。书架上方垂下几株翠绿的吊兰，门旁是沙发，书架旁的小柜上有一只美丽的鹦鹉在笼中跳跃。地上铺着花色的腈纶地毯，四周的墙壁贴着壁纸，但已有些陈旧。好客的女主人又引我们走进里间的卧室，一组白色的高低柜镶着金色的手把，白色的木床上铺着毛毯，地下蓝绿色的地毯很松软、很厚实。她顺手从柜上拿给我们一本中国书籍，上面写着《易经》，看来这是一个具有一定中国文化背景的家庭。

女主人又引我们到隔壁的房间参观，她14岁的儿子正在一台液晶电脑前玩游戏，这个身着白色短衣的小男孩也长了一头接近黑色的头发，看到家里来了生人，他的笑容很阳光也很有礼貌。

我用极不成样的简单俄语尽量与她交流，我们意外的造访使她兴奋，她的友好和善良也使我们感动。她送给我一本很厚的精装书籍，并翻开书告诉我其中的图片，可惜我似懂非懂，顺着她的讲解翻动着书页。我请她在书的扉页上留下她的题字，并在她的房间里与他们母子合影。临行时，我又送她10元、5元的人民币各一张作为纪念。

为感谢她的接待，任淑荣女士赶忙回到边防检查站集合地去取些礼物送她，我也热情地请她到边防站走一趟，我要亲自送给她一本我的书，她同意了。在路上她总是说自己没换家居的衣服就出来了，觉得很不好意思。我送给她一本《云彩集》，并在书的扉页上签上了我的名字，又把书上我的照片指给她看，她很惊喜，连说"谢谢"。望着她蓝色的花衣消失在路的尽头，我的心中充满了感激之情。我连忙请我团队的俄语翻译解读她送给我的这本书，这是2005年出版的，书的名字叫《最临近边界地区的历史》，她在书的扉页上题着：苏联俄罗斯海滨区格罗杰克沃边陲小镇，瓦莲金娜·卢斯卡娅送王雪丽女士纪念。

这是一本为纪念这个地区1941—1945年卫国战争胜利的历史书籍，作为这次旅俄偏得的纪念品，至今被我珍藏在书柜里。我一直在感谢这位善解人意的俄罗斯女人的善良与热情，是她给我留下了俄罗斯边陲小镇人家的许多故事与回忆，让我的这次海参崴文化采风之旅画上了一个令人惊喜和完美的句号。

此文发表于2006年第6期《辽宁散文》

泰国行

　　2006年12月23日，我与父亲随中国杰出人士赴台湾文化考察团，辞别深圳，取道中国香港和泰国，然后才可赴中国台湾考察。12月24日至12月25日圣诞期间，我们游览了香港维多利亚港、国际会展中心、浅水湾、镇海楼等诸多景观，看见鲜艳的五星红旗在国际会展中心高高地飘扬，我为1997年回归祖国的香港而感动，为亲爱的祖国而自豪。

　　白天游罢香港诸多景观之后，晚上来到九龙黄金海岸大酒店。12月25日半夜11点，我们搭乘泰航班机经过2.5小时的夜航，平安降落在泰国曼谷一流的国际机场上。这里是国际空港，每天起降170多班次飞机。泰国是信仰佛教的国家，各种建筑设施几乎都有佛教的标记和色彩。刚刚踏上泰国的土地，机场出口处有两尊巨大的金刚雕塑威风凛凛，手持宝剑，雄立两旁，把持国门。曼谷是一座国际旅游城市，刚下汽车马上就有漂亮的美女将一个个鲜花花环套在我们的项上，并与我们照相，叫你不得不掏钱买下这珍贵的迎宾时刻的照片。

　　26日凌晨，我们下榻在曼谷一家崭新的旅馆，这里的房间窗口开得不大，但布局很雅洁。虽说是冬季，此地仍是30℃高温，屋内设施饱含佛教的气息。12月26日上午，我们一行人在华裔导游阿扬的带领下，首先乘小船浏览了湄南河水上人家。湄南河是当地的母亲河，河岸两边筑房水上，这些水上人家以从事旅游业为生（原先他们是以捕鱼为生）。这一家家彼此相连的水寨房屋真是一道独特的景观。弃船登岸时，我的眼镜碰在船杆上，突然滑落在水边的码头下面。与我们同船为我们戴花环赚钱的小男孩二话没说，马上下到水边，将掉在岸边的眼镜取回还给我。我当即拿出小费感谢他的帮助，可这个小男孩说什么也不要我的酬金。别看他在船上给每位游客戴花环时要20块人民币，因这是生意，可是困难时急人所难，帮我从水边捞起眼镜分文不取，

我心中对泰国人民的友好德助心怀感激。幸亏我的眼镜没掉入河里，否则我没有备用眼镜，如何领略一路风光。

阿扬导游说："泰国是一个国际旅游国家，泰国人口6400万，曼谷就有1000多万。旅游是泰国的支柱产业，每年旅游收入为100多亿美元，1元人民币相当于4泰铢。在泰国男人可以娶几个老婆，但泰国现79岁的九世皇只有一个皇后，他是一个农业养殖专家，有很多研究专利，然后无偿地给国民推广使用，人民都很尊重他。"泰国的"人妖"表演是很高雅的歌舞表演，但演出后他们要到场外与游客照相收费。曼谷马路上行驶的小汽车都是好品牌的，路上没有自行车。

12月26日上午，导游阿扬带领团队去五世皇柚木宫参观，五世皇在当年为泰国人民废除了奴隶制，人们都很敬仰他。这里的皇宫用木全是柚木，柚木是很珍贵的树种，从生长到成材最少经100年以上。柚木木质坚固耐用，质感极佳。在五世宫我花了大价钱，用240元人民币才买了两只柚木钥匙链挂牌，又为老爸买了一只很贵的锡制花瓶，作为泰国皇宫行的纪念。在皇宫草坪上，团队一行人在一起合影，留下友谊瞬间。

26日下午，我们驱车来到著名景点芭提雅，观看当地的文艺风情演出和大象表演。这大象可真是既憨厚又懂事的生灵，无论是踢足球，还是为人按摩以及画画等表演，都叫人忍俊不禁。大象用绿油漆在白汗衫上作画的作品可以卖250泰铢呢！晚上，我们下榻海滨旅馆，月光下在海边漫步，倾听大海有节奏的涛声。这里有红透了的大木瓜，在当地著名的海景饭店吃皇帝大餐，享受砂锅鱼翅和椰子燕窝等泰国美味，可谓口福不浅。

叫人最难忘的是12月27日上午，在太平洋暹罗湾海面的游船上看空中跳伞。由于海上浪大，我们乘坐的快艇乘风破浪，不适合老年人出游，所以我的爸爸和同行的王翔鹏老人都未能出海。在蔚蓝的大海上，偌大游艇上有一个很大的起跳降落基地。人们的腰间系上特制的各色降落伞，坐在伞的固定座上，伞的牵引绳系在大船旁边的小快艇上，只见快艇绕大船一周，系在降落伞上的游人马上在伞下起飞绕船一周，降落伞下的游人在海面上空飞翔滑过，有时人是贴着海面蜻蜓点水，忽高忽低，上下飘动，实在叫人刺激和眩晕，没有足够的胆量，是绝不能享受这一海上最刺激的跳伞运动的。

观看海上跳伞后，乘船回到两座青山间的黄金海岸边，在临海的小街上吃海鲜和购物。我花180泰铢购了一件蓝白花的泰式女短衫作为纪念，又买几个20泰铢一个的小花瓶钥匙圈等小物件留给我先生把玩。最惬意的莫过于我独坐在海水岸边的沙滩椅上观赏大海。长长的沙滩漫在海水之中，我背靠在椅子上，双脚浸在海水里，任海浪轻轻地拍打着身心。前方是各种肤色、无数游海泳的人们，在黄色浮球标志拦成的浅水区内游泳，搏击海浪。

太平洋的蓝色海水真是太美了，在天地的连接处，在苍茫的大海上，海天一色。在视线所及的范围内，海洋的颜色由远及近，逐渐由深绿渐变成浅绿和蔚蓝，而到脚下细软的沙滩上，又变成了雪浪花亲吻着双脚。我从来没有感受到海洋是如此蔚蓝蔚蓝的，蓝得竟是这样纯净和透明。我放松心情，完全陶醉在大自然的美景之中。远处掩映在青山中的红瓦，蓝色的大海，细细的沙滩，尽情嬉戏的人群，人与大海相亲，清新湿润的海风吹拂着，静听涛声拍岸。世界原来有这么好的去处可以叫心灵放松，这一刻我靠在沙滩椅上，双脚在海水中浸润，双眼望着阳光下的海面，天地和心灵之间互动着美好和谐的情愫，生活真美好！

12月27日晚上，我们观看了"人妖"表演。我们为这些女儿身的俊小伙的特殊表演喝彩，同时又为这种变性手术对生命的摧残而惋惜。一般人妖在15岁就开始做整形手术，个个是人造美女。有一个男女各一半的化装表演特别引人惊叹，一半女儿身，一半男儿身，表演功夫阴柔之美和阳刚之气同时展现，真是令人叫绝。

12月28日，我和父亲一同骑在大象上行走，体验浪漫的泰国风情。又到鳄鱼中心，拿起吊着鸡肉的钓竿给鳄鱼喂食，这些丑陋凶残的生物群居在一个大水域中，让大家也体会一把惊险之旅。尤其看到很多大大小小的鳄鱼集聚在一起，"物以类聚"这个成语形容眼前景象真是再贴切不过了。

三天的泰国之行很快就过去，美丽蔚蓝的太平洋，泰国风情的湄南河，那个热心的少年人，敬业而又千方百计赚取游客小费的导游，这个充满生机、美丽又在金钱的旋涡中挣扎的曼谷是现实的。晚上，我在太平洋海边的海堤和沙滩上漫步，听海涛拍打堤岸，看着海上升起的上弦明月，心里想，还是故乡的月儿明啊！

2009年10月31日凌晨补记于沈阳天柱居

第五辑　海外履痕

225

骑在羊背上的国家

——澳大利亚印象之一

　　真庆幸，沈阳50年未遇的特大暴风雪没有耽误我们赴澳新文化之旅的脚步。连续两天的城市交通瘫痪，真让我担心3月6日晚上火车是否能迎着风雪正点驶向北京。还好，我们如期登上3月7日晚上9点的澳航，由北京正点飞向南太平洋澳大利亚大陆，13个小时后，2007年3月8日，我们辽宁省政协赴澳新文化考察代表团一行16人，安抵澳大利亚第一大城市悉尼。

　　刚刚告别银装素裹的冰雪世界，转眼便迎来夏末初秋的绿意盎然，飞机从北半球飞到南半球，跨越季节的时空后，让我们轻松地领略到地球村南部的别样风情。

　　我们踏上了澳大利亚的土地，澳大利亚第一大海湾城市悉尼首先将我们拥入怀中。澳大利亚是一片古老的大陆，也是地球上最大的单一国家的大陆，它的面积约为770万平方公里，排世界第六。悉尼号称南半球的纽约。悉尼的中央商务中心大厦林立，人流如织，这就是南半球的金融中心，和悉尼世界一流的现代化港口一样，都是澳大利亚的支柱产业。当离开了商务中心繁华的闹市之后，悉尼真正的城市风貌便向我们慢慢地展示开来。蓝色的港湾，清新的空气，绿草如茵，树木广茂。公路上没有灰尘，仿佛是刚刚用水冲洗过一样，马路两边每隔一段草坪、树林，便是各种不同风格的一幢幢单层别墅，顶多不过二层。每幢别墅的屋前房后没有围墙，只有绿树花丛裁剪成自然的隔离带，马路边广植桉树和榕树。汽车不时掠过大片的草地、街心花园和茂绿的树林。真的，这里才是真正意义上的森林城市，也是一座充满生机、绿色、清洁、安详和从容的乡村城市。悉尼最高温度30℃，最低才10℃，是四季如春的花城。

　　悉尼的三大标志性建筑是港湾大桥、悉尼歌剧院和南半球最高的眺望观景台——305米高的悉尼塔。无论是乘飞机还是乘海轮到达悉尼，最先映入眼帘的就是这座世界上最宽的大铁桥。港湾大桥飞跨杰克逊湾的关口，连接悉尼南北，紧靠悉尼歌剧院，桥两端各建有87米的高塔，大桥横跨其上，桥的上方是两塔间的弓形桥架，夜空下彩灯闪烁，如七色彩虹横跨在蓝色的海面上，为悉尼又平添了几分神秘与朦胧。

很荣幸遇上了一位好导游小冯女士。她是一名从中国来澳读书的研究生，知识广博，热心敬业，一路上不住地向大家解说澳大利亚的人文历史和风土人情，使我们对南太平洋中这个四面环海的国度有了更多的了解和体会。

直至200多年前，大洋洲还是一个渺无人烟的荒蛮之地，仅在海湾中班尼郎岛上才有少数的土著人从事简单的渔猎活动，过着落后的原始生活。第一次工业革命，英国的势力不断增强，随之开始了野蛮的殖民扩张，18世纪中叶，它的殖民地遍及亚、非、美洲各地，成为独霸世界的"日不落帝国"。为了保护它在太平洋的既得利益，1770年4月，英国国王派出的詹姆斯·库克船长率军乘船在今天澳大利亚东南沿海登陆，当时视澳大利亚为"未知的南方大陆"。其时正是南半球的夏季，各种在欧洲从未见过的奇异植物争奇斗艳，生长茂盛。库克船长见景生情，将登陆的海湾命名为"植物湾"，并把澳大利亚的海岸地区称为新南威尔士，宣布为英王乔治三世陛下的属地。此次登陆的人构成了澳大利亚殖民地的最初定居人群，成了现代澳洲大陆的开拓者。

英国学者加文·孟席斯的书中提到，是中国人郑和首先发现了澳大利亚，他们比库克船长更早到澳大利亚。原因是在澳大利亚发现了明朝的钱币等文物。郑和（1371—1433年）是明朝航海家，自1405年起他率舟师通使"西洋"，前后七次奉使，历时28年，从时间上看要比库克早登陆300多年，但郑和不进行占领，只作为驿站一走而过。

19世纪30年代开始，由于澳大利亚东南部附近小麦种植和养牛业的发展，商业日渐繁荣，1842年改设城市建制，形成现代悉尼市的雏形。

这片土地已有4.5万年的历史，可谓古老的土地，同时澳大利亚也是一个多元化、多种族的年轻国家。1947年开始实行移民计划，世界各地有800万人来到澳大利亚，因此，它兼有原土著文化、移民文化和英殖民文化。澳大利亚有6个州，全国有2080万人口，其中原住民族土著人只有30万左右。

澳大利亚生产各种矿石和澳宝，中国是澳大利亚第二大贸易国，其中每年出口2000万吨铁矿石给我国，所以澳大利亚被称为"坐在矿石上的国家"。另外，澳大利亚盛产小麦，有发达的畜牧业，国内大约有1.6亿头羊，6000万头牛，因此，被称为"骑在羊背上的国家"。很巧的是如把澳大利亚地图

反转过来看，它的国土图形很像一只绵羊，看来也有其寓意。澳大利亚的国土相当于中国的3/4，土地利用率30%，中部为沙漠。城市集中在东南沿海和西海岸。澳大利亚位于南半球，只能看到十字星座，它的北面向着太阳，这点正好与我国相反。

悉尼是澳大利亚第一大城市，墨尔本为第二大城市，在确定首都时，两个城市都在争，最后采取一个折中的办法，在两城之间离悉尼280公里处选了一片空地建都。于1912年开始设计的堪培拉，其马路很宽，中间有隔离带，尽管当时还在跑马圈地，但堪培拉的城市规划很前卫。有趣的是在城市中心两侧修了两幢一模一样的楼房，以示两座城市一碗水端平。

1913年前，堪培拉只是一个代名词，这里的山丘、草地也只是山羊和袋鼠的家园。1913年人们从137个征求的设计蓝图中选定了美国著名风景设计师沃尔特·百利·格里劳的作品。1913年3月开建后经过14年的建设，1927年首都堪培拉建成启用，至今城市格局仍不落后，市内建筑没有高楼大厦，60%以上是灌木丛。堪培拉的面积是2359平方公里，人口32万，是澳大利亚政治中心，无工业，60%的居民为公务员，每到周末他们都开车回到悉尼居住度假。如今的堪培拉拥有众多现代化建筑，是澳大利亚发展最快的城市。

与澳大利亚建交的国家的大使馆都设在堪培拉，各国的大使馆建筑风格都别具特色。1972年中国与澳大利亚建交，中国大使馆是两层中式建筑，五星红旗在蓝天飘扬。堪培拉使馆区可谓是万国博览会，其民族风格、国力强弱一览无余。有些国家无力盖大使馆，但在堪培拉也给他们留下了建使馆的空地。

澳大利亚的国徽左边是一只大袋鼠，右边是一只鸸鹋，又名澳大利亚鸵鸟，是澳大利亚最大的鸟，鸟的身高1米到1.5米，是世界上最古老的鸟种，因为它们是只会往前跑、不会后退的动物，以示澳大利亚一往无前的精神。

2007年5月3日于沈阳天柱居

悉尼歌剧院

——澳大利亚印象之二

这就是令世人瞩目的悉尼歌剧院吗？你这由100多万片瑞典陶瓦铺成的十面白色屋顶，在阳光的照耀下熠熠生辉，你背靠海岸，镶嵌在蔚蓝色的海面上，恰似盛开的素洁莲花，叫人怦然心动，情思万种。你那张开的"大贝壳"屋顶，精致绝伦充满幻想，又恰似鼓满了海风的白色帆船，在这一汪大海中扬帆远航。我走近你，悄悄地倚着你，用手轻轻地抚摩着你那灰白色的瓦片，你这让世界上多少艺术家仰慕的、神奇的音乐殿堂，我终于零距离地靠近你，揭开以往梦中的面纱，亲自仰视你的庄严与美丽。

悉尼歌剧院，你是悉尼城市的标志，是悉尼的灵魂，又是澳大利亚的象征。无论是清晨还是黄昏，无论是遨游出海还是散步缓行，你以迷人的风采倾倒了无数前来观看你的游人。每年在悉尼歌剧院看到的各种世界一流的艺术表演有3000场之多，大约有200万观众前来共襄盛举，你是全世界最大的表演艺术中心之一。悉尼歌剧院有900多个厅堂和房间，在白色屋顶下方，最大的厅堂是音乐厅和歌剧院。另外，还有戏剧院、剧场、演播室、展览厅、咖啡厅、展览馆。悉尼歌剧院从外面看壮观无比，从内看更令人叹为观止。从那壮观富丽堂皇的音乐大厅中，进入通常仅限演职人员方可进入的区域，坐在乐池里，站在艺术家们曾经演出过的地方，聆听大幕背后发生的真实的戏剧性故事，漫游在艺术王国中令人陶醉与欣慰。

悉尼歌剧院是被许多艺术家公认的"世界上最有灵感的建筑"，那些全球著名的音乐家、舞蹈家、戏剧家都以能在这里演出为荣。2000年，中国著名歌唱家宋祖英在悉尼歌剧院的演出曾引起轰动，同时她也给这里留下许多美丽的故事。

悉尼歌剧院从20世纪50年代开始构思筹建，自1955年起征集世界各地

的设计方案，至1956年共有32个国家233个作品参选。后来丹麦建筑师约恩·乌松的设计被选中。说来也巧，这位丹麦建筑师在设计前苦思冥想，他手里拿着剥开的橘子皮便突发奇想，于是构思了目前这橘瓣贝壳式的屋顶设计方案，但他又觉得不成熟，于是把半成品的设计草图弃于垃圾桶中。组委会征集到232名选手的设计方案后，突然发现还少了一幅设计图，于是才找到垃圾桶中的这张半成品构思建筑草图，使这些贝壳和风帆的造型图有幸再见天日。其后16年，悉尼共斥资1200万澳币完成建造，于1973年10月20日正式落成，英国女王伊丽莎白二世光临现场剪彩。

　　遗憾的是设计者在歌剧院的建造过程中，曾与改组后的澳大利亚新政府失和，所以于1966年愤然拂袖离去，直至今日，这位设计者也未曾与自己的建筑杰作谋面。后来还是设计者的女儿专程到达这里，在悉尼歌剧院靠岸一侧的大门入口处，为她父亲树立一个悉尼歌剧院贝壳形屋顶力学结构的小铜座纪念碑。设计者虽未亲睹悉尼歌剧院，但也许他的灵魂无时无刻不萦绕于歌剧院的上空，欣赏着蓝色海面上宏伟的港湾大桥与优美的悉尼歌剧院。他的杰作构成南太平洋港湾上一道最令人流连忘返的独特风景。

　　我们有幸登上一艘华人的游轮遨游悉尼港湾，看无数五颜六色的三角风帆乘风破浪，百舸争流。赏海湾上悉尼歌剧院绽放的贝壳屋顶，品南太平洋绿色的海虾和巨大的皇帝蟹，集人间美味、美景于一身，此悉尼之大观也。

2007年5月8日于沈阳天柱居

堪培拉国会大厦

——澳大利亚印象之三

位于澳大利亚首都堪培拉的国会大厦，是一处极具澳大利亚风情的两层白色框柱式建筑，它是美国设计大师采用三角形中轴线的设计方案建造的。国会大厦楼前宽广的草坪广场、大厅、多功能宴会大厅、议员大厅和委员会会议室的全部设计，均代表了澳大利亚不同阶段的历史和文化内涵。比如，楼前广场的赭石色调的马赛克拼图，象征着澳大利亚土著文化的悠久历史和恢宏苍凉的原始之美；而宴会厅中采用的澳大利亚优质红胶木材地板及大厅中悬挂着25米×9米的羊毛和亚麻质地的巨型壁毯，画面是油画风格的桉树林等图案，这些都象征着这片古老土地的开拓和耕耘。大厦在设计与建造中将艺术和建筑有机地融合在一起，堪称建筑业的一大杰作。大厦中陈列着历届政要的肖像画和历史纪念品，让人们踏进大厦就能品读澳大利亚的历史文化。

国会大厦楼顶有一组由四柱相交支撑的钢架结构，其交点中心是一根高81米的不锈钢大旗杆，旗杆上飘扬着宽12.8米、高6.4米的澳大利亚国旗。导游小冯告诉大家，屋顶上的四柱代表着澳大利亚的四大原则，即自由、民主、平等和宽容。

在澳大利亚，在国会大厦的众议院和参议院的会议厅里，游客可以在公众席内旁听两院的会议情况。

澳大利亚是一个民主制的国家。澳大利亚宪法规定，联邦国会由两院组成，即参议院和众议院，两院均由人民直接选举产生。18岁以上的所有澳大利亚公民均有选举权。两院具有同等权力，只是参议院不能提出或修订有关税收和开支的法律提案。

参议院共有76名参议员，6个州各12名，两个大陆领地各两名。参议员

第五辑　海外履痕

231

的任期为6年，每3年有一半的议员离任。在参议院的选举中，每一个州和领地为一个选区，采用比例代表选举制。该选举制的特点是能够广泛地代表各种政治观点。政府在参议院中不占多数。

众议院的议员人数约为参议院的两倍。确切人数随人口的变动有所不同，但总是在150名左右。在选举议员时，澳大利亚全国分为多个选区，每个选区的选民人数大致相等。每个选区选出一名参议员。每届众议院的任期最多不超过3年。每次大选后将产生新一届众议院。

澳大利亚政府机构的组成程序是这样的：每次全国大选之后，众议院中拥有最多议员的政党（或联盟党）即成为执政党。其领袖成为总理，其他部长则从该党众议员和参议员中委任。政府必须在众议院中拥有多数议员的支持才能执政。

参议院和众议院的任何议员均可提出法律提案，但实际上大多数法律提案都是由政府部长提出。法律提案必须获得两院大多数议员的一致同意方可通过。如果参众两院就某个法律提案不能一致通过，宪法规定，在一定的条件下可以对两院的所有议员重新进行选举。在过去的100年中这样的选举仅发生过6次。

在国会大厦的参议院和众议院会议厅内分别有一把高台座椅，供主持官就座。参议院的主持官被称为参议院主席，众议院的主持官被称为议长。执政党的议员坐在主持官的右侧，反对党的议员则坐在左侧。主持官的前面有一张大桌子，执政党和反对党的领袖以及高级文职官员坐在桌旁。这些高级文职官员负责向议员们就议会程序等事宜提供咨询，并负责两院会议的正式记录工作。

参众两院均向议员提供机会，让他们讨论所代表的民众关心的问题，并对法律提案、政府政策以及公众关心的重大问题进行辩论。

在国会开会时，两院每天都有"质询时间"。在此期间，议员可向部长们提问。政府议员可利用这个机会获取各种信息，非政府议员则利用这个机会来检查政府部长们的工作。国会专门委员会也对政府的各项政策和行为包括预算进行督查。

政府组成、法律制定、论坛辩论、政府监督机制等一系列国家方针大政等，澳大利亚均采取民主的做法去制定和实施。

即使政府总理也不搞特权。有一个餐厅生意火爆，人们都要排队等候。一次，总理带着家人前来就餐，他和家人也都自觉地排队等候。

澳大利亚是一个很宽容的国家，这里没有死刑犯。当一个囚犯从监狱释放后，只有监狱保留他的原始档案，别处不再保留。他可以更名，然后重新生活和工作。这种包容也许缘于他们的祖先多数都是流放来澳大利亚的英国罪犯。

澳大利亚鼓励生育，号召妇女为自己生一个孩子，为国家再生一个孩子，每生一个孩子，一次性补助5000澳币，奶水费一直补到18岁。澳大利亚的经济结构是橄榄形的稳定结构，在这个国度人们的社会福利、医疗保险都无后顾之忧。国家高额所得税限制富人的暴利。当地人现在的三大件是豪宅、潜艇和直升机。导游小冯告诉我们，她做导游平均年薪5万澳币，她先生做会计年薪6万，两人已有70多平方米的房子，头几年是用20万澳元买的（1澳币相当于6元人民币），现在已值50万澳币。每年她和家人回一次中国，去掉吃喝玩乐等费用后还能余下1/3的储蓄，即她家一年相当于能剩余20万人民币，看来她生活是很好、很稳定的。在澳大利亚人们生活很从容，不用太竞争，很适合人居。

现在华人在悉尼有40万人，澳大利亚人既有西方人的爽朗，又有东方人的矜持。澳大利亚人很朴实，讲求实用，是一个崇尚自然的民族。在这里人们使用的手机可能还是老款式，公路上日本产的中等价位的汽车很多。他们的兴趣广泛，喜欢体育运动，如冲浪、帆板、赛马、游泳等。我们在悉尼的邦迪海湾沙滩上，曾目睹少年人甚至只有五六岁的小男孩，都成群结队地拿着冲浪板去海岸边的海水中冲浪。在这片土地上，阳光、沙滩、海水、草地和树林，每天都与人们结伴同行，这使澳大利亚充满了诱人的诗意美，令人神往和留恋。

2007年5月10日于沈阳天柱居

在南太平洋大堡礁游泳

——澳大利亚印象之四

2007年3月11日，我们结束了在悉尼的文化考察，上午9点乘飞机从美丽的悉尼出发，经过3个小时的飞行，中午12点抵达澳大利亚昆斯兰州（意为女皇的土地）的凯恩斯。

凯恩斯三面环山，一面靠海，地处南纬16°—17°，比海南岛还要靠近赤道，因此属热带海洋性气候。在这里5—10月份为雨季，全年降水量为1500—2000毫米。4—9月为冬季。现在3月份属于秋天，其实这里也分不出四季。一踏上凯恩斯大地，气温30℃—32℃，四周热浪滚滚，叫人汗流浃背。在澳大利亚越靠北，离赤道越近，就越热；越靠南，离南极越近，气温也就越低。

1923年，凯恩斯只有一万人口，100多年前此地发现金矿，随之有了淘金业，小镇也逐渐热闹起来。到现在凯恩斯有12万人口，其中有华人1000—2000人。小城中只有五六条马路。

我们下榻的旅馆四周都是二层小楼，在楼与楼之间的空地上全都生长着各种热带植物，其中椰树是这里最明显的树种。庭院中有一方被碧草和凉亭及椰树环绕的海水游泳池，给饭后燥热的旅客带来些许清凉。人们争先恐后地扎到水中，不断流动的海水使池中的水质格外纯净，池水蓝汪汪的，清澈见底。另一方浅浅的儿童泳池依附在大池旁边，仿佛子母泉。

当天下午，在凯恩斯的热带雨林中，"二战"时留下的水陆两栖车载着我们在沼泽地和茂林异草的山路中穿越，充分领略了澳大利亚异国雨林的风情。无论是在果实累累的榴梿树下，还是在翠绿可人的高大的芭蕉、棕榈树边，南国的绿色自然风光叫人们目不暇接。尤其是身涂红棕色颜料的土著男子们粗犷原始的歌舞表演，再现了这片澳大利亚大陆的古老与沧桑。

来到凯恩斯，导游杜小姐告诉大家，千万不可错过世界自然遗产大堡礁。

这里有星罗棋布的热带岛屿，由北及南绵延2000公里，原始的礁岩，纯白的沙滩，大海中美丽的珊瑚，坐在游艇中看玻璃船底下的各色鲜活的游鱼在大海中穿梭，这一切无不令人流连忘返。

3月12日清晨，风和日丽，波澜不惊。我们乘坐豪华游艇前往绿岛大堡礁。蔚蓝色的大海中，大堡礁犹如一个绿色的盆景呈现在人们的面前。通过栈桥，我们踏上了大堡礁绿色的土地。浓荫下散落着别致的小木屋，金发女郎们正在推销各式泳具；清浅的泳池中，各色泳衣在浮动。九曲的木制甬道，在茂密的雨林中蜿蜒前伸，稀疏的阳光在绿林野藤间斑驳成串串的光影。环岛的海岸线上，白色的细沙犹如给大堡礁戴上一圈银项链，雪白的浪花亲吻着细软绵长的沙滩，原来这里是天然的优良浴场。

我们团队中的省政协初秘书长和刘明律师以及辽宁省荣昌集团石俊庆董事长，身着泳裤，步履矫健，男士们都要下海畅游了。他们水性好，要在南太平洋的大海中一显身手。女士中中国医大美丽的丁梅教授活泼开朗，她也要随男士们一起下海。

我有些犹豫，头几天在澳大利亚的黄金海岸绵长的沙滩上，我只顾看别人下海踏浪，我不太会游泳，心中有些忐忑不安。然而，2006年9月，辽宁散文作家们赴俄罗斯海参崴采风时，文友邢德铭先生畅游海参崴日本海的壮举激励着我，人生能到澳大利亚一游已属不易，如果错过在南太平洋下海游泳的机会，岂不悔恨终身！此时，何红牧师又主动为我们在岸上看衣服，于是我毅然换上蓝色的泳衣，跟随丁教授的脚步，双双走向大堡礁的海边。海浪并不太大，身边有几位男士的保护，我们也很放心，于是逆着浪花在海岸边溜边游去。

在大海中游泳的感觉真是好极了！虽头顶炎炎烈日，因为周身浸在大海中却是清凉无比的。清凉微咸的海水漫过全身，柔和的海风掀起温柔的海浪，一阵阵拍打着沙滩，也一阵阵轻轻推拿按摩着我们的身心。人本来就是亲水的动物，胎儿在母体的羊水中天生就会游泳，只是出生后反而忘记了会游泳的天性。青年时代，我曾第一次在山东养马岛游过海泳，后来在兴城海滨也多次与大海相亲。今天，我在异国他乡，勇敢地投入大自然母亲大海的怀抱中，再一次感悟了人与大自然母体的和谐融合，我的心里涌起莫名的感动。抬眼望，南太平洋的天空湛蓝湛蓝的，白云悠悠，蓝白格外分明。眼前的南太平洋碧绿宽广，海天一色，无边无垠，这里的海水与我们伟大祖国的大海是息息相通的。此时我的心软软的，暖暖的，仁慈的造物主竟给人类带来诸多的恩赐，让我们在遥远的南半球同浴阳光，同沐海风。大自然与人类原本是最

好的朋友，人与自然的和谐，人与动物的和谐，人与人之间的和谐，作为生命万物，我们同属一个美丽的地球，同时拥有一个家园，面对眼前如画的美景，我的心竟涌起阵阵感恩和敬畏。

在我前方不远处的海岸边上，有一组伸入海水的石阶连着海岸上的绿树雨林。于是，我舒缓地边游边停，不住地远望着在阳光下闪烁着碧绿光彩的宽阔的树叶，我终于游到不远处的岸边，拾阶登上海岸，手把阔叶树枝，亲吻着碧绿亮泽的叶片，俯瞰着南太平洋波光粼粼的海面。远处游泳健将们时起时伏，劈波斩浪。更有幸的是，丁梅教授找来了相机，留下了我们在南太平洋大海中亲水游泳的合影，实属难能可贵。

躺在海边的沙滩椅上，享受着海水、海风和沙滩的亲和与细腻，能在大堡礁游泳真是不虚此行。美丽的心情如花儿开放，人生瞬间的幸福竟在记忆中铸成永恒。

然而，我们忽略了南太平洋强烈的紫外线的杀伤力。由于穿泳衣时自己无法在后背抹上防晒霜，第二天，我和丁教授的后背开始火辣辣地灼痛，并起了水泡，后来还脱了一层皮，看来这也是缺少在此地游泳的经验。同行的导游说，澳大利亚上空由于臭氧层有了空洞，因此紫外线的照射更加强烈，所以当地人患皮肤病的概率较高。后背的灼伤一直延续了十来天，回国时，后背还留下了黑黑的晒痕，不过比起这人生中难得一次在南太平洋中游泳的经历，这点小小的晒伤也算不了什么。

美丽的大堡礁因拥有礁岩和珊瑚的世界自然遗产而珍贵，也因深浅不一的碧绿色海面而称奇。绿色的大堡礁哇，感谢你的博大与馈赠，给了我们一份美丽的心情，此行游泳的经历，足以让我们回味一生。

2007年8月12日雨夜凌晨于沈阳天柱居

墨尔本的文化现象

——澳大利亚印象之五

2007年3月13日12点05分，我们登上澳航的小飞机，离开凯恩斯向南方的墨尔本飞去，非常荣幸，我是临窗而坐。

我贪婪地注视着机外的天空，天空蔚蓝而又纯净，一片片如絮的流云在窗外飞升和流动。白云相间的天空下方是蔚蓝色的大海，天水一色的海天交汇处是一抹淡淡的橙黄色光晕。大海中的大小岛屿如翡翠的盆景散落在海的中央，土黄色的沙滩为小岛镶上一圈弯弯曲曲的花边。飞机越过大海和青山，脚下的公路与河流将大地画成许许多多不同形状的几何图形和深浅不一的绿色板块。大地不时又呈现大片大片斑驳的红棕色，导游说澳大利亚中部有很多的沙漠，只有东部和西部的海岸线地区才是发达的人居活动中心。飞机上用罢午餐，经过近3个小时的飞行，当天下午4点，我们来到澳大利亚的第二大城市墨尔本。

历史上，墨尔本于1851年建城，它是一座具有深厚文化底蕴的古老城市。这里原产黄金，是淘金热促进了这个城市的诞生和发展。在墨尔本市，现在仍保留有100多年前的公共浴池，还保存着100多年前的监狱和古老的火车站，古朴的有轨电车在市中心的高楼大厦间起伏穿行。导游小胡是嘉兴人，他不时把这些古迹建筑物指给我们看。这里有古老宏伟的旧国会大厦、百年哥特式结构的古老教堂、流水玻璃幕墙的维多利亚国家美术馆，还有维多利亚国家图书馆、皇家理工大学等，众多的建筑设施，无不标榜昭示着这座城市浓厚的文化品格和底蕴。在墨尔本，人们见面时常问的一句话就是："你是哪个大学毕业的？"而在布里斯班常听到的一句话就是："来杯啤酒吗？"

墨尔本是一个非常崇尚文化、尊重历史的城市，有两件往事足可证明此言不虚：一是森林小火车。100多年前为淘金热和运输林木而修建的森林小

火车至今仍被保留下来，在茂密的原始森林中，在绿色苍茫的山地间，红色的小火车使现代人又感受一把100多年前淘金者的沧桑和满足，因此，这森林小火车至今仍是人们喜爱的旅游亮点。二是在墨尔本的菲兹洛伊花园中的库克船长小屋。在一大片草地上生长着很多一人都抱不过来的大树，在大树和草地之间，有一座精致的砖木结构的两层小屋，其门口大树旁的花坛上正盛开着粉红色的鲜花。屋前有一方库克船长小屋的铜牌，院内有库克船长的雕像，向人们介绍这小屋的历史和来历。原来在澳大利亚，库克船长被视为澳大利亚之父，然而他属于海盗，居无定所，一生漂泊不定。为了纪念这位澳大利亚的发现者，1934年澳大利亚政府不惜重金，将英国其父母居住的老屋原封不动地搬到这里，当时将拆迁下来的砖瓦按序号编好，然后又运到这里按原样重新修好。小院中一尊船长的铜雕塑，向人们展示这个国家的由来。

在这里，只要与历史和文化相关的事物，他们都会积极地保留下来，比如战争纪念馆，如实地记录着为国家和民族英勇奋斗的战士们的名字和勋章。正好赶上当地学校的女老师领着很多学生来此参观，人们从小就让孩子了解历史，培养孩子们的爱国情结。墨尔本中心的雅拉河穿城而流，河边的一幢幢古老建筑，处处都在诉说着这个城市的历史与文明。为了能记住墨尔本，在战争纪念馆，我在来宾簿上留言，还花2澳元买了一枚澳大利亚国旗纪念章。

墨尔本的市区街道旁，人们到处可看到许多大树和草地，据说这些大树的树龄起码也有几十年以上了，有的甚至百年以上。此地人戏称：大树是老婆，草地是情人，人们是搂着老婆亲情人。总之，说明人和自然和谐相亲，绿色是这个城市的主色调。

说起大树，我注意到墨尔本的市区街道上栽种着很多法国梧桐。由于南半球的3月正是秋季，有的树已落叶，中国古人的一句诗"梧桐落叶已秋深"正是此情此景。

园林文化景观是墨尔本的又一大城市特色。要说墨尔本是绿色森林城市那是当之无愧。墨尔本的皇家植物园堪称澳大利亚最大的植物园林。首先是它的古老，1846年由皇家建成，至今已有150多年历史了，其次是占地面积38公顷，在这个园林中有1.2万种植物。

皇家植物园碧草连天，湖水荡漾，各种珍贵的树种叫不出名字，阔叶的、针叶的应有尽有，圆锥形塔松枝叶悠长，可覆盖亲吻着青草地。巨型的绿色剑兰，一簇簇迎风傲立，穿红色花衣的女孩子站在剑兰丛中照相，恰似兰花丛中花心一点红。林中山地起伏，绿树草地相依相连，一眼望不到边际。湖中心白云倒映，野鸭戏水荡起涟漪，枝头上飞鸟鸣叫，不时飞来与人一起散步，真可谓"人来鸟不惊"啊！令人觉得更加亲切的是，这皇家园林中竟种植着中国南方特有的玫瑰红色的三角梅，三角形花瓣在阳光下开得灿灿烂烂、红红火火，仿佛我是站在家乡江南的家门口。那宽阔无边的草地修剪得特别整齐，那是何等美妙的绿绒式大地毯，堆苍叠翠，草绿花红。远处的皇家园林建筑红瓦点点，掩映在绿树丛中。我们在绿色静谧的世界中穿行，心情豁然开朗。拥抱绿色，浪漫怡然，人和自然完全相依相融，蓝天白云，草地笑声，湖光山色，一幅多么优美的人与大自然合一的图画呀！

墨尔本皇家植物园，我要赞美你的绿色和从容，在这里使我们感受到了人在画中游的美好意境。美丽的墨尔本，你所拥有的文化内涵，在一个中国人的眼中留了一道深深的文化印象和绿色风景。

2007年8月16日雨夜于沈阳天柱居

崇尚历史和环保

——澳大利亚印象之六

澳大利亚虽然是一个年轻的国家，却格外珍惜自己的历史文化并崇尚环保。库克船长于200多年前登陆澳大利亚，被称为国父。无论在首都堪培拉，还是第二大城市墨尔本，都有专门的建筑物等人文景观来纪念这位澳大利亚的开拓者。

初到堪培拉的人，都会听到导游用"一城山色半城湖"来赞美这座乡村式首都的美丽景色。站在堪培拉的任何地方，都能望见这湖中高大壮观的白玉水柱直喷蓝天，水珠如烟似雾，极富诗情画意。

墨尔本市建立于1851年，这里原产黄金，华人曾来此淘金。如今400万人口的墨尔本市，华人有20万，是第二大少数族裔。在墨尔本市区中行驶着有轨电车，城市中保留着古老的旧国会大厦、教堂和已有100多年历史的监狱。市区中有大片的公园和森林，这里的大树特别多，可见这绿色环绕的森林城市与人们是息息相关。在湖边还广植法国梧桐。3月的墨尔本，路边梧桐树有的已落叶，原来南半球的3月正是我国的秋季，飘落的梧桐叶向我们提示这里已是秋天。

澳大利亚人崇尚历史文明的风尚在墨尔本更是有目共睹。胡导带领我们来到一大片森林公园即菲兹洛伊花园中。在绿地与大树林深处，有一个门前开着粉红色花朵的花坛，它的旁边是一处雅致的二层小民居，这是原汁原味的库克船长父母的故居，小小的故居院落中库克船长的铜像，向人们昭示这位拓荒者的悠久历史。在墨尔本保留着100多年前淘金时期的森林小火车，让人们记住这个城市的幼年时期。气派的皇家植物园，又向人们展示这里丰富的植物园林，让人饱览南太平洋的绿色世界。

澳大利亚是世界上最小的大陆，是一片充满着奇趣的古老大地。它以自然的美景、崎岖的旷野和广阔的空间而闻名于世。在这里你可以品读多元文化的生活方式和风貌。在悉尼通往堪培拉的高速公路两旁，是一望无际的绿色大牧场和大片大片的桉树林。碧草连天的大草地被木栅栏分割成一方方大牧场。牧场上有数不尽的牛、羊、马匹在吃着黑麦草。一句古诗"风吹草低见牛羊"脱口吟出。导游小冯告诉大家，为了保持牧场上的青草能更好地休息生长，这里牧放的牛、羊必须是轮换着牧场去吃草，当牛、羊吃完一个牧场的青草后，再打开下一个牧场的木栅栏，自然放牧，保护环境。草场上只见牛羊不见一个放牛郎。原来这里的牧场主很多都是驾驶着小型直升机去放牧的。澳大利亚的国树是桉树；国花是合欢花；国色是蓝色和黄色；国兽是袋鼠。桉树是掉皮的树种，一排排剥落的树皮在风中飘荡，显得原始而沧桑。澳大利亚约有 1.6 亿只羊，6000 万头牛，他们专门从中国引进屎壳郎去分解牛粪，以利用天然生物繁殖保护环境，保护草场丰茂常青。

澳大利亚的环保措施，对我们应当有所启示。当今中国节能减排、环境保护任重道远，共同维护地球的环境安全，是我们作为和平崛起大国义不容辞的责任。世界需要我们的一份爱心和承诺。

2007年8月12日于沈阳天柱居

帆船之都奥克兰

——新西兰印象

2007年3月14日晚，我们乘澳航班机离开墨尔本继续南飞3个半小时，于当地时间3月15日凌晨3点50分踏上了南太平洋岛国新西兰北岛的最大城市奥克兰的土地。这里比悉尼时间要早两个小时，比北京要早4个小时。新西兰分北岛和南岛，全国人口430万人，而奥克兰就有130万人，其中华人有12万至13万人。

新西兰到处都是天然的大牧场，新西兰人均拥有的羊只要比澳大利亚多，是一个真正意义上"骑在羊背上的国家"。在新西兰水要比牛奶贵，一瓶水2.5纽币，而一瓶牛奶才2纽币。这里的青菜特贵，一个茄子要8元纽币，相当于48元人民币，而牛肉每公斤才6纽币。

新西兰四周环海，全国海岸线有15134多公里，是风光优美的平原国家，绿化面积占70%，无裸地。城市中马路不宽，街道两边都是平房别墅，房前屋后种花植草，夜不闭户。高速公路两旁是一片片相连的草地牧场，牛、羊从不圈养。新西兰也盛产鹿，全国有180万头之多，是养鹿大国，占世界总量的50%，且品种优良，在日本属免检产品。导游小李告诉我们，在新西兰刚出生的小牛是很可怜的，因为它们吃不到牛妈妈的奶。在新西兰给牛治病不用打针吃药，而是将刚生小牛犊奶牛的48个小时之内初乳集中起来，留给病牛来喝，提高病牛的抵抗能力，保证牛奶的纯天然品质。

新西兰的原始土著人种是毛利人。据说新西兰的毛利人与中国人属同一祖宗，他们的祖先驾船流漂到了新西兰，毛利人和中国台湾的高山族，在语言和DNA上有些相似。他们的女性以胖为美，男人要留长发并文身。在参观鹿制品加工厂时，我为验证此说，专门与当地的毛利人照相，的确他们肤色形象属亚洲人种，女人很肥硕，对客人们很友好。

3月15日上午，我们驱车来到毛利族的文化荟萃之地罗托鲁阿。这里的毛利人文化村向人们展示了土著民族粗犷的原始生活，无论是丛林中的茅舍和岩洞，还是毛利人的会堂及他们的展览馆，都向我们诉说着这方大陆的远古和沧桑。

罗托鲁阿有一个著名的地质奇观——华卡雷瓦雷瓦地热保护区和火山喷射区，此地的浦湖度地热喷泉已喷射了107年之久。这里的山林一草一木被严格地保护着，可称得上是一个天然植物园。优美的山林中，树荫蔽日，曲径通幽。不远处的天空，喷射蒸腾起一簇簇白雾热气，黄白相间高高耸立的沉积岩中间，不时从地缝中钻射出一股热气流，其上弥漫着雾气朦胧的白色蒸气团，大片沉积山岩的下方已积成潭水溪流，冒着热气的流水向林地远方流去。看着浅黄的山岩沉积物，这里肯定有含硫的物质，有时喷射的水蒸气竟达几十米的高度，远望时更加蔚然壮观。

此地还有一处罗托鲁阿湖，它是当地珍贵的黑天鹅的栖息地。只见一汪碧蓝色的湖面上，一只只毛色黑亮、长着红喙的黑天鹅抬起它们高贵的头，在湖水中不紧不慢地划行，不时荡起片片涟漪。只要你肯用面包招呼它们，它们都会悠闲从容地游到你的身边，挺起它长长的颈项，用它美丽的红喙，斯文地接受你的馈赠，然后抖抖羽毛满足地离去。倒是湖边草地上的群鸽，成堆地聚在我们的脚前，迫不及待地等我们给它们喂食，只见食物抛起处，它们蜂拥起飞，甚至站在你的肩膀上相互抢食。相比之下，黑天鹅显得高贵多了。这一黑一白的鸟类精灵为湖水和天空带来些许生机和动感。"鹅鹅鹅，曲项向天歌。白毛浮绿水，红掌拨清波。"我们从小听到和看到是那些太多红掌白毛的大白鹅。至于白天鹅因我们长居北国沈城也并不多见，更不用说这难得一见的黑天鹅了。在这优美的罗托鲁阿湖边，如此近距离地与它们相亲交流，更显得弥足珍贵，人与自然和谐共处，串串欢笑声在罗托鲁阿湖的上空飘荡，频频的闪光灯凝聚了我们的温馨、欢乐与友情。

3月16日，我们来到奥克兰的城市之巅伊甸山顶，俯视脚下400年前大锅底形火山，坑内早已绿草茵茵。"会当凌绝顶，一览众山小。"大海、红屋、绿树、车流，脚下奥克兰全城的风光，一览无余，尽收眼底。远处的大海拥抱着城市，浩瀚无垠，气象万千。山顶的火山口旁，一棵棵大树相依相偎，枝繁叶茂，当地的留学生们正在树下相嬉野餐，各种肤色的留学生，特别是中国的学生见我们过来，便拥上前来照相，留下了让世界充满爱的美丽图景。在"指环王"电影的拍摄地，我们徜徉在大片茂绿的橡树林中，留下辽宁省政协文化考察团13天的澳新之旅的足迹，同时放飞了美丽的心情。

奥克兰，这座南太平洋中美丽的海滨城市，让世人惊奇和记忆的是她另一个别号——"帆船之都"。由于这里的港湾宽广而平静，引来世界上无数的帆船齐泊奥克兰。奥克兰著名的有八车道宽的港湾大桥旁，无数千姿百态的游艇和帆船停泊在港湾之中。各种颜色的帆船鱼贯排列，相互辉映，蔚为壮观。帆船上的白色桅杆林立，成就了大片大片的"树林"，一眼望不到边。"沉舟侧畔千帆过，病树前头万木春"，一句唐诗跳出脑际，面对眼前的壮观风景，用"千帆图"已嫌不够气派，要不用"万帆待发"看来也不全面。在这个世界上，我第一次在一处海湾中看到如此众多的帆船云集于此，叹为观止，真乃奇观也。于是，我突然明白了世界帆船之都——奥克兰，这别称的意义与内涵，细细品来倒觉得非常贴切和独到。

　　1995年，在奥克兰举办了世界美洲杯帆船大赛，2000年又在这里举办了另一届赛事，两届新西兰均获第一。为纪念世界帆船大赛，在奥克兰街头，一只参赛的帆船被凌空托起，在向人们昭示着它光荣的征程，同时它也成为奥克兰标志性的城市景观之一。

　　绿色的新西兰，美丽的帆船之都——奥克兰，碧海蓝天下，它正载着友情，载着希望，蓄势待发，扬帆远航。

2007年8月25日于沈阳天柱居

朝鲜印象

2008年9月19日至22日，辽宁省散文学会组织作家们赴朝鲜采风。19日下午4点40分，我们一行12人告别沈城，晚上8点半抵达丹东留宿。同屋的关励女士年龄与我相仿，她是辽宁美术出版社的编审，趁着夜色未浓，我俩漫步鸭绿江畔吃夜宵，沿江的游船和江桥上，灯火璀璨，五光十色，江风习习，人流不断。一别丹东数载，江边新增了许多优美的大型雕塑，镶嵌在高楼大厦边缘上的彩灯与天上的月亮、星星交相辉映。在繁华现代化的边防城市中，我终于在沿江的公园里寻找到了当年的记忆……一块天然巨石上刻着的"鸭绿江"三个红色大字还是以前的模样。天上人间，日新月异，繁华无限。

次日上午9点，丹东至新义州的火车跨过巨大的钢筋骨架的鸭绿江大桥，只用10分钟便到达鸭绿江对岸的新义州。鸭绿江在中国丹东这边是高楼大厦林立，沿江绿树如荫，生龙活虎。然而，在一江之隔的对岸朝鲜，沿江是稀稀落落的陈旧房屋，铁路上的货车车厢又破又旧还在运行，就连绿树也都缺少生机。我们乘坐朝鲜的大客车，行车途中只见沿路上农舍稀疏，土路上偶见骑自行车的妇女，正吃力地蹬着重载的车，田野地头旁聚堆的农民们看上去懒散无争，男人们全着深灰色的服装，个个身材瘦弱。我感觉出现了时光倒流，恍如隔世，仿佛穿越时空，我们跨过的不只是一条鸭绿江，更是跨过了一个时代。

行车5小时后，我们踏上朝鲜首都平壤的土地。平壤是极其干净，也很美丽的，朝鲜举全国之力供应着这个首都城市。平壤不乏高楼大厦，然而大楼的罩面都比较陈旧，楼房平顶的较多，形式也比较单一。地铁很整洁，战时就成了防空洞。大同江畔的主题思想广场上，团结一心的大幅标语横在大厦楼顶，铁锤、镰刀、毛笔三合一的纪念碑高高矗立，象征着工人、农民、知识分子共创国家的精神风貌。平壤的马路较宽，但行驶的车辆不多，因为

第五辑 海外履痕

245

极缺汽油，在路面交通岗上，指挥车辆行人的是一个个飒爽英姿的女交警，这的确是平壤一道亮丽的风景。

晚上我们下榻在平壤青春大街的西山酒店，在这里也算是一流的酒店了，然而屋内设施很陈旧简单，但很干净。我和可敬的康启昌老师同住一屋，几天中同吃同住，我们谈人生，谈创作，谈散文学会的工作，真的对我是偏得了。在平壤的怀抱中，我们睡得很安宁，也很香甜。

平壤万景台金日成的故居，是一个普通的农家小院，这里的茅屋与老井已成为文物珍藏，四周被修成了漂亮的园林，留下了一段历史佳话。平壤有大型的金日成和千里马雕塑，已成为一个时代的岁月印记。

妙香山的金日成和金正日的国宾礼品馆，将朝鲜建国以来直至今日，外国政要赠送给金氏父子的外交国宾礼品，集中摆放到两个场馆供人参观和欣赏。其中有当年周恩来总理赠送给金日成的软木刻礼品盒，还有郭沫若同志的字画都在陈列之中。

朝鲜人民能歌善舞，在国家艺术剧院的广场上，那些优美的雕塑见证了其民族的艺术特质。2008年9月9日，是庆祝朝鲜建国60周年的国庆节，大型歌舞"阿里郎"在容纳15万人的"五一"体育场内演出，变幻无穷的声光电布景，穿着艳丽民族服装的上万人演出阵容，这场大型恢宏的歌舞真正是空前绝后的朝鲜民族文化大餐。它分为历史阿里郎、统一阿里郎、幸福阿里郎等6个部分，将朝鲜人民的革命解放斗争和建设征程用美好的大型歌舞、美轮美奂的艺术形式表现，让我们真正感悟到朝鲜人民是一个坚强不屈的民族，也是一个追求幸福和能歌善舞的民族。因为正好处于国庆期间，我们才有机会欣赏到阿里郎大型团体歌舞表演。400元人民币一张门票，观后觉得很值。总之，此四天的朝鲜之行一共才花2500元人民币，应该说不贵。能欣赏到朝鲜人民真正的原生态民族艺术，这样的机会一年只有一次，因此，我们选这个时间旅朝是明智之举，也可以说很幸运。

为了记住朝鲜，我在平壤凯旋门附近的商店花150元人民币的大价钱买了一只巴掌大灵活可爱的小木龟作为纪念，还在开城博物馆现场作画的画家处购了几幅朝鲜风情的水粉画。

9月22日，在回国前的最后一天下午，我们怀着崇敬的心情，去瞻仰中国人民志愿军烈士纪念碑。我们每个人都买来10元人民币一束的鲜花，怀着敬仰和惜别的复杂心情，拾阶登高，来到平壤市的高地上去看望我们中国人民志愿军烈士的英灵。抗美援朝战争中，无数中国志愿军英烈的遗骨留在这异国他乡，守望着这片用鲜血浇铸的朝鲜三千里江山。

我们辽宁作家一行12人站在纪念碑前，手里捧着鲜花，神圣地齐声哀悼：志愿军烈士们，祖国亲人来看望你们！我们心潮澎湃，我们泪眼模糊，怀着敬仰和追思，黄继光、邱少云、杨根思……一座座年轻英勇的生命雕像浮现在我们的脑海。用我们诚挚的心去看望这些远离家乡的灵魂，祖国人民不会忘记，尽管你们远离故土亲人，然而祖国任何时候都没有将自己的儿子们忘记。在烈士纪念碑塔内是一个不小的纪念室，四壁的油画再现了当年那场英勇残酷的战争，阵亡将士纪念簿上铭记着一个个英雄的名字。战争胜利了，它的代价是牺牲许许多多个年轻的生命，这份胜利是多么沉重啊！

9月21日，我们曾驱车到开城，去当年停战协议的签署地板门店参观。历史是公正的，史实是不能被抹杀的。面对纪念碑内阵亡将士的英灵，我们的心在流血，当年你们雄赳赳、气昂昂跨过鸭绿江，保家卫国，用生命帮助朝鲜人民赢得了正义和土地，应该说，中国母亲和朝鲜人民是永远都不会忘记你们的忠诚和牺牲的。我们在平壤的一所学校参观，校舍虽然简陋，然而临行时，学生们那一张张充满热情和友爱的笑脸，使我们感受到朝鲜人民年青一代的善良之心。志愿军烈士们，中国人民纪念你们，辽宁人民纪念你们，我们辽宁作家用手中的笔书写你们可歌可泣的壮烈和永垂不朽的国际主义精神，用滴血的心去呼唤正直的良心和历史的记忆。

英雄的中国人民志愿军烈士们，请接受来自祖国作家们的致敬！2009年秋，温家宝总理赴朝鲜时，还专门到朝鲜中国人民志愿军烈士陵园凭吊烈士，代表祖国看望这些长眠在朝鲜的英雄儿女。一声声问候，一次次呼唤，和平崛起的中国赢得了国际舞台上的话语权，中国人真正强大起来了，是无数先烈的鲜血浇灌了祖国的大地，这里也包含了牺牲在朝鲜战场上的志愿军烈士，是你们用生命捍卫了祖国的安宁。

回国的列车已经开动，我的思绪从过去又闪回这个时代，在朝鲜的4天行程，使我们又看到自己的昨天。历史的车轮在前进，世界如果没有战争会更美丽，和平使明天更美好，我们相信着，祈祷着……

2009年11月21日凌晨于沈阳天柱居

欧洲的环保与文化印象

　　2010年5月9日至22日，我与父亲随北京恺撒旅行团队游览了匈牙利、奥地利、意大利、瑞士、法国、卢森堡与德国，先后在维也纳、威尼斯、佛罗伦萨、罗马、米兰、卢森堡、巴黎、法兰克福、柏林等名城下榻。本来5月10日凌晨应当出发，但因冰岛再次遭遇火山爆发，差点影响了此次旅程，幸好上天眷顾，5月10日下午3点终于得以成行，顺利地完成近半月的欧洲之行。尽管旅途行色匆匆，每天都像赶场似的，缺少了一些悠闲与从容，然而欧洲的绿色环保与悠久辉煌的建筑雕塑文化艺术给我留下了深深的思考与永恒的记忆。这次欧洲之行值得庆幸的是，在柏林，我和父亲与胞弟全家及阔别20年的妹夫一家重逢，幸福的团聚让我喜极而泣，看见小弟一家在贵族庄园中的生活状态令人欣慰。

　　这些年《申根协定》为欧盟各国之间的往来入境提供了方便。欧盟各国统一欧元货币，且"无国界"了，我们只在意大利一国签证入境，其他各国便通行无阻。从一定程度上说，真可以称得上和谐欧洲了。

　　欧洲之行给我留下最深刻印象之一的，就是这里的绿色环保做得特别好，人特别善待动物，极具人性化。有一件事让我记忆犹新，我们行车在德国的高速公路上，前面时常会有一些桥梁，横跨在高速公路的上方，奇怪的是这些横跨的桥梁上不是行车道，而是栽上密密的树木。导游李煊先生为大家解惑：这些横跨在高速公路上方且栽树的桥，是专门为动物能顺利安全地经过公路而修建的。现代化的高速公路隔断了大片的土地，动物很难从高速公路上通过，为了它们能安全地通过高速公路，不影响它们的生息和迁徙，这种生态桥起了大作用。在欧洲的高速公路两旁几乎没有裸地，山地丘陵上的植被特别丰茂。正是春季，平原上绿油油的麦田和金灿灿的油菜花将锦绣大地装扮得色彩缤纷、分外妖娆。这里的空气清新，天空格外湛蓝，人们的呼吸也特别顺畅。这里的空气少尘埃，天空显得格外悠远，这里的每一个城市都特别清洁，绿色欧洲的说法是当之无愧的。

这次欧洲之行的另一个印象就是，欧洲古老的建筑雕塑文化艺术令人叹为观止。无论是2000年前留下的罗马斗兽场、宏伟绝伦的梵蒂冈圣彼得大教堂、意大利佛罗伦萨的圣母百花大教堂，还是法国悠久的卢浮宫、凡尔赛宫、巴黎圣母院等古老的建筑群，其宏伟的穹顶、古朴的大理石石柱及美轮美奂的大理石雕塑，真是叫人眼花缭乱，叹为观止。无论是古罗马城，还是文艺复兴时期的佛罗伦萨，以及巴黎古城，其建筑物老的有两千多年，年轻的建筑也要一二百年。那罗马风格的半圆形门窗图案，以及三角形希腊风格的窗棂、临街厚重的铜钉大门，无不刻上了历史的古老与沧桑。在欧洲房屋是私有制的，然而所有临街建筑的屋面归国家所有，你个人可以在屋内随意装修设计，而在墙外则不准个人随便改动，墙外装修由国家统一负责修旧复旧。一幢500年的古老建筑至今还住着现代人，没人嫌它古旧和年代久远。在佛罗伦萨，著名的《神曲》作家但丁的故居至今保留着并供人们居住，几乎所有几百年前的厚重大理石结构的建筑都在使用之中。

在欧洲古老建筑的立面上，随处可见到大理石雕塑，街头广场随处一件青铜器或大理石雕塑都是价值连城的文物古迹，人们自觉保护，散落街头上的雕塑不必担心被人偷走。在梵蒂冈的圣彼得大教堂，至今门卫士兵穿的服装还是几百年前著名雕塑家米开朗基罗设计的，在这座欧洲经典的大教堂中，米开朗基罗用半生的时间都在天棚下劳作，前厅右侧有一个白色大型雕塑，是他24岁时完成的。那忧伤的圣母怀中躺着刚从十字架上取下的已死的圣子耶稣，其画面的细腻和情感表现令人震撼。宫殿中央的地下有镇殿之宝——主耶稣的大弟子西门彼得的尸体就葬在这里。米开朗基罗晚年还在天棚下雕刻作画，艰苦劳作使他的身体都变成了畸形，在梵蒂冈，他和拉斐尔留下的传世雕塑件件都是奇世珍宝，欧洲的雕塑艺术是举世绝伦的，是任何民族的创作都无法替代的。

在法国卢浮宫陈列着欧洲最古老的雕塑和油画，这里有三件宝叫人不忘：无头的胜利女神、断臂的维纳斯、无眉毛的达·芬奇的《蒙娜丽莎》，这些都是残缺美的极品。有一件事让我深思，巴黎的卢浮宫始建于1190年，先后经过50任皇帝的修建和扩建，到1852年拿破仑三世时才完成建造。卢浮宫内有40多万件展品，常展的只有20多万件。巴黎协和广场的方尖碑是古埃及神庙的古迹，已有3000多年历史。欧洲人对文化的历史传承是非常悠久和持守的，不管朝代更迭还是流血战争，他们都会将民族的结晶保留下来，并

不断发扬光大。佛罗伦萨的百花大教堂先后建了140多年，米兰的大教堂先后建了200年，巴黎的卢浮宫至今还在修建。20年前，美籍华人建筑师贝聿铭，在卢浮宫修建的金字塔和倒金字塔的出入口和采光建筑设计被历史选中，这是华人的骄傲。他1917年生于广州，1955年毕业于麻省理工学院，他的作品具有抽象的形式和组合资源的特点，用石块、玻璃、钢等材料创意地组合在一起，追求戏剧性的效果，挑战技术极限。1983年获著名的普利兹克建筑奖。在中国最著名的已有2000多年历史的万里长城被保留下来，但那是厚石方砖砌成的，并不是雕塑艺术品。西安的兵马俑也是有幸埋在地下才被保存下来。欧洲独特的建筑雕塑文化艺术是伟大的，那是因为一代又一代的当地人对其进行着不断保护和修缮，这更是对历史文化的传承和尊重。

欧洲的绿色环保和历史建筑雕塑文化艺术给人启迪，令人记忆。优秀的自然和文化遗产是属于世界的，为了一个共同的人类家园，我们应当珍爱和彼此尊重。

2010年5月25日凌晨欧洲回沈后速记

梅溪流韵

左原寻根

1986年10月底，笔者自北国沈阳赴黄山参加全国第四届建筑塑料技术交流会。黄山地处安徽境内，离浙江杭州已经不远，当时我正在收集有关南宋爱国状元王十朋的资料，以备专门为其著书。既已身下江南，何不趁便沿途去考察古人行踪，到时一定获益匪浅。于是11月初，我只身驱车抵临杭州，一头钻进位于西子湖畔的浙江图书馆中，查阅有关先人的墨迹。南宋绍兴年间，当时最著名的学者和诗人王十朋曾多年在临安（今杭州）入太学读书，登第后首先出仕绍兴府签判。因此，匆忙之中又赶赴绍兴，访古迹，游兰亭，钩沉历史。接着又赴青田查阅王十朋老师潘翼的史料。

1986年11月12日，居乐清盐盘的著名画家王思雨先生遣其四女阿玉小姐来风华居（家父温州居所），邀请我和家父去他的画室榴花书屋会晤。有关我和思雨伯的交往说来也很巧，去年，家父和思雨伯在温州新华书店邂逅，两位长者互道来历，却原来同出一宗。随后经家父信中介绍，我和思雨伯飞鸿传书，随结忘年之交。虽说思雨伯常寄书画予我，鼓励我写作《王十朋传》，我们却从未见面。因此，画家的盛情邀请，使我与家父欣然领命。13日，由阿玉小姐陪同，我与家父乘江船来到乐清境内的盐盘，乡间一位清瘦飘逸的长者早已在一幢两层小楼前等候多时了。

榴花书屋是一间不大的画室，四壁书架字画占据了大半个空间，屋中是一张画桌。画室外边是一个大阳台，阳台四周是一片稻田和树木。老画家告诉我，乐清县城虽有住房，可他喜欢乡间的雅洁和清新，置身鸟语虫鸣之间，可增添他无限的作画灵感。老人慷慨地把他创作的几百幅丹青和盘端出，让我们父女一饱眼福。当家父和思雨伯到阳台远眺之时，画室中只剩下了我和阿玉姑娘。她快考大学了，她告诉我许多她父亲的故事。说话间她从书架上拿下一张1984年3月25日的《浙江日报》，上有一篇有关《思雨》的摄影报道映入眼帘。原来老人现仍在浙江文史馆高就，报上介绍说："几十年来他从事版画、国画、雕刻等各种艺术创作。近几年来他设计创作的几十种泥雕、瓦雕新产品供应国际市场，并为本地培养泥雕技术人员做出贡献。"在众多的画册中，阿玉小姐又把一份"中报"递到我的手中。这是一份由纽约、中国香港、三藩市和洛杉矶合办的报刊，几幅格调清新优雅的中国山水画占据了报纸很大的篇幅。定睛看时，原来是思雨伯作的画，画图旁还有一篇画家自述《我与中国画》。当晚思雨伯将一只他亲手设计雕刻制作的瓦雕熊猫戏竹笔筒送给了我，并在其上刻上了赠言和他的名字。为纪念老画家珍贵的友情，我把黄山会议上获奖的论文奖品——一幅白玉石小画屏送给了思雨伯。老人家十分高兴。欢洽的气氛中我们共同研究第二天去十朋公的故乡乐清左原山村，即如今的梅溪村寻根一游。阿玉小姐的姐姐阿夏小姐也要求和我们同行。

14日清晨，我们乘车到了乐清虹桥，又换乘小拖拉机去四都乡梅溪村。我们沿杨溪步行，到了一处四面环山、水竹掩映的梅溪村落，这便是宋时王十朋的出生地左原。此地并无熟人，经人指点，我们穿田野、过村庄，向王十朋的坟场所在地白岩山走去。

沿石路积步登高，王公坟庵错落在梅岙村居之中，庵堂已很陈旧。推门进堂，正中塑有十朋公坐像。香案上仍有香火，堂柱上对联垂地。怀古人业绩，万里迢迢前来寻根觅踪，叹世事沉浮，八百年历史长河一瞬烟云，此时此地不禁感慨万分。庵堂四壁贴有王公简历，由于时间较久，有些字里行间笔迹不清，不过抄录人"王章东"三字却清楚可辨。询问村民，方知王章东是梅溪村王氏传人。匆忙抄写之后，我们出庙堂沿庵边山路登高，来到白岩山半山之中。时值深秋，山中树草偏黄。十朋公坟墓依山势修筑，坟场十分开阔，这坟墓是南宋的历史古迹。坟前左右高竖两碑，上刻王忠文公墓志铭（汪应辰撰），此碑乃1982年乐清县人民政府重新拨款所修。原有古墓坟场的古迹很多，石牌坊、五凤楼现已无存，坟上石人、珍兽等许多古迹在"文化大革命"中全被"破四旧"了，见祖国文化古迹文物遭毁，不觉十分痛心。1989年12月12日，浙江省人民政府发文将王十朋墓列入省重点文物保护单位。据说不久还将重新修缮，开辟梅溪村为乐清旅游胜地。

当我们沿山村小路返回翠竹环抱的梅溪村时，已是傍晚时分。我们找到了抄谱人王章东先生。50多岁的章东先生知道我是为写《王十朋传》而特来考察十朋故居的，十分热情。当他又知我们都是十朋后人，更显出兄弟亲情。他指着自己住的几间房屋说："这场地就是当年十朋公家老屋旧址。"他领我们来到屋前的孝感井旁，又告诉我们说，"这就是当年的大井，已有千年

历史了。"环视此井旁有翠竹树木,井边围有青石栏杆,上书白色隶书大字:孝感井。章东先生提起一桶清凉的井水,我们正是一路口渴,大家分饮清泉,甘甜可口。章东告诉我说:"宋时梅溪从此井前流过,现已无溪流和梅亭,但井前仍有流水经过成小渠。"他又指着村小学的几处房子说,"那里原是十朋开辟的梅溪书院旧址。这井的旁边就是小小园的位置。"当我们折回章东家时,他搬出家藏的《家政集》和王公画像及由他重新修订的宣统二年(1909年)的《王氏宗谱》,并指给我们看。此时他的神情显得神圣而严肃。他还告诉我们,他至今还珍藏着三块清朝《王忠文公全集》的木刻原版。章东先生原是读师范的,现已近花甲,他古文很好,是村里的秀才。

夜幕降临,梅溪村后的北高山、东高山、西高山及南高山均罩上黛色。静谧的山村仍旧能辨别出当年古村落的景象。由于天黑不便夜行,加之主人盛情挽留,于是我们留宿梅溪村。章东先生与我们把盏话桑麻,共忆十朋公当年的业绩和逸事,不知不觉已是深夜。由于我们第二天还要去乐清城外寻访十朋青少年金溪乡校读书遗址,留宿一夜之后,我们又要另赴征程。惜别中我们合影留念,告辞了屋主人王章东先生。

次日清晨云淡风轻,水竹绕村舍别有风情。家父与思雨伯兴致中各留诗左原山村,也许同是大诗人王十朋的一脉单传,他的后裔子孙中善诗者众多。

画家思雨伯留诗如下:

先贤已邈川原在,故物犹存见孝感。
甘泉分饮清今古,满宇梅花一树开。

家父王祝光的"左原寻根"诗曰:

(一)
梅溪水清育朋公,文革政廉辅南宋。
山河破碎家何在,力主抗金收华中。
(二)
朋公有灵留吾宿,左原溪畔有王屋。
溯本追源沧桑变,万点梅花同一株。
(三)
孝感井水甜又清,养育一代名贤人。
朋公青史垂千古,井光永照众后生。

梅溪山村是应当骄傲的，它风景秀丽，水清源长，培育了一代爱国大诗人、政治家、学者、教育家王十朋。王十朋和他的《梅溪集》是乐清的骄傲，是温州的骄傲，也是我们中华民族历史的骄傲。孝感井，这口千年古井，你是历史的见证人。

1990年辽宁大学出版社《王十朋传》第60章

第六辑　梅溪流韵

《颂梅集三百首》前言

　　为纪念南宋第一状元、杰出的爱国政治家、文学家、著名学者、教育家、诗人王十朋诞辰885周年，温州王十朋研究会于丙子金秋，函请海内外学者、诗人及各界名流赋诗填词，四海之内响应者甚多。至1997年7月1日香港回归日止，喜得佳作三百余首。在征集诗稿活动中，承蒙本会顾问、著名爱国侨领、旅法国巴黎华侨俱乐部副主席董友孚先生慷慨解囊，单独资助出版《颂梅集三百首》，其无私奉献精神可嘉，谨致谢意。《颂梅集三百首》的付梓，乃梅溪盛事，乡间、港台传为美谈。

　　王十朋，字龟龄，号梅溪。公未仕时，于故乡乐清左原梅溪旁以植梅、咏梅、开设梅溪书院为乐，人称梅溪先生。梅为国之名花，品性凌寒高洁。王公的爱国爱民、勤政清廉、乐育人才的高风亮节，与梅暗合，《颂梅集三百首》书名大概源于此。

　　本书出版旨在弘扬民族文化，发扬爱国精神，为精神文明建设服务。成书之际，本会首席顾问、谢觉哉同志的遗孀王定国同志亲笔挥毫为本书出版题词；王十朋研究会名誉会长、著名数学家、全国政协副主席苏步青教授为本会题词；中国宋史研究会副会长、杭州大学历史系主任徐规教授为《颂梅集三百首》作序；古典文学研究专家、《全宋诗》编委、王十朋研究会特邀顾问孔凡礼教授为本书赋诗；王十朋研究会名誉会长、香港国际文教基金会董事长、国学大师、著名学者南怀瑾先生为《颂梅集三百首》赋诗来函；台湾中国文化大学文学院院长、著名学者、宋史研究专家宋晞教授，台湾中原大学教授、台湾《温州会刊》主编李森南先生，旅意大利著名爱国侨领孙明权、陈玉华夫妇等海内外知名学者，纷纷来函赐诗，热情支持出版。一些蜚声四海的各界名流又为本书馈赠书画或篆刻，广大诗词方家频赐诗词。正是各方良师益友的智慧与心血汇成诗篇，并赖以专家编者们的辛勤劳作，方使《颂梅集三百首》有如馨香的梅花迎风怒放，呈现在国人精神文明的百花园中。

为使梅溪思想体系的精髓——发愤读书立志报国、爱国爱民勤政清廉、割俸办学乐育人才、为民请命刚正不阿的"梅溪精神"再现于今，激励后人读书志在报国，立业首先为民，心存统一大业，为官两袖清风，继承民族优秀文化，温州王十朋研究会几经群策，组织专家编委多方征集并整理诗稿。国家文物局原局长、全国政协六届委员兼副秘书长、著名学者、诗词评论家、现中华诗词学会会长孙轶青先生亲为本书指导并赐墨宝，宋史研究专家及诗人汤梓顺教授，德高望重的沈阳文史馆馆员黄禹篇先生，辽宁省散文学会副会长、诗人马成泰先生主审本书诗稿。《颂梅集三百首》的付梓凝聚了各方朋友的心血与友情。

恰逢王十朋885周年诞辰（1112—1997年），又值《颂梅集三百首》出版之际，王十朋研究会谨向关心、支持、帮助出版《颂梅集三百首》的朋友们致谢。愿《颂梅集三百首》为祖国万紫千红的百花园奉献一抹疏枝新绿、一瓣国华梅香。同时，也将《颂梅集三百首》这枚素洁的红梅花环敬献给先哲王公十朋的在天之灵，激励后人纪念并学习弘扬他读书报国、乐育人才、爱国爱民、勤政清廉、刚正不阿的伟大爱国精神。

本书在编排过程中，按作者姓氏笔画为序，因版式需要，个别诗词的排列次序也略有变动。由于编者水平有限，诗集中不妥之处在所难免，恳请专家学者指正。

温州王十朋研究会会长王祝光携长女王雪丽
1997年国庆节于温州风华居

（《颂梅集三百首》，中国华侨出版社，1997年11月出版）

第六辑　梅溪流韵

257

梅溪诗韵

——《颂梅集三百首》首发式大会盛况侧记

鹿城温州，历史悠久，人杰地灵；雁荡雄伟，山奇水秀，名人辈出。著名南宋第一状元王十朋是一代伟人，其名节、诗文彪炳史册，后人称其为："士子千秋圭臬，先儒一代宗师。"他读书报国，勤政清廉，忧国忧民，刚正不阿，为民雪冤，兴修水利，割俸办学，其言其行是后世学子的典范。王十朋留给后人的54卷《梅溪集》连同他的爱国思想，是中华民族不可多得的一份文化遗产。

为传承民族文化，弘扬爱国精神，促进精神文明建设，在温州市委、市政府的关怀指导下，温州王十朋研究会于1997年12月25日至26日在温州市东方宾馆隆重举行"纪念南宋爱国政治家、文学家、教育家、诗人王十朋诞辰885周年暨温州王十朋研究会成立、《颂梅集三百首》首发式大会"。

虽说时值隆冬，鹿城仍然温暖如春。海内外著名人士怀着对温州先贤的敬仰，云集温州古城。参加会议的有资深教授学者、党政领导、海外华侨、著名艺术家和作家诗人等200余人。各方精英欢聚一堂，共商开拓民族文化大事。

东方宾馆的会议大厅布置得隆重高雅，传统的古香古色的中式仿古桌椅为大会增添了几分民族文化的传统氛围，正厅前方紫红色帷幕上悬挂着主题横幅"纪念南宋爱国政治家、文学家、教育家、诗人王十朋诞辰885周年暨王十朋研究会成立、《颂梅集三百首》首发式大会"，大厅四周悬满了国内外名家友人赠送给王十朋研究会成立的贺诗贺词、书法绘画等艺术作品。会议厅主席台对面的幕墙中央悬挂着巨幅王十朋研究会会徽：一朵红色的梅花和蓝色梅溪图，寓意王十朋号梅溪，及其故居乐清梅溪溪流旁广植梅林，颂扬了主人公梅花般的高风亮节和人品。

大会由温州王十朋研究会副会长、编审、作家王雪丽女士主持。在主席台依次就座的有：王十朋研究会副会长、《梅溪文集》重刊委员会副主编王翔鹏先生，乐清县原县长朱斌先生，温州市民政局社团处处长沈云法先生，浙江省文史馆馆员、著名画家王思雨先生，温州市政协副主席、历史学家马允伦先生，诗人、宋史研究专家、沈阳航空学院汤梓顺教授，中共温州市委宣传部常务副部长林可夫同志，温州王十朋研究会会长、离休老干部、高级建筑师王祝光先生，全国政协六届委员会副秘书长、中日友好协会副会长、天津书画家协会秘书长沙里同志，中共温州市委副书记陈艾华同志，温州市人大常委会原主任卢声亮同志，浙江大学中国古代史研究所名誉所长、博士生导师、中国宋史研究会副会长、温州王十朋研究会荣誉顾问徐规教授，潍坊世界艺术家联合会主席王明善先生，著名篆刻家、作家荆鸿先生，中共温州市委统战部副部长、温州王十朋研究会副会长金国文同志，温州市供销社主任、永嘉县委原副书记、现中纪委监察部杭州培训中心副主任李文照同志，温州政协专职常委办公室主任、温州王十朋研究会副会长蔡燕炯同志，温州师院、谢灵运研究会会长黄世中教授，主席台就座的还有旅德国华侨联谊会杨益盈先生。

当主持人宣布授牌时，会场上响起热烈的掌声。温州王十朋研究会会长王祝光先生从时任温州民政局社团处处长沈云法手中接过一块金光闪闪、由时任全国政协副主席苏步青先生亲笔题书、刻着鲜红大字的"温州王十朋研究会"的会牌，王老先生异常激动，他接过的不只是一块学会成立的会标，同时接过了一份沉甸甸的历史责任，弘扬民族文化，继承先哲王十朋爱国精神的历史重任已经落在了温州王十朋研究会的肩上。自1995年8月18日温州王十朋研究会筹备会"风华居"别墅召开第一次会议以来，"风华居"已名副其实地成了中国王十朋研究的学术交流基地。研究会筹备会为王十朋的学术研究、乐清王十朋墓的修复、梅溪故居王十朋纪念馆的建立及雁荡山梅溪国际碑林的开拓等旅游文化开发工作鸣锣开道，并做出了积极有效的贡献。为了弘扬和挖掘王十朋先哲爱国爱民的精神遗产，研究会向海内外学者、诗家征集歌颂王十朋的诗歌楹联，于是凝聚着广大诗作者心血的《颂梅集三百首》诞生，这本诗集由中国华侨出版社出版，著名学者徐规教授作序。在温州王十朋研究会正式挂牌成立及王十朋885周年诞辰之际，这本《颂梅集三百首》作为大会献礼作品，受到海内外专家学者们的格外好评。

大会得到了浙江省和温州市领导同志和海内外朋友们的热心关怀和支持。会上收到各方贺电、贺信50多份，收到贺礼书画、木雕等艺术品38件。

首席顾问老红军王定国同志为本会亲自题书"弘扬民族文化,发扬爱国精神"。著名书法家、诗人冯增荣同志发来贺电和诗词作品。浙江诗词学会主席戴盟先生赠寄贺信和诗联三幅。浙江吴越文化研究会会长吴亚卿先生、德清莫干山书画社社长卢前先生均寄来贺信和书画作品多幅。沈阳师范学院教授、著名书法家董文先生、青田书法家协会主席王经纬先生均发来贺电并寄来书法大作。著名书法家蔡心谷及溥仪家族后代等均赠送书法条幅。广东汕头岭海诗社社长林曼兰女士,青田文联主席、著名作家董秉弟先生,武汉高级教师孙开焕先生,瑞安教师张瑞雯等均来贺信、贺诗。著名艺术大师王笃芳先生赠本会黄杨木雕王十朋全身塑像一尊。著名篆刻家荆鸿先生专为温州王十朋研究会篆刻纪念金石一套。

港台及旅海外的朋友们对温州王十朋研究会的成立也表现出了极大的热情。香港国际文教基金会董事长、国学大师、本会名誉会长南怀瑾先生由秘书室寄来贺信,台北市中国文化大学文学院院长宋晞教授专致贺信和题诗,台北师范大学美术研究院郑瑜教授也专寄贺词电文一封,欧洲华侨华人联合会副主席郭永辉先生发来贺电,丹麦中国文化交流中心西北欧地区联络代表徐定元先生致贺电,并赞助大会人民币一万元。

温州王十朋研究会会长王祝光先生做了学会筹建工作报告,他在《学习王十朋爱国精神,弘扬中华民族优良传统》的讲话中回顾了三年来学会的筹建活动。学会副会长、中纪委浙江培训中心副主任李文照同志宣读了温州王十朋研究会章程。时任中共温州市委宣传部常务副部长林可夫同志代表中共温州市委陈艾华副书记和温州市政府向大会讲话并阐述了成立学会的重大意义。沙里同志、谢灵运研究会的黄世中教授、山东潍坊国际文化村的王明善先生、沈阳航空学院汤梓顺教授等许多代表都在大会上做了各具特色的发言。

大会向每一位与会代表赠送《颂梅集三百首》(王雪丽、王祝光主编)、《王十朋传》(王雪丽、王祝光著)、《雪晴集》(王雪丽著)等书籍。在欢迎宴会上,200多名学者名流欢聚一堂,衷心祝愿温州王十朋研究会在今后的发展中,不负历史使命,严谨治学,积极研究,开拓进取,为王十朋的爱国思想和2100多首诗文的学术研究及人文旅游景观的开发做出不懈的努力。

25日下午,大会继续进行学术研讨发言。许多学者从王十朋的政绩、抗金爱国、"在朝廷则以犯颜极谏为忠,仕州县则以勤事爱民为职"及其诗歌特点等方面做了精辟论述。研究会副会长王雪丽编审的大段精彩讲话和稳健活泼的大会主持风格,赢得了大会的热烈掌声和赞许。当日晚上,王十朋研究会会员单位温州市越剧团,为大会与会全体学者、专家献演新改编的越剧

《荆钗记》。舞台上新颖的布景灯光、高雅的音乐、精彩的表演艺术博得好评，谢幕时，王祝光会长与研究会主要成员向越剧团赠献锦旗纪念。

第二天部分代表驱车至王十朋故居，现乐清市四都乡梅溪村进行实地考察，梅溪小学的孩子们敲锣打鼓欢迎远方的客人。梅溪村四面环山风景秀丽，已有800多年历史的王十朋坟墓由于在"文化大革命"期间遭到破坏，伤痕累累正待修复，历经千年沧桑的古孝感井水仍十分清纯，由南宋第一状元王十朋当年亲植的两棵特大樟树，至今仍枝繁叶茂，给后世子孙们留下余荫。樟树下两排天圆地方的石头阵让代表们猜测不休，留下了许多神秘的色彩和疑问。

当代表们离开梅溪时，仍在不断地思索着如何利用当地名人效应和地理自然风光，以雁荡山为龙头，开发梅溪旅游资源。刚进乡政府时，从那些列队敲锣打鼓欢迎专家学者的天真的孩子们的笑脸上，可以看出他们是多么盼望开发梅溪呀！梅溪人的企盼给我们留下了一份深深的思考。

补记：1999年1月9日，温州王十朋研究会在王状元故里、梅溪村王氏大宗祠内召开的"世界文化村雁荡山梅溪国际碑林、王十朋大观园开发揭幕典礼"千人大会十分隆重热烈，为梅溪的人文景观建设揭开了序幕。三年后的今天，梅溪故乡的王十朋坟墓正在修缮之中。一座雄伟的王十朋纪念馆已开工建设，状元山庄已在筹建。等您再来梅溪时，矗立在这里的是宏伟的王十朋纪念馆，纪念馆旁边将是梅溪长流、梅花盛开，青山依旧，碑林各异，游人如织。有这么多热心祖国民族文化的仁人志士，梅溪的美好明天还会远吗？

此文收录于2002年辽宁人民出版社《王十朋纪念论文集》

第六辑　梅溪流韵

《王十朋纪念论文集》前言

　　王十朋（1112年—1171年），字龟龄，号梅溪，温州乐清左原人（今温州乐清市四都乡梅溪村）。他是南宋绍兴末、乾道初最负盛名的爱国名臣，杰出的政治家、文学家、教育家和学者，是一位以文章气节彪炳史册的伟人。秦桧死后，王十朋于1157年才高中状元。他以万言《廷试策》一举殿试夺魁，宋高宗亲擢为进士第一。历任绍兴府签判、秘书郎兼建王府小学教授、国子司业、起居舍人、侍御史，相继出知饶、夔、湖、泉四州，后又擢太子詹事等职。官至龙图阁学士致仕，谥号"忠文"。

　　王十朋入仕后，以必复失土、必雪仇耻为己任。在朝中与主和派势不两立，主张加强江淮战备，竭力诤谏。由于被主和派千方百计排挤，宋高宗于绍兴三十一年（1161年）五月十八批准王十朋丞请祠归的要求，离京去国。后来他写下的《去国》诗，表明了他对国家、对百姓的强烈挚爱。诗曰：

> 去国常忧国，还家未有家。
> 君恩无所报，含愧出京华。

　　孝宗即位后，召命因弹劾主和派、力主抗金而被黜的王十朋回朝做官。他又力请北伐，收复中原，并极力推荐枢密使兼都督江、淮军马张浚主持其事。后因张浚用人不当，内部失和，导致隆兴元年（1163年）北伐失败。此时主和派抬头，群议四起，关键时刻王十朋一马当先，慷慨陈词，再三说服孝宗坚固北伐信心，"不以一衄失为群议所摇"。他不避斧钺之诛，表现了大无畏的爱国精神。然孝宗失志屈和，张浚被贬，王十朋上疏自劾，辞去侍御史职务。改除吏部侍郎，力辞。他不愿与主和派为伍，再度离朝去国，回乡闲居。不久外任，出知饶、夔、湖、泉四州。

《宋史》卷三八七·列传第一四六《王十朋本传》载："十朋见上（孝宗）英锐，每见必陈恢复之计……凡历四郡，布上恩，恤民隐，士之贤者诣门，以礼致之……所至人绘而祠之。去之日老稚攀留涕泣，越境以送，思之如父母。"宋朱熹亲自为王十朋的《梅溪集》作序，序中极力推崇他"在朝廷则以犯颜极谏为忠，仕州县则以勤事爱民为职"的高风亮节，及其"光明正大，疏畅洞达，无有隐蔽，而见于事业文章者一皆如此"的正直德行。称他是继历史上五君子（诸葛亮、杜甫、颜真卿、韩愈、范仲淹）之后的又一个君子。"永嘉事功学派"集大成者叶适推崇王十朋说："自绍兴庚辰（1160年）至乾道辛卯（1171年），公名节为世第一，士无不趋下风者。"（《水心集》卷九）其立德、立功、立言可谓无愧，为当时名贤所折服。后人称赞王十朋治国有方，抗金有功，爱民如子。《四库全书总目》卷一五九则说："十朋立朝刚直，为当代伟人。"王十朋忠心报国、抚爱黎民、清正廉洁、刚直不阿的高贵品质及爱国爱民的伟大精神和他的2100多首诗歌和大量文章，是中华民族一笔珍贵的文化遗产。

铁肩担道义。为纪念先贤王十朋爱国爱民、勤政清廉、刚正不阿的高贵品质，弘扬中华民族优秀历史文化，并为当今的精神文明建设服务，温州王十朋研究会不负前人和后人，担起了这一历史重任。从1995年8月18日王十朋研究会筹备会召开，至1997年12月25日温州王十朋研究会挂牌成立，又于1999年1月9日在状元故里召开"世界文化村雁荡山梅溪国际碑林王十朋大观园开发揭幕典礼"千人大会，到如今千禧龙兴世纪之交，温州王十朋研究会有关王十朋的学术研究与梅溪故里王十朋墓的修复、王十朋纪念馆的筹建及梅溪国际碑林与状元山庄的开发等工作已扎扎实实地开展起来。继1997年12月王十朋885周年诞辰，出版了海内外学者、诗家歌颂王十朋的《颂梅集三百首》之后，温州王十朋研究会于1998年8月15日又开始向海内外学者名流、历史学家、党政干部等征集研究王十朋的论文，筹备出版《王十朋纪念论文集》一书。会长王祝光先生不辞古稀年迈体弱，向海内外各界名流学者亲书征稿函札上百封。至今年6月，已收到有关研究王十朋的论文和纪念文章80余篇，计40余万字。内容涉及王十朋的爱国爱民思想，离朝与外任的政绩，生平及诗歌作品的历史地位研究，廉政爱民思想对当今精神文明、廉政建设的意义，《梅溪集》版本考及年谱研究，诗友唱和交往等领域。各类文章无论是质量之高还是数量之多，都是空前的。

《王十朋纪念论文集》再度向世人展示了王十朋爱国爱民的光辉一生：少时发愤读书，立志报国；梅溪办学，忧国忧民；入朝做官犯颜极谏，除弊兴邦，

爱国抗金，不避斧钺之诛；离朝外任勤政清廉，为民请命，割俸办学，体恤民瘼冷暖，其高风亮节永垂史册。

王十朋一生博究经史，工诗善文。在世60个春秋共留下2100多首诗歌和大量的奏议文章。他中状元时写的万言《廷试策》，切中时弊，指点江山，为安邦定国之良策。宋高宗嘉其"经学淹通，议论醇正，可第一"。当时学者争诵其策。其《梅溪集》收录于《四库全书》之荟要本、文渊阁本之中。1998年上海古籍出版社出版了79万字的《王十朋全集》，梅溪集重刊委员会功不可没。

王十朋提倡"文以气为主"的文艺理论思想。主张"学之者宜先涵养吾胸中之浩然"，然后"发而为文章事业"。朱熹在《王梅溪文集序》中称："（王十朋）平居无所嗜好，顾喜为诗，浑厚质直，恳恻条畅，如其为人，不为浮靡之文。"明朝大学士黄淮在《梅溪先生王忠文公文集序》中说："其著为杂文诗歌，率皆浑厚雅淳，和平坦荡，不离于道德仁义。"前人对王十朋的诗作的艺术特点做了精辟的论述。

王十朋的诗歌立意高远，清新隽永，精品佳句比比皆是。更可贵的是，其爱国爱民的正气直接融入诗中。其诗歌贴近生活，直接反映百姓的流离失所和所痛所乐。他的《民事堂赋》哀百姓之苦，情真意切，并上书朝廷救民于水火，呼吁痛除贪官扰民之害。其赋曰："……天吴怒而江涛沸溢兮，飘庐舍而坏堤防。盗盛害而岁大侵兮，民饿踣而流亡。射的黑而米斛千兮，撷蓼花而为粮（自注：是岁饥民撷蓼花掘草根而食）。痛濒海之蚩蚩兮，葬江鱼之腹肠（自注：上虞县淹死几百人）……蠲常赋而救天菑兮，出内帑之所藏……先抚字而后催科兮，正今日之所当……择守令兮，去奸赃。慎勿扰兮，如牧羊。兹畎亩之拳拳兮，愿入告于天王。"其拳拳爱民之心跃然纸上。

王十朋继承和发扬了我国诗歌的现实主义传统，诗中表现了一个"循良吏"心系苍生、忧国忧民的从政思想，体现了儒家"民为邦本，本固邦宁"的治国方略。其诗作的思想性、艺术性在宋诗中堪称一流。《宋十五家诗选》就含有王十朋的诗选一卷。王十朋实乃宋诗的一代大家，然其政声掩盖了他的诗名。今天宋史和宋诗的研究专家们在《王十朋纪念论文集》中还王十朋的诗歌以应有的文学历史地位，这是历史的必然和公正。

这本凝众多学者心血而成的《王十朋纪念论文集》由温州王十朋研究会名誉会长、国学大师南怀瑾先生题写书名。著名国画家周悦林先生根据王氏家谱，为先哲王十朋重新绘制标准像。著名历史学家孔凡礼先生不顾年迈体衰，亲自著述近两万字的考证文章。著名宋史研究学者徐规教授为1998版《王十朋全集》进行了全面的订正，给后人树立了严谨的治学风范。诗人、宋史研究专家汤梓顺教授，作家、诗人马成泰先生及刘浩然先生、杨本农先生，浙江大学文学所陈志明教授，江西王菁女士等诸多学者辛勤耕耘，多方查证，著述颇丰。《王十朋纪念论文集》的出版，还得到了全国政协原副主席、著名数学家、诗人苏步青院士，我国著名经济学家于光远先生，谢觉哉同志的遗孀、老红军王定国同志，中华诗词学会会长、著名学者孙轶青先生等领导同志的关怀和支持，他们曾分别为温州王十朋研究会题词。

正值王十朋888周年诞辰之际，《王十朋纪念论文集》成功付梓。本书出版旨在纪念先贤，挖掘国宝，弘扬民族文化；启迪来者，古为今用，服务于精神文明建设。谨此献芹薄言，献给天下所有关心王十朋研究、热爱民族文化的朋友们。

2000年6月于沈阳天柱居

第六辑　梅溪流韵

鉴湖情缘

——从《鉴湖说》看王十朋的山水情缘

王十朋一世为官清正，爱国爱民，以气节、文章诗歌彪炳史册。无论在朝还是外任，凡他所到之处深入勘察当地风情民需，及时为百姓除苦解忧，其中兴修水利、绿化山林是他颇具特色的卓著政绩之一。宋高宗绍兴丁丑二十七年（1157年），他高中状元，从第一次受命于绍兴府签判，直至他后来离开朝廷外任饶州、夔州、湖州和泉州太守期间，作为地方行政和军事长官，所到之处秉公执政，抚民爱民，并为当地兴修水利、绿化山林、修桥蓄水、割俸办学，造福百姓，他的政绩德声至今仍被后人纪念和学习。

绍兴二十七年，绍兴府所属会稽、山阴、诸暨、余姚、嵊县、萧山、新昌、上虞等八县遭遇特大水灾，飓风淫雨，江海腾溢，飘庐舍，坏堤防，灾区伤亡惨重，灾民或殍尸道旁，或逃徙异乡，或沦为乞丐，或沦为贼寇。绍兴府签判王十朋受命于危难之时，他爱民心切，及时到灾区访贫问苦，了解灾情，调查研究，抚恤百姓，并及时上报朝廷，抚民安民，赈济灾民。他还提出了救灾济民、除积弊去奸赃的实施意见和办法，生灵均被大惠。

在绍兴为官的两年中，他为了地方百姓的长治久安，吸取水患的经验教训，曾多次考察了当地的鉴湖，提出了退田还湖、兴修水利的著名政见。他洋洋4000字的《鉴湖说》是一篇古代极有史料价值的环保论文。

在《鉴湖说》中，文章一开头，王十朋就赞扬苏东坡为杭州太守时，曾带领人民治理西湖，留下了历史的佳话。东坡先生曾经说过："杭之有西湖，如人之有眉目。"王十朋对鉴湖也做了类似的评说："越之有鉴湖，如人之有肠胃。"人无目则不可以视，而肠胃秘则不可以生。西湖和鉴湖地处东南，都不可不治，而治理鉴湖尤为重要。鉴湖地处浙江绍兴西南1.5公里，因湖水清可鉴人而得名。鉴湖长127里，周围358里，湖高田丈余，田高海丈余。

旱时引湖水入田，涝时泄田水入海。千余年来，鉴湖造福百姓，在蓄泄、灌溉、交通、养殖等方面起了重大作用。

王公在《鉴湖说》中继续分析道，自东汉太守马臻开湖以来，350余里的鉴湖灌溉田地9000余顷。历朝都很注重治湖，不敢废湖，故此越地从无水旱之患，人民博受其利。从北宋以来便开始有人盗湖为田，祥符年间盗湖者才17户，至庆历年间盗湖为田已有4顷。由于官府禁防不力，到了治平、熙宁年间废湖为田的已有8000余户，达700余顷。当时官府虽做了一些禁令，但始终贯彻不力。到了政和年间，当地州府为了应奉税收，建议废湖为田，收入的租税全部输入京师。于是奸民豪族公然侵湖，肆无忌惮，从而废湖为田达2300余顷。自此越地水利失调，年年都发生水旱灾害。这侵湖为田的2300顷土地每年可向官府交租6万石，虽获得这暂时的小利，而忘了300多里鉴湖能灌溉9000余顷土地，这9000顷的常赋损失将何止是6万石呢？由于湖面大减，每年雨水稍多，则田已淹没，晴没多久而湖已枯竭，这就使暂时的眼前小利6万石也不能确保了，更何况那9000顷的常赋损失呢！由于废湖为田，致使9000顷良田和废湖所得的2300顷土地，得不到鉴湖的灌溉而有可能变成黄茅白苇之场，这是多么可怕的一大害呀！另外废湖为田，湖面大减，致使36源之水无容纳之所，造成了鉴湖两岸遇洪涝之灾而屋倒城毁，百姓遭殃，这是第二大害处。再则百姓受灾衣食无着，自然盗贼蜂起，讼狱增多，这也是废湖带来的第三条大害。如果能动手复田为湖，自然三害除去，变为三利了。

虽然废湖有三大害，复湖有三大利，然而真正要复田为湖却有三大难。一者要办成一件利国利民的事免不了一些士大夫异议四起，说什么劳民伤财了，失去一部分官租了，没有地方堆淤土了等。二者修复鉴湖工多费广，也是一件最实际的问题。三者越地的州县长官更换频繁，不利于兴修水利的连续作战。就拿浚湖的人工来说，每天需民工5000人，如疏通湖底、清淤三尺、复田为湖，当需9年才能完工。越郡不浚湖都财用不足，要动这么大的水利工程，全部依靠本地的财力自然不足。但鉴湖的治理已为当务之急，这是解除越地水、旱灾害的根本之举。

为使长期治理鉴湖的事业落到实处，王十朋建议朝廷首先设立一个开湖的常设机构，"于越置开湖一司，命守倅、带提举主管其事，使责有所归。"开湖用的经费，由朝廷每年将废湖为田的6万石租税专门用于调拨给治湖专用。另外，不足的部分由越府自筹。至于人力的问题可以趁每年的农闲时期征用民工，并给民工一些用工的报酬。这样官出财、民出力，两有所利。尤

其要严禁趁修湖之机向百姓敲诈勒索，至于浚疏废田为湖的大量泥沙，可以选择湖边空旷处堆成丘阜，这样也使余土有所归。同时还要嘉奖那些治湖有功之人。如按上面计划实施，则不愁鉴湖之不恢复了。

《鉴湖说》中，王十朋详尽地叙述了当时废湖为田的"三大害"和复湖治湖的"三大利"，以及废田还湖的"三大难"，并且又全面地提出了复湖治湖的工程方案、经费来源、机构设施和土方的堆积处理等一系列的具体问题，可谓尽详尽善。通过《鉴湖说》，我们可以看到王十朋高瞻远瞩的环保意识。

人们赞扬王十朋兴修水利、治理鉴湖的好主张、好措施及他调查研究、深入民间考察的好作风。朝廷很重视王十朋的"鉴湖说"建议，加强了对鉴湖的治理。如今，清澈的鉴湖仍然风貌如昔，光彩照人。后人不会忘记那些保护鉴湖、造福子孙的历史功臣。

绍兴古城留下王十朋兴修水利、治理鉴湖的传世佳话；重庆奉节古夔州、现今的白帝城畔梅溪河仍在传颂着当年王太守绿化山林，引水下山，为民解忧的爱民之歌。

乾道元年（1165年）十一月初一，王十朋携全家一路风尘，沿长江上行来到夔州这个遥远的边防古城，这里曾有三国蜀地的古文明，诸葛武侯祠等都在这里受世人供奉。然而夔州地处边远，土地贫瘠，徭役沉重，百姓面带菜色。他刚到任所便深入下民，了解本地的政务和边防军事，了解百姓的疾苦和日用需求。

每逢初一和十五，王太守必亲自到郡学为士子们讲课答疑，随后又询问郡政得失，让大家反映百姓的要求和批评。大家都说，爱民，最急于解决的是吃水问题。

原来夔州地处巴蜀高原，城内苦无井。平时百姓吃水全靠山上的泉水。山高路陡，人们吃水要走很远的山路。山上的这眼泉水名叫"义泉"，其实呢，义泉不义。由于夔州府历代前任为增加公库收入，便巧立名目以卖水来诈取民财，百姓每年向府库上交的卖水钱千余缗。每担一桶水都要花钱，为此百姓忧虑怨恨。

十朋亲自沿山路考察，见百姓担水劳苦，尤其是那些年长者更是苦不堪言。回府后，王太守马上组织民工石匠，将山上的义泉水用竹筒一节节引下山脚，并维修了蓄水井。他同时下令府库不准收取百姓的水钱，免费供水，使"义泉"真正为民使用，名副其实。十朋又担心自己离任后，后人废了此令，于是又立《给水》诗碑于井旁，以警戒后来者：

接筒引水下山陬，端为夔民解百忧。

长使义泉名不断，莫教人费一钱求。

　　王太守为百姓把水从山上引到山下，从此结束了百姓吃水花钱的日子。清纯的泉水给夔州百姓带来了欢乐，王太守心里比喝了甘泉还要甜美。他并没有就此满足，望着光秃秃的夔山，感觉若有山洪暴雨，引水的竹筒就有被冲毁的危险。为了百姓吃水大计，王十朋节衣缩食，用自己的俸钱买下夔山，又自己花钱买了为数可观的桐树苗，然后让百姓种树绿化山林，造福子孙。十朋怕牛羊穿过时糟蹋树林，于是写《买山》诗专门告诫人们：

书生为郡亦迂哉，剩买童山买木栽。

但遣牛羊勿践履，它年定出栋梁材。

　　夔州府地处巴蜀，夏日炎炎。然而夔府东至夔唐、西过社宣的这条十几里长的道路两旁竟无树可遮阴。唐时柳宗元被贬柳州时曾植柳种树，人称"柳柳州"。王十朋从中得到启发，于是在州府东西大路两旁，种柳2000株。柳树形美好活，第二年，大路两旁绿柳依依。绿化山林道路，使古城焕发了绿的生机。十朋有《种柳》诗写道：

瀼水东西十里余，新栽杨柳两千株。

会有耸干参天去，能似甘棠勿剪无。

　　王十朋守夔州两年，他为民请命，减免马纲水路徭役，使百姓安居乐业。他又帮助夔州人民引水下山，解决吃水难的大问题，他还自己割俸买树苗绿化山林和道路，以保护山中植被生长，免得山上水土流失，冲毁水渠和蓄水池。一个古代的清官，不但为民平冤狱，还时刻想着百姓的疾苦，尤其是兴修水利，绿化山川，其环保方面的远见卓识，有的今人尚且自愧不如。他两年后离任时，夔州百姓流泪相送，并为王太守立生祠纪念。直至今日，奉节城内仍留下他爱国忧民的千古绝唱。

　　王十朋为官一任，造福一方。后来他知泉州时，又心系泉州，在任期间修建洛阳桥和石笋溪桥，继湖州割俸银重建郡学贡院后，又在泉州任上，再度割薪俸修建贡院，他终身致力教育事业，致使夫人贾氏客死泉州时"囊如四壁空"。除割俸建贡院外，他又修复了当地名胜北楼，热心兴修水利公益

事业。他守泉期间，非常重视农田水利建设，浚疏畎田塘。据乾隆《泉州府志》卷九《水利》载："畎田塘，在二十五、六都聚仁里长市（今塘市）等乡。隆庆府志：周围四千九百八十丈，高州、灵源、五都、东洋诸山之流俱入此塘，会流最广。旧传九十九溪之水入六首塘，惟畎田塘居多……北有陡门六间，小涵九所，下有谢埭、新塘、蔡塘潴水，虑水涨堤坏也。浚自宋真德秀、王十朋二守。"王公任泉州太守时，组织民众，引诸多源头活水，开凿和浚疏了畎田塘，塘即人工湖。既防止了水患又保护了农田灌溉。在泉州期间他修建放生池，并作有《天申节放生》诗。据《泉州府志》卷九《水利》条载："放生池在府治西偏万桂堂旧址，乾道六年郡守王十朋建，立楔书'放生池'三字，仍纪以诗，略云：'清源号佛国，此典胡独阙。何以事吾君，故事修遗佚。鱼鳖族至微，端由尺水活。况兹十亩地，中含千里阔。'"王公修建的这座放生池人工湖既可供民间放生养鱼，又可蓄水灌田，正是一举两得。

王十朋守泉州时抚爱黎民，泉民们非常敬重和爱戴他。他离郡时，老百姓前来挽留送行，去后，泉人为其建立生祠纪念。《泉州府志》卷十二《学校》载："王忠文祠在府东衮绣铺，乾道中建，祀郡守王十朋。"《朱子语类》卷三十二又云："去之日，父老儿童攀辕不计其数，公亦为之垂涕。至今泉人犹怀之如父母。"四十七年之后，宋真德秀守泉州。他在《梅溪续集跋》中云："嘉定丁丑，蒙恩假守，获继公躅于四十七年之后，邦人父老语及公者，必感激涕零，莥夫牧儿亦知有所谓王侍郎也。"南宋戴复古《题泉州王梅溪先生祠堂徐竹隐直院谓梅溪古之遗直渡江以来一人而已》诗云：

> 堂堂大节在朝廷，名重当时太华轻。
> 乾道君臣千载遇，先生议论九重惊。
> 人歌黄霸思遗爱，我倾朱云有直声。
> 一瓣清香拜图像，英风凛凛尚如生。

由此可见，王十朋在泉州的政绩德声影响之深远。

综观先贤一代名臣伟人王十朋抗金爱国，抚民爱民，诗文歌赋已记载史册。他在治理地方政务和军事的仕途中，先抚字后催科，深得百姓爱戴。特别是他在兴修水利、绿化山林方面的政绩卓著，造福黎民百姓，惠及后代子孙，遗爱长留人间。当前环境保护是全世界都关心的重大课题，增强环保意识已成为社会主义精神文明建设不可缺少的重要内容。先贤王十朋的爱国爱民的伟大精神，勤政清廉的高风亮节，兴修水利、退田还湖、绿化环境的贤明举措，实在是先人留给我们的一笔宝贵的精神财富和文化遗产。

此文收录于2001年辽宁人民出版社《王十朋纪念论文集》

第六辑　梅溪流韵

王十朋与《荆钗记》渊源

　　《荆钗记》是元朝柯丹丘根据原南戏旧本加工改编的传统剧。《荆钗记》《拜月记》《琵琶记》《白兔记》一并被称为明代戏曲的"四大传奇"剧目。

　　800多年前孕育诞生于温州的南戏，使中国戏剧真正成为一门综合艺术，开辟了中国戏剧史的新纪元。《荆钗记》作为南戏的代表作，几百年来历经数十代艺术家们不断修改加工，已臻完美，《荆钗记》等传统优秀剧目被公认为中国文化艺术宝库中的瑰宝。

　　为了弘扬民族文化，南戏故乡的温州越剧团再度将新改编的《荆钗记》搬上舞台，于1999年8月在沈阳举办的中国第六届戏剧节上演出，获得极大的成功。1998年10月30日，曾应文化部邀请，新编越剧《荆钗记》进京演出，尉健行、钱其琛等中央领导人及文化部常务副部长李源潮等专家学者观看了演出。人民日报、中央电视台、中央人民广播电台等新闻媒体对新改编的《荆钗记》都做了专题报道。2000年国庆节，经文化部入选在南京参加第三届中国艺术节会演中，《荆钗记》又荣获了优秀节目奖，该剧已在中央电视台戏剧栏目中播出。

　　新改编上演的《荆钗记》是一曲悲欢离合的爱情颂歌。故事描写了南宋时期，温州士子王十朋家贫却才华横溢，至信至诚。他与邻居朔门巷女子钱玉莲青梅竹马，一起长大。玉莲拒绝五马街豪富孙汝权的求婚，甘心接纳王十朋木头荆钗为聘礼，和十朋山盟海誓，结为夫妇。不久，十朋赴考得中状元，万俟丞相欲招为婿，被十朋拒绝。孙汝权得万俟授意，暗将十朋的家书改为休妻之书。玉莲接信后万念俱灰，含冤投入瓯江自尽。

　　十朋得知妻亡，痛不欲生，立誓终生不再娶。万俟为泄恨，将十朋从富饶的江西饶州改调到穷僻的广东潮阳为签判，十朋只得携母上任。

　　玉莲被原任温州太守的福建安抚钱载和从江中救起，收为义女，带往福州，喜闻万俟逼婚真相，复得现任饶州王士宏签判病死的信息，误以为王十朋已亡，悲恸欲绝，也立誓终生不再嫁。

5年后，万俟遭贬，十朋擢升江西吉安太守，上任前绕道温州，到江心寺追悼亡妻，恰逢玉莲也按例来寺拈香悼夫，两人惊疑如梦。在隐退的邓尚书热心撮合下，当元宵夜千盏红灯映亮瓯江时，夫妻以荆钗为凭，重新团聚。天道终酬信，佳话千古传。这正是：荆钗姻缘情意长，历经波折重聚首。

《荆钗记》中王十朋的爱情故事纯属虚构。但这样一个优美动人的爱情故事，几百年来却盛演不衰，这正反映了人民对正义的歌颂和对邪恶的鞭笞。然而，历史上最初创作《荆钗记》的动机却有可能是出于反动，这还得从南宋状元王十朋弹劾丞相史浩的一段史实说起。

王十朋（1112—1171年），字龟龄，号梅溪，南宋永嘉左原人（今温州乐清四都乡梅溪村）。他是南宋绍兴末、乾道初最负盛名的爱国名臣，杰出的政治家、诗人和学者，是一位以文章名节彪炳史册的伟人。王公年轻时聚徒梅溪讲学，绍兴二十七年（1157年）他于秦桧死后才高中状元。历任绍兴府签判、校书郎、侍御史，后出知饶、夔、湖、泉四州郡守及太子詹事等职，以龙图阁学士致仕，著有《梅溪集》54卷留世。宋理学家朱熹在《王梅溪文集序》中赞扬王十朋"在朝廷则以犯颜极谏为忠，仕州县则以勤事爱民为职"。王公是著名的抗金爱国名臣，一生勤政清廉，爱国爱民，割俸办学，一身正气，同时他还是南宋著名的爱国诗人。

史浩（1106—1194年），字直翁，宋明州鄞县（今浙江宁波）人，绍兴十五年（1145年）登进士第。历任温州教授、秘书省校书郎等，绍兴三十年（1160年）兼建王府教授。他是建王即后来孝宗赵眘的老师，在宋高宗赵构立储未定之时，史浩为建王立为太子有过功劳。隆兴元年（1163年）春正月，史浩为尚书右仆射，同中书门下平章事兼枢密使。史浩入相，利用其与孝宗王室的特殊关系，干预朝政，阻挠抗金，鼓噪浮言以惑主。

孝宗登基后，志在中兴，恢复统一，以雪靖康之耻。因此他采纳王十朋、胡铨等抗金派主张，起用抗金宿将张浚和刘锜，积极北伐。但是当时的北伐受到朝廷中主和派代表人物之一右相史浩的反对和阻挠。为了支持张浚北伐，统一中原，就必须拔掉宋高宗赵构安插在宋孝宗身边的主和派头目史浩这颗钉子。于是侍御史王十朋给孝宗写了《论史浩札子》，极力弹劾史浩"怀奸、误国、植党、盗权、忌言、蔽贤、欺君、讪上"八条罪状，史浩作为伪君子和奸相，其罪当诛。

当时张浚北伐军在抗金战场上一月三捷，朝廷内主战派重臣尚处于主导

地位，因此宋孝宗采纳了王十朋的上疏，罢史浩出知绍兴府。后到淳熙五年（1178年），复其为右相。就这样，当时朝廷中抗金和主和两派的政治斗争，埋下了王、史之间势不两立的仇恨根源。由于王十朋为官清正，政绩卓著，深得百姓爱戴，再加上宋孝宗当时还健在，因此史浩虽想报复，却无机可乘。乾道七年（1171）年，王公星陨故居，他的爱国爱民的伟大精神，为政清廉、刚正不阿的气节及道德文章与大量诗歌为后人树立了一座丰碑。

史浩不仅自己曾为朝廷重臣，后来他的儿子史弥远（1164—1233年）也青云直上。到了宋宁宗、宋理宗时期（1205—1264年），史弥远于嘉定元年（1208年）拜右丞相兼枢密使，从此把持朝政。他力主和议，为秦桧恢复王爵、谥号。嘉定十七年（1124年）宁宗去世后，他拥立理宗，又独相九年，拜太师，专擅朝政。史弥远死后，理宗方始亲政。以后又有史弥远之侄史嵩之（？—1259年）于嘉熙三年（1239年）任右丞相兼枢密使，因其极力和议，为公论所不容。

宋孝宗赵眘（1127—1194年）虽倚重其老师史浩，然而对忠直诤臣王十朋却十分敬重，王十朋于乾道七年（1171年）星落故居乐清左原、谥"忠文"。史浩虽恨恶王十朋对他的弹劾，然而孝宗健在，其伺机报复王十朋，却碍于孝宗情面，乃无计可施。但是到了后来，史浩子侄长期专权，把持朝廷，他们怀恨家族旧事，伺机报复王十朋。据清光绪《乐清县志·天禄识馀》载："玉莲，王梅溪先生女。孙汝权，宋进士，梅溪友。敦尚风谊，先生劾史浩八罪，汝权实怂恿之，史氏所最切齿，遂妄作《荆钗传奇》，故谬其事以蔑之。"有史料称（未记下出处），史浩后人凭借高位，授意当时文人写戏，在人格上对其进行诬蔑，企图混淆视听，抹杀和诋毁历史上的王十朋在人们心目中的光辉形象，当时朝廷曾下令禁演这类戏文。

南戏发源于浙江温州，南宋时代已开始在温州一带流行。史浩后人为发泄对早已作古的王十朋的仇恨，便借用戏曲，利用文人杜撰唱本《荆钗记》进行传唱。尽管我们一时还找不到正史上有关《荆钗记》产生、出处的论述，然而无风不起浪，从丁传靖所著的《宋人逸事汇编》一书中，不难看出史浩子侄诬陷王十朋的狼子野心。当时的逸事虽非正史，但一般都系民间流传的故事，或是正史没有纳入的史料，本身有一定的事实基础和根据。《宋人逸事汇编》是正史以外一本记叙宋人较可靠的汇编书籍，其中较详细地记述了这些不根之谈：

　　钱玉莲，宋名妓，从孙汝权，某寺殿成，梁上题"信士孙汝权同妻钱玉

莲喜舍"。（《坚瓠集·南窗闲笔》）

孙汝权，宋朝名进士，与梅溪为友，敦尚风谊。玉莲则梅溪之女。梅溪劾史浩八罪，乃汝权喉之。史氏子侄怨两人刺骨，遂作《荆钗记》，以玉莲为十朋妻，而汝权有夺配事，不根之谈也。（《坚瓠集》）

梅溪与妓钱玉莲善，约富贵纳之，登第后三年不还，玉莲为人逼嫁，自沉桑门江口。蜀人破堂和尚为钱先生湘灵述之。今其事备载《湘灵集》，破堂久住江心寺者。（《柳南随笔》）

以上种种说法虽然不一，但有一点是相同的，那就是史浩子侄想诋毁王十朋的为人和道德以泄私愤。他们无非是想污蔑王十朋：其女不贞，门风不正；以女为妻，人伦不端；寻花问柳，无信无义。你看史浩后人借戏文中的主人公名字为王十朋，安排在主人公身上的尽是无德、无信、无义之事，其目的是污蔑诋毁王十朋真实公正的光辉形象。

历史上是否有孙汝权这个进士呢？经查找相关时期的历史书籍，在如下宋史料中均没有孙汝权的名字，可见孙汝权纯属虚构人物（这些史书为：《绍兴二十四年进士题名录》《绍兴二十七年进士题名录》《南宋馆阁录》《南宋馆阁录续集》《宋人卷辑资料索引》《宋史人名索引》《建炎以来系年要录》《宋会要辑稿人名索引》《宋史翼》）。

王十朋为南宋一代名臣，他有一个妻贤子孝的美满家庭。其妻子贾氏是十朋同邑有德行的良家女子，勤劳持家，忍贫好施，全力支持丈夫清廉从政。王贾二人，夫妻相濡以沫，恩爱情长。乾道四年（1168年）12月10日，贾氏魂断泉州任上。她自己不蓄财，却支持丈夫将俸禄献出全力办学，以致去世之日囊橐萧然。王十朋于泉州卸任后，于乾道六年（1170年）乙酉闰五月二十，携全家从泉州扶柩回归左原故乡。在贾氏的坟前立着王十朋亲手为夫人贾氏写的碑文，其《令人圹志》叙述了自己与贾氏的身世：

令人姓贾氏，温州乐清人。曾祖某，祖爽，父如讷，皆有隐德。王、贾同邑，且世姻，故令人归于我，逮事姑舅以孝称。从其夫某宦游于越，入仕于朝，出守饶、夔、湖、泉四州，贤而有助。初封恭人，再封令人。乾道四年十二月十日，卒于泉之郡舍，享年五十五岁。六年九月乙酉，葬于左原白岩，祔姑令人万氏之右。男三人：闻诗、闻礼皆国学生，孟丙蚤死。女二人：长嫁国学进士钱万全，次许嫁贾梓。男孙二人：阿夔、阿闽。女孙二人：国娘、晋娘。敷文阁直学士、左朝奉郎、新知台州军州事王某志。

史浩子侄利用真实的历史人物王十朋的真实姓名、杜撰虚构了《荆钗记》剧情，将王十朋与剧中杜撰的人物钱玉莲扯在一起（其实钱姓是长女婿的姓氏），又让朋友孙汝权有夺配之事。这种胡编乱造的有意杜撰，正揭示了史浩后人的险恶用心。对于这种诋毁性的戏曲，尊重史实的人们自然在气愤之余给予揭穿。当时南宋朝廷也曾禁演过这类歪曲性的戏文，于是重新改编剧情。清著名学者梁章钜在《浪迹续谈》中评论此事道："……撰传奇者谬悠其说，以诬大贤，实为可恨。"

历史上最初《荆钗记》的创作动机是否出于反动，还需要更多的学者去探讨确定。随着时光的流逝，人们已不太注重和推敲《荆钗记》的产生渊源，只是乐于接受故事本身的爱情纠葛。更何况爱情是创作的永恒主题，自然是数百年来传唱不衰。如今得以流传下来的传统剧目《荆钗记》，虽然演的不是历史上王十朋的真事，却歌颂了以他命名的主人公富贵不能淫、威武不能屈、糟糠之妻不下堂的传统美德，这也说明历代人民是喜爱王十朋的，一曲《荆钗记》更使历史上的王十朋声名远播后世。

如果王十朋在天有灵，对如今仍旧流传不衰的《荆钗记》所歌颂的主人公能不辱其名，大概也就笑慰九泉了。

以上不成熟见解仅供王十朋研究者参考。

此文收录于1994年乐清市文学艺术界联合会编《王十朋研究文集》
2001年辽宁人民出版社《王十朋纪念论文集》

王十朋国际学术研讨会侧记

2003年10月18日至20日，"历史伟人王十朋国际学术研讨会暨《王十朋纪念论文集》《爱国状元王十朋》《纪念历史名人王十朋》首发式"在风光优美的温州湖滨饭店多功能厅举行。来自海内外的知名人士、学者、专家、教授、政界领导130多人参加了会议，专门对南宋第一状元、政治家、文学家、教育家王十朋进行了学术研讨。会议由温州市文化局和温州市社科联主办，由温州王十朋研究会承办，永嘉县规划建设局、温州大川房地产开发公司协办。在主席台就座的有：温州王十朋研究会首席顾问、谢觉哉同志的夫人、老红军王定国同志，原中宣部部长、著名学者朱厚泽同志，浙江省省委原副书记、温州王十朋研究会顾问陈法文同志，中国宋史研究会副会长、浙江大学历史系博士生导师、著名宋史研究学者徐规教授，温州市原市长卢声亮同志，温州市副市长徐育斐同志，温州市社科联副主席洪振宁同志，温州市文化局副局长郑朝阳同志，杭州吴越文化研究会会长、著名学者、中华诗词学会创始人之一吴亚卿先生，温州王十朋研究会会长王祝光先生。大会由温州王十朋研究会副会长、《当代化工》杂志社主编、编审、作家王雪丽主持。

王十朋号梅溪，字龟龄，乐清人，是我国南宋第一爱国状元，是杰出的政治家、教育家和诗人，他是温州的骄傲。其爱国爱民的思想，勤政清廉、割俸办学、兴修水利等高贵品质和遗作54卷《梅溪集》等诗文著作，是中华民族优秀的文化遗产。《四库全书总目提要》称其为"一代伟人"。理学家朱熹亲自为王十朋作《王梅溪文集序》，评价王十朋是继诸葛亮、杜甫、颜真卿、韩愈、范仲淹五君子之后的又一位君子。

徐育斐同志代表温州市政府对前来温州参加王十朋国际学术研讨会的代表们表示热烈欢迎。温州市政府特别关注历史伟人王十朋的研究，为开好这次会议，市长钱兴中同志特批7万元经费。90多岁的老红军王定国老人特别

第六辑　梅溪流韵

关心王十朋精神古为今用的研究工作，她在发言中呼吁："让王十朋的爱国爱民、勤政清廉的精神更加发扬光大。"

由父亲王祝光会长组织召开的这次王十朋国际学术研讨会，很多名家、学者、政要都发来电报和信函祝贺。台湾的著名宋史研究专家宋晞教授、《王十朋及其诗研究》作者郑定国教授、李森南教授、郑瑜教授、夏汉容先生均来贺信。其中郑定国博士随贺信寄来加入温州王十朋研究会会员登记表和1000元台币的会费。李森南教授在贺词中说："王十朋国际学术研究会集会志庆，济济多士，群贤满座，谠论名言，唾珠咳玉，普世共仰，同声唱和，忝在爱末，谨电驰贺。台北李森南敬贺，2003年10月18日。"中纪委副书记刘锡荣同志，政协原副秘书长、学者沙里同志，中华诗词学会会长孙轶青先生均来函致贺。浙江省政协原副主席邱清华同志在2003年10月11日为恭贺王十朋国际学术研讨会召开专赋祝词："先哲诗文政绩千秋业，诸君爱国尊贤万缕情。"

沙里同志于北京致信温州王十朋研究会会长王祝光先生，他对王十朋研究的现实意义给予高度评价，他在贺信中说："近年来，在您和温州王十朋研究会诸公的倡导和努力下，王十朋的学术研究取得了显著成果，使梅溪精神得以发扬光大，后世永继。梅溪公身处民族危亡时代，忧时报国，针砭时弊，不惧险阻，斩奸射敌，运筹帷幄，决胜千里，其爱国精神为后人所敬仰。他虽居高位，勤俭自持，两袖清风，耕读终老，实廉政之楷模。深入研究宣传梅溪精神，发扬爱国爱民传统，对当前反腐倡廉也有着现实意义。爱我中华，忧国常念壮士志。反腐倡廉，感时总忆君子心。"

高级建筑师王祝光会长介绍了会议的筹备情况和各方的支持，人们盛赞王会长舍去自己办建筑设计公司赚大钱的机会，专心奉献研究王十朋爱国爱民的精神文明建设，身处温州经济前沿，对金钱心如止水的高风亮节。

大会还收到很多名士的贺诗、贺联和画作。著名书法家、浙江文联原领导冯增荣同志，书画大家王学仲先生，中国书画协会副主席林声荣先生，德增文化馆的卢前先生，乐清画家金元宝先生等均寄致贺书画。荷兰作家池莲子等名家也来函致意祝贺。浙江诗词学会戴盟先生、倪士毅先生，北京宋史专家孔凡礼先生，湖南符乃若、胡出类诸君等来贺电致庆。孔凡礼教授在贺电中称："纪念王十朋，光耀前贤，垂裕后昆，盛时盛事，祝大会圆满成功。"这些友人的电报已成为珍贵的收藏。

福州泉南文化研究会会长黄清源（台北）和顾问杨本农先生在贺电中称："欣闻梅溪先生故乡温州市隆重举行关于历史伟人王十朋国际学术研讨会议，

谨此表示最诚挚的祝贺。王公乃我宋代名臣，亦为著名文学家、教育学家、诗人，他清正廉洁、勤政爱民的业绩光耀青史，万古流芳，他的道德、文章双璧完美的风范，光照文苑，千秋辉煌。他知泉州两载，深入民间实地，勘查兴修水利，扶持农稼，造福百姓，时至今日泉州人民依然缅怀他的丰功伟绩，并将继续学习他的伟大精神，激发建设泉南的热情与魄力。"

沈阳的宋史研究专家、著名诗人汤梓顺教授，王十朋诗研究学者马成泰先生均来函祝贺，马先生还特寄书法贺诗，《王十朋纪念论文集》责编、辽宁人民出版社副编审于虹女士也来温州赴会。2003年10月10日，辽宁省社科院特邀研究员、中国作家协会作家、三山集团董事长马成泰先生的《贺癸未季秋鹿城王十朋国际学术研讨会》诗曰："金秋北国颂梅诗，佳节鹿城讲学时。神往乐清寻孝井，梦安雁荡有宗祠。雪藏赵宋忠文典，风送龙图绝妙辞。左史直书添笔日，飞鸿过辽慰吾痴。"

另外，复旦大学著名学者朱元寅教授，北京中国青年政治学院史学博士王大良教授也来贺信贺电，从事姓氏研究的王大良教授说："王十朋是南宋初年著名的政治家和诗人，也是众多历史名人中的一位佼佼者，他生活的那个时代虽然久远，但他清正廉洁、刚正不阿、忠心报国、抚爱黎民的精神一直受到后人敬仰，渊博的学识也为后人仰怀，王公完全无愧于'一代名臣'或'伟人'的称号。"

著名国学大师、温州王十朋研究会名誉会长南怀瑾先生托秘书处来电话致贺，南老的长子南小舜代表南老先生专程赴温州参会。美国世界博览会主席、世界名人文化研究中心总裁、世界名人科学院院长朱光明（笔名南山）也来电致忱。青田阜山中学董事长陈竹光老先生及青田籍书画家王经纬先生、著名作家董秉弟等也来函祝贺。

上午，历史伟人王十朋国际学术研讨会的开幕式热烈隆重，下午仍在湖滨饭店举行学术研讨。浙江大学历史系教授、中国宋史学会常务副会长、博导徐规教授在发言中引陆游《送王龟龄著作赴会稽大宗正丞》诗所言，称赞王十朋与范仲淹齐名，是中国古代"全能型"的知识分子，就是在学术、文章、道德、政事等各方面都兼长的伟人。

温州市政协原副主席、著名历史学家马允伦先生，上海师范大学人文学院中文系宋代文学博导徐宝华教授，上海古籍出版社编审、宋词研究学者王根林先生，上海古籍出版社李祚唐编审，上海历史学会理事、文汇报高级记者施宣圆先生，南戏研究学者沈沉先生，《王十朋评传》作者徐顺平教授，温州师院黄立中教授，香港中和文化出版社总编、广东省文化协会副主席、

著名篆刻家、作家荆鸿先生等专家学者都在会上做了精彩的演讲。

会后许多作者还留下研讨的论文，其中有乐清文化馆陈纬先生写的《宠示贴》考述，专门探讨研究对王十朋留下的墨迹《宠示贴》的考证。还有李祚唐编审写的《四部丛刊》《四库全书》中王十朋诗文集底本问题有关的版本考。另有杨舞西先生的论文《王十朋行年与身世杂考》，对王十朋"十年九行役"赴补太学的时间和卒年做了考证。

专家学者们对王十朋相关著作、身世、政绩等的考证，严谨、认真，一致认为对历史伟人王十朋的研究，完全是为了传承民族文化，弘扬爱国精神，古为今用。正如上海复旦大学著名学者朱元寅教授在贺信中所言："王公名垂青史，道德、政绩、文章、诗文诸多方面皆表现卓越，历来为人们所钦仰。特别是爱国精神和为民思想，以及务实的作风，人们口碑不息，至今仍广泛传颂。"

研究王十朋著作和事迹，继承与发扬王十朋爱国为民、勤政清廉、割俸办学、退田还湖、兴修水利的环保意识和高风亮节的精神，对当今的精神文明建设和政治文明建设与环保生态建设，无疑会起到积极的作用，因此，召开研讨会的意义十分重大。

研讨会结束后，百余名代表到九山湖的胜昔桥上集体合影留念。

次日清晨，所有代表驱车赴乐清市四都乡梅溪村，参观浙江省文物保护单位王十朋古墓和孝感井等古迹，并参观了碑林和王十朋纪念馆（南怀瑾先生题馆名）。看着修筑得十分恢宏的王十朋纪念馆，人们都为梅溪村的开发成果而高兴，代表们纷纷为纪念馆留下墨宝。

10月19日下午，代表们赴乐清雁荡山进行文化考察，想当年王十朋为雁荡山留下很多诗句，这里的大、小龙湫瀑布是王十朋笔下的好景致。祖国的好山水，从古到今滋养了历代文人墨客，至今吟诗不断，续留鸿篇。

10月20日上午，代表们赴江心屿孤岛进行游览，这里是王十朋年轻时的读书旧址，此地在中华人民共和国成立时尚留有"王十朋读书处"的景点牌子，至今已经无有踪迹。唯江心寺大门口有一对长联注明是南宋状元王十朋撰写的，其联曰："云朝朝，朝朝朝，朝朝朝散；潮长长，长长长，长长长消。"

90多岁的老红军王定国老人童心未泯，在江心寺旁见白鸽与人共舞，开心至极，她的乐观豁达叫人敬重和钦慕。连续三天的"历史伟人王十朋学术研讨会"圆满结束，带着友情，带着崇敬和鼓励，带着王十朋研究学者们的著作，即王祝光会长主编的《王十朋纪念论文集》、王文碎先生主编的《爱国状元王十朋》和由王翔鹏老先生主编的《纪念历史名人王十朋》以及由梅溪重刊委员会《王十朋全集》主编王晓泉先生赠送的32册《王十朋全集》，大家满载丰硕的成果，带着王十朋的爱国爱民精神、环保意识和为民服务的务实作风，欣慰地告别温州古城。榜样的力量是无穷的，无论是古人还是今人，其精神价值永存。

伟哉！王公十朋。

2009年11月25日凌晨5点补记于沈阳天柱居

第六辑　梅溪流韵

台湾行散记

——访台湾王十朋研究学者郑定国

　　我们与著名的王十朋研究学者郑定国博士相逢于台北，为我们的赴台文化之旅画上了一个圆满的句号。

　　2006年12月28日下午5点30分，我和父亲随文化考察团在泰国曼谷机场办好了登机牌，晚上7点30分飞机离开曼谷，经过4小时的夜航，于晚上11点45分到达台北桃源中正机场，当夜下榻桃源县富堡村花园大饭店。正值深夜2点，我们在宝岛台湾度过第一个夜晚。到台北下榻后的第一件事就是打电话寻找我们从未谋面的王十朋研究学者郑定国博士。

　　我们在台北首先参观了士林官邸，这是蒋介石和宋美龄的原有居所，现对游人开放，入口处的一棵连理树引来游人纷纷称奇。官邸中真正的居所由于修缮的原因并未开放，整个园区分为中式园林和西式花园。那是因为受西式教育的宋美龄喜爱西洋风格，而坚守国学文化的蒋介石偏爱中式传统，只有园中的一座小教堂是他们共同的喜爱，每到周日双双去凯歌堂做礼拜，但也出于修缮的原因，小教堂也未开放。1975年4月5日，蒋介石89岁时去世；2003年宋美龄也以106岁的高龄于美国逝世。如今是黄鹤双双离去，此地空余黄鹤楼，看来再风光的人物演完人生角色后也都会下场，反倒是物是主人人是客了。

　　台北"故宫博物院"是令我们心仪的世界第四大博物馆。导游说蒋介石于1949年撤离大陆前，将大量的储备黄金运到台湾，又将北京故宫博物院六十万件的国宝运到台北，现在台北"故宫博物院"中藏有70万件宝物。整个展馆按照中华8000年历史长河的沿革，从文明曙光起，历经春秋、战国、秦、汉、唐、宋、元、明、清，青铜器、陶瓷、字画等无所不有，这里最著名的藏品是清代的翡翠白菜，北宋大观年间的书画特展也让人们一览千年前的真迹。

中午在游览车上，我和父亲一直给郑定国先生打电话，却打不通。我们用手机拨到郑教授原所在的台湾云林县的云林科技大学人事部门，对方告诉我们，郑先生早已迁往台中，他现在南华大学文学所任教授，是台湾文学研究中心的主任，并告诉我们郑先生现在的电话和地址。于是我给郑定国先生寄了一封信，告诉他我们父女在台的行程，并希望他接信后能在元月2日我们回台北时下榻的宾馆会面。为了寻找郑教授，我父亲手机中3000元人民币的话费在台湾全部用完，真可谓相见心切，情诚意真。

2006年12月29日，导游带领团队去台北珊瑚艺术博物馆参观。红珊瑚10年才长1厘米，是珍贵的天然饰品，一串标价70万元人民币的红珊瑚项链，当年宋美龄90岁寿庆时曾从这家店里购买过一条，我小心地试戴了一下，感受它珍贵的品质。父亲花200元人民币从这里购买了一本《大东山珊瑚艺术之美》的精装书册，该店董事长见是大陆的文化考察团，就为父亲在这本书上签名盖章留念。

2006年12月29日下午我们离开台北，前往东部的花莲市。晚上7点，我们下榻丽格饭店。30日清晨，我又给郑定国先生打手机，又没有人接。我们联系南华大学后，他们答应通知郑教授，我们将台湾导游的电话告诉对方，方便联系我们。后听导游说已联系上了，郑教授将要由台中赶往台北会见，我们好高兴，于是我们在12月30日上午放心地游览了太鲁阁大峡谷。此地峡谷中的九曲洞地势险要，这条贯穿台湾东西的公路是当年蒋经国带领老兵们挖出的。这里的长春祠是专门纪念为开山凿路而牺牲的官兵们立的祠堂，当年的小兵退休后现在都能领到每月1.5万元台币的退休金。在大峡谷的谷底流淌着色泽发黑的流水，这是因为上游在开矿，在台湾东部凡是入海的溪流几乎都是被污染了的流水。在花莲东洋大理石厂有类似人类生殖器的"根"与"源"的天然石展品，我花100元买了一个天然的挂件纪念。

经台东23.5度北回归线界碑，汽车沿着太平洋东岸行驶，看罢"水往高处流"的地质奇观，晚上住在台东温泉酒店，品尝了释迦果，观赏了台湾儿童的文艺表演，看着人们在清纯的温泉中泡澡，我们在惬意中进入梦乡。

2006年12月31日，汽车仍然沿着海岸线行驶，到台湾最南端的"鹅銮鼻"垦丁公园参观。在"蓝鲸号"半潜艇上可观看海下生物。为了减少长途车上的寂寞，在汽车上我们看到了台湾版的张学良传《世纪行过》，车上还播放了《世纪宋美龄》，记录展现了106岁宋美龄的人生历程。

12月31日下午1点，经屏东县到达高雄市，看过"龙虎塔"和高雄港及"英国打狗领事馆"，在龙虎塔广场我花100元人民币给父亲买了一本《清十二帝》

和相关钱币以作留念。当晚，我们下榻在高雄市国群饭店，我给我先生买了一支万花筒，在这里我们父女度过迎新年之夜，从电视上看101大楼上燃放礼花庆元旦。高雄市里没有自行车，全是汽车和二人骑的摩托车，市内的爱河现在治理得也无污染了。

2007年元旦清晨8点，惜别高雄前往阿里山，"阿里山的姑娘"是我们在大陆常听到的歌曲。饮罢高山茶，游览了珍贵的千年古树红桧木森林，为这神奇独特的阿里山神木小铁路火车站和古木栈道而感慨。在阿里山我们父女专门花200元买了一只当地的木制香猪和一个台湾图形木印盒留念，元旦之夜我们住在浦里的山王大饭店。

2007年1月2日清晨8点，我们一行二十二人从南投的浦里镇出发，来到日月潭观光，日月潭、阿里山几乎是台湾的代名词。日月潭面积830公顷，水深25—38米，潭中有一个台湾最小的小岛叫拉鲁岛，这里的风光让游人流连忘返。玄奘寺门口有一对联挺别致：千秋传绝学，万古仰完人。横批：民族宗师。

导游告诉大家，住在这里的高山族中的邵族族群只有五百零六人，邵族文化村的歌舞风情独具特色。日月潭边上的涵碧楼，1999年地震时倒塌了，蒋介石晚年大部分时间住在涵碧楼里，这楼里的总统房每夜租金8.8万台币。在日月潭的山里有一慈恩塔，是蒋介石为纪念他母亲而修建的。在涵碧楼旁边专门为蒋介石修建了一座基督教堂，专供他做礼拜之用。

2007年元月2日中午，我们辞别日月潭经过台中，回到台北市，下榻在朝日商务饭店，晚上我们在台北的双喜饭店用餐，在饭店的楼梯间上有吴秋桐书写的挂联，其上有一首插秧诗至今记得：

> 手把青秧插满田，
> 低头便见水中天。
> 心地清净方为道，
> 退步原来是向前。

回到朝日商务饭店，晚上8点钟，郑定国博士从台中驱车两个半小时赶到台北，专程来朝日饭店与我和父亲相会。为了这次相聚，几乎是等待了近10年的时光。这位儒雅的学者在他年轻时，以8年的时光专门研究南宋第一状元、著名爱国政治家、诗人、教育家王十朋的有关史料，在20世纪90年代写下了40万字的博士论文《王十朋及其诗研究》一书。我们从台湾《青田会刊》

上看到郑博士的信息，后来我们通过信，我曾为他寄过一张乐清王氏宗谱王十朋的画像。他的书是系统研究王十朋的大作，无论年谱、诗作、政绩，版本考都是很权威的书著，尤其是他收集到的收藏于日本和中国台湾地区的《宋十五家诗》，王十朋的诗作为其中的一家而辑于其书中，并有此书的影印资料，为确立王十朋的诗史地位提供了最有力的证据。

我们彼此交换了研究王十朋的书籍，郑博士还专门给我们留下了他的书法墨宝，并送我和父亲每人一盒珍贵的阿里山高山茶，至今我还珍藏着茶叶盒作为纪念。他告诉我们，他早已从原来的云林科技大学退休，现在嘉义县的南华大学做文学专职教授，是台湾文学研究中心主任。他的夫人已去世，他们夫妇都来过大陆探亲，他还将他夫人著的散文集送给我们珍藏。他的两位公子也都成才、很有出息。他现在家住台中市北屯区，因他是大学教授，退休待遇很好，每月能有9万元台币的退休金，相当于每月两万多元人民币的收入，家住四室两厅两卫的房子，现在每月补差尚有12万台币。在台湾，小学教师退休也能达到7万多元，而且在退休金之外还有150万—200万台币的一次性个人补助，看来待遇还是很优厚的，但一般工人就不行了。当年郑博士寄给我和父亲一本《王十朋及其诗研究》博士论文书稿，现在他还要寄书给我们。由于我从沈阳要赴台湾进行文化考察，因此早就从药店购来上好的长白山人参送给郑博士作为纪念，我们彼此的情谊真诚而温暖。作为王十朋的研究学者，我们第一次相逢在台湾，相信以后的交流会更加频繁，我们父女与王十朋著名研究学者郑定国教授在台北的相逢，为我们这次10多天的赴台湾文化考察之旅画上了一个圆满的句号。看来父亲在台湾以3000元的手机话费，一路上电话查询，最后终于寻到我们所敬重的郑博士，真是物有所值，太有意义了。

惜别台湾之后，我将我们父女与郑博士在台北合影的照片寄给他，不久他又给我们寄了三本他的大作《王十朋及其诗》，我转寄家父收藏。郑博士还附了一信。

雪丽社长乡姐如晤：

已接到您寄来的照片，非常感谢，因为弄丢了令尊的地址，所以给您寄上三本《王十朋及其诗》，其中至少有一本希望能转寄令尊王祝光先生。此次会面备感亲切，既是同乡也是同好，现有王十朋爱国诗人的缘分，相信友谊长存。祝农历新年（2月17日）愉快，并问候王祝光老前辈好！即祝时安！

乡弟　郑定国敬上
2007年2月4日

郑博士寄来的书和信我至今保存着，在我的心中永远珍藏着一份难忘的友情，为有这样一位研究先祖王十朋的学者及他取得的卓越成就而骄傲。衷心祝福他和他的两位公子幸福安康！

2009年10月补记于沈阳天柱居

黄堂一杯为民斟

——王十朋诗研究学者马成泰先生逝世两周年祭

马成泰先生离我们远去已近两年，我们辽宁省散文学会一直想为已故的、德高望重的马先生出一本专辑来纪念他，我作为不称职的秘书长，于公于私都应当极力操持这事。因为马先生是我《当代化工》杂志社的副理事长，同时他又是温州王十朋研究会的特邀顾问，作为他的文友和化工科技同行，为马先生编辑出版纪念他的专辑，我应当责无旁贷。

记得2007年3月29日清晨，我刚刚铺好稿纸，拟提笔写上几行纪念他的小文，抬望眼，恰值大片大片的鹅毛雪花飘飘洒洒落在枝头，不久又化作淅淅沥沥的春雨潇潇而下。望飞雪，我数着飞逝的日子，再过一周又是一年寒食清明，这飞舞的雪花恰在这时落下，莫不是天公嘉许马先生的德行，而专门送给他的素洁祭品！我望着满天的飞雪发呆，马成泰先生那一幕幕鲜活的镜头一起涌向我的心头。

马成泰先生祖籍山东昌邑，1939年生于吉林通化市，1946年定居沈阳。20世纪60年代初毕业于沈阳化工学院，是沈阳三山集团董事长、高级工程师，还是中华诗词学会、中国散文学会、中国通俗文学会、中国作家协会会员，辽宁省社会科学院特邀研究员、辽宁省作家协会理事、辽宁省散文学会副会长、沈阳优秀专家协会理事，沈阳市人大常委会顾问、市人大代表、温州王十朋研究会特邀顾问。著有散文集《烟雨下辽东》《春苗集》《霞云集》《雾雾集》和格律诗集《蓝青合集》（与黄禹篇合著）、《学为诗二稿》《疏兰集》，另有技术专著《内燃机增效剂》（合著）及译著等出版。他膝下有两子，长子惠，次子懿，分别主持三山集团的化工和汽车业务。

马成泰先生是一位身材修长、目光和善、尊老敬贤、温文尔雅、文理兼长的儒商和典型的谦谦君子。辽宁省散文学会常务副会长、著名散文家康启昌老师在她的《马成泰散文的文化传承》中评价道："都说文如其人，但马

成泰其人文雅，清高若兰，淡泊宁静如湖，其文则锋利热烈，如火如荼，超迈横绝如江似海。一种修身到位的儒家学者风范，蕴含着敏捷的现代开放意识。这一充满矛盾的马成泰是儒家文化的潜流在他生命染色体上做交叉运动的复合型人才。"

马成泰先生具有深厚的文化修养，这得益于他高中时代的好老师黄禹篇先生。"鸟随鸾凤飞腾远，人伴贤良品自高。"黄禹篇是辽宁诗坛的大儒和一介寒士，他是民国初年国学大师黄侃的族侄。黄老满腹经纶，性情狷介，为人刚正不阿。马成泰自中学起便受教于黄老先生，三四十年受业不辍。辽宁省诗词学会副会长兼秘书长、著名诗人姚莹在为马成泰《疏兰集》所作的序《是真名士自风流》中称："诗人马成泰是诗词创作的通才，他能诗、能词、能曲。表现在他既能创作五七言近体诗，又能创作古风；表现在既能创作令近小词，又能创作中长慢调；表现在既能写小令，又能做套曲。在辽宁，除开马总与其名师黄禹篇先生，为数甚少了，我想全国亦不多见。"

马成泰先生少时酷爱文学，初中时就发表文章，1958年以高分报考北京大学文学系，却阴错阳差地考取了化工学院。"尽管他学工、经商，可他始终不放弃自己无比倾心的文学，加上他忧国忧民、积极入世、披肝沥胆而招致发落边鄙的坎坷人生经历，越发地坚定了他持笔疾书、一吐忠怀、言志警世的强烈追求与渴望。"于是，他成了亦商、亦文、亦诗的儒商，成为人生舞台上独具个性色彩的传奇人物。

著名学者彭定安先生在为马成泰散文集《雾雾集》作的序《超越物质层面的文化关怀》中说："他的祭黄先生（禹篇）墓志铭并序，是在语言上、行文上和整体规范上都颇见功底的真正的中国式古体祭奠文本，现在很少有人能写了。"

正是由于马成泰先生在旧体诗词创作和研究中的深厚造诣，与乐于助人的君子之风，因此温州王十朋研究会聘请他做特邀顾问。

我们最后见面的日子是2006年4月28日，当时他还在住院，他拖着屠弱的病体，出现在辽宁大厦宴会厅，为他的二公子马懿举办婚礼。当马先生携夫人来到我们文友桌前敬酒时，他对我们说："趁我还活着，给孩子办完婚事，也了却一份心愿。"望着他那已有几分脱相的面孔，我感到他是一位最有责任心的父亲。

2006年6月15日早7点，马先生顽强不息的心脏还是停下来休息了。当天晚上，我将他逝世的消息电话告知了温州的家父，当时家父正在浙江洞头的旅途中。他素来敬重马先生的人品和诗才，听到这个消息，在几个小时后，于6月16日深夜2点半给我来电话，家父代表温州王十朋研究会为马先生撰了一副挽联，因他在外地无法找到毛笔和宣纸，故让我在沈阳当地找一位书家写上，再三嘱我亲自送到马先生灵前，带他致意哀悼。父亲的"藏头"挽联如下：

　　　　成出鲁地学海搏浪扬十朋集蓝青登辽沈文坛作手；
　　　　泰沉沈阳人大献策为人民兴中华列三山政企名家。

　　　　　　　　温州王十朋研究会会长王祝光撰联敬挽

　　2006年6月17日，这天是星期六，是马先生出殡的日子。清晨6点，我去花店取来头天预订的白菊花篮，这是我代表《当代化工》杂志社敬献给他的。我打车经过市文联，同车接来辽宁省散文学会副会长、著名作家、书法家崔春昌先生和副秘书长、著名诗人邢德铭先生，还有辽宁省诗词学会副会长、秘书长、著名诗人散文家姚莹先生。姚莹先生代表辽宁省散文学会、辽宁省诗词学会和辽宁省新诗学会为马先生撰了几副挽联，包括我父亲撰的挽联也由崔老师一并写好带上。姚老师撰的挽联共有六副，其中三副如下：

　　　　能诗能论能文哭当哭辽海痛失有胆有识多色笔；
　　　　亦政亦商亦艺歌且歌人心永驻忧民忧国一伟男。

　　　　天地动容辽海儒商驾鹤骑鲸寻圣地；
　　　　林花垂泪八方故旧撕肝裂肺悼英才。

　　　　乖舛命运人称历经半世坎坷道路不言苦；
　　　　通达文运我哭留得一囊锦绣篇章未尽才。

　　当天8点，我们四个人怀着沉痛的心情，来到沈阳市和平区浑河工农桥旁的马先生府上致哀。头天，辽宁省散文学会旗手康启昌老师在电话中对我说，因其102岁老母刚刚喜丧，不便前来致哀。辽宁省散文学会周兴华会长和孙洪海副会长因公务不在沈阳，也不能前来。于是我站在马先生家中的灵堂遗像前三鞠躬后，便对马先生说："我代表家父、康启昌老师、周兴华会长和孙洪海先生来看望您，为您送行。"仰视马先生遗照，音容笑貌依旧，然而人去床空。其他两屋尽是马先生留下的繁多的图书典籍，略显零乱。叹

第六辑　梅溪流韵

世事多变，人生苦短，到如今物成主人人成客，可惜可叹！同来的崔、邢、姚三位学兄尚有公务，便在马家凭吊后先行离开。我随着马先生家人和他单位的送灵车一直来到回龙岗，最后向他的遗体告别。

他躺卧在鲜花丛中，显得格外安详与从容，我是流着泪向他告别的。马先生早年曾遭遇过政治风雨，后来赶上了改革开放的好年景。他怀着文学梦和实业报国情，他关注国事民生，在他的文学作品中也流露着这种强烈的忧患意识。他的人生虽有过惨淡，却是辉煌。在为马先生送行的人群中，有沈阳市原副市长、市人大常委会副主任张瑞昌、李中鲁两位市领导同志，他们在百忙中也赶来送他最后一程。

马成泰先生是一位乐于奉献的好人。1996年，我从老主编手中接过《沈阳化工》（2001年更名为《当代化工》）主编的担子，当马先生接到改版后的新一期杂志时，他为彩色封面和内容的更新而由衷地高兴并赞叹。《当代化工》作为一本科技期刊，当年它的生存和发展都面临着极大的挑战，当时马先生的三山精细化工厂曾两次赞助我刊7000元广告费。

2003年10月18日，由家父组织、我主持的"王十朋国际学术研讨会暨《王十朋纪念论文集》首发式"在温州举行，当时的会议规格很高，与会者有很多省部级领导和国内外知名学者，温州王十朋研究会首席顾问、90多岁的老红军王定国同志也从北京赶来，浙江省、温州市的一些领导也亲临会场。中华诗词学会会长孙轶青同志，中纪委副书记刘锡荣同志，温州王十朋研究会名誉会长、著名数学家、诗人苏步青院士，著名历史学家孔凡礼先生，中国宋史学会常务副会长徐规教授等亲自为大会撰联和写文章，著名国学大师南怀瑾先生特为此书作序并题词"一代文星百代光"，还题写了书名。上海古籍出版社编审李祚唐和上海师范大学中文系宋代文学博导黄宝华教授也都参会研讨。隆重的大会由我来主持。

马成泰先生于会前给家父发来贺电与贺诗。

其贺电曰：

    贺癸未季秋鹿城王十朋国际学术研讨会　马成泰

其贺诗曰：

    金秋北国颂梅诗，佳节鹿城讲学时。

    神往乐清寻孝井，梦安雁荡有宗祠。

雪藏赵宋忠文典，风送龙图绝妙辞。

左史直书添笔日，飞鸿过辽慰吾痴。

2003年10月10日

　　会上很多史学前辈对马成泰先生万言评论"王十朋诗歌在中国诗史上的地位"，给予了很高的评价。当时由于马成泰先生事务繁忙没来得及参加温州的这次盛会，过后他对我说："你的先祖王十朋（号梅溪），是南宋最著名的学者、爱国诗人和政治家、教育家，我很钦佩王公的勤政清廉、为民请命的爱国精神，然而他的政声盖过了他的诗名。以后我要给你们王十朋研究会奉献一些经费，积极支持你们这项弘扬民族文化、古为今用的爱国事业。"

　　1998年，上海古籍出版社出版了79万字的《王十朋全集》，这本书将《四库全书》中收录的先祖王十朋的近2100首诗歌和奏议等文章熔为一炉出版。当时马成泰先生从沈阳古籍书店购了几本《王十朋全集》后，当即就送给我一本。后来我将这本《王十朋全集》送给了北京著名的历史学家孔凡礼先生，因为孔先生当时有个想法，如果身体条件允许，年已八旬的他还想在写完《苏轼年谱》之后，能够再写一本《王十朋年谱》。

　　马先生作为辽宁省散文学会的副会长，10多年来他对辽宁散文的支持和贡献有目共睹。我们辽宁省散文学会在他的三山集团开了多少次会，根本已无法统计。只要对社会、对文化有益的事，他都愿意支持和奉献，因为他是作家、诗人，喜诗好文，觉得值。

　　王十朋的54卷《梅溪集》，宋理学家朱熹亲自为之作《王梅溪文集序》，称王公是继历史上诸葛亮、杜甫、颜真卿、韩愈、范仲淹之后的又一个君子，极力推崇他的"在朝廷则以犯颜极谏为忠，仕州县则以勤事爱民为职"的高风亮节，及其"光明正大，疏畅洞达，无有隐蔽，而见于事业文章者一皆如此"的正直德行和文风。永嘉学派集大成者叶适推崇王十朋"自绍兴庚辰（1160年）至乾道辛卯（1171年），公名节为世第一，士无不趋下风者"。《四库全书总目提要》则说"十朋立朝刚直，为当代伟人"。王十朋的忠心报国、抚爱黎民、清正廉洁、刚直不阿的高贵品质和爱国爱民的伟大精神及他的2100多首诗歌、文章，是中华民族一笔珍贵的历史文化遗产。王十朋的词作《点绛唇·素丁香》现已被高一语文课本收录。

　　马成泰先生生前极其敬仰王十朋的德政、人品和诗歌成就，并常以先祖王公的道德文章、诗句作为自己的警示格言。何以见得？他曾多次对我说："我将找些时间更加详细地研究王十朋的诗作，要写出更多的研究评论。"我有

一次对他说："您的那篇《论王十朋诗歌在中国诗史上的地位》一文已收录在2001年辽宁人民出版社出版的《王十朋纪念论文集》这本45.6万字的书中，非常遗憾，您的这篇评论中有些对王公的诗作及创新的精辟论述被删去了。"马先生当时表示了宽容和理解。

1990年，我与家父在辽宁大学出版社首次在国内合著出版了研究历史人物王十朋的书著，即16万字的《王十朋传》。18年前，这本书拉开了对南宋第一状元王十朋及其诗研究的序幕。抛砖引玉，1995年，家父开始筹建，于1997年正式成立了温州王十朋研究会，引发了如今对王十朋研究的热潮，许多作者已经出版同类研究书著十余部。在乐清梅溪故乡修建了王十朋墓，还建立了宏伟的王十朋纪念馆，研究硕果累累。2007年元月2日，家父和我在台北专门与著名的王十朋研究学者、《王十朋及其诗》一书作者郑定国教授共同切磋研究成果，互赠书籍，共叙两岸友情。

为纪念南宋第一状元、杰出的爱国政治家、文学家、著名学者、教育家、诗人王十朋885周年诞辰，温州王十朋研究会于丙子（1996年）金秋，函请海内外学者、诗人及各界名流赋诗填词，拟出版《颂梅集三百首》一书，四海之内响应者甚多。家父请诗人汤梓顺先生和马成泰先生对征来的繁多诗词进行审稿和校阅，然后由中国华侨出版社出版。书名《颂梅集三百首》由当时的一位人大的领导题词，中国宋史学会常务副会长徐规教授作序。

在审阅诗稿的过程中，马先生将他与老师合著的《蓝青合集》寄家父存念。家父王祝光感念黄禹篇老先生和马成泰先生辛劳，他们之间有诗歌唱和往来，其友情成为文坛佳话。家父作诗赠两位诗家：

拜读赠《蓝青合集》感怀
——打油诗致谢黄禹篇、马成泰方家

王祝光

蓝青合集古今鲜，棠棣花开盛世年。
黄老诗篇多壮语，马君胸臆出高天。
风雪世纪笺中录，江海行程笔底传。
素昧平生天一角，颂梅征稿结诗缘。

1996年6月3日于温州

黄禹篇老先生和马成泰先生也有诗赠家父：

次元玉签祝光先生并贺颂梅诗征盛举

黄禹篇

披读诗征若嚼鲜，梅溪胜迹已千年。
于斯歌哭华胥境，不尽沧桑赤县天。
畅好清吟添掌故，便饶佳话快流传。
此行应是登阆苑，一搦风骚结慧缘。

1997年6月28日于沈阳

次元玉签祝光先生并贺颂梅诗征盛举

马成泰

琼笺瑶简聚甘鲜，酷暑祁寒砭盛年。
广海宇争华夏日，高科研举禹畴天。
昭昭祖迹千秋泽，脉脉孙枝百祀传。
此德此功此应属，君家父女善因缘。

1997年6月28日于沈阳

1997年12月25日，在温州东方宾馆举行了"纪念王十朋诞辰885周年暨《颂梅集三百首》首发式"。马成泰先生专门为我的《王十朋传》作诗，其《书〈王十朋传〉》两诗也已收录在《颂梅集三百首》一书中。其诗曰：

（一）

梅溪情泽瑞灵征，高擢巍科第一英。
叩阙忿将云槛折，弹奸气使桧余惊。
文章郁郁刊千古，道德醇醇化众生。
诸葛杜颜韩范列，卓哉论定紫阳评。

（二）

偏安鸩毒遍临安，薪胆绸缪应万端。
思每手批祖生楫，怒常发踊岳侯冠。
奏推张浚申天讨，肩并胡铨复国观。
志士哲人皆振奋，鸡鸣风雨更如磐。

马成泰先生的老师黄禹篇老先生也有两首词《浣溪沙·梅溪才调冠群伦》

第六辑　梅溪流韵

和《浣溪沙·英雄自古得时难》同时收录在《颂梅集三百首》之中。

曾记得2005年7月，我们辽宁省散文学会在三山集团的小会议室召开会长和秘书长换届会议。我发现马先生会议室的正前方墙上，挂着三幅己卯夏由书法家卢桐书写的条幅，其条幅上的内容竟全都是王十朋的诗章和马先生对他的颂词。其中有一条幅上记载了王公在泉州任知州宴请七位县令时的诗句，王公其《宴七邑宰》诗曰：

> 九重宵旰爱民深，令尹宜怀抚字心。
> 今日黄堂一杯酒，使君端为庶民斟。

马先生，看来您是从心底把王十朋的这种爱国爱民、为民请命的精神作为自己的楷模和圭臬。在墙上挂着另一条幅，是马先生步王公诗韵"和南宋龙图阁大学士梅溪王公十朋《宴七邑宰》"的诗句：

> 梅溪戒石白云深，整顿清源赤子心。
> 锄下脂膏谁供我，玉液琼浆万民斟。

（见马成泰《雾雾集》彩页）

马成泰先生当了多届的沈阳市人大代表，身体不好却心系苍生，关注城市发展和民生冷暖，在市人大他亲自调研的参政议政提案是最多的，且有实效。从呼吁沈阳地铁建设及过街天桥的设立，到关心贫病劳模的就医等问题，他从不放过自己建言的机会，并努力去落实每一个议案。因此，人们称赞他是市里的"建议状元"。

我有一位文友原是《共产党员》杂志的编审，其父亲是20世纪50年代的辽宁省劳模，由于所在的工厂转型，年迈多病的他医疗无着。对当时这些普遍存在的社会问题，马成泰极力为民请命，以期为构建和谐社会献计献策。面对类似的民生问题，他也不忘己任，仗义执言，大有王十朋的爱民情结。

忆往昔峥嵘岁月，马成泰先生作为作家和人大代表，奋笔疾书，立德立言，人们感念您；您作为科技企业家，尽心竭力为社会创造财富，承担大量的人员就业，员工纪念您；您作为朋友，真诚宽厚，扶贫解困，大家称赞您。一个人在死后还有那么多人愿意深夜秉烛写文章纪念您，更看出您的人格魅力之所在。在他逝世两周年时，将这篇小文呈在他的灵前，以寄托我们的一份纪念和哀思。

"今日黄堂一杯酒，使君端为庶民斟。"成仁心系天下，泰德以安万民。虽然阴阳两隔，清风驾鹤，故人不在，但天上人间我们仍可彼此用心灵为民呐喊，共同为国泰民安祝福。

2007年6月于沈阳天柱居
此文发表于2008年3期《辽宁散文》

第六辑　梅溪流韵

种丁香　祭先祖

——纪念王十朋词作《点绛唇·素丁香》入选高中课本四周年

2009年3月8日，温州王十朋研究会会长王祝光老先生组织带领30名会员来到温州江心屿景区，种下了一株丁香树，以此来纪念南宋第一状元、著名的爱国政治家、教育家、诗人、一代名臣王十朋的词作《点绛唇·素丁香》入选高中一年级课本四周年。

王十朋这首词收录在1998年由上海古籍出版社出版的《王十朋全集》第1086页上。其内容如下：

点绛唇·素丁香

落木萧萧，琉璃叶下琼葩吐。素香柔树，雅称幽人趣。　　无意争先，梅蕊休相妒。含春雨，结愁千绪，似忆江南主。

先祖王十朋留下近2100首诗歌，还有大量的奏议、铭文、记赋等，然而留下的词作却相对比较少。这首词对素洁雅致幽香的丁香做了精妙的描述和赋予拟人化的情感，为高中生们在赏析宋词时提供了范本。

在中学课本中入选王十朋的诗词由来已久，我先生的亲侄白承业先生是辽阳市政府政策研究室的处长，现已退休。他原在《辽阳日报》供职，以前是中学语文老师。据他回忆，他在教初中语文时曾有王十朋的诗入选在初中语文课本中，其中有两句他至今记得："先忧后乐范文正，此志此言高孟轲……"王十朋的抗金和统一中原的爱国思想、抚爱黎民百姓和勤政清廉的务实作风，是千秋士子的楷模。让高中学生们学习和欣赏他留下的诗词，可见国家教育机构在选编课本时是用心良苦的。

2009年3月9日，《温州晚报》文化娱乐版报道了温州王十朋研究会会长、82岁的王祝光老先生率会员在江心屿种丁香的消息，以"种丁香祭先祖"为题，简述了王十朋的生平和诗著：王十朋，字龟龄，号梅溪，南宋著名的政治家、诗人，一代名臣，著有《梅溪集》等。王十朋学识渊博，宋高宗亲擢进士第一，文章气节在当时拔乎其类，名满天下。现收入《梅溪集》前、后集中，计有诗2100多首，赋7篇，奏议46篇，其他如记、序、书、启、论文、铭、赞等散文、杂文140多篇。《点绛唇》共计16首，《点绛唇·素丁香》是其中之一。

王十朋青少年时曾在江心寺读书。曾在温州江心寺留有"王十朋读书处"的碑刻标志。为纪念王十朋读书地，弘扬扩大温州作为历史文化名城的知名度，温州王十朋研究会向温州市委、市政府打了报告，申请在江心屿建筑一座纪念王十朋的"梅溪阁"。可喜的是市委、市政府已同意这项方案，现已纳入江心屿城市规划项目之中。

"梅溪阁"由高级建筑师王祝光先生策划，建筑图由温州建筑有限公司古建筑顾问、专家林城银老先生设计，2009年3月26日，他已将"梅溪阁"建筑图的正立面方案图，底层、二层平面方案图及二层屋面方案图制图完毕。"梅溪阁"的底层是21米×21米的正方形两层结构的中式阁楼，具备纪念展览、讲学聚会等多用途功能。王十朋的梅溪故乡已建有宏伟的王十朋纪念馆，乐清铧锹也建有相当规模的王十朋纪念馆。温州的经济发展很有知名度，但文化内涵应增加，老香山对面原有纪念王十朋的"王木亭"，但后来已拆除。因此，增加一处纪念历史伟人王十朋的"梅溪阁"人文景观正当其时。

温州松台山山顶的净光塔是温州标志性建筑之一，该塔六边形，精雕细刻、玲珑挺拔，阳光下熠熠生辉。古建筑专家林城银先生全程参与了温州净光塔的重建工作，2001年12月1日温州市市长钱兴中同志参加奠基仪式。在挖地基时，再现宋朝"重建净光塔，熙宁壬子六月"字样的宋代塔砖。净光塔始建于唐朝，唐宗觉大师坐化于此塔，重建于宋代和元朝。林老先生告诉我们说："始建于唐朝的净光塔，镇三溪之水，为一城之表。"2004年年底竣工。林城银老先生对古建筑研究的热爱可谓痴心不改，说起古建筑他是津津有味，什么拱、升、滴水、钉帽等上千个古建筑构件名称，他是如数家珍，对温州古建筑的现状，特别是对古寺庙的历史渊源有深透的了解和研究，他是温州古建筑业的一本活字典。因此，他对"梅溪阁"的兴建抱着极大的兴趣，再加上我的老父亲本身就是高级建筑师，可以相信，通过各方努力，一座漂亮的仿古建筑"梅溪阁"必能矗立在温州江心屿之上，阁内将展出王十朋的人文资料，向人们诉说一代爱国名臣王十朋的丰功伟绩，再现当年"梅溪读书处"的人文景观，为如诗如画的江心孤屿新增一抹亮色。

2009年12月15日于沈阳天柱居

记国学大师南怀瑾先生

南怀瑾先生，是当之无愧的被海峡两岸文化界所尊崇的中华国学大师，我对他的了解是从温州王十朋研究会所得知。

王十朋为南宋朝廷名臣，是我家先祖。《辞海》中载有他的词条："王十朋（1112—1171年），南宋温州乐清（今属浙江）人，字龟龄，号梅溪。初在梅溪乡间讲学。秦桧死后应试，绍兴二十七年（1157年）进士第一。任秘书郎、侍御史等职。屡建议整顿朝政，力图恢复。孝宗立，力陈恢复大计，历官国史院编修、起居舍人、侍御史等。隆兴元年（1163年），张浚北伐失利，主和派非议纷起。他上疏称恢复大业不能以一败而动摇，未被采纳。出知饶、湖等州，救灾除弊，颇有治绩。官至龙图阁学士。著有《梅溪集》。"[1]《辞海》记载这段，基本符合事实；因为是词条，当然不能详述。这里要说明的是，进士第一名即状元，说是温州乐清人，具体是乐清梅溪人，在家乡梅溪，后世人都称王十朋是状元郎，为之骄傲和自豪，感到光荣。我们作为王十朋的后裔自不例外，也自当敬之。在颇讲名人效应的今天，家乡政府因本地曾出了一位状元，出了一位载入《辞海》的全国大名人，不仅感到光荣，而且还要举行纪念活动，以兴本地经济和文化。成立研究会，建设纪念馆，竖起碑林，发表研究文章，组织研讨会，不要说国内，国外一些华裔名人也前来参会，搞得很有声势，很气派。

温州乐清，可谓山清水秀，人杰地灵。从古至今出了不少大名人，南怀瑾先生是其中一位。在温州王十朋研究会成立后，他受邀出任首席名誉会长，他本人乐于为之，众人亦极为推崇。家父是王十朋研究会会长，我忝列为副

---

[1] 夏征农，陈至立主编：《辞海：第六版缩印本》，上海辞书出版社2010年1月（2016年9月重印），第1939页。

会长，多为家父做些庶务勤杂工作，这样我也就与名誉会长南怀瑾先生多有联系，对先生的为人也就有所了解。

南怀瑾，1918年出生于温州乐清南宅后村。曾就读于浙江国术馆国术训练员专修班、中央军校政治研究班、金陵大学研究院社会福利系。青年习武，军人出身。抗日战争时期，国难当头，投笔从戎。后潜心研学佛典，1945年，曾前往四川、西藏参访，闭关修行三年。1949年前往台湾，相继受聘于文化大学、辅仁大学等高校讲学。1984年移居美国，并成立弗吉尼亚"东西学院"。1988年移居香港。2004年移居上海。2006年移居江苏吴江庙港，并创建了太湖大学堂，旨在传播中国传统文化。南老幼承庭训，少习诸子百家。他早年曾兴兵抗日，后赴台湾一生致力于中国文化的传播，并辗转美国、欧洲等地考察讲学。南老学富五车，著作等身，被世人称为"南师"。南师历来敬仰先祖王十朋的人品和才学。他们都是温州乐清的人才，乐清的骄傲。

南老先生还是温州至金华——金温铁路的催生者。金温线1992年开工，1997年4月正式通车。10年间南老为修建这条铁路奔走呼号，集资运营。想当初温州市政府领导赴香港求见南老，请他帮助筹资造福桑梓时，是费了一番苦心的。他几十年在外，与他结婚两年的原配妻子王翠凤，在与丈夫离别40余载的岁月中，一直陪在婆母身旁。1990年2月14日除夕之夜，百岁高龄的老夫人在故乡辞世。她平素梳头时常将落发积在一起，老夫人辞世后，政府人员很有心，设法用老夫人的灰白色发丝，特为南老绣制了一张慈母绣像。坊间相传这一创意是王祝光先生向刘锡荣市长建议的。20世纪80年代末，温州市领导赴港晤谈时，呈上这幅用南怀瑾先生母亲的发丝绣制的绣像。南老见到母亲肖像后当即热泪盈眶，双膝跪地接过母亲发像。亲情大礼寄托了家乡人民的真情和祈愿。1997年4月，金温铁路通车，其火车站的站名就是南老书写的。南老几十年来坚持中国文化的传承必须与时俱进、经世致用，并以此改变大众的生活状态、行事方法和价值取向。在南老辞世的告别仪式上，文明办的领导致悼词时称南老是大学问家，是永远的精神导师，是把经典文化与大众化相融合的导师。他精通儒、释、道典籍，是我国当代的国学大师，出版有《论语别裁》《禅与道概论》等几十种专著。

我还清楚地记得，1990年9月，我与家父合著的《王十朋传》出版后，家父首先想到请南老斧正。于是他设法找到南老的地址，将《王十朋传》寄到香港，并附上书信致意求教。如能得到南老的指教那是何等荣幸！南老日理万机，学案、公案繁忙，然而他老人家在百忙中给家父和我回信，在蓝色国际文教基金会专用的信纸中，南老回信道：

祝光先生（家父名为王祝光）雪丽女士左右：

　　顷接贤父女惠赠令太祖《王十朋传》，至感盛情。十朋公乃乡贤辈，自南宋以来，素为故乡后辈敬仰，惜无专著表扬令德。今得贤父女之作光扬先德，殊为敬佩，特此致谢。

　　又：先生题于书面嘱辞过于谬奖，实不敢当。不慧如吾读书学剑一无所成，俯仰有愧，何足道哉。

　　又：贤父女尊著此书惜未定好书名，反而自阻销路，并使十朋公德泽声光却为减色，倘易名为"南宋状元王十朋"，且将公之画像移做内封面，封面但取雁荡一峰挺拔，当更为生色矣。区区鄙陋之见不知有当否？聊以贡献微诚，代向十朋公先辈之敬意也。专此，即颂

　　撰安

南怀瑾

一九九一年五月三日

　　南老的来信给我和父亲极大的鼓舞，两年工夫才写成出版的《王十朋传》得到了大师的肯定，我父女极感欣慰。甚至南老认为这本书的书名更改成《南宋状元王十朋》更好，对封面设计如何更正，提出将封面王十朋像应移内封等一系列建议，都指点得十分精到。一份感动，两份感恩，十朋公虽是我们的先祖，然而他的爱国精神和思想及《梅溪集》的诗文是民族文化遗产，我们要把家事当作国事办，要把先祖的宝贵精神财富传承并弘扬开来，古为今用。南怀瑾先生在20世纪90年代初在金温铁路筹建和建设时，被温州人民称为金温铁路的催生者，1991年南老的这封来信，也催生了成立王十朋研究会这一文化工程。倘若没有南老对我父女在王十朋研究这一初熟成果的肯定与支持，或许至今也不会有王十朋研究会机构和系列活动。1995年8月18日，王十朋研究会筹备会首次在风华居召开。20年来，温州王十朋研究会搞了一系列文化工程开发活动。南老还亲自为《王十朋纪念论文集》题字，为纪念馆题名。在南老的倡议和推动下，我们召开大型王十朋国际学术研讨会，将王十朋研究的文化工程向文化产业推进，这都是南老的功德。

　　成立王十朋研究会，为了请南老出山担任名誉会长，父亲致书南老征求意见。不久南老即回信父亲，同意担任王十朋研究会名誉会长的职务。南老在1996年3月8日的回信中写道：

王祝光先生左右：

二月十日手书及附来有关王十朋先生研究会等件均拜悉。所嘱担任名称，任随先生安排。我因年老很忙，不及细述。

又：为王十朋先生全集出版事，正承温州方之嘱，要我写一篇序言，尚未交卷，近日当勉为其难完卷。匆此不另。

祝平安、令爱安好。

一九九六年三月八日　南怀瑾

南老在信中提及的是由乐清政协梅溪重刊委员会，于1998年由上海古籍出版社出版的王十朋全部诗文著作，以原《梅溪集》54卷为蓝本，出版后更名为《王十朋全集》，王十朋的诗文集共79万字，南老为此"全集"写了《抱负经纶之才，贞守纯臣之道——重刊〈王十朋（梅溪）全集〉前言》。南老在此前言的第二段中还专门提及我父女所撰《王十朋传》一书，其文曰：

丙子（1996年）初春，又得王氏后裔王祝光先生来函，言及其事。前年，祝光先生曾与其女公子雪丽合著《王十朋传》寄示，读竟，唯建议其应改书名为《南宋第一状元》更为恰当。今又为《梅溪全集》之事有所举措，公案、学案双关，再三延宕，似又不妥。于是，乃强起捉笔，不自惭拙陋，改序文为前言，庶免塞责之难……

由父亲专职主办的温州王十朋研究会经常得到南老先生的支持和关心，凡有所求极尽满足和指教。1997年5月15日南老在给父亲的回信中，特为先祖王十朋赋诗：

一代文星百代光，常闻人说状元郎。

而今时世皆非昔，犹见高风颂故乡。

自1995年8月王十朋研究会筹备会召开，至1997年12月研究会正式挂牌，我和父亲幸蒙南老关爱，多次得到南老的题诗和来信，然而从未谋面。我很想能亲自聆听南老的教诲，并且渴望依南老之见题写《南宋第一状元——王十朋大传》的书名。于是，在2011年3月29日晨情急中致南老信函一封，后马上专程亲到江苏吴江庙港镇拜访南老。

第六辑　梅溪流韵

由南老亲题的太湖大学堂坐落在江苏吴江庙港镇的太湖之滨，中式结构的学堂门楼简洁质朴，大门通透，园内景物一览无余，门楼连着黛瓦白墙，大门右侧的黑屏上题写太湖大学堂各种教学机构名称，左侧白色围墙旁的大理石石壁上镂刻着"太湖大学堂"金字。一排修剪整齐的灌木丛依墙而立，更显白墙素洁，门前方砖草地宽阔。我携两书一信，轻轻敲开门卫大门，通报我拜访南老的来意。不一会儿，一位姓张的小伙子出来客气地对我说，因未事先联系安排，南老不得见。我再三请求，他执意不肯，最后只能留下我给南老的一封书信。他指点我回杭州的班车，临上班车前他还为我拍照，在太湖大学堂门前留影，我深深回眸门口的景物，太湖大学堂，难舍难离。

当日下午3时左右，在去杭州的长途汽车上，我的手机响起，一位安详温柔的女声告诉我说："我叫宏忍，是出家人。南老午休后已看到您的书信，老人家见您远道而来，特叫我转告您，请您到太湖大学堂里来转一转，玩一玩。"听此来电，我激动不已，遗憾至甚，只能礼貌地回道："我已离开庙港，现正在去杭州的车中，再过一个钟头就要到杭州了。请代我和父亲问南老先生安好！""那甚好，以后有机会再来，代问您老父亲好。"汽车在奔驰，我的心在颤抖，离庙港越来越远；可我的身心觉得仍留在太湖大学堂……

于西湖逗留一日后，我便回到温州与父亲言及南老的热情相邀和情谊，甚觉感恩，只是没见到大师，遗憾之情溢于言表。父亲安慰我说，我们抓紧时间争取与电视台再访谈南老一次，请他讲讲梅溪先祖的光辉业绩。于是我和父亲马上又各自给南老修书一封致谢，用快递寄南老。第三天又接宏忍的电话："南老已收到您的书和信，他特别敬仰你们的先祖梅溪先生，他老人家已94岁高龄了，现在已经很少有什么活动了。"我感谢宏忍两次来电，感谢南老的关爱。我多么希望南老健康长寿！

然而，就在2012年9月29日下午4时，南老却在太湖大学堂驾鹤西归，享年95岁。得到噩耗，我的眼泪止不住地流下来。此时，家父也85岁高龄，正住在温州第一医院的抢救病房中，我在身边侍候。当家父得知南老辞世时，我从父亲的眼神中读出了他的悲痛，只是由于插管他不能说话，用笔在本子上写出了他的心意，他要写一对挽联速传南老秘书室致哀。老父亲是在生命极度艰难时拼力敬撰这一挽联的：

温州怀瑾出，乐清家学优，少年研诸子百家，抗战从戎，进佛道修经典，赴欧美港台设坛，育英才济世，学贯四海；

太湖文星沉，举国双泪流，毕生携海峡两岸，帷幄运筹，金温线功千秋，崇南宋状元及第，怀雄韬文略，德布五洲。

我把挽联快递给秘书室马宏达和宏忍老师，以寄托我们的哀思。想着南老已去，此时此刻，我的心在自责，至此我才感悟到世上有很多事不能等，时不我待呀！为什么那次在离开太湖大学堂后，我不马上从杭州转回庙港拜谒大师呢，我真后悔！看来，我的心还不够挚诚。我有一个错觉，总以为我下次还有机会再来大学堂采访南老，一种侥幸的心理，耽误了我和南怀瑾先生的会面，终成失之交臂的痛，成为永远的遗憾。南老哇，请您原谅我这个学生的不恭，而辜负了您老人家关心梅溪后人的一片挚诚。

先生之德，山高水长。大师之文，润泽四方。正值清明，作文此祭。

此文发表于2013年第6期《辽海散文》

收入南怀瑾学术研究会编《天香桂子落纷纷：南怀瑾先生诞辰百年纪念集》。上篇"南怀瑾先生诞辰百年纪念文章·以阅读的方式纪念"首篇，2019年东方出版社，第491—497页

附：

国学大师南怀瑾宣传王十朋

南怀瑾不但对有过交往的乡贤很尊重，而且对历史上的乡贤也十分推崇。南宋状元王十朋也是乐清历史上的名人。

1990年9月，王十朋的后人王祝光与女儿王雪丽合著的《王十朋传》即将出版，想请南怀瑾斧正，便将样书寄给南怀瑾。南怀瑾收到样书后，很快写了回信。信中说：

顷接贤父女惠赠令太祖《王十朋传》，至感盛情。十朋公乃乡贤辈，自南宋以来，素为故乡后辈敬仰，惜无专著表扬令德。今得贤父女之作光扬先德，殊为敬佩，特此致谢。

又：先生题于书面嘱辞过于谬奖，实不敢当。不慧如吾读书学剑一无所

第六辑 梅溪流韵

303

成，俯仰有愧，何足道哉。

又：贤父女尊著此书惜未定好书名，反而自阻销路，并使十朋公德泽声光却为减色，倘易名为《南宋状元王十朋》，且将公之画像移作内封面，封面但取雁荡一峰挺拔，当更为生色矣。区区鄙陋之见不知有当否？聊以贡献微诚，代向十朋公先辈之敬意也。

南怀瑾对王祝光父女宣传王十朋的功绩，给予充分肯定，并对书名有碍销售，以及图书封面、内页等装帧设计上的不足等细节，提出自己的建议，让王祝光父女十分感动。后来他们也参考了南怀瑾的意见，将书名改为《南宋第一状元——王十朋大传》（按：其实寄的是1990年辽宁大学出版社出版的《王十朋传》一书。南老的建议，王雪丽将用于续写《王十朋大传》），果然销量大增。

王祝光是温州王十朋研究会会长。有了一个良好的开端之后，王十朋研究会一有重大活动，他总是希望南怀瑾给予支持。1995年，王十朋研究会出版《王十朋纪念论文集》，南怀瑾应邀给题字鼓励。后来当地政府建设王十朋纪念馆，南怀瑾又专门给题写馆名。南怀瑾甚至不顾年逾八旬的高龄，指导王祝光组织召开王十朋国际学术研讨会，吸引不少国外友人，扩大了王十朋和温州乐清在国际上的影响。

录自林宏伟编著《南怀瑾的故事》
浙江人民出版社2017年版，第202—205页

梅溪亭记

先祖王十朋（1112—1171年），字龟龄，号梅溪，浙江乐清左原人（今为梅溪村）。其七世孙王子元公于明洪武元年（1368年），由永嘉楠溪迁居高岗村，延续至今。十朋公少颖悟，入太学，办梅溪书院，1157年，他被宋高宗钦点为状元。历官绍兴府签判、秘书郎、侍御史、太子詹事等，出知饶、夔、湖、泉四州，以龙图阁学士致仕，谥"忠文"。是宋孝宗、宋光宗两代帝师。一生爱国爱民，勤政清廉，雪冤除弊，兴修水利，割俸办学，是南宋绍兴末乾道初著名的学者、政治家、教育家、诗人和清官，有54卷《梅溪集》传世。《四库全书总目提要》称"十朋立朝刚直，为当代伟人"。

先父王祝光公（1928年9月22日—2017年10月30日），字更风，王十朋第26世嫡孙，高级建筑师，梅溪文化学者，联合国教科文卫组织艺术委员会执行委员，温州王十朋研究会会长，离休干部。一生设计施工沈阳中华剧场、福建松政人民大会堂、温州工人文化宫等大中型建设项目百余种。1969年从沈阳回乡，无偿为家乡设计施工港头白水济水电站。1972年定居温州鹿城，自建名墅风华居。1990年与长女王雪丽合著16万字《王十朋传》，填补国内外空白。1995年父女开始筹建温州王十朋研究会，于1996年8月13日温州市民政局注册成立，在王十朋诞辰885周年的1997年年底挂牌，国学大师南怀瑾和数学家苏步青院士为名誉会长，研究会出版百余万字《颂梅集三百首》《王十朋纪念论文集》及诸多学术论文。多次召开"王十朋研究国际学术研讨会"，倡导修建王十朋墓、乐清王十朋纪念馆和碑林，成功推进王十朋研究文化产业化。

先父王祝光先生逝世前有一心愿，嘱长子王永生、长女王雪丽务要在出生地高岗建一座梅溪亭，以示后人传承梅溪民族文化，弘扬十朋爱国精神。为完成先父遗愿，由家中五子女王雪丽、王永生、王素丽、王社军、王丽君

出资，在高岗村两委大力支持下，经温溪、青田两级政府批准，于戊戌年清明前建成梅溪亭。是为记。

王雪丽教授敬撰
公元二〇一八年三月二十八日

生命之歌的吟者

——《王十朋诗词三百首》（第一稿）读后

先祖南宋大贤王十朋（1112－1171年），字龟龄，号梅溪，浙江温州乐清人。他生于宋徽宗政和二年，卒于宋孝宗乾道七年。他是宋孝忠赵眘及其三子赵惇即赵光宗的两代帝师。宋孝宗称赞王十朋是"南宋无双士，东都第一臣"。王十朋是南宋绍兴末乾道初最负盛名的爱国名臣，是历史上杰出的爱国政治家、文学家、教育家、诗人、清官和学者，是以文章名节彪炳史册的伟人。王十朋在45岁前，读书、入太学，创建梅溪书院，隐于乡间讲学。绍兴二十七年（1157年），王十朋45岁时，以通篇长达万余言的《廷试策》一举殿试夺魁，被宋高宗亲擢为进士第一，即状元。当时学者争相传诵他的"策"文，把他比作西汉的晁错和董仲舒。此后为官十余年，历任绍兴府签判、秘书省校书郎兼建王府小学教授、司封员外郎兼国史院编修、国子司业、起居舍人兼侍讲、侍御史、起居郎，后以集英殿修撰、敷文阁侍制起知饶、夔、湖、泉四州，最后又回朝廷任太子詹事，官至龙图阁学士致仕，命下而卒。绍熙三年（1192年），宋光宗赐王十朋谥号为"忠文"。

作为封建社会的士子官吏，王十朋具有完美的人格和官品，《四库全书总目提要》卷一五九，对他的评价是"十朋立朝刚直，为当代伟人"。他少年时发愤读书，立志读书报国，"学为忠与孝"；梅溪书院乐育人才，忧国忧民；京官朝廷，他以必复失土、必雪仇耻为己任，主张加强江淮战备，以犯颜极谏为忠，不避斧钺之诛，弹劾权帅奸相，除弊兴廉，力主抗金，与主和派展开尖锐的斗争；外任州县，他勤政爱民，刚直不阿，为民请命，清正廉洁，割俸办学，兴修水利，体恤民瘼冷暖；总之他的为官之道，一是忠君爱国，二是抚爱黎民，其高风亮节永垂史册。王十朋一生博究经史，工诗善文，共留下2100余首诗词和大量文章，有《梅溪集》54卷传世，1998年上海古籍出版社出版《王十朋全集》，2012年上海古籍出版社再出《王十朋全集》修订版。另存有《东

坡先生诗集注》和《杜陵诗史》等著作。朱熹在代刘共父作《宋梅溪王忠文公文集序》中对王十朋的一生概括说："在朝廷则以犯颜极谏为忠，仕州县则以勤事爱民为职。"对他的诗文则说，其诗"平居无所嗜好，顾喜为诗，浑厚质直，恳恻条畅，如其为人"，其文"不为浮靡之文，规模宏阔，骨骼开张，出入变化，俊伟神速"，并将他与诸葛亮、杜甫、颜真卿、韩愈、范仲淹五君子并列，可见王十朋在中国历史和文学史上地位的显赫和重要。至今，重庆奉节市流入长江的母亲河"梅溪河"，就是以他的号命名的。戏曲四大传奇之一《荆钗记》，以王十朋为主人公，使他的声名远播后世。

但是，与以上五君子相比，他又较为黯然。他的清誉只在家乡浙东及他为官的饶、夔、湖、泉四州等地极为流传与赞颂，而在北方地区知之者较为稀少。直至1985年，笔者由沈阳回温州省亲，发现了光绪元年（1875年）留下的《王氏宗谱》，方知我们乃王公嫡传后裔。于是，先祖的爱国精神感召了我，萌动了要系统研究王十朋，并为之著书立说的强烈愿望。通过近5年的努力，在全国各地收集的资料卡片达六七十万字之多。在父亲的鼓励指导下，由我执笔，1990年，在辽宁大学出版社出版了我们父女的合著《王十朋传》，16万字，《温州日报》给予连载。1991年10月4日，温州市委宣传部专门召开了一次"纪念爱国政治家、文学家、教育家、诗人王十朋逝世820周年暨《王十朋传》首次出版研讨会"。本书获得国学大师南怀瑾先生的肯定、赞赏与指导。在南老的催生支持下，我父亲王祝光先生携本人于1995年成立了王十朋研究会筹备委员会，南怀瑾和苏步青两位先生乐任温州王十朋研究会名誉会长，1996年学会正式在温州市民政局注册挂牌。2000年，宗亲们在王公故里温州乐清四都梅溪村修建了王十朋纪念馆，现市值已达2亿元，并申报国家3A级风景区。自1990年出版第一部系统研究王十朋的专著《王十朋传》以来，迄今国内包括台湾地区的专家学者们已出版各种有关王十朋研究的专著达20余部，蔚为大观。自20世纪80年代开始，父亲离休后，作为高级建筑师的他，离开了自己和战友创办的温州华侨住宅开发公司和温州兴华开发公司，将晚年余热全身心地投入王十朋爱国清廉的文化研究中，致力于弘扬王十朋文化，古为今用，并成功推进王十朋研究文化的产业化，直至90岁高龄，仍孜孜不倦，乐此不疲。

南宋大贤王十朋现存的2100余首诗词及近500篇文章，是中华民族文化的宝贵财富，他的诗《读岳阳楼记》在20世纪70年代被列入初中课本，他的词《点绛唇·素丁香》，2005年又被列入高中语文必修课本第一册。如何使这位爱国状元公的大量诗歌在广大民众中，特别是在青少年中被阅读、被了解、被记忆、被传诵？温州王十朋研究会首任会长、学会创始人、先父王祝光先生于2017年10月30日去世前提议"选编一本《王十朋诗词三百首》"，作为普及本。乐清王十朋纪念馆馆长王新棋先生也共同提倡此举。

王十朋后裔、温州王十朋研究会副会长兼秘书长王十朋研究学者王文碎先生，原为温州市瓯海区保密局局长，为人忠直清正，做事踏实执着，为弘扬民族文化，2002年，他主编了《爱国状元王十朋》一书，由黄山书社出版，老会长王祝光先生为之作序；2012年，他又参加了王十朋纪念馆修订《王十朋全集》的工作（上下册，上海古籍出版社）。通过两年的努力，他从80万字的2012年版《王十朋全集》中，反复梳理精选了300余首诗词，2019年10月，他选编了这本《王十朋诗词三百首》，这对于方便人们深入研究王十朋其人其诗，进一步弘扬中国优秀传统文化，都是极宝贵的贡献。

有的人认为选取别人的作品，形成一本集子是很容易和轻巧的事。这种认识是不对的，因为这里包含着选编者的艺术修养、审美取向、政治态度、思想水平等诸多因素，正是因为这些因素的参差不齐，所以选出的作品也就有了高低好坏之分。这里的关键是对艺术的认识，艺术是人创造的，人必须以全部生命投注于艺术，据此可谓艺术是生命的外化或生命的形式，而人的生命本质是自由自觉的活动，即自觉地追求自由，这里的自由当为孔子所谓"随心所欲不逾矩"，一方面追求自由，另一方面又自觉地遵从必然。必然者，规矩也，规律也，舍此则没有自由。所以又可以将艺术的本质概括为自由的形式，这里包含着真（规律）、善（友爱）、美（形式）。艺术的好坏高低，皆取决于主体所达到的真善美的程度，所以为创作主体选作品，必须以自己的艺术觉悟，去了解创作主体的全部，包括他的全部为人和全部诗文，从而选出他的各方面代表作，使之臻于精髓和完善。

王十朋知饶州时，和抗金派名臣张孝祥及洪迈等组建了楚东诗社，编撰《楚东酬唱集》，心系苍生，坚持写实，抒发爱国之情，是南宋初年诗歌创作的主旋律。1998年，北京大学古文献研究所编，北京大学出版社出版了《全宋诗》72册，其中第36册是王十朋的《梅溪集》和《后集》及《补辑》，公认王十朋是传承唐诗的古典现实主义传统，吸收宋代近世人文思想极其重要的诗人，更是衔接北宋和南宋诗歌流派的诗人之一，应当深入研讨，以填补中国诗史的空白，王十朋诗歌作品的真善美，可谓达到一个很高的维度。

本书编者从创作主体《王十朋全集》中筛选出的作品，分为七大部分，包括第一辑爱国爱民诗，第二辑勤政清廉诗，第三辑施教育人诗，第四辑咏梅诗，第五辑山水游宦诗，第六辑杂咏诗，第七辑是词。这些选出的诗词作品始终贯穿着一条主线，那就是王十朋忠君爱国，忧国忧民，勤政清廉，抚

爱黎民。这些诗词作品又是相互交织，相互辉映，所有的诗章无不体现了状元公爱国爱民的大境界、大情怀，这也正是王十朋诗词的真正精粹所在。

王十朋的一生是自由自觉的一生。所谓自由，就是在儒家之道指导下的自由意志；所谓自觉，就是把内在的自由意志实现出来，化成自觉的行动，即所谓的践履笃行。他的一生大致可分为三大阶段，从7岁到28岁是读书的阶段，是学道和识道的阶段；从29岁到44岁，是他办学、科考、入太学读书、办梅溪书院，互相交替的阶段，是他为行道努力获取更大范围权力意志的阶段；从45岁到59岁，是他在中状元以后走官宦之路的阶段，是他以自己的权力所及，最大限度地行道建德、报国效民的阶段。这三个阶段一以贯之的就是儒家之道，恰如他的早期诗作所言："读书不知道，言语徒自工。求道匪云远，近在义命中。吾儒有仲尼，道德无比崇。为臣不知此，事上焉能忠。"这是王十朋后来为人和为文的总纲。

王十朋一生最辉煌的时期，还是他的后期，即为官的15年，可以说没有这个时期就没有历史上的王十朋，而这一时期也就是他按照儒家标准行道践德的时期，朱熹概括为"在朝廷则以犯颜极谏为忠，仕州县则以勤事爱民为职"。就前者而言，他的犯颜极谏所体现的精神就是忠君爱国。南宋是一个失去半壁江山，偏安危难的朝廷，这时期朝臣的忠奸正邪就体现在主战还是主和上。王十朋是主战派，他向宋高宗力陈备战之重要，布置防御兵备，他主张收复失地，重振朝纲。面对"一桧死，百桧生"，他敢于冒死向宋高宗进谏，坚决弹劾秦桧余党殿帅杨存中，又极力向宋孝宗进谏弹劾宰相史浩，列举八罪；他坚决上书弹劾那些不思进取、委曲求和、贪图享受、贪生怕死的贪官污吏；起用那些忠勇双全、抗敌报国、知难而进、舍生忘死的斗士，人称"真御史"。他的忠君爱国情怀体现在一生中，但以前是在文学上感慨抒怀，而入仕途后，则是以朝廷为战场，是要舍出身家性命，关乎仕途顺逆的，他对此早已无所顾忌了。他力请北伐，为收复中原备战，他极力向宋孝宗推荐主战将领张浚，然而宋军北伐，符离之战失利，王十朋只有自我弹劾，离开朝廷，此时他的《去国》诗曰："去国常忧国，还家未有家。君恩报无所，含愧出京华。"其爱国忧国之心天地可鉴。又如他的《太白昼见》一诗所进谏的："吾皇修德应彼苍，去谗远佞任忠良。推诚纳谏正纪纲，内修政事仍外攘。誓雪国耻还封疆，强虏当弱吾当强。"而这正是"十朋立朝刚直，为一代伟人"而获得人们及后世尊重、令人难以忘怀的根本原因。就后者而言，他的勤事爱民，则明显地体现在为官中，尤其体现在他知饶、夔、湖、泉四州的经历中。《宋史·王十朋列传》说他"凡历四郡，布上恩，恤民隐"，"去之日，老稚攀留涕泣，越境以送，思之如父母"。

他知饶州时，由于连年干旱，灾民遍地，盗匪横行，监狱人满为患。王十朋到饶后，天马上下雨，他除暴安良，平反冤狱，抑强扶弱，不徇私情，设法救灾抗灾，使那些因交不起租赋而入冤狱者返家劳动，人民感恩戴德，百姓交租让他们自己称量，听到的人相互转告，那些拖欠租子很久的也愿意偿还。由于王十朋的廉政爱民，全州面貌大变，一度出现狱空的景象，他以诗记之曰："把麾承乏楚邦东，狱及期年始报空。顾我自惭无德政，同僚深喜有于公"（《州院狱空赠知录孙听》）。诗言志，他在《刑清》诗中道出真谛："昔日循良吏，狱空无怨声。刑清本无术，心地要先清。"什么是"心清"？就是公正无私，不谋私利，这样才能刑事清明。他离饶调任夔州知州，饶州百姓到各衙门请求留住他，没有结果，于是饶州百姓斩断过桥，以阻止王十朋离去。王十朋只好坐轿从小道走了。百姓又修好桥梁，以"王公桥"命之。

他知夔州时，当地百姓饮水难，需要到山上取泉水，路远坡陡，还要交水费。王十朋到任后，让百姓用竹筒引水下山，并且他自己买山植树，护住管线，还修了蓄水井，百姓饮水不用再花钱。他写《给水》诗，立碑在井旁："接筒引水下山陬，端为夔民解百忧。长使义泉名不断，莫教人费一钱求。"他还在诗注中说："予以水给民，惧后人废之，故作是诗。"当时夔州百姓最大的困难，是承担水路运马的重负。由于战争的需要，朝廷每年都要从边远的地区买马，要经过夔州运往江淮。过去是走旱路，山路崎岖不好走，后来改作水路运送马匹。每年购买的马匹数量约1800匹，每船可运50匹，需要360只船，实际上每次只有30只船，一年每月要往返一次。这30只船用一年就要报废，需要更换新船。每年船只费用需要2.6万缗，水手人工费用约需12万缗，草料费用2万缗，合计十六七万缗。夔州一年的税收不足20万，要上缴朝廷，要养兵等，再加马纲费用，这些全由夔州三个县均摊，无疑负担太重，百姓叫苦不迭。过去的知州曾向茶马司和枢密院提出过这个问题，但没有解决。王十朋遂两上"马纲状"奏章，直接上奏宋孝宗，为民请命。最终朝廷批准了马纲复行旱路。当时，夔州百姓欢呼庆祝。王十朋在《上元山中百姓出游作三章谕之》诗中道："邻里相呼入郡城，巴歌楚舞沸欢声。三宵游罢同归去，勉力耕桑事父兄。"夔州地处边防，又临近长江，地势险恶。为确保边防安全，防洪抗洪，作为兼任夔州路元帅即安抚使的王十朋，督导兵丁修垒。修垒就是修筑破损的城墙，这既是防洪设施，又是军事工事。为此王十朋写了一首《修垒》诗作以记之："莫将逆旅视居官，直作吾家活计

看。墙壁时时为修茸，安知劳苦是平安。"并注："夔城颇恶，予修之，虽雉堞一新，然土城易坏，兵有守城者，勿它役，随坏而补，则城常固矣。"王十朋又以自己的俸禄买柳2000株，栽在夔州州府瀼水岸边大路旁，夏日炎炎，绿柳依依，使古城焕发了绿色的生机。王十朋在《种柳》诗作中写道："瀼水东西十里余，新栽杨柳二千株。会看耸干参天去，能似甘棠勿剪无。"他知夔州两年，还修复诸葛亮武侯祠等公益设施，夔州百姓为王十朋立生祠纪念。

王十朋知湖州时，正值水涝灾害，宋孝宗说："顾湖州被水，非十朋莫能镇抚。"王十朋到任后，马上组织百姓抗涝救灾，减免租税，稳定米价，恢复农田生产，使灾民免于流离失所，重新安居乐业。小麦含花大麦黄，湖州境内呈现一派丰收景象。户部来湖州催缴历年拖欠的虚补税款34万，王十朋顶着不办，拒绝缴纳不合理的税赋，并要求朝廷废除，减轻农民额外负担。然而户部不允，王十朋请求辞官。临去时，湖州百姓送别老知州，王十朋感激之余留下《父老》诗：

父老自何处，同来送使君。手中一炉香，敬为使君焚。使君无善政，父老何殷勤。同辞答使君，去秋稼如云。淫雨害垂成，一年计徒勤。使君体上意，租苗放三分。父子免流离，欢然事耕耘。年凶米不贵，夜静犬不闻。颦眉答父老，正缘此纷纷。黄堂非坐处，归欤老桑枌。

王十朋勤政爱民之德跃然纸上。

乾道四年（1168年）十月，王十朋携家眷赴任泉州。泉州下属有七县，刚到任所，王十朋略备薄酒宴请下属七位邑宰（县令），以便了解民情政事，安排治郡工作。席间，知州王十朋作诗《宴七邑宰》，告诫下属官员勤政爱民，对百姓要"先抚字，后催科"。其诗曰："九重宵旰爱民深，令尹宜怀抚字心。今日黄堂一杯酒，使君端为庶民斟。"七位县令，皆为之感动。一个封建官吏，为政心系百姓，其德耀耀，其心昭昭，难怪《宋史·王十朋传》赞曰："去之日，老稚攀留涕泣，越境以送，思之如父母。"正如本书编者所说"此诗系王十朋爱国忧民之代表作"，实为精准之言。王十朋知泉州两年，组织修建和疏浚了洑田塘人工湖，实施七首塘工程。他组织民众，把罗裳周围的大小溪流加以疏浚和引导，有的地方则开凿水渠，把名为九十九溪的水源引进湖塘，使之成为有源头的活水，作为七首塘之首的洑田塘，到明朝时还灌溉良田8000亩，惠及三个郡共82个乡社，一直灌溉到民国。《泉州市水利志》

一书中记载了王十朋知泉州时兴修水利的政绩："晋江清阳、罗山和石狮一带建有七首塘，即沿塘、沙塘、芙蓉塘、洑田塘、龟湖塘、象畔塘、拱塘。原来塘水无源，易涸易盈，南宋乾道年间，大都为泉州知府王十朋组织民众疏浚开凿，蓄罗裳诸水以灌田。"另外《泉州市水利志•大事记》第10页佐证："乾道四年至五年（1168－1169年），泉州知州王十朋修晋江洑田塘。"所谓塘，就是人工湖。洑田塘旧址上至今仍留下宋、元、明、清、民国以来的堤坝。堤坝底层的坝基，就是王十朋知泉州时修筑的。他知泉州期间，还修建放生池。在洛阳江入海口，还修建了万安桥，此桥原是北宋嘉祐四年（1059年）泉州知州蔡襄状元所修，桥长1200米。王十朋自注中说："绍兴戊午，尝为飓风暴雨所坏。"乾道五年（1169年），他重新修桥。后来人们将这两位状元修建的万安桥改名为"状元桥"[1]。

王十朋外任四州期间，为百姓做了大量爱民济民、为民解忧助困的好事，集中地体现了他的爱国忧民思想，这是他的爱国精神主干，也是本书选诗的重点，在第一辑中共收录了他这方面的诗作59首，外加34联句，数量虽不是太多，也足以管中窥豹，可见一斑。而更值得人们尊敬仰慕的是他的清廉自守、安贫乐道，他在这方面的事迹多多，姑且引用几首诗来加以认识，一为挂在自己书房中的诗《书不欺室》："室明室暗两何疑，方寸长存不可欺。勿谓天高鬼神远，要须先畏自家知。"二为挂在自己公堂之上的诗作《怀忠堂》："严霜日烈与时乖，前后奸邪屡见排。苕霅祠堂境清绝，孤忠千古有人怀。"[2]另一为立于夔州知州衙门前的一块刻石《重刊戒石铭》："戒石重刊照眼明，良辰又遇腊嘉平。黄堂坐处天威近，一点欺心事莫萌。"又一为立于泉州知州衙门前的石刻《修戒石》："君以民脂膏，禄尔大夫士。脂膏饱其腹，曾不念赤子。贪暴以自诛，诛求不知耻。指呼有鹰犬，嗜欲肆蛇豕。但言民至愚，孰谓天在迩。昭然甚可畏，殃必反乎尔。圣训十有六，简严具天理。大字刻山骨，朝夕临坐起。一念苟或违，方寸宁不愧。清源庭中石，整顿自今始。何敢警同僚，兢兢惟救己。"这些庭前室内的匾、石，都是王十朋为自警、自鉴、自省、自励而设，这造就了他伟大而高贵的人品和人格。本书编者认为："戒石诗是王十朋勤政清廉的座右铭，也是中国历史上勤政清廉诗歌的代表作品，作者三次修戒石，三次作戒石诗。"著名文学史家孔凡礼先生有联赞王十朋："士子千秋圭臬，先儒一代宗师。"

〔1〕见《颂梅集三百首》第72页。
〔2〕苕、霅，是两溪名，在浙江湖州，两溪之间有唐朝张志和归隐处，在这里代指隐者。

第六辑 梅溪流韵

本书编者说:"王十朋出身耕读世家,一生办学、讲学,致力于传道授业。他开办梅溪书院,到剡溪书院任师席,状元及第后,除秘书省校书郎兼建王府小学教授。讲学皇子,启蒙皇孙。51岁时,宋孝宗让他做国子司业(教育部部长),管理领导国家最高学府太学,为国家培养教育高级人才。59岁时,他为太子詹事,专职教授太子,即宋光宗。他是两代帝师,是卓有成就的教育家。第三辑当为施教育人篇。"

王十朋知饶、夔、湖、泉四州时,每逢初一、十五都去学宫,亲自给学生讲经并询问政事。知湖州时,贡院被台风摧毁,王十朋和令人[1]贾氏倾囊捐助修复贡院,并有《贡院上梁》诗记其事:"清绝湖山映白萍,翠飞梁栋眼中新。雪花先作晓来瑞,桂魄正圆天上轮。夫子庙还元气象,水晶宫发旧精神。书生战艺真余事,移孝为忠要致身。"王十朋在诗中鼓励学子把孝顺父母的孝心提升转化为更要效忠国家,把儒家的忠孝思想传播给学子,而他自己更是"学为忠与孝"的楷模。

王十朋知泉州时,发现当地还没有贡院,于是他以自己的俸禄和家中所有倾囊奉献,修建了一处比湖州贡院更宏伟的贡院。《宋史·王十朋传》云:"起知泉州,十朋前在湖割俸钱创贡闱,又为泉建之,尤宏壮。"王十朋在《四月八日贡院上梁》诗中说:"广厦初成万柱标,修梁巍跨玉虹腰。况逢此日生千佛,定引群仙上九霄。下笔蚕声纷战艺,出林莺友竞迁乔。清源人物从今盛,孝子忠臣满圣朝。"贡院建成使清源地区有了培养人才的学府,使泉州学子纷纷成才,忠孝两尽,何等兴盛,然而王十朋倾囊割俸办学,他自己的家却异常清贫,其情操人格何等高尚。

王十朋的贤内助夫人贾氏,忍贫又好施,死于泉州,平时一颗柑橘都舍不得吃,把丈夫的俸钱全部奉献支持王十朋创建泉州贡院。他在《悼亡》诗中说:"伤哉无复见,老矣不成偕。牢落凝香地,同谁话此怀。相勉惟清白,囊如四壁空。难忘将绝语,劝我莫言穷。"王十朋自注:"予一日忽言穷,令人曰:'君今胜作书会时矣,不必言穷。'予悦其言,盖死之前数日也。"读罢令人何等感叹!

编者在本书中将咏梅诗列为第四辑。王十朋是永嘉(今温州乐清)左原人(今乐清淡溪镇四都虹桥梅溪村),家住梅溪水竹间,一生喜梅、植梅、咏梅,号梅溪先生,办梅溪学院。为弘扬先哲南宋大贤王十朋立志读书报国,乐育人才,爱国爱民,勤政清廉,刚正不阿的爱国精神,赞颂以梅花傲霜斗雪、

---

[1] 夫人的官称。

凌寒绽开、冠领群芳为象征的品格，1997年，先父王祝光先生携本人广征当代名家诗人凡200人，诗词达300余首，编成《颂梅集三百首》一书，由中国华侨出版社出版，由一位人大的领导题写书名，以纪念王十朋如同梅花品格的爱国精神。在《王十朋诗词三百首》中，以大量篇幅选录王十朋咏梅诗50多首，可见王十朋对梅的偏爱，也体现了编者对这位先贤如梅品格的敬仰。王十朋的《江梅》诗："园林尽摇落，冰雪独相宜。预报春消息，花中第一枝。"这首诗是宋诗中咏梅的名诗名句，读者可以从这一诗中感悟梅格和诗品。

　　编者将第五辑的山水游宦诗，第六辑杂咏诗及第七辑的词尽列其中，使人在阅读之余，尽情领略山水自然之美、人文情逸之美、诗心词韵之美，凡此种种尽在王十朋诗作中。

　　王十朋处在宋明理学的鼎盛期，与朱熹共生40年。宋明理学所难以处理的是理与情的关系，即大都扬理而抑情。王十朋却理情并重，情理兼容。他崇敬杜甫等五君子，也同杜甫一样"穷年忧黎元，叹息肠内热"。他做官公正廉明，不徇私情，但他对世界充满爱，毫不刻板僵冷。《宋史·王十朋传》说他"僚属间有不善，反复告诫，俾之自新……讼至庭，温词晓以理义，多退听者。"也就是说，同僚间有不称职的，反复告诫，使他们自我改过；遇到上法庭打官司的，王十朋温和地晓之以理，大多数人都心服而退。他爱家人，这尤其体现在对幼子和发妻的悼亡中，对儿子闻诗和闻礼也关爱有加。他爱亲戚，这体现在对兄弟、叔父、舅父等的交往中。王十朋任期内，曾有两次朝廷给他子弟荫补做官的机会，他只推荐自己的两个兄弟梦龄和昌龄，而他去世时，两个儿子还是布衣。他爱家乡，在官宦生涯之中，有一段时间没回家，就有思乡之作，并多为名篇。他爱同舍、同年、同僚，与他们交往很多，其聚会之兴奋，分离之惜别，都情真意切。他爱志趣相投的同人，敢于为他们仗义执言，求得公平，敢于推荐他们为朝廷效力。他爱花草树木，所作的百花诗，收入诗集的就有30多首。他生活在梅溪旁，又自号梅溪先生，对梅花情有独钟，咏梅诗竟有50多首。他更爱祖国的山山水水，每到一地，必题诗以记之，诗集中收入80多首。这些都是《王十朋诗词三百首》中的精华。借物言志、抒怀，可见诗人的真性情、真人品。

　　总而言之，这部诗词选集是南宋大贤王十朋毕生创作中的精粹华章。王十朋留下诗词2100余首，此选本只收300多首，但亦可透视王十朋非凡的人格品位，可以谛听到他高贵的精神心声。王十朋和许多古代文人学士一样，有个良好的习惯，凡是所经历的重要大事，都会吟诗赋词，以抒情怀。他的诗词宛如人生展履系列大事记，沿循这些文字足迹，我们穿越时空，去拜访

梅溪先贤。《王十朋诗词三百首》是引领当今读者，走近王十朋、了解王十朋、学习王十朋的一条捷径，对弘扬中华文化、增强文化自信、继承民族传统美德，大有裨益。这也是温州王十朋研究会成立25年来的又一重大文化成果。

谨表衷心祝贺！

温州王十朋研究会会长　王雪丽
2020年2月8日于沈阳天柱居
（本文经梅溪文化学者吴宏富先生审校）

梅溪河畔话梅溪

重庆奉节古称夔州，地处长江三峡腹地，距今已有2300多年的历史，是著名的历史文化古城。公元649年，唐太宗李世民为旌表诸葛亮大忠大义、忠君爱国、奉公守节的品质，故此地以奉节得名。百度词条称此地：夔门雄峙，瞿塘幽深，环山皆秀，胜迹处处。墨客骚人至此，无不游目骋怀，"吐纳珠玉之声"。自唐朝以来，陈子昂、王维、李白、杜甫、孟郊、白居易、刘禹锡、李贺、苏轼、苏辙、王十朋、范成大、陆游等历史著名诗人，都在此留下数量颇多的千古诗篇，兼及今人诗作竟达万余首，故2017年奉节被中华诗词学会授予全国唯一的"中华诗城"美誉。

奉节城东有一条梅溪河，是长江的一条支流，与长江的交汇处就是闻名遐迩的长江三峡，刘备托孤的白帝城离此不远。梅溪河一练碧水，梅溪大桥雄筑其上，梅溪河古称瀼水，是奉节的母亲河，南宋时为纪念在此地做官德政昭著的王十朋，后人以他的号"梅溪"为名，更瀼水为梅溪河，近千年来沿用至今。

王十朋，字龟龄，号梅溪，浙江乐清梅溪村人，他生于北宋徽宗政和二年（1112年），卒于南宋孝宗乾道七年（1171年），享年59岁。他是宋孝宗赵昚及其三子宋光宗的两代帝师。宋孝宗称赞王十朋是"南宋无双士，东都第一臣"。王十朋是南宋绍兴末、乾道初最负盛名的爱国名臣，是历史上杰出的政治家、教育家、诗人和学者。因为秦桧专权，王十朋多年隐于乡间讲学，聚徒梅溪，创办梅溪书院。他以万言《廷试策》一举殿试夺魁，被宋高宗亲擢为进士第一名，即状元。以后为官15年，历任绍兴签判、秘书省校书郎、建王府小学教授、国子司业、起居舍人、侍御史。后相继外任出知饶、夔、湖、泉四州，最后又回朝廷任太子詹事，官至龙图阁学士致仕。去世后，朝廷封王十朋为乐清开国男，赠左朝散大夫，谥"忠文"。他留下2100多首诗歌和

500篇文章，有54卷《梅溪集》传世，是一位以气节文章彪炳史册的伟人。《宋史》卷三百八十七《王十朋列传》说"十朋见上英锐，每见必陈恢复之计……凡历四郡，布上恩，恤民隐，士之贤者诣门，以礼致之……所至人绘（其像）而祠之。去之日，老稚攀留涕泣，越境以送，思之如父母"，可见王十朋为官很得民心。

南宋孝宗乾道元年（1165）十一月初一，王十朋奉旨携全家沿长江而上，来到夔州这个偏远的边防古城，作为知州，他身兼行政和军事长官的双重责任，他为官清正，勤政爱民，一到任所，就在州衙先修整一块戒石，将"尔俸尔禄，民脂民膏，下民易虐，上天难欺"的圣训昭示夔州人民，以此警戒同僚和自己。王十朋来到夔州之前，曾在饶州任上一年，由于他重调查，恤民瘼，为背负官债的百姓开拓罪责，致使狱空无囚犯。离开饶州时，百姓拆断王十朋过路的桥梁，不让他离任，修复后称之为"王公桥"。

来到夔州，他首先了解到面带菜色的百姓吃水难，夔州虽临长江，但到山脚下担江水非常凶险，城内无井，要从山上引水蓄池，名为"义泉"，官府为增加税收，向百姓索收水费。王十朋自掏俸禄，花钱买山、买树苗，栽树保护山上的管线，又自买柳树2000株，种在瀼水旁的路边，百姓可以乘凉。他在《种柳》诗中道："瀼水东西十里余，新栽杨柳两千株，会看耸干参天去，能似甘棠勿剪无。"为了防止后任官吏向夔民收费卖水，他在"义泉"旁立上《给水》诗碑："接筒引水下山陬，端为夔民解百忧，长使义泉名不断，莫教人费一钱求。"

夔州在南宋是西南边防重镇，王十朋作为夔帅，既要保土，又要治理。夔州老城墙是军事工程，因地临长江，也是防洪工程。城墙多年失修，已有多处坍塌。王十朋命守军和百姓加固修葺，并告诫大家，城墙要时时修补才能常固。他在《修垒》诗中劝民道："莫将逆旅视居官，宜作吾家活计看。墙壁时为修葺，安知劳苦是平安。"居夔州两年，王十朋为破旧的诸葛亮祠堂迁址重修，保护当地历史文物，供人瞻仰。

作为夔州的知州，王十朋常为当地百姓的安宁和生计担忧。由于朝廷每年到边陲地区买马供战时所用，需夔州当地百姓服役参与运马的事工，称为"马纲"。以前运马都走山路，后来朝廷嫌走山路运马太费时，便改旱路为水路运马。每年都要打造船只，雇用大量民工，沿长江而下，运马到下游，由于浪急马惊，民工和马匹死伤半数，百姓怨声载道。王十朋两次上疏朝廷，为民请命，终于使朝廷停止马纲水运，重新改为旱路。百姓以手加额，载歌载舞庆祝三天。夔民为王十朋画像立生祠，加以供奉。看到百姓能够生息安居，状元公赋诗道：“好去耕耘陇上田，但能勤苦有丰年。家家饱暖身康健，更向明年看月圆。”（《上元山中百姓出游作三章谕之》之三）爱民之心，跃然纸上。

两年后，王十朋任满离夔，百姓手斟酒水，洒泪话别，情深谊长。为感谢夔州父老，王十朋赋诗道别：“邦人送别亦伤情，杨柳荫中涕泣声。我亦怜夔不忍去，一宵留宿旧江城。”

王十朋知夔州两载，为百姓办了很多好事，也留下许多诗篇。为了纪念王十朋知夔州的德政，百姓将夔州的母亲河瀼水更名为梅溪河。梅溪河畔话梅溪，历史和人民纪念王十朋勤政清廉，为民请命，抗金爱国，兴修水利，割俸办学的高贵品质，如今在奉节诗城的城门口，修建了一组历史上著名咏夔诗人的群雕，而王十朋的雕像立在群雕前排之首。悠悠梅溪河，一泻千里，梅溪先生王十朋的故事流传至今。

此文发表于2021年3月29日《沈阳日报》

第六辑　梅溪流韵

第七辑

多彩人生

一丝不苟做嫁衣

编辑是一个平凡而神圣的职业，它需要甘当人梯的奉献精神。一个作者的文章经你手修修改改、删繁就简发表出来，才能使他们的劳动成果被社会所承认。尤其对一个新作者来说，这也许对其一生都有特殊的意义，当然你这个幕后英雄自有慰藉在其中了。

我是一个比较粗心的人，但是做文章当编辑还是比较认真和细心的，也许这叫作粗中有细。当了20多年编辑，最后还真的修成正果：一丝不苟作嫁衣。

修炼其实并非一朝一夕之功。想起1985年我刚当编辑那阵子虽说心里高兴，总觉得在人生的坐标上好像找到了属于自己的那个点，但真正能在这个点上站得住也并非易事。后来我是基本站住了，1993年成了副编审，进入高级编辑的行列，1998年还晋升为编审。不过我真的要感谢我的入门向导，原《沈阳化工》杂志的刘亚范总编，以及和我一路共事的同仁朋友们。

刘老师年近花甲，20世纪50年代，他是苏联专家的俄语翻译。他在这本杂志上默默耕耘了近20年之久，我和博学的鞠仁昌同事都是他精心选拔的接班人。鞠工的爱人时女士的舅舅就是大名鼎鼎的文豪梁实秋先生。作为一个向国内外公开发行的综合性化工科技刊物的编辑，需要具备相当的专业知识及文字能力，同时对外语还要略通一二。为了使我们全面地掌握整个办刊过程，他让我参与采访、组稿、编辑加工、版式设计、校样核红以及出版发行、承揽广告等一系列办刊环节。有两件事使我心中不安，至今不能忘怀。

一次，有一篇国内著名橡胶专家写的文章很长，观点很新，引用了很多外国文献，于是文后参考文献中出现了密密麻麻的外文。刘总编让我再三把关，使外文校对无误。文中有几处单词不清，我查找一下外文词典便轻易放过，并没有与作者沟通校样。文章出版后，作者对外文单词有误十分不满，影响

了刊物在作者心目中的地位，此为一愧。

又一次，我往制版厂送图做锌版，由于一个图样在描图时被遗忘，但为赶时间，也没有另外再描，就按作者粗糙的原图制版了。结果刊物出版后其他的图表都经描图贴字很规范，唯独这一个图显出本来面目，影响了本刊整体形象，此为二愧。

有这两次教训，我也开始学习一丝不苟作嫁衣，认认真真地做学问。我认真地阅改每一篇文章，从内容到文字进行全面加工。对文中的观点、引文、数字、公式、名词术语及外文单词进行认真审阅，不迷信专家的大作，也不轻视无名小卒，通过编辑加工，使每篇文章都能达到立论正确、推导无误、图表清晰、主题突出、层次清楚、语言精练，最后达到齐、清、定的发排要求。还有两件事也使我记忆犹新。

辽宁大学化学系的教师是我们刊物很重要的一支作者队伍。一次我在审阅一位讲师的来稿时，发现文稿中公式推导的平衡系数不对，方程两边电子得失有误等问题。为了获得正确的结论，我便亲自到学校登门切磋，让其修正。这位老师对我们的敬业精神深为感动，以后辽大投稿的人就更多了。

上海环保所副所长许景文先生是国内有名的树脂专家。在树脂领域素有"南许北何"之说，"南许"就是指的许景文所长，他是我刊的老作者，文章有很高的技术权威性。但是由于作者年事已高，又是南方人，文中的方言土语多，影响文章的精练。在审阅许老的文章时，首先我保证其立论的正确，同时对他的文章结构敢于动大手术，将多余的段落、文字进行删削，也做必要的补充，使其文章完整、通畅和简练。论文刊出后，许先生对我刊的加工表示非常满意。

当刘总编离休时，化工专家陈孟楣教授接过总编的担子。陈工是我尊敬的大姐和老师，她德艺双馨，为人谦和淡泊，品德高尚。她的先生徐彻教授是辽海出版社的总编辑，著名的历史学家。陈大姐曾出过《精细化工配方选编》等科技专著。2008年，陈工和她先生合著了一本50万字、文图并茂的《旅外日记》，这本书既具知识性又有可读性，尤其是流畅的言语、清新的文笔，让人感动且印象深刻，我真为她退休后转身成为作家的成就而高兴。陈工退休后是张旭高工出任主编，陈工和张工都是吉林大学名校毕业的老大学生，他是聚醚生产的专家，我们原是老同志，他的姐姐还是中科院化学所很有名望的一位院士。自1990年起，我一直是副主编，实实在在地与同志们挑起了《沈阳化工》这本1972年创刊的科技杂志的办刊任务。我也甘为他人一丝不苟作嫁衣，这也成了一种职业责任。白天忙，为了赶发排，常将稿件带回家中连夜审阅，通宵达旦是常有的事。由于同志们的努力，我们的期刊被评为辽宁省优秀科技期刊，并获得化工部的肯定，还荣获了沈阳科技情报一等奖。为发展我国的化学工业，我刊成为弘扬科学技术、教学相长、信息交流的一畦绿野，为广大作者发表自己的科研成果提供了平台。每当看到作者凭借在我刊发表的论文，参加高级职称评定时，我深深地为他们高兴，同时也默默为他们祝福。

1992年10月，我离开了这家杂志社，到市工商联和市粮科所工作，然而仍然常常怀念她赋予我的责任和乐趣，尤其是编辑的一丝不苟、甘为他人作嫁衣的职业精神，使我在其他岗位上也终身受益。当时心里想，如果今生还有机缘，我仍要去为他人再做一次嫁衣。

1996年10月，张旭主编即将退休，杂志难以为继。这时沈阳市化工局的李家干局长和沈阳市石油化工研究院的刘铁院长亲自点名，让我回院担任《沈阳化工》杂志的主编工作。回到阔别4年的编辑岗位，我调整办刊方向，确定新的办刊宗旨：展示前沿化工，介绍最新成果，铺就成才之路，构筑供需桥梁；并将杂志向经济效益好的石油化工行业倾斜，联合中国石油抚顺石化公司和中国石化抚顺石油化工研究院共同主办，扩大稿源和经费，使杂志做到自负盈亏，独立经营。2000年获得新闻出版总署批准，更名为《当代化工》。2001年年底，我本人荣获了中国科学技术期刊编辑学会"银牛奖"。后来由于院里改制，2003年12月，又独立组建当代化工杂志社，我是社长、主编、法定代表人。2004年将季刊改为双月刊，内文由64页逐渐增加到120页。2006年，《当代化工》杂志荣获"中国石油和化工行业优秀期刊二等奖"。2009年6月，《当代化工》被国家科技部情报所评为中国科技核心期刊，2010年后成为月刊，内文256页，是行业百强优秀期刊。

想想一路走来已25年了，我一直与这本科技期刊生死相依，不离不弃，虽两鬓染霜，也心甘情愿。杂志发展了，壮大了，我高兴。一丝不苟作嫁衣，看来还得继续往前走下去，相信《当代化工》的明天会更好。

2010年5月写于沈阳天柱居

第七辑 多彩人生

行走在科技和文学的双轨道上

人生如梦，我的青少年时代曾有过文学梦，这个梦与1966年"文化大革命"有关。望着空荡荡的书架，父亲说："没关系，将来书架上一定要放上我们自己写的书。"于是一个要写书当作家的梦，便在18岁的自己心中悄悄生长，并立志要在40岁时，出一本我的书放在书架上。随着时光的流逝，这个信念越发坚定。

以后便是回乡接受贫下中农再教育，回城当工人，上工人大学，又进修读书。时代洪流将这一代青年人塑造成了能吃苦、有韧性、大器晚成的特殊人群，他们当中的优秀精英承担起了历史赋予他们的承上启下的社会责任。当年，我们都是热血青年，我们的心澎湃过、彷徨过、痛苦过、追求过、失败过、成功过。我们的人生轨迹和国家的命运紧密相连、息息相关。我个人的经历也和广大的一代知青一样，在坎坎坷坷和高低不平中一路走来。农民做过，工人当过，大学上过，化工设计搞过，科技编辑干过，商海也经过，出过几本书，50岁熬上了编审（教授）职称，算不算成功说不清楚，反正一直努力着。直到现在，还在国内外公开发行的《当代化工》杂志的主编岗位上摸爬滚打，20多年来一直守望着这本从1972年创刊、已近40个春秋的石油和化工类科技杂志。

我喜欢文学，但没学过中文专业，虽无缘做文学编辑，却始终是在文学的边缘上行走。作为科技编辑，如何能发挥我的文学特长？2000年原《沈阳化工》杂志更名为《当代化工》，我用散文笔法写了一个发刊词，刊登在2001年第1期《当代化工》，阅后感觉清新耐读。后来我开设了"行业精英"这个栏目，用报告文学的形式亲自为业内有大成就的科技发明家、专家学者、企业家们书写辉煌。这在广大科技期刊中可以说是打了一个擦边球。另外，2008年5月12日四川汶川大地震后一个月，我感同身受地写了一篇震难月祭散文，与抗震救灾的企业善举图片配成公益广告，这些都从一个侧面提升了科技期刊的文化内涵。

1979年至1980年，我参加了由诗人郎恩才先生组织的沈阳大东万泉诗社活动，年轻时我比较喜欢写叙事诗，偶尔也在报刊上发表过，但长进不大，后又改写散文。1982年，《辽宁日报》副刊"鸭绿江"发表了我第一篇散文《青田石门洞》，从这时起，可以说我步上了业余文学创作之路。1985年，我回故乡时发现了家谱上的先祖王十朋，于是我用3年时间到辽宁省图书馆查找南宋第一状元王十朋留下的《梅溪集》54卷书稿资料，每个周日都带儿子去省图看书，3年内做卡片达六七十万字。再花两年时间进行创作。前后5年，终于完成我第一本书稿南宋历史人物传记书著《王十朋传》，1990年由辽宁大学出版社出版了。这年我41岁，第一次把自己著的书放在书架上。

1995年，春风文艺出版社出版了由鲁野先生和康启昌老师主编的《美文纵横·王雪丽卷》，即《雪晴集》，后来又出版了《云彩集》。1997年9月，中国轻工业出版社出版了由我为主编的51.3万字的《中国大豆制品》，这本在台湾地区首发并获奖的综合科技著作为我赢得了1998年的正高职称。我是南宋第一状元、著名政治家、诗人、学者、教育家王十朋的27代孙，我父亲在1995年专门筹备、1996年注册、1997年挂牌成立了温州王十朋研究会。1997年12月25日和2003年10月18日，我们召开了两次王十朋国际学术研讨会。我们父女主编的《颂梅集三百首》（中国华侨出版社）和《王十朋纪念论文集》（辽宁人民出版社）分别在两次会上首发。2008年12月24日，在原《云彩集》的基础上又增写出版了20万字《云彩缤纷》（北方文艺出版社）。这些年来业余为文，多少还算没虚度岁月。

2004年，辽宁省散文学原副会长马成泰先生和辽宁省散文学会第一任会长邓荫柯编审，向省散文学会常务副会长、秘书长康启昌老师推荐我做副秘书长，考虑我能多参加一些文学笔会，我欣然接受。2005年7月，康老师已年逾古稀，她推荐我做省散文学会秘书长的工作，接她的班。对这件责任重大的工作我真是诚惶诚恐，迟迟不敢接受。一则自己是学工的，连中文都没学过，不是文学科班出身；二则自己文学底子又薄，才出了几本书，这省散文学会中作家高手如林，我岂可外行领导内行；三则康老师20年来，专职经营省散文学会这个文坛阵地，她是省内散文大军的旗手，我来接手她的工作实在是起点太高，难以为继；何况我仍在职办刊，加之先生有病，家庭负担重，业余做省散文学会秘书长的工作，恐怕力不从心。但是，在尊敬的康老师的信任和妈妈式的鼓励下，我只好从命尝试着做了。

4年来，我们辽宁省散文学在原省文联副主席周兴华先生的亲自领导下，在副会长崔春昌先生、孙洪海先生、丁宗皓先生、初国卿先生，副秘书长邢德铭先生、李广泽先生、何红牧师等众多作家、诗人的努力下，同时又得到了鞍山作协文畅主席等人的大力支持，省散文学会在发展繁荣省散文创作和评论及《辽宁散文》的办刊上都做了很多工作。特别是2007年11月24日我们组织召开的辽宁省散文学会第一届百名作家作品交流会，获得省内各市广大散文作家的积极参与和支持，会议开得很有影响。为此，我们辽宁省散文学会获得了省作家协会的唯一团体奖杯——金桥奖。2008年，省散文学会被辽宁省社科联评为优秀社团。会后康启昌老师马上来电话鼓励我，再三说她在背后将继续支持我们的工作。她的博大胸怀给我们带来了温暖和帮助。

　　2008年9月19日至23日，我们辽宁省散文学会赴朝鲜采风旅游，我和康老师有幸在平壤同居一室，得到她更多的教诲，她诚恳地指出我工作和创作的方向："虽然你的散文写作技巧等都够用，但还要浏览掌握更多的当下前沿性散文创作的走势。"考虑我个人在《当代化工》杂志的编辑出版工作的确业务繁忙，加之家中先生久病负担不轻，我向康老师提出辞去省散文学会秘书长的工作。见我又打退堂鼓，康老师真诚地说："我是从人品、写作、综合能力及奉献精神的角度去选择你做我的接班人。其实你这个省散文学会秘书长的位置，在这文学圈内有多少人惦记着，我的眼睛很毒，我看中的人选没有错，你应当再干几年才行。"望着她老人家的满头白发，听着康老师诚挚的鼓励和托付，我真不忍心让她老人家失望。

　　前段时间，我与崔春昌先生闲聊时说："您多才多艺，创作丰收。这些年来我创办科技杂志，一直是在文学的边缘上行走。"崔老师才思敏捷，马上对我说："这个题目特别适合做你的散文集的书名，有新意。"我感到的确符合我的境况，也就欣然接受他的建议，将我这本散文集暂定名为《在文学的边缘行走》。2009年年底，我的散文集要在辽宁大学出版社正式出版，说到书名时，责编刘东杰教授认为此书名不妥，他说："2009年6月18日在辽阳举办的辽宁作家书（书法、书作）展上，你在台上代表主办方辽宁省散文学会讲话，思路清晰而精彩，而且讲演也不用稿，全是即兴发言，广大与会作家挺认可，况且你在1990年就在我社出版《王十朋传》，因此，你不是在文学的边缘行走，这书名不符合你的实际身份，你已在文学的中心行走，叫《王雪丽文集》比较合适。"恭敬不如从命，书名就这么定下来了，况且半年前，著名的历史学家、作家徐彻教授也曾提议，书名叫《王雪丽文集》为宜，他原是辽海出版社的总编、社长，他这位大家的眼光应当是独到的。

2009年9月，在辽宁省散文学会会长、辽宁省文联原副主席、著名文学评论家周兴华会长推荐下，我代替他做省散文学会的法定代表人，因此，省社科联正式下文更改法定代表人。2010年4月23日，大家又推选我做常务副会长兼秘书长，我感谢周老的信任，但我深知这份重托和责任让我心中不安。

作为科技编辑需要专业知识，但又离不开文字功夫，科技期刊主编的学者化和作家化是这一高端行业的趋势和走向。作为期刊人，我们应当将最好的精神食粮、科技真理、社会良心奉献给我们的读者，给人间留下一道美丽精致的彩虹，多年后给科技历史留下一份思索和答案。我一直在科技和文学的双轨道上行走，在逻辑思维和形象思维的两种意境中穿梭往来，亦工亦文岂不乐乎。在文学的边缘行走，是否也算是一种职业特色呢？

2009年1月10日初稿于沈阳天柱居

2010年4月改稿

第七辑 多彩人生

烹饪情缘

　　人的一生说不定和什么行当有缘，就拿我来说，作为一个以编辑为生的人，我就和厨师餐饮行当打过擦边球。都说三十而立，但实际上人到三十也不见得能立得起来，也不清楚你能立在什么事业上，人生经历都是在茫然中逐渐走过，慢慢地清晰起来，最后才确定了你的人生事业的方向。有的成了行家里手，成了人生戏场中的名角。都说滚动的石头不长苔，这话是有一定道理的。你的所学所用最好能长期坚持下来，总会有一天你能出人头地，一个总跳槽的人往往会失去一些人生的机遇。

　　1979年，由于我的祖父是在德国做餐饮的老华侨，我通过家嫂李文范的关系，找到了当时沈阳鹿鸣春饭店的经理刘敬贤先生，争取参加当时市饮服业设在鹿鸣春的一个厨师培训班，设法考到一张厨师证，这样我办签证时才有资格，获得去德国的就业准入。

　　这事本来尘封30年了，我一直想写点纪念性的文章来回忆当时的人和事。今年春节，我与同行友人到鹿鸣春去会餐，这里虽是原址，但人事全非。当年的烹饪大师王甫亭老先生早已作古，为了忘却的纪念，我是应当留点文字才对。

　　直到最近我再度与刘敬贤大师相逢，直觉在逼我必须写下我的这段厨师缘了。辽宁电视台原副台长刘守义先生最近出了一本散文集《岁月如歌》，2009年3月13日，辽宁省散文学会、辽宁省通俗文艺研究会和辽宁省老教授协会，在辽宁省友谊宾馆共同为刘守义先生举办了《岁月如歌》作品研讨会，我作为辽宁省散文学会的秘书长被邀主持这次会议。参会者共50余人，全是国内、省内一流的社科专家、学者、评论家、作家及省、市新闻媒体的记者。与会的有辽宁大学原校长冯玉忠先生，著名学者、辽宁省社科院原副院长彭定安先生，辽宁省作家协会主席刘兆林先生，著名文艺理论家、博士生导师王向峰教授，著名历史学家、辽海出版社原总编辑徐彻先生等。各位专家学者都在大会上中肯地发言，给予作者很好的评价。那天我的情绪也特别好，我身着一件浅黄色斗帽毛衣，正好与辽宁电台著名播音员齐芳老师的一套浅黄色衣裙无意中相得益彰，给高格调的会场增加了一点明亮的色彩。

我主持的开头、串联词、评论、结尾都是采用即兴饱满的文化语言，按参会者说是散文风格式的主持，根本不用背台词。由于我的知识面比较广，在文史、科技等方面均有所涉猎，故此语言风格比较自如，加之多年来经常参与讲演，逐渐历练出稳健互动、不失诙谐的台风，特别是最近十年来我主持了许多大型的王十朋国际性研讨会和其他一些大场面的会议，所以主持这些文化类会议还是比较轻松自如的。按徐彻教授所说的，主持人的主持和齐芳老师对守义作品的朗诵都很精彩。

这次会上我有个意外的收获，那就是见到我当年的烹饪老师刘敬贤大师，他来参会我始料不及。因为他是守义先生的同学，加之《岁月如歌》的书中有记载敬贤老师的历史生活片段，作者请烹饪研究专家和烹饪大师敬贤一同出席今日的会议。敬贤老师很儒雅，一套深色的西装、领带，更显沉稳庄重。会后他告诉我说："你主持得很好，既有高度又有内涵。"说起家中事他又说，"你是标准的中国妈妈。"看到了30年前的烹饪教师我很激动，看来这篇"烹饪情缘"的文章是非写不可了。

1980年年初，家嫂李文范把我介绍给她的同行朋友刘敬贤老师，我和我先生白九成初次到敬贤老师在北市场的平房家中专程拜访，他的老母与他们同住。我先生向敬贤递上香烟，只见敬贤老师连忙把烟先递到老妈手中，我先生见状忙擦着火给老人家点上。望着老人家慈祥的微笑，我心中感到这是一个母慈子孝的传统家庭。

敬贤老师领我到鹿鸣春去见烹饪大师王甫亭先生，向他说明我想参加临时速成学艺班和要获得一张厨师证的愿望，老人家欣然同意。我是一个尊敬师长的人，王老戴着一副黑边眼镜，穿一套白色工作服，一副文质彬彬的模样。我一时感动，跪在地上给王老磕了一个头，权且当作认师礼吧。不承想王老竟热泪盈眶。老人家急忙拉起我的手，仔细端详起我这个"业余厨师"来。他还真没有收过什么女徒弟，虽然我只是业余学艺，我们却非常认真。真的，老人家从心底认我这个女弟子。在此后的百天学艺生涯中，王老对我格外关切和爱护。他做一些好菜时，总让我品尝，让我知道这菜的正宗味道，这在拜师学艺中是很高的待遇。

鹿鸣春是沈城的大店，来此聚餐宴会的有很多外国友人。每当有重要的

客人，王老总是亲自掌勺，精益求精。另外再加上工向慈老师傅的菜肴刻花，每一桌菜都是一件五彩斑斓的工艺品，王老真是一位创造美的营养专家。外宾们按动快门，不忍下箸。我们学员考级时的一道红烧鱼，我加了几片猪肉，味道不错，王老还夸奖了我一番。

他让他的爱徒刘敬贤老师亲自带我，从水案墩切到灶台练大翻勺，一招一式还真有点样子。我练得很刻苦，正是热天，一次在炸物料时，热油溅出烫伤了我的右臂，我依然坚持练习，至今手臂上还留有一块伤疤，算是这次学艺的纪念吧。

有一次顾客点了一盘炸虾段，当时由我来操作。由于物料较多，炸的油放少了，虽然油温不低，但当浆好的生虾段倒入油中烹炸时，一下子就散花了，我正不知所措，只见敬贤老师将炸过已散花了的物料捞出，重新浆好，放入烧至五六成热的油中炸好，再配上辅料出勺，一会儿工夫就是一盘色、香、味、型俱佳的美味菜肴了。

这盘让我做坏了的虾段，经老师亲手点拨，不一会儿就妙手回春，让我懂得了很多的道理。其实学艺和做学问都有很多相同之处，常常会遇到"山重水复疑无路，柳暗花明又一村"的境地。我的百天厨师生涯时间虽短，接受的却是最高端的烹饪大师的培训，可谓人生幸事。

我在这个厨师培训班学了100天，学会了做很多菜肴，懂得了一些烹饪学方面的知识和技能，获得了一张厨师培训合格证。我去德国大使馆办签证时，这张证明留在了大使馆，后来他们怀疑我有移民倾向，拒绝了我的签证。这张厨师证明被我要回来留作纪念。敬贤老师说这张证明相当于三级厨师证，只是对我来说没有什么用，它不过是我这段经历的一个见证。

1983年11月8日，全国第一届烹饪大赛在人民大会堂举行，敬贤老师以兰花熊掌和红梅鱼肚两菜一举夺魁，当时溥杰先生给兰花熊掌这道菜打了100分，他说这道菜比他吃过的皇宫御厨做得要好。辽菜第一次在全国打出了金字招牌，我们为敬贤老师骄傲。后来他又出了许多烹饪方面的书著，为奠定发展辽菜、培养人才、弘扬中国的饮食文化做出了很大贡献。根据敬贤老师的亲身经历，头几年著名传记作家徐光荣先生还为他写了一本《烹饪大师》的专著。

在以后远离餐饮行业的日子里，我总是关注着敬贤老师的新闻，凡是报纸上有关他的消息和照片，我都会细心地剪辑收藏起来，一时竟有几十张之多。当我有一次再遇敬贤老师时，将我收藏的有关他的新闻图片呈给他看，他见到我的挚诚很受感动。人间重真情，百天厨师生涯给我留下了许多美好的回忆，至今我都珍藏着我与烹饪大师王甫亭先生、刘敬贤先生在鹿鸣春时的合影。

也许是有了这一段生活经历，我的儿子为出国也来鹿鸣春当了一次烹饪"票友"，20世纪90年代初一度开了小饭店实习，敬贤老师还亲自开车光临剪彩。2000年金盾出版社出版了我儿子白鸿博编著的《豆腐食疗方》，这是一本非常实用的豆腐营养食疗参考书，是我儿子利用业余时间根据中医的养生原理，收集了有关豆腐食疗方剂的百例菜谱，从中挑选而集成的。刘敬贤大师还亲自为这本书写序。这本小书从2000年至2008年已至少发行了4版，每本5元钱，共印刷了近10万册之多。当年金盾出版社第一次就支付给我儿子5300元的稿费，金盾出版社后来还再三找我儿子，叫他再多写一些别的题材的实用性书籍。他原计划要出一本《王十朋诗三百首选注》，因为他喜欢诗词欣赏，但他这些年在经济大潮中一直太浮躁，没有潜心去做学问。我儿子曾对我说："你都40岁了才出书，我28岁就把书出了。"希望我儿子以后能静下心来好好读书，也能写出更好的书，作为南宋第一状元王十朋的后裔也能有一肚子文墨家传。2002年我儿子在中科院研究生院新闻出版与管理工程专业读EMBA，他班上的同学都是全国各大期刊的主编，由于他校对认真，文字基础较好，同学中有的是北京几家大出版社的领导，毕业时他们都要留他做编辑工作，但他考虑自己是独生子，还是回到了沈城父母身边。我们母子都有一次鹿鸣春厨师培训的经历，当时都是为出国办签证而临时学艺。国是没出成，在平时生活中却很受益。我看有条件的话，中国的男人和女人在结婚前都应当学习一下烹饪知识，这对提高饮食质量、全民健康会大有裨益。

1994年和1996年，我代表沈阳粮科所参加每年在淮南举办的两届中国豆腐文化节，海峡两岸共同交流，弘扬国粹豆腐文化，并去八公山豆腐发明人刘安的墓和千年豆腐村考察。沈阳谷德科工贸总公司还上了一套菜汁豆腐生产线，为我后来写作这方面专题的书起了很大作用。

1997年中国轻工业出版社出版了以我为主编著的50多万字《中国大豆制品》，是由安徽省淮南市政府出资6万元出版的，当年在台湾地区首发。我担当了近30万字的内容写作，"豆制品的应用"一篇约10万字，则是由我儿子白鸿博编著的。正是有了这本获奖的重点课题书《中国大豆制品》，为我赢得了1998年评定正高编审时准备的书著成果资料。我在此书的扉页题诗道："寻得刘安豆腐乡，弘扬国粹大文章。斜阳古道淮南子，遗韵长留千古香。"看来这些无意中的饮食文化成果也都与鹿鸣春的这段母子两代厨师缘有关。这或许是巧合，天意？说白了就是我们与饮食行业的一种缘分。

1992年秋，我从沈阳市石化院的《沈阳化工》杂志副主编的位置离开，到沈阳市粮科所组建的大型国企沈阳谷德科工贸总公司做领导班子成员，负责新产品的开发和宣传工作，当年由粮科所发明的菜汁豆腐国家专利，一度被中央电视台播出。1995年辽宁电视台社教部还专门摄制了由我撰写的10集《源远流长话豆腐》电视系列片。我在1995年由春风文艺出版社出版的《美文纵横·王雪丽卷》即《雪晴集》中还专门开辟了一个豆腐诗篇的栏目，把豆腐的历史文化、制作工艺乃至应用都娓娓道来。辽宁省散文学会第一任会长邓荫柯编审在此书序中评论我的豆腐诗篇："是科普小品，又是优美散文。"你看，若没有当年百天烹饪的经历，哪会有这么多饮食文化成果呀！

要感谢生活，感谢那些在你人生途中曾帮助过你的人，以一颗感恩的心去回报。因此，写这篇小文权且当作一盘"扒三白"呈到师傅面前，去纪念尊敬的王甫亭大师。前几年我到沈阳皇寺广场，还专门看望了他的大儿子王玉宝先生主理的鹿鸣春。王老的烹饪创意和成果已由他的爱徒刘敬贤烹饪大师发扬光大，青出于蓝而胜于蓝，刘敬贤被誉为"弘扬辽菜第一人"，这是当之无愧的。辽菜作为一个独立的菜系，早已改写了原来八大菜系的格局了，辽菜的崛起可以说是中国饮食文化在新中国成立后出现的最大亮点，在中国各流派纷呈、辉煌的饮食文化中独领风骚。历史将会记住这些大师的名字。

2009年4月9日写于沈东医院先生住院期间

侨胞爱国心向中华　侨眷联谊情系万家

——序《温州市青田籍归侨侨眷联谊会二十七个春秋》

　　2012年孟冬，温州市青田籍归侨侨眷联谊会副秘书长、大明开国军师刘基后人刘菊英女士前来温州松台山下、九山湖畔的风华居院内，看望联谊会的顾问、温州王十朋研究会会长、家父王祝光老先生。她是专程为《温州市青田籍归侨侨眷联谊会二十七个春秋》一书来向家父索序的。无奈老人家刚刚做过心脏支架手术，一时无力应酬，于是刘副秘书长便让我代父作序。望着这位年长、热心、文雅的知识女性真诚热切的目光，我接过了她手中的书稿，作为青田人，能为家乡尽点微薄之力也是一件乐事。于是回沈之后，我秉烛夜读，书中温州市青田籍归侨、侨眷联谊会中热心桑梓、乐于奉献的侨胞们一个个向我走来，我深深地为他们胸怀祖国、情系家乡的情怀所激励和感动。

　　20多年来，由于他们的努力和坚守，创建了一个扎根基层、爱国爱乡、乐于奉献、充满活力的先进社团组织，为政府和侨胞架起了一座沟通和服务的桥梁。他们有一套完善的组织机构，脚踏实地地为归侨、侨眷办了许许多多实事、好事和善事，开创了温州市青田籍归侨、侨眷联谊会可持续发展的新局面。无论是20世纪80年代率先在国内成立联谊会，还是两度筹资捐献购置办公场所，为联谊会的侨胞们安了一个"家"，他们建立了一支敬业奉献的管理队伍，坚持按部就班、秩序井然的正常办公制度，并创办了《联谊侨讯》杂志，开启侨胞心灵窗口，构筑归侨、侨眷服务平台，拓展信息交流，加强联谊工作，多年来被温州市政府授予"温州市先进民间组织"的光荣称号，成绩特别显著，他们是国内侨界"示范基层侨联"的一面旗帜。

　　青田历史悠久，风景如画，是著名的侨乡新镇和石雕之乡。奔腾不息的瓯江，从远古流到今天，滋润着青田儿女的心田；雄伟连绵的括苍山脉，山清水秀，终年山泉流水不断。故乡山清水碧，家山竹翠花红，青田的山山水水赋

予了青田人勤劳、坚忍、纯朴、智慧的秉性。由于青田地少山多，因此我们的先辈们携青田石漂洋过海，足迹遍及五洲，许多石雕作品多次参加国际博览会荣获金奖，青田石雕名扬天下。如今青田华侨旅居海外已达30万之多。远离故土的侨胞情系青田，热爱家乡、回报家乡是青田华侨的光荣传统，爱乡之情源远流长。许多青田华侨发达后，回国在东瓯名镇温州购房置地，他们喜爱温州的自然人文景观。改革开放后出国的人数剧增，居温州地区的青田籍归侨、侨眷亟须一个能为大家服务交流的组织机构，于是1985年1月28日，温州市青田籍归侨、侨眷联谊会——这个归侨、侨眷、海外侨胞之家应运而生。

27个春秋，温州市青田籍归侨、侨眷联谊会从无到有，从小到大，广大侨胞将会铭记历史，铭记那些一心扑在侨务工作上，为创建和发展联谊会不求索取，只讲服务和奉献的人们。青田归侨、侨眷联谊会的老会长、荷兰侨眷郭胜光等人，就是青田籍归侨、侨眷中的杰出代表。由于历届新老会长和班子成员们的无私奉献和敬业精神，以及温州市各级政府和青田县政府的大力支持，与广大青田籍华人华侨、归侨侨眷的热心帮助，联谊会从建会初期的一无会址、二无财产、三无资金、四无专职人员，即一无所有的侨团单位，至今已发展成拥有百余平方米豪华写字楼的固定自有会址，还配有一支20人正常办公的值班工作队伍，新会址融办公、会议室、休闲健身房、娱乐活动中心为一体，面貌焕然一新。联谊会真正成为青田籍海内外侨胞、归侨、侨眷的一个温暖的大家庭。

在这个家中，广大侨胞扶弱助困，捐款救灾，探病送丧，播撒人间大爱；在这个家中，归侨、侨眷们话香港、说澳门、迎回归、批邪教、庆国庆，挥洒爱国主义情怀。改革开放后伟大的祖国日新月异，成为世界强国，海外华侨真正扬眉吐气，中华人民共和国成立前海外游子备受欺凌的时代一去不复返了。祖国强，华侨强，爱国爱乡，豪情满怀。

中国革命先行者孙中山先生赞扬海外华侨是革命之母，这是对华侨在辛亥革命中的历史地位和历史功勋的高度概括和肯定。海外侨胞与祖国母亲血肉相连，青田游子与故乡亲人息息相关。青田，你是青田儿女生命的根。侨胞爱国心向中华，侨眷联谊情系万家。正是有了青田归侨侨眷联谊会这个温暖的家，有了这棵筑巢引凤的梧桐树，才使更多的海外青田儿女回到故乡乐园，投资家乡建设，融入建成小康社会、改革开放的大潮之中，建设秀美家乡，共话美好未来。

2012年12月于沈阳天柱居

明孙昭编刻《王鹤泉集》与《金石古文》再版序

丁酉中秋，温州孙昭纪念馆创建人之一、孙昭后人、家父20世纪70年代老友孙国光老先生携夫人郑珠华女士来家父寓所风华居叙旧，言及近日将其先人明朝嘉靖年间著名清官、文化名人孙昭所编刻的《王鹤泉集》与《金石古文》两书合并重刊再版，让淹没450年的文化先贤王鹤泉的翰墨再现于今。说话间孙老先生出示了上述两书清样，同时又奉送我27世先祖、南宋爱国状元、著名政治家、教育家、宋孝宗宋光宗两代帝师、诗人、清官王十朋，为杭州富阳孙权后裔富春龙门孙氏所写的宗谱序的复印件，此序为南宋孝宗隆兴元年（1163）年，时任朝散大夫、起居舍人兼侍讲乐清王十朋所撰。王公的《富春龙门孙氏宗谱序》云：

> 孙氏之先，出自轩辕。舜后子占书，为齐大夫，受姓于齐，始姓孙氏。则五帝三王以来，其为名世也远矣，皎然翘然，天下知有孙氏也。秦汉之时，裂而复合，合而复涣，其间四布而不可纪矣。传至唐之太宗，奏天下谱牒，退新门，进旧望，千六百五十一家，而孙氏彰焉。自钟公之后，立国江东，其族大振，历数传以至于今，有德业文章显者，有以忠义伟烈著者，遂为天下左氏族，而有谱牒以贻后人。当时海内世臣乔木之家，咸莫与京焉，此孙氏所以名世也，此其谱之所由作也。
>
> 大宗隆兴元年五月良日，朝散大夫起居舍人兼侍讲乐清王十朋撰。

序文中，王十朋历数了孙氏乃轩辕、舜之后裔，有一位叫占书的是齐国大夫，受姓于齐，始姓孙氏，这就是孙姓的由来。尽管时光流逝，秦、汉、唐朝代更迭，孙姓都彰显于世。尤其是于江东立国之后，其族声名大振。孙

第七辑 多彩人生

335

氏家势源远,其德业文章与忠义伟烈,始终是各支293姓氏中的翘楚,是天下的名门望族,故此才有谱牒流传后世。于是这位南宋初宋高宗亲擢的丁丑榜状元,乐于为富春龙门的孙氏宗谱作序,才留下这珍贵的历史文字。

接着孙老又出示了我先祖王十朋为乐清大港孙氏所作"始祖像赞",其诗云:

天生英才,原期大用。寇扰边陲,人思戡乱。公践皇谕,奋力图功。宋室竟南,归隐瓯东。大港卜居,为孙鼻祖。泽在一时,名留千古。逍遥风月,笑傲林泉。累仁积德,孙子绵绵。

同邑状元龙图阁学士梅溪　王十朋拜赠

从诗作看出,王十朋写此赞诗时为龙图阁学士,这是他回朝任太子詹事后,因足疾体弱上章,以龙图阁学士致仕。写此诗时间应为1171年,也就是说,王公1163年为富春龙门孙氏宗谱写序,9年之后又写了这首始祖像赞诗。由此可见王十朋与孙氏交谊甚厚。

读罢先祖文字,如获至宝。不知《王十朋全集》是否有以上收录,若是逸文则弥足珍贵。

孙老夫妇敦厚仁德,笃志不懈,从20世纪90年代初至今,为建设孙昭纪念馆,为收集明朝嘉靖监察御史、一代廉吏孙昭编刻的8卷《鹤泉集》和《金石古文》,跑遍了国内各大图书馆,包括台湾地区的图书馆,寻找先贤墨迹,沿着孙昭当年任职的"线路图",赴北京、陕西、江西、河南、河北、甘肃、浙江等地,搜集地方志和相关各种史料,将孙昭任职14年期间散落在各地的资料进行整理、归纳,再现了这位廉吏当年刚正不阿、清正为民、爱民如子的高贵品质及文采出众、著作颇丰的编辑家的文人墨客风采。孙老及夫人从黑发到白头,耗资数十万,用了20多年时光,把精力、时间、金钱都奉献给挖掘乡土先贤的国学文化事业上,其爱国爱乡之举,热心文化事业的情怀和奉献精神令人感动和肃然起敬,为创建孙昭纪念馆,奠定纪念馆文化根基,功莫大焉。

孙老示毕先祖的序、诗之后,邀我为其再版的孙昭编刻的8卷《王鹤泉集》和《金石古文》合集写序。笔者大惊,一则对地方先贤孙昭业绩知之甚少,二则岂可沽名钓誉。

然孙老说:"想当初1974年令尊离北国沈阳回乡青田时,是我代表单位前往闽松政,将正在搞松政人民大会堂设计的知名建筑师王祝光先生请到温州工作，让他设计温州当时最大的地标建筑——温州工人文化宫，几十年来我们成了同志加朋友。尤其是你父亲离休之后，弃去了自办的建筑公司赚大钱的机会，1990年与你共同合著出版《王十朋传》，填补了国内空白，此书被国学大师南怀瑾先生首肯，并同意出任你们父女创建的温州王十朋研究会的名誉会长。30年来，你父亲专心致力于王十朋研究，弘扬王十朋的爱国精神。因此我也效法你父亲，20多年专心挖掘整理先人孙昭的历史文化资料，与孙氏后人共同创建孙昭纪念馆。当年温州电视台录制播出"万家灯火"栏目的专题片，专门报道你父母将王十朋研究会会址风华居打造成文化窗口的事迹。无独有偶，后来温州电视台也采访录制播出了我和老伴共同踏上征程，跑断腿，磨破嘴，耗资几十万元，辛苦搜集整理先人孙昭的历史名人文化信息。看来我和你父亲都有相似的人生经历。"

"再说，"只见孙老话锋一转，"你先祖与孙氏有通家之谊，你的祖先王十朋都能为孙氏宗谱作序和写诗，你作为王公后人，岂可省力不作？"

晚生听罢默然。于是写了上面几段话，算是应差为序。

2017年10月4日中秋夜于鹿城风华居

一次高规格、别开生面的研讨会

刘守义先生原为辽宁电视台领导，是辽宁省通俗文艺研究会常务副会长。守义先生为人诚挚坦荡，性情中人，其飘逸潇洒的艺术形象叫人过目不忘。一日，守义先生送来他的文学大著《岁月如歌》，想请辽宁省散文学会、辽宁省通俗文艺研究会和辽宁省老教授学会联合为他举行作品研讨会，并让我这省散文学会的秘书长为他主持会议。受人之托，忠人之事，雪丽不才，以前与守义先生接触不多，难得他信任和重托，岂可辜负他的一片真诚，于是接过他的新书，开始阅读散发着油墨馨香的《岁月如歌》。

2009年3月13日，《岁月如歌》作品研讨会在辽宁大厦隆重举行。守义先生很有天缘，昨天还是春雨潇潇、风雪交加，今天春光明媚、阳光灿烂。得道多助，可见守义先生是厚德之人，关键时候上天相助，此为天缘。

守义先生也很有地缘，友谊宾馆地处北陵公园附近，这里风景如画，是一处风水宝地。守义先生更有人缘，今天光临会场的有省内乃至国内的文学大家、名家，真可谓高朋满座，鸿儒如云。著名学者、辽宁省社科院原副院长彭定安先生，著名学者、辽宁大学原校长冯玉忠先生，辽宁省文联主席牟心海先生，著名教授、辽宁省美学学会会长、第三届鲁迅文学奖获得者王向峰先生，辽宁省通俗文艺研究会会长刘跃发先生等专家学者近40人光临研讨会。今天辽宁的文学天空真可谓是星光灿烂，这是一个高规格、别开生面的研讨会。著名播音员齐芳老师专门朗诵了守义先生的文学篇章，齐芳老师美丽的浅黄色衣裙和我的浅黄色毛衫，以明亮的色彩为研讨会带来一抹初春的浪漫气息。感谢播音员婷婷声情并茂的朗读，守义先生的亲情写得特别到位，婷婷的朗读又那么感人，我含着泪花听完了他的"恩嫂"片段。闲情足以养志，至乐莫如读书，感谢守义先生为我们提供了《岁月如歌》这本好书。

彭定安先生站在学者的高度对守义先生的作品进行了恰当的点评，而且是高屋建瓴。他夸奖守义先生能够把自己的精力执着地投向文学，不断用充满激情的文笔讴歌生活真善美，通过努力笔耕，踏入作家行列，退休后实现了从领导到作家的华丽转身，真是可喜可贺。人常讲，宦海沉浮淡如水，也可以说是商海沉浮淡如水，学林建树贵似珠，难得守义先生在文学上有所建树。另外，他从提高文学性的角度给守义先生提出建议，为他今后的创作指明方向。记得彭老在省散文学会举办的百名作家作品交流会上，做了《散文创作的趋势》的报告，告诉作家们：散文要有内涵，要有时代感，要有真情，还要有美丽的表现。守义先生的《岁月如歌》是历史的画卷、时代的颂歌，是一部充满人文情怀的佳作。

《岁月如歌》的序言作者、辽宁省老教授协会副会长、著名历史学家徐彻先生，辽宁省社会科学院历史研究所原所长关嘉禄先生，辽宁省散文学会副会长崔春昌先生都做了精彩的点评，为《岁月如歌》画龙点睛。

专家学者们精到的研讨，使会场气氛生动而热烈。他们认为守义先生为人坦诚，文如其人，他的作品让人感受到真的感染、善的启迪、美的熏陶。

研讨会上，很多朋友为守义先生送来书画作品，祝贺他的文学丰收。辽宁省老年报副总编、辽宁省散文学会副会长孙洪海先生写来贺诗：

守职艺苑笔勤操，
义薄云天气自豪。
出手不凡有大作，
彩图美文都逍遥。

其藏头诗为：守义出彩。楹联家李广仁先生的贺联为：

守得岁月如歌美；
义使人生似火红。

家父离休后久居鹿城温州，老人家酷爱京剧，他很喜欢守义先生的舞台形象，特从温州寄来贺诗：

贺题刘守义先生《岁月如歌》出版研讨会在沈阳举行
光辉岁月美如花，
爱泽尧乡名士家。

肩负银屏声艺远，

四情萦绕遍中华。

温州王十朋研究会会长王祝光题

2009年3月8日于鹿城风华居

"人生浪漫曲，岁月不老歌。"《岁月如歌》给人们留下了思索和回味。作家要有社会的良心，好书要为人民提供精神营养品，这种影响是不可估量的。《岁月如歌》就是一本这样的好书。衷心祝愿守义先生的文学创作更上一层楼，人生丰收时刻，翰墨飘香。

2013年10月2日写于北京—沈阳D51次列车上

辽宁省期刊协会台湾考察纪行

——2012年辽宁省期刊协会赴台湾参加论坛考察活动前言

为贯彻落实中华人民共和国新闻出版总署和辽宁省新闻出版局2010年关于大力实施"走出去"的战略，促进辽宁期刊的创新与发展，应台北市报业商业同业公会的邀请，2012年7月12日，辽宁省新闻出版局、辽宁省期刊协会组织部分优秀社科、科技期刊及高校学报的社长、主编等33人在谌纪平副会长和黄照平秘书长带领下，飞赴台湾举办海峡两岸主编论坛，并考察了相关的出版单位，交流两岸期刊发展，洽谈出版合作，进一步推进、扩大辽宁期刊业的发展和影响。此次我省期刊界的台湾之行，开启了两岸期刊业合作交流工作的文化之旅。

台湾，这座让我们魂牵梦萦的魅力宝岛，以38℃的高温热情地将我们拥入怀中。在这多彩茂盛的夏日，感悟宝岛的万种风情，品读它的丽质清韵，这片橄榄形的土地上，印满了我们考察探索的足迹，留下了两岸期刊同人互动交流的心语。

7月13日，"两岸期刊同人交流会"在台北举行，会议由台北市报业商业同业公会理事长洪善群先生主持，前会长、台湾著名期刊专家俞国定先生重点介绍了台湾的期刊市场、规模和发展趋势，以及电子书的价值和创新。目前2300万人口的台湾拥有4500种杂志，其中畅销杂志100种，并发行电子杂志。2011年台湾出版了四万种新书，估计价值在500亿新台币，其中电子书占5%，畅销书约1000种，占了营业额的65%。由于电视和网络的多媒体功能，阅读人口在迅速消失，致使每个在书架前流连的身影更加宝贵。可见，期刊业的繁荣应强调内容为先、服务为先、读者为先的出版理念，抓住善用高科技带来的无限商机，别让趋势从你的身边溜走。

辽宁省期刊协会赴台的办刊专家们热情地介绍了我们的办刊情况，并就

许多关注的热点问题与台北的办刊同人做了积极的互动与交流。随后我们参观了台北城邦媒体控股集团和他们的书店，领略了他们全方位、多元化的出版运营模式。在台北市举办的两岸期刊同人交流晚宴上，谌纪平副会长做了热情洋溢的讲话，我们的社长、主编们将各自所办的杂志与《辽宁期刊史》分赠台北的同人们交流与分享。

台湾的书店一般都是24小时营业。7月18日，在离台的前一个夜晚，我们专门考察了台北第一家诚品书店（郭南店），这家书店书的品种之全、购书的读者之多，堪称台北之最。子夜仍旧灯火璀璨的书店内，读者一边悠闲地看书，从容地交谈，还可以一边喝着咖啡，这可是台北一道独特的风景线。在这个躁动、快节奏的时代，这是一处让心灵得到沐浴，回归传统阅读方式的好去处。

台北期刊同人的友情让我们难以忘怀，台湾宝岛的人文与自然风光更让我们驻足流连、怦然心动。台北"故宫博物院"是中国三大博物馆之一，这里珍藏着中国自商周至明清以来的68万件奇珍异宝。翡翠玉白菜、肉型石、毛公鼎、白瓷婴儿枕等镇馆之宝，让我们再度领略了中国文化的源远流长与博大精深。

日月潭、阿里山，几十年来我们唱着它们、想着它们，它们几乎成了台湾的代名词。我们泛舟湖上，看着日潭和月潭交汇相融成圆梦的一方湖水，精致的拉鲁岛立于潭水中央，浪涌堆雪，远山倒映，日月潭宛如少女清纯而又温馨。水光潋滟、淡妆浓抹总相宜的西子湖，与这眼前"青山拥碧水，明潭抱绿珠"、惹人相思的日月潭，都是中华母亲的一对亲生女儿，山水相似，血脉相连。喝一口清醇的日月潭水吧，它足以让你一生记忆。

位于台湾中部嘉义县境内、海拔2000米的阿里山，森林茂密，伟岸苍翠，山间槟榔树笔直入云，片片茶园充满了绿意和生机。穿行于高山林中小路，阳光斑驳于林叶之间，路边不时就出现直径可达两三米的古木树桩。原来1895年至1945年，日本入侵台湾的五十年期间，他们将阿里山2500年至3000年树龄的红桧树全部砍伐运回日本，数量竟达200万吨之多。目前阿里山只剩下两棵古红桧树，一棵是2300年树龄的光武桧，树高45米，树围12米多；另一棵则是1500年的古树。在这些时光老人面前，我们都是一群不谙世事的稚童。日本人怕自己砍古树遭天谴，在山中修了一座"树灵塔"消灾，这正好成了他们的罪证和耻辱柱。宝岛台湾为南北狭长型的海岛，东临太平洋，西靠台湾海峡，岛内同时拥有热带、亚热带、温带等多样且丰富的自然生态，由地层板块的运动，形成了台湾复杂多变的地貌，充足的光照，使台湾出产的各种水果分外香甜。高山、丘陵、盆地、平原、山谷与海岸，还有遍布全台的温泉，尽可让人们领略宝岛的神奇。太鲁阁大峡谷以其险峻与壮阔征服了造访者的心，当年那些老兵用性命铺就的通道，至今仍令人震撼。从太鲁阁大峡谷奔赴台东的路上，太平洋美丽的风景映入眼帘，雨后复斜阳，关山阵阵苍，突然东方天际架起了两道绚丽的彩虹，彩虹南起太平洋，北端落入大峡谷之中，那弯多彩的弧度，那份壮丽和浩瀚，空蒙得妙不可言。在太平洋海岸，各色小花伞在细雨中流动，眼前这份让天地动容的壮丽景色，令人感到幸福来得竟是如此偶然和简单。在这里，双虹飞架的自然景观实为罕见，为此当地电视台还专门做了报道，并说一定是有贵客光临，才带来如此奇异吉祥的彩虹景观。美丽的台湾留下我们33个兄弟姊妹的欢声笑语，彼此的爱心和互助，温暖了这次难忘的旅程。

2012年7月19日，辽宁省期刊协会两岸主编论坛和文化考察活动落下了帷幕。"铁肩担道义，妙手著文章"，作为文化科技传播的使者，我们将不断学习、继往开来、科学发展、与时俱进，在省新闻出版局的正确领导下，争取把辽宁从期刊大省变强省，并将办刊水平提高到一个崭新的高度，我们这些社长、主编必将不辱使命，勇敢地担当起这一历史重任，因为我们是辽宁办刊人。

2012年7月31日于沈阳天柱居

第七辑 多彩人生

龙泉古园文化飘香

　　2013年8月24日，北国沈城，正值初秋。辽海文化知名学者初国卿编审，携辽沈11位文化专家赴东陵龙泉古园举行采风笔会。龙泉古园占地1000余亩，是辽沈地区最知名的国有生态文化园林式墓园。几年来始终坚持"历史与人文贯通，公园与墓园融合，祭祀与旅游兼顾"的建园理念，在做好殡葬服务的前提下，致力打造以辽海文化景观建设为主线的园区文化。

　　漫步山水相依、风景如画的龙泉古园，穿越"辽沈名人碑廊"的历史通道，抚摩"东北抗日义勇军纪念广场"英雄群雕的棱棱角角，顿觉心绪安宁。整个森林公园格局宏伟大气、和谐安详，水系、诗碑、亭榭构思奇巧精致，神圣空蒙。一幅幅极具辽沈文化气息的山水画卷展现在我们的面前，深深地刻在游者的心版上。古园中的历史文化景观与自然景观融为一体，特色鲜明，风格凝重，相辅相成，再现了辽沈文化的博大精深和历史沧桑。

　　踏上龙泉小路，首先映入眼帘的是由李正中先生题写的辽海名人碑廊。碑廊由两座环形碑墙组成，全长500米，黑色大理石碑文凝重大气，其上镌刻记录了辽海地区自先秦、秦汉、三国、两晋、南北朝、隋、唐、五代、宋、辽、金、元、明、清及民国以来的2526名历史文化名人，其中的523位贤者还附有小传记载。环视碑廊，可通览一部辽海名人史，在全国这是唯一。真名留岁月，姓字壮湖山。古贤心照水，华表鹤鸣天。这是一条跨越2000多年的辽海历史文化长廊，思前贤读历史，让我们心潮起伏，驻足仰望。

　　沿峒湖景区前行，来到了爱国主义教育基地——东北抗日义勇军纪念广场。东北抗日义勇军是1931年九一八事变后的东北沦陷初期，从辽宁开始自发形成的抗日武装力量，后来在东三省发展到50万人。活动在东北各地，坚持抗日斗争10多年，战斗两万余次，毙、伤、俘日军5万人，伪军6万人，给日伪军沉重打击。义勇军推动了东北抗日战争的发展，对中国人民的抗日战争的胜利做出了重要的贡献。广场的入口处仿当年东北军北大营营门口为起点，中间以地碑、人物雕塑、国歌墙为主体，广场的顶点是庄严的国歌墙。墙的正面镌刻着《义勇军进行曲》即《中华人民共和国国歌》五线谱，国歌墙背面为义勇军群像碑雕，这国内首建的东北义勇军纪念广场，其风格和规模都堪称中国第一。沿200余米斜坡拾级而上修筑的系列地碑，记叙了1931年9月18日至1945年8月15日，14年的东北抗战历史暨抗日大事记，并立有东北义勇军108将纪念碑和黄显声、王铁汉、马占山、邓铁梅、苗可秀、唐聚伍、冯占海、杨靖宇、赵一曼、赵尚志、李兆麟等11位义勇军和抗联著名将领的雕像。生动的图像充分展示了东北抗日义勇军先烈们奋不顾身，不惜牺牲生命，英勇抗战的爱国主义精神。座座雕像威风凛凛，再现英雄当年形象。"男儿身死英灵在，国史明标第一功。"他们是中华民族的脊梁和国魂，是他们用血肉之躯谱写了义勇军进行曲，为新中国呼唤黎明。白山黑水浴烽火，沧桑历史启后人。忘记历史就意味着背叛。穿越历史风云，铭记国家挨打的历史教训，实现中华民族伟大复兴的中国梦。我们从这里的东北抗日义勇军纪念广场的爱国主义教育基地上，汲取力量，振奋精神，前进步伐更加坚定。

绿水青山钟灵毓秀，龙泉古园文化飘香。园中尚有人民鉴赏家杨仁恺的大型纪念园，甚至每一片墓园的入口处都有诗配画的标志性诗墙景观。如此有文化内涵的墓园，已真正成为辽海历史文化的寻根地和博物馆，成为国内引领先进殡葬文化的标志性古园建筑。

借问安魂何处有？龙泉古园是家乡。

此文发表于2013年9月1日《辽宁散文》

第七辑　多彩人生

百年期刊梦

由一篇论文步入《沈阳化工》编辑行列

　　1985年，国内塑料门窗行业的研制工作刚刚起步，由辽宁省建筑研究院和沈阳石油化工厂联合研制的PVC塑料门窗项目处于试生产阶段。同年10月，我作为这一项目的负责和参与者之一，参加了在黄山举行的全国塑料行业的技术研讨会，由我执笔的一篇论文《论PVC塑料中空异型材的研制和应用》在大会上发表。不久，这篇论文被沈阳市石油化学工业管理局科技处推荐给《沈阳化工》编辑部。老主编刘亚范同志看到这篇论文后，认为写得不错，既有较深厚的专业论述，结构也很完整，文字又很流畅。他忙问作者是谁，通过外调，知道我是石化局下属大企业的技术干部，同时还是一名业余的文学写手，有散文等文章常在《辽宁日报》《辽宁经济报》发表，《辽沈晚报》《辽宁日报》还专门介绍过我。老主编一听我的情况自然大喜过望，决定把我调来当编辑。

　　《沈阳化工》杂志是1972年3月经沈阳市科技局（沈科发〔1972〕5号）文批准创办的公开发行的化工类科技期刊，双月刊，内文64页，由沈阳市石油化工情报站和沈阳市化工学会主办，沈阳市石油化学工业管理局主管，由沈阳市石油化工研究院承办。第一任主编、创始人是刘亚范译审，他是情报站的站长。《沈阳化工》编辑部当年由5位同志组成，真正做编辑工作的只有两位，一位是从日本毕业的老专家白日东先生，由他负责选稿和审稿，另一位就是负责全面编辑出版工作的刘主编。由于编辑部缺少年富力强的编辑，这位主编伯乐因为一篇论文发现了我，于是向局里和院里请示后，1986年正式把我调到《沈阳化工》编辑部工作。不久又从石化院调来鞠仁昌同志充实编辑力量，这样，终于配齐了编辑队伍。

由于我最年轻，身体又好，除了规定的审稿任务之外，我几乎每天都要骑车跑三四个小时路程，去政府机关和局下属大中型企业、印刷厂等，负责组稿和通联、出版及承揽广告等工作，经过这种全方位的编辑、出版、印刷、发行、广告经营等工作的历练，几年下来虽然辛苦些，可把我锻炼成了办刊的多面手。作为编辑，我向老一辈主编学习编辑加工，审稿时一丝不苟，同时传承和发扬甘为人梯、乐于为他人作嫁衣的奉献精神。作为职业办刊人，我懂得如何通过"特别能办事"的公关能力，赢得各方面对期刊的支持，为扩大稿源，加强与大中型企业、科研院所和大学的联系，保障期刊的正常生存和发展。1986年至1999年，我伴随着《沈阳化工》成长。1999年，我向辽宁省科技厅政策处申请，由国家科技部和出版总署批准，2000年《沈阳化工》更名为国家级刊名《当代化工》，由开始的季刊办成每期内文256页、大16开、精美的石化行业大型月刊。我走过了33年的办刊历程，从1986年的编辑做到1998年的编审，从1990年的副主编到1996年的《沈阳化工》主编，一直到如今独立法人单位的《当代化工》杂志社主编。从风华正茂的科技青年，到如今白发苍苍的暮年编审，我人生最美好的年华和精力，都陪伴着《当代化工》成长和壮大。

《当代化工》绝处逢生　发展壮大

《沈阳化工》杂志从1972年创刊以来，先后经历了三任主编，创刊主编刘亚范译审是俄语专家，第二任主编陈孟楣（教授级高工）和第三任主编张旭（教授级高工）都是吉林大学化学系毕业的化工专家。到1996年主编的接力棒传到了我的手中时，办刊的日子就不好过了。原先杂志的主管单位沈阳市石化局每年都给拨办刊经费，办刊人员的工资由院里负担。从1998年起，局里不拨钱了，院里的事业费又没有列支这笔办刊经费，而且杂志到了我手里后，由原来的季刊恢复成双月刊，办刊经费大大增加。1998年，沈阳市石油化工研究院由事业转制成企业。当年《沈阳化工》每年的人员工资和办刊费需要20万元，院里不想给石化局办了，要求停刊，局里同意停或转让。眼看杂志要黄在我这一任主编的手里。

情急时，有一位中国石油抚顺石化研究院王光绚院长向我刊投稿。考虑抚顺石化城离沈阳市很近，又有中国石油化工炼制的央企，于是通过王院长，我找到了中国石油抚顺石化公司的总工匡卓贤教授，说明我们沈抚两地合作

办刊的设想，由公司出一部分办刊经费，刊物每期可刊登抚顺方面科技人员的论文，产、学、研横向联合办刊的设想一拍即合。于是，1999年9月，国家科技部下发国科财字〔1999〕390号文，同意《沈阳化工》增加中国石油天然气股份有限公司抚顺石化分公司（即中国石油抚顺石化公司）做另一主办单位。既然有了抚顺石化加盟办刊，杂志叫《沈阳化工》显然不合适，于是2000年国家科技部又下发国科财便字〔2000〕116号文，《沈阳化工》正式更名为《当代化工》。

2001年2月，在第1期《当代化工》创刊号上（CN21—1457/TQ，ISSN1670—0460），我写下了"铺一路锦绣 展万里鹏程"的《当代化工》新世纪发刊词：

《当代化工》杂志在新世纪的第一个春天向我们健步走来。经中华人民共和国科学技术部和中华人民共和国新闻出版署批准，由沈阳市化学化工学会和中国石油抚顺石化公司主办的《当代化工》杂志，已庄严地诞生在天地之间，并堂堂正正地跻身于繁茂的中国期刊乃至世界期刊之林。《当代化工》是《沈阳化工》走过29年创建和发展之后的升华飞跃，时代赋予它崭新的名字、内涵和魂魄。作为国家面向国内外公开发行的大型科技信息载体，肩负着传递最新石油和化工科技信息，交流前沿科研成果，及时报道国内外石油和化工行业发展动态的责任和使命，它的办刊宗旨：展示前沿化工，介绍最新成果，铺就成才之路，构筑供需桥梁……

由于杂志的原承办单位沈阳市石化院不再参与办刊，为了杂志正常生存和发展，2003年12月12日到工商局正式注册了当代化工杂志社。这是一家自负盈亏的独立法人企业，犹如市场经济大海中的一叶扁舟，我作为法定代表人和办刊人，心中忐忑，如履薄冰。

为了提高期刊的稿件质量，同时为增加一部分办刊经费，2004年6月，国家科技部又下发国科财字〔2004〕12号文，增加全国石化三大院之一的中国石油化工股份有限公司抚顺石油化工研究院为第三主办单位。为了适应生物化工陈粮秸秆制乙醇的新能源发展，我刊又与中粮生物科技和东北炼化等单位合作，一起协办杂志。16年来，《当代化工》在服务行业适应市场经济发展中站稳了脚跟，杂志越办越好。由于严把质量关，自2009年以来，《当代化工》一直是中国科技核心期刊、全国石油和化工行业优秀期刊；从《沈阳化工》到《当代化工》，我刊历来都是美国《化学文摘》（*Chemical Abstracts*，简称CA）和俄罗斯《文摘杂志》（*Abstracts Journal*，简称

AJ)的收录期刊；由于论文来源广泛，国内东西南北中的中石油、中石化、中海油、煤化工等多领域的科研、企业、大学等纷纷来稿，基金项目论文达75%以上。2013年经期刊国外代理机构中国国际图书贸易集团有限公司统计证明，《当代化工》国外纸媒发行量居全国同行业期刊第二名，据权威的《中国学术期刊影响因子年报》（自然科学和工程技术）2019年报道：在全国174家化学工程类公开发行的科技期刊中，《当代化工》影响力指数为315.803，排名第34位，影响因子0.666，位于Q1区。中国知网《当代化工》发行与传播统计报告指出：2019年7月，美国国会图书馆、代顿ITS公司、美国海军军事学院、南澳大利亚大学、法国国防部、牛津大学、日本国会图书馆、新加坡国家图书馆、台湾大学、香港大学等都是《当代化工》长期用户，机构用户总计5488个，分布在17个国家和地区，个人读者分布在21个国家和地区。《当代化工》已成为国内外化工行业的强势媒体。

我本人是辽宁省优秀编辑，2001年，中国科学技术期刊编辑学会"银牛奖"获得者，2014年获中国石油和化工情报信息30年贡献奖，2016年，获中国期刊协会从事出版工作30年荣誉奖章。作为作家，我自1990年以来出版个人专著《王十朋传》《王雪丽文集》《中国大豆制品》《云彩缤纷》等200万字，发表科技论文20余篇。长期担任社会兼职：辽宁省散文学会常务副会长兼秘书长、法定代表人，温州王十朋研究会会长。

2012年，我参加了辽宁省期刊协会优秀期刊出版单位赴台湾考察团。受省新闻出版局报刊处之托，为此行两岸主编论坛考察活动画册作序。一支椽笔绣宝岛，两岸论坛记春秋。办刊前辈、省期刊协会副会长贺虎老先生称赞此序道："雪丽主编的这篇文章是大家之笔，青史留名。"我问何解，贺老道："两岸主编论坛辽宁期刊史上一定记载，故你的序言自然留名。"

我站在北京国家图书馆化工类期刊开架的书架旁边，看到我亲手主编的《当代化工》排序第28号。我们的辛勤劳动成果被国家图书馆收藏，作为科技文化档案被历史记录。作为编者、办刊人，我感到30多年来的编辑工作终成正果。我现在还在延聘为《当代化工》打拼，《沈阳化工》从初次创刊至今已经走过48年历程，我希望把《当代化工》办成百年期刊。

2019年7月25日于沈阳天柱居

此文发表于《足音》——全国从事期刊出版工作三十年出版人专辑，2019
中国期刊协会中国期刊年鉴杂志社第170—172页

第七辑 多彩人生

附录

名家评论

著名作家、辽宁省作协原主席王充闾

1. 发言

新时期以来，我省形成了一个数量可观的女性散文作家群，其中，包括20世纪三四十年代出生的康启昌、赵郁秀、于金兰、王雪丽，五六十年代出生的素素、女真、张大威、王秀杰、辛欣，"70后"崭露头角的有沙爽、曹辉。

——王充闾：《深化时代认识与现实呈现——〈一纸情深〉研讨会上的发言》，录自王向峰主编《刘文艳的散文创作》[1]

2. 书信：您的这本散文集是一部可贵的心灵史

致王雪丽

雪丽同志：

大著拜读一过，感到诚如向峰先生在序言中所讲的，文集中凝聚着丰厚的感情，蕴存有丰富的知识量，洋溢着丰盈的智性精神。我想就着这些话题讲点个人的感受。

散文是作者精神的外显，是生命的组成部分。苏珊·朗格说，艺术表现的是人类的情感本质。这种情感本质，必然是人类深层意识的外显，是个体生命对客观世界的深刻领会与感悟。您在日常生活中，表现为爽朗、热烈，

〔1〕王向峰主编：《刘文艳的散文创作》，香港读书文化出版社2021版，第121页。

附录

真情似火；文如其人，您的散文也是处处映现着作者的这种风格，展现着灵魂、心性的特征，表现为对社会人生的关注，对身旁的人与事的关注，对自身赖以存在的时空环境的探索。可以说，您的这本散文集，正是灵魂的曝光、内心的折射，是一部可贵的心灵史。最典型的例证有两点：一是对先祖王十朋的衷心景仰，全力发扬光大他的爱国精神和凛然正气；再就是对于亲人——抒情散文《母亲祭》中——表达了作者对母亲深切的缅怀，记录了母亲对爱情的忠贞，对革命的贡献，情真意切，令人动容。

书中很多文章，从思想主旨到字里行间，让人感受到作者是在以全部的灵性和感受力去烛照历史，触摸现实，探索文化，追寻美境，在浓郁的传统文化信息与古典风韵中展现着作者的现代意识。您以现代人的审美标准、艺术欣赏习惯来品味传统。应该说，中国历史的相关性是很强的，传统文化中越是久的东西对现实的影响越大，人们越愿意从中发掘出一些具有象征性意义的民族符号，作为自己生存状态、生命存在方式的参照。特别是在当前，随着市场经济的深入发展和后现代化思潮的涌入，人们回归传统、回归本原、回归自然、回归精神家园的情感需求日趋强烈。其中突出的一点，是加倍重视对于本土思想文化资源的开发和研究。我感到，这是这部散文作品的精华所在。

　　顺颂

时安

王充闾

2011年9月10日

——录自王充闾著《素心幽寄》〔1〕

（王充闾：生于1935年，笔名汪聪，辽宁盘山人。国家一级作家。现为辽宁省作家协会名誉主席。曾做过中学教师、新闻记者、副刊编辑，南开大学、沈阳师范大学文学院客座教授等。代表作品《柳荫絮语》《人才诗话》《春宽梦窄》《清风白水》《沧浪之水》《王充闾散文随笔选集》《面对历史的苍茫》《鸿爪春泥》《诗性智慧》《素心幽寄》等。曾获鲁迅文学奖、冰心散文奖等多项奖项。中国作协第五、六届主席团委员，第七届名誉委员，辽宁省作协主席、名誉主席。）

---

〔1〕王充闾：《素心幽寄》，万卷出版公司2016年版，第227—228页。

时任辽宁省散文学会会长、著名文学评论家周兴华

雪丽女士虽已年届六旬，但仍保留那种风风火火的青春活力，做事干练，为人爽快，友善真诚，交际广泛。这同她的生活经历有重要关系，雪丽虽生活于东北，在黑土地施展自己的才华，可她骨子里却是一个江南才女。

雪丽同志担任省散文学会秘书长已有几年时间，为此付出很多精力，这对像她这样面对重重困难的人来说，实在难能可贵，对此人们有口皆碑。

——录自《王雪丽文集》序〔1〕

（周兴华：生于1940年1月，辽宁法库人。少年时迁居鞍山市。中共党员，大学本科学历。1959年考入辽宁大学中文系，1964年毕业到辽宁日报社工作，从事新闻工作多年，先后在农村部、文教部、总编室、文艺部任助理编辑、编辑、副主任、主任等职。曾任辽宁省文联副主席、辽宁省散文学会会长。）

著名文艺理论家、学者王向峰

雪丽同志以饱满的审美热情投入散文写作，不断努力开发新的题材领域，不断有新作问世，更为可贵的是她还乐于推动和带动别人，成为辽宁散文界的又一位"康启昌"。我们可以预期，她自己的创作会有新的发展，同时会对辽宁省的散文创作的组织工作做出更多、更大的奉献。

最后以一首小诗赠雪丽同志：

辽宁多现散文光，薪火相传有续章。
喜见新书标雪丽，明朝展望步高冈。

——录自王向峰著《向峰文集》〔2〕

（王向峰：生于1932年，辽宁辽中人。1958年毕业于吉林大学中文系，同年到辽宁大学任教，现为文化传播学院教授、博士生导师。中国作家协会、电影家协会、民间文艺家协会会员，中国文艺理论学会、中华美学学会理事，辽宁省美

〔1〕王雪丽：《王雪丽文集》，辽宁大学出版社2010年版。
〔2〕王向峰：《向峰文集》（第10卷），辽宁大学出版社2020年版，第457页。

学学会会长、诗词学会副会长等。先后被北京师范大学、吉林大学、山东大学、沈阳师范大学、渤海大学聘为兼职教授。已出版专业著作34部，发表评论与论文500余篇，获第三届鲁迅文学奖及国家教委、《人民日报》、辽宁省专业奖项25次，已指导博士和硕士60余名。）

著名文学评论家白长青

这个"在文学的边缘上行走"的女作家，写下了许多美好的文字，尤其以散文最为出色，其中的一些作品，特别是写亲情的散文和山水游记篇，给我留下了深刻的印象。她的散文，清秀、灵动、质朴、亲切，往往由对情景的叙述而升华为具有精神之美的意境，有一种思想信念的支持。她描写家庭亲情的散文，往往不流于简单的对家庭亲人的情感回忆，而是寓这种温馨的亲情，于更大的时代环境之中，于一种富有时代进步意识的历史背景之中。她将文学的时代元素、思想元素转化为内在的创作激情，融入对人物的精神刻画之中，因而感人至深。如她的《母亲祭——家庭风雨实录》《远逝的岁月——献给祖母的挽歌》《望江楼前听涛声》《爱是恒久的忍耐》等文，都是这样。散文《母亲祭——家庭风雨实录》是一篇万言长文，其内容亦恰如其名，由对母亲的回忆进而记述了一个家庭的长达半个世纪的历史脚步，包括作者父母的结合，父亲在家乡的革命活动，后来所遭受的坎坷，以及王雪丽小时的生活记载和"文化大革命"中的岁月。其中一些生活细节的描写，令人印象深刻。在《远逝的岁月——献给祖母的挽歌》中，作者深情地回忆了那个从小就带她的纯朴善良的祖母的一生，在文章的结尾，作者动情地写道："阿婆生前对我说，天上有多少星，地上就有多少人……我想阿婆是个极平凡的劳动女性，一生中没有任何可歌可泣的壮举，那些灿烂明亮的星星不属于她。于是我把目光投向那些若明若暗的小星星。我相信，在那无数的小星星中，一定有一颗属于我阿婆的星星，正亲切地俯视着地上的我。"读着这样的文字，也许我们会想到自己的亲人，自己的阿婆。这种情感的记忆分外动人，它隐喻在文学的表象之下，将人性中最美好的感情传递出来。此外，《爱是恒久的忍耐》则表达了作者对长期患病的丈夫人生难关的信念。特别读到结尾处的那句"起来，我的老伴，跟上……"时，那种纯洁的心的呼唤，怎不催人动容！

王雪丽的游记体散文，一般都写得比较灵动轻柔，有一种钟灵毓秀之美。我比较喜欢的有《青田石门洞》《再游石门洞印记》《楠溪山水入画来》《鹿城温州》《面对熟悉的风景》《东塔春韵》等篇。《青田石门洞》是一篇很精致工巧的散文，情景兼备，文采飞扬。该文和其姊妹篇《再游石门洞印记》，描绘了浙江青田瓯江边的石门洞景区的旖旎风光，那里的自然景色颇似陶渊明笔下的《桃花源记》，却又是"此洞非彼洞"，美景浑然天成，读来令人欲往。《楠溪山水入画来》则刻画了浙江温州楠溪江一派迷人的江南风光，是一篇典型的写景美文。当作者乘坐浙江水乡特有的乌篷船，看"船夫摇起橹，划破一江的青山"时，两岸有"牧童戏水，黄牛闲步，浣女英姿映入眼帘。明镜般的江水倒映着远山和蓝天，一幅恬淡的水墨画，展现在你的眼前……小小的乌篷船载着乡思和依恋，无声地凝固在山水之间。"读着这样的句子，一幅江南美景的画卷，似乎随着秀美楠溪江水铺展向烟雨缥缈的远方。王雪丽散文的秀丽文采，由此可窥一斑。

——录自白长青著《辽海文坛漫步》[1]

（白长青：生于1946年，满族，辽宁新民人。文学硕士。辽宁省社科院文学研究所原所长，研究员。著有评论集《走出沉思》、文学评论专著《通向作家之路——马加的创作生涯》，译著《〈易象图说〉破译》，主编《中国当代文学研究资料：马加专集》《东北现代文学研究论文集》，参与撰写《东北现代文学史》《东北现代文学大系（1919—1949）》《东北现代文学史论》等。）

首任辽宁省散文学会会长、著名文学评论家邓荫柯

雪丽散文不但感情浓郁，文化信息、知识含量也高。她不沉醉在个人的抒情之中，而是不断向读者介绍自然风光的历史背景、风物传奇、人文景观的世代沧桑，间有一些美妙的诗词、对联嵌入，让人在审美享受之余增添了这么多知识。就如那专写豆腐的"豆腐诗篇"，娓娓道来，把豆腐的历史、佳话、传说，有关豆腐的诗句，豆腐在世界的传播，豆腐工艺的发展，豆腐文化的丰富内涵都展现出来，是科普小品，也是优美的散文。

她展示感情窗口，描绘自己质朴向善的五彩人生，面对熟悉的风景，浸透了那种宽厚温暖的爱心和以爱、奉献、理解为中心的哲学感悟。她宽厚高洁的性格给了她和亲人朋友一份幸福和快乐。大家携手面对一个个壮

附录

[1] 白长青：《辽海文坛漫步》，社会科学文献出版社2013年版，第277—280页。

美的日出。

——录自《王雪丽文集》序^[1]

（邓荫柯：生于1936年，山东济宁人。1954年入北京大学中文系新闻专业。历任春风文艺出版社编辑、编辑室主任，曾策划、责编《朦胧诗选》。编审职称，中国作家协会会员、沈阳市文史研究馆研究员。曾任辽宁省作家协会理事、辽宁省散文学会会长、沈阳诗词学会顾问等职。著有诗集《心缘》、文学评论集《文朋诗侣集》、散文集《有一种罪行叫饥饿》、新诗研究《1916—2008经典新诗解读》《中华诗词名篇解读》、文学史论《辽宁文学史·当代诗歌卷》、科学史普及作品《中国古代发明》，另著历史普及作品《历史之旅》《鉴真东渡弘法》（合著）以及古典文学今译《白话聊斋》（合译）、古籍校点《英云梦》、摄影集配诗《跨越海峡的飞翔——黑脸琵鹭影踪》等。）

辽宁省当代文学研究会组委会颁奖辞

秉承王十朋风骨，走成不可替代的边锋。

——2013年《王雪丽文集》荣获辽宁省当代文学研究会首届《文苑春秋》文学奖——散文奖。

---

[1] 王雪丽：《王雪丽文集》，辽宁大学出版社2010年版。

作者剪影

父女闯文坛，救"活"王十朋
——访王十朋研究会副会长王雪丽

孙洪海

  去年秋天，《当代化工》杂志社社长兼主编王雪丽女士送我三本书，一本是《王十朋传》，一本是《王十朋纪念论文集》，还有一本是《颂梅集三百首》。笔者近日有闲读之，觉得王十朋其人在历史上，无论是从政还是为文都十分了得。笔者从文几十年，如此大家竟无过深印象，实在孤陋寡闻，急翻游国恩主编的《中国文学史》，不见只字记载。百思不解之时，笔者想到解铃还须系铃人，王雪丽是三本书的编著者之一，她一定能道出个中原委，更叫人深信不疑的是，王雪丽是王十朋的27世孙，为此，笔者在沈阳拜访了温州王十朋研究会副会长王雪丽女士。

  王副会长是个精明的温州人，虽已年向耳顺，但说话语速很快，她喜欢称自己是"鹿城大姐"（鹿城是温州的别称，因"白鹿衔花"传说而得名）。巧得很，笔者见她的时候，中央电视台综艺频道正在电话里与她商谈拍摄王十朋电视剧的事，中央电视台拟聘她做剧本统筹。她接完电话，就和笔者快言快语地谈起王十朋。她说，王十朋（1112—1171年）在宋朝历史上是个相当有名望的人物，尤其他的政治声誉久负盛名。王十朋出生于浙江乐清东35里外的梅溪村（史称左原），生后其父王辅便给他起了"十朋"之名，取字"龟龄"，号为"梅溪"。据王氏宗谱记载，王十朋家族属东晋大书法家王羲之后裔。王十朋自幼聪明伶俐，发愤读书，少年时就文章满腹，十六七岁时就写出著名的《感事伤怀》诗，诗中"斩奸盍请朱云剑，射虏宜贯李广弓。

借问秦庭谁恸哭，草茅无路献孤忠"之句既表达了作者的少年壮志，又抒发了报国无门的苦闷。王十朋虽才华卓群，但因秦桧当道，他难施抱负，经历了十赴临安、九上太学的艰苦仕途，直至绍兴丁丑二十七年（1157年）三月二十一，龙廷试策，经宋高宗赵构御笔亲批："经学渊通，议论醇正，可第一。"王十朋因才学出众，被授予绍兴府签判之职，此时他已人到中年。此后，他任秘书郎、侍御史，出知饶、夔、湖、泉四州郡守及太子詹事等职，官至龙图阁学士。南宋理学家朱熹是王十朋的同僚，两人交往甚厚。王十朋谢世后，其长子王闻诗为其整理出遗文32卷，结集为《梅溪文集》，朱熹亲为作序。朱熹在序中赞扬王十朋是继历史上"五君子"即诸葛亮、杜甫、颜真卿、韩愈、范仲淹之后的又一君子。朱熹极力推崇王十朋"在朝廷则以犯颜极谏为忠，仕州县则以勤事爱民为职"的政风，及其"光明正大，舒畅洞达，无有隐蔽，而见于事业文章者一皆如此"的品德，更重要的是中肯地评价了王十朋"浑厚质直、肯恻条畅，如其为人，不为浮靡之文"的文如其人的诗风。南宋哲学家叶适曾称赞王十朋素负大节，是南宋绍兴末、乾道初最杰出的人物，史书称王十朋为"宋一代殊绝人物"。王副会长列举这些盖棺论定的评价，总的来说，还是在证明王十朋在历史上的政治地位和作用，但记者更想知道的是，王十朋官居高位，生前有诗作2100多首，身为"南宋初诗界第一大作手"（台湾学者郑定国语）为什么在文坛佚名？

　　谈起王十朋在文坛佚名的原因，王副会长根据占有的资料对记者说：一个原因是王十朋的政声掩了文名，再一个原因就是王十朋太犟，这个"犟"字所指是王十朋的刚正不阿、实事求是和坚定的原则性。说起反映"犟"劲的句子在王十朋的诗里可以信手拈来，如"客里未忘诗酒趣，老来厌逐利名场""兴来端欲乘风去，不怕琼楼玉宇寒""浮名夺我林泉趣，不及高僧一味闲"等均直言不讳。正是王十朋这种坦率正直的人格文品赢得了王副会长的崇拜。王雪丽是1985年春在温州老家偶然发现清光绪元年重修的王氏宗族家谱的，她从中发现了王十朋，她为自己有这样的先祖而兴奋，兴奋之余，她产生了系统研究王十朋并为其著书立说的愿望。这对于从事化学专业的王雪丽来说，尽管有喜诗善文的基础，但也是一个很大的自我挑战。说干就干，是年秋天，王雪丽就开始天南地北地搜集资料，她从沈阳到杭州，从杭州到温州，从温州到乐清、青田，最后又一头扎进大上海，去图书馆、档案馆，跑史志办，花了多少钱、耗费了多少时光她不曾计较，她对六七十万字的资料卡片却心中有数，且引以为豪。搜集完资料，次年，她又去踏寻王十朋的踪迹，了解王十朋的故事。从搜集资料到伏案写作，王雪丽花费了5年多时间，终于完成了《王十朋传》16万字的写作。该书一经发行，立即引起史学界和文学界的关注，为人们重新认识王十朋和深入了解王十朋创造了条件，更为王十朋研究会的成立奠定了舆论基础。《王十朋传》的史学价值和社会意义也因此得到较高的认定，1999年，《王十朋传》荣获中国艺术研究院"共和国社会主义文学艺术五十年研讨会"传记文学一等奖。

在《王十朋传》的社会效益基础上，1995年，王雪丽和回归原籍的父亲王祝光在王十朋的故乡成立了王十朋研究会筹委会，1997年温州王十朋研究会正式成立，时年69岁的王祝光，这位曾在沈阳工作过的老干部、战争年代的中共地下党员，当仁不让地担任起会长之职，其女王雪丽义不容辞地协助老爸当起副会长。这父女俩在研究王十朋的过程中，都深深地为祖先的德行和业绩而感动，他们认为这不能只作为家族荣耀而珍藏，这是民族的骄傲，他们立志让王十朋精神得到更大的弘扬，这是他们前进的帆，也是他们行动的力。温州王十朋研究会的成立立即引起海内外有关人士的关注，会员很快发展到100多人，全国政协原副主席、著名数学家苏步青，国学大师南怀瑾，老红军王定国，全国诗词专家孙轶青，宋史专家徐规，台湾文化大学文学院长宋晞等海内外知名人士和爱国侨领80多人热心为研究会担任顾问。10多年虽一晃过去，王十朋的研究却扎扎实实。10多年里，王家父女特别是在王祝光的奔走发动下，王十朋纪念馆隆重落成，王十朋墓得以维修，研究会的成员已达400之众，王十朋的研究成果累累，王祝光父女编著研究专著已有六七部之多，文字已逾百万之巨。王十朋的英名早已沿着温州人经商的足迹走向世界，王十朋爱国爱民、勤政清廉、刚直不阿、以民为本、以德治国的思想风范正影响着中国。王十朋的诗文正驮着他的思想，闪着历史的光华，全线进入我们的网络时代，为"点击"时代所用。如今已无必要再计较王十朋为何文坛佚名，他的文学作品确实有价值，价值在于展现了爱国爱民、勤政清廉、以民为本的思想，在《晏七邑宰》诗"九重宵旰爱民深，令尹宜怀抚字心。今日黄堂一杯酒，使君端为庶民斟"里可见一斑，是金子总要发光的。

王雪丽父女都是科技工作者，为了祖先更为了祖国，他们把国事当家事想，把家事当国事办，救"活"了王十朋，他们的付出和他们的成功，人们都会铭记，不会再有他们先祖那样的遗憾。

此文发表于《辽宁老年报》2006年2月28日第8版

附录

学养丰厚　人文有品

——读《王雪丽文集》有感

孙洪海

　　2010年8月13日，在沈阳举办的辽宁省散文创作理论研讨会上，主持人即辽宁省散文学会常务副会长兼秘书长王雪丽一番妙语连珠且前后贯通的主持词，把开场白渲染得绚丽多彩，将结束语概括得意蕴绵长，让大家对辽宁散文事业信心百倍，无论阐述会议宗旨、介绍全省各地70多位与会代表，还是对主讲人、散文大家文畅先生的隆重介绍，都令大家耳目一新、心悦诚服，来自葫芦岛的散文作家张庆荣赞誉道："我们平时主持发言简单介绍一下就没词儿啦，雪丽的主持词声情并茂，如果落到文字上就是一篇美好的抒情散文。"这样轻松愉悦、风趣雅致的主持令人解颐，确实给与会者一种快慰和享受，这是王雪丽主持辽宁省散文学会工作以来的大亮相，也算踢好了"头三脚"。她展示了才情，赢得了人心。前有康启昌老师，如其所姓，给辽宁散文蹚出一条"康"庄大道。雪丽接过这根五光十色的接力棒，起跑稳健，不乏后劲，变通讯为内刊，改头换面，走过黑白，进入彩色封面。仅仅五六年的光景，以其才气和财力的奉献，把《辽宁散文》经营得郁郁葱葱、生机盎然。真是康有"康"的凝聚力，王有"王"者的风范。如今，《辽宁散文》已自在从容地游走于中华大地。如果仅以主持风格诠释王雪丽的才华，可谓是滴水见阳光、以斑窥豹，她不仅能口吐莲花，更能笔底生花。笔者以为，能口若悬河者，腹必有涌泉，善口吐莲花者，心自有荷田。刚刚拜读完王雪丽近550页的大作《王雪丽文集》，深知她笔底的"花"也如梅花，香自"苦寒"来。

　　作为散文园地的耕耘者，我与雪丽大姐初识于2005年早春的一个午后，《辽宁散文》的奠基者康启昌老师通知我开会，地点在沈阳南市场的一家小餐馆里。我早到一会儿，见一戴眼镜的中年女士，神态端庄而不失洒脱，手里拿着书报之类的东西，候在门厅的座椅上，她见我进门，试探着接触我，我方知她也是来参加会议的，她给我的第一印象很好，论起来她长我些岁月，已年近耳顺，我连称雪丽大姐，她欣然应之。交谈中，我知道她是生于温州的江南女子，见识了她的精明、利落，知道她所学理工专业，知道她是《当代化工》杂志的主编，知道她刚刚在《沈阳日报》发表了评论大画家宋雨桂画作的文章等，所知这些，我已感到她非同一般，纵观历史，凡喜好文学的自然科学家都学识渊博，意趣广泛，我想她也不会例外，这次会议，康启昌老师介绍雪丽进散文学会工作，具体任副会长兼秘书长。这是个无俸无禄的差事。几位副会长和副秘书长到会与之见面并通气。此后，我们的接触便多起来。不久，我们一同去凤凰山采风，一路上见她"学问"勤勉，口问手写，世事洞明，此行采风大家收获颇丰，回来之后很快就拿出一批散文作品。雪丽大姐自此接过出版、印刷大任，她自筹资金，找人设计封面，请书法家题写刊名，在很短的时间内，《辽宁散文》就实现了凤凰涅槃、华丽转身。尽管她如此有魄力，能张罗，不辞辛苦，任劳任怨，我们的彼此了解还停在表面上。直到读过她父女合著的《王十朋传》，我才进一步了解她的才气，知道她是王十朋的27代孙，从《王十朋传》中，我弄清了王十朋是南宋时期与包拯齐名的名臣，在历史上为大宋的廉政建设和江山治理做过卓越贡献。其人其事经王氏父女生动形象的刻画，一切都鲜活起来。书中还介绍王十朋是南宋著名的诗人，一生诗作2100余首。可在游国恩主编的《中国文学史》上却不见王十朋其人其诗。激情之下，我写了一篇特写《父女闯文坛，救"活"王十朋》（刊于《辽宁老年报》2006年2月28日第8版），写了王雪丽父女对王十朋刻苦研究的成果，以及对中国历史及文坛的贡献。结尾处笔者曾有这样一段文字"王雪丽父女都是科技工作者，为了祖先更为了祖国，他们把国事当家事想，把家事当国事办，他们的付出和他们的成功，人们都会铭记，不会再有他们先祖那样的遗憾"，这次我进一步了解了我的散文同好王雪丽。让我真正全面了解王雪丽，把了解她当作学问对待，该是始于8月8日她题字送我的那本《王雪丽文集》，我花了十几天的工夫读完60万字的作品集，不禁感叹：真乃文如其人哪！此时我才发现，以前我对王雪丽的认识只是冰山一角。

　　大概是所学专业和从事职业的关系，每每捧起书卷，我都会想到"文责"二字，这两个字是指作者对文章内容的正确性以及在读者中发生的作用应负的责任，这可能是我多年从事传媒工作的职业病。可时下许多人似乎头脑里少了这根弦，没这个概念。面临目前文化界开展的反"三俗（低俗、庸俗、媚俗）"活动，我越发坚定了这个看法，而我看了《王雪丽文集》，似乎感到自己绷着这根弦是多余的。王雪丽对读者是高度负责的，她并非刻意为"责"而文，她以其丰硕的学养、广博的见识、真实的感悟为读者献上这套精神丰膳。她的文集富于文化情趣和知识性，会让读者开卷有益。《王雪丽文集》开卷有两篇评论力作代序，一篇为我国著名文艺理论大家王向峰教授的《读〈王

雪丽文集〉想到的》，另一篇为评论家周兴华先生的《首先在自己心中神圣起来》，前者侧重讲文集的综合性及所蕴存的丰富知识量和丰厚感情，后者重读雪丽在文集中对"爱是恒久的忍耐"主题及孝道的坚持。两者都有高屋建瓴的视角，给读者以阅读的遵循及启发。全书收入文章144篇，类分"辑六"，各有题旨。笔者读而研之，不是急于吃馒头，很想学学做馒头，想解析王雪丽的作文之道。

文集的开篇之作《母亲祭》是王雪丽写于去年9月的新作，文章以祭祀母亲为线索，通过全景式的叙述，介绍了父母的爱情、父亲的革命经历与家庭建设以及作者自己成长的状况。通过此文我们能感受到王雪丽的母女情深，知道她生于江南长于东北，这个志愿报考同济大学建筑系的优秀学生，曾在"文化大革命"中遭受过不公平的命运，素来不错的高中同学让她"羞辱、气愤、无奈"，而40年后，她却受邀参加"整过人"同学孩子的婚礼，以谢别人令其自强之"恩"，以德报怨，真乃大人大量，宰相之腹。在《远逝的岁月》中，我们看到小脚阿婆对孙女的叮嘱"待人总要宽厚，谁都会有个难处的"。还有母亲拾金不昧对作者早期的影响。在《爱是恒久的忍耐》中，作者经历丈夫9年病痛的折磨，道出"爱是恒久的忍耐"和"有爱心里就充满阳光"的感叹和体验。在《当孝敬父母》中，我们看到雪丽于1975年皈依基督，虔诚向善。她在任劳任怨伺候久患沉疴的公爹时，遇到难心处，就用《圣经》告诫自己："叫你的善行不是出于勉强，乃是出于甘心。"因为有包容有爱和感恩的心支起作者的人格架构，她自然会以此庇护生灵万物。在《人生瞬间》里，她在浓重夜幕笼罩下的冰封河面上拉起那位呼救的男子后，心生暖意，感慨深深："是呀，在漫长的时光长河中，我们只不过是一个个匆匆过客。人生瞬间请伸出你的手，去关爱一下你周围的生活，人们会因你的一份关爱而留下感动与方便，或许是一句鼓励的话语，或许是一个善意的微笑，或是一只有力的援助之手，人们会因你的关爱而获助，世界会因你的关爱而美好。"因有爱，她在《龟祭》中为死龟水葬，将活龟放生。在《花儿也顽强》中为冻伤的君子兰和富贵竹而难过，去怜悯卖报的残疾青年。如此等等，都透露着王雪丽的人格修炼的信息。这些修养顶顶重要，是立言之本，更是立人之本，有这样的基础，她的情趣爱好岂不脱俗？

纵览《王雪丽文集》，一篇篇富于文采的文章见证了雪丽的才气，她不仅见多识广且嗜书如命、博学多才。她未学过文科，几十年从事化工编辑，她自称"在文学边缘上行走"，可她近30年锲而不舍的文学写作和逾150万字的出版物，早已使她的文学造诣炉火纯青，她因才华横溢而妙笔生辉。这不是理想的使然,是勤奋好学的甜果。我们从她的文章中可以清晰看到她焚膏继晷博览群书的痴迷身影。她在《功夫在编外》写道:"编辑部是做学问的地方,故编者必须是有学问的人,以往常称编辑为'杂家'说的就是其学问涉猎之广。只有读破万卷书,广增学识,增加文化素养,笔下才能超凡脱俗,才能创造出高深的格调和意境,为诗、为文、为画、为书,无不如此。"此语虽是评论他人之作,更像作者自我写照,她肯学亦善学,她认为"天下最美之事莫过于读书",她"喜欢各种名著和闲书",挡不住好书诱惑。她有"杂家"爱好的基础,初中时差点进了美术专业班,18岁时有作家梦,喜诗爱文,能书会画,硬笔书法曾获过全国"美报"钢笔书法大赛二等奖。此外,她还曾师从大师刘敬贤学过烹饪。正因她热爱生活、兴趣广泛、基础扎实、善于学习,她才能成为杂家,她才能从文学边缘走进文坛腹地,她能与文化大家和名人对话,走近老红军王定国、国务院原副总理、大书法家李铎、散文大家王充闾、大画家宋雨桂、书法家董文等,与各位谈论她需要的话题。她还能以专业性话语去评点书画、谈论建筑、趣话豆腐、闲侃烹饪。此外,我们从《王十朋传》中可见其史学基础,从《推荐"厚德博学 求索笃行"校训析》可见其古文功底,从对陶宇院长、姜克让所长、刘俊全总经理、炼化专家金国干、化工防腐专家赵永镐、胡永康院士等著名专家的采访中,可见其捕捉人物亮点的洞察力和分析力。她有如此丰硕学养为底蕴,就如雄鹰在天,搏击自由。尽管有时鹰比鸡低,但鸡永远不会有鹰的高度。蕴含高下,大有分别。在我"偷艺"之后,我真诚地祝贺雪丽大姐大作问世。

我喜欢她作品中给我带来的知识,无论是"辑四 梅溪遗韵"中的历史人物知识,还是"辑五 结缘科学"里的豆腐小品和四合院话题,以及"辑二 文苑知音"对书画大家大作的点评。我为作者挚爱故乡而感动,有人曾批评她"除了故乡山河,她好像没有再写过别处的风光",尽管文集中并非尽然,也难掩她对家乡热土的痴情。我欣赏她对人的宽容,对爱的忠贞,我喜欢《高山流水》中那种如浸在海绵中的水看而不见却挤得出来的朦胧之爱,更欣赏她在文章中迸发出的佳言妙语,如先生"为我沏上一杯绿茶递到手中,而我便报之一笑。这支笔也仿佛像喝了茶似的,随之就流畅起来""满天的星斗偷听了我们一夜的长谈""勇于挑战和完善自我,生命就会日渐苗壮""熟悉之处无风景,成天面对美好也会感到平庸"等,这些有情有理的文字令人拍案。

看好书如享盛宴,众口难调难免挑剔。我喜欢郁达夫的作文之道:"一粒沙里见世界,半瓣花上说人情。"小中见大出美文,古文《陋室铭》《爱

莲说》乃千古楷模。我建议雪丽大姐把湮在叙述中的"德国为动物建筑的绿荫过街天桥""澳大利亚从中国引进屎壳郎去化解牛粪"等见闻开掘出来，注入你的感触和思考，我会更期待。我还建议大姐在注重资料的准确和严谨性的基础上，加强文学的生动和灵活性，让你的作品更深地感染人、启迪人。

2010年8月22日于北陵

此文发表于2010年《辽宁散文》

（孙洪海：生于1950年2月，辽宁阜新人。早年毕业于辽宁大学中文系。先后于沈阳师范大学、中国人民武装警察部队沈阳指挥学院、辽宁大学，从事教学工作。后在某新闻单位从事新闻工作。现为辽宁省散文学会副会长，《辽宁散文》杂志副主编，辽宁省作协会员，东北大学客座教授，辽宁省老教授协会人文社科委员会副会长兼秘书长。）

"咱要自己写书摆在书架上！"

——辽宁省散文学会副会长、《当代化工》主编王雪丽讲述家训故事

吕良德

家训——书是家国本，学为忠与孝。

一个偶然的机会，记者结识了辽宁省散文学会副会长、《当代化工》主编王雪丽女士。交往中，其先祖"南宋第一状元"王十朋的传奇故事引起了记者的兴趣。

这些年，王雪丽及其父亲传承先祖家训，读书报国，尽心做事，深受朋友信任与推崇。近日，记者采访了王雪丽，当面聆听她讲述家训故事。

先祖：一代名臣留下千年家训

王雪丽是南宋名臣王十朋的第27代嫡孙女。说起先祖王十朋，王女士有说不完的话题，讲不完的故事。

王十朋（1112—1171），号梅溪，浙江乐清左原（梅溪村）人。他出身耕读之家，年轻时上太学，在家乡创办梅溪书院。他靠学识不靠门第入仕，于1157年通过"龙廷试策"被宋高宗赵构钦点为"经学淹通，议论醇正，可第一"的状元郎，被后世称为"南宋第一状元"。

王十朋一生崇尚读书，追求读书报国，曾写有《书架》诗云："君富端不俗，有钱长买书。家藏三万轴，不怕腹空虚。"他凭借一个读书人的正直与良知，犯颜极谏，清正为官，提出了"正君以正朝廷，正朝廷以正百官，正百官以正万民"的治国理政之道。在饶州为官时，他勤政爱民，割俸办学，兴修水利，退耕还湖。离任时，当地民众为了挽留他，把他必经之路上的一座桥给锯断了。他为了不惊扰民众，趁夜绕道而去。后来，村民重修此桥，并名为"王公桥"。

身为两代帝师的王十朋，以"书是家国本，学为忠与孝"训示后人，近80万字的《王十朋全集》奠定了他在中国文学史上的地位。国学大师南怀瑾称他"抱负经纶之才，贞守纯臣之道"。

父辈：传承家训倾力读书报国

先德流芳，家风传世。王雪丽的父亲、高级建筑师王祝光是王十朋的第26代传人。他秉承良好家风，从小就喜爱读书，中学时代在进步书籍的影响下，组织"飞鸿学社"，带领同学读书救国，参与了进步刊物《罗兰》的编辑工作。抗日战争和解放战争期间，他一边在杭州一家私人公司学建筑设计，一边为党组织送情报搞枪支，是不折不扣的中共地下党员。

附录

20世纪50年代初，王祝光从温州来到沈阳，曾在市政府、北市区工作。其间他发挥专长，设计了沈阳中华剧场。"文化大革命"期间王祝光只随身带着三本工程设计资料用书，跑回温州老家。在老家，他重操藏书读书旧业，凭借知识的力量东山再起，设计出不少城市建设蓝图，其中包括温州市工人文化宫、温州第一中学图书馆等100多个工程项目。由他自建的、坐落在温州市中心公园里的风华居，如今已成为当地的一处著名人文景观。

"藏书读书是发家强国之本。"王祝光一生嗜书如命，不仅是温州五马街新华书店的常客，而且每到外地其他城市的第一件事就是跑书店看书买书，其家中珍藏的贵重图书达3000余册。离休后，他带动女儿、外孙坚持读书看报，著书办刊，被评为浙江省读书型家庭。他深入社会了解研究先祖王十朋读书报国业绩，编撰了《王十朋纪念论文集》《颂梅集三百首》等书，因此结交了国务院原副总理、革命老人王定国、复旦大学校长苏步青、国学大师南怀瑾等一大批学者政要，可谓"谈笑有鸿儒，往来无白丁"。

自身：努力学习教育后代做好人

1948年春的一个雪天，王雪丽在温州降生。"记忆中，自己的童年时光是在瓯江边与奶奶一起度过的。"王雪丽说，小时候，远在沈阳工作的父亲定期给她寄《儿童时代》杂志，对她进行文化启蒙，使她从小就养成了爱读书的习惯。

曾经因抄家，家里的书籍被抄走。面对满屋狼藉，父亲告诉她："别哭！将来，咱要自己写书摆在书架上！"

艰苦的环境练就了王雪丽坚强、执着、忍耐的性格。她一边读书，一边帮着母亲做家务。"我是家里的长女，几乎所有的农活都干过。"20世纪70年代初，王雪丽回到户籍地沈阳，被分配到沈阳石油化工厂。她勤奋好学，先读工人大学，后进科技干部进修学院学习。1986年，领导慧眼识才，推荐她当了《沈阳化工》杂志的一名编辑。处女作散文《青田石门洞》在《辽宁日报》鸭绿江副刊上发表，坚定了王雪丽从事写作的信心。

在此后的一段时间里，王雪丽与父亲合作编著的《王十朋传》不仅填补了宋史空白，还荣获中国艺术研究院共和国文学艺术50周年研讨会传记文学一等奖；出版了《王雪丽文集》等200多万字的个人著作；与儿子白鸿博合作的科技读物《中国大豆制品》取得了可观的发行量。她在"把自己写的书摆上书架"的同时，还将其主编的《当代化工》杂志办成了国内著名专业期刊，海外发行量居全国石油和化工行业同类期刊第二名。

"今古几池馆，人人栽牡丹。主翁兼种德，要与子孙看。"先祖王十朋的一首《书院杂咏·牡丹》，成了王雪丽的座右铭。日常中，她经常带领儿子一家三口为生活困难人群献爱心，为远在温州老家的父亲尽孝，告诉他们秉持先祖家训，传承爱心，做一个读书明理、知书达理的好人。

《沈阳日报》、沈报融媒记者　吕良德
此文发表于《沈阳日报》2018年3月24日第8版

附
录

红荷瓯江曲　彪炳烁年华

——品读《王雪丽文集》

陈孟楣

　　雪丽是我的老同志、好朋友、小妹妹。近20年，她的新著不断出版，每每我都为她庆贺，为她欣慰，为她祝福。

　　今年新秋，《王雪丽文集》的出版，更增添了我的喜悦。端详着书的清秀的封面，使我联想起这位生在浙江青田、长在瓯水之滨的大家闺秀。她如一朵绚丽的红荷，盛开在瓯水边上，光彩夺目，熠熠生辉。

　　品读她的新作，看她一篇篇出水芙蓉般的华章，透过那行云流水似的叙述，又一次走进她的人生，体味着她的人品。这给我留下了三点深深的印象：柔柔女人心；铮铮丈夫气；浓浓赤子情。

柔柔女人心

　　有人说雪丽大大咧咧，那是你还没有触摸到她的性格。她总会以至善、至美、至亲、至柔的丰厚情感，捧上自己那颗火热而细腻的心，去孝敬、去关爱、去呵护、去支持、去帮助别人。

　　她敬重父亲。父亲从小投身革命，中华人民共和国成立前为革命三次被捕，但老人仍为革命事业跟随共产党奔走至今，乐观向上，矢志不渝。父亲这种向上、向善的高贵品质，深深地浸润着她的精神，形成了她坚定的品格，且流露在她的笔端。

　　她孝顺母亲。老母的病故，给予她的是撕心裂肺的痛苦和挥之不去的愧疚。

　　母亲对父亲的爱是动人心扉的。母亲对家庭可谓是"功德治家"，这成为后人的典范。她敬爱母亲，敬母身教为重，敬母为王家"奠定了善根"；她孝敬母亲。三年困难时期，她还只是一个初中女孩。下乡劳动每天分吃烤饼时，她都会想到在家天天用稀稀的苞米糊"灌大肚"的母亲，怎么也"不忍将饼子吃光，每天都以旧换新留下一个，想省回去给母亲吃。下乡10天，回家时，怕自己嘴馋会在火车上把饼子吃掉，于是用头巾把饼子包好，还用针线缝上"。在那个时代，粮食就是爱，粮食就是情，粮食就是孝心，粮食就是生命。我们过来人，回首当时都会为之动容。当她母亲看到女儿忍饥挨饿，从嘴里省出的并包好缝好的苞米面饼子时，怎能不潸然泪下？

2005年，母亲因骨折一直卧病在床。公务再忙，家庭再累，她每年都要回家两次探望母亲。她在病榻前待上十天半月，为母亲换洗、翻身、喂饭，使母亲特别开心。她写到母亲看她"换尿布时那么认真和吃力"，竟"扑哧地笑出声来"，并"轻轻地为她擦拭额前的汗水"。一段无华的叙述，道出了母亲对长女的依恋、慈爱、怜惜之情。

后来母亲中风不语时，雪丽每每与家里通电话，都要让母亲在话筒旁边听她喊几声"妈妈"。这是用最短的词语道出人间最真诚、最深切的爱。"妈妈"两个字，给予中风不语的母亲带去多少爱抚和力量。

她侍奉公婆。一个25岁的新娘，刚刚与公婆相处半年，婆母突患脑出血去世。身边只有公公和她。一般女孩此时会十分恐慌和不安。她却毅然承担起儿媳、儿子乃至全家的重担。她与公公一起为善良而慈祥的婆母处理后事。她心怀敬意地为婆母沐浴、更衣、梳头，直至发丧。

接着公公中风不语，四肢瘫痪，饮食起居大小解均成问题。他们夫妇还要上班工作，家庭之累可见一斑。生活重压，不堪言表。邻居出主意，让他们提出哥几个轮流侍奉病父。这也是常理。但她考虑的是兄嫂年事已高，也有困难，就决定用孝心去抚慰病中的老人，去回报父母对子女的养育之恩。她至善、至孝的举动感动了公公，感动了兄嫂，也感动了四邻。她在作品中用朴素的语言，用对生活小事的叙述，把一个大大的"孝"字呈现在我们面前。

她眷守夫君。我初识雪丽时，她的夫君白九成先生是一位风流儒雅之士。他对雪丽关怀备至，体贴入微。凡事丈夫都为她打点好。正如书中所说，早晨为雪丽煮好馄饨，还会盛在碗中。雪丽是不用操什么心的。这是一对令人特别是令许多女同志羡慕的情深伉俪、并蒂芙蓉。可天有不测风云，这位血气方刚的九成先生竟然一病不起。用雪丽那透着痛楚的调侃的话说："没有帅，只有呆了。"丈夫就这样倒下去了，但家这方天不能塌下。雪丽挺起腰，举起手，用一个女子的坚强去支撑这片天。从此，她筹划家庭生计，联系医院治疗，设计护理方案，安排一天饮食起居。此时，她不但主编《当代化工》，还承担着省散文学会的常务副会长兼秘书长等职务，而且每项工作都做得有条不紊，有声有色。她要承担多大的压力呀！

我深深地理解她的内心。她对先生承诺："请你把头靠在我女性柔弱的肩膀上，我是你生命的支撑，我为你遮风挡雨，我们共渡人生难关。""爱就是贵贱不相渝"，就是"为伊消得人憔悴"，就是永恒的责任，就是温柔和善的忍耐，就是真心诚意地体贴到永远。

附
录

在人们眼中那么爽直、侃快的她，回到家中要承担些什么，她很少说。但细心的人会看到她的许多文章，都是把爱人安顿睡下后，通宵达旦挑灯写就的。她默默承担了多少精神上、心理上、体力上、经济上的重担，这只有她自己知道。

她善待众生。她的心很细。一起工作时，哪个人缺东少西了，哪个人生活拮据了，她都看在眼里，记在心上，主动帮助。一次我问她，怎么几次去电话都不在呢。她告诉我说："去一个常年资助的残障人家送点钱。这不快到年关了嘛！"到年关首先想到的是别人，这就是她的胸怀。

我曾在她60岁生日的贺卡上写道："不愁千径雪，随喜一卷经。"我套用先人的诗句，赞美她虽然年事渐长，白发已生，仍不辞劳苦，孜孜不倦地学习，我钦佩她那种发自内心对信仰的忠诚，对信仰的执着，对信仰的自我鞭策，对信仰的实践付出。

当她来到盲校，看到那么多可爱的孩子都缺少一双明亮的眼睛，她写道："我的整个心都被抛向空中，我的泪水一下子夺眶而出。""此时我恨不得把我所有的光明都奉献给他们……"

她每次路过中街，都要去寻找那个摇着轮椅、歪着脑袋、口齿不清地叫卖着报纸的残障青年。她每每都要买份报纸，或干脆给他10元钱。这些做法都传达出她为人的友善、慈爱和怜悯之情。

她不仅对人如此，就是对小鸟、乌龟、冻伤的君子兰，都怜爱有加，柔情似水。可谓无处不见她那颗善良的柔柔女人心。

铮铮丈夫气

她性格的另一面就是宽容、大度、执着、豪爽的大丈夫气概。

她为了《当代化工》的发展，表现了顽强的意志、坚定的决心和进取的精神。"直到现在还在国内外公开发行的《当代化工》杂志的主编岗位上摸爬滚打。20多年来一直守望着这本从1972年创刊，已近40个春秋的石油化工类的科技杂志。"当她接手刊物时，正值此刊面临主管部门撤销、单位筹划改革、开办经费无望、人员分走四方的崩溃边缘，是她的坚持和执着，拯救了《当代化工》，其中两点给我太深的印象。

其一，是以利益为杠杆，把供需双方紧密地连接在一起。联合中国石油抚顺石化公司和中国石化抚顺化工研究院，共同主办《当代化工》，给予大石化企业一片展示自我科技成果的天地。其指导思想是，让科技人员受益，让科研部门受益，让主办单位受益，从而主动资助刊物的发展，促成联合办刊。

这样做，同时也扩大了稿源，支持了刊物的成长。

其二，是用舆论工具扩大供需双方的社会影响。在科技刊物中，开辟栏目，浓墨重彩地介绍企业的产品、企业的发展及企业的带头人，并为企业的精英书写辉煌，使企业上下都看到了自己的进步、长足的发展和辉煌的未来。这正如雪丽所言："以我为媒，传您美名。"有这样与自己息息相关的刊物，企业怎能不支持其发展呢？刊物与企业做到了科研、生产、销售、杂志四赢的可喜局面。在利益互补中，也发展了刊物自己。这正如前抚顺石油化工研究院院长王光绚所说："抚摩着《当代化工》的边边角角，每个标点都告诉我编者的细致。一个急匆匆奔波于沈抚的背包人身影，再度出现在我的眼前。沉甸甸的背包，装着正待发行的新刊，那里装着的是编者的事业。背包人的汗水，灌溉着工程师们的成果。那里装着的是编者的希望。""天道酬勤，人自为之。历史绝不会抹掉勤奋的价值。"

她不辞劳苦，坚持不懈地一个企业一个企业地挨家走访，并自己写文章，把杂志当成宣传化工企业的平台。例如，1999年第6期《沈阳化工》（即现今的《当代化工》原称）宣传了青山橡胶产品集团公司郎青山董事长的奋斗过程；2005年第2期《当代化工》报道了石油炼化专家金国干的先进事迹；2005年第4期《当代化工》展示了我国著名稀散元素化学专家臧树良教授奋战在科研第一线的艰难历程；2005年第5期《当代化工》上刊登了中国石油集团工程设计有限责任公司抚顺分公司金月昶总经理领导下的分公司的历史性突破；2005年第6期《当代化工》记载了辽宁石油化工大学校长李平教授配合辽宁工业发展，将学校发展成以工为主、以石油化工为特色的工、理、经、管、文、法、教等七大学科协调发展的办学过程；2007年第5期的《当代化工》书写了世界级氟塑料化工防腐专家赵永镐教授的创新成果；2008年第1期《当代化工》记叙了中国工程院院士、石油炼制专家胡永康教授的辉煌业绩；2009年采访了中石化抚顺石油化工研究院方向晨院长，展示了他在石油加氢过程中的新技术。

雪丽就是这样。常年奔走在石油化工企业之间，为企业宣传，为企业造势，为科技人员作嫁衣。这正是前人推崇的"功崇唯志，业广唯勤"。她的志勤兼备是获得事业成功的重要条件。

雪丽谦虚礼貌，温文儒雅，勤奋好学，广交朋友，博采众长。

她给许多德艺双馨的文苑知音写过书评和序言。从字里行间可以清楚地看到，她非常善于发现每个人的特点、长处，并进一步去发掘，去学习。由此也可以看出她为人的友善、细腻、虚心和坦荡。

她敬重康启昌老师。她常常脱口说出康老师在学识、性格、人品方面的许多长处。深深留在她心灵的是："先生对孝的诠释：无论你走到哪里，你的心中都像牵挂儿女那样牵挂着你的父母，那你的这份心情就叫孝心。"康老师的孝道与雪丽对父母的孝敬一拍即合，给予雪丽终身的影响。

她仰慕冯增荣老先生。她捧读书法家、诗人、前浙江省文联老领导冯增荣先生的大作《生之痕》时，爱不释手，竟连读五遍。她被这部散文体的革命回忆录所震撼。她赞叹道："这是一幅印着作者生命轨迹的历史画卷。""又是一份中共浙南地下革命党人的忠实档案。"她从中深受革命意志的教育，并为"冯伯伯和天下所有受屈辱的老革命者落泪"。

她拜访了百岁老红军王定国老人。她崇敬王老"一生专门为别人做好事，从大事说起：她为西路女红军平反；20世纪80年代四川水灾时，她到四川去给学校捐款；1949年解放军刚进城时，她还抚养了两个孤儿；她关心失足青年，心中有大爱"。王老"心态好，生活随意，与人为善。总看别人的优点，帮助别人自己也开心。从不攀比，不争名，不争利，总是与世无争，又喜好书画"。她在拜访中，从王老的为人中，学到了长寿的真谛。王老著书，她的书名就叫作《后乐先忧斯世事》。

她赞美任火主编。任火是《河北理工学院学报》的主编。她翻开任火的新著《编外独语》，深为任火的"编外随笔"之深邃的内涵和儒雅的风格所折服。任火文中折射与透视出深厚的文化底蕴和广博的史学知识。她认为："这种编外功夫绝非一般的理工科主编所能具备的。"她掩卷告诫自己也告诫年轻的编辑："科技编辑应当注重自己文化品格的培养，不断提高文化品位，成为一个真正的文化人——编辑。其实，功夫在编外。"

她欣赏诗人孙大梅。"一页页行云流水般的华章"，是用"生命的心血和着时代的心声流淌"而就。"女诗人以大胆细腻的笔触，揭示了女性意识生命本源的律动。那对爱的渴求与追逐、爱的欣赏与哀怨，爱的妩媚与忧伤，统统在诗人呐喊的笔下，化为一朵《最后的玫瑰》"。用诗人"升华的情感去呼唤人世间的真诚和美好"。

她钦佩书法家杨悦辰老师。她钦佩杨老师那种浓浓的书卷气和甘于奉献、与世无争的淡泊精神。杨老师学土木，在东北大学图书馆工作。1932年生，7岁开始临帖学书。而真正把书法当作艺术来追求，那是1985年离休后的事。她的书法真正被社会承认，那是1992年以后。现在她的书法已被日本、美国、加拿大、芬兰等国家和中国香港等地区所收藏。她还代表东北大学两次致书张学良将军：第一次是请求张学良将军为东北大学题写校名；第二次是代表东北大学为张学良将军95寿诞书写祝寿表。杨老师的书法艺术取得了完全的成功。雪丽与杨老师彻夜长谈，获益匪浅。雪丽感慨万千，她从中体会到，一个人的成功有时需要一个甲子的时光磨炼，而退休后的岁月也可以成就一个人的大业。

情趣广泛、才华横溢的雪丽总是细心地观察别人。她总能发现每个人的长处和优点，并在文章中娓娓道来，乐此不疲。她在《面对熟悉的风景》一文中提及的"开始你会为对方的优秀而惊奇，因崇拜而追踪"。但长期相处，雪丽不会因"太熟而产生轻视"，也不会因"太近而感到无奇"。雪丽会拉开距离，进一步审视朋友的优秀。可见雪丽对人极其真诚、宽容、大度、豪爽。她处事世充满着铮铮丈夫气。

浓浓赤子情

雪丽是生在浙江青田、长在北国沈阳的江南女子。一个甲子间，她踏遍了祖国的山山水水，她也游历了欧亚澳各洲的地域风光。但从她对绚丽多彩的故乡的描写中，可以看出她一生都走不出家乡的"视线和恋情"。这种浓浓的赤子情，牢牢地系在迎接她生命到来的老屋里，系在那张承接她呱呱坠地的红漆龙凤老床上。这里是她生命的源头，生命的根——浙江鹤城青田。这里承载着她人生最初12年的一切美好的情怀。

她是在老床上，依偎在阿婆的怀里，聆听着山歌入睡的；她是在老屋里，接受着阿婆的抚爱和启蒙长大的；她是在屋前的竹林边，跟着阿婆学会放羊的；她是在江边的石头上，跟着阿婆学会洗衣的……

她还跟着阿婆学山歌，听着阿婆说谜语，学着阿婆待人接物。"待人总要宽厚，谁都会有难处的""困难时你帮他一把，人家会记你一辈子"——这就是雪丽学到的最初的做人规范。

雪丽写道："小时候，我常随大人们穿过雨巷，到港头戏台楼前去看社戏。"1983年春，她踏上了阔别20多年的朝思暮想的故乡小路。顿觉"脚步格外轻盈，潮湿的空气轻抚面颊，觉得特别柔爽和清新"。当她再次立于港头时，"千年古榕枝繁叶茂，各式船只汽笛声声，桨声鹅鸣随风飘荡"。"凭栏远望，江水一泻千里，阳光普照万家。山川依旧、涛声依旧。世事沧桑人已老，不变的是一颗爱乡的童心"。这种青山不老、绿水长存的故乡景致，令她发自内心地道出："风月无边乡韵好，青山满目是亲情。"

远适他乡的游子，多年后再游青田的名胜太鹤山景，在那云淡风轻的清晨，"沿着山脚石径疾步登高，柔和的山风夹着野花的淡淡清香，徐徐扑面"。

"穿过一片小竹林",看那翠竹并奇石、苍松留古柯的壮景。"登上太鹤山顶,脚下白云萦绕,满目烟云"。"极目展望,瓯江似玉带绕城,飘逸东去。江上白帆点点,排筏竞流"。山谷中,鸟儿鸣唱,梧桐盛开,花头巾在阡陌上如蝶飞舞。

古诗曰:

> 青山如故人,江水似美酒。
> 今日重相逢,把酒对良友。

家乡的美景,唤醒起了雪丽12岁前美好的童年记忆。她诗人般地视江水胜似美酒,不饮也醉。

她滴酒不沾,却收藏着竹叶青酒。这就是醉翁之意不在酒,而在其"竹"字上也。她的家乡遍地皆竹。她就是在竹林中长大的。推开房门,一眼望去,毛竹、水竹、金竹、翠竹……满目皆竹。看到了竹子,就自然想到了家乡。甚至看到竹哨、竹排、竹筐、竹篓、竹笋,都会想到家,想到那遥远的青田老家。她喜爱竹,是因为家乡盛产竹;她喜爱竹,是因为竹具有虚怀若谷的品格;她喜爱竹,是因为竹深藏坚忍不拔的意志。

她恋着家乡,也恋着家乡的绿茶。每每沏上一杯清茶,慢慢地去品味那茶的清香,也品味那留恋家乡的赤子之情。端起杯,呷一口,透过那翻转的叶片,仿佛看到了家乡茶树缀满的茶花;头系着五彩缤纷花头巾的姑娘,刚刚采过冬茶,又忙着去采明前茶;她们在无边的茶园里嬉戏着,忙碌着。这就是朝思暮想的家,遥远而永存心中的家。

想到家,她就想到阿婆钥匙串上阿婆自己雕刻的那个青田玉的小猴子。在青田,不仅阿婆有石雕手艺,因为家乡盛产青田玉,造就了众多的石雕艺人。艺人雕琢出许多活灵活现的玉雕精品。青田玉雕,蜚声中外。故乡的每一个特质,都深深地篆刻在她的心头。

她爱故乡,更爱先祖。先祖典范人物王十朋的人格魅力,感召天下。王十朋的精神孕育出了一个流传有序的书香世家。这个书香世家父慈子孝,兰桂馨香。雪丽就出生在这个英姿勃发的诗礼门庭。书香门第陶冶了雪丽的精神世界,反过来雪丽也用自己的文采光耀了先祖门庭。

从20世纪80年代起,我就知道她在酝酿撰写《王十朋传》。经她多年的准备,通过考察、调研、整理、写作,终于在1990年出版了《王十朋传》。并在1997年,即王十朋诞辰885年之际,成立了温州王十朋研究会。王十朋生于1112年，卒于1171年，浙江乐清市左原山村人，宋朝名臣、诗人、教育家，是两个宋朝皇帝的老师。他以收复失地、统一中原为己任。他为政清廉，为民请命，替民申冤，兴修水利，绿化山林，开仓赈灾，是中国历史上十大名臣之一。王十朋的爱国情怀和道德情操，是值得后人学习与效法的。基于此，雪丽发大志愿，展大智慧，积十数年之力，亲自操觚，完成了《王十朋传》。

　　这位在远祖人格魅力的感召下，在书香门第的潜移默化中，在浙南山川灵秀孕育里，成长起来的端庄儒雅、才思敏捷的雪丽，定会满怀着昂扬向上的雄心壮志，拥抱着生气勃勃的进取精神，去迎接硕果累累的明天。

　　行笔至此，一股和风好似携着荷香从窗外飘进了我的书房，不禁使我想起"荷香带风远"的佳句。我想，雪丽这朵红荷的馨香，携带着清风，一定会飘得远远的。不仅会"荷花别样红"，更会"荷花香满地"。

此文发表于2011年第3期《辽宁散文》

　　（陈孟楣：中学就读于辽宁省实验中学，后考入吉林大学化学系高分子专业。1964年毕业分配到沈阳市石油化工研究院工作至退休。教授级高级工程师、作家。辽宁省作家协会会员。原任沈阳市石油化工研究院副总工程师，总工程师办公室主任。曾任《沈阳化工》杂志主编，沈阳市化工技术情报站站长。多年来，一直进行精细化工特别是高分子黏合剂等方面的研制工作。从事科研课题20多项，其中获省市科技成果奖、科技进步奖及科技发明奖10多项。出版著作有《精细化工配方选编》《实用化工产品配方工艺手册》。发表科技论文多篇。退休后，偶有文学作品发表报刊。2008年出版了百余万字散文著作《旅外日记》《陈孟楣书简》等。）

附
录

有一种文化叫高贵

葛江洋

一

按照约定，我从广州返程时到温州停留。王雪丽大姐说，她回温州老家了，请我去玩几天。

飞机正点到达时是中午，气温18℃。雪丽大姐开了一位朋友的车到机场，见面时，大姐热情地拥抱了我。我却发现，大姐穿着一件蓝色的呢子外套，而周边的好多人都穿着短袖。我问她，不热吗？大姐一脸汗水，笑着说，从沈阳出来时忘记带薄点儿的衣服了——后来才知道，她还穿着棉裤、棉鞋。

这就是雪丽大姐。

二

认识雪丽大姐，缘于散文学会。

其实我早在1995年就参加了辽宁省散文学会。那时的学会秘书长是康启昌老师，很会用人，也许是当过"班主任"的原因，她非常善于调动"学生"中的资源，把整个学会活动搞得热热闹闹。2000年时，我在部队医院当政委，有利条件多一些，在康老师的调动下，帮助学会做了一些工作，她还委任了我一个"副秘书长"的头衔。即使后来调到哈尔滨工作，也没有断了与学会的联系。可是再后来，听说康老师退出"领导岗位"，推荐了一位叫王雪丽的杂志主编担任第一副会长兼秘书长，我与学会的联系就少了。

重新回到沈阳后，在邢德铭老师的联系下，我又与散文学会接上了线。在一次活动中，认识了王雪丽大姐。雪丽大姐的外表像北方人，性格豪爽，性情率直，和她一见面就有一种"不设防"的感觉。

几次接触过后，雪丽大姐给我的印象是简单而又莫测的——

说她是一个学者，可做起事来风风火火，像个生意人；说她是个女人，可她不重粉黛，不讲穿着，似乎少些"女人味"；说她是南方人，可她处事大方豪爽，比之东北人，甚至东北男人也有绰余；说她出身富贵，可她平易得让人想起街道的"大妈"，半点看不出娇骄二气；说她做事"拉忽"[1]，

---

[1] 拉忽：东北方言，指粗心大意、马虎。

可她言而有信，说到必办，在著文立说上更是一丝不苟。

后来慢慢知道，雪丽大姐确实是一位学者，她是中国科技核心期刊《当代化工》的主编，那上面的论文是许多专业人员评定职称的"得分点"；她的散文已经发表200多万字，早期就有《云彩缤纷》《王雪丽文集》等出版，在省内颇有名气；她也确实是一个女人，精心照顾瘫痪在床的丈夫14年，有人看到过那位大哥，尽管身体行动不便，但"白白胖胖，干干净净"，那是妻子的一片心血；她确实是地道的南方人，她出生于浙江温州，在那里读完小学，至今还能说一口流利的温州话，甚至温州当地人也很少能说的"青田"话；她也确实出身高贵，她的祖上王十朋是南宋名臣，曾经官至龙图阁学士，在中国的清官史上有着重要地位。

雪丽大姐就是这样的人。我说，你是集江南的灵气和东北的豪气于一身，大姐笑了：兄弟懂我。

三

到温州要看王十朋。王十朋是温州的一张文化名片。

王十朋是温州乐清人，800多年前，他通过"龙廷试策"被宋高宗赵构钦点为"经学淹通，议论醇正，可第一"的状元郎，因此后人称他为"南宋第一状元"。他无愧是一位读书报国的典型，有了权力和机会之后，他没有官场上的趋炎附势，也没有商场上的见利忘义，而是以一个读书人的正直和良知，在朝廷敢犯颜极谏，弹劾贪官，抗金北伐，且做了两代帝师；在官任上勤政爱民，救灾除弊，兴修水利，割俸办学；在日常生活中清廉自勉，忧国忧民，他创办的梅溪书院，声名远播。除此之外，54卷的《梅溪集》奠定了他在中国文坛上的显赫地位，南怀瑾称他"抱负经纶之才，贞守纯臣之道"。

如今温州在王十朋家乡建起了王十朋纪念馆，在市中心的江心屿上有王十朋读书处，而温州王十朋研究会就在王雪丽父亲的家中，父亲王祝光先生出任研究会会长，王雪丽是副会长兼秘书长。

王雪丽是王十朋第27代孙。自从王雪丽开始了解先祖王十朋后，她便对这位先辈崇敬有加。王十朋那种崇尚读书、崇尚德行、乐善好施的品格在她心中深深扎根。

1990年，王雪丽和父亲一起合著过一本《王十朋传》，曾经在《温州日报》连载，送给国学大师南怀瑾，大师建议其应改书名为《南宋状元王十朋》，并给予此书充分认可，还欣然出任温州王十朋研究会名誉会长。现在父女俩仍然坚持着王十朋的研究活动，他们组织的温州王十朋研究会、策划修建的

王十朋纪念馆，在国内外都产生了很大的影响。国务院原副总理、复旦大学校长苏步青、中国社会科学院副院长于光远以及老红军王定国等都是学会的顾问。

两天时间里，雪丽大姐带我去楠溪江的永嘉书院，去江心屿的王十朋读书处，去乐清的王十朋纪念馆，去王十朋墓园……一路下来，她如数家珍，好像王十朋的故事就发生在昨天，遇到那些和她一起研究王十朋的朋友，她视如亲人，言语之间，似乎看到了王十朋当年的身影。

我在想，什么是文化？文化就是一种传承。王十朋如上天有知，几百年后还有这样的后人在忠实地传承着"王十朋文化"，该是多么自豪和欣慰！

四

王祝光先生是一位大儒，一位文化耆宿。

他早年参加革命，后来到东北的沈阳从事建筑设计，沈阳市内早年的中华剧场就是他的手笔。他无偿为家乡勘测设计水电站，设计闽东松政人民大会堂、温州工人文化宫剧场、龙港农民城影剧院、温州一中图书馆等多处建筑。离休后，他定居鹿城温州，自建风华居，毅然辞去自己创办的两家房地产公司的职务，谢绝多方的高薪聘请，全身心地投入了王十朋的研究工作。

其实文化不是看读书多少，读书识字是小文化，而文化传承、文化事业则是大文化，是长远的文化。

王祝光先生做的是大文化工程。在他30多年的努力下，温州王十朋研究会形成了相当规模，仅1997年12月在温州举行的纪念王十朋诞辰885周年的大会，就吸引了全国乃至海外的众多知名专家学者到会，还有诸多身兼要职的领导发来贺信贺电。

在这次大会上，当地政府正式批准成立了温州王十朋研究会，王祝光先生出任会长，王雪丽出任副会长，而主持这次大会、被与会者赞誉的正是王雪丽女士。

拜见王祝光先生时，我心有忐忑。我既是晚辈，又是"行伍"，先生是否有暇与我交流？

可未曾想到的是，先生听说我的到来，已经早早出门迎接，他一袭白衫，手执一柄雨伞，瘦削的面庞上带着微笑，一头白发衬出沧桑，颇有仙风道骨般的神韵。

风华居，一座格致典雅的别墅楼院，白墙黛瓦，秋雨深花，坐落在温州城里繁华的市中心公园。一座小桥相伴，似曾听到桨声欸乃；一条小路幽然

风华永茂

378

逼仄，青石砌就着弯曲，叩响着匆匆岁月。

那是雪丽大姐的家。

"政府为我家留了一个大公园。"老先生诙谐地告诉我。当年市里整修公园，市长亲自来考察，终于为这个园子的古典文化气息所感染，没有舍得动。一开始也动员过他们搬走，承诺给修一个更大的园子，王祝光先生没有同意。因为这里地气是不可复制的。

老先生与我在院子周围照相留念，又引我进屋，给我讲起他与诸位关注王十朋的友人的交往，特别着重向我介绍了王十朋清正为民、勇于为民请命的事迹。我送上从中国书法协会理事王文杰先生那里讨来的两幅墨宝，都是遵从王雪丽大姐之嘱写就的王十朋诗作，一幅是"君富端不俗，有钱长买书。家藏三万轴，不怕腹空虚"，另一幅则为"今古几池馆，人人栽牡丹。主翁兼种德，要与子孙看"。先生看了十分欢喜，兴致陡增，在女儿的提议下，他提起多日未动的京胡，打开随身的小音响伴奏，为我拉上了一段《贵妃醉酒》。

从先生飞扬得意的神态中，我看到了老人当年的那种意气风发，也感受到了今日的桃李春风。

那是一种文化沉积和勃发。

五

雪丽大姐主编的《当代化工》曾经濒临"死亡"。

那是单位改制的时候，人心惶惶，所有人都在为眼前的去向、安置而焦虑不安。单位主办的这本科技期刊竟然无人问津，面临着"注销"的厄运。

是王雪丽站了出来，她宁愿自己出资把刊物坚持下去，也不能让"文化"断裂。

于是，几年的风雨冰霜，几年的酸涩苦痛，她坚强地带领大家挺了过来。目前这本期刊已经发行5000多份，影响力在全国174家同类刊物中排名34位，海外发行量居国内同行业期刊第2名，在业内享有很好信誉，曾经多次被评为优秀期刊，她个人也多次获得主管部门表彰，同时给她和杂志社带来了良好的经济效益。

我说，你救了《当代化工》，《当代化工》也回报了你。

对散文学会也是如此。

当年会用人的康启昌老师慧眼选中了王雪丽"接班"，王雪丽也为学会付出了很多。那时的散文学会处在低谷时期，没有经费，没有办公地点，没有"志愿者"帮忙，雪丽大姐发挥了她特有的"温州品质"：舍得和执着。

她把自己家当作学会的办公点，把自己的儿子、儿媳动员起来参与分发杂志、联络会员，自己掏钱补充学会经费的不足，每次聚会好酒好菜款待文友，几年来搭进去十几万……

她又救活了《辽宁散文》。

不去希图有什么回报，不去计较蝇头小利，不想功名，甚至不需要记住，如泰戈尔所说："只管走过去，不必逗留着去采了花朵来保存，因为一路上花朵自会继续开放的。"

文化有时就是一种无意和自觉。

六

其实五千年的中国不缺少文化，只是精华和糟粕在一起，如同九曲黄河，泥沙俱下。喜爱与追求，吸收与排斥，全在个人的内心学养，这就是文化的高贵与低俗之分。"进有后先，名有隐显；命有穷达，时有轻重。"贵者有贵的文化志趣，俗者有俗的活法。王雪丽选择的是前者，她骨子里渗透的那种高贵，是血脉的延续，装不出来，改也难。

此文发表于2017年第1期《辽宁散文》

2017年第11期《芒种》，第54—58页

（葛江洋：生于1958年。祖籍江西于都，客家人，出生于沈阳。长征和国防文化学者，退役解放军大校。中国散文学会理事，辽宁省作家协会会员，辽宁省散文学会副会长。曾任《辽海散文》副主编、编辑部主任。著有《净水微澜》《盗火集》《盗火者说》《风景别处》等散文集，《辽海散文大系》副主编。现为井冈山红军后代报告团成员、中央红军长征出发地于都县长征源宣讲团团长。）

后　记

一缕心香，温情浓烈，捧托文墨，感恩诸君。

自2010年出版《王雪丽文集》，倏忽已是十载，发生了很多事情，又写了一些新作品，想结集成册，再找些以往自己比较满意的散文篇什，组成一本比较纯粹的散文集子，这是本书编纂的初心。

尤其是我敬爱的父亲辞世前，我陪伴照顾，聆听记录了父亲的人生履历和家族历史，这就是《风华居——父亲设计的家》的由来。母亲捡来的地，父亲设计的家，为风华居立传存照。"风华永茂"是中国社会科学院副院长于光远先生为温州王十朋研究会会址风华居题写的墨宝。用"风华永茂"为本书命名，蕴含着我的父母双亲对风华居的子孙后代永远茂盛的祝福，也包含了父亲和我对王十朋文化研究传承的期待和祝愿，更饱含着我对娘家和亲人的思念。

风华居是父母生前的家，是我们父女开创当代王十朋研究的始发地，因而"至柔亲情"和"梅溪流韵"成了本著重头戏。我是中国科技核心期刊《当代化工》的办刊人，是王十朋研究会的创办者之一，曾兼职辽宁省散文学会的领导工作，所以有了"多彩人生"等内容，还有我的游记行踪，对天地自然山水风物的描绘思索，以及师友们的交流情愫。这般编辑，令《风华永茂》成了《王雪丽文集》的升级版。也好，聊以欣慰的是本书完成了我的三个心愿：一是对父亲和夫君的深切追念；二是对我数十年文学梦想的总结，一腔热血半生痴；三是把关于家族渊源和个人经历记录下来，留给后人，赠阅亲友，更是留给历史，一笔从南宋至今的千百年民生文化财富。

我已年逾古稀，退而未休，编审化工杂志稿件，近日为变更《当代化工》杂志主办、主管单位而奔波，紧张忙碌，因之本书得以付梓，恰是印证了"一个篱笆三个桩，一个好汉三个帮"的人文精神：会长初国卿先生为拙著作序；辽宁省散文学会副会长、沈阳市作家协会副主席赵凯先生帮助我初选

文稿、整理新作和校读书稿；《当代化工》杂志社副社长、温州王十朋研究会副会长、温州市社科联学术委员会文教委员、梅溪文化学者吴宏富先生帮助我编排栏目、纠谬补阙、统稿全书，是本书第一编者。

半月前，我到东北大学初国卿先生府上取序，他专门为我的书斋起了一个雅号"松台山房"，很认真地写在宣纸上，这是他非常满意的一幅大作，我如获至宝。他对我说："你父亲的家风华居位于温州九山公园松台山下，你的书斋称之为松台山房，就多了一份乡愁。"我父亲几番说过，妙果寺旁，落霞潭边，松台山下，是先祖王十朋与宝印叔父垂钓吟诗之所，是天意所赐的风水宝地。所以我对初国卿先生所赐书斋之名十分认可。

我拿着"松台山房"墨宝，回到家马上查找出处，也许是先祖灵示，很快找到《妙果寺志》中的一则史料：

宗要，号宝印，曾往姑苏游学。南宋绍兴戊寅年（1158年），宝印住持妙果寺传授天台教义。不久，尼师圆净前来布施，价值万金，宝印请王十朋作文以记功，于是有《妙果院藏记》。宝印为王十朋叔父，二人多有唱和之作，但今所存者仅有收入《梅溪集》的作品。宝印曾凿石依山而建止庵，故又称"止庵道人"。王十朋有绝句称："晚学无由识道真，前贤未许继芳尘。道从何进从何止，敢叩无为绝学人。"回应了永嘉大师《证道歌》"绝学无为闲道人，不除妄想不求真"一文。又为宝印作《止庵铭》。宝印还在松台山上建兰若堂，有王十朋题诗存世。宝印住持妙果寺不满一年即隐退，他的弟子德纯住龙翔寺，拜其师后不久也隐退。虽有缁素挽留，但师徒二人去意已决，遁于异郡。

王十朋是南宋绍兴二十七年（1157年）丁丑榜状元，其二叔父宝印住持妙果寺，在松台山建兰若堂是绍兴二十八年（1158年），叔侄当在此会面吃茶，吟诗唱和，到山下落霞潭边垂钓漫步。何况王十朋年轻时，就在温州江心寺读书，至今留有梅溪读书处，他也会常到不远的松台山、落霞潭去游览踏青。妙果寺在松台山下，就在风华居旁，由此看来，我父亲说风华居乃先祖垂钓吟诗处，当为不虚。因而初国卿先生题名松台山房确属天赐良名。从初国卿先生得《风华永茂》序，又兼得"松台山房"书斋名，鱼与熊掌兼得，岂不妙哉？

重温书稿，一页页旧作新篇，我心潮澎湃，思忆缠绵，这些文字里有支撑我的骨骼，流溢我的血液，蕴藏我的灵魂，我生身立命的一切都缩影在此书里。娘家在江南侨乡，夫家在塞北草原，我这小家庭崇敬的是中华文化。设想许多年后，还会有一双手郑重翻开"风华"，还会有一双眼睛恳切品读"永茂"，叹世事沧桑，寻文脉源流。

2021年7月29日

速写于沈阳莱茵河畔·松台山房